杨梓 主编

稻花香里

宁夏文学艺术院 学员作品选

黄河出版传媒集团
阳光出版社

图书在版编目（CIP）数据

稻花香里：宁夏文学艺术院学员作品选 / 杨梓主编.—— 银川：
阳光出版社,2018.11
ISBN 978-7-5525-4677-4

Ⅰ.①稻…　Ⅱ.①杨…　Ⅲ.①中国文学– 当代文学 –
作品综合集　Ⅳ.①I217.1

中国版本图书馆 CIP 数据核字（2018）第 274079 号

稻花香里——宁夏文学艺术院学员作品选　　　　杨梓　主编

责任编辑　王佐红　郑晨阳
封面设计　张　宁
责任印制　岳建宁

黄河出版传媒集团
阳　光　出　版　社　出版发行

地　　址　宁夏银川市北京东路 139 号出版大厦(750001)
网　　址　http://www.ygchbs.com
网上书店　http://shop129132959.taobao.com
电子信箱　yangguangchubanshe@163.com
邮购电话　0951–5014139
经　　销　全国新华书店
印刷装订　宁夏精捷彩色印务有限公司
印刷委托书号　（宁)0011915

开　　本　720 mm×980 mm　　1/16
印　　张　30.5
字　　数　560 千字
版　　次　2018 年 12 月第 1 版
印　　次　2018 年 12 月第 1 次印刷
书　　号　ISBN 978-7-5525-4677-4
定　　价　68.00 元

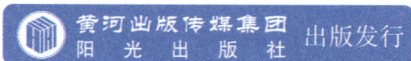

目 录

卷一　小说

一次别离

王玉玺

一

马草草和我分手的那天其实是忧伤的。尽管她当时还笑着夸我，说我第一次把她骗上床的时候她就知道我是个非常聪明的人，聪明得让她常常产生上当的感觉。

我相信她是真心夸我的，但是她的话并不完全符合实情，而且很容易让别人误解。我发誓我对马草草是真心的，也从来没有骗过她，如果她坚持认为我们第一次亲密接触也算欺骗的话，那我骗她上去的也绝不是床。因为那时候她的理发店里根本就没有床，只有一组沙发，两个单人的，一个三人的。后来我们还多次有过肌肤之亲，但马草草始终觉得这是一件令人不齿的事。我多次给马草草强调过，只要两个人真心相爱，不管他们在什么地方，以什么方式亲热，都应该是纯洁的、高尚的，且不可亵渎。但是马草草不以为然，我每次和她谈及男女之间那点破事儿时，她都会表现出蚂蚁钻进裤裆里的样子，浑身的不自在。

当然，马草草所说的那种上当的感觉我也有过。因为在此前很长的一段时间里我对马草草的社会背景和社会关系一无所知，我只知道她叫马草草，内蒙古人，仅此而已，我甚至都不知道她的确切年龄。就这，我还觉得马草草这个土气的名字与她完美的身材和如花的容貌极不相配，我甚至一度怀疑过她的真名到底是不是叫马草草。

这些都不重要，重要的是我一直都没弄明白马草草为什么经常说我是一个非常聪明的人。我实在想不出来在我和她相处的这些日子里，到底有哪一件事能够体现出我的聪明，但这和我们第一次做爱的时候我就知道她不是个处女肯定无关。一个稍微懂点生理常识的男人肯定都知道如何判断一个女人是不是处女，更何况我还是个正规院校毕业的大学生，如果这也能算聪明的话，那就是对我智商的极大侮辱。

分手的那天傍晚，我和马草草没说多少话，她一直夸我聪明，夸得连她自己都觉得没意思的时候，她闭上眼睛，让我抱着她，认真地吻她一次。那会儿她还没说要和我分手的事情。我按照她的要求，双手捧着她的脸，由温柔到粗暴，一直吻到我自感呼吸不畅的时候才放开她，我明显地感觉到她的肺活量要比我大很多。然后她问我："你晚饭吃的什么？"

我说："最近熬夜多了，没什么食欲，就吃了两个猪蹄子。"

马草草立即扭头呕吐，她干呕了一会儿，呕得眼里都盈满了泪花。我问她怎么了？她说她从小就不吃猪肉，闻着那味儿就恶心。我有点吃惊，她从来都没说过这事儿，细细一想，从我们认识到现在，我还真没和她一起吃过汉餐。后来马草草就说："我们分手吧。"我还没怎么反应过来，她又补充了一句："你这么聪明，我想我就不用多做解释了吧。"

聪明，又是聪明，我到底有什么可聪明的呢？我有点生气，心里想，分就分吧，没什么了不起的！你马草草除了长得漂亮，什么都没有。没有工作，没有背景，现在（也可能是很久以前）连处女膜都没有了。我可能这辈子都没法改掉我自信又自负的毛病了，所以我也没问她为什么要分手，便直接平静地遂了她的意："那就分吧。"

马草草那天穿的是一件卡其色的裙裤，两边有裤兜，她左手揣在裤兜里，右手在下巴处轻轻地摆了摆，连拜拜都没说就走了。在整个过程中，她的脸上始终挂着甜蜜的微笑，和我们每一次约会后各回各家的情景没什么两样，我感觉这不像分手，反倒更像马草草和我开了个玩笑。

事实上马草草根本没有跟我开玩笑，在她和我微笑着挥手作别的那个晚上，她已经离开了这个她生活了五年的城市。马草草的离开没有带给我太多的痛苦，她留给我的只是漫长的失落，我觉得这种失落在某种程度上比痛苦更加折磨人。可是，马草草的种种表现都不像真的要和我分手，在我的潜意识里，我觉得她只是在用一次残酷的别离来考验我的耐心和诚意。

关于我的婚姻大事，我和父母的意见分歧不是很大，他们虽然不大同意我和马草草谈恋爱，但还是在我们小区里给我看好了一套二手房，而且交了首付。按我的计划，我应该在今年腊月的某一天和马草草结婚，现在这个计划因马草草的悄然离去而落空，我真不知道该如何向我父母说这事儿。

起初，全家人都反对我和马草草谈恋爱，我父母的想法比较简单，他们只是担心我将来留不住马草草，只因马草草长得实在是太俊俏了，有没有工作倒是次要的。这一点我母亲非常理解，毕竟她自己也是个没有工作的家庭主妇。我姐姐的态度很坚决，反对的理由也很奇葩，她嫌马草草长得太漂亮了，不但没有正式工作，还是个理发的，到她店里理发的男人，完全是冲着她的脸蛋去的，谁能保证她和那些男人没有发生过不正当关系呢？我姐姐的话让我非常愤怒，但是我能理解，毕竟现在的好多发廊已经不再是单纯的理发那么简单了。

排除我姐姐妒忌马草草的相貌之外，她的话虽然偏激，但也不是没有道理，特别是在我感知马草草已经不是处子之身后，我确实有过动摇。可是，以我对马草草的了解，我觉得她应该是纯洁的，至于她为什么在我之前已非处子之身，肯定另有隐情。那么，马草草常常夸我聪明也应该与此有关，不然我要那么聪明干嘛？既然我那么聪明，还有什么想不明白的呢？

二

这一年的夏天，因为马草草的存在，过得确实飞快，而这一年的秋天又因为马草草的离开，显得十分漫长，后来就漫长成一个多事之秋。

起初是我小外甥重感冒，住了半个月院也不见好转，为此，我姐姐和我姐夫互相埋怨，然后发展成吵架，最后竟然发展到闹离婚的地步，期间我调解过几次，也不见奏效。我很惭愧，眼看就要三十岁了，还结不了婚，害得我父母天天去医院里看外孙，我姐就趁机让我父母也做了个全面体检。结果发现，我父亲患有严重的心脏病，随时都有可能发生心肌梗死，而我母亲则是血糖异常，初步诊断为糖尿病。然后在医生的建议下，老两口都住进了医院，经过半个月的调理，平安出院。遵照医嘱，我父亲戒了烟和高脂肪食物，我母亲戒除了一切含糖的食物，此后我家的饭菜基本上和寺庙里的斋饭差不多。当然，这不是什么大问题，我随时可以在街上下馆子，吃我想吃的任何东西。一个月后，我们再带父母去医院复查，父亲的心脏保养得还不错，但是母亲的血糖依然居高不下，县城的医院已经黔驴技穷，我只好带母亲去省城的大医院检查，经过各种仪器的检查，医生初步判断是胰腺出了问题，目前还看不出具体问题，建议先回家观察一段时间再看情况。

我原本是挺喜欢浪漫萧瑟的秋天的，但是这个秋天的事情实在是太多了，以至于我开始讨厌"多事之秋"这个词了。这个秋天除了我外甥和我父母生病以及我姐姐和我姐夫闹离婚之外，还多出来一件比较重要的事情，就是我小外甥上学的事情。按照划片招生的办法，我外甥只能上县城最差的那所小学，我姐姐肯定不甘心。此前我姐姐因为我外甥感冒住院一事和我姐夫已经闹到都要离婚的地步了，在这个节骨眼上，想让我姐夫这个脾气非常倔强的人，装孙子去求人把我外甥弄到县城最好的小学里简直是不可能的事情，况且我姐夫只是水保站一个看水库的，他还没那么大本事，所以我姐姐就哭哭啼啼找我来了。其实我很清楚，现在各学校一年级新生报名，除了要户口，还要拿房产证，没有特别硬的关系根本进不了县城最好的学校。当然，还有一种办法，就是掏钱买指标，听说学校每个老师有一个指标可以带进来一个非本片区的学生，但是这一个指标要八千块钱，对我姐姐这样的低收入家庭来说，这八千块钱相当于家庭年收入的四分之一，实在不堪重负。

这件事最终我还是给办成了，是我亲自领着我外甥找副校长办成的。

我原本不打算给我姐姐详说办事的过程，但我姐姐是个非常固执且知恩图报的人，她非要亲自感谢帮忙办事的人，没办法，我只好实话实说，事情是马草草帮忙办的。

我姐姐立刻变得激动起来，大有一语成谶的意思。她说："你看看，你看看，我早就给你说过，马草草不是什么好女人，你还不信？现在好了，连副县长都办不成的事，她一个发廊女咋就能办成呢？你想想，如果她和校长之间没点啥事情，这事儿她能办成？"

我姐姐话没说完的时候我就做过一个假设：如果她不是我亲姐姐，我肯定会狠狠地抽她两巴掌。当然，这只是个假设而已，最后我还是冷静地告诉我姐姐："做人不要这么没良心，人家帮你办成了事，你却在背后地里这样说人家坏话，你要是觉得这件事办得不干不净，你就别让孩子去上这个学校了。"

我姐姐反过来又理直气壮地说："我要是早知道你找马草草这种人办事，娃娃就是上不了学我也不让你摇她马草草的下巴子。"

我咬着牙巴子说："姐姐，我亲亲的姐姐，马草草没亏咱们家人，更没有亏你，你连马草草找谁办的事都不知道，你怎么能这样说人家呢？"

事实上马草草所找的那位副校长是个中年女人，经常在马草草的发廊里做头发。我和马草草闲聊的时候，她也会讲一些有关她的顾客的趣事，其中不乏机关工作人员，但我并不清楚马草草与这位副校长为何会有如此之深的交情。

听完我的解释，我姐姐脸上似乎有一丝淡淡的悔意，但她嘴上依然警告我离马草草远一点。我很了解我姐姐，她就是个刀子嘴豆腐心的女人，但这并不是一个善良女人的优点。

处理完我外甥上学的问题之后，我就带我母亲去县医院复查，这次我是通过熟人托关系找县医院最好的 B 超大夫给我母亲检查的，结果是我们预先没有料到的，也是难以置信的。我怀疑是我们县医院大夫水平的问题，毕竟这次检查距上次在省城医院检查还不到一个月时间，我母亲的病情怎么可能从糖尿病直接发展成胰腺癌呢？而且还扩散到其他脏器上了，这怎么可能呢？

我记得我母亲刚患上高血压的那一年她曾经说过，得什么病都行，千万不能得癌症。现在我非常理解母亲当时的想法，这并不代表一个生命对死亡的恐惧，她只是不想过早地知道自己的生命大限。这正如我父亲曾经所说，人不管活多大岁数，但是一定不能死在外面。可是，后来的事实证明，人担心什么，往往就会发生什么。而我父母最终都没有以他们所期望的那种方式寿终正寝。

我带着县医院所做的 B 超结果又去了一趟省城医院。最后确诊：胰腺癌晚期。医生说，按照当前病情的发展速度，最长不超过三个月……。这个结果并没有令我大脑一片空白，我除了心里剧疼和视线有点模糊之外，脑子还是很清醒的。我知道，目前，最重要的事情不是到处求医，而是我尽快结婚生子，最好在我母亲去世前，让她老人家能抱抱孙子，孙女也行。我和我父亲都是单传，"不孝有三，无后为大"的道理我父母要比我理解得更加深刻，更加透彻，所以，我觉得眼下没有比我结婚更重要的事了。问题是我如何在这么短的时间内结婚生子呢？这的确是个问题，这简直比治好我母亲的病还要难。

三

十月份之前，我母亲尚未感觉到自己的身体有什么不适，她依然像往常一样，每天早晨五点起床，和父亲一起叫上小区里的一帮老头、老太太出门走步健身，通常回来都会跟我说一些治疗糖尿病的偏方，说着说着，就把话题绕到我的婚姻大事上了。

这个秋天是我这一生中最难熬的日子，我明知道母亲的时日已经不多，但我还得佯装成若无其事的样子，像往常一样，按时下班回来吃母亲亲手做的饭菜，我甚至都不能太过频繁地帮母亲处理家务，我怕我突如其来得勤快会引起母亲对自己病情的怀疑，我尽量保持着多年被父母伺候的陋习，可这始终不是长久之计。立冬后天气骤然变冷，换了冬装后母亲突然发现自己的衣服宽松了许多。其实我们早就发现母亲消瘦了不少，除了癌细胞的侵蚀，再加上近两个月来母亲对含糖食物和高脂肪食物的节制，她不瘦都不行。

入冬后母亲的身体每况愈下，加上天气变冷的原因，母亲不再早起出门走步健身了，话也少了很多。按医生的说法，我真担心母亲挺不到这个春节，我不得不把母亲的病情告知相关的亲戚朋友。所以，十一月份，各路亲戚朋友就陆陆续续来我家看望母亲。我母亲通常都笑着和亲戚们说："就是个糖尿病么，又不是什么要命的病，你们大老远地跑来看啥着呢。"

我和姐姐，还有父亲，也只能笑着附和着母亲向亲戚们致歉："就是，你看这寒冬腊月的，真是麻烦你们了。"

说这些违心话的时候我都不敢直视母亲的脸。我相信我母亲已经感觉到自己的病情可能凶多吉少，不然，亲戚们也不会突然上门看望她，但是母亲始终没有问过任何人自己到底得的是什么病，这让我心里非常难受。一个人如果连自己的生命因何而故都不知道，这该是多么悲哀的一件事啊！渐渐地，母亲除了吃饭已经很少下床了。

陆续看过母亲的亲戚们都建议我带母亲去北京、上海等大医院做手术，或许可以让母亲多活几年，但是我没那样做。我不是怕花钱，也不是不孝顺，我明知医学已无回天之术，又何必让母亲在生命最后的时光里再次承受比病痛本身更为痛苦的手术呢？与其花那么多钱买来更多的痛苦，还不如用这些钱让母亲尽情享受生命最后的时光。

　　关于母亲住院治疗的事情，我多次和父亲、姐姐，还有我舅舅商量，最后我们一致同意放弃手术治疗，只保留常规的药物治疗。当然，对所有的癌症患者和家属来说，他们都会把生命最后的希望寄托于神灵，我们也不例外。虽然我不大相信神能救我母亲，但是我还是愿意一试。在这方面我姐姐的信息量显然要比我大很多，她第二天就打听到当地一个知名度很高的神婆子，还列举了很多治病救人的例子，这为我母亲的病情好转带来了一丝希望。但是这个神婆子给人看病每月只有两个日子，初一和十五，每次只看九个小时，从早上九点开始，到下午六点结束，因为看病的人太多，需要提前排队取号，这和医院里挂号看病很相似。

　　神婆子住在距县城约十公里的一个村里。此前关于问神求医看病的事例我听过很多，但我从来没有亲自参与过。这一次我亲自去"神"那里为我母亲求医问药，多少也是有些好奇心的。我记得很清楚，那天我到神婆子家后，院子东边的小偏房门前已经围满了人，房子里面很黑，大家都在静静地等待神婆子请神，她只有把神请下来附上她的身体之后，她才能以神的身份给人看病。这个过程大约持续了半个小时，当这位神婆子开始以神的身份说话的时候，令我大吃一惊，她说话用的既不是我们方言，也不是普通话，她的口音有点湖南方言的味道，不知道这位神婆子请的是哪方神圣。

　　轮到我问神看病的时候，我刚跪到神龛前还没说话，神婆子就先说话了，她说："我知道你是个教书人，不相信这个。"

　　这话再次让我头皮发麻。她怎么知道我是个当教师的呢？这个问题在我脑海里只是一闪而过，我还没考虑好怎么解释，神婆子就又问我："你给谁看病？"我说我给我母亲看病。

　　神婆子看了一眼自己的手掌心说："你母亲这病，我只能给你舍些药，适当延长她的寿命。"然后，神婆子在空中抓了一把，双手搓了搓，从香案上抽出一片麻纸，往纸里包了几粒白色晶体状药丸。这个过程像耍魔术一样看得我目瞪口呆。最后神婆子还给了我一道符，并叮嘱我："药，一日一次，连服七日，服完药的第二天，赶太阳出来前，把这道符在你家东北方向烧掉。"

　　后面等着看病的人还很多，为了不耽误别人看病，我没敢多问，赶紧拿了药，然后虔诚地磕头作揖，还往香案上一个有很多零钱的盒子里丢了五十块钱。

　　在神婆子家亲身经历的有些事情，让我的某些观念发生了变化，至少我现在觉得我没有让母亲承受手术之苦是正确的。但是在回家的路上，我一直有一个小小的遗憾，当时我怎么就没想起来向神打问一下自己的婚姻大事呢？在目前来看，我能尽快结婚生子应该是我母亲当前最大的心愿。

这一年的冬天比秋天更加漫长，更加难熬。进入腊月之后，母亲全身开始疼痛，起初我们每八小时给母亲打一针杜冷丁，后来缩短为每四小时打一针杜冷丁，为了按时给母亲打针止疼，那一段时间，我通常都睡在母亲卧室的地毯上。有一天晚上，给母亲打完杜冷丁之后，母亲说她梦见马草草了。这让我非常惊讶，我和马草草认识这么长时间，从来都没梦到过她，我母亲怎么突然就梦到了呢？我还没想好怎么跟我母亲说我和马草草分手的事呢，我母亲又说："草草怀孕了你知道吗？"

我母亲的问题突然提醒了我。我那么聪明怎么就没想到这个问题呢？马草草和我分手的那天不是还强调过我那么聪明，就不用她多做解释了吗？是啊，她确实不用解释，马草草知道我是家里的独子，我们从来都没有采取过避孕措施，为什么一年多来她就没有怀孕呢？我想，这也许才是马草草和我分手的真正原因。如果事实真是这样，我应该感激马草草良心发现，对我和我们家来说，我绝不能娶一个没有生育能力的女人。

冷静下来之后我就问我母亲："你怎么知道草草怀孕了？"

我母亲说："我梦见的，清晰得很，草草挺着个大肚子，在咱们乡下老家门口闲转着呢。"

我父亲说："你妈怕是病糊涂了胡说呢。"

我说："就是，我和草草没做过什么出格的事，她怎么可能怀孕呢？草草回内蒙古都三个多月了，她咋可能在咱们乡下老家呢。"

幸好我姐姐当时不在跟前，要是让她听道马草草未婚先孕，那我真的无法想象她会如何猜测如何瞎说呢。

后来我母亲又说："其实我和你爸对草草也没什么太大的意见，就是觉得女娃娃家长得太俊俏了容易招惹麻烦，娶回来容易守住难。"

我仍然没有告诉父母我和马草草已经分手的事情。我说："没事的，过完年草草就和她父母一起过来了，到时候订婚结婚一次过，争取正月里结婚。你好好养身体，明年这个时候还得伺候月婆子呢。"

母亲的脸上流露出一丝欣慰的笑意，但旋即消失。我心里掠过一阵电击般的刺疼，那一刻，我能感觉到，母亲一定是在拷问自己，她到底能不能坚持到我结婚的那一天。

四

其实马草草回到内蒙古后一直主动和我保持着联系，在这几个月断断续续的联系中，我对马草草的了解才算真正地开始了。她的名字的确就叫马草草，她十岁的时候父亲因病去世了，十二岁的时候有了继父，十四岁的时候继父被她母亲杀死，然后，她就成了孤儿，她母亲把她托付给远在我们这座县城的表兄，也就是马草草的表叔，这就是马草草这个内蒙古女孩为什么只身来到我们这个县城的原因。马草草在电话里没有告诉我她母亲为什么会杀死她的继父，她说她以后会告诉我的。她这次回老家的目的就是去接她的母亲出狱，所以她不得不和我分手。马草草每次提起这件事都会强调，虽然她母亲曾经杀过人，但她依然是一个伟大的母亲，六年前的那场噩梦是她心里永远抹不去的阴影，换了任何一个母亲都会义无反顾地那样去做，没有人责怪过她母亲，包括法官在内。

在我母亲生病的这几个月里，我对自己的婚姻大事从来都不敢怠慢，到处托人给我介绍对象，前前后后见了十几个女孩，可是没一个我能看上眼的，她们除了有体面的工作之外，其他方面真的和马草草没有可比性。为此，那些给我介绍对象的人都对我有了看法。失望之余，我就会想起马草草，但是我确实抹不开面子求她嫁给我，况且，她已非处子之身这个事实留在我心里的阴影面积实在是太大了。我们家一向很传统，就算我能接受马草草，但我姐姐肯定不会接受一个失去贞操的女孩做她的弟媳妇。当然，我父母很喜欢马草草，这是个令我姐姐气愤又嫉妒的事实，但我还是不敢保证像我父母这样更加封建、保守和传统的老一辈人，能不能接受马草草这样的女孩做自己家的儿媳。看着母亲日趋憔悴的面容和日渐消瘦的身体，我常常夜不能寐，没人能体会我内心的愧疚和煎熬。

腊月二十三是小年，这一天除了祭灶神之外，就是家庭大扫除。若是往年，这一天母亲肯定是里里外外地忙个不停，或祭灶神或打扫卫生，但是今年母亲病倒了，我和姐姐又不懂怎么祭灶神，所以今年索性就免了祭灶神这个仪式，其实真是没心思做，母亲病成这样，人都顾不过来了，哪还能顾得上神呢。

打扫完家里的卫生，我姐姐向我问起了马草草，而且语气也不像以前那么反感了，这让我感到非常意外，不知道她葫芦里卖的什么药。想起上次马草草帮我外甥转学之后我姐姐所说的那些冷嘲热讽、尖酸刻薄的话，我一点儿都不想和我姐姐再谈任何有关马草草的话题。可是我姐姐依然固执地问我："你心里现在是不是还想着马草草？你给姐说实话。"

她问我的时候好像已经完全忘记了她之前当着我的面数落马草草的那些话了。我说："你问这干嘛？是不是又听见什么人倒闲话了？"

我姐说："没有，我也不是那种没事就倒闲话的人。我听人说家里过喜事能给病人冲喜祛晦气，说不定你一结婚，妈的病就好了呢，这种事宁可信其有，也不能信其无。反正别人给你介绍的对象你都看不上，不如你给草草说说好话，赶紧娶回来得了。草草这孩子，除了职业不好，别的方面好像也没什么可挑剔的，再说了，也不是所有的理发女都不正经。"

我姐姐真是个没心没肺的人，她对马草草的看法变化得如此之快，让我有点猝不及防。她要是知道马草草不是贞洁之身，而且她母亲曾经杀过人，她还会让我娶马草草吗？

我很无奈地瞪了我姐姐一眼，发现她这几个月以来为照顾母亲也憔悴了不少，心里顿时有些同情起来。我说："行吧，回头我打电话问问。"

我姐姐说："都什么时候了你还回头再问呢，现在就问，要是草草同意的话，还得提早给你准备婚礼呢。"

我姐姐一直盯着我给马草草打电话，但是天不遂人意，那天我始终没能打通马草草的电话。

五

我母亲的生命期限已经超过了医生预判的三个月，我姐姐说这肯定是此前求来的神药起了作用。好吧，我们姑且相信神的话，实际上，在这种时候除了相信神，我实在不知道应该相信谁。但是母亲活得实在太痛苦了，她现在几乎无法进食了，一吃就吐，没办法，我们只能每天给母亲输葡萄糖来维持她的生命，然后再给她注射杜冷丁来止疼。可是母亲已经瘦得只剩下一把骨头了，打过针的地方都结成了硬块，现在基本上找不到一块可以打针的地方了，每次给母亲打针，我们都是流着眼泪打的，因为这远比往自己的心上戳一针要痛苦得多。

然而，神并没有具体说明她能把我母亲的寿命延长多久，眼下，年关将至，我们必须提前为母亲预定寿材、寿衣以及所有丧事上要用的物什，以防春节放假期间母亲突然病故，到时候一定会搞得全家上下手忙脚乱。

这一年的春节前夕和往年没什么两样，街上依然洋溢着节日的喜庆，唯一不同的就是别人家都在忙着置办年货，而我们家却在忙着准备母亲的后事。

借神的吉言，我母亲总算艰难地度过了一个没有欢笑也没有喜悦的除夕之夜。不知道夜里几点开始下雪的，第二天全世界都白了，白得让我觉得自己一直生活在医院的病房里。

大年初一早上母亲奇迹般精神了许多，早饭吃了五个饺子都没有呕吐，对普通病人来说，这可能是件好事，但是对一个处于弥留之际的病人来说，这绝不是一件好事，也许，这就是人们常说的回光返照。然而，母亲清醒后并没像电影或电视剧里那样，用微弱的气息说自己的临终遗言，她只是用含混不清的语言叮嘱我和姐姐照顾好父亲而已，似乎除了我父亲以外，她在这世上再无任何牵挂了。说实话，在我母亲叮嘱我和我姐的时候，我心里泛起一丝隐隐的埋怨。我原以为我才是母亲心中最难以割舍的人，没想到在她生命最后的日子里，她的心里竟然只惦记着我父亲一个人。我可是她唯一的宝贝儿子，她心里怎么就没有我呢？我很不理解，甚至还有些妒忌。后来，我静下心来，对一个人一生中所有熟识的亲人做了个减法，正常情况下，最先离开我们的应该是兄弟姐妹，因为要各自成家过自己的日子，接下来，随着时间的推移，父母必然会先于我们离开这个世界，然后是子女成人各自飞，而最终能够与我们相伴终生的人也只有自己的配偶了。所以，我很快理解了母亲内心的牵挂，她最放心不下的就是我年近古稀的父亲，今后一个人该怎么生活。

这半年来发生的事情，让我对生命充满了怀疑，我总觉得人活一辈子似乎是一件很无聊的事情。

正月初三那天下午，马草草突然打来了电话，没有开场白，也没有任何铺垫和矫揉造作，她用一种求证似的口吻问我："你想我吗？"

我说："想，我现在比任何时候都想你。"

马草草沉默了几秒说："我怀孕了。"

我也沉默了几秒。确切地说，我不是沉默，我是被马草草的话给镇住了。

然后我就想起了我母亲之前所做的那个梦。事实上，在我的潜意识里，我可能早已把我母亲的梦当成了现实，所以我用一种充满关切的语气对马草草说："我知道。"

然后我听见电话里传来马草草的哭声，是一种激动的、解脱的、喜极而泣的哭声。

马草草哭着说："你还是那么聪明。我就知道，你不会让我失望。"

……

挂了电话，我掩面而泣。我觉得，与马草草这一次短暂的别离，仿佛让我把我一辈子要经历的人生大事全都亲身经历完了。

[原载《山东文学》2018 年第 1 期]

王玉玺（1973—），宁夏固原人，就职于固原市原州区政府办公室。作品发表于《六盘山》《山东文学》《朔方》《延安文学》等，被《青年文摘》《读者·乡土人文版》《中篇小说选刊》转载。宁夏作家协会会员。第一期文艺高研班学员。

冰溜子

董永红

一点十八分。办公室墙上的表，是个叫人讨厌的小兔子，一不留神，它就把我们远远地甩在后面。

住在我们科的病人，可不像腮帮子上扎了鱼刺、眼睛里吹进个沙粒子这等来得火急却转身就能回去的病人。你看，病床上的很多人，有的咋叫也不睁眼，有的咋治总不见效。不管你操多少心给他们吸氧输液，费多少事为他们翻身拍背，他们要么一个劲儿装睡着，凭你摆布；要么有意要态度似的装个看不着，凭你红绿。有的时而狂躁挣扎，时而呼吸暂停。当然，他们冷漠也好，可怕也好，我们都得尽最大努力帮助他们，时刻陪在他们身旁，熬过一个又一个漫长的白天和黑夜，期待他们睡醒的那一天，或遗憾地送他们永远离去。

饿虎，饿狼。大家在水池边稀里哗啦地洗手，还不忘打趣和自嘲，随之，涌入更衣室去抢各自的饭盒。

我风风火火地跑进食堂，饭不是凉了，而是早就没了。往常，我也会和同事挤在一起，抢过自己的饭盒狼吞虎咽，但今天下午轮休，我转身走出食堂，准备到外面的餐馆吃碗新出锅的热面。

医院侧面，有家口碑不错的餐馆。此时饭口虽过，客却还多。正好靠窗的一张餐桌有人离开，我过去，点了一碗面，坐下喝茶，随手翻看菜单。菜单上眼花缭乱的美食令人垂涎欲滴，我实在有点等不及了。我放下菜单，盯着出饭口，盼着那里早点喊我端饭。

有人叫我的名字，我以为是服务员喊，转念一想，服务员只叫号，怎么可能知道我的名字呢？纳闷之际，才看见有人走近我身旁。

"没认错吧，你是我的老同学吧？"

"哦，是你呀。"原来是我的初中同学王耿，六七年没见，他像生长在河边的杨树，挺拔得直而高，从前的娃娃脸上，仿佛贴了一层再也撕不掉的成熟面膜。

"走，咱们坐一桌去。"

我不假思索，端起杯子，转身随王耿到了另一个餐桌前。

餐桌上已经摆着两盘菜，旁边敞开着一个化妆盒，有个披着烫发、戴假睫毛、化了熊猫眼圈的女子，正对着盒内的镜子补口红。

"这是小韩，我的朋友。这是我初中同学。"王耿介绍道。

"你好。"我向小韩点点头。小韩只顾补妆，并没抬头，也没理会。

"坐，快坐。"王耿给我摆好椅子。

小韩补了口红，又从包里取出一个小瓶，向戴着好几个戒指的手上喷洒。顿时，一股刺鼻的奇香四散开来。

又上来了几道菜，小韩收起家当，服务员将菜一一摆好说："您的菜齐了，请慢用。"

小韩起身提了提过膝的长靴，坐下。王耿把筷子双手呈到小韩手里，又给我递来一双说："咱们动筷子。"

我的面好了。王耿帮我端过来说："你少吃点面，咱们多吃菜。"

我问小韩吃不吃面？小韩冷冷地摇摇头。又问王耿，他笑笑说："照我说，你别吃面了，这么多菜呢。"我说："吃面养胃。"

小韩皱着眉头问："午饭就一碗面？"

我说："是啊，吃碗面是很幸福的事。"

小韩从鼻腔中哼了一声说："吃碗面也能叫你幸福？那你的幸福指数也太低了。哼，我还是第一次听人这么说。你干啥的？"

我说："在 ICU。"

"啊？晒有？专业炫富的？"

我笑笑，吃饭。

王耿琢磨道："是不是 I see you，我英语差，'我看见你'，是个啥意思？难道，你是私人侦探？"

我笑着说："哪有那么神秘，是重症病房的护士。"

小韩似乎有点失望地撇撇嘴说："绕了一个大圈子，原来是个小护士。就说么，一碗面都能哄幸福的人，说啥也和炫富不靠边嘛。"

王耿可能觉得朋友的话有点那个，就说："来，咱们以茶代酒，干一杯。"

我与王耿将杯子举到小韩面前，小韩仔细咀嚼着嘴里的菜，直到我的手酸得快要支不住了，她才慢腾腾地端起杯子。糟了，三只杯子轻轻一碰，就把小韩手上的香气撞成了纷纷的碎片，落入碗碟，饭菜一下子变了味。

我忍着难受吃了半碗饭，放下筷子，准备回去。王耿挽留："咱们好不容易遇见，你还没问我干啥，咋就要走呢？说不定，你有用得着我的地方，我还能给你帮个小忙呢。"我又坐下问他："对呀，你现在干啥呢？"王耿冲我笑笑，扭头对小韩说："我开装潢部。"小韩说："生意不错吧？"王耿说："可以。"说着拿出手机，给小韩和我看装潢部的照片。看了几张，小韩就拿过手机，一个人看去了。我笑着说："原来，你才是晒有呢。"王耿取出名片给我说："要是你装房子，全部按进价算。要是你的同事和朋友，给最低价。"小韩剜了一眼王耿说："这个进价，那个低价，还赚谁的钱去。"王耿说："客户多了，就有得赚。"小韩："赚得少了，哪能养家。"王耿笑着问她："你经常在哪儿买衣服？""大商场的品牌才有保证。""你平常自己做饭，还是在外面吃饭？""外面吃呀，西餐牛排、韩日料理这些，还凑合吧。"王耿笑着说："那你的消费档次比较高。"小韩一甩头发说："不呀，一点也不啊。"王耿说："我看你的靴子很不错的。""五千多，不算贵吧。"王耿肯定地说："不算。"我忍不住插嘴："你们都是能挣钱的主。"小韩说："我挣不挣钱，不重要，重要的是，找个挣大钱的老公才是硬道理。"王耿说："大钱挣不了，家还是养得起。"

这时，小韩要走。王耿一意相送。出了餐馆，小韩径直上了等在门外的小车。王耿望着小车走远了，扭头问我："你看她咋样？"我说："很摩登的女郎。""朋友才给介绍的，你帮我参谋一下。""你觉得呢？"王耿笑着说："我觉得行，就看人家的意思。"他满脸中意，我就算有看法，自然就不能说出口了。"你单，还是双？"王耿问我。我说："他进修去了，等回来我们就结婚。""房子买好了吗？""刚交工。""哈，今天可真是碰巧了。你看，搁着咱老同学不用，还上哪儿找可靠的人给你操心装修去。我一定给你选最好的材料。"

正和王耿说话，电话响了，一看是表妹的，我心里咯噔一下，急忙接通，表妹含着哭腔叫了一声姐，我问她："是不是早早不乖了？""早早乖着呢，是我，唉。""你哪儿不舒服，慢慢说。""姐，我也好着呢，就是，就是……""是不是你婆婆又说你了？"提起那个女人，我心里就堵。"不是，我婆婆她……"不等表妹说完，我就抢过说："是不是你婆婆病了，她那么精明强悍，难道她也会得病？她病就病吧，我才懒得过问，你叫她自个找着看医生去。"表妹说："姐，不是，她没病，是我们村长。"我还以为，不是那个强悍的婆婆给表妹上家法了，就是她得啥病了，谁知表妹又说到了村长。"村长？村长咋了？"我心里一阵惊慌。"姐，你有没有空，能不能来看看我。等见了慢慢说，你有没有空，来看看我呀。""行，行，我去。"听她可怜兮兮的，真不知道她又碰到了啥难事。

挂上电话，王耿问我："去哪儿？我送你。"

我说："表妹叫我去她家，不麻烦你了，我坐公交车就能到。"王耿说："今天不忙，我送你。""当老板的人，还有不忙的。""都安排妥了，我也闲着。"见王耿还同以前上学时一样实心待人，我就坐了他的车。王耿问："你表妹是姨家的、姑家的，还是舅家的？"我笑着说："不沾亲带故，是认下的。""认下的？""一个很柔弱的女子，在医院病房认的。""你有福，还能在工作中认到表妹。""要不是她，说不定我就吃亏了。""怪悬乎的，能说吗？"王耿好奇地问。我点点头。

去年初冬，我还在儿科工作。那天，下雨，落地又好像是冰。地面说滑吧，也不算滑，说不滑呢，冷不防就把人放翻了。下夜班后，我像只懒猫一样睡得正酣，护士长打来电话，叫我快点去加班。真不晓得心里情不情愿，脚落地，迷迷糊糊出了公寓，眨眼间，胳膊肘重重着地，疼得我趴了好一阵才站起来。再看，棉衣摔了个大口子，肘上的皮卷在一边。我咬咬牙，一手托着受伤的胳膊向科室而去。

原来，科室接收了一对早产的双胞胎，小的1.4千克，大的也只有1.7千克。我换工作服的空儿，听同事说小的那个反应很差，已经放弃抢救了。大的那个在监护室的温箱里。

监护室门口放着洒了消毒剂的脚垫，门旁边是两只恒温桶，桶内盛着清水和消毒液。无论谁，必须洗手更鞋，方可进入。

室内有一个罩着白雾的温箱。温箱不远的墙根，也放着消毒桶和毛巾。向温箱内伸手，非得再次洗手不可。当然，不是谁故意要这样繁琐，而是怕肉眼看不见的细菌在温箱里闹腾。

箱内有一个白花花的棉包，裹着一个粉红的，好像不留意打破蛋壳的鸡娃似的小婴儿。箱子两面有两道能活动的门。门上有四个碗口大的圆窗，窗上镶着软硅胶片。伸手时，它会张开，取手后，它随之闭合。箱内小窗的中间，并排挂着一组细细的小小的温度计和湿度计。箱外对面的位置，也挂着温度计和湿度计。相比，箱内的那组显得极为娇小，箱外的却很健壮，好似早产儿和足月成熟儿的差别。可不是嘛，对早产儿来说，温箱就是母体的子宫。

这个早产婴儿的头像个熟了的香蕉梨，看着圆圆乎乎，捧在手中却有点软。头顶的囟门，像糊着一层薄薄的纸，能看见大脑忽闪忽闪地波动。小脸皱皱巴巴，眼睛好像画出的两道印儿。细细的脖颈，肋条分明的胸廓前，心尖急匆匆蹦跳。腹部裹着脐带卷，腿间结着黄豆大的一点小鸡牛儿，指头粗的胳膊和腿，小核桃似的手心里攥着面条一样的指头。一只拇指大的脚背上，扎着蝶形套管针，那片盖针的贴膜包过了婴儿的脚心和小腿。另一只小脚丫，偶尔动一下，或从棉包中探出来。我们把奶瓶送到他的小嘴边，他还不会吃。我和同事配合，把一根细细的胃管从他的鼻腔送入胃内，他弱弱地噎了一声，苦皱着脸，很痛苦的样子。我们用注射器从胃管给他喂了一点温开水。

过了一些时间，我去病房，推开门见一个剪着平头，貌似男人的中年女人，双手交叉抱在胸前，气呼呼地问病床上一个脸色苍白的年轻媳妇："你想，往清楚给我想，到底是谁把你撞倒了，我找他去！是不是谁把水倒在路上，把你滑倒了？我找他算账去！总归要有怨头，不能平白无故就滑倒了，一对好好的娃娃就这样糟蹋了！"病床上的女人低声说："妈，我没防住冰溜子。"女人一摆手，硬生生地说："你给我往清楚想！"那个媳妇无力地垂下了头。我叫她的名字，她又抬起头望着我。我问她能不能挤一点初乳给婴儿喂。她很惊讶地问："他会吃奶？"我说："从胃管打进去。"不料，平头女人过来一把撕住我受伤的胳膊，把我拽向门外。在走道，她阴着脸问我："到底能不能活？不能活就别折腾钱！"我说："现时反应还行，具体情况，请您去问主管医生。"她松开我，向办公室走去。

我返回病房，看见那个媳妇闭着眼，眼角挂了一串泪。我拍拍她的肩膀说："月子里不敢哭，要不然会落下病根。"她攥紧我的手哽咽着说："姐，娃娃太小了，怕是难……"我安慰了她几句，劝她一定要好好吃饭，这样才能早下奶喂婴儿。

之后，我抽婴儿胃管内的东西，心中不由沉重，我走出监护室，侧身从几把椅子背后走过去，弯腰靠近主管医生的耳旁，悄声说："胃内有血丝。"办公室的人都抬头望着我，一个实习医生低声说："简直是个定时炸弹。"主管医生起身随我去看婴儿，后又到病房向家属交代情况。

早产的婴儿一旦出血，就很凶险。眼下，婴儿的反应有点差。主管医生从病房回来说，婆婆要放弃，儿媳不忍心。婆婆不掏钱，也不让在外面打工的儿子回来，儿媳急得哭鼻子。不过，我们还是抱着最大的希望，全力救治婴儿。

我进病房送药。儿媳蜷缩着身子侧靠在被子上，婆婆背身立在窗前，双手别在裤兜里说："我的女子，找一个大款，找一个富翁，人家好上挑好，富里挑富。就你这猪不啃的蔫萝卜，我儿子找你是可怜你，要有本事，你也找大款去！叫大款给你掏这没底子的冤枉钱。我可没钱，就是有，也不可能往黑窟窿里塞。我儿子也没挣下钱，就是挣下，我也不叫他把血汗钱往空中撒。""妈，咱们再救他几天，万一活了。""你脑子生虫呀！医院不过是哄骗着从咱们身上抠钱！那么小，咋活！"

下班，我路过病房，看见那个儿媳摇晃着身子穿衣服，就进去问她。她有气无力地说："姐，娃他爸背着我婆婆给卡上打了些钱，我交费去。""你婆婆呢？""回去了。"我说："过道风大，还是我帮你交去吧。"她就把卡和密码给我。办理完，我问她吃没吃饭，她指了指床头柜上一碗黏成团的饭。我把那碗冷饭端进更衣室，加了一点开水，放进微波炉热透，又送到她面前，给她宽心，劝她吃饭。

她拉住我的手说："姐，我们老家有认干亲的风俗，我敢不敢认你做个表姐，这样，娃娃也就多个娘亲，我命贱，怕保不住他，你命好，保佑他。"她的话叫人心酸，我说："表妹，不光是咱们，科室所有的人都盼着他平安。""姐，你给他起个名字吧，有个名字叫着也能保平安。""行，我回头想想。"

　　第二天，在买早点的路上，我的脑海中突然冒出两个字：早早。表妹吃饭时，我说出了这个名字，她的脸上掠过一丝微笑说："早早，这名字好是可爱。"

　　可是，早早出现了呕血和便血，情况越加危险了。意外滑倒早产的表妹，虚弱的身子，无力挣脱紧箍的悲伤。只要见面，她眼里总是闪着泪花问："姐，你说该咋办呀？"我安慰她，只能尽力救治，平静地等待，除此之外，谁都毫无办法。

　　也许婆婆觉得把儿媳丢在医院，于心不忍，她又来了，还带来了一个小女孩。表妹指着我对小女孩说："这是大姨。"小女孩怯怯地叫了一声姨。表妹说："这是老大，两岁多了。"原来，表妹已经有个小女孩了，尽管相认了姐妹，但我们的话题从没离开过早早。也好，如果早早真的挺不过去，至少有这个孩子慰藉表妹的悲伤。

　　几天后，又轮上我值夜班了，表妹把我拉到拐角，附在我耳边说："姐，今晚你一定一定不要离开温箱。""好，你放心，我会好好照顾早早的。"她急得双手抖着说："不是，不光是照顾早早的事。姐，你只记住我一句话，千万千万不能离开早早一步。"她说完溜进了卫生间。

　　我成夜守护着早早。早早夜间再没出血，这是不是一个好的征兆呢。我心中默默祈祷。

　　天亮了，早早的情况果然比之前有所好转，这给了我们很大的鼓励，看来，早早渐渐扛过了最危险的时期。表妹听说，泪眼婆娑，不停地说着感激的话，我说是咱们的早早勇敢，并不是我们有多大力量。表妹这才偷偷告诉我，她婆婆说早早肯定养不活，非要趁护士不在温箱跟前时，悄悄跑去把早早吸的氧气取掉，这样就可以找医生和护士的麻烦，拒不交费。婆婆说，没法讹老天下的冰溜子，还不信讹不上医院！这话听得我头发根都竖起来。

　　早早出现了黄疸，从额头开始，慢慢黄遍了全身。我们打开蓝光灯，每天给他护上墨镜，翻来覆去照几小时。又过了些时间，早早会咽奶水了，会含奶嘴了，会吮指头了。我们为他的每一个进步激动得抿嘴而笑。早早在温箱中孕育了四个星期，他的脸圆了，头发密了，出箱观察了几天，回家了。

　　表妹和婆婆另过。早早闹肚子啦，早早打喷嚏啦，表妹常给我打电话。有一天，早早发热了，表妹急得哭起来。我只好买了药去看他。眼下，不知何事又难为得表妹哭鼻子呢。

王耿说："你这个表妹认得也够曲折的。"我说："真不容易，多个亲戚就得多操心呀。"王耿刚把我送到表妹家门口，小韩打电话叫他。他一吐舌头，冲我做了个鬼脸说："哎呀，有戏，有戏。我走了，装房子的事，记着给我打电话。"

表妹见我，眼泪花儿又打转转了。我亲了亲熟睡的早早，坐在炕头准备细问，表妹的婆婆就进来了。她看见儿媳泪汪汪的，顿时沉着脸冲儿媳说："没钱买盐了你说一声，眼泪能晒几量盐呢！"表妹抹着泪说："村长来……""他干啥来了？""叫计划去呢，我害怕的。""他咋不给我说，哼！我也要计划去呢。这么好的事，你捂得严严的，生怕我知道。""妈，得做手术，挨刀的事，能是啥好事。""有啥不好的，受个小疼，钱就来了。谁不去是傻子呀。我去呢，为啥不去呢，受一阵儿罪，钱就挣回来了。就算拿一千块吃肉补伤，两千全当误工费，咋算着，还干吃净落好几千。去，咱两个都去，就当打了一年工。"婆婆坚定地说。"妈，你年龄大了，划不来受那罪，再说，咱们两个都做了手术，没人伺候。""哎呀，挑个刺儿的事，有多悬呀。你不想挣钱去，我去。""妈，你不要去，你四十好几的人了，划不来挨那一刀子呀。""挣钱的事，有啥划不来的。我去，你也去，咱们都去！人家的女人，把娃娃怀得满满的，就你，跌了一跤，给医院送了一大堆。咋的，你还不想受点疼挣几个回来，日子咋过！""妈，计划要做手术的。""手术！多大的事，那也算个手术！"

正说着，村长又来了。婆婆冲他说："你咋不给我说？"村长说："你们不是分开过嘛。这种事，我想着，还得叫你儿子做主。"说着扭头问表妹："你们商量得咋样了？"婆婆说："我是说，我也够条件，你咋不给我说计划的事？""给你说？你不是孙子满地跑的人了嘛，还想挨一刀？""我就是想挨一刀！咋的话了？！""你自个非要挨刀？那还不好，我高兴得很，挨嘛。""咱们可说定了，你不要把我卯下。""你还真要去呀？""咋，你以为我和你说着要吗？""唉，我看，你划不来。""我就知道，只要有好事，你就想方设法绕开我。论起亲戚来，你还是我兄弟。别人家的兄弟姐妹都想着为对方排忧解难呢，你干啥事，只想着把我推进沟里，再倒上石头，压着我永远都不要起来，你才安心，要不然，我在路上走一步，你都怕我抢在你前头。你要是这回能把我绕开，我才算你真真是我兄弟！""唉，你这个人，咋瞎话好话不分，我是见你——""你见我咋了？""你说你，孙子这么大了，依我说，实实在在划不来了。""挣钱的事，别人能划得来，我咋划不来。你说，我咋就划不来？"婆婆骂骂咧咧地往出走，村长随着跟出去了。

他们走后，表妹叹着气说："我要是像我婆婆那样，天不怕、地不怕的就好了。"我说："等早早长大些了，你的身体硬朗了再去吧。"听了我的话，表妹僵硬的脸慢慢舒展了，她给我捧上茶说："姐，你想吃啥，我给咱做。""你还没吃饭吗？"表妹不好意思地对我笑笑说："吓得忘了。""我吃了，你想吃啥就做啥吧。"表妹挽起袖子说："我给咱们做莜面糅糅，是我们老家常吃的杂粮饭，你尝尝。"

没过几天，王耿给我打电话报喜，说小韩对他印象很好，又转了话题鼓动我快点装修房子，他一定请最好的师傅，用最好最环保的材料。我给未婚夫一说，他就请假回来了。两家老人想办法帮我们凑够了钱，王耿就开车拉上我俩去他装修好的几家参观。然后，我们到他的店里选材料，设计装修的方案。见王耿这样热心、懂行，我们就在他的指点下选材料。我看准了一款防滑瓷砖，未婚夫来来回回用手摸了又摸，与我商量道："咱爸妈腿脚不好，我想，还是选最防滑的吧，你说行吗？"我点点头。挑来比去，我们终于选了一款最好的防滑瓷砖。选好各种材料后，王耿说全部按进价给我们。我们高兴地与他签了装修合同，预付了全部费用。我的未婚夫临走时，拉着王耿的手说："我还在外地进修，忙得顾不上操心，就请你多费心了。"王耿大包大揽满口答应："交给我，你们一万个放心，保准叫你们满意。"我们把王耿信了个实，就把装修新房的大事，放放心心地交给了王耿。

那天中午，我们洗手更衣准备下班，护士长瞅着科室的表说："这个死兔子，从来就不知道等咱们，尽赶着往前跑。"同事说："人家准点下班的，饭都上桌了。"偏在这时，从手术室转来了一个做绝育手术出现意外的病人。我接过平车，不由大吃一惊，她竟然是表妹的婆婆。

把她安置妥当，护士长让我去通知家属交费。

表妹抱着早早焦急地站在门外，女儿拽着她的衣襟。

"姐，咋样了？我一直给你打电话，你没接。"表妹含着泪问。我说："手机在包里，忙得没顾得看。咋？就你来了？"

"我姐和我姐夫也来了。"表妹说罢扭头喊："姐——"

那边椅子上的两个人同时抬起头，向我走来，想不到是小韩和王耿。

我简要地向他们说了病情，请他们快点交费。

小韩拉上王耿，向交费处走去。

一个多月过去了，表妹的婆婆迟迟不见苏醒。

我抽空去看装修的新房。进门的刹那，我的脚下突然像长了滑轮，眨眼间，我的肩膀就歪歪地碰在了侧墙上。我稳住身子，蹲下，用手摸来摸去，光亮的瓷砖上并没有水，咋会滑人呢？我点着脚像防冰溜子似的，从客厅到卧室到卫生间再到厨房，才发现所用的装修材料，并不是我们当初所选择的。

犹豫良久，我还是拨通了王耿的电话，王耿说正在外地出差，他急切地问："我岳母是不是醒了？"我说："还没有。"他叹着气说："这个老人家要是不早点醒来，我可就真穷得娶不起她的女儿了。哎呀，住在你们那里，花费实在是太大了。"停了一下，他又问："那你打电话啥事？"我咬了咬嘴唇，难为情地说："我家的装修材料有可能错了。"王耿果断地说："一点没错！你家的材料是我亲手装的车，又特意叫小韩送上门去的，绝对不会错！"

"唉！"这回可咋办哪！

我的头开始嗡嗡作响。无奈的叹息仿佛惊动了藏在屋子各处的簇簇野蜂，它们乱嚷嚷地向我扑来。

［原载《朔方》2015 年增刊］

董永红（1975—），女，宁夏海原人，就职于青铜峡市人民医院。作品发表于《朔方》《雨花》《读者·原创版》《安徽文学》《文学港》等，被《品读》《海外文摘》等转载。出版长篇小说《产房》《凤雨有路》和小说集《等你长了头发》。短篇小说《瓜七朵的一万天》获梁斌小说奖。《挂红》被译介为英文。宁夏作家协会会员。第一期文艺高研班学员。

扶贫款

石 也

村主任老嘎争取来一笔扶贫款，钱还没拿到手，村里已经为如何分配这笔钱吵翻了天。有人认为，既然是扶贫，就应把钱分给村里几户最没落的人家。有人马上出言反对，凭什么让二喜那号二杆子得这个好？上面这笔钱是对这个村的扶贫，又没有指名道姓地给哪个人，所以这个村里人人都有份才对。

老嘎朝着争吵不休的人群大吼一声，少扯那些没用的鸡巴淡，不是老子费心费力地争取，你们毛也捞不到一根，还能轮到到你们在这叽叽歪歪地乱叫唤？

人群里马上有人附和说，就是、就是，怎么分配得听老嘎的，主任心里有数呢。

村里最烂杆的人家要数二喜和杨发财家。

二喜年轻，有使不完的力气，却从使不到地方上，舍不得在农田下一把力气，也不愿出门做工，整天游手好闲地在村里四处晃荡，动不动就把邻居家的鸡偷来吃，被人发现后死也不承认，还摆出一副为保全名节和人奋战到底的架势。他拍着胸脯说，咱光棍一根，一人吃饱全家不饿，这破屋烂瓦的穷酸日子早过得不耐烦了，活成这窝窝囊囊的鬼样子我也巴不得早死少受罪，来啊，有种就抡圆你的家伙朝这砸。他指着自己的脑袋说，不敢了吧？没这个胆就别他妈到处败坏老子的名声，老子还没娶媳妇呢。

杨发财年纪大了，并且病病快快地永远打不起精神。老婆倒是有一个，却也是个不下蛋的病母鸡、老母鸡。杨发财老两口都是五十多的老人了，身边又没个一男半女，日子过得比白开水还没味道。就是这样的日子要安稳地过下去，似乎也不大可能。老汉不服，穷犟穷犟、死犟死犟，总是在天还没亮透的时候就赶老婆下地，似乎稍一迟钝，日子就越不像日子了，人就越穷得没个人样了。可事实是，无论老汉怎么折腾，日子一直这么不温不火地过着，人也一直半死不活地苦挨着，生命的链条似乎随时有可能断掉。断掉、死了才好呢！老汉有时绝望又自嘲地这么想，自己生就是个穷得要死的命，父母却给他起了个气派的名字，发财。简直欺负人哩！发什么财，发哪里的财？现在，老汉老两口已经是黄土埋了半截的人了，早过了做梦的年纪，什么发财啦富贵啦幸福啦，统统是扯淡，能简单活着，饿了，有口吃的；困了，有个地方躺躺；病了，能拿出看病的钱来。就已经很烧高香了，想的再多，丁点用没有不说，还让人一思谋起来就难受。

老汉眼下正面临一件难肠事，村主任老嘎三番五次地催要水费，老汉每回都答应尽快交到村上。可老汉实在拿不出，这样倒显得老汉是个不实诚的人、惯于说谎撂骗的人。这让老汉很害臊，就像自己当真是个说话不作数的下流坏子。老嘎也很不耐烦了，他说杨发财，亏你白活了这么大岁数，说个话就像放屁，催一回你赖一回、拖一回，赶月底再交不上，我就让杨三断了你的水。

使不得、使不得！老汉赶紧讨好说，村上大人娃娃都知道你是个心慈手软的活菩萨，眼看我那两亩庄稼就要收成了，这个时候可万万不能断了水，就是断了我的命也不能把水断了。

行了行了，杨发财我告诉你，再不要给我整这些没用的话，看你这可怜样我就再宽限你两天，要是再交不上，说破天也得断你水。

一定一定，一定给你周转上，再不能让主任犯难了。老汉唯唯诺诺地说。

老汉再也不想让老嘎就水费的事说三道四了，这样好说不好听，好像他真是赖皮，就连他自己也瞧不起那些撒泼耍赖的人。再说了，一个近六十的人老让人杨发财杨发财地呼来喊去，怎么看都让人不舒服。同样是个名字，普通群众叫是称呼是代号，但是如果一个名字老挂在直线领导的嘴里，就值得玩味了。这个人要么优秀得一塌糊涂，要么是糟糕得不可救药。一个连日子都过不去的人显然算不上优秀，再糟糕的人也不愿意让人当糟糕的人对待。

杨发财的借钱路并不那么顺畅，就像他跌跌撞撞磕磕绊绊的日子，似乎随时都会像断线的风筝，漫无目的地飘过一段，然后下砸，结束不曾绚烂的生命。而这线却偏偏不断，时刻揪着心，时刻又抱着侥幸的希望。平常不对付的、有过矛盾的人家根本不用去；有几家关系不错的邻居，光阴虽然比自家敞亮些，可也有自己的困难和苦闷，还是不能去打搅；从前交好过后来光阴也扶摇上去的人家倒是有几户，可是人家的门槛也跟着变高了，不是随便谁都能进去，更不是谁都能从虎嘴里拔出牙。总之，杨发财老汉在村里转悠了半天也没捞到一毛钱，还白白搭上半天工夫。

村街在日头的洗濯下，变得干干净净，没有一个人出来行走，连一只觅食的雀儿也没有，就像这里从来没发生过什么故事。紧傍街口的外来户卫大民坐在门口的树阴下，盯着几只吃食的老母鸡不住地打盹，活像是对母鸡勤奋进食的极大首肯。杨老汉趿拉趿拉的脚步惊起了卫大民，他抬起惺忪的睡眼，不解地把老汉看了又看。

好我的老哥哩，大中午的不在家里睡一会，号丧着脸在街上瞎转悠什么，难道是把钱丢在街上了？

钱虽然还没借到，找个能听自己诉说的听众也是不错的。杨老汉慢腾腾地踅摸进卫大民独享的阴凉里，把自己正面临的尴尬也拿出来和卫大民共享，像是对占了他阴凉的补偿。

听了老汉的诉说，卫大民很不以为然，多大点事！不过眼下我刚给儿子装修了房子手头吃紧，手里确实没钱，要是要粮食，还有去年的五六袋陈包谷，只管扛走！杨老汉就像被卫大民的好心话烫着了，赶紧跳起来朝家走去。

老哥你等等。卫大民喊住了他，你肯定也听说了，村里来了笔扶贫款，只要能弄他个仨瓜俩枣，几个水费钱算什么。就算弄不上，你给主任说一声，让从扶贫款里扣下。就算暂时还不能扣，你让村上先垫上，等夏收了就还上。

他就不是个事！卫大民强调说。

如何分配扶贫款，老嘎已经有了初步意见，要一碗水端平，不偏不向。也就是说，村里人不论老小、贫富，人人有份。消息一传出，二喜就撺掇几个没有儿女的、家有残疾的、吃低保的、光阴不够敞亮的人家去村上说理。大家七嘴八舌地否决了老嘎的分配方案，认为扶贫不是吃大锅饭，必须向贫者、弱者倾斜，不然就失去了扶贫的意义。

老嘎作出生气的样子骂道，你们这些吃货，不好好扒扯自己的光阴倒赖上人了。有了一点好处，都他妈想吃独食，你们以为政府是专门为你们开的啊？你们想怎样就怎样，尽是你们的事了，怪球得很！

见大伙还站着不动，老嘎回头说，当然了，这个事也不是我一个人说了能算的。

那谁说了能算？事情总得有个解决的办法嘛。

那我总不能为这破事再去麻烦上级领导，为争取这笔扶贫款已经把领导麻烦得够够的了。

村上的事，当然由村里自己做主。有人提议说，得召开村民大会。

对，召开村民大会。许多个声音同时说。

村民大会到底还是召开了，一听说有好事，村里男女老少都来了。天上铁定要掉下一块馅饼，正在这个村子上空盘旋，具体砸到谁头上还没有分晓，人人有机会，大家俱各努力。没落户们终于逮住机会，大声吆喝地表达自己对扶贫款的渴望；富足的人家也逮住机会了，白白捡一笔钱，傻子才不乐意才不去争取。会场吵吵嚷嚷得根本听不清谁在说什么，但是每个人激动的情绪还是清晰地写在脸上。村民大会实际上已经成了一场闹剧，老嘎最后拍板决定，为避免人多嘴杂无法讨论，村民先选几个老成的值得信赖的代表，集中到村上民主讨论。

代表们来自各个层次，一到村上就充分行使自己作为代表的权利，但最后还是倾向于扶持弱者的观点占了优势。可村上到底都谁属于弱势群体？这个问题还值得讨论，代表们又一次坐下来圈定一个又一个贫困户。杨发财、二喜、刘自升、常贵……

消息传出，村里再一次沸腾了。一些光阴并不明显比别人好的人很为自己的漏选气愤，纷纷撺到村上找老嘎诉说自己的困难。狼多了肉就少僧多了粥就会少的道理人人明白，以二喜为首的先期已经被确定了的扶贫对象也愤愤不平，跑到村上揭发另一些已被圈定的人的种种富相。

老嘎很为难，他把自己皱巴巴的老脸捋了又捋，好像要把自己目前心上的褶皱一并抹平了。他长长地叹了口气，艰难地把头从办公桌上抬起来，说日他妈，好心好意地要给村上办点事，倒把难肠落下了。这可咋整？

立刻有机灵的村民俯上来给老嘎出主意，把村里光景最好的人家排除掉，其他人一律有份。

老嘎脸上的老皮展了展，但是很快，他又说出了自己的疑问，村上到底谁的光景好我是区别不开的，这不也没有个统一标准啊？

关于扶贫款的争论暂时在村部大院里停息下来，老嘎开始着手处理村上的其他一些事务，杨三，看看都有谁还没交水费，他们什么意思啊，难道要往明年拖？立刻广播通知，再不交的话，立刻断水！

好！杨三喏喏地应了一声。

很多天了，杨发财老汉为水费高悬的那颗心一直没能落到实处，听到广播里的喊话，反而又往高蹦了几蹦。扶贫款的事看来还远得没影，根本指不上。思来想去，老汉决定去找放高利贷的何发梅，早年这个女人在外面挣了一些不干不净的钱，后来回家专放高利贷，日子过得倒也快活。老人一直嫌她那钱埋汰，再有多大的困难也不向她张嘴。可是现在，顾不上这些了。

何发梅倒是很热情，又是递烟又是端水，还一口一个甜生生的哥哥，这让老汉更加拘束。如果贸然开口，会毁坏老人在何发梅眼前刚刚树立的正直形象，也对不住她的热情了。老汉把半拉屁股搭在炕沿上，心里的话几次三番地滚到嘴边，都又被他生生吞了回去。似乎这些话是一个个不知天高地厚的闯将，一旦放出来，就会祸事连连。

老汉欲言又止、扭扭捏捏的样子就像一把剥掉干壳露出果肉的开心果，逗得何发梅哈哈哈地笑，那笑，像一把锋利的刀子，轻易地把杨发财老汉心底的最后那一层防线，割断了。他满满吸了一口气，终于把借钱的想法说了出来。

何发梅很痛快，说别人借钱我还考虑借还是不借，你老哥实诚了一辈子，刚强了一辈子，张一次嘴不容易，说吧，要多少？

伍佰！老汉艰难地吐出一个大数。

伍佰？何发梅不相信似的摇了摇头，好我的老哥哥哩，你开什么玩笑。我这里借钱最少八千，期限一年，来年这个时候还一万。村里人都知道这个理，这些年一直这么办。说句多余话你别多心，按说你这么大年纪了，我不该借给你，你整天病叽叽地，又没个儿女，万一哪天你两腿一蹬过去了，我找谁要钱去？难道我的钱就该这么白白打水漂？我也挣的是辛苦钱，要不是念咱们在一个村里住着，又是老故亲戚我才懒得借你。

说吧，八千还是一万六？何发梅再次追问道。

要不了那么多，自家的锅大碗小我知道。老汉嗫嚅着，就像来而不借，来而不借大数也是天大的错。

何发梅慢慢合上刚刚打开的借据说，好我亲亲的哥哥哩，你要是这么不通事理，我也没有办法了。

高利贷到底还是没借成，杨发财老汉悻悻退了出来。天上的日头越发地毒，好像是故意考验杨发财老汉的承受力，天哩，这个时候那两亩庄稼是万万不能断了水的，可是，还能去求谁呢？因为穷，老汉很少和村上的人交往，能搭上话的都不多，能借上钱的简直没有！老汉忽然觉得自己失败透顶，窝囊透顶，窝囊得甚至救护不下几颗小小的庄稼。

怎么办？怎么办？老汉痛苦又羞耻地想。一股辛辣的老泪忽然从眼角不可遏止地涌出来，老汉的整张脸都被无名液体沾满了，他自己也分不清到底是泪水还是汗水。

老汉就这样湿淋淋的再次踅摸到街口，卫大民还在那棵老榆下乘凉，他的面前仍然活跃着几只永远吃不饱的老母鸡。这个外乡人倒是个能扒扯光阴也会过日子的主，来这里不到十年，房子盖上了，田产也置下了，还把儿子供养成人，甚至还在城里给儿子买下了楼房。

还不等杨发财走到跟前，卫大民就主动走出阴凉，热情地迎上来，好老哥，看你这焦头巴脑的样子，水费还没下落？

没有。老汉有气无力地吐出了实情。

这可咋整？卫大民也很着急，像是问老汉又像是问自己。

大兄弟前几天说的话还作数不？杨发财实在没信心了，哑着声问这个或许唯一能搭救自己的村民。

老哥，我什么时候说话不算数了？你要是需要什么，只要这个家里有，尽管用就是。

要不，把你那包谷借我两袋，救个急。老汉急急地保证说，秋粮下来马上还，折成钱也行。

老哥，快别说这外道话了，可着你用的搬走就是。卫大民欣慰地笑着说，样子轻松得倒像自己卸下了一件大负担。

装包谷的时候，卫大民又想起另外一件事，说老哥，管水的杨三是你嫡亲侄子，给他说上几句好话也能通融过去，你根本用不着这么犯难。

老汉唉了一声说，娃在人手底下混饭吃，也不容易，就是苦着自己，也不能拖累娃。

杨发财老汉最终靠卫大民的两袋包谷补上了村上的水费，老嘎哈哈笑着说杨发财这个老东西就是个乏绵羊，不赶上两鞭子就不知道走。

村部不断有人进来，新一轮关于扶贫款的代表会即将召开。老嘎听取了最广泛的民意，让大家推举代表来讨论，杨发财也被推选为代表。但老汉知道，自己是个有话说不出的代表，没用的代表，说不说都一样的代表。让他当代表，只是一种表示、样子。

和往常一样，会议刚一开始，代表们就各抒己见，热烈的气氛即刻在会场蔓延，争吵声几乎要冲破房顶，绝尘而去。最后，也没有决出扶贫款的分配方案，不过，代表们研究出了区别富人的方法，凡是家里有车，城里有房，儿女有工作的，日子都还不错，算是村里富有的人家。这样的人家列出了四十二户，占了村民的三分之一强一点。为充分体现民主，老嘎派人把享受扶贫款的人予以张榜公布。

客观地说，这个标准还是差强人意的，大多村民没有意见。

但那四十二户不乐意了，结伙跑到村上"讨说法"，吵。吵。吵。老嘎的头都快被吵炸了。老嘎重重拍了一下办公桌，大吼道，都给老子住嘴！桌上的杯子、茶壶、酒瓶子都摇头晃脑地栽了下去，哐啷哐啷响成一片。办公桌上搁的一台液晶显示器也摇摇晃晃，但它摆了几摆，终于没有栽倒。碎玻璃的声音直刺人心，富户们终于把自己的喊声咽了回去，但随即，这些喊声就痛苦地扭曲在脸上，把一张张鲜活的脸庞撑成一副副古怪的表情。

老嘎自知失态，清了清嗓子缓着声说其实呢，钱就那么多，怎么分也在这个村里，唉，怎么着都落抱怨的事，不如依了你们按户均分了吧。

门外偷听的二喜闯进来说那不成，怎么着也得有个章程，得做到合理合法有规有矩才成，不能一碗水端平、见人有份。

老嘎刚刚压下去的邪火又猛地蹿上来，他像个骂街的泼妇跳着脚说，在这里，老子就是章程就是规矩。

五年后，杨发财老汉和田邻卫大民一起坐在田埂上回忆当年争抢扶贫款的种种细节，脸上荡开了对往昔岁月的嘲弄的笑容。

卫大民说老哥，你那阵咋就想起了跟我一块种板蓝根？

杨发财憨憨笑着说，还不是你大兄弟带得好头。

那扶贫款最后给你分了没有？

哈哈，我都怀疑那是老嘎为树立威信胡咧咧呢。

谁说不是呢，反正村里就没见到什么扶贫款，连影子也没有。

那些都是指不住的，靠天靠地靠救济都不是办法，只能靠我们自个了。

是啊是啊。卫大民愉快地说，其实那阵我也看不上你那窝囊劲，老嫂子走了这几年我看你越活越精神，真为你高兴啊。

就算那个扶贫款真的有，落到我们手里也没几个了，不下苦得来的钱也不经花，扶贫款花完了也就等着进棺材了，那多没意思。

那事倒让我想起一个老故事，说是有弟兄三人，有一天看到一只天鹅，想要射下来饱餐一顿，可是因天鹅肉的做法争论不下，大哥说炒了吃，二哥说炖了吃，小弟说烩上吃，可是还没等他们讨论出结果，天鹅飞走了。

哈哈哈，两个人一起放声大笑。

远处，板蓝根细碎的兰花花在微风里陶醉得摇头晃脑，农田里掀起一层层蓝色波浪。卫大民忽然收住笑说，我以一个有经验的老农民的经验保证，今年一定是个丰收年，到时候你发达了，可别忘了重新给我找个老嫂子。

唉，老胳膊老腿了，哪能想那事——要是找个一起晒太阳的伴当，村里的老头老太太多的是，和谁晒还不都一样，还是算了，不找了。你那出息了的儿子几次三番地要你去城里住，你也该考虑接受娃娃的意见了，你不去，是不是还想在致富劳模大会上戴着大红花显摆显摆？

哪有？卫大民辩解说，我还不是舍不下这么多好地，这么新鲜的空气，在这里，咱过得多自在呐。

现在年轻人嘴里常念叨的幸福，是不是就是我们现在这样？

也算是吧？卫大民自己也拿不准。

什么是也算？本来就是嘛。发了财的杨发财曜曜笑着作了总结。

[原载《朔方》2013 年第 11 期]

石也（1977—），宁夏中卫人，现居中卫。作品发表于《朔方》《黄河文学》《六盘山》《诸城文学》等。出版长篇小说《尘事》，短篇小说集《煮命》。宁夏作家协会会员。第一期文艺高研班在学学员。

昨夜鹿鸣

吕 言

冶村是泾水源头的一个村子，是生我养我的地方。上小学起，人们就叫我冶卫军。高中毕业前，我没离开过这里。高考落榜了，我和同学李生明去过银川、内蒙古和西安打工，见了一点小世面。结婚后，就在冶村经营农家乐，接待旅游的游客。我爱这青山环绕绿水潺潺的地方，母亲一样的山博大的胸怀里珍藏的蕨菜、榛子和松籽等物事，就是养育我们的宝物。当我看着五彩斑斓魅力四射的山，忍不住想伸手撕下一片，铺成我心灵深处的五彩地毯。

我喜欢听山里梅花鹿的叫声，那声音清新凉爽，能让我燥热的心宁静下来。后来我被一头有着五彩鹿角的公鹿迷地找不到自己了，在那片绿生生的山林，害了它。

我怀念那鹿，可我不愿再听鹿鸣了，那声音柔得像把软刀，能把心割成细条。

南山顶上看日出有在上的感觉，感觉比太阳都高了。我是天麻麻亮上的南山，太阳刚露头时，就已站在南山顶上了。这四季绿得像翡翠的山，我天天看也不觉稀奇，可城里因在水泥丛林的游客稀罕。我上山不是看景，是要去南山再南的山里采松籽。

太阳冒出南山时，对面小松林一个石坎上有一朵五彩花闪了一下，我还当眼睛花了，停脚揉揉眼睛盯住那个地方看。乖乖呀！是一头公鹿，树丛里隐隐看见几头母鹿。公鹿毛色棕红，肚子上几个黑点缀成一朵大花，还有很多黑点围着梅花向外散射。这是难得一见的梅花鹿，更奇的是那鹿头顶的鹿角竟是五彩的。这神物把我紧紧吸住了，把我的心激得要跳出胸腔了。要是有枪，那鹿飞都飞不出我的手心，我盯着鹿叹了口气。后面上山的人的说笑声惊了鹿，跳下石坎消失在树林里了。

唉！那么美的鹿被惊跑了，不知道还能不能再看到。我向鹿消失的方向吐口唾沫，扭头继续往山里走。

进了松林，我把蛇皮袋挂在腰间，坐在一棵松塔多的马尾松下歇缓。那鹿真让人惦记，鹿角怎么会是五种颜色，一万年都难出现的事偏偏叫我见了。那五彩鹿角在我心里扎根了，出不来了。这是主在暗示我什么吗？

乡亲来了，我的小爸爸也来了，给小爸爸问好的时候，想起刚才吐唾沫的举动，我有了一丝歉疚。他们选了中意的松树，我也要干活了。上了树，我很快揪了一袋松塔挂在树枝上。骑在大树杈上剥松籽时，我差点把看到五彩鹿角的事说出来了，话到嘴边又硬生生噎在嗓子里。是怕村里人说我在胡诌，也不想让他们知道那鹿，总觉得那鹿与我有无法言说的牵扯。

刚过中午，我揪满了袋子，绑好等他们一起回家。山大沟深，背一袋松籽不好走，一起走也好互相照应。一坐下来，五彩鹿角就在我脑子里跳着。

回到家，媳妇接下袋子，让我洗漱，她去端饭去了。吃完饭，本想休息一下，不知咋的，就想把见到五彩鹿的事给表妹说，就骑上摩托，去了镇上。

我直接骑进她的院子，关了大门，进了上房。她正在绣花，看见我，圆润的笑脸上飞起一朵红云，那红云让我心一颤，好像看到鹿角的红色杈杈，我几步走到她跟前，把她抱在了怀里。

表妹是我小姨娘的女子，娃娃时，我就和她就要得好，曾央求我大去求亲，小姨娘答应了，当老师的小姨夫却不答应。说这么近的亲戚结亲不好，不要为了娃娃最终却害了娃娃，要科学婚育。我为此恨过小姨夫。表妹出嫁后，我们又悄悄黏在一起。她男人外出包工，一个月不回来一次。她不缺钱，就缺人气，家里经常是她和两个娃娃，我常帮她做些家事。表妹柔得像水，让我晕头转向了，傻乎乎地抱起她往炕前走。她推我，说是大白天小心有人来。我放开她，说起今早看见的五彩鹿。她说怕是我眼花看错了。

这话说的，好像我在扯谎。我发誓说确实看到五彩鹿。

表妹半信半疑地说："如果真有五彩鹿，一定是神物，会给大家带好运的。"

表妹话凉水一样浇得我满腔子热气吱吱吱地往出泄。起初我也觉得这是神物，可怎么只让我看到，这不是给我启示吗？到底启示啥呢？我坐在沙发上，想着美丽的五彩鹿，看着表妹发呆。那阵，我心里空成个五彩气球，表妹坐在身边抱着我胳膊时，也没有以往的冲动了。

采摘松籽的十多天里，我又三次碰到了公鹿。我起得早，每次都是我上山后，其他人才出村。一见到那鹿，我的心就和鹿一起飞了，捕捉鹿的想法几乎就要冲破胸膛了。我一有捕鹿的想法，表妹的话就跳出来了，给我的冲动泄着气。

第四次见到那鹿，是在采松籽的树林的西沟边，我骑在树杈上拴袋子，一抬头，那朵五彩花晃动了一下，我的心系在那五彩花上了。五彩鹿角的公鹿带着母鹿和小鹿，在沟沿西面奔跑着，画着起起伏伏的彩条消失在更远的树林里。我神使鬼差，丢下袋子，从树上下来，顺着鹿奔去的方向追了过去。

南山大都是石头山，山势陡峭，有的地方就没有路。我带着绳子攀着石头下了西沟，趟着沟底的溪流向鹿的方向奔过去，树枝挂破了衣服，我也不顾。从鹿消失的地方攀上沟沿，走进那片松树林。

走了不远，听见啥东西吭哧吭哧的，扭头一看，吓了我一跳。一头约有一米五长的野猪挺着两三寸长的獠牙盯着我。我不想惹那家伙，想绕过去。那猪好像故意和我过不去，向赤手空拳的我冲过来。咋办呢？情急之下我抱住一棵树爬上去，野猪扑空了，盯着我转来转去。我刚骑在树杈上，它就蹭起树来，蹭的树直摇晃，我差点掉下树。抱住树我冷汗下来了。

野猪的皮痒得厉害，蹭了大半个小时，才哼哼唧唧地走了。野猪走远了，我才舒了一口气，从树上下来，沿着来时的路，返回了采松籽的树林。

采松籽的人回去了。爬上我挂袋子的松树，取出干粮和水，安顿肚子。往回走时，我还庆幸能浑浑全全回家。

快到南山顶时，听见有人叫着我的名字，哭着朝这边跑来。媳妇咋来了？还嚎啥呢？我喊了一声："咋了？"哭声停了，媳妇跑了过来，抱住我，淌着眼泪问我好着吗？弄啥去？咋把衣裳都挂烂了。

我不知道咋回事，但我感激这个给我家的女人，总把我当成掌柜的。我想把她搂进怀里，两个哥哥和几个堂兄弟也过来了，不好意思，就在媳妇的胳膊上捏了一把。

兄弟们问我咋回事？

我奇怪他们咋来了？

原来我下西沟的时候，村里采松籽的人才来，他们采好松籽准备回家时，看见我的空袋子，却不见人影，回去就给家里人说我怕是出事了。兄弟们都责怪我不好好采松籽乱跑啥？把一家人吓得。我给他们道歉，但不想说去干啥了，这个是谜，我不想揭开。我有个念头，就是等抓到鹿，一切都明了了。

第二天是星期五，我没有上山。

我去了镇上。找到做生意的李生明，让他调货时给我买把弓。李生明奇怪我要那做啥？我笑了："山上野鸡多，射野鸡。"

李生明给我上政治课："那是国家保护动物，小心让森林派出所给抓住了。"

哈哈！怕啥呢，山大沟深，冶村人都是本家，村里人不说，派出所咋会知道？

从李生明家出来，我去了铁匠铺，让铁匠打制几副夹桄子、一把大刀和一些箭头。那些东西拿回来后，农家乐完全交给媳妇，我忙着磨刀和箭头，箭头磨得又尖又快，一块钢板都能射穿，野猪的皮能硬过钢板？箭是我砍来直溜溜的毛竹做的，按上箭头，粘上鸡毛，试了试，还行。我像冷兵器时代的武士，练起了射箭。上小学一年级的儿子嚷着要射箭，我把弓箭递给他，看他拉不开弓的狼狈样子，哈哈笑着："儿子，这是野人耍的东西，你还小呢，好好念书，上个大学，有好干的，哪用得着这！"打发儿子和他姐姐去写作业。我还得接着练。

　　家里人说我中邪了，天不亮就背着长绳、长刀和夹桄子，拿着弓箭进山了。媳妇劝不住就哭闹，她恼我不恼，她还请来了老人家给我讲。老人家哪知道我的心思，说的都是皮外话，我就笑着听，不和他犟。我眼里啥都比不过那五彩鹿角。

　　我给媳妇说，咱绝对是干件好事。

　　媳妇睡得正香，我悄悄穿衣带上家什和干粮，进山了。再次走进野猪袭击我的树林，我心正胆壮，野猪要是再敢袭击我，可有它好受的。登上山顶，爬上一棵大树四下观望，和茫茫山林相比，我就是一个蚂蚁虫。鹿群行踪不定，要抓住它需要花费很多精力和时间。我知道自己的决定有点愚蠢，可五彩鹿角就像一条捡脑虫，捡的我不能自拔，不顾一切去寻找它得到它。

　　突然，南面的山沟里传来鹿鸣。鹿鸣就像兴奋剂，让我浑身颤抖起来。我张弓搭箭，向鹿鸣叫的山沟艰难地攀爬过去。花费近两个小时我才赶到，鹿已没了影子，我只看到了鹿踪和新鲜的粪便。看看四野绿茫茫的林海，我有些泄气，盯着新鲜的鹿粪发呆。

　　看来，要想抓住五彩鹿，我只有住在山林里，寻找鹿群的行动规律，知道它们喜欢去什么地方，经常走那些路线。

　　我必须在离鹿最近的地方找个住处。

　　已经快一点了，我必须加快行动，不然晚上就回不去了。在山里走夜路是非常危险的，看不清道路不算，不小心让毒蛇咬一口，就彻底报销了。除非你对山林熟悉得就像自己的家。我不熟悉这片山林，绝不敢冒走夜路的险。

　　转了两个多小时，找到了两处可以栖身的地方。一处是山洞，有些潮湿，下雨时可以避雨；另一处是两对离得很近的粗壮的夫妻树，可以在树上搭床，苫上帐篷就是很好的安身地。找好住所，我把重物挂在树杈上，吃点干粮准备回去。

　　回去时，我加快了速度，到了南山，太阳已经偏西。在南山，我运气不错，射了两只野鸡和一只野兔子，好给媳妇个交代。交给媳妇去收拾时，她看我的眼神是责怪的。我不想说话，只向她笑笑。游客看见野鸡和野兔，说想尝尝泾水河畔原始森林里最天然的美味。我指指我媳妇，让去和她说。我去洗漱，吃点东西就躺在炕上，浑身没一处得劲，脑子里却煮着一锅树叶石头还有乱嚷嚷的鸟叫……

一觉醒来，太阳都出来了。这是我分家单过后第一次睡过头。媳妇见我醒来了，来到炕边，要拉我起来。我一把搂住她，她挣扎着说太阳都那么高了，小心娃娃进来。我哈哈笑着放开她，起身穿衣，今天还有好多事要做呢。

在镇上，问好所需东西的价，就给表妹打了个电话。她一个人在家，给她买了五斤牛肉就去看她。把牛肉递给她，她随手放在茶几上，问我怎么连个电话也没有，这半月多干啥去了？

咋说呢？也怪了，一看着她的脸，我就想起了五彩鹿。难道我的妹妹就是活在我心里的五彩鹿？可我一看见那头五彩鹿，怎么就忍不住要去追它，去捉它？

我给她说了追五彩鹿的事。听完我的话，她坐在沙发上不说话。好半天抬起挂着泪珠的脸说："哥哥，我虽然和你做了不好的事，但你心好，人实在，这几年他在外面，家里都是你在照顾，那山大沟深，还有豹子野猪，你要是出点事，我……嫂子咋活呢？"她喘了口气又说："哥，你听我的话，不要再进山了，行不？"

一把抓住她的手，我心乱得和山里的茅草一样，不知道该说啥。我拉起她，把她搂在怀里，嘴里打着乱弹。好一阵子，她推开我，跑了出去把大门关上，进来紧紧抱住我。那天，我两个都疯了，疯成一对夫妻树，根紧紧缠在一起，咋都不想分开。

我带着东西上山了，特别带了打火机。在山里太需要火了，但山里用火得讲规矩。那些东西，没叫媳妇看见，我乘天黑带回来藏在南山脚下了。

向李生明借的高倍望远镜帮了大忙，我在山顶那棵大杉树上，就能看见很远的地方，让我每天至少少跑十几里路。一个人在山里太寂寞了，我的伙伴就是树和花草，还有大清早就叽叽喳喳鸣叫的鸟和松鼠。我每天听着鸟叫起床，床是我砍下粗树枝搭成的，我的简易住所离地近两米高，为了上下方便，在树中间绑了几个短树股充当梯子。帐篷是塑料篷布搭的，能防雨，也能防毒虫。这个杰作让我得意了好一阵子。我不好意思说的是，住所边有两株马莲，一株是表妹，一株是媳妇，闲急了，我就和她们说话。

刚上山的晚上，我在山顶给媳妇和表妹打了电话，她们担心我，我也担心。山里孤独的夜晚，我把帐篷扎紧了，和衣枕刀斜靠在铺了干茅草的床上……

醒来后，天灰蒙蒙的。出师不利啊，刚安顿下来就要下雨，不知前途如何？我还是爬上了大杉树，骑在大树股上，怕疏忽了掉下来，就用绳子把自己绑在树上。望远镜里，山雾太大，啥也看不清楚，我听到了鹿鸣，向着鹿鸣的方向瞎看。雾在眼前飘着，遮蔽了一切。那一阵，我糊涂了，想不明白鹿鸣是不是存在？曾经绿在眼前的林子是不是存在？手掌打在树干上的声音和手掌的疼痛让我明白，那一切原本是在的，只是藏在大雾里藏在我的视线之外。我骑在树杈上胡思乱想，直到大雾渐渐散去，一切清晰地展现在眼前，那想法才和雾一起散了。向四处眺望，终于清楚地看到鹿群，五彩角的公鹿带着母鹿和小鹿娃娃，在离这有两三里远的东山边一个平台上吃草。我感谢真主，选对地方了。

清晨和傍晚，我要在树上望几小时。大山绿荫红翠色彩非常丰富，各种各样的鸟鸣特别悦耳，这些色彩和声音好像离我很远，而近的却是孤独，那孤独在心头跳着，跳得我烦躁的。有时候，好像心里有个人在喊着："冶卫军不是汉人神话里追太阳的夸父，也不是坐在方舟里的诺亚，你在茫茫绿海里独自跑着，飘着，能跑到哪里？说不定你就把骨头丢在山里，都没人知道。"

森林的动物我几乎都看到了，成群的野猪（奇怪的是，没看见那天袭击我的那头大野猪，但我感觉到它确实在这周围）、尾巴像伞的松鼠、花花公子一样的公野鸡、麻楚楚的母野鸡、噘着长嘴的獾……这些不是我要想看的，当最想看的不见了，我才下来安顿肚子。在大山里，安顿肚子是件容易事，野蘑菇、山鸡、野兔和野韭菜野葱炖在一起，还有我带来的饼子，就是神仙都跳墙的美味。让我心安的是，我住的地方每天都能听到远远近近的鹿鸣。鹿鸣是我的紧急集合号，让心跳加快，让行动更快，让我飞快地爬上大杉树，向鹿鸣瞭望。

第一次清楚地看见五彩鹿是上山第四天。前半夜下过雨，早晨却天空晴朗。群鹿从东边的山沟出来，向这边走过来，我的手有些抖，不得不把望远镜吊在脖子上，揉太阳穴让自己安静。手不抖了，我看见那群鹿从我对面的山坡上边吃边走。那鹿头上的角，在太阳下散出耀眼的光环，那道光环，我想把它形容出来，可怎么也找不到合适的话语。我眼睛落在鹿身上的花纹时，发现有一只小鹿的花纹几乎与那大雄鹿一样，是这大家伙的种。要是长大了，一定和它大一样。

鹿群转过山口，我解开绳子，从树上下来，远远跟着鹿群向南山走去。那鹿，越来越觉得它就是我的珍藏。鹿群从南山边向西去了，我该回家拿些给养了。在山里转着，打了几样野味，我回去了。

在山上住了十二天，最让我心惊的一幕是离观察点约有十五六里的东山坡，鹿群经过一片树林，山坡上冲出一只金钱豹（豹子大多生活在六盘山深处，这只豹子来到这里，大概也跟踪群鹿很久了），鹿群四散奔逃，豹子冲向一只幼鹿，扑到鹿仔咬住脖子。这时，我从望远镜里看到，那道五彩光像闪电刺向豹子，豹子松开小鹿，闪到一旁。一凶一勇对峙着。我手舞足蹈地为鹿鼓劲，要不是绑着，可能就掉下树了。小鹿躺在地上不动，公鹿掉头飞快地向鹿群奔逃的地方飞奔而去。鹿仔成了豹子的美餐。那鹿我又爱又怕，爱它勇悍，怕它不会轻易成为我完好的猎物。这个完好就是在我动刀之前，它必须是活的。

我终于对这群鹿的行踪有了底，决定设三个猎捕点。下面要做的就是用鹿喜欢吃的拌盐的玉米和豆子做诱饵，设置陷阱。

用三天时间，在鹿群必经路上，设好三处陷阱。每个陷阱都埋了好几副夹桄用铁丝固定在树上。留给我的只有等待，焦急的等待。等待像蚂蚁在心尖尖上爬着，爬得心痒难耐又不得不耐。我就这样熬煎了十多个昼夜，每天早早把自己绑在瞭望塔上，继续心痒难耐又不得不耐。好在我只熬煎了十五天，要是再延长十五天，我会疯掉。

这十五天当中，第九天早晨，我发现第三个陷阱被野猪破坏了。气得我想把山上的石头都砍上一刀。被夹住的野猪发出刺耳的尖叫，我不想杀它，想把夹桄子打开放它去，它回过头要咬我，气得我狠狠一棒敲昏它，才打开了夹桄。野猪缓过来了，它瘸着腿像个醉汉摇摇晃晃地跑了，我可气又好笑，只好重新选地方设陷阱。

第十四天的晚上，可能预感我的努力会有收获，心情特别亢奋，破天荒坐在外面沐浴清凉凉的月光。我倾听着周围一切声音，不敢放松一点警惕。这片森林里，哪怕最小的疏忽，也是致命的。这警惕大大破坏了欣赏森林月色的心情。突然旁边草丛里发出异常滑动的声音，举刀扭头，发现离我不到两米的草丛里，一条三角头的蛇正准备攻击一只松鼠，我的刀迎向毒蛇，蛇断成两节在地上扭动。松鼠回头看了一下，跑了。我把蛇抛向山下，准备上帐篷休息，身边又发出细小的声音，是刚才那只松鼠。我和它面对面站着，清凉的秋月下，我的烦躁一点一点地消失……

我破天荒被混杂着凄惨和凄凉的鹿鸣声惊醒。瞭望塔上，我看见那头雄壮的五彩鹿陷进了第二个陷阱。我高兴极了，想下树，可怎么也脱不开树干。妈的，忘了，我还在树上绑着。

离鹿还有二百米，停下来欣赏我的杰作。公鹿一个前蹄和后蹄被死死夹住，站在那里几乎不能动弹，母鹿想靠近它，又不敢，在周围哀哀鸣叫着。公鹿焦躁地踩踏着能动的蹄子，顶着五彩鹿角的头一甩一甩，甩出了无数个彩虹一样的光环。它凄惨地鸣叫着，似乎要母鹿赶快带小鹿离开。我看到周围没有异常，才放心地走向鹿群。母鹿看见我，带着鹿仔哀鸣着跑了。

我心情真好。走到鹿跟前，它狠狠地向我顶来，我向一旁一跳，躲开了；再向前进一步，伸手就要抓住鹿角了，鹿头一歪差点用鹿角刺中我的腰。我惊出了一头冷汗，它敢和豹子较劲，我算个啥！我站在一边想着怎么对付它时。突然，鹿跪下来，把头狠狠甩向旁边的大石头。"嘭"的一声巨响，我回过神来，鹿角已经断成几节，鹿腿在地上蹬着。看着阳光下那些破损的五彩鹿角，我成功的喜悦一下子消失了，觉得自己是一个想把太阳关在屋子里妄图独霸阳光的傻子。看着公鹿痛苦的样子，我眼泪下来了，急忙掏出刀子，快步走向那鹿，按住鹿头，在鹿脖子上割下去。

这是我的责任，必须让它的灵魂活着，活在天堂。殷红的血从刀口喷涌而出，流向草丛，我的眼泪洒进红彤彤的血液，多了无数个黑点。血流尽了，冷却了，变成暗红的硬块，我的心也冷了，快像冰块了……

处理好鹿，把断裂的鹿角收拢，发现少了一小截。我不甘心，把草丛细细过滤一遍，怎么也找不到。看着残破的鹿角，我不甘心啊……

鹿带来一笔不小的收入。

五彩鹿角粘好后，挂在客厅墙上，鹿皮我藏起来了。有游客要买鹿角，我不想卖。一月多来，我野人一样穴居山林，并不全是为了钱。

给表妹送去一块鹿肉。她捧着鹿肉，手抖得就像得了抖抖病。她把鹿肉丢在地上，抱住我放声哭起来。看着这个眼泪里闪着五彩光的女人，我捧起粘满泪珠的脸，轻轻吻着……

银川工作的堂弟冶威凯带着一个专家来了。专家看着残破的鹿角，出三万块，要我把鹿皮和鹿角都卖给他，他想做一个梅花鹿的标本。他说的这句话："残缺的美才是真正的美。"差点让我心动了。

看着失去鲜活光彩的鹿角，我说："你没有见过它活着时在太阳下的美，叫人心都颤呢！"缓了一会，我又说："世界上最美的其实就是一缕有活力的阳光。"我咋能说出这话？可它就在我心里跳着。我多了个想法，就是把和五彩鹿有相同花纹的鹿娃娃捉回来，好好养着，要是它的鹿角也是彩色的，那只鹿就重新活了，我又能看到太阳下最美的鹿了。

我又悄悄上山了。

上山的那天，村里来了两个警察，说是森林派出所的，调查偷猎保护动物的事。这是我晚上给媳妇报平安时，她给我说的。我才不管呢，谁也挡不住我捕捉小梅花鹿的决心。

有了上次的经验，这次捕捉行动就轻松多了。我设了几张大网，只要把鹿骗进网，就出不来了。哈哈，就成我的猎物了。

二次进山的八天里，我又天天听见了鹿鸣，可这声音与以前的鹿鸣不一样，这鹿鸣凄婉如泣，让我怪不舒服。不管咋样，我决定了就不想更改一定做到底。上山后的第八天，我几乎要成功了。那天，我守在一块石头下，从石缝里看着两只小鹿舔舐着诱饵，走向张开的大网，我的心都要跳出来了，一动不动地盯着两只小鹿。成功在即啊！我默默念叨着，走！走！走……

为即将的成功暗自得意的时候，身后忽然有了动静。猛回头，看见大野猪的獠牙在阳光下闪着白光，刺进我的屁股。我的惨叫声惊散了鹿群，小鹿跑了。

滚下悬崖的时候，我下意识抓住一根粗壮的藤条。掉下去的瞬间，我仿佛看见了我心的影子，肮脏黑暗。

[原载《朔方》2014 年第 1 期]

吕言（1966—），本名吕振宏，宁夏海原人。作品发表于《黄河文学》《朔方》《雪莲》等。宁夏作家协会会员。第二期文艺高研班在学学员。

杀人犯

吴全礼

"放我出去、放我出去！呜呜呜——"

大大小小的石头下发出逐渐微弱的哀求声。

"快点砸、快点砸！"

一伙十三四岁的小学生将捡来的白的、灰的，大小不一的石头投向一个洼坑里。边扔边踩，很快石头垒成了堆，犹如一座新起的坟头。

在这个山包上，突兀又显眼。山下不远处的居民区，谁也不会在乎山头上经常放学后扎堆玩耍的学生，究竟玩耍的是什么样的游戏。

秋末，辖区长兴街左拐巷老皮的儿子皮雷从少管所出来了。景立庆从双峰派出所调到了桥街派出所，正好长兴街那片的社区民警调走了，所长蔡峰正感到挠头的时候，景立庆来报到了。晨会上，听到让景立庆接手长兴街，其他几个社区民警都长出了一口气，满脸喜幸地看着景立庆，连所长的脸上都是那种说不出答案的笑。不过，所长专门给他交代了，交接好就到皮雷家去走访。

到底笑什么？景立庆哪里知道，也没人告诉他什么。问一个办公室里的同事胖庞，人家只是笑笑说没啥。所长把他带到居委会，给三个居委会的大妈简单介绍了一下，像慢了就会被控制起来似的，赶着脚地开车走了。三个大妈见他还是个毛头小伙子，也是一脸的笑。

跟在三个大妈后面，曲里拐弯的小巷子迷宫一般，景立庆想要是自己走进来未必能出得去，放眼一大片自建房，好似是脾气暴躁的下棋人，在盛怒之下抛出的一把棋子。居委会主任袁大妈说：

"小伙子，你摊上大事了，真的摊上大事了！不过，有我老太太在，跟我还能混下去。"

说笑间我们就进了皮雷家的门，四间自建房收拾得清清爽爽，啥有啥的地方。进门客厅的一张圆桌上，摆好了酒菜，厨房里还在叮叮当当地炒着。皮雷的父亲老皮听到门响就迎出来，我们几个进了屋，他还向后面看着，跟进来问：

"蔡所长不是说好要来的吗？"

"你这不是说笑呢？人家所长哪里有时间管这小事！老皮你没看见这是我们街新来的社区民警景警官吗？"袁大娘拉拉景立庆的胳膊，"你也知道我们是来干啥的，让你儿出来，见见人家景警官。"

"队长好！"从另一间屋子里走出来一个中等个头的学生样的小伙子，低着头，双手紧紧贴在裤子两侧。

"回来就好，回来就好。你这孩子，让你父母多糟心呢，你觉着是三年，对你父母可不止三年。以后可不敢干傻事了，知道么？"

"我知道，再也不敢了。我一定改过自新，重新做人。"小伙子低声嗫嚅。

景立庆一句话也插不进去，袁大娘的话长流水似地往外倒。老皮要拉着他们入席，乘袁大娘抹去嘴角的白沫子时，他才说了几句话。将皮雷的解教通知书看了，安顿老皮每半个月带皮雷到派出所汇报思想，见老皮一脸犯难的神情，就说自己到家里来也行，老皮一脸堆笑地说：

"来家里好，还是来家里好。"

老皮是职工医院的牙科大夫，有三个女儿就皮雷一个儿子。起初，景立庆和居委会的三个大妈一块上老皮家，每次的话头都被袁大妈抢走，他又不好意思打断。后来，他就自己去，老皮的老婆把儿子叫过来就到其他屋。要是老皮在，老皮就陪在儿子身边。景立庆说一句，老皮就紧跟着给儿子说一番。谈话就谈得磕磕巴巴，皮雷始终只是点头不说话，见了景立庆就一句："队长好！"站得毕恭毕敬。

"你放松一点，坐下来，我们就是说说话，谈谈你的认识就行。你年纪还小，有从头再来的机会。"景立庆每次都重复这几句话，他自己都有些烦了。所里每月都要检查释放人员的谈话记录，他不想来，又怕所长有时到医院碰到老皮问这事。所长的老丈人常年病号，他也成了职工医院的常客，碰见老皮的几率太大了。

春节过后，景立庆到辖区调解那几起邻里纠纷，顺带着想到老皮家看看皮雷。敲了半天大门，不见有人来开门。烟囱里冒着黑灰色的烟雾，应该有人在家。到旁边问邻居，那个一脸麻子的葛福老婆，站在大门口手叉着腰眼说：

"那个杀人犯在家，我早晨还见出来倒炉灰，低着个头。想想都吓人，和老皮家住邻居，也得胆子大才行，后面的老方家吓得搬走了。我家要是能找到房子，说啥也要搬走，这不是找不到合适的房子么。小小年纪就敢杀人，现在大了啥都敢干了！"

"话不能这么说，皮雷犯了法，也受到了惩罚。以后不能张口就杀人犯，对那孩子多不好——"

"你儿子才是杀人犯！你几十岁的大婆姨，嘴就没有把门的？见我儿子就说杀人犯，你还像个长辈的人？你说说，有这么欺负人的吗？"老皮的老婆从屋里冲出来，拉开大门边嚷边说。

把老皮的老婆拉进屋，皮雷手拿菜刀站在里间门口，三个姐姐紧紧拉着他的胳膊。看到景立庆进来，他姐把手里的菜刀抢过去，皮雷起伏着胸脯淌着眼泪。

皮雷早晨出去倒炉灰，葛福家的两个小孩在门口放炮，葛福的老婆看到皮雷出来了，就喊：

"你俩还不赶快进屋，没见杀人犯出来吗，还想不想活了？"

皮雷进屋抄起菜刀就要出去，三个姐姐紧喊着做饭的母亲过来。老皮的老婆听见葛福老婆的话了，跑出去就把大门和屋门锁严实，哭着劝皮雷不要干傻事。

皮雷少管回来，整天默不做声。老皮费了好大劲，想把儿子皮雷送到技校去上学，正好景立庆的一个同学在技校，就帮忙把皮雷送了进去。老皮吭哧半天，说能不能不要把皮雷少管的事告诉学校，景立庆想了想问皮雷能否做到在学校不惹事，皮雷很痛快地答应了。

景立庆没有把皮雷上技校的事告诉所长，每个月的汇报，他一次不落，悄悄通过他同学向皮雷的班主任了解一下。皮雷在学校里渐渐变得开朗了一些，老皮见了景立庆，不再阴着脸。谁知一个学期眼看就要结束了，皮雷出事了，被班里的几个男同学打伤了。学校报了案，等景立庆得到消息，那个派出所的民警已经过来调查皮雷的情况了。皮雷是受害者，所长先不说谁有理无理，就皮雷上技校的事，把景立庆大批特批了一顿，写完检查，又在晨会上逐字逐句念了，还让全所民警帮他提高认识，轮番发言，总的说来就是他干工作想问题太简单、不成熟。

辖区三天两头有纠纷，隔三差五发案子，景立庆才知道同事们笑的缘故了。能有胆量接长兴街这个烂摊子，那得有一定的能耐，前两任已经铩羽而归，以调走收场。就在景立庆没来之前，所长求爷爷告奶奶做老民警们的思想，可谁也不上套，打死不接。

皮雷这块年糕就算是粘到手上了，老皮家的那几邻居，见到皮雷就嘀嘀咕咕，躲也躲不掉，那就吵。令景立庆没有想到，几个居委会的大妈在平时的入户走访时，谁家有不听话的孩子，就以皮雷为说教的对象，等他从居民口中听到，社区里几乎传遍了皮雷少管的事。皮雷几乎不肯出门了，更别提上街。景立庆成了老皮家的常客，帮老皮在辖区另找了房子，不到半月境况回复原样。老皮万般无奈就辞职不干了，带着一家人从镇上搬到市里去了。

老皮在市里开了一家看牙的诊所，带着儿子皮雷给他打下手。选的地方比较偏僻，离市中心远些，买房前老皮特意在那块地方转了几天，死缠硬泡地要过售楼部卖房的登记册，又细细地看了一遍，的确没有碰到熟悉的面孔和姓名。诊所就在住宅小区的附近，来回方便。老皮中断了和以前同事和邻里熟人的联系。家里人买东西也不去商贸中心，就近的小店里买。

八年就这么过去了，老皮渐渐放松了警惕，对家人出门也有意不加限制。不过，嘱咐家人碰见熟人最好绕开走，实在绕不开就装作没看见，喊死不能答应。三个女儿接连嫁出去了，都嫁的远。回一次家也得两三天时间，老皮让她们没事不要往家跑，安安稳稳地过自己的日子。诊所的生意说好不好说坏不坏，也能够着一家人的吃喝，老皮惆怅的事就是儿子的婚事。过了几个主，不是儿子没看上，就是人家姑娘没看上。只要来看牙的，老皮就把话题往儿女婚事上引。那天和一个拔牙的女人聊得正好，诊所的玻璃门上就闪过去一个熟悉的身影，老皮惊得连话都忘接了。

"你儿子多大了？怎么说了半句话就闸住了，我不知道你儿子的你年龄，怎么给人家姑娘家说话？"

"噢，噢，你看我，突然想起件要紧的事，我们改天再说，你先忙，我要出去看个人。"

老皮没等那个女人出门，就招呼儿子看着诊所，说自己出去有事。等他跑出诊所，那个身影找不见了。路上没几个人，向东向西都排着找了。是自己眼睛花了？不会，太熟悉了！

老皮叮嘱儿子在门口碰到了认识的人，也要装作不认识，千万不能搭话。

皮雷的个头长高了，面相没多大变化，眼睛还是那么无神，上唇上的胡子比眉毛都浓。乍然看是个成年人，走近看还是一脸的孩子气。在诊所里，拨一下动一下，不问他话，就是个哑巴。没事就抱着手机僵在空闲的那把诊椅上，看着老皮就想发火，可你骂死也不回应一句。

"我今天看见了一个熟人，从诊所门口过去了。"老皮晚上回家和老婆叨叨，"也说不上是我看错了。"

"哪个熟人？"老婆也是一惊，"不会吧？"

过了几天，老皮几乎忘了看到的那个熟悉的身影，在准备关门回家时，他一扭头看得真真切切的，正是那个叫景立庆的民警！他怎么会到这里来呢？分明是看到了，老皮扭过头装作锁门，儿子提前回了家。老皮磨蹭了半天，也没有听到景立庆喊他，就偏着头用眼角扫扫周围，人家早不见了。

老皮分明记得是朝他回家的方向走的，有意加紧了脚步，尾随到家门口，依然没有看到。不会是来找我家的吧？应该不会，不然他就该喊我一声。可为啥连招呼都不打就走了呢？故意装作没看到，还是真的没留意？或许是我显得太过老相，他没有看太清？老皮几乎一晚没睡踏实。他没有给老婆说，说了闹得她也别想睡好。

老皮整天就盯着门口看，给人修补牙齿也无法安心，不时抬头看看门口。不管儿子在椅子上躺多久，他也不催促着让出去转转，就是儿子想出去，他会找事让儿子在诊所里待着。

差点把看牙人的一颗好牙当坏牙拔了，看牙人疼得钻心，推开他的手翻身坐起来，对着镜子发现他拔错了牙。满嘴的血沫子喷的老皮满脸都是，难听话一句接一句。老皮连连给人家作揖赔不是，最后拿给人家五百块钱了事。

拔牙的人骂骂咧咧地刚走出门，老皮就发现那个民警景立庆再次从诊所门口走过。正是中午下班的时间，骑自行车的，走路的，开车的，诊所门口这条胡同热热闹闹。老皮脱掉白大褂，摘掉头上的探灯，等景立庆错过诊所的大门，他推门出来，眼看着景立庆朝他家那个小区的大门走去。

老皮的心彻底悬了起来，看来人家真是找上门来了。到派出所查查户口就知道我家的地址了。他到底想干啥呢？这里不是他们派出所的地界，不归他们管呀？再说，皮雷这几年也没啥事。老皮没有像每天中午那样，父子俩轮流回去吃饭，反正就几步路的事。他在旁边的小饭馆叫了两碗面，父子二人将就着吃了。他老婆不见父子俩回家吃饭，打电话问，老皮在电话里问家里有没有去人，听说没有人去，老皮就不耐烦地说："吃过了，还回去干啥，不回了！"气冲冲地挂了电话，儿子抬头看了他一眼，说要回家睡会儿觉。老皮先出去朝四周看了看，摆摆手让儿子快走。

下午，给那个老太太拔完牙，垃圾框里的垃圾满了，儿子还躺在一边的椅子上扒拉手机。老皮实在看不下去，就吼：

"你没看到垃圾筐都吐了么，整天抱着你妈那个破玩意，我看你这辈子就和手机过去。"

儿子照旧看了他一眼，坐起来将手机重重地扔到墙边的桌子上，拎起垃圾筐就出去了，把门摔得嘎吱乱响。

老皮刚想张口骂，就见儿子拎着垃圾筐差点撞在了一个人的身上，儿子抬头看到那个人就刹住脚，触电似的站定立好，低下头说：

"队长好！"

景立庆手里拉着一个四五岁的小姑娘，回应了一句，就扭头朝诊所里看，老皮赶快躲进了那道布帘子里，听到门响才出来。儿子进来也没有说话，他就问：

"你和谁说话？"

"就那个景队长，以前镇派出所的那个。"

"谁让你和他说话了？我是怎么嘱咐你的，生怕别人不认识你？不长脑子到家了，二十多岁的人了，你啥时候长点心呢。"

景立庆从镇派出所调到市局治安处，还不到大半年。市中心的房价比城边的贵不少，他父母没法帮他，岳父家条件也一般，正好小区离媳妇教书的小学近，就买到城边上了。女儿感冒了，媳妇没法请假，只好他请半天假带女儿去看病，路过诊所碰到了皮雷。要不是皮雷开腔，他有些认不出来了。老皮搬家他知道，所长让他及时和老皮新住址的辖区民警联系，把皮雷的监督教育责任转过去，不要漏管了。一旦有事追查起来，对谁也不利。

老皮往常都是在早晨九点以后开门，那天是约好了一个要补牙的，提前出门。就在他走出单元门时，看到了从旁边那个单元门口走出的景立庆一家三口，他收脚躲进楼内，估摸着人家走远了，才出来。能躲一次是一次，不到万不得已，他是不会主动和景立庆说话的。当初要是他能管住那些邻居们的臭嘴，也不至于自己早早辞掉了工作，到这个城边边上来谋生。叹了一路气的老皮，开门也觉得没了心劲，那个补牙的人早就等在诊所门口了。

偶尔在小区里碰了面，老皮实在躲不过去，就低头或捂着嘴装作咳嗽。景立庆也只是那么自然地走了过去，不特意看他，更不主动和他打招呼。皮雷见到景立庆，总是一副在少管所见到管教队长一样，站得笔直，低头说："队长好！"似乎三年的少管经历，给他留下了心理痼疾，见到穿警服的人，神态就有些紧张，双腿明显在轻轻地抖动。

前几天出去倒垃圾，好半天不见回来，老婆催着老皮赶快回家吃饭，儿子就是不见面。老皮气得追出去找，看到儿子和景立庆站在路边说话，老皮只好退回诊所。皮雷进来他问和景立庆说啥了，儿子就没好气地说：

"没说啥，就是问问。"

"问啥了？"

"你问那么多干啥？"知道再问，儿子也不会说。

老皮越来越搞不懂儿子到底是个啥样的人。心理医生也去看过了，说是没啥大问题，就是不要刺激。儿子皮雷晚上睡觉时常做噩梦，大喊大叫："不要杀我，不要杀我！"醒来满头大汗，呆呆地坐在床上。

还能咋样？只好捧着。老婆偷偷请来神婆子，又唱又跳折腾了大半天，一只大公鸡和四百块钱就没了。老皮是学医的，明知道这是哄人的，心里还是抱有一点幻想，也就没有阻止老婆这么干。神婆子给的那些黄色的纸片，说是神符，老婆每天按时烧化了冲水端给儿子喝，儿子接过来就喝了，啥也不说。

在诊所里，想让儿子跟着学拔牙补牙，皮雷看到血就抖，死活不上手。

每天就帮着扫地倒垃圾，找给他的那些医学书，原样摆放在桌子上，每天抹桌子就顺手拿起书抖抖，再原地放好。

诊所附近的粮店、饭馆、商店、理发店的那些人，没事就进来和老皮聊聊。老皮就是聊牙，其余的有关自己家里的事闭口不谈，怎么绕就是绕不进来，他们的家事反倒让老皮知晓得就差屁股蛋子上的那颗长毛的痣了。

想探我的家底？也不看看对面的人是谁。老皮嘴里招呼着还没走出门的那些背影，手里拔牙的钳子就加大了力道。那颗黑了半边的牙全在他的掌控之中，也就没有了这颗坏牙也是长在肉里，长在别人的嘴里的感觉。

"哎哟、哎哟，你倒是慢着点！"听到看牙人呜呜噜噜的叫唤声，老皮激愤的情绪被拦腰砍醒。

"对不住，对不住，我轻着点、轻着点，马上就好，忍忍。"

"叮当"一颗血糊糊看不出模样的牙落进了旁边支架上的白瓷盘里，老皮抬头看了看儿子，还是那个抽了筋似的摊在椅子上，手机举在眼前，眼珠僵直在眼眶里。他知道儿子的脑子并没有闲着，可就是不晓得在琢磨啥。

景立庆的身影没有规律地在诊所门口出现，老皮记了十几次，还是没有摸着门道。右边粮店的瘌子李，说是给皮雷介绍对象，让皮雷到粮店去见面，老皮后脚还没有进粮店，皮雷就拔脚转身往外走，老皮紧喊慢喊，儿子进了诊所。

老皮只闪了粮店里的那个姑娘一眼，就明白儿子为啥没搭腔：姑娘个头小得像个孩子。

"这孩子，人家姑娘就是个子小点，人能的啥都能干，还挑剔得不行。"瘌子李撵着皮雷的后影子喊。

"我儿子就是再差，也不能找个地老鼠吧？什么人呐！"老皮有些气愤。

"景警官，忙呢？"

老皮听见身后的瘌子李的招呼声，紧走一步进了诊所。儿子顺势又躺在那张椅子上，好像就从来没离开过。

瘌子李怎么认识他呢？从来就没有听瘌子说过，以前也没留意他们见没见过。瘌子李给景立庆指了指诊所，老皮将身子隐在高背椅的后面，只是听不清他们在说啥，声音故意压得很低。

老皮没在意，周围店铺里常来常往的那些人，怎么就很少再进诊所了。见了皮雷，也不像以前那么热络。有时，还见他们扎堆对着诊所指指戳戳。莫非是景立庆给他们说了儿子的事？

理发店里的小邢，新收了一个徒弟，是山区出来的姑娘。长相穿着却没有一点农村人的影子，就是一张口话音就带出来了，人长得也受看。老皮没有和那姑娘说过话，还不太熟。小邢带了也就三四个月，过来问老皮对那姑娘感觉咋样。说要觉得能行就介绍给他做儿媳妇，还说皮雷见过了，就看他的意思了。

老皮和小邢说话，皮雷还是躺在椅子上，一言不发。好像他们在说别人的事，直到小邢出门，皮雷才欠身说再见。这是皮雷从来没有过的举动，谁来谁去都与他无关，从来不主动和周围的人打交道说话。老皮有时觉得脸上挂不住，等人走了训儿子，皮雷就面无表情地说："是你不让我和别人说话的!"老皮的确就是这么要求的，气再大，他还得咽进肚子里。

"你以为我愿意给儿子找个山沟沟里的？可眼下你也看到了，就你儿子那个样，自己不主动，还能怎么办？"老婆不同意给儿子找个山里人。

"好歹给他成个家，不然，整天举着个手机不言不喘咋算经？这一世人不能就让他这么过吧。"

皮雷同意这门亲事。小邢就让姑娘的父母从老家过来协商，吃住由老皮家包了。姑娘的父母按人家山里的习俗，男方家给他们拿八万块钱，就可以把姑娘领走，啥也不陪嫁，结婚时来几个嫡亲吃吃酒席算完。至于男方家置办什么不置办什么，人家一概不管。老皮就怕人家提买房子的事，钱他预备得差不多了，迟早也得单另给儿子买房，可就眼下儿子的情况，他还是想先带在身边，有准了再放出去单过。

老皮托小邢带着皮雷和那个姑娘到省城买了些衣饰，就算把事定下来了。姑娘的父母准备返回，老皮忙着买点东西给他们带上，这事定下来，他觉得心里的那块石头轻省了些。

"你怎么给俺闺女介绍了这么个人？小小的就敢杀人，现在人大心大，还指不定心有多歹毒呢!"

老皮给一个老头拔好了牙，正准备收拾下带儿子去给亲家买东西，就听见外面吵吵嚷嚷。亲家两口子站在理发店门口，冲着小邢在喊。

"差一点就上了你们的当，也太欺负人了。说难听点俺是卖姑娘，可俺们不卖命，不卖命!"

那两口子看见老皮出来，嘴里喊着，眼睛看着老皮。

"俺们就是没见过钱，也不是不要命。看你本事大的，还给俺闺女介绍了个杀人犯，看把你能耐的。俺闺女就是老在屋里，也不能嫁个杀人犯!"

老皮转身进了诊所，皮雷还没有来。

周围店铺里的人都知道了皮雷的事，一段时间没一人再来诊所。老皮最担心的就是儿子皮雷，对象黄了，皮雷脸上的那些活色就像水面上的波纹，波纹散尽又恢复如常。

那段时间，老皮的眼光始终悄悄地尾随着儿子的一举一动，他盼着皮雷能大哭大闹一场，那样他还能松动松动捆在心上的绳子。一天让他觉得是在一秒一秒地数着度过，每一秒都是一座山，有没有看牙的人，一身汗未干，又出了一身。皮雷脸上蒙着一个淡蓝色的医用口罩，以前老皮让他出外倒垃圾时戴上，可他从来不戴。皮雷出家门就戴上了口罩，进诊所也不摘，回家进门才去掉。从家门到诊所，老皮在周围的店铺大门紧闭时，就早早进了诊所，皮雷还是每天那个点来。店铺里的那些人见到皮雷分外热情，问长问短，皮雷一概不予理睬，只管走自己的路。有时，诊所门口转悠的人不时朝里面张望，分明是看皮雷的。

　　到底是谁告诉他们的？看瘸子李和小邢那表情，也不像早就知道的样子。哼，肯定是他，除了他还谁会知道？那姑娘的父母怎么会认识他？老皮怎么也猜不透。

　　周围店铺的窗玻璃动不动就被砸了，派出所的民警过来调查，老皮把民警迎进来，支使皮雷出去倒垃圾，把儿子的情况只好说出来，但他保证玻璃绝对不是皮雷砸的。谁知来的民警说早就知道皮雷的情况，已经过了监管的期限。话是这么说，老皮总觉得不真实。明知道玻璃不是皮雷砸的，可那些店铺的人有意无意在门口骂骂咧咧的，老皮也只好忍着。几次皮雷握着医用剪刀要冲出去，老皮死命地挡住，说不是咱干的，你这样一闹变成了你干的，你还让老子活不活？皮雷更瘦了，老皮在被窝里没少淌眼泪。

　　"不行我们就回老家去，老家总该没人知道吧。"老婆凄凄哀哀地说。

　　"我家姊妹不知道儿子的事，你两个弟弟都知道，还指不定村里有多少人在传。还想着回老家，我们能行，儿子能行么？"

　　"那你说咋办？不能让儿子打光棍吧！眼看着年龄越来越大，又没个职业。我成夜成夜睡不着，眼睛看啥都是双的。"

　　"愁管啥用，不行再搬次家。"老皮头顶的头发一抹一把，比水烫的鸡毛还利索。

　　"皮大夫，今儿脸色忒难看了，病了？"

　　"老皮，一双眼睛缩进眼眶里了，吃点好的补补，别光顾挣钱了。"

　　"皮医生，怎么一下老这么厉害？"

　　"庆子，你快回来，门打不开了。锁孔里被人填上了东西，钥匙插不进去。"景立庆刚从外面检查回来，进办公室正赶着写支队长交代的检查情况，妻子张惠打来了电话。

　　"你得罪什么人了？"妻子张惠见景立庆就问，"跟着你没沾什么光，尽这些事。你能不能不那么认真？"

　　"我才调过来不到一年，再说管理的都是些单位，也没有什么个人恩怨。不会是哪个淘气的小孩干的，不要想那么严重。"

"你说得倒轻巧，就是淘气的小孩子，怎么不去堵别人家的锁，专门堵你家的?"

景立庆只能听着妻子的各种猜测，就是真有人堵锁子眼，那也不是啥奇怪的事。谁知，没隔几天，早晨出门上班，开门就是一股恶臭扑鼻。门口被人泼了一滩粪水，楼上楼下的邻居知道他是警察，就纷纷猜测他肯定得罪了什么人。说是指望和警察住邻居安全，谁想尽遇到这些添堵的事，保不准哪天认错门把自家的锁给堵了，说最好写张字条贴在门上，以防跟着"沾光"。

"在镇上就有这样的事发生，到了市里进机关了，想着不会再有这样的事，可还没有安稳多少日子，又发生添堵的事。这日子还有法过吗?"妻子张惠越发埋怨景立庆。

小区里没有安装监控，景立庆实在想不通这是谁干的。难道是以前处理过的那些小混混干的? 也不能够啊! 调到市里住的这么偏僻，再说那些人也不会胆子大到这种程度。整天忙忙碌碌的，景立庆没往心里去，也没有那个闲工夫。不过，他还是在上下班的路上，留心了一下过往的人，没啥异常情况或迹象。张惠叨叨的那段时间，有时他也觉得身后总有一双眼睛在盯着他。家里再没有发生什么事，日子如常地往下延续。

景立庆从看到皮雷那天起，没几天就发现老皮和自己住在同一个小区。几次老皮分明看见了他，故意躲闪着装作没看见的样子。皮雷见了他，还和以前一样。对门徐姨有一次下楼倒垃圾，他见徐姨提着一桶垃圾吃力，就帮着拎到楼下。徐姨指着老皮的背影悄悄说:

"小景，你知道那个人，就是皮牙医的那个哑巴儿子是个杀人犯吗? 你在公安局肯定知道的吧?"

"您听谁说的? 我不清楚。"他怔了一下问。

"我也是听别人说的，他家搬来几年了，我从来没有听见他儿子说过一句话。我主动问他，他也不理不睬地就走了，可没礼貌了。"

"那小孩的脾气就那样，您老就别见怪了。"景立庆本来还想说他不是杀人犯，又怕徐姨刨根见底地问。

他理解老皮有意装作不认识的意思，有时回家就绕过诊所，见到老皮也装作没看见。皮雷见了他，从来不躲闪，就那一句话。

买粮油认识了店主瘸子李，一来二去就熟悉了。

"皮雷是个杀人犯，周围不少人给他介绍对象，见一个黄一个，到底弄不成事。"瘸子李偷偷告诉景立庆，问来问去，也说是听别人说的。

"听说的就不要胡传，多影响人家孩子。"瘸子李听景立庆这么一说，脸上有些挂不住了。

"不是我胡传，周围的这些人谁不知道，也就老皮还以为大家不知道。理发店小邢给他儿子介绍的那个对象，前些天姑娘的父母都追到门口骂来了，老皮连大气都不敢出，躲在诊所里没出来，给人家买的东西也白白让人家拿走了。"

"判刑的人也有释放的期限，不要没完没了的纠缠。你的腿是怎么瘸的，周围的人知不知道？"

"哎、哎，我的景警官，我服你了！我重新做人好多年了，你就饶了我、饶了我。可不敢把我的那些丑事抖出，为这我东奔西走十几年，总算没人想起来了。我明白了，再不胡传了，绝不了！"

老皮从老家回来，整个人就蔫巴了。

父母留给他的老宅，姊妹们在规划时就分掉了。他还没说出回迁的想法，弟媳妇的脸就变了。他又到县城岳父家，看了看县城的房子，谋划着要回来开诊所也方便些。老婆的兄弟姐妹听明白了他的意图，拐着弯地问皮雷回不回来，听说全家都回来，有的就嘀咕说皮雷能住得惯么，城里生城里养的，县城毕竟是县城，没法和城里比。县城的人素质低，嘴都不放闲，啥都说……

诊所的生意越发地不如以前，父子两个守在里面。儿子对着手机，老皮没事也不愿到附近的店铺聊天，就对着那些牙齿模子，将那些拔下的坏牙，一个个安上去再拿下来。儿子就是一颗有了问题的牙，他们就是这颗牙的"牙床"。想到这里，老皮的脸上抽动了几下。他也学着儿子的姿势，躺在另一把修牙的躺椅上。正午的冬阳暖暖地照在身上，放空脑子啥也不要想，紧紧闭着眼睛，从头到脚一点点软瘫在椅子里。耳边传来儿子轻微的呼吸声，他知道儿子睡了过去，不用看也知道手机贴在胸口上，随着呼吸和没多少肉的胸脯微微起伏。手机就像一条泊在岸边的小船，一根缆绳系在一截锈迹斑驳的铁桩上，绳子不断，小船就一直守在岸边。病牙、小船，小船、病牙，交替在老皮的脑子里。拔掉病牙，放走小船，一个疼，一个空，老皮下不了手。翻了个身，椅子咯噔一声，老皮起来看看空荡的门口。儿子皮雷抬起头也看了一眼门口，又回头看了一眼老皮，接着举起了手机。

老皮心头腾地燃起一团火，抓起一颗坏牙狠狠地砸在地上。一颗坏牙粉碎成渣，儿子原样躺着没动。

小半年过去了。来诊所看牙的人逐渐多了起来，周围店铺里的那些人见了老皮不再冷着脸，他也不好视而不见。相互走动闲聊，老皮还是坚持不谈家事。砸玻璃的人抓到了，皮雷听说后，还是不声不响。不过，老皮发现儿子有时会拿起那本书翻翻，偶尔也会站在他身后，看他拔牙补牙修牙。那个景立庆时常过来过去，皮雷碰到了从来不躲。看到景立庆和儿子在路边说话，偶尔听到一句半句的，也是劝解和鼓励儿子的。皮雷回来，老皮不再追问他们说啥了，皮雷也不会主动告诉他。

"皮大夫，你过来我有件事和你商量。"粮店的瘸子李在门口喊，"你快着点，好事！"

"给皮雷介绍对象？那天你也听见了，还怎么见人？"老皮有些不耐烦地转身想走，"我家的事就不劳你费心了。"

"你看你看，这次给你介绍的，我估摸着能成才找你商量的。你要有意就选个地方让你儿子见见，这个姑娘我知根知底。"

"那我回去和老婆、儿子商量下给你回话。"

见面的地点在瘸子李家，姑娘是瘸子李家的邻居。父亲意外死亡，母亲改嫁。姑娘护校毕业在一家诊所当护士，年龄比皮雷小一岁，皮雷点了头，姑娘也没二话。

老皮也觉得有眉目，不用姑娘提就说房子新买，结了婚就可以到他的诊所来干。

皮雷的婚事出奇的顺利，瘸子李包办了姑娘娘家人的所有琐事，锁了店门就忙这件事。老皮让儿子皮雷守在诊所里，有看牙的人就给他打电话，将三个女儿找回来，分头准备儿子婚事所需的一切。姑娘通情达理，房子暂时不买，就和老皮两口子住一起。腾出朝阳的大卧室，以前装修好的都不动，添置些新的东西就行。老皮怕姑娘有想法，就答应只要婚期确定，领了证，就把买房的首付交到姑娘手里。

家中有事暂停营业的那张纸还没有贴在门上，老皮和儿子将诊所里外收拾了一遍。

"队长好！"听到儿子皮雷说出这句话，正在往平抻诊床床单的老皮，头上犹如被浇了一盆带冰块的水，一时还没有反应过来。

"皮大夫，还认识我吗？"景立庆满面带笑地站在门口，朝老皮伸出了一双手。"诊所的生意咋样？"

"哦、哦，景警官！你是路过，还是专门来的？"老皮忘了伸手，脸上抽抽着不知是该笑，还是不笑。"糊口，就能糊口罢了。"

"皮雷也该成家了，有二十多了，老大不小的了。"景立庆看着皮雷，皮雷拿手机的手背在后面，端立椅子旁边，笑了一下。

"成家，怎么个成法？你又不是不清楚。"老皮的怨气带在了脸面上，瞪了皮雷一眼。

等儿子皮雷碰了一下他的胳膊，老皮抬头不见了景立庆的身影。也不知是怎么了，见了景立庆浑身如同针扎，碰哪都不舒服，堵得慌。他不会知道后天皮雷结婚吧？往家里买东西都是在上班时间，零零散散买的，谁也不会看出来是家里要办事。邻居谁也不打算请，婚宴定在市里较偏的一个酒店，简简单单办了，安安稳稳过日子。若再有啥变故，儿子成家的希望就彻底灭了。老皮左思右想地把所有的事过来过去地比量，觉得稳妥了就安排家人去做。儿子的新婚之夜，老皮在一家酒店预定了包房，三天之后再回家。新房门口贴了对联，家门口不贴，以不让四邻看出家里办喜事为底线。

那一晚，老皮几乎没有合眼，稍稍迷糊着了，就听有人在耳边喊：杀人犯、杀人犯！惊醒后心像被无数条鞭子在抽打不休。老婆也是一会儿左一会儿右地翻腾，老皮想说又不知怎么说才能让老婆安稳地睡觉。

天还没亮，老皮出了门，其他人按照排好的顺序，一个一个地出门，走不同的方向，到酒店集合。

老皮在酒席上看到了景立庆。这次他没有躲开，而是端着酒杯主动过去，敬了三杯酒。

"景警官今天不上班？感谢你参加我儿子的婚礼，没想到啊！"

"我休假。我可是娘家客，老皮。"

"娘家客？"老皮以为自己听错了，敬了几桌酒，走路都有些脚步不稳了。

"这是我表哥！"儿媳妇刚好过来敬酒，指着景立庆给老皮介绍，皮雷满脸是笑地站在一边。

"表哥！你怎么会——"

老皮紧紧握着景立庆的手，眼泪纷纷地落了下来。

皮雷上初一时，放学后跟班里十多个同学去玩。在一个小山顶上，有一个不太大的坑，他们当中有人建议玩埋人的游戏，让他们当中个头最小的一个双手抱头躺在里面，其他的人就近捡来大小不同的石子石块往里扔。不知是谁带头的，扔石头变成了砸石头，大大小小的石头砸在那个学生的身上。等那个学生大喊不玩了时，谁也没有停手，反而找了更大的石头往里扔，直到听不见哭声了，他们才害怕了。天黑回家后，都不敢告诉家人。等那个学生的父母找人问到地方，赶过去扒掉石头，孩子早就没气了。

[《厦门文学》2017 年第 6 期]

吴全礼（1967—），笔名北方，宁夏惠农人，就职于石嘴山市公安局。作品发表于《朔方》《啄木鸟》《美文》《东方剑》等，部分作品被《散文选刊》转载。全国公安文联会员，宁夏作家协会会员。第二期文艺高研班在学学员。

第 N 次

鲁兴华

　　米叔生活的这个城市，人口不到十万，街道不算繁华，但环境优雅。米叔居住的小区位于市区中心，该小区共有十栋楼，住户约在二百户以上。小区有东西南北四个门，西门为正大门。小区物业办公室设在西门旁的两间房子里，办公室大门正对小区一号楼门厅。出了小区西门往北走不到二百米，是市区广场。住在这儿的居民，不论是购物、孩子上学还是住院看病，交通很是方便。这个城市里的许多人，都为能住进这个小区而感到自豪。人们私下都称，这个小区是富人居住区。

　　其实米叔也算不得是富人。米叔之所以能住进这个小区，很大程度上取决于有个挣高工资的女儿。米叔住在这个小区一进门的一号楼二层。去米叔家串过门的人都说，米叔家的房子非常大，装修肯定也花了不少钱。

　　我与米叔相识于一年前。没遇到米叔前，我在外县工作。因为夫妻常年两地分居，为了女儿上学方便，我不得已调回丈夫工作的城市。工作单位先是调进街道部门，后来因为工作需要又被调整到社区。确切地说，我认识米叔，应该是去年"五一"过后的一天。那天早晨九点钟左右，我在办公室刚把茶水泡上，一个年龄在七十岁以上的老人推门走进办公室。那天是初夏，天气还不是很热，我觉得至少应该穿件外套才是，但是老人却穿着一件薄薄的长袖灰色秋衣，裤子是件黑色的，皱褶不说上面的污痕还清晰可见。虽然老人站在离我有一米多远的地方，但身上难闻的气味，我还是闻到了。老人脸色清瘦蜡黄，头发稀疏灰白，虽然身高不低，但裹挟在那身装束里，让人看着身体随时都有倒下的可能。办公室当时就我一个人，因为之前在街道工作过，小区工作自然熟知一二，于是我询问老人有啥事。老人说话的声音很洪亮，给人的感觉是底气很足，这使我不禁提振了精神。老人说，你是新调来的？我嗯了声。老人这才话匣子正式打开，他自我介绍说，我叫米大进，是一位退休老干部，今年七十四岁。我老伴七十二岁，是位退休职工，我在这个小区住了有六年，女儿在德国居住，女婿是德国人。老人说完这些后，便拿眼睛直直看着我。我反应过来马上说道，米叔，你是退休老领导？以后可得多多支持我们社区的工作啊？你女儿能在德国生活，肯定很优秀了，真让人羡慕。听我说完，米叔蜡黄的脸上，立即溢满了笑容。陶醉了几秒，许是忽然想起要办的事情，便忙说道，我家的下水道像是堵了，我来找小李麻烦给找个水暖工到家里看看。我还没想好怎么答复，办公室的李姐回来了，李姐就是米叔口中所说的小李。李姐在这个小区已经工作了好几年，一直担任物业部办公室主任，年龄比我大几岁，性格温柔，待人亲和。上班的第一天，主任安排我和李姐在一个办公室办公，因为是第一天上班，我便毕恭毕敬地叫了声李主任，李姐听后立即笑呵呵地说，叫我李姐就行。李姐简单的一句话，一下拉近了我们之间的距离。此刻，李姐进门看见米叔站在屋里便忙问道，叔，你有事啊？是不是我姨又发病了？米叔也不避讳地说，你姨那个病时好时坏，家里的保姆又走了，这几天都是我在伺候，叔来找你，是想麻烦你再给找一个保姆，还有家里的下水道像是堵了。李姐说，保姆的事我已经知道了，修理工我一会儿就给打电话。米叔得到满意答复离开后，我从李姐处又了解了有关米叔家里的一些事情。

米叔退休前曾在某单位担任副主席一职，退休后享受的是副处级级待遇。米姨只有初中文化程度，是位退休职工。老两口是空巢老人，有一个女儿在德国居住，是博士学历，工资很高，每年都会给家里寄不少钱。米叔现在居住的房子，从购买到装修，一大半钱都是女儿给的。米叔家的生活条件，在这个小区里应该算是中上的。因为家里能雇得起保姆的人家，在这个小区里毕竟不多。

我与米姨相识于夏季的一个午后。那天风和日丽，虽是夏日，但天气却一点儿也不闷热。那天大概下午四点钟左右，二号楼有人打电话说，楼道电梯异常，让工作人员赶快过去看看。那阵李姐正好到街上办业务去了，接完电话，我便责无旁贷地前往二号楼查看。前面说了，小区正大门面西，走进小区右边依次是 1-5 号楼，左边依次是 6-10 号楼，门房和物业办公室的门正好面对一号楼。两栋楼中间的空地上有休闲凉亭，自行车库以及花坛和草丛。我走出办公室，径直往二号楼走去。经过凉亭，我看见里面坐着三女一男四个老人在聊天，其中一个熟悉的阿姨主动和我打了声招呼。从二号楼查看完电梯回办公室时，我看见一号楼门厅前的地上坐着一位老年妇女。老妇面对凉亭，距离也不过二三米，确切地说，凉亭上的几个人也都应该看见了老妇。当时我没想那么多，看见地上坐着个老人，心里的第一个想法是赶快过去把老妇搀扶起来。走到老妇身旁，我伸手就要拉时，凉亭上之前和我打过招呼的阿姨说，你快别管那个闲事，那可是个精神病，招惹上了麻烦事可是不少。精神病？咋听到这三个字，我的心不由怵了一下，抓着老妇的那只手也下意识地松开了，恰巧这时装在裤兜里的手机响了，我便赶紧掏出手机。电话是一个朋友打来的，约我晚上吃饭，我们又说了一些其他事。挂断电话，转过身，我看见米叔不知啥时已经扶起了地上的老妇。米叔一边拍打着老妇裤子上的灰尘，一边大声呵斥说，我就给狗洗了个澡的工夫，你就跑了出来，要是一不小心摔坏了，让我咋给女儿交代啊?! 原来是米叔的老伴，我不由细打量了几眼。老妇皮肤白净，五官端正，若不是年龄的缘故，年轻时应该是个漂亮女人。老妇留着齐耳的短发，上身着一件紫花短袖衫，腿上穿着一条蓝色纯棉秋裤，一只脚上穿着拖鞋，一只脚光着，嘴里不停地叨咕着什么。米叔似乎是匆忙跑下楼，脚上蹬着拖鞋，下身是运动短裤，上身穿着一件灰色老头衫，满脸汗液。在米叔训斥老伴的时候，凉亭上唯一的一个男性老者这时大声说道，老米，你老伴今天咋一个人跑了出来? 你家里的保姆呢? 米叔叹口气回答道，又走了，老张还是你幸福啊，老伴身体好，儿女又在身边，我就得过且过吧。米叔简单的几句回答，我却从中听出了那样多的无奈和感叹。米叔扶着老伴往楼里走去，我凝视着两个佝偻的背影，心情久久不能释怀。

隔天，我跟李姐提起此事，李姐听完情绪激动地说，我们小区邻居都是在胡说呢，米姨就是个老年痴呆症状，不是什么精神病，这些人真是素质差。前几年米姨精神好时，人家女儿从德国带回来的东西可没少送他们。这两年身体不好，记忆差，脾气大，有时说话难免伤人，可那是一种病啊。听了李姐的话，我不由为前日的犹豫感到惭愧。

不久李姐就为米叔家物色到了一个保姆。这个保姆像是李姐的熟人，是个农村妇女，年龄约有五十多岁，据说孩子都在外地打工。保姆让李姐领着到米叔家报到的那天，在我们办公室里，李姐当着我的面跟保姆说，米叔是个好人，米姨身体有病，米叔的女儿在国外生活，你在那个家里干活，不论发生了什么事儿都要忍让，人老了，想女儿有时情绪难免不好，你要多担待，米叔家里条件好，你干得好，我会建议米叔给你增加工资。保姆连连答应着，并跟李姐保证说她肯定会照顾好两位老人。李姐带着保姆离开办公室时，看得出心情很好，可是回来后脸色却很阴郁。那会儿我正好忙完了手头工作，便多事地问李姐说，米叔是不是没有看上保姆? 李姐揶揄着说，不是米叔没有看上，而是人家保姆差点打了退堂鼓。为什么? 我又问。李姐说，刚才我送保姆过去，看到米叔家里一片混乱，一问才知是米姨又犯病了。米姨非说自己的一条裤子被前任保姆偷了，逼着米叔去要。米叔给米姨保证说没有那回事，米姨不信说米叔包庇保姆，趁米叔没防备，扑上去就打，米叔一躲，没承想米姨没站稳一个趔趄摔倒在了沙发上，碰巧我带着保姆就去了。米姨在屋里大喊大叫，保姆一看那情形，便打起了退堂鼓，幸亏我再三保证才答应留下试试。李姐长叹一口气后，继续说道，米叔是一个多么好的人啊! 命咋就这么苦呢。以前我在乡镇工作，一次米叔下乡调研，我们有幸相识。几年前，孩子要上初中，因为吃饭问题，我决定调回城里工作。那之前托了不少人，花了不少钱工作都没调成。一天，我在街上闲逛碰见米叔，闲聊中，我无意说起调工作一事，当时也没指望米叔能帮上忙。因为那年米叔刚好退居二线，没想到半个月后的一天，米叔突然给我打来电话，问我愿不愿意到社区工作？我当时的心情甭提有多高兴了，别说到社区工作，就是让我到城里打扫卫生，我也愿意。就这样我调到这儿工作了，没想到米叔正好也住进了这个小区。李姐真是个知恩图报的人，难怪米叔家的大事小情，她都亲力亲为。

　　自从米叔家里有了保姆，我看米叔的精神和穿着好了许多。每天早晨上班那会儿，我都能碰到米叔。有时米叔拉着一只白色的小狗在小区里溜达。有时从外面回来，要么手里提着一只活鸡，要么提着几条鲜鱼。在小区，米叔碰见每个熟人都要上前热情地打声招呼，脸上总是挂着笑容。米姨的身影，隔三岔五也会在小区里出现。有时保姆拉着散步，有时陪着晒太阳。那一段时间，我真替米叔高兴。然而十月份的一天，那天天气似乎还很冷，我和李姐冻得开着电暖气在屋里取暖，办公室的门被一个人推开了，我们定睛细看竟是米叔家的保姆。保姆当时的脸色就跟室外的天气一样，看上去很冰冷。保姆走到李姐跟前，气呼呼地说，妹子，当初真不该面情太软，听信你的话留在米家。听保姆这样说，李姐忙问，出啥事了？保姆张口就说道，米姨纯粹就是一个精神病人。保姆的这句话一下激怒了李姐，李姐板着脸责备保姆说，王姐，你胡说啥呢？保姆立即委屈地说，妹子，我们亲戚多年，你应该了解我吧？我啥时候说过谎？你要是不信任我，也不可能介绍我到米家吧？李姐被保姆一下说得没了话说。见我们都静静地在听，保姆接着说道，这几个月我真是度日如年，每天受累不说还受气。妹子，之前你只跟我说过米姨有时会大小便失禁，情绪不好偶尔会骂人。但通过这几个月的接触，我发现除了那些之外，米姨还有严重的疑心病，每天怀疑我偷她家东西。不是说她的鞋子丢了，就是说她的衣服裤子丢了。我不辩解她说我心虚，我一辩解，她就骂我。骂人的话还很难听，我实在是干不下去了。说完，保姆忍不住低泣起来。李姐此时也已完全恢复了常态，站起身走到保姆身边安慰说，王姐，我还真不知道米姨的病情那么严重，让你受委屈了，如果实在干不下去了也不勉强，米姨是个病人，你别记恨她，再坚持一段时间，等我找上人了，再走咋样？保姆沉思了一会点了下头算是答应了。保姆离开后，李姐心事重重地再没开口和我说话。

　　隔日，我们刚一上班米叔就来了，一进门就问道，小李，我们家的保姆来找你了？李姐一边嗯着，一边忙给米叔搬凳子。米叔坐下后叹息着说，也怨不得人家，你给我们家介绍的小王好着呢，主要是你姨的病情太严重了，把人家折磨得实在是待不下去了，我也是没招了。李姐说，叔，你别着急，我已经跟保姆说了，再坚持一段时间，等我找上人了再走，人家答应了。米叔听完情绪似乎好了些，和李姐又扯了几句闲话便走了。

那天之后，保姆在米叔家里一直干到过年。年底的一天，社区慰问老干部，米叔在名单之列。那是我第一次到米叔家拜访。那天是傍晚，我们敲开米叔家的门后，一眼看到客厅里的沙发上、地上、电视平台上堆满了东西，进去的人几乎找不到能落脚的地方。保姆打开门，对着卧室喊了声"米叔有人找"，便忙去了。我们站在门口，在等米叔的时候，我环视了一眼屋子。米叔家的房子确实很大，屋里虽然堆放得乱七八糟，但装修得很好。餐厅的餐桌、椅子，客厅的沙发、电视，一看就是很上档次的东西。难怪小区里的人都说，米叔家里的装修是花了钱的。我仰头欣赏米叔家客厅顶上的水晶吊灯时，米叔穿着睡衣从卧室里走出来，见是我们，马上不好意思地说，你们别笑话，我家里实在是乱得不成样子，老伴天天都在翻找东西，我也没办法。米叔和我们说话的时候，米姨穿着一件碎花睡衣裤，光着脚从卧室里走出来，瞪着米叔说，你为啥跟她们说我闲话呢？米叔忙赔着笑脸说，我没跟她们说你闲话，你听错了。米姨神色凝重地把目光又投向了我们。同事忙笑着说，阿姨，米叔是在夸你呢？米姨半信半疑。见我们一直站在门口，米姨突然问道，你们来我家里干啥？我连忙说，阿姨，我们来看你和米叔叔，看完就走。米姨像是沉思了一会，然后转身走进卧室。米叔喊来保姆把沙发上的东西挪走，我们才落座。同事和米叔没说上几句话，米姨又从卧室里走了出来。米叔赶紧一步走到跟前说，你去卧室里睡觉，我帮你看着东西。米姨突然用笑不是笑，哭不是哭的那种腔调说，家里到处都是贼，非把我的东西偷光了不可，我要自己看着。一看米姨这情形，同事拽了一下我的胳膊说，我们还有几家呢，就不打扰米叔了。米叔也没挽留。从米叔家里出来，同事跟我说，没想到米姨的病情这么严重。米姨以前我见过，人心眼挺好，也爱帮人，谁知竟得了这种病。米姨的病是啥时候得的呢？我忍不住问。同事想了一下说，好像是自从米姨的女儿出国后得的吧？那家里人送到医院看了吗？我又问。咋没看呢，米姨这几年一直都在住院看病，我们这儿的大医院几乎都住遍了，病情就是不见好转。原来是这样。我心里立即像压了一块石头，沉甸甸的。

年前，米叔的女儿回来了。那天距离过年还有一周。那几天，我们办公室的人都在忙活着办年货，每天就留一个人在单位值班。米叔来我们办公室那天，恰巧我在。米叔提着几袋子东西推门走进来，我差点没认出。那天，米叔穿着一件深灰色的长大衣，头上戴着一顶黑色格子礼帽，看上去特别精神。米叔一进屋便问我，小李呢？我说上街办年货去了，你有事给她打电话。米叔一边说着不了，一边把手里的几袋子东西放在办公室地上。我正要询问，米叔说，我女儿昨天回来了，带了不少东西，我给你和小李每人送一份，谢谢你们平日对我们老两口的照顾。要过年了，我提前祝你们新年快乐。我高兴地谢过米叔。送米叔要出门时，我随口说道，米叔，辞旧迎新，你女儿回来了，说不准年后米姨的病便好了。米叔听了高兴地看着我说，借你的吉言，希望你姨的病真能快点好起来。那一瞬，我从米叔溢满笑容的脸上，读出了大半年来少有的快乐和满足。

年后上班的第一天，我在小区门口碰到米姨母女两人正要出门。那天，米姨穿着一件颜色很鲜艳的红花棉衣，围着红围脖，头戴黑绒帽，看上去很精神。女儿挽着母亲的胳膊，看样子两人是要上街。米姨的女儿之前我听李姐提过，说是叫米馨，年龄在四十岁左右，长得很漂亮。那天一见果真名不虚传。米馨体型清瘦，留着齐肩微黄色的卷发，眼睛大大的，皮肤很白，乍一看就是活脱脱的一个小版米姨。米馨快走到门口时，李姐从办公室里走出来问米馨去干啥。米馨说，李姐，我妈这几天精神挺好，我陪着到街上转转。李姐说，难得阿姨有这样的好心情，你就多陪陪。米馨说那是应该的。目送母女两人走远后，我跟李姐说，米馨回来我看米叔老两口的精神好了许多。我在这个小区上班快一年了，这可是第一次听说米姨想上街转转，真是难得啊。李姐说，米馨是个孝顺的女儿，可惜就是嫁得太远了。以前我听米叔说过，当初不太同意米馨嫁给外国人，但是没拗过。米馨婚后，曾接米叔老两口在德国居住过一阵子。那时米姨身体挺好，刚去那会儿老两口挺开心，人前人后很是自豪。但是时间不长就回来了，说是住在那里太寂寞，语言不通电视看不懂，出门跟当地人没法沟通。这两年米姨身体不好，米馨回国多些。听李姐说完，我真不知道是该为米叔庆贺还是难过。

正月十五那天，我们物业办公室的几个人，忙完工作都吵吵着中午要聚会，在所有人都响应的时候，李姐接了个电话便匆匆走了。下午快下班时，我正准备锁门回家，李姐回来了。我马上迫不及待地问发生了啥事。李姐叹气说，米姨摔伤了，米叔早晨才通知我，因为事情着急就没跟你们大家说。跟李姐相处久了，不知怎地，只要李姐一提到米叔家的事，我便很是牵挂。于是便向李姐打问起了米姨的病情。

李姐告诉我说，正月十四的晚上，米叔一家人一起吃晚饭时，米馨跟父母说，过了正月十五假期也就到了，她必须要回去了。米馨说这话时，米姨一直低头吃着饭，自始至终没说一句话。晚上睡觉时，米姨破天荒不让米馨陪，非要独自睡，米馨只好依了。没想到晚上凌晨时分，米馨父女同时被一声尖叫声惊醒，两人走到客厅一看，惊呆了。只见餐厅的饭桌上，高耸着一把椅子，桌面上堆放着一堆好像是从冰箱顶上抛下来的东西，米姨口鼻流血，侧躺在餐厅的地面上大叫不止。米叔说，米姨肯定是从餐桌的椅子上坠落到地面的。米姨为什么要爬到冰箱顶上呢？我心情沉重地问。李姐说米叔也猜不透，只能估计是病情越发严重了。米馨则猜测说，从扔下来的一堆杂物里，倒是发现了几年前她照的几张小相，夹在一本书里，不知谁给放在冰箱顶上了。是不是找那个？谁也说不清。总之米姨是摔伤了。米姨住院后，米馨理所应当地在家又住了一段日子，直到米姨出院。

米馨是三月底走的。走的那天，米姨米叔李姐家里新找的保姆，以及我们办公室的人都出门相送。在小区门口，米姨的一只手紧拽着米馨的胳膊不肯放松，一只手不停地擦着眼泪。米叔站在一旁，强忍着不让眼泪流出来，在司机的再三催促下，米馨才一步三回头地上了车。那场面就像是嫁女儿那样，让人伤感不已。米馨走后，我在小区便不多看见米姨。米叔我们几乎每天都能碰到一两次。有时偶尔打个招呼，有时看米叔神情疲惫，我也就索性免了问候。倒是李姐，隔三岔五总会去米叔家里帮忙做事。米馨走后两个月的一天，李姐从米叔家里回来神情很是沉重。我询问原因，李姐唉声叹气说，米姨的病情越发严重了，这次住院时间肯定会很长。我忙问，米姨又摔倒了？李姐说，不是，这次是要去精神病医院住院。精神病医院？难道米姨真是精神病？在我的追问下，李姐讲了实情。

李姐说，自从米馨走后，米姨的病情日渐加重。倒不是摔伤，而是精神上的病。现在不光翻东西还砸东西，家里的电视茶几，几乎无一幸免。这还不说，一天晚上，乘米叔和保姆熟睡的时候，居然手拿剪刀去刺家里的小狗，结果惹怒了小狗，手背被咬伤，害得米叔和保姆打车连夜送到医院急救。听完李姐的话，我的心不由沉到谷底。李姐说完这事不久，米姨便住进了市郊的精神病医院。

有人第 N 次看见，米叔右手提着一个塞满东西的布袋子，左手拉着小狗，孤独的身影，久久徘徊在精神病医院的大门口。

[原载《朔方》2018 年第 6 期]

鲁兴华（1967—），女，宁夏青铜峡人，就职于青铜峡市文化馆。作品发表于《微型小说选刊》《小小说大世界》《朔方》《安徽文学》等，被《读者》《小说选刊》转载。出版小说集《"骆驼"的罗曼史》《旅途》，散文集《为你开门》。散文《没把婆婆当妈看》荣获中国散文学会"2009 中国百篇散文奖"，小说《一只羊的独白》《旅途》两次荣获"梁斌小说奖"。中国散文学会会员，宁夏作家协会会员。第二期文艺高研班学员。

英 子

卢 永

深秋的清晨颇具寒意。

在英子发现女儿穿着单薄的衣裤，头发凌乱，两手交叉地蜷缩在街头公园一角，英子就流了一脸的泪。她本想扑过去，给女儿几巴掌，可双脚灌了铅般无法挪动，手也无力举起，就连肩头的挎包滑落了也毫无知觉，英子瘫坐在身旁的长条椅上。

六月失踪了整整两夜一天。在这三十六小时里，英子度日如年，她无时不刻在寻找自己的女儿，几乎崩溃。

六月读初二。当初，丈夫海翔给女儿起名叫六月，英子并不满意。英子觉得，六月，除了不像女孩子的名字，也过于普通。丈夫说，英子与他相逢在六月，结婚在六月，就连女儿也出生在六月。女儿叫六月，不但顺理成章而且很有纪念意义。在丈夫的坚持下，英子默许了。六月一直很乖巧。她不但听话懂事，小学到初中，学习也一直名列前茅。海翔五年前病逝。给丈夫治病，英子背了一身债务，生活艰难。亲戚朋友都劝她再找一个条件稍好的男人嫁了，可以减轻生活的压力，可她却至今单身。不是英子自身条件不好，是她把生活的重心都放在了女儿和婆婆身上。

海翔和英子是大学同学。当初英子嫁给海翔时，她身边所有的人，都不看好。海翔来自农村，从小就失去了父亲，母亲含辛茹苦地把他养大。虽说英子也来自农村，可英子聪慧灵秀，尤其上了大学后，脱胎换骨似的，看不出一丁点儿农村人的影子。大学毕业后，英子进入一家国企工作。追求英子的男人不在少数，英子工作不到两年，就嫁给了老实憨厚的海翔。英子之所以选择了海翔，是她觉得，他勤奋、能吃苦、会体贴人，身材高大的海翔，能给她一种安全感。有海翔在身边，大小事情不用她去操心。英子喜欢这种依赖感。

英子嫁给海翔时，他们几乎一无所有。和大多在城里追梦的年轻人一样，起初，两人租住房子。好在他们刻苦努力，几年时间就买了套房子。简单装修后，孝顺的海翔，就将母亲接到了城里和他们一起生活。母亲六十多岁，身体硬朗，把家收拾得干干净净的，他们下班回家就有可口的饭菜。这样的生活是完美的，英子每天都在梦里一般。女儿的出生，更给这个朴素的家庭带来了无穷的欢乐。六月七岁生日的那晚，海翔带着母亲和英子到一家酒店为女儿庆生，两口子都喝了些酒。海翔深情地说，再给我几年的时间，我一定让你住上别墅，开上私家车。到时候你就辞职在家，相夫教子。你给我生一堆孩子。可是谁都没有想到，就在那年的一次体检中，海翔被查出得了肝癌，医治了近一年，海翔还是撒手而去了。英子奇怪的是，海翔从没有对自己的后事有只言片语的交代。英子永远都无法忘记，海翔离世前那一刻，哀伤、不舍，满是遗憾的眼神。虽说海翔去世已经好几年，可这一幕，总会突如其来地在她的脑海中浮现，以至梦中惊醒。

海翔去世后，足足有一年的时间，英子都神情恍惚，她无法接受这个事实。婆婆更是在一夜间苍老了许多，时常神情呆滞，语无伦次。有时一个人坐在阳台上默默地想着什么。海翔离世两个月后的一天晚上，婆婆神情凝重地拉着英子的手说，我知道你是好人，更是我的好媳妇。也不知道我是哪辈子造的孽，我的男人和儿子，都早早地离我而去，把你也害苦了。或许，我这辈子就是这个命。我想好了，我回乡下去。你还年轻，我不能再拖累你。有中意的男人，你就嫁了吧。英子不同意，不让婆婆回乡下。说是六月还小，需要婆婆照顾。英子说，不管什么时候，我都是你的儿媳，我会努力维持这个家。说罢，两个人抱头放声痛哭了起来。

在英子的一再劝说下，婆婆留了下来。但婆婆养成了一个习惯，每个周末都会出去一下午，很晚才回来。好几次，英子问婆婆去了哪里，婆婆就支支吾吾地敷衍她，她也不好再追问下去。一个周末，英子去离家不远的蔬菜批发市场买菜。走到一处蔬菜摊跟前，英子无意回头时，就见不远处的蔬菜大棚下，婆婆弓着腰分拣蔬菜。英子问婆婆为什么要这样做？婆婆说在家闲着无事，每天心慌得很。趁着周末你休息，来这儿帮老板拣菜，每小时可以挣十块钱呢！婆婆说得轻描淡写，可英子却听得满眼酸楚。这么热的天，你这么大的年纪，万一中暑了怎么办？英子不管不顾地拉起婆婆的手，将婆婆劝回家。当着英子的面，婆婆答应不再去分拣蔬菜。

婆婆后来避着英子，开始捡瓶子、纸箱等废品卖钱时，英子并不知情。直到有一天，吃完晚饭，英子下楼去散步，才在昏黄的路灯下，发现正在垃圾箱里捡垃圾的婆婆。英子也才回想起，近来楼道的平台处时常有码放整齐的纸箱和鼓鼓囊囊的装满矿泉水瓶的袋子。海翔没去世时，英子每个月都会给婆婆一些钱，让婆婆作为日常开销。海翔去世后，英子手头一下子拮据了起来。虽然也给婆婆一点零花钱，可她知道那点钱根本不够用。有时，六月上学需要买些必用品，婆婆也会给六月些钱。英子以为，婆婆在乡下那么多年，手里有点儿存钱。现在英子明白了，婆婆手头比她还拮据。婆婆理解儿媳的难处，自己抽空捡废品卖钱补贴家用。英子忽然地就有了流泪的冲动，她本想喊一声婆婆，可迟疑了片刻后，她忍住了。

要不是那天下班乘坐公交车，偶尔看到一个穿着校服的男生，手搭在六月的肩头，两人边走路边说笑，英子无论如何都不会相信，自己的女儿会早恋。英子两眼发直，手心满是湿汗，差点儿喊出了声。晚上回到家，六月做完作业后，英子第一次阴着脸，生气地质问女儿，那个手搭在你肩上和你说笑的男生是谁？你为什么不懂得保护自己，让别人接触你的身体？出乎英子意料的是，不管她怎样火冒三丈，六月始终一声不吭。听见英子的大吼，婆婆多次劝慰英子要冷静，可英子却怎么也按捺不住自己。巴掌还是一个接一个不分轻重地落在女儿身上，六月一动未动，打得有些累的英子愣住了。六月迅速地拉开门，跑了出去。六月跑了，婆婆也哀哀地放声哭了起来……

在长条椅上坐了好一会儿，英子才让自己平静了下来。

看着不远处蜷缩着的六月，英子的心满是柔软和怜爱。她慢慢地靠近了六月，口中轻轻地喊，六月，六月。六月抬起头，稚嫩的脸上挂着忧伤，扑进了母亲的怀里。

几年前，英子所在的企业进行了改制。一夜之间，员工完成了身份置换，铁饭碗变成了合同工，公司有了管理人员和普通员工的区分。对于大多普通员工，除了拥有公司少量的股份，每年能分得少许的红利外，工资几无变化，可工作量却越来越大。英子已在这里工作了十多年，她完全能够独当一面。眼见着以前的同事，都成了分公司的经理，还有的成了集团公司的高层，出入有车接送，英子却始终波澜不惊，我行我素。公司有些人，在南方沿海城市买了房，每到年休假或长假时，他们就偕同家人一起去那里度假。英子一直认为，作为女人还是活得简单一些比较好。

近段时间，英子感到奇怪，公司各部室人员，不像从前那般，相互走动了。不过对这样的现象，她并没有往心里去，想想而已。那天，市场部李部长来办公室复印材料，打字员不在，英子便帮忙复印。复印完材料后，李部长对英子说，还有两个月我就退休了，我现在的岗位要公开聘任。你也该走动走动，努力一把了。

我？行么？看着李部长的背影，英子暗暗地问自己。

其实，英子的心思都放在六月的身上了，对自己的前途极少花费心思去琢磨。英子在确认女儿出走期间并没有受到伤害后，她稍稍放了心。可六月早恋的事，始终像一块石头压在她的心上。她很想找个机会，和六月好好谈一次。恰好，之后不久的期中考试，六月再次考出好成绩。英子觉得时机到了。那晚，英子特意做了几个菜，饭后，她走进六月的房间，静静地坐在女儿旁边。看着差不多和自己一样高了的女儿，太多的感慨涌上了英子的心头。正在写作业的六月，感受到了母亲的异样。六月说，我没有早恋。六月说，上次你看到和我一起走路的男生，他的学习成绩挺好，人很善良。他知道我父亲去世了，一直很是关照我。不管谁欺负我，他都会帮助我。其实现在很多女生都是这样的，这样会安全很多。我很喜欢那种被关心，有依靠的感觉。妈妈你放心，我把他当哥哥一样看待的。本想叮嘱女儿几句的英子，意识到自己其实有些过于风声鹤唳了。女儿大了，有自己的思想和主见了。她轻轻地抚摸着女儿的头发，

公司公开竞聘市场部部长的方案出来了。英子完全符合聘任条件。只是英子对是否参聘，还是有些犹豫。近几年公司招聘的大学生，一茬接一茬。经过历练，一些大学生也具备了工作经验。论年龄论拼劲，英子觉得自己参聘并没有多少优势。竞聘方案出来后，公司办公楼里一如既往的平静，可是几乎所有的人，都感觉到了平静下面的暗波涌动。

周末下午，英子要下班时，接到了主管市场部的刘副总经理，让她去他办公室的电话。英子有些迟疑。这个刘总似乎不拘小节，有时会有意无意地拍拍英子的肩膀，说一些有点过分的玩笑话。有一次，英子找他签文件，他竟然握住了英子的手不松开，英子很是慌乱，接连抽了几次手，才挣脱。英子走进刘总办公室时，刘总正在翻看报纸。刘总示意英子在沙发上坐下。英子站着不动，说，刘总，找我有事么？孩子放学了，我要回去给她做饭。今天是周末，稍晚会没事，急什么。刘总慢条斯理地说。

后来，英子是从刘总的办公室跑着出来的。刘总先是询问英子的生活情况，然后又问了问她的个人情况。办公楼空荡荡了，刘总却谈性不减。他坐到了英子旁边说，怎么不报名应聘市场部部长一职？言语中满是某种暗示。还没等英子表示什么，刘总就抓住了她的手，另一只手也开始不规矩起来。英子用力地推了刘总一把，几乎将他推倒在地。

满街的路灯已经亮了。英子破例地没有着急赶公交车，她缓慢地行走在街头。英子心口发闷，她从没有如今天一样的想念海翔。初秋的风，有些凉意。从枝头吹落的一两片黄叶，在英子的面前滑落，她想到了辞职，很快她又自嘲地摇了摇头。决定报名应聘的念头，从她脑海里一闪而过时，英子苦笑，眼泪扑簌地流了出来。她很想痛哭一场……

英子终于做出决定，竞聘公司市场部部长。

公开竞聘，由公司总经理负责。经过一番笔试和演讲，确定了三名候选人，英子位居第三。让英子没想到的是，最终决定的人选是她。宣布的那天，在公司中层以上管理人员会议上，董事长说了这么件事。董事长说，在竞聘市场部部长人选之前，公司搞了一次问卷调查。最后一个问题是，在当前客运市场下滑、出行方式不断多样化的状态下，如何开拓新的客运市场，

提高新的经济增长点？问卷下发后，英子做了非常认真的回答，不但有详细的数据支撑，而且提出了可行性建议。通过实际考察分析，公司决定采用英子的意见，成立客运旅游集散中心，做大做强旅游业。

英子被聘为公司市场部部长，让婆婆和六月倍感欣喜。

公司还为英子配备了专车和司机。英子上下班，再也不用挤公交车了。

冬日的清晨，晨光尚有些寡淡，城市却已经开始躁动。一拨接着一拨的行人和车辆，潮水般涌上了街道。车子载着英子，在车水马龙中穿行。英子端坐在后座上，一时间不能适应这种变化，有种恍然如梦的感觉，似乎眼前的一切并不真实。英子微闭着眼睛，陷入了沉思。是的，她要把这些年来发生的所有事情，仔细地捋一遍，再考虑往下的路该怎么走……

车子行驶了一段路后，转了个弯。一抬眼，英子就看到，不远处楼群的夹缝间正努力升起的太阳，它又大又红。

[原载《朔方》2017 年第 8 期]

卢永（1974—），安徽蚌埠人，就职于宁夏天豹公司。作品发表于《当代》《安徽文学》《散文百家》《美文》等，入选《思维与智慧》《中国乡村诗选编》等。宁夏作家协会会员。第二期文艺高研班学员。

女诗人的榆树

许 艺

她静默着，看窗外挺立在盛夏阳光中的那棵榆树。

一只黑猫在浓荫下蜷成一团，用慵懒的午睡打发漫长的时光。很难确证那究竟是一棵树在高处分成了等粗的两枝，还是原本就是两棵树。一堵旧围墙刁蛮地遮住了地面以上的一部分树干，围墙这边的人几乎永远不可能知道这树的真相。她静默着，看它龟裂无情的树皮，看那些像疯妇人一样颤抖着伸展开来的枝丫。

在眼疾葬送掉她的前程之前，她是位享有盛誉的诗人。

那时候她还很年轻，甚至可以说还完全是个女孩儿，台下的人高举着皮面笔记本或者印有她诗歌的稿纸——也有的年轻姑娘挥动着头巾，希望她能为他们留下签名。诗会的组织者很快地引领她离开现场，这常常使她对身后热情的呼喊感到羞愧。当然她也经历过真正的羞辱，她的诗歌才华引起了一些官员的注意，当她没有勇气——咽下官员们杯中火烈的白酒，他们就会很生气，用她并不能完全听懂的话刻薄地辱骂她，因为她的行为让他们丢尽了面子。她像每一个遭受了不公正待遇的女孩子常做的那样哭起来，官员们看着她那一串串滚落的泪珠面面相觑。

当然这些都已经是多年前的事了，现在想起来模糊得厉害，像是小时候听过的一个虚构的故事。有时候她会真诚地怀疑，这一切终究是不是真的，它们是不是只在她的想象中发生过。

现在，每天晚上十一点半她开始跑步。

一开始这样做是听说睡前跑步有助于治疗失眠症。有时开灯跑，那样她跑过的道路是一卷扁平的，硬而脆的白色卷纸。不开灯的时候分两种情形，有月光的和没月光的。有月光的时候她跑在一枚鸡蛋里，那鸡蛋被掏走了蛋黄，透明的蛋清刚刚凝固，散发着青白的光泽，她就在那样的鸡蛋清上跑。没有月光的时候道路最广阔，没有墙壁没有栅栏，没有小草投在地面上的细碎重叠的阴影，那是一条大家都不陌生但谁也没有真的注意过的路，诗人试图寻求恰当的比喻，告诉人们那究竟是一条怎样的路，但她至今没有找到令自己满意的喻体。

就这样,诗人以跑步来迎接每一天的开始。在深蓝色夜空笼罩下沉睡的大地上,在她所居住的这座沉入睡眠的小城,在沉睡的街道、水泥建筑、杂货棚和老榆树之外,诗人在摆放了床、书桌和洗脸盆的十平方米地下室里跑步,她的双脚在床与书桌之间一尺宽的空地上奔跑,脚印和脚印不断重合,在她的脚下厚厚地堆积起来,诗人渐渐升高,在白色卷纸、鸡蛋清或者那条最熟悉的路上跑步。四下里寂静无声,诗人脚下是地下室结实的水泥板,再往下是纵横交错、锈迹斑斑的旧式下水管道系统,而头顶是长年空置的一楼的一间房子,那里面寂寞的木质家具偶尔因为干燥发出一两次响声,像人类过于衰老的骨骼常常经历的那样。

　　这样的跑步很容易让人麻木,一旦开始就会忘记主动停下来。或许正是这样才让人感到疲惫,进而驱走了失眠。有几次这样的跑步让诗人迷失了方向和时间,她遇见过一次小学同学,另有一次她遇见了初恋的爱人,他还像当年那么瘦。因为瘦,远远看起来他的两个肩膀像佩戴了肩章一样高高地耸起,可这样成熟严肃的肩膀实在和他本人不相配,那时候他正绞缠住双手嗫嚅着不敢面对自己犯下的错误。诗人在麻木中感到心脏一阵钝痛,闭上眼跨大了步子越过他。

　　诗人究竟是怎样染上了眼疾很难说得清,北方的风沙,小城的煤渣,长期熬夜,营养不良等都是可能的原因,可并不是居住在这里的每一个长期熬夜的营养不良者都害这种眼病,医生的解释是:"个体差异。"这是一个太富玄妙色彩的解释,她不能满意。她久久地坐在诊疗室的长椅上不肯离开,恳求医生再给她做一次全身检查。医生解释说完全没有必要,但她还是不走,看着医生一个个诊断病人,开出药方。诗人觉得医院是一个充满希望的地方。何况长椅上还有暖融融的阳光。

　　在追问眼疾的根源这个问题上,她丝毫不具有诗人的浪漫和感性,她坚持寻找一个硬邦邦的根源。她找到了,是毛巾,她的常年生着霉斑的毛巾。

　　这地下室原本会比其他的地下室干爽一些,因为它有一部分高出了地面,在接近屋顶处开了一扇窗户。虽然只是窄窄的一扇,但与普通的地下室相比,已足以让人感到振奋。比对一下这栋建筑的破旧程度和窗外榆树树干的粗细,就可以知道这座钢筋水泥建筑竣工的时候,那榆树还没有栽下。而现在,榆树以水分和时间为筹码,轻易地击败了这钢筋水泥建筑和它铝合金的窗户,把她规划好的振奋变成了淤泥一般的沮丧。设若原本就没有窗户,那么淤泥是一滩,而在振奋之后降临的沮丧,让淤泥变成了两滩。两滩淤泥压得诗人喘不过气来,她常常像此刻这样静默着,透过窗玻璃和榆树密匝匝的叶子,寻找天空和偶然穿透了榆树叶子的阳光。

榆树有手腕粗细的一枝不知何故被劈开了,像脱臼的胳膊一样吊在主干上,真是大快人心!而养分通过那没有劈断的半个枝条继续运输,那脱了臼的手臂竟还活着,恬不知耻却葱茏地活着。"无论如何,这是一个顽强的敌人",诗人一边得出这个结论,一边在想象中挥舞两柄利剑,追逐着太阳的角度砍削它的枝叶。她想象着它们像干枯的毛发一样颓然飘落,金黄的阳光锐利地射进窗户,落在她的床上,书桌上,落在她的洗脸盆和毛巾上,落在她夜间跑步的空地上。潮气如鬼魅的飞蛾一般忽闪一下翅膀就不见了,她的床铺散发出童年时代干燥麦草的香气,而毛巾——毛巾干爽鲜亮,墨黑或灰绿的霉斑像梦魇一样退去,诗人自己眼眸清亮,坐在书桌前开始写一部新的史诗。阳光照着稿纸,看得清纸页上最细微的绒毛,以及笔尖投下的淡淡的影子。

"啊,阳光,啊,阳光",诗人望着榆树,粉红色的眼角蓄满浑浊的泪水,她朗读巴尔蒙特的诗歌:"为了看见太阳,我来到这世上……"

这一切都不是虚妄的想象,因为冬天的时候她实实在在地经历过那样的幸福。

绝大多数树种都是薄情寡义的恋人,不管躁动的春天和殷实的夏天说过多少动人的情话,一旦肃杀的秋风刮过几场,它们一定会有预谋地慢慢蒸腾掉叶子里的水分,徒留给叶子一个挺括的表象。它们一边敷衍着叶子傻气的热情一边为最后的背叛谋得策划的时间。当白杨树陆陆续续丢尽了叶子,榆树还极力拉长着承诺的限度。寒风再来的时候它一夜之间卸光了所有的叶子,缩紧肩膀露出薄情的真面来,它眉眼紧闭任由寒风像暴怒的情人一样抽打它的枝条。

这样的日子,对于诗人来说无异于一个节日。

那真的像一个节日,她炖了一锅骨头汤来庆祝这个节日。十平方米的屋子里回荡着肉汤的香气,揭开锅盖,浓白的肉汤里翻滚着娇媚的枸杞、黝黑的木耳和憨厚的冬瓜。当她盛出一碗放到桌上的时候,阳光正好透进来。榆树颓败的枝条只能给床单上投下淡淡的影子,像可爱的水印,整间屋子暖洋洋亮堂堂的,连墙壁上没有涂抹开的涂料粒都看得见自己笨拙的影子。那时候诗人满心欢喜,她重新拿出稿纸来,在每天阳光能照到书桌的短暂的半个小时内,试着写下一部史诗的开头。阳光豁达地漫过她的脸,她假装低头对着稿纸沉思,却调皮地望着自己鼻尖金黄的绒毛嬉笑。

当冬天的干雪渐渐夹带起暧昧的水分越来越快地融化,诗人重新回到窗前,忧心忡忡地望着她的敌人。它的枝条暂时还紧缩着,但她知道它已经挺过了隆冬的严寒，从昏迷中醒来。"你在假寐，我很清楚"，诗人理智地对榆树说。一只黑猫在矮墙上从容地走过，经过那枝最矮的枝条时，它竖起尾巴来勾了一下干树枝，两小块纠缠的湿雪就掉落下来。黑猫看都不回头看，迈着优雅的步子往矮墙的另一边走去。

没有阴云的时候阳光照样每天光顾诗人的小屋，可她看得出来，阳光已经不再散发金灿灿的光芒，它面色惨白，像个没精打采的病人。诗人不知道这样的时候她是该抓紧时间再写几行有光亮的句子，还是该静静注视着它移动的脚步，她不知道究竟怎样才算是更有效地珍惜它。像送别一个即日就要出门远行的亲人一样，诗人日日盼着天晴，盼着与阳光多一次叙谈，她希望这样的分别慢一些，再慢一些，她希望这是一场拖泥带水的分别。

诗人依然每天晚上跑步。她感到很苦恼，不仅仅因为春天要来了，还因为她无法解释自己自相矛盾的行为：她不想冬去春来，却每晚跑着去迎接新的一天的到来。

"你很急切吗？"

"并不——完全不，我希望慢一些。"

"那么你还是要奔跑？"

"我不知道……"

诗人在内心常常与自己进行这样无声的争论，这样的时候她越跑越快，一只脚印还没有完全落下另一只又很快地覆上来，脚印虚蓬蓬地摞起来，踩上去软塌塌的，像堆积起来的腐叶。一不小心脚就会陷住，再拔出来时鞋面粘着几片碎叶子。这时候是跑在葳蕤的丛林里，藤条和撑破地面的树根硌得脚生疼，乔木灌木和野草纠缠在一起，看不到光线，连空气都是稀薄的。

春天来的时候总是比冬天快，她像个急性子的女人推推搡搡地挤走了温顺的冬天。诗人的眼角已经开始发痒了，她知道更大的溃烂即将到来。黑猫整夜整夜地呜咽，像狂风的琴弓在电线的弦上来回地拉，尾音总落在凄厉的高音部上。这演奏招来了另外的一些琴手，它们此呼彼应，唱和不休，复调部分的曲谱里掩藏的全部是关于春天的流言。诗人奔跑在深冬的暗夜里，白天撒下的纸钱在夜风里无助地翻滚，每只猫眼都是一柱强光，光柱迅疾地交错，追击着诗人的脚步。它们是真的焦躁，真的渴望春天早一点到来。狡黠的猫们毫不怀疑，当小城的一切都堕入睡眠的时候，只有跟随诗人的脚步才能最早踩上新的一天的时间。这时候的路是一条越狱之路，诗人一路被绿色的光柱射击，她成为一个逃犯。

诗人愁容满面，她又去找医生。坐在灯柱下，医生又打开一只钢笔一样的小灯,诗人的上下眼皮被轮番地翻过来,溃烂的粉红色眼睑上布满蛙卵一样的小泡,穹窿部堆积着一团脓点。医生略皱一皱眉头,给她开了四种眼药水。诗人忍无可忍,她焦躁无助得像个孩子:

"大夫,您不能再这样年复一年地对我采取保守治疗了,再这样下去我的两只眼睛非瞎掉不可。"

她的眼眶里立刻蓄满泪水,她自己说出的"瞎掉"这个词让她感到无比悲伤,"我再一次请求您,请给我做一次全身检查吧!真的,否则您永远不知道我为什么总是被眼疾困扰,霉菌已经长进我的肺里肝里肠胃里了,我的前程就这样被葬送了您知道吗?"医生以职业化的亲切劝慰她,安排她在长椅上坐下,还递给她一杯热水。诗人还沉浸在"瞎掉"带给她的伤害里,她握着一次性纸杯,看水汽像细沙一样升腾起来,在阳光里散开,无影无踪。

四种眼药水编了号,每隔半小时换一种。诗人仰面躺在床上,闭上眼睛看见自己蛙卵一样溃烂的眼睑,睁开眼睛看见窗外被雪水泡得肿胀的敌人的枝条。她绝望地往自己的眼睛里滴药水,像腌制泡菜一样把眼珠腌进药水里。她知道这些药水什么用也不管,满溢出来的泪水和药水混在一起,滴落在毛巾上,留下一个又一个墨黑或灰绿的霉斑。

连诗人奔跑的路都长了霉斑,鞋底的霉斑和路上的霉斑碰在一起,像麦芽糖一样粘住彼此难以挣断,留下一个又一个发霉的脚印。诗人在深夜掩住口鼻竭力奔跑。她自暴自弃地在暗夜里吼叫:"来吧来吧来吧,春天,你索性就呼啸着降临吧!"和猫们彻夜的演奏放在一起,它们是一个训练有素的乐团,可以演奏最复杂的协奏曲,而她是一个蹩脚的领唱,嗓子里是一只破了滚珠的轴承在仓皇运转。

榆钱就长了出来。远远望去像一簇一簇嫩绿的桃花。

诗人这时候完全病倒了。她的两只眼睛肿得像荔枝,上下眼睑像两片砂纸,睁开磨自己,闭上磨眼珠,黏稠的眼泪渗出来,将糜烂传染给眼角,眼睫毛一根一根地倒在脓液里。霉斑在枕头下整块整块地蔓延。

诗人无法跑步了,床与桌子之间一尺宽的空地上,脚印互相推搡着前行,底下的翻上来,上面的被踩下去,像魔术师玩着一大摞扑克牌,一遍又一遍耐心地洗牌。霉菌在脚印上大有作为,他们奋勇向前,追赶着新的一天的来临。

一株榆树每年要经历两个秋天。当白杨树长出了婴儿巴掌大小的新叶,榆树满枝挂着的榆钱就变薄、变黄,风一吹,它们像眼泪一样飘落。诗人打开窗户,看它们一瓣两瓣地飘进窗户,落在她的枕边。诗人从结着脓痂的眼睛看出去，猛然发现那惨白的榆钱和她深夜跑步时在路上翻滚的纸钱何其相似！简直就是一模一样。

榆钱落尽的时候白杨树已经唱起新一年的情歌了，它晃动树身，任意两片相遇的叶子都可以呱嗒呱嗒地拍出掌声。诗人在清晨的歌声和掌声里醒来，她看到窗外的榆树光秃秃地支棱着细枝，像灰凄凄的旧稿纸上凌乱的折痕。阳光重新透进窗户来，照在她的病眼上。

"诈降"，诗人对榆树说。

从榆钱落尽到新叶长出，还有至少两个礼拜的时间。这期间诗人的病情明显缓解，她又可以下地了。在阳光照进屋子的这一段宝贵的时间里，她仔细地清扫屋子，灰尘从笤帚上升起来，在阳光中欢快地翔舞。床和桌子之间一尺宽的空地上，脚印湿霉成残片，诗人把它们一下一下扫进簸箕里去。

深夜里，诗人熄了灯站在空地上。下过一场春雨的天空在此刻现出暧昧的玫瑰色，榆树枝嵌在天空，像玫瑰色金丝绒上烫印的图案，那是一堆散落的花枝，只是遗失了花朵。她久久地站在空地上，像长跑冠军伏在起跑线上等待着发令枪"啪"的一声响，她将像子弹一样被射出去，奔跑，奔跑，昂首并竭力向前拱出胸膛，去挂终点处新的一天的彩条。哦，不，不，她不能再奔跑了，她的眼角刚刚结痂，这样会让干硬的眼眶迸裂，血水横流。

整整一夜，空地上只留下了两只脚印。孤零零的。

次日清晨，诗人早早醒来。梳洗完毕，她坐在阳光最先降临的床脚，眼睛望向窗外。

细细的榆树枝鼓胀得像少女的乳房，她看得出它们的不安和期待。榆钱褪落的地方将长出新叶来，一簇一簇的新叶，它们在几天里就可以迅速地长大。它们兴奋地缀满枝条，在轻风里摇晃。

"我要出去一趟，总有个地方能治好我的眼病。"

诗人想着远方，想着她回来的时候眼角干爽，眼眸清亮。"等我回来，大概已经是夏天了。"

榆树摇晃着，先长出来的三五片新叶挑在最高处阳光充裕的地方。少不更事的新叶不知是否懂得，它们是为战争而生的，战斗是它们的宿命，这将贯穿它们的一生，不管将遭遇强将还是弱兵。在这漫长的战役里，它们会学习射击和躲避，学会用脏话辱骂敌人和战友，它们会被阳光催迫得强壮，放任肤色从晶莹透亮的翡翠色变成浓重的墨绿。

"你们喜欢夏天，我知道。夏天是你们的荣耀。——像我喜欢冬天一样。"

黑猫引来了另一只黄猫。它们在树下的矮墙顶蹲伏下来，你一声我一声地拉动琴弓却久久不肯靠近。它们在试探，在考验。或者其中一只已经厌倦了，想要离开，却苦于找不到一个体面的借口。恋爱变成了对峙。没有谁愿意第一个撤退，战争一旦开始，无一例外地都会堕入这个毫无理性的怪圈。

"为了看见阳光，我来到这世上……"诗人一遍遍念着诗句，像念着一句柔若无骨的咒语。她就这样坐在床脚，像一位苍老的先知，守望着即将射进地下室窗户的第一束阳光。

[原载《花城》2013 年第 6 期]

许艺（1983—），女，宁夏隆德人。宁夏师范学院讲师。作品发表散见于《上海文学》《山花》《大家》《青年文学》等，入选小说选本。出版短篇小说集《说谎者》。曾获《上海文学》短篇小说新人奖、首届《朔方》文学奖新人奖。《女诗人的榆树》被译为英文。第二期文艺高研班学员。

学霸的故事

黄清春

晚自习下课的铃声响起，各个教室涌出奔向宿舍的人流。

"我还等你吗？"姚默问。

"不用等，你先回去吧！"赛小凤一个人去了老师办公室。

姚默的手一直在头皮上挠，"痒死了，痒死了，三天没洗头了，头皮快成细菌养殖场了，我得赶在熄灯铃响之前洗。"她匆忙跑回宿舍。

多亏中午早有准备，暖瓶里满满的，洗发水、护发素都有了，开洗。热乎乎的水淋在头皮上，好像久旱的秧苗饱饱地浇了一瓢清水，哇，这爽，岂是一个"舒服"了得。

"姚默，需要我给你拿毛巾吗？"热心的小桐抓住了一次助人的机会。

相比小桐，姚默觉得自己不关心别人的需要，让人看起来似乎有些冷漠。有一次，她给小桐递了一张纸条探秘：你为什么那么喜欢帮助别人？

小桐递回来一张纸条，上面写着：我爸爸说了，如果发现别人有需要帮助的地方，要像饿虎扑食一样冲上去。

像饿虎扑食一样冲上去！像饿虎扑食一样冲上去！像饿虎扑食一样冲上去！像饿虎扑食一样冲上去！像饿虎扑食一样冲上去！像饿虎扑食一样冲上去！……

姚默在心里重复着这句话，说不出的震撼，她把那张纸条贴在了日记本里，还在纸条周围画了一圈绿叶和小红花。看上去像一个长方形的篱笆花园，仿佛有扑鼻的香气溢出来。

房门"哐当"一声被推开，赛小凤回来了，她把书包甩在床上，公布了一个惊人的消息："咱班第一名辍学，今天班主任带了心理医生去家访了。"

"谁？柳青青吗？"

几个女生都感到很吃惊。

"别人吃饭的时候她拿着书学习，晚上睡觉前她也在学习，上班的时候从来不开小差，每次作业都受到老师的表扬，十次考试有八次她是全级第一，她辍学，天理难容！"文学社的隋雨潇对此新闻进行了点评。

宿舍里议论不休。生活老师过来催促睡觉，顿时，上铺下铺窸窸窣窣，片刻功夫，喧闹变宁静。宿舍的喇叭里开始讲睡前故事。

姚默睁着眼睛，天花板上有值班室映过来的灯光，柳青青苦学的身影在她的脑海里漂游。

突然，喇叭里的故事吸引了她的注意——

小朋友们，晚上好，今天给大家讲一讲蝙蝠的故事，上帝造物造到鸟类的时候，摆出了各种形状各种颜色的羽毛作样品，让鸟们挑选。凤凰选了红色、绿色和金色，以及别的颜色；喜鹊选了白色和黑色；黄鹂选了淡黄色和其他颜色的装饰性小斑点；麻雀要求不高，捡起了别的鸟扔到地上的土褐色羽毛，穿在身上试了试，自己觉得合适，蹦蹦跳跳地走了。

只有蝙蝠没选了，它趴在屋顶上，一副不屑一顾的样子。凤凰选中红绿色时，它撇了一下嘴："哼，真怯！"喜鹊看上黑白色时，蝙蝠把脑袋转到另外一边："真好笑，又不是给你妈送葬，要这种哀悼的颜色！"麻雀穿上土褐色外衣时，蝙蝠差一点喊出了声："哎呀，土得掉渣！"

上帝造完了鸟类，最后剩下蝙蝠。上帝问："你没有选中任何羽毛吗？"

"没有，上帝。您老人家能否创造些更完美的颜色让我挑挑？"

"每一种颜色都有它的完美，关键是你要知道自己要什么。既然你选不上毛，做不成鸟，就做兽去吧！"

"我要做个完美的兽。"

"完美的兽是什么样？"上帝感到困惑。

"我不仅要会走，还要会飞。"

"你要翅膀？"

"是的。"

"好，给你翅膀。"

于是，应它自己的请求，上帝创造出了万物中最完美的动物……蝙蝠。不伦不类，就是完美者的写照。故事讲完了，小朋友们想一想，蝙蝠真的完美吗？

讲故事的老师声音好轻柔啊，像妈妈的手在拍，像春风抚摸着花朵，同学们逐渐进入了梦乡。

姚默迷迷糊糊中咀嚼着一个词：完美，是不是柳青青因为追求完美才没有其他同学快乐？你看，她长得美丽已经很幸福了，可以很快乐，她却对此不屑一顾。她又拥有令人骄傲的成绩，考近前10名已经很令人兴奋了，可她却不珍惜，前五名也不看在眼里，她只要第一，还要比第二名分数高出许多才行。可在这个学校排名第一，也许到了更广阔的地方，比如全市排名，也许她就是几百名也不一定，不知道那个时候，她会怎么样疯狂追赶，要是再努力也赶不上怎么办？

啊，她现在可能就是这样崩溃了吧。

想到这儿，姚默睡不着了，起身推了推赛小凤，低声说："小凤，你没睡着吧？你说这个故事说了什么道理？"

"将来的大作家，还让不让人睡啦！"赛小凤低声地不耐烦地抗议。

"我知道你没睡，说说嘛！"姚默撒娇。

"那就是不必完美，像凤凰那样选了红绿色就很美了，总那么骄傲总那么不知足，想当最完美的鸟又想当最完美的兽，到最后什么都不是，我爸说那种人那种事都叫'过度'！"

"你爸挺有学问的嘛，那当然，我爸的书架占满了我们家 152 平方米所有空间……"

"好吧好吧，我知道你爸爸是全宇宙最大的书虫虫！"

"敢叫我爸书虫虫，找屎啊！"

还没来得及躲闪，头发已经遭了殃，姚默分明听到嘎嘣一声脆响，一根头发永远告别她干净的头皮了。

"算你狠，睡啦睡啦！"姚默想，以后鬼才惹这个一肚子她爸的学问，满脸武则天霸气的女魔头。

"谁在说话，小心生活老师来扣分啦！"

桂嬷嬷竟敢倒管社长，胆够肥的！

不过因为理亏，这次小凤闭嘴，我们俩不再说话。

完美，看来不是什么好词……那为什么人们常常发出对完美的惊叹呢?！

想着想着。姚默睡着了。

突然语文老师走进教室，她身后还跟着心理老师，咦，好奇怪吖，从来没有两科老师同时上课的事啊！

捣蛋鬼王小胖尖叫起来："双头妖怪！"

他怎么敢这么喊，语文老师一定又要生气了，然后会板起脸郑重申明：我不想大声训斥谁，你扰乱课堂，给你们小组扣 2 分。

心理老师这时却抢先走到黑板前，写下"完美"两个字，笑嘻嘻地给全班讲起了心理案例。

"同学们，完美性格不是一天形成的，总是觉得自己不完美，就是不接受自己，那样怎么会快乐呢？没有快乐的体验，就缺少了动力，最后要么逃避要么放弃。像麻雀，高高兴兴捡起别人扔掉的土褐色衣服，它只要这一件，在别人看来不完美的衣服，它的家族却都不嫌弃，它们欢快的穿着它舞蹈唱歌，所有人都接受了，这就是麻雀的标志，蝙蝠呢？那么多选择都不能让他接受，不能让他高兴，最后不伦不类，遭人嫌恶，为什么呢？"

"对啊，为什么呢老师？"小胖摇了两下头追问。

"蝙蝠追求完美，它看不起麻雀的灰衣服的！"

"你过来！"语文老师发飙了。

我赶紧推了小胖子一把，"你要把语文老师气死啊，快去用你的绝招化解。"

小胖子抿着嘴憋着笑，大眼睛咕噜转动着。他走向讲台，好像要和心理老师拥抱。

心理老师还是笑眯眯。

语文老师要爆炸了，我想她心里肯定在数数，1、2、3，如果小胖子敢在全班同学面前给她难堪，她扭身就走，以后再也不理小胖子，语文课上从此多了一个名存实亡的学生。

心理老师大概都看明白了，他始终笑眯眯的。

谁知，小胖子一下子扑进了语文老师的怀里，头贴在语文老师的胸前，同学们都笑起来，像亲昵的母子！

"完美——"

大家不约而同地拖长了声音说。

语文老师的脸变柔软了，像结了冰的湖面突然融化。一抹天使般的微笑弯上双颊。

小胖子狡黠地笑起来，冲着陆子轩打出胜利的剪刀手。

有人长出了一口气。

突然，语文老师武侠神功附身一般，抱起小胖子，单手抛起，小胖子悬浮在空中。

心理老师还是笑嘻嘻的。

大家屏住了呼吸。

这时，语文老师伸出食指，轻轻一弹，小胖子像飞出枪膛的子弹，呼啸着射回原位，呆呆地，再也不说话。

语文老师可以安静地上课了，她用了高亢语调下定义一样地说：

"完美，是一种成功的姿态，第二小组，请你们搜集分享因为追求完美而成功的名人事例，每分享一个给小组加 3 分！"

"啊，3 分，快点快点，快找！"组长听到加分像饿极了的蚊子嗅到血腥味，催促组员赶紧找事例，要不择手段，要争分夺秒。

夺分大战打响了。

八仙过海各显神通，陆子轩拿出了无线电脑，张凯不知什么时候摘下手表，天，那竟然是隐藏的手机，神搜索应有竟有，我这个同学们口中的才女纵然脑子里有些名人事例，这时也只能认输了。

"我，我，我吧，我吧老师!"

同学们加分的眼睛通红，手举得高高，焦急地请求着。

一旦小组排名第一，就能获得教室内自由选择座次的特权。

语文老师倒背了手，扫描了一遍像小树林一样挺拔着渴望加分的手，宣布三组回答。

赛小凤腾得站起来，代表小组发言：

"秦始皇煽动举国之心终绝动荡统一中华！长城，兵马俑，阿房宫，思想文化，特别是制定中央集权以断绝诸侯纷争的隐患！他有追求完美的心，在那个年代他是几乎完美的人！"

其他各组不待语文老师点名，纷纷站起来补充，悄悄告诉你，给其他小组补充是要加一分的哦。发言的你坐下我站起，像一池塘鱼跳跃，此起彼伏。

"画蛇添足。"

"断臂的维纳斯，弯弯的月亮，顾城，海子！"

"诸葛亮势必亲为，出师未捷身先死！"

"乔布斯过于追求完美，对自己的要求也因完美而苛刻，最终征途未半，他过早地趴在了追求完美的路上，完美需有度……"

"曹操一向刚愎自用非常自大事事追求完美但是赤壁之战让他彻底失败了。"

"残疾人，他们如果不能正视自己的不完美，残疾的名人如何能有所成就！"

赛小凤再次站了起来，老师，我还有一个故事：

"从前，有位渔夫出海捕鱼，从海里捞到一颗大珍珠。这颗珍珠晶莹圆润，渔夫爱不释手。但美中不足的是珍珠上面有个小黑点。渔夫心想，如果能把小黑点去掉，珍珠完美无瑕，就会成为无价之宝。于是，他就开始耐心地剥剔黑点。可是去掉一层，黑点依然存在。再去掉一层，黑点还是存在。再去掉一层，最后终于去掉了。不过，令人惋惜的是，这颗硕大的珍珠也没了。"

语文老师满意地点点头，接着又眉头一皱，不对啊，这不是完美过度的反面典型吗？

心理老师还是笑嘻嘻。

他在黑板上写了一行字——努力之后，顺其自然。

也许没有几个人明白那里面的意思吧，因为每个人都在为加分兴奋着。

抢分大战硝烟弥漫，正面的反面的事例在屋子里窜来窜去。

啪！

语文老师手中的课本摔在地上，她深藏不露的威猛迸发了。

一切恢复了平静。

宿舍里响着匀称的呼吸声，我做梦了。

早上，下了雪，鹅毛大雪飞舞在校园里，学生路队从大雪里快步过去，像穿过枪林弹雨的战士，体育委员居然带头背起了古诗：

"忽如一夜春风来，千树万树梨花开，散入珠帘湿罗幕，狐裘不暖锦衾薄……"

早饭后的路队走到教学楼下，一个戴眼镜的叔叔和柳青青站在那里。她爸爸送她来了。课间操了，大家嘻嘻哈哈出去团雪球，她一个人坐在座位上看书做作业，忙忙碌碌的，我却觉得她很孤单。

"别学习了，我们去操场玩雪去。"赛小凤不等她推辞就拉起了她的胳膊，我在一边响应："好啊，难得老天爷送来这么好的玩具，机不可失失不再来，赶紧的。"我挽起了柳青青的另一只胳膊。

就这样，她被我们"绑架"到了操场上。

厚厚的雪踩上去咯吱咯吱响，柿子树上穿上了白灿灿毛茸茸的紧身衣，赛小凤抬脚一跺，树上的雪落下来，我和柳青青躲闪不及，雪落在头发上领口里，"哇，凉啊，小凤，看我怎么收拾你！"我从冬青上团起松软的雪，攥成两个雪球。

柳青青也惊叫起来，忙着掏脖子里的雪。

我把一个雪球毫不客气地扔向赛小凤，另一个朝柳青青甩了过去。

小凤连环炮似的还回来，柳青青慢慢加入了雪球大战。

我从来没见她笑得那么开心过。

不知道是雪水还是汗水，我们跑回教室的时候，鞋子上，头发上，脸上都是水。一种无比畅快的感觉在全身荡漾，柳青青也是，兴奋的脸通红。

渐渐的，柳青青下课后跟随我们游戏的时候越来越多。她好像忘了要考第一了吧，我真为她捏把汗。

周三下午，班主任把我和赛小凤叫到办公室。

"柳青青对自己要求太高，心理老师认为再这样下去她会崩溃，我喜欢追求卓越的学生，不想考第一的学生不是好学生嘛，但现在她需要你们的帮助，帮助她学会玩，学会放松，好不好？"

"玩，谁不会？老师您真会开玩笑，这个还用学吗？"赛小凤说。

"当然是需要学习啦，会玩，会快乐的玩，同时学习成绩又好的人可不多呢！"班主任桑奇微笑着看着她。

大大咧咧总受到男同学攻击的赛小凤有点懵了，这是在表扬我吗？

"好好，保证完成任务！"因为得到赏识，赛小凤潜能爆发，胸脯拍得山响。

我自然充当了赛小凤光荣使命的同盟军。

星期天，我和赛小凤去了柳青青家。她妈妈出乎我们意料，不但没强制她去补习班，竟然鼓动还在犹豫的柳青青跟我们出来玩。柳青青显然很少跟同龄人玩，表情拘谨，像在笼子里关了一百年的鸟儿，即使被放出来，也不知道该往哪里飞的样子。

"跟我走吧，快乐出发！"赛小凤骑着单车冲在了前面。

阳光调皮地在林间跳跃，我们一路飞驰到湿地公园，这里人流如织，小凤魔术般从背包里拿出十几个花环。

"今天我们的任务是把这些花环卖出去！"

赛小凤分别数出十个花环塞到我和柳青青的手里。

啊，我从来没卖过东西的，再看柳青青更是站在那里不知怎么办才好，赛小凤把一个花环戴在头上，哦，花仙子！不能不承认这个男生们公认的"哥们"其实很美丽。

一对年轻的夫妻领着一个七八岁的小姑娘过来了，小姑娘突然叫起来："看，花环，我也要！"赛小凤不失时机，笑嘻嘻走过去，扬起手中的花环对小姑娘说："小妹妹，喜欢什么样的，五元钱，来，挑一个你最喜欢的！"

小姑娘带着花环高兴地走了，不一会儿，她们又回来了，两个和她差不多大的小姑娘把爸爸妈妈拽了来，也要买花环。

就这样，赛小凤手里的花环一会儿被抢光了。

再来的，自然买走了我和柳青青手中的存货。

"姐姐，我只有3元钱。"一个漂亮的小姑娘咬着嘴唇说，"卖给我一个花环吧，我好喜欢！"

"5元钱一个……好，好吧。"柳青青犹豫了一下，收了小姑娘的3元钱，挑了一个最漂亮的花环递给她。

"谢谢姐姐！"小姑娘戴上花环，笑得像一朵花，"姐姐再见！"

柳青青笑了，"再见！"她和小姑娘挥手。

30个花环都被买走，我们手里捏着一大把钱，劳动的感觉原来这样美！

柳青青说："我第一次卖东西，哇，好刺激呢！"

"那是，我爸爸经常带我体验生活，卖东西就是他训练我的一项，这些花环是我从网上2元钱一个购买的，这样我们每个挣了3元钱，30个就是90元。"

"小姑娘少给的那两元我给她付上吧！"说着，柳青青掏出两元钱。

"不用，今天的收获是我们三个人的，走，我们去消费！"赛小凤扬起手中厚厚的人民币，像举着一面面骄傲的旗帜。

我们到了商品街，挑了一大堆自己喜欢的小饰品，我送小兔子给柳青青和赛小凤，赛小凤给我和柳青青一人一个小青蛙，上了发条会蹦的那种。

柳青青送我和赛小凤一人一个好看的小笔记本。

五月的风像朋友的手，调皮的钻进衣襟轻轻挠痒痒，姚默感到莫名的兴奋，她偷偷看看柳青青，有一种明亮的花朵开在她的脸上，那朵花好美好艳，就算她考级部第一的时候也没有绽开过的。

不知不觉太阳变大变红，沉落西山，傍晚的云彩变得鲜艳起来。

"柳青青你到家了！"赛小凤说。

"这是我从小到大玩得最高兴的一次！"柳青青的眉毛眼睛鼻子脸颊嘴巴没有一处不像春天开放的花儿，甜甜的喜悦盈满着，哇，她真漂亮，是的，姚默觉得，从来没见她这么精神这么漂亮过。

一直到我们走出很远时，我回头看见，她还站在原地挥手。

此后，柳青青好像换了一个人，她每天都是快乐的，几乎是玩疯了，仿佛忘了她应该是苦学妹，考试结果，级部第10名！

我和赛小凤担心，她会再次回家。可出乎我们意料之外，她看上去从心里高兴的样子，仿佛这个第10名比第一名还要让她骄傲似的。

然而，后来大多数时候的级部第一名却依然是柳青青，这让她自己也感到意外，她说："我接受了自己不是第一，当我为不是第一的我骄傲的时候，那个我曾经为了得到它废寝忘食的第一却来找我了，连我自己也没想到的。"

"祝贺你！"

"祝贺你！"

我和赛小凤的拥抱居然让她笑出了眼泪。

[原载《文学少年》2017年第6期]

黄清春（1971—），笔名海若，女，山东寿光人，就职于山东寿光世纪教育集团。作品发表于《少年文艺》等百万字，被选载于多种儿童文学精品集。出版长篇校园小说《蓝色仙人掌》，散文集《清春笔记》，童话集《偷换记忆的枕头》，绘本《多纳学安全》一套四册，神画故事绘本《煮海为盐》一套五本。荣获农圣文化奖。全国校园文学委员会会员，山东作家协会会员，潍坊市文学院签约作家。第四期文艺（散文）研修班学员。

三婶子

杨晓燕

　　三婶子借着刚破晓的天色看着眼前跌破一百的数字，自己跟自己过不去似的，又上去称了一回。数字还是先前那个数字，就是整整少了五斤。三婶子心里咯噔一下：总不是得了啥病了吧，咋又少了五斤？入冬的时候称了一下，才比伏天少二斤。人都说冬闲了人就会缓，就像牛和羊冬天闲了好草吃上就会上膘一样。可这一冬出来不但没缓，倒比以前少了。

　　现在听说有些病得上没啥反应就是瘦的厉害，隔壁租房子的原来那么壮实的个小伙子，能吃能喝能睡，不上两个月一身肉就没了，一查说得了糖尿病，把一院子人惊得不小。

　　三婶子想了想，自己吃喝拉撒都正常，也许是脱掉了毛衣毛裤的缘故吧。这样安抚着自己的时候，心里一下想起了老女子。如果是老女子，少了五斤肉，说不定会高兴的蹦起来，老女子常在她跟前叨叨：妈，我喝凉水都长肉。前段时间，她一天只吃一顿饭，其余就用她卖剩的菜换的蔫水果代替，没见瘦下来，倒比以前更白了。因为本来就不胖嘛。

　　现在的女娃娃都咋想着让自己一瘦再瘦，恨不得一阵风就吹倒，弄不明白也不想去弄明白。三婶子曾看着老女子白萝卜似的胳膊爱的不行，自己是女子时，胳膊也是那么白皙瓷实，月亮底下捋起袖子，胳膊和月亮一个颜色。不知道从什么时候起，也许是打结婚以后，那身肉就逐渐没了，以后再没胖起来过。还记得当初，她看见那条瘸着的腿，心里憋屈地要命。那个年代的父母之命、媒妁之言，她反抗不了，一晃几十年过去了，看惯了也就习惯成了自然。现在，像她这个年龄的女人，都想着在健健康康的基础上稍微胖些，那样显得富态还精神。可偏偏事与愿违，如果不看脸单看身材，她已是十足的玲珑骨感美女了。

　　老女子二十了，庄子上这么大年龄的女子都成娃娃的妈了，老女子书没念成，现在在外面照相馆里找了个活计。找婆家是高不成低不就，给乡里吧老女子不愿去，自己也舍不得，城里又没人愿和乡里人接亲，就这样耽误着。

　　胡思乱想中，只听有人粗声吆喝到："下来，下来，过称了。"

　　三婶子这样的小贩，都是天刚麻麻亮就挤到菜市场过称装菜，去迟了就挂不上好菜。在吆喝中惊醒过来的三婶子，慌忙从电子秤上跳下来，脚下一块碎砖头一挡，一个趔趄，右脚崴了，人差点跌倒，幸好旁边有根电线杆子，三婶子忙用手扶住才稳住了身子。

倒春寒中，汗凉下去就觉得有些冷，靠着电线杆子的三婶子把头巾上的围脖子重新捆系一下，感觉气顺了一些，就跛着脚走到三轮车跟前打算骑上走。

三轮车车厢靠后的部位绑着一块用门板改制的菜板子，车厢里、菜板子上都堆积着刚刚过完秤用厚塑料袋捂着的新鲜蔬菜，整个三轮车看上去像雍肿的孕妇，颤巍巍地鼓着肚子。刚跨上车子，右脚触到脚踏板上，一阵钻心的疼袭向三婶子全身，好在要去的小区不远，她忍着疼从车子上挪下来，用左手扶住车把，右手使劲扳住车座子，全身用力，一瘸一拐地向前推着车子。

三四年了，菜市场还是那个菜市场，买菜的不见少，卖菜的似乎也多了一倍。市场里有固定摊位的不说，像自己这样的流动散户随处可见，城管还动不动来追一趟，钱越来越难挣了。选不上好地点，菜就买不动。菜不像别的东西能放，早晨的菜用塑料膜紧紧箍拦着，一天下来也焉了吧唧，第二天就更没了看相，灰头土脸不说，有的坏得淌水，不但没挣上钱，连本钱都贴到里面了。

还记得第一次挂了一车子菜，随着几辆三轮车摆在路边上，不知道谁喊了一声："城管来了！"只见别的车主手忙脚乱往车上拾东西踏上车子就走，她愣愣地看着，有人好心在她身上一捣说："还不赶紧跑？"她像魂灵出窍才回来一样，忙忙地收拾东西。勾腰抬头，眉头猛猛地碰在车沿子上，当时紧张得也顾不上疼，晚上回家一看，半边脸都串着青紫了，脸青了，加上一车子菜还剩大半车子，心里那个难过没人知道。

现在，人都练成老油条了，你来了我跑，你走了我接着回来卖；运气不好被抓住了，自认倒霉，大家都这样躲着卖。一车子菜好好卖，一天能赚个三十甚至五十块钱，好处是一大家人在这石板街上吃菜不用再掏钱，剩下的什么菜都能对付，顿顿饭吃的都是活菜。可在山里的时候，你想也别想。夏天时，园子里还有一方方韭菜，配着陈洋芋接到新洋芋吃，一个冬天就是酸菜加洋芋，见点活菜比啥都难。

儿子终于走上讲台当了老师，吃上了公家饭，也想着娶个拿工资的媳妇子一起过日子。可没房子就没媳妇子，加上儿子随她天生的小个子，媳妇子更没了方向。丫头子们眼光一个比一个高，有点工作的女女子更是眼细的不得了，条件差、身高再差些，谁还往你身边靠？树不好，别说凤凰连个麻雀子都看不上。哪像房主的儿子，长得再差再不成器，有个好老子啥都不愁，别说房子就连轿车都给置好了，今天得意洋洋领着这样一个丫头子，明天洋洋得意领着那样一个女女子。

没地位、没大买卖的庄稼人，能混个一家子肚子圆就是拼命了，再在老院子里盖几间还算过得去的房子，力量就使尽了，再没个气力给儿子挪出楼房的首付钱。

真像说的那样，肠子都悔青了。现在，她最后悔得就是先在老院子里盖了房子。如果不盖房子，儿子的楼房首付也差不多了。可又一想，当时盖房子，也是拦了人们的唾沫星子，在庄子上人跟前争了口气。什么"娘几个外头挣钱着呢，让瘸子守着两间塌房房子""苦了瘸子了，种地喂羊头都抬不起来，人家娘们石板街上才甩着浪欢了"等闲言碎语，七八十公里的路上都没散掉，还是传进她耳朵里。谁听着这些话不害气是假的，可舌头在别人嘴里长着呢，一点不由人。为了站直身子吐口气，气头上，老院子里就多了一排三间宽门大窗的起脊瓦房。

房子盖上了，心里敞亮了不大一会儿，就后悔得要命。儿子结婚肯定不在老院子里住，儿子的婚房在哪里？三间瓦房就是盖给别人看的？花钱买后悔，气头上的举动害死人。后悔归后悔，房子盖上了钱已经花完了，只能再一分一毛的攒了。有些人没钱就走近路辟捷径，上云南、上广州，财大气粗了，一家子人都风光了，可没多少日子，人就进去了，甚至命都丢了。有时候，也艳羡那些人过的日子，可那些人是胆子大到命都可以不要的，跟人家没法比，自己只能过自己攒一分算一分的日子。

楼房不是一个钱两个钱的事，得一辈子没见过的几疙瘩钱。

脚仍然疼，但农村人骨头硬。三婶子没有把脚下的疼放在心上，倒是想着今天要早早把这一车子菜卖掉，时间长了菜蔫了舍水分倒是其次，今天还有要紧事。老汉从老家过来两天了，在医院工作的姑舅外甥说让今个下午去查病。老汉一条腿瘸着，说是小的时候在大人打土墙的几根椽子之间抽梭儿耍，不曾想梭儿和椽子还有不曾干的半截子黄土墙一同跌了下来……瘸就瘸吧，瘸了这些年了，早都看惯了也不在乎了。

先前电话里，老汉嚷着肚子疼，又说随便吃上点氟派酸也就过去了。三婶子也没当回事，毕竟人吃五谷害百病，谁还没个头疼肚子疼的？可最近，老汉说肋扇底下出来了一个先核桃大、慢慢鸡蛋大的疙瘩。三婶子听了这话心上一下就毛了，老汉再懦弱再不大硬，都是她们的主心骨和门柱子，有了这个人，她们娘们的腰直着呢，不管是家族里的还是庄子上的人还都有点怵乎劲，谁也不敢造次；真要像四大妈那样无常了老汉成了寡妇，得受多少气和欺负呀！真是狗大的娃都敢说你几句。四大妈在她跟前淌过麻钱子大的眼泪，那些遭遇让人听着都鼻子酸着孤心的。

如果老汉真有个三长两短，这个家咋办？三婶子着急也能感觉到老汉的急。前天，老汉在她一再的催促下，把点土粪忙忙地送到地里，家里的大小头口托亲戚照看着，人就到县上查病了。

一等就是两天。老汉又着急了，春忙，春忙，地还等着人操心着呢，要是不过来，这两天粪撒了，估计麦种都下上了。可儿子说了，看病比啥都重要。三婶子觉得也是。既然来了再急也没用，肋扇底下的疙瘩不饶人，圆溜溜的，就像那些看她们家笑话人的脸，看着都瘆人。老汉过来的那天，儿子就领着去医院找了姑舅外甥，姑舅外甥摸了摸那个疙瘩，说专家去市上开会了，今天下午回来，让他们下午过去先拍个片子，再让专家给好好看看，说不定要动手术。听完这话，老汉的头上汗就出来了。儿子在一旁说：估计是良性囊肿，问题不大。姑舅外甥也说：不要放啥负担，这种病见得都不爱见了。儿子背过老汉给她说：我大的病也不早说着看，一直压着瞒着，小病放成了大病。

三婶子觉得儿子的话处处在理，是她在老汉身上粗了心，心里各种难受纠缠到了一起。她愧疚，老汉五六十了，一个男人家抓锅抓灶，冷一顿热一顿凑合着吃住。庄子上的男人都是家里桌子上盘儿下的客，没有一个像老汉这样自个喂肚子的，庄子上的人都笑话死了他们。眼下，只盼着把老汉身上的病拿掉。

心里的事盖住了脚底下的疼，不觉就到了小区门口，这是她最近新找的卖菜地点。三婶子把三轮车停好，刚从车厢里把计量称取出来在地上放稳当，正准备把大小不同的塑料袋绑到车沿上，就见常来她这儿，年龄比她大但看上去比她年轻的王老师，抱着九个月大的孙子出来了。

三婶子边绑塑料袋边招呼："奶奶、孙子这么早就出门了？"王老师也看见了三婶子："哦，妹子，你来得早！我还以为你没来呢，正准备去前面的菜铺子。孙子吃的菠菜一点都没了，早知道我就不抱他出来了。我们这里就是倒春寒，小心给我冻感冒了！"语气中的疼爱浓的化都化不开，边说边把孙子的帽子往下拉了拉。又说："去前面的菜铺子时间长，我一点都不放心。会爬了到处拉着防不住。"

三婶子附和着"就是，就是"。麻利地打开为菜保水分的厚塑料，取出一把菠菜放在秤上称了一下，说："一斤一两算一斤，两块钱。"又从车沿上撕了个小些的塑料袋把菠菜装进去。王老师嘴上说："又占你一两便宜，你把钱也收上。"手上却只递过来两个一块钱。三婶子说："大姐，你看你说的，没啥，没啥，你多来几趟就行了。"并接住王老师递过来的钱把塑料袋递到王老师手上。

三婶子清楚，做买卖，你一两二两的摊头得有，老人们说了，人人都是便宜虫，谁便宜一分都会撵谁。瓜子吃不饱是暖人心的，你两两子上掐得太紧，买过一回下次绝对就不来了。要说长久的话做长久的生意、多种取利，这毛毛分分的利你得让。

　　看着王老师的背影，三婶子忍不住叹了一口气。放眼望去，小区内高楼林立，家家的玻璃反射着阳光，王老师孙子的小脸还在她眼前晃动，儿子多会儿才能住上这样敞亮的楼房，娶上乖爽的媳妇子，再给她生个那样心疼的小孙子？三婶子摇了摇头。人活一天都有妄想，眼前自己连这迫在眉睫不算妄想的妄想都不敢想了。她顾不上脚疼，双手忙着从车厢里取出小板凳，还有笤帚等杂物，腾出地方把菜一一摆开：红彤彤的西红柿，紫汪汪的茄子，嫩油油的菠菜、油菜，还有黄瓜、胡萝卜、蒜苗等，再把自产的半袋子洋芋从车厢里提出来，敞开口子靠着三轮车摆好。

　　又打发走几个客人，刚屁股粘上凳子想缓一缓脚疼，不承想，不缓还感觉不来疼，一坐下脚就疼得跳了起来，由不住地倒吸凉气。正在这时，口袋里儿子淘汰下来的手机"丁零丁零"响了起来，忙掏出来接上，一听，才知道是大女子打来的。大女子一连串问：我大的病查了吗，尤拜有对象了吗，老女子有婆婆家吗……三婶子吸着凉气提不起精神简单回答着。这一个个问题如针一样直扎心上，大女子觉得异常，问道：妈，你在哪里，没啥事吧？她说：没啥事，能有啥事？只不过脚早上崴了一下。你的娃都乖着吗？近两天天气不正常，操心着别让感冒了。你们在家里都忍个事，双身子干啥都小心，不中听的话从这个耳朵进去从那个耳朵出来，男人出门打工也是为了家。行了，这有几个人我打发一下。女子还想说啥，她就挂了电话。电话费也老贵呢，长话短说，能给女子省下点算点。

　　大女子不到十八就嫁给乡里了。女娃娃不念书出嫁就早，快十年了，先是不生养，里里外外到处看病，钱没少花，婆婆的闲话也没少听，不是"养个母鸡都会下蛋"就是比长拉短"别人家的驴都下了个儿子，我们家的驴和人都不下"之类，好在小两口关系不错，病也总算回头了，可又连着养了两个女娃。女子的月份又快满了，这心里就像揣了个兔子——蹿上跳下的，就盼着真主慈悯着给加个牛牛。

　　老汉的病、大女子的坐月子、儿子的媳妇子、老女子的婆家等问题，缠得她头疼，顾不上头疼了，她的脚腕子已经肿得像个馒头，有种麻酥酥的感觉。疼倒没有先前厉害了，她用手拄住凳子想站起来给人称菜，不料凳子不稳整个人重重地跌倒在地上……

［原载《大地文学》卷三十二，2016 年 2 月］

　　杨晓燕（1978—），女，回族，宁夏同心人，就职于银川市委统战部。作品发表于《新消息报》《中国国土资源报》《大地文学》等。中国少数民族作家协会会员、中国国土资源作家协会会员、宁夏作家协会会员。第四期文艺（散文）研修班学员。

天使之手

吟　泠

　　顺生死于收获季节。他开着四轮在帮父亲掰玉米时，连人带车，还有满满一车带皮的玉米，从那条窄窄的乡间小路上，翻到那条深沟里去了。车和玉米都好端端地活着，顺生却被车轴卡住，被玉米埋住，窒息而亡，头上、脸上、身上，没受一点伤。等乡邻从玉米堆里，将他像剥玉米一样剥出来时，他已闭上眼睛了，脸上好像还有被热腾腾的玉米捂出来的一些汗，这些带着些光泽的汗渍，使死了的顺生的颜面尤其好看，好似脸上被谁敷了一层清油似的。顺生像酣睡了一般，颜面上仿佛还带着某种满意的笑。这些，都是顺生的妹妹顺美，连哭带泪地告诉熊吉的。听到噩耗的第一时间，熊吉就匆匆赶到徐和庄，去吊唁这个才刚过罢四十岁生日不久的男人。

　　说起来，熊吉这个吃着官饭的人，和放羊长大的乡下人顺生，真是没什么交情。也不知为何，从三年前他们第一次吃饭喝酒开始，顺生就直愣愣管熊吉叫师父，叫同一桌别的男人，却只称兄道弟。熊吉制止过顺生，说我大你八岁，叫熊哥就好。顺生却不听不顾，一直就师父长师父短地叫着，暖暖的，也辣辣的，每叫一声，熊吉仿佛就喝了一杯大夏贡，肺腑间就升起一股江湖气派。熊吉正经的学历，是小中专，相当于现在的初中生或高中生，但在很久以前，像他这样的小中专，人群里都捡不来几个。因了顺生执意对他以师父相称，熊吉这个早已经将书本还给老师的老男人，专门找了一本字典，查了查师父这个词的意思。不查还好，一查，多少还让熊吉有些心虚气短。师父的第一个意思，是专门指出家之人，比如和尚、尼姑、道士等。比较世俗的称谓，则是老师，还有那层人尽皆知的"一日为师，终身为父"的意思。不管从哪个意思上讲，熊吉都是不敢当，也当不起这个称谓的。可顺生却不管不顾，不肯改口，熊吉也就拿他无法。不过，心里对顺生，却有了几分亏欠似的。他何德何能，就可以让顺生认他做师父呢？熊吉倒是很寻常的一个人，他想，在他力所能及的范围内，能帮这个庄户人一把是一把，他看得出来，顺生是个老实巴交的人，开言吐语，都是磕磕绊绊不连贯的，据他自己说，就连他自己的名字，也总是写错的。在那些个油腻无趣的酒席上，没几个老板看得起顺生，每次的吃喝拉撒，顺生总是坐在包间进门的位置，几乎也从没有真地坐下来过，为这个续水，为那个点烟，为另一个清理盘盏……手脚不停，颇有眼色，却是个跟班伙计的模样……熊吉就这样回想着关于徒弟那些零七碎八，小而又小的片段，匆匆赶到徐合庄。一直到进了顺生父母那座并不宽展的院子，稍稍有些微熏的熊吉还在想，那个叫了他三年师父的顺生，真的就已经死了么？

那座寻常的农家小院，出乎意料地冷清静寂。迎他进门的，就是顺生的妹妹顺美，一个眉毛和眼睛都又细又长的女人，和粗眉大眼的顺生一点都不像一母同胞。他上午从习岗镇回来，中午饭都没吃就掰玉米去了，他还饿着呢，他饿着肚子就走了……顺美一边说一边掉着眼泪，小声嘤嘤地哭几声，停一停，再哭几声，反倒比那些失态的号啕大哭，更让人恓惶。说到底，熊吉是个细肠子男人，也是个软肠子男人，如若不然，就凭顺生顺嘴叫了他三年师父，他就罩着顺生，叫他顺顺当当地赚了三年钱么？骨子里头，熊吉太绵软了，与他黑面黑皮，人高马大的样子，真的不相称。顺美这样不哭不闹的样子，反倒让熊吉有种说不出的难受。他没去院子里的帐篷里看看他死去的徒弟，他坐在正房南窗下的椅子上，抽着烟，看着坐在沙发上顺生的妈，一个像芦苇般单薄细瘦的女人。她已经哭不出声了，也可能是不会哭了，见了黑黑的熊吉，只是喃喃自语说，顺生，你师父看你来了……熊吉的心，一下子就冰棍化成水，滴滴答答的。像熊吉这样脾性的男人，衙门官场上，确也没他什么戏了。顺生的妈两边，两个年长的女人陪她坐着，脸上木木然的，时不时抹一抹眼角，也不主动和熊吉搭句话。没见顺生的爹。顺美说，她爹去金山陵园给顺生看墓地去了，还要去纸货铺子定棺材，还有别的长长短短的事，都得爹一个人操心。天气正热着，人得赶紧往土里送了，放不得。熊吉记起，顺生是独生子，顺生的爹也是独生子，顺生爹为人又冰冷，遇到事情，里外寻不上得力的帮手。想一想，顺生的爹六十五了，整天骑着摩托车到处浪着呢，他自己的墓坑还没买呢，谁能想到顺生会先用到呢。现在给顺生买的话，顺生爹妈的，就得凑着这个机会一起买好呢。顺生没了，等他们老两口亡故了，没人给他们操这个心。顺美拉肠子带肚子，又和泪说了许多，熊吉也没记住多少，就是心里觉得堵得慌。烟吸完了，他也没说上几句安慰的话，问好出殡的日子，就起身离开了。熊吉一贯是个少言寡语的男人。离开的时候，熊吉见院子里有人开始搭经幡了，有个半大小子，站在帐篷外面，戴着白孝布，脸上冷冷清清的，没有颜色。熊吉想起来，那就是顺生的儿子。

三年前，熊吉在林业站主事，手里多多少少有点小权小利，身边也有几个不大不小的老板，拉拉扯扯，请吃请喝，打牌钓鱼，磋磨了不少时光。其实，熊吉既不喜欢打牌，也不喜欢钓鱼，业余时间居然都被这两样事情占掉了。细想起来，自己都觉得荒唐。老板们说，打牌就像睡女人，越打越上瘾，越睡越想睡。老板们还说，钓鱼是假，钓人是真，醉翁之意不在酒呀。像这样的俏皮话，顺生这样的土鳖是说不来的。说不了俏皮的话，并不意味着顺生就做不了俏皮的事，俏皮的事，不用教，男人天生就会做得。这个看上去清清爽爽的男人，自叫熊吉师父之后不久，就堂而皇之带了一个女人来和熊吉见面，吃饭。熊吉眼神毒，一眼就看出来两人的底细。顺生也不相瞒，说是外面的女人，在银行上班，也不嫌他没念过书，一身泥水气。说他们在一起，已经快十年了。那女的叫唐素然，中等个头，齐耳短发，五官端庄，面色不佳，熊吉猜，她不是丧偶的，就是离了婚的，总之没什么好气息。这个唐素然的脸上，天生带着些薄寡相，熊吉不大喜欢。此后，与顺生渐渐相熟起来，他们三个，居然成了酒友，时常在三角地的红灯笼酒吧一起喝酒。红灯笼这个名字是暧昧的，唐素然也是暧昧的。喝酒的时候，多半时候，都是熊吉与他们二人坐面对面，喝到半酣时，唐素然脖子一歪，靠在顺生肩上，眼神却迷离凌乱，向着熊吉放电。熊吉懂她的风情呢，只是装做不懂，笑而不言，只管喝酒。熊吉的酒量，真心好呢，一件啤酒快碰光了，人还是稳稳地，稳如泰山，方寸不乱。有时候，唐素然也将她的脚，有意无意，从吧台下面伸过来，搁在熊吉的脚上，搓来搓去，然后再收回去，假装不小心，假装在试探，又假装什么也没做，继续摇着骰子，面红耳赤。这女人真是太会演戏了，熊吉想，心里有些悻悻，有些无味，又有些莫名的欲望。顺生也是有些缺心眼了，熊吉想给他提点一下，见顺生对唐素然百样顺应，又不想多那些嘴舌，挑些是非了。据顺生说，这些年里，唐素然给他花了不少钱，倒是他花给唐素然的钱少些。熊吉就不太明白这女人了。又一想，可能顺生床上的事情做得好，让这个女人不舍罢。实话说，现在的男欢女爱，路子渐渐野了，反而，女的养男的段子，四处流淌着……渐渐地，熊吉就有些醉意了，酒量再大，又有什么，毕竟有点年纪了。渐渐醉起来时，熊吉才觉得，他最喜欢的事，就是坐在某个酒吧的一角，一杯一杯，让自己渐渐醉了。这对一个年近半百，又在官府做事的男人来说，似乎不可思议，可这世上不可思议的的事情，真正多了去呢。熊吉的爱人沈羞，是个美术老师，也是先前小中专的学历，人不丑也不俊，长得既像法官，又像修女，在他人面前，或者说在白天，永远是不苟言笑，一本正经的样子，令人望而生畏。可一到夜里，一上床，她就变成另一个人，或者，变成了一种凶猛的动物。她像一条光滑的蛇，在熊吉身上身下蠕动着，喘息着，发出低低的，嗷嗷地叫。她乐此不疲的样子，有时让熊吉喜欢，有时又使他生起一些厌烦，或一些茫然，好似，他们的半生，除了吃饭穿衣，都局限在动物的属性上了。除了经期，沈羞似乎不曾放过熊吉，好似她下身那里，也有一张嘴，它总是饿着渴着，总是吃不饱似的。她的经期大约有一周，加上熊吉隔三岔五的醉酒，夜晚她可以尽兴的时候，说起来也不是很多。每当看着沈羞事后深深呼吸，像只白崭鸡似地瘫在床上的时候，熊吉都觉着，其实沈羞最热衷的，并不是教学生画画，做做那些毫无生气的泥塑手工，和花花绿绿的剪纸，而是与男人尽鱼水之欢。有时候熊吉想，假如他再也硬不起来了，沈羞会怎样呢，因为，熊吉越来越觉得他不行了。他们夜夜寻欢，却不曾造出一个人来，这似乎不可思议，可这世上不可思议的事情多了去，谁又能说得清呢。沈羞的脸色，一贯也是偏黄的，和唐素然一样的面色不佳。不知为什么，熊吉会把她们两个暗中放到一起比较，他自知这样不是一个好兆头。

认识顺生这个徒弟不久，遇到一个发财的机会，熊吉就想到了顺生。其实，并不是熊吉想到顺生，而是这个活计，除了顺生，别的老板嫌晦气，没人肯做。三角地在绿化规划带里，那里先前是个乱坟岗子，既有主坟，也有无主坟，统统要在规定的时间里迁出去，每迁一个坟头，县上给补助三百块。熊吉知道，别的地方，无主坟就拿推土机推平了，种上桃树、李树、杏树，或者柳树、槐树、梓树，总之各种树一种起来，景象就大不一样了。熊吉想，把三角地的坟迁出去，树种起来，顺生经济上应该可以稍稍翻个身，可以松口气了。熊吉想，那些个无主坟，拿推土机一推，也就了事了，毕竟上面催得紧。把这个意思对顺生说了，顺生却摇头不止，连说师父这个使不得，使不得，言语中还有几分责怪他的意思。顺生有顺生的办法，他自请了阴阳先生，买了黄酒和鞭炮，择个日子，将三角地的几个无主坟都当有主坟一样迁出去了，像安顿远房亲戚一样，将它们安顿下来。弄完这些事情，顺生像御掉磨盘的牲口似的，一脸轻松，找个由头，他又约了熊吉和唐素然去红灯笼喝酒。顺生一口一声师父，恭恭敬敬地，给熊吉端酒，弄得熊吉很有些不自在。这个顺生！

顺生喝多了时，便说，我知道呢，除了师父，那些人都没把我当人看起过。生意场上，拿钱论大小，和旁人比，开着一辆破夏利的顺生，真的无人把他当个正式和端正的人看待。奇怪的是，熊吉偏偏认顺生，大老板约熊吉喝酒，他找个借口就推掉了，顺生一约，熊吉便一口应承下来，好像顺生才是个重要的人物，不去不行似的。可能，这就是顺生所说的把他当人看待了的意思。熊吉也说不清他为何如此厚待顺生，好似他确实就是顺生的师父，顺生确实就是他的徒弟似的。平素他们都喝西夏或蓝带啤酒，或者是掺着大夏贡，银川白喝，那天他们却没有喝啤加白，那天晚上他们喝的是利思桃红，是一款葡萄酒，据说是某个酒庄庄主，专为他的夫人酿的一款酒，又细又软，完全不是熊吉的菜。仅仅三杯，熊吉居然就有几分浅浅的醉了，真真有些以柔克刚的意思呢。顺生说，师父以后应该改喝红酒了，白酒伤人，红酒养人呢。熊吉记得，当时他用很粗鲁的话骂了顺生一句，顺生却傻傻地笑着听着，好似很受用似的。然后，居然是那个唐素然起身扶他去的卫生间，帮他整理腰带和裤子，一点都不避嫌似的。恍恍惚惚中，他闻到她的短发中散发出的 CK 香水的味道，与美术老师沈羞的一模一样。熊吉隐隐有些茫然，他想，骨子里头，难道女人都是一样的吗？

熊吉和顺生一起，看着三角地原先那片乱坟岗子，一天一天变成一片绿油油的林带，林带间开着紫色的二月兰，马蔺花和鸢尾花，风吹过时，紫气东来，一片清香，就好像原先那些死人都悄悄活了过来，变成那些树和那些花了一样。有一些片刻，熊吉忽然觉得，并不是顺生配不上那些大老板，配不上他，而是他和那些大老板配不上顺生。熊吉也说不上他头脑里怎会生出这样的念头。

就是这样一个顺生，他真的已经死了。

出殡那天，熊吉买了花圈去送他，记了大礼，给顺生深深鞠了三个躬，也落了几行清泪。他想，三年不长也不短，他和顺生简单奇妙的师徒缘分，就到此为止了。

那些天里，天气干燥热辣，一点风都没有。

顺生下葬不到一周，熊吉突然接到一个陌生的电话，一说话，才知道是顺生父亲的电话。他的声音，火急火燎地，带着些请求的口气，央熊吉去趟徐合庄乡下家里，不，是去顺生丧命的那条田间小路上。从电话中，熊吉听不出顺生父亲的悲伤，只觉得他确实有些焦躁，有些急。他言语不多，熊吉却听明白了他的意思。顺生父亲的意思是，顺生是被人故意害死的，他手里有证据，有录音，因此也有底气。他一定要为顺生讨个说法去呢，讨成的话，就可以给顺生赔上一笔命钱，虽然顺生本人花不上。挂掉电话，熊吉心里像结了个十字扣，就像有四个赤面力士，将他朝四个方向扯着，心里扯得慌。像这样讨命钱的事，就跟女人倒过来养男人一样，也有点风气了。最让熊吉掉牙齿的，就是开春时，有个学生放学，骑着自行车边骑边看手机，不小心掉进路边的水池子里，淹死了。家里人拿这个水池子说事，闹个不停，听在城建上的同僚说，最终，城建还是为这个意外买了单。那孩子家长说，若是没有那个水池子，学生顶多摔个断胳膊折腿，咋也不会把命丢了……熊吉想，倘若这样的道理都能说通，那么，走在黄河边上不小心掉下去淹死了，还要老天爷买单吗？还要怨老天爷造出了一条黄河么？白银买断黑人心，人的心，都跟着银子钱走了。

挂掉顺生父亲的电话，沈羞拿法官和修女的腔调说，这样磨牙的事，就别去凑热闹了，让顺生的爹找公家论理去，找你去，你能炼丹还是能熬胶？沈羞一边说话，一边当着熊吉的面换衣裳，脱得赤条条的，全然是一副百无禁忌的模样，完全没有体谅到熊吉心里其实站着四个赤面力士，将他往四下里扯着。沈羞的背影依然紧凑纤细，看上去像个少女，但正面，已经不堪入目了，胸脯像两个长茄子，耷拉在那里。若不是靠着乳罩托着挤着，简直叫人望而生畏。按说，没有奶过孩子的胸，不该变成这样，可沈羞的胸，确实就不可思议地成了这样。一想起隔三岔五，他就是与这个禁不起推敲的中年女人行床第之欢，熊吉心里都有一种如梦似幻之感，就像顺生的猝死一样。沈羞说话的调子是冷冷的，讲的当然也是硬碰硬的话，叮当作响，让熊吉无言反驳。熊吉习惯了凡事随沈羞的心意，因为他们没有孩子，罪过在他，在沈羞面前，他就英雄气短了。沈羞不曾成为一个母亲，清汤寡水地活着，他是罪魁祸首。有很多次，他都想，沈羞为什么不提散伙的话呢？有时候，熊吉自己也想开这个口，却也只是心里想想罢了，嘴上并没有说出来。熊吉想，可能他们都在等对方说，而对方都没有说，就这么拉拉扯扯地，把日子不咸不淡地过到今天了吧。细细想想，他们两人之间，掏心掏肺地说说话的时候，真的不多。熊吉听得多的，倒是夜里沈羞哼哼唧唧的声音，像发情的母兽一样。

关于顺生的猝死，那些讲究的大老板都说，瘪三顺生，就不该做三角地绿化带的活，推坟地的活计，不是人人都能干的，命硬的人，才可以做坟地上的活计，他也是想赚钱眼睛想蓝了，才不管不顾地去赚坟地上的钱，可惜他的命软，拼不过那些大鬼小鬼，随他们去了。熊吉每每听到这样的话，心里都有说不出的滋味，好像总能看见顺生那双大眼，在某个灰暗的地方望着他。好像他好心给顺生一个赚钱的机会，反而给他帮了一个倒忙，害他失了性命似的。

背过沈羞，熊吉托一个懂门道的人，到掩骨寺给顺生念了念，求个心里安静平稳。熊吉还悄悄去了趟徐和庄。一则，因了顺生爹的电话，他对顺生的死，存了些好奇心。二则，因了顺生无端且执著地称了他三年师父，其实他心里一直觉得受之有愧。想一想，一个怎样的人，方才可以做别人的师父呢？师父这个字眼里，隐藏着多少清芬之气呢？像他这样一个庸常之极的俗人，凭什么给老实蛋子顺生做师父呢？内心里，熊吉反倒是暗暗感激顺生的，他觉得，反倒是顺生，是个隐姓埋名的高人，是改头换面来度自己苦厄的半个神仙呢。有时候，熊吉是会生出这样的念头来的，每每这时，他反倒会对顺生，生出一些莫名的谢意，好似是顺生，无意间搭救了他似的。因了师父这个字眼，熊吉在言语行止，方方面面，都有些略微的修正，悄悄变得端方了许多。连法官和修女般的沈羞，都说他近三年来，心性变得慈悲了许多呢。如今，顺生死了，以后，还会有人认他做师父么？熊吉觉得，骨子里面，他可算是个很薄情的人呢，人走茶凉，他要快快将顺生忘在脑后呢。他甚至在想，若是沈羞忽然间死了，他会不会感到悲伤，他的悲伤会有多深，有多久，会不会过掉一个春天，他就会置身忘川之上了呢？若是在青春年少，对于生死无常，熊吉就不会做如是想，现在却不同了，他时常会想到命这个字眼儿，时常会无端地七想八想，在三角地的红灯笼酒吧，或别的什么地方。

按照约定，熊吉直接到顺生出事的那条沟边，与顺生的爹见面。顺生爹到底是男人，独生子盛年而殁，他看上去还是那么抗硬，眉眼神情，与顺生在世时，没什么两样，像一张崭新的红板，完完整整的，没一点折皱与破损。从始至终，熊吉都不曾看到这个庄户人为他的儿子落过一颗眼泪，也许，他的破绽与破损，都放在心里面也说不定。也许，也许顺生根本就不是这个庄户人亲生的儿子——熊吉被自己的潜意识吓了一跳。他觉得自己近来的思绪，真是荒唐透顶了。

顺生的爹递给熊吉一支龙泉烟，开门见山，说着他的思路和疑问，熊吉听着，觉得顺生的爹和他自己一样，荒唐透顶了。那个庄户人掏出他的OPPO手机，调出一张张照片，让熊吉看。在秋天的傍晚，熊吉看着手机里的照片，照片中是一条乡间小路，软土路基下有个臃肿的、拿着锹的女人的背影，看样子，她是在挖那条小路拐弯的地方。在秋天傍晚的霞光里，手机照片中的乡间小路，和那个女人的背影，都染上了一层浅浅的，模糊的淡紫色调，看上去很有些诗意的样子，好像那个有着臃肿背影的女人，在做着这世上最美好的一件事。顺生的爹说，他跟踪这个女人很久了，她三天两头，就拿着锹到这条小路拐弯的地方取土，一锹一锹，将那条小路的要害处削窄了，她这么偷偷摸摸地削路，已经有好多年了。他曾告诫过那个女人，不许她在那里动手脚，每年春种秋收，顺生家都要经过这条小路，开着四轮到自家田里去劳作。她心存不良，成心想看顺生的笑话。经顺生的爹那么一番说道，熊吉和眼前的实景一对照，才发现他们正站在手机照片中的那条小路拐弯的地方。这个地方，明显比前后的路面都窄了很多，就像一个瘦女人的腰那里一样。熊吉目测了一下，这个拐弯处的宽窄，应该刚好与手扶的四个轮子相吻合，也就是说，在刚刚好的某个点上，顺生开的那辆四轮，轻而易举就会翻进路边的沟里，发生事实上已经发生了的祸事。

熊吉已经续上了第二根龙泉烟，天色也迷离了好多，好像谁在某个暗处，关了灯盏，拔了电源一样。熊吉转身四下里看看，似乎觉得照片中那个臃肿的女人，就在哪个莫名之处躲着，在偷窥他和顺生的爹说话。好像，他觉得顺生就伏在那条沟里，满面恓惶地看着他这个薄情的师父。龙泉烟的味道，真是太苦了。熊吉吐了几口唾沫，问顺生的爹，你咋知道这个女人是故意的。熊吉想，顺生的爹，怕是脑子也坏了。摊上天塌地陷的事，大哭大悲，能发泄出来的，才算正常，不言不语的，反而容易出问题。熊吉想，顺生的爹，脑子八成是受刺激了。顺生的爹跺着脚说，那女人，她和顺生有仇呢，她说顺生四十岁上会死掉，她悄悄削那条路，削了快十年了。顺生爹说完，还恶狠狠地补上一句坏婊子这样的话。熊吉说，以前发现的时候，你咋没制止她？顺生的爹说，以前根本没想那么多，就是觉得她把路弄坏了，我们干活进进出出不好走，谁能想那么多呢？直到顺生死了，前后一想，才和图景对上号，才觉得是这么个因因果果，才觉得这个女人的心真是比老鸦都黑。熊吉又问，她和顺生有什么仇呢，这么害顺生，她是谁？顺生的爹说，她恨顺生当初没娶她，她没脸没皮，自己叫自己天使，她只长了半个脑子，呸呸呸！顺生的爹这么一说，熊吉隐约记起，往昔在三角地的红灯笼酒吧，他们三个一起喝酒的时候，顺生也曾提起过这个自称为天使的女人呢，顺生说，她是个神经病，有癔症呢。顺生轻描淡写说过这样的话，是一带而过的。

　　熊吉说，那她拿老鼠药对付顺生，不是更省事吗？顺生的爹说，拿老鼠药下毒，那可是要偿命的。她这么算计着削着路，就算顺生正好死了，谁会相信一个女人肯花十年的时间，害死一个她没得手的男人呢……熊吉听着顺生爹的话，脑袋莫名其妙大了一圈。顺生的爹还说，我还有证据呢。她说顺生四十岁上会死掉，她像念经似的念着这句话，我都悄悄录了音呢。

　　倘若顺生的爹说的都是真的，那么如今，他的徒弟顺生的三魂九魄，知道他是死于他眼中的神经病，死于天使之手么？熊吉捏碎烟头，觉得他自己都变得蹊跷莫名了。他觉得他自己、顺生、沈羞、唐素然以及顺生的爹，都有几分的虚幻和诡异了。顺生的爹说，顺生师父，你是懂文墨的人，劳烦你将我的意思，写成状子，我要找法官告她去，要为顺生讨个说法呢，他死得冤枉呢。熊吉还没作答，美术老师沈羞的电话来了，她说，晚上七点，三角地红灯笼003卡座见。沈羞的声音，也像法官和修女，稳中求稳，不咸不淡，熊吉根本没有机会说不。任谁也猜不到，就是这样一个冰块一般的女人，夜晚在床上，却是凶猛的得像要杀死熊吉的天使。沈羞的电话，来得正是时候，熊吉借机从电话号码簿中，找出正义律师事务所沈律师的电话，让顺生的爹记下来，说，这个沈律师是我的铁子，找沈律师就跟找我是一样的，不用见外。人家日日与法官周旋着，更知道怎么写个好状子，打个好官司。顺生的爹听了，一脸都是感激与欢喜，熊吉看得不忍，顺手从兜里摸出几张旧旧的红板，塞到顺生爹的手里。他想，他的妻哥，那个大名鼎鼎的沈律师，接到这样一个虚实莫辨，与天使相关的案子，他将会有着怎样庄严的辩护词呢？熊吉至今没有打过官司的经历，可他知道在这座小镇上，贪了20万的官，判了三年，贪了10万的，却判了六年，这样颠倒来颠倒去的官司，却是有的。实在说来，假若沈羞律师的保险柜里，没有锁着熊吉的几样短处，他不会对美术老师沈羞言听计从，唯命是从的。熊吉觉得，他的半生，不知不觉，就被一些莫可名状的力量控制和废掉了。

接到沈羞电话，在返回习岗镇的路上，熊吉忽然记起来，结婚这么多年来，他从没与沈羞一起泡过吧，今天沈羞唱的是哪一出呢？今天既不是对方的生日，也不是他们的结婚纪念日，也不是七夕节什么的那些花里胡哨的节日，沈羞唱的，究竟是哪一出呢？就像接到顺生爹的电话一样，熊吉心里生出一些好奇。更好奇的是，三角地红灯笼003号卡座，正是他与顺生，唐素然眉目传情，打情骂俏的包座，沈羞难道生着一双慧眼么？

天彻底黑了，熊吉拊了拊胸口，如约到了三角地的红灯笼，掀开003号包厢的蓝色半帘时，却一下看到两张女人的面孔，一个是美术老师沈羞，一个是顺生的情人唐素然，她俩都化了淡妆，白是白，红是红，在幽暗的灯下，看上去各有妩媚，像一对各怀心事的姐妹。不知怎么，熊吉心里微微一愣。她们那种熟络、自然、亲切的样子，一望而知，是多年的旧交了。一瞬间，熊吉的脑子有些短路，变得白茫茫一片。他觉得，除了他，沈羞、顺生、唐素然……似乎每个人都是神来之物，带着某种秘密的任务，渗入他无力且久已荒废了的生活。在他对酒当歌，借酒浇愁的老地方，在他成为愣子的一刹那，那两个女人同时向他招着手，在熊吉眼中，她们那握过性器、画笔、脂粉和干干净净的金钱的、拨动幽昧不明的生活之轴的素白的手，就像天使的手一样。

[原载《湖南文学》2018年第11期]

吟泠（1969—），本名赵峻，女，宁夏贺兰人，就职于新华保险宁夏分公司。作品发表于《朔方》《湖南文学》《啄木鸟》《飞天》等，入选《小说选刊》《散文选刊》及《2008中国年度短篇小说》。出版短篇小说集《歌兰小令》《粉菩萨》《销魂曲》。曾获宁夏第八届文学艺术奖、《黄河文学》双年奖。中国作家协会会员，宁夏作家协会会员，鲁迅文学院第二十九期高研班学员。第五期文艺（小说）研修班学员。

三奶奶和她的猫

瑶　草

三奶奶坐在炕上，手里拿着旱烟杆，瘦小的身子微微前倾，一双粽子似的小脚交叠压于腿下，她的腿细而短，极是柔软，有次她逗我玩的时候将一对小金莲举至额头，见我瞠目结舌的傻样子，她咯咯大笑，三奶奶的笑声清脆，但不刺耳，每次笑时总是弯了一双眉眼，张开嘴巴大笑，笑罢便拿起系于斜襟盘扣上的一方手帕，轻轻去沾那笑出的眼泪，三奶奶只要笑，总是会笑出眼泪，偏生她又常常大笑，所以她的眼睛看起来始终有水光，眼眶边上也常年泛着红。

三奶奶的炕上放着一个长柜子，挨着墙，从炕沿伸到炕底，暗紫色，每到正午阳光照进来，便闪着幽光，我曾探头探脑将柜门启开一条缝，往里窥视，尚未来得及看清那大片的红究竟是何物件，便被三奶奶一旱烟杆敲了下来，骨碌碌翻下炕，飞快窜出门，捂着小心脏半天喘不过气来，我虽未看清那大片的红是被面还是衣服，但那上面放着的一双绣花鞋是瞧了个清楚的。

三奶奶的炕柜子里有一双绣花鞋，这个发现没有使我兴奋，倒让我平白生出几分恐惧，也因为这个原因，我好几天没有再走进三奶奶的院子，每日耷拉着脑袋，无精打采地坐在园子里，看着远处的山一坐就是大半天，母亲着急了也喊、也骂，但我就是懒懒的，一句话不说，母亲日日有忙不完的事，嚷嚷过几次，也就顾不上管我了。

这日住在巷子口的周家要娶儿媳妇，他们家一共有三个孩子，老大叫平安，老二叫铁蛋，老三和我一样，是个女娃，他们家里人都叫她咪咪，我却从来唤不出她的名字，在我的认知里，咪咪就是猫，也只能属于猫，因了这个缘故，我从来也不和周咪咪一起玩耍，也不想看见她，因为看见她，会让我想到三奶奶家的那只猫。

三奶奶家的猫有一双五彩斑斓的眼睛，周咪咪也有。

我决定去周家看看热闹，尽管我也料到会碰见周咪咪，还有她那个唤作铁蛋的二哥，那更是个可恶的家伙，有一次他故意将一毛钱扔在我要走过的路上，然后隐藏起来，像狼一样盯着我和地上的一毛钱生死搏斗，我看着钱，也看着周围，有惊喜，也有不安，我想捡，又不敢伸手，不捡，那腿又定在那里，一动也动不了，这一毛钱得买好多颗糖，我这小小的口袋估计都要撑破了。

然后我便弯下腰，伸出手，然后他便狂笑着跳了出来，从我的手指尖上掳走了那一毛钱。

"钱是我故意放这儿的，你想拿？没门儿！"

我震惊又惶恐地看着那张可恶的脸，第一次清晰地想到了"恶棍"这个字眼，从那以后这张丑陋的脸以及那龌龊的笑成了我的噩梦之一，我经常会梦到被成群的羊群碾压过来，而我却一动不能动，还会梦见被一匹马追赶，我拼命跑，拼命躲，但那飞起的红鬃总会拂疼我的脸。

梦里被人追杀是常有的事，我躲过迎面而来的刀剑，也躲过飞来的子弹。

周铁蛋比那些羊群更令人厌恶。

去周家要经过三奶奶的门，我走过时，三奶奶也正好出门，她看见我，便喊了一声，我站住，眼睛看着地面。

"这孩子，倒跟我记仇呢？我打疼你了吗？"

我看她一眼，没有说话，心里明白那烟杆落下来时是没有使劲的，但我就是有些扫兴，说白了就是有些不好意思，其实我当时只是好奇那奇特的柜子里究竟装着啥？想着想着那手就伸出去了，如今想来着实没意思得很，好奇心没害死那只该死的猫，倒把我弄得跟做了贼似的，这让我十分沮丧。

"是去咪咪家吗？你妈他们都不去吗？"

三奶奶拄着拐杖，她的拐杖也是暗紫色的，弯弯的把手磨的油光锃亮。

"我妈不去，父亲一早就过去了，说是给记礼薄。"

三奶奶看着我，眉头皱了皱，然后伸手搭在我的肩膀，我知道她又要借我的肩膀来缓缓那双可怜的小脚了，好在她身段玲珑，手搭在肩上也绵软，否则我只怕见了她老早就跑开了。

"你这孩子也是奇怪，说话咋地就像老古时人。"

我不说话，任由着她扶着我的肩慢慢往前走。

"你这小娃娃，心事太重，不好，学我，才能活下去。"

我侧脸看看她，又低头静静走路，这次我是真的没听懂。到周家后，新娘子已经来了，三奶奶被招呼进了屋子，我留在院子里东张西望了一会，决定挤到新房去看看新娘子，我们这边把新娘子通常称为"新姐姐"，看"新姐姐"是这个小镇难得的稀罕，我从人缝里挤进去，小小的新房里到处是人，新娘子低头坐在炕边，粉红着一张脸，周平安站在炕边，旁边一个人拿着笤帚疙瘩，时不是抽打他一下，我瞪着眼睛看了半天，大概弄明白了这些人是要周平安抱起新娘子，然后按照他们的指意去做让大家哄堂大笑的事。

周平安本就腼腆，涨红了一张脸任由笤帚疙瘩不断落在身上，时不时瞄一眼新娘子，就是不敢伸出手去，最后大概新娘子看不下去了，自己站起来，周平安愣愣站在那，不知被那个好事地推了一把，人一趔趄，整个人竟倒向刚站起来的新娘子，随即两个人便双双跌倒在炕上，众人无不大笑，我看着两人挣扎着往起爬的狼狈，忍不住也笑了。突然就感觉到身后有人在故意挤我，回头看去，却是周铁蛋，龇着牙花，笑得恶贯满盈。

我如被蛇咬一般夺门而出。

三奶奶被周家人让到酒菜桌上了，她坐在屋门正对着的位子上，我趴着门框看了一眼，便决定离开，三奶奶并没有吩咐让我等她，所以我可以等她也可以不等她，这个是我说了算，关键是我不想再看见周铁蛋，他那张脸和他脸上的笑都令我极不舒服。

三奶奶回到家的时候，我坐在她家门槛上，旁边蹲着三奶奶的那只猫。

三奶奶家的这只猫自打我记事起就有了它，也自打我记事起，三奶奶家一亩大的院子里，也只见她一个人。

偶尔也从镇上人的嘴里，听到一些关于三奶奶的事，大多是感叹她的命运不济之类的，后来在一夜睡得迷迷糊糊间，听到母亲与远嫁的大姐说话，母亲说起我前几日被三奶奶家的猫抓了一把，大姐说那只猫看起来就不是只好猫，眼睛是好看，但多看几眼会让人很不舒服。

大姐这话倒像是说到我心里去了，我也是看那只猫的眼睛不舒服，所以顺手在它头上拍了一巴掌，结果就被它回了一爪子，三道血印，当时上面就滚出了几颗血珠子。

"你三奶奶家那只猫，的确不祥，亲戚处也都劝过几次，让她丢了，她总是不听。"

"我记得三爷出事那年，这猫刚抱回来。"

"是啊，好端端一个家，一下子没了两个，也亏得是你三奶奶心大，再搁谁身上都受不了。"

三奶奶心大吗？或许我还太小，不懂何谓心大心小，但三奶奶家的那只猫，却是自带几分诡异的。同样自带诡异的还有三奶奶家躺在炕上的那个长柜子。

从母亲和大姐的谈话中，我断断续续拼凑出了我刚出生那年镇上发生的一件惨事。

三爷爷帮人打水窖，因为早先三爷爷家打水窖的时候，这家人就来帮过忙，街坊四邻的，像这种你来我往的帮衬可算是约定俗成。这日三爷爷早早起来，收拾出门时他儿子撵了出来，说是今天闲着，可以跟三爷爷过去帮忙往筐子里装个土，三爷爷想着眼看水窖要打成了，有儿子帮忙，倒也可快些完工回来，便带着儿子一起出门了。

当时三奶奶站在院子里喂鸡，听到院门"咣当"一声响，便抬头看了一眼，手扶着院门的儿子冲她笑笑，那院门就关严实了，三奶奶站在院子里恍了一阵神，进去屋子里本想倒一杯子水喝，结果那只刚抱回来的猫一惊，跳了一下，三奶奶也是一惊，手一抖，这杯子就掉地上碎了。

"死猫！"

三奶奶心里暗骂，弯下腰去捡拾地上碎了的茶杯，却被碎玻璃刺破了手指，三奶奶看着手指头上的血，心越发慌了起来，她预感到会有事情发生，但又揣摩不透是何事，以前她也这样心神不宁过，大多时候都是应在和三爷爷的拌嘴争吵上，现在三爷爷出门忙去了，三奶奶更不知道这种惶恐不安是怎么回事了。

猫伸出舌头舔舐了一下三奶奶流血的手指头，三奶奶一惊，醒过神来，这才注意到这只猫的眼睛五彩斑斓，漂亮的令人目眩，它就用这双眼睛静静看着三奶奶，像久别重逢的老友，静静看着三奶奶。

三奶奶的心越发慌乱起来，她突然跳起身疾步走出门去，与正跑进院子的周平安撞个满怀，三奶奶有些头晕，扶着墙站稳身子，她感觉头顶的太阳白花花的刺眼，刺的她眼睛都有些睁不开。

"三奶奶，窑塌了，我三爷他……"

三奶奶已经从他眼前飘了过去，像一道风，或是影子，那只猫不知何时站在了窗台上，静静地看着敞开的院门。

这个安静的小镇被三奶奶撕心裂肺的嚎哭笼罩了，几乎全镇子的人一窝蜂涌向出事的那家小院，一个时辰后，三爷爷和他的儿子终于被刨了出来，三爷爷张开的双臂，紧紧将儿子护在怀里，而他的儿子，双手紧搂着三爷爷的腰……三奶奶看了一眼，悲鸣一声，昏厥了过去。

母亲说到这些的时候，声音数度哽咽，镇上的人都说，三爷爷一表人才，为人憨实，对三奶奶又极是体贴，如今这般丢下她，也是三奶奶福薄，年少时把点福都享尽了，现在三爷爷走了，她怕是要受苦的，更可怜的是三爷爷同时也带走了他们唯一的儿子，据说三奶奶的这个儿子自小就是个孝子，对父母恭敬温顺，脚勤手快，从他会干活起，里里外外的活儿他大部分都干了，爷俩把个三奶奶照顾的像个富家大小姐，终日只会给鸡撒几把谷子，翻翻柜子，晒晒太阳，每日晨曦黄昏在三爷爷打理出的"百花园"里散散步，低头可嗅牡丹，抬手可摘桃李，小日子过得好生教人羡慕。如今猛然遭此变故，镇上的人便说三奶奶是提前把福享尽了。

三奶奶是怎么活过来的我无从知晓，那段日子我尚在襁褓中，后来长到能跑会跳了，便经常来到三奶奶家，一把推开院门，蹬蹬跑进院子，三奶奶总会笑呵呵地说："这小疯丫头，是飞着进来的吗？"

我喜欢看三奶奶梳头了，三奶奶有一头乌黑发亮的长发，平日里是盘起然后用一截细软的黑纱缠于头顶，只有在三奶奶梳头时，才能看到那一头黑发直垂下来，发梢竟已过了衣襟。三奶奶的生活一向规矩，每日清晨阳光初开，她便搬一小凳，坐于屋檐下，拿一暗紫色木梳，细细地梳那一头长发，我第一次看到三奶奶的头发，着实吃了一惊，然后便挨到她身旁，伸出手去碰触那看起来似在发光的黑发，母亲也有一头黑发，也柔软，但没有三奶奶这般柔光丝滑。

　　"是不是森林里的仙女都有这样的头发呢？"

　　那时候家里有一本姐姐们快翻烂了的童话书，我印象中的仙人们，首先必有一头及腰长发，又黑又浓密，像绸缎一样华丽亮泽。

　　三奶奶的头发刚好符合我对仙女的所有想象。

　　三奶奶梳顺头发，用木梳由头顶轻轻划开，分成均匀两半，然后将一半分成三绺，细细辫成麻花，这边辫好了，再辫另一边，两边都辫好后，便在脑后盘一发髻，最后拿起黑纱，将一头黑发尽数缠了进去，三奶奶的这块黑纱上缀着一块玛瑙，墨绿色的，三奶奶每次将它缠上头发时，那块玛瑙刚好停留在眉心上方，与三奶奶耳朵上的墨绿玛瑙自成一体，那耳坠兴许是有些分量的，三奶奶的耳垂被拖出一道深深的口子，偶尔三奶奶失手将梳头碰到耳坠，我真担心那看起来已很悬的耳垂不堪重复，彻底豁了下去。

　　三奶奶的猫似乎也对三奶奶梳头很感兴趣，每次我坐于三奶奶身旁时，它都要来挤上一挤，用它那双妖孽的眼睛蔑视着我，见我不睬它，便用爪子来挑衅，我冷冷瞪它一眼，它直接跳上三奶奶的腿，然后将头偎向三奶奶的怀里。

　　我坐在三奶奶的门槛上，这只死猫就懒洋洋地爬在我的脚边，它似乎有些老了，但它又明明和我同岁，母亲说明年会送我去上学，我感觉自己有点长大了。

　　三奶奶回来之前我看见周咪咪从门前走过，和她一同走着的是一个腰板挺直的年轻人，周咪咪已经十四岁了，她的个头比我高出很多，身体也比我壮实，她走过三奶奶家门时侧脸看了一下，然后喊了我一声。"咋不回家呢？三奶奶在我家呢。"

　　我心道：要你管，走你的路好了。

　　因为她哥周铁蛋的缘故，也因为她的猫名，我对他们兄妹俩全无好感。

　　"咋不说话呢？是个哑巴吧？"

　　走在周咪咪旁边的年轻人笑道，我抬起头，从那双狭长的笑眼里看到了戏谑。

还记得姐姐听闻巷子口李家与丁家结了亲家后，说了一句话——蛇鼠一窝，不知道用在这里是否合适？再透过周咪咪那张肥嘟嘟的胖脸，联想起周铁蛋的恶行恶状，突然感觉自己还是蛮有智慧的。

　　于是骄傲的瞅瞅脚旁的这兄懒猫，它歪头瞄着我，我恍惚看到它的脸上挂着一种老奸巨猾的笑，我瞪着它，它也瞪着我，周咪咪他们是怎么走开的，我浑然不觉，直到三奶奶的拐杖差点捣着我软塌塌的鼻尖儿，我才醒过神来。

　　"又走魂了？"

　　三奶奶打开院门，将我和猫一起放进去，她挂着拐杖一步三晃地进了屋子，爬上炕，回头坐于炕沿，双脚并拢，将一对小鞋儿来回磕了几下，我站在炕沿边，见那上面并无半点土星子，猫却已自顾跳上炕去，窝在炕桌子下面，不大一阵，便打起了呼噜。

　　三奶奶掏出一把瓜子递给我，里面竟有一颗水果糖，我立时欢喜起来，爬上炕，将瓜子放在炕上，然后一个两个的数了起来，其实我会数的数字不多，但我会将它们十个一撮，十个一撮的排成行，然后我就很清楚有多少颗瓜子了。

　　三奶奶脱下鞋，见我好奇盯着，便说要打开缠脚布臭我一臭，我立马滚远一些，三奶奶便张大嘴巴咯咯脆笑，眉眼弯弯的，煞是好看。

　　三奶奶装了一锅头烟叶，她做这些事的时候很细致，慢条斯理，不慌不忙，装好后点起火，盘腿坐于炕上，三奶奶的盘腿是真的在"盘"，两条腿交缠在一起，一对金莲绕过两条小腿，各自探出小巧的荷尖，安稳落在膝盖之侧。我曾无数次模仿过三奶奶这种别致的坐姿，将一对臭脚搬来挪去，总是不得其窍，好不容易将这条腿搬上去，不料那条腿又落了下去，即使终于"搭建"成功，也维持不了三两分钟，身子一歪，便在炕上滚成一团，惹得三奶奶笑着又抹开了眼泪。

　　三奶奶抽烟，每天分早中晚各一锅子，三奶奶的旱烟杆也很精致，除了暗紫色的烟杆，那烟嘴也是上好玉石打磨而成，四季温润，其间云雾缭绕，衬着三奶奶吐出的烟雾，丝丝缕缕，缠缠绵绵，三奶奶的脸隐在烟雾里，似明非明，若真似幻，她的眼神飘忽，整个人完全陷入一种迷障，又浸泡于忧伤，这样的三奶奶是我感到陌生，却又认为这才是真实的三奶奶，没有欢笑，没有对我的逗弄，安静地将自己沉入另一个世界，我想，那个一定是一个有三爷和她儿子在的世界。

　　三奶奶抽罢烟的时候，会将猫抱至怀里，用手轻轻摩挲，猫闭着眼，毫无骨头地瘫软着。我有时也抱它，但它总是挣扎着不好好窝在我怀里，强迫的紧了，它的爪子便成了利器，我的手臂、手背被它伤着后，母亲会皱起眉头，警告我再不许去碰那只猫。

"那只死猫，诡得很，莫要再去碰。"母亲说的"诡"，大约更多是在强调它的不祥，它刚进了三奶奶家的门，然后三奶奶同时失去了她的丈夫和她的儿子，数代单传的傅家便也断了后，这一亩大的院子便留三奶奶和她的猫相依为命了。

"三奶奶，为什么不丢了这猫？"

三奶奶看了我一眼，笑了笑，她是镇子上唯一一个能了解我在说什么的人，我有些时候数日不发一语，偶尔开口又总说些没头没脑的话，母亲起初是想矫正我来着，在我不想说话的时候故意唤我给她拿这拿那，我愿意了自会跑过去拿给她，不愿意时也会装做听不见，远远跑到苹果树下躲起来，让母亲略微急上一急，等到吃饭时再跑出来，被母亲轻轻呵斥两句也就过了，不想说话时还是不会开口，时间一久，母亲也就见怪不怪，随我去了。

三奶奶却很容易能明白我要说的话，就像现在，她用手摸索着怀里的猫，即将沉入西山的太阳，格外艳丽的照在她沉静的脸上，也照着她怀里的猫，那只猫好似也听懂了我的话，眯着眼时不时冷冷剜我一眼。

"人的命，干嘛要怪到一个畜生身上？"

三奶奶幽幽叹口气，让怀里的猫跳下去，她拿过摆放在炕柜子上的鞋往脚上穿，我想起了放于柜子里的那双绣花鞋，隐约记得那鞋尖上各自缀着一只粉色小绒球。

"这样好的天气，廊檐下不坐坐，死了也是要后悔的。"三奶奶笑着下了炕，拄着拐杖示意我先出了屋子，夕阳下的院子格外明亮，这种明亮不同于日出东方时的那种明亮，它多了一抹温暖的黄，这种黄将万物染得艳丽辉煌，它也不同于正午时阳光，如此那般的刺目，白花花，万物都要被它开肠破肚了。

还是夕阳好，沉稳安静，就像一位古铜色的父亲。

"明年你也该上学了吧？"

我手里捏着几粒瓜子，其余的我已装进口袋，打算等会带回家掏给母亲，母亲爱吃瓜子，但她好像总是忙着在干活，嗑瓜子这种事情，是要闲下来，坐于热炕上，或是像三奶奶现在这样，坐于廊檐下，置一方手帕在大腿上，抬手捻起一粒瓜子，放于齿间，两齿轻轻合起咬开，再用手指剥开，瓜子皮丢进小凳旁的簸箕，瓜子仁放进嘴里，慢慢嚼碎，口齿生香后方才咽下，三奶奶嗑瓜子时候的样子很悠然，也是慢条斯理，也是不慌不忙，但这种自得与她抽烟时的神情大不相同，抽烟时的三奶奶虽然安静，但那一刻她的魂是不在她这里的，嗑瓜子时她是真的安详，尽管也与我逗趣，但她的心还在她身上，魂似乎也是在的。

"你上了学，就不会总往我这孤老婆子家跑了。"

三奶奶剥开一粒瓜子，似是想放我嘴里，我稍稍低下头去，等再抬起头时，那粒瓜子已是被她嚼碎咽了。母亲安顿过，不能吃别人嘴唇碰过的东西，瓜子是三奶奶用牙齿磕开的，自也算是沾了唇的，三奶奶虽然很好，很亲，但终究也是算不得家人，母亲还说过，除家人之外的都是"别人"。

猫又跳上三奶奶的腿，蜷缩着身子窝进三奶奶的怀里，三奶奶抚摸着它，目光幽深地看向大门外，院门敞开着，可以看见走过的人影。

"也就这只猫陪着我了。"

三奶奶说话时脸上总是带着笑，有几次我明明看见她的眼里有泪水，但看的脸，还是笑着的，她擦眼泪时也会淡淡念叨——这眼睛就见不得风，一迎风就流眼泪，还真是烦人。

"你以后要记得，不敢没日没夜的去哭鼻子，这眼泪流多了，眼睛就坏了。"

然后她又说："哭也是没用的，老天不要你的命，你还得活下去不是？"

"我放学后就来看你。"

我认真看着三奶奶，三奶奶笑了，笑得很愉快。

"亏你这丫头说了句周正话。"

难道我以前说话就不周正吗？那你不是也听懂了吗？

来年我进了学校，虽说还是会去三奶奶，但已不同于昔日的每天三两趟，我已经没有大把的时间去和那只猫较劲，我得一边歪歪斜斜写着作业，一边还得应付来自母亲的召唤。母亲说，上学了就长大了，能给家里干活了，几次按照母亲吩咐干完活后，母亲满意，我也了解到自己原本是有股子好力气的。尽管还小，但已指日可待。

上学一星期后，这天天气很好，天空格外蓝，老师带我们去操场，说是要教我们做操，我想上厕所，老师把我们一个个拨拉过来拨拉过去的，揪住一个固定一个，严厉告诫我们盯着脚下这块地，站牢了、站死了，谁也不许动！我不敢动，也不敢叫老师，夏末初秋的太阳最是火辣，但我却感觉自己浑身起了鸡皮疙瘩，且一波接着一波，一波比一波来势汹汹。后来一个同学就指着我大叫。"老师，她尿裤子了。"总之那是一个不堪回首的场景，我呆呆站在那里，大太阳照着，周围一片哗然，我的脚下一坨湿，我的裤腿也是湿的，我的大脑彻底被狗舔过，不，是那只猫，它一定细细舔过我的脑子，否则我的大脑不会如此干净。

老师让我去厕所，然后回家去，我走进厕所，站了一阵，便去教室拿了书包，将书包压向那些湿了的地方，失魂落魄的出了校门。

回到家背过母亲换了裤子，幸好我还有一条裤子，虽然是姐姐穿小了退下来给我的，也还是我的心爱之物，我将换下的裤子放进洗衣盆，决定自己去洗，以前都是母亲和姐姐们清洗家中衣物，母亲说我的手还没长大，搓洗不干净，让我再等两年，如今看来这两年已是等不得了。我往洗衣盆里倒了两勺子水，端到院子里，搬个小凳过来坐下，那脑子还没从操场上的难堪中扯回来，母亲回来了，看见我在洗衣服，笑笑说："这上学了就是不一样，也爱干净了。"

我有苦难言，也担心母亲知道了会责骂于我，自是低头用力搓洗，洗完晾好，母亲在厨房做饭，想着已有几日没去三奶奶家了，便从书包里掏出语文课本来，拿着去了三奶奶家。

猫依然是第一个发现我的，想必是几日不见的缘故，它竟撺过来绕着我转了几圈，然后用脑袋蹭着我的裤脚，我弯腰抱起它，毫无例外，那对色彩斑斓的猫眼立刻与我"深情"对望。

或许是尿裤子事件将我打击太大，我竟然感觉自己是那么孤独，那么脆弱。

"你知道吗？我今天丢了个人。"

我抱着猫坐在屋檐下的台阶上，小声告诉它，三奶奶在园子里忙活，她开春时种下了两溜溜葱，长高了，她得把土也拥高一些。

猫将头往我怀里钻了钻，我恍惚有些明白三奶奶为啥舍不得丢了它了，它能看懂人的忧伤。

"你说明天我去学校他们笑话我可咋办？老师会不会讨厌我？我也害怕小兰说给我妈听。"

小兰和我家住一条巷子，她和我一个班，今天的事她是看见了的。

"疯丫头，今天咋舍得过来了？过来三奶奶瞧瞧，长高了没有？"

三奶奶在园子里喊，我便抱着猫走过去，算来也就三天没过来，哪里就给长高了，三奶奶说话总是这么悬。

"学校好不好？"

"不好。"

"为啥不好？"

我沉默，那么丢人的事情是不能与人说的，我得让它烂在肚子里，或者尽快过去了，再过者，给所有看见这件事的人喂一把失忆药，然后我便不会再为此羞愧难当。

"不喜欢认字吗？"

我摇摇头，我的手里还拿着语文课本，这几天除了老师教的，跟着姐姐我也背会了不少，照这样下去，最多二十天，这本语文书就会被我全部背完，然后我再干什么呢？

"好好念书，多念点书以后才有出息，才能去县城，可别像三奶奶，不识字，一辈子连个镇子都没出过。"

三奶奶放下手里的铲子，远远望了望院门，轻声说道："要是你三爷还在，就不是这样子了。"

猫挣扎着从我怀里跳下，跑过去又蹭三奶奶的裤角，三奶奶拍拍手上的土，我连忙过去拿起拐杖递给她，三奶奶轻车熟路，将手搭上我的肩，猫紧跟着我们，一起走出园子。

"这人哪，是一截一截活的，谁也别说谁活得好，谁也别说谁过得苦，自己的日子自己过着，其实和旁人没多大关系。"

"来，给三奶奶念段书听听，让我也看看你这些日子都学了些啥？"

三奶奶坐在廊檐下的小凳子上，凳子旁边还有缝得厚厚的一个棉垫子，那基本上是我的专座，因为三奶奶家除了我，实在很少有人进来，就连母亲，也是不愿走进这个院子的，母亲说这院子不知何故，自打三爷爷走后，这阳气就没了，她每进来一次，就会病上那么几天。当然，母亲叮嘱我千万不要说与三奶奶听，母亲说那样三奶奶会难过，她也会不安。我倒是没啥，自小跑开来，多少次已数也数不清了，母亲一开始也是悬着心的，时间久了见我无事，便也渐渐淡去了那些不可道破的隐忧，随我去了。

我通常只去两处地方——古城与三奶奶家。

但是自打我窥视到三奶奶放在柜子里的那双绣花鞋后，每次走进那间屋子时，总感觉有双眼睛在暗中盯视我，有次三奶奶叫我进屋给她拿旱烟袋，我进屋，拿起烟杆，然后便看见了一双眼睛藏在柜子的一端，而我站在另一端，我其实想惊叫，想逃离，但那腿似被施了魔法，一动也不能动，那嘴也是张了几张，却发不出任何声音。

然后我便看见三奶奶的猫从令我恐怖的一端走过来，看也没看我一眼，便跳下炕出去了。我旋风一般刮出去，满院子疯追那只猫，三奶奶挂着拐杖趔趔趄趄跟在后面高声疾呼："小心我的烟杆呀，那可是三奶奶的命啊！"我要打死这只猫，它刚才把我的魂吓飞了，我听见我的神经"啪"一声断了，然后我眼睁睁看着我的魂魄由我的大脑门一冲而出，然后我就知道我是魂飞魄散了。

猫跳上了屋顶，蹲坐在屋檐上向下俯视，三奶奶好不容易走过来，由我手里夺下烟杆，挑起手帕急慌慌擦了又擦，确认到烟杆安然无恙后，这才用烟杆指点着我，询问缘由。

"猫又抓你了？"

我扭过头去，不愿让三奶奶看到我满眼打转的泪水。

"过来三奶奶看，抓到哪里了？等它下来，三奶奶一定打死它。"

我努力忍住泪水，转身就跑出了院子，我没有回家，而是直接去了古城，母亲做好饭后让姐姐到三奶奶家找我回去，三奶奶说我回去有些时辰了，眼看着这天就要黑了，母亲自然焦虑起来，过三奶奶家又问了问，三奶奶便也跟着焦虑起来，母亲让哥哥去古城找找，她尽管知道我一向不会乱跑，但她就是控制不了心底的惶恐不安。

哥哥把我从古城里领回来，母亲看见我后劈头就是一巴掌。

"你这是要急死人啊？玩疯了？饭也不知道回来吃了，以后放学哪里也不许去听到没有？"

母亲教训我的时候三奶奶也在，她因为担心我，随着我母亲来了我家，母亲因为着急，或是其他什么原因，既没有给她搬个小凳，更没为她端杯热水，三奶奶在母亲对我的打骂中悄悄走了。

我睡到半夜开始发烧，开始说胡话，我感觉我走了好远，我害怕，我想回去，但是我好像已没有了半丝力气，我看见周围很多人在笑，有老师，也有同学。我看见一个高大的男人站在半山腰，他的旁边站着另外一个他。我看见猫趴在我的枕头边，用它那五彩斑斓的眼睛瞪着我，我叫着三奶奶，让她抱走猫，回头看见三奶奶也站在半山腰。我听见母亲的低泣，她抱起我，用手抚摸我的头发，给我擦一脸的虚汗。

高烧三天后，我终于可以下炕走动了，母亲却严禁我再去三奶奶家，母亲坚持认为我是失了魂了，她说我发烧时说的那些胡话吓着她了，她不想让任何人把我带走。

我被母亲禁足后，学校也不能去了，母亲说我还太小，缓一年再去上学，如此一来，我又开始过起六岁前那种游荡的日子，但这种"游荡"是加了锁链的，母亲虽然告诉我，除了古城和三奶奶家，镇子上的其他地方我都可以去玩，但是除了这两处被母亲列为禁忌的地方，我其实是无处可去的，换句话说，自我烧退下炕后，我的活动仅限于家中这一亩三分地。

镇上接连发生了几桩大事，均是源于周家，先是周铁蛋被警察从家里的炕上抓走，第二天周咪咪也失踪了。于是关于周咪咪与那位腰板挺直的年轻人的事风一样传开了，据说那年轻人是当了兵回来了，据说他还有另一重身份——周咪咪大哥周平安的小舅子。

镇上的人都说周咪咪是和她大哥的小舅子私奔了，我是一点也不意外，包括铁蛋的被抓，那家伙实在太可恶了，母亲说他是因为把林家的小女儿花花害了才被抓的，我心里"咯噔"一下，以为花花是死了。结果几天后随母亲上街买盐，看到了花花缩着脑袋跑进她家大门的背影，我连忙拉拉母亲的手。

"不是说花花死了吗？那不是她？"

母亲看看我，没有说话，走出老远才幽幽叹道："这和死了也差不了多少。"

我不懂，但花花没死，铁蛋是不是也就没事了？我还是希望警察能多关他几天，然后再狠狠打上他一顿，最好能给灌点辣椒水，让他咳上三天，也哭上三天。

从街上买盐回来，小兰的妈在家里等着，母亲让我把盐放进厨房，她和小兰妈进了堂屋，半个时辰后小兰妈走了，我走进屋子，看到母亲坐在椅子上，见我进来，匆匆揉了揉眼睛，吩咐我在家看门等着父亲回来，她要出去一趟。

"好好在家待着，哪里也不许去知道吗？"母亲临出门时又揪着我的耳朵叮咛，见我点头，她便急慌慌出去了。

我百般无聊，走进园子倚着苹果树坐下去，三奶奶家的猫不知何时溜了过来，自打我生病后，我便没有再看见过它，也不知道三奶奶怎么样了？那日我跑出院子时，听见她在身后焦虑的呼叫，我一想到她拄着拐杖，捣着一对小金莲奔走疾呼的样子，心里隐隐生疼。

猫又来蹭我的裤脚，它喵喵轻叫着，看我的眼神有些切切盼盼，也有些凄凄惶惶。

"你是没逮着老鼠吗？"

我抱起它放在腿上，低下头与它对视，已经几天过去了，我已经淡忘了我们之间的不愉快，猫大概也是忘了，它甚至伸出它柔软的小舌头舔了舔我的手掌。

"你说你吃没吃老鼠？老实交代。"我揪着它的耳朵，当然是用极轻的、不至于让它受疼吃惊的力道去逗弄。

"三奶奶好着吗？"我用手指拨弄着它的长须，它难得乖顺地任由我摆弄。

"我妈不让我去你们家里，我的学也不上了。"猫低叫了一声，似是听懂了我的话，然后用头蹭蹭我的手，似是安慰于我，但很快它又跳下我的腿，几个飞跃窜上墙头，在墙头走过几步，身子一偏便没了踪影。

我望着天上的流云，不知不觉歪在树下睡着了。然后我就看见三奶奶走进我家院子，她走得很慢，手里的拐杖也落得轻巧，她沿着母亲拍打出的田埂，一步步走到我的跟前，看着我，浅浅笑着。天上的太阳煞是刺目，三奶奶周身笼罩在一团光亮里，我眯眼阻挡这些光的时候，看见三奶奶脚上穿着的，正是那双她放在炕柜子里的绣花鞋。

我惊醒过来，出了我家院子，回过神时，已是站在三奶奶家的屋门口，我看见母亲，还有小兰妈站在炕沿边，周咪咪的爹佝偻着身子，正将一捆麦草铺在地上。

母亲猛然抬头看见我，瞬间变了脸色，她几步扑过来，一把抱起我就出了院子，我从来没发现母亲有这样的蛮力，在我的认知里，母亲是不会奔跑的，她永远不紧不慢，不慌不忙，即使是要惩戒我们兄妹，也从无声色俱厉，但这一刻，我感觉母亲是要疯了。

母亲将我直接丢在地上，然后快步去了羊圈，回来时手里已多了一把柴草，正好父亲由大门进来，母亲向父亲要来火柴，母亲的手抖得厉害，连划两根火柴，也无法使那些柴草燃烧起来，父亲要过母亲手里的火柴，划开，那些柴草很快就燃烧起来，母亲吩咐我跳过去，然后她也跳了过来，父亲一向不屑这些，但碍于母亲的信服，自然也不愿多说什么，收起火柴进了屋子，母亲拉过我，从头到脚又是一顿乱拍。

"怎么说着不听呢？这病刚好，你是让妈急死呢？"

"三奶奶是死了吗？"

母亲愣了一下，低下头摩挲着我的小身板，等她抬眼看我时，那眼圈已是红了。

"三奶奶累了，她要去找三爷爷歇会。"

"我知道的。"

我静静看着母亲，看着她脸上变了又变的颜色，突然就有种想哭的感觉，然后我就真的号啕大哭起来。

三奶奶走后，那只猫消失了一段时间，又回到了三奶奶的院子，它明显老了，上墙的动作已不如以前那般敏捷，它每隔几天会跳上我家院墙东张西望，看到我独自一人时它便跃下墙头到我跟前，让我抱一抱它，摸一摸它，若是看到母亲的身影，它便悻悻而去，大概它也是感觉到了母亲对它的不待见，能避则避了。

日子悄无声息地流淌着，转眼三奶奶去了已有大半年了，母亲开始准备过年的东西了。三奶奶家的那只猫已有几日没见着了，我有些担心，便想出门寻它一寻，母亲大概听见了门响，追出来问我要去哪里？我心里明白，这会子若说是想去找三奶奶家的猫，铁定先挨上一顿骂，然后被母亲提进院子，关进屋子，于是我选择沉默，转身进了院门。

太阳快落山了，三奶奶活着时，这阵子该是在抽她的第三袋烟了，我犹记得她坐在夕阳里，悠闲拿着烟杆，弯着一对眉眼浅笑的样子，那日我是带了脾气跑开的，尽管是因为失了魂（这是母亲的说法），但我心里始终不安，我想，至少那天我应该像往常一样，好端端地离开她的视线。

我走进园子，走近苹果树，然后我看见了三奶奶家的那只猫，看见它静静躺在苹果树下。

［原载《朔方》2017 年第 7 期］

瑶草（1970—），本名张桂萍，女，宁夏同心人，就职于同心县第二小学。作品发表于《朔方》《回族文学》《黄河文学》《六盘山》等。出版文学作品集《种在天空的花朵》。宁夏作家协会会员。第五期文艺（小说）研修班学员。

蹲在树桠上的父亲

孙海翔

从那年夏天开始，我和哥哥就再没叫过他爸爸。无论在他面前，还是在别人面前，我们只称呼他王一根。

那天早晨，母亲像平时一样到大队上班，母亲是大队里的妇女主任，在同学们面前，我和哥哥常以母亲为荣。母亲走在去大队的路上，人们热情地和母亲打着招呼，平易近人的母亲也和善地回敬着人们。母亲留着剪发头，白色衬衣衬着淡蓝色的外套，身上散发着一股淡淡的雪花膏香味。母亲全然不知她的身后尾随着一个手拿坷垃的人，他正是我的父亲。他远远地跑过去，喊着母亲的名字。母亲一回头，见是父亲，再一看他手里拿着坷垃，就问，你要干啥？父亲二话不说，就把坷垃扔过去。坷垃险些砸着了母亲，母亲一躲，坷垃擦着她的耳边飞了过去。父亲又从路边拾起一块坷垃，追了上去。母亲见状，急忙跑了起来。就这样，母亲跑，父亲追，一个女人家，母亲知道自己是抵抗不了自己的男人的，就拼命地跑。父亲就拼命地追。正是早晨，路上的行人寥寥无几，即便有人看到，也不敢轻易阻拦凶神恶煞的父亲。

母亲一直跑到大队。大队书记和会计看到有人追母亲，就远远跑过来推上大门，从里面上了锁。但父亲还是不依不饶地骂着，边骂边用坷垃砸大队的门。坷垃砸在宽大的木门上，乒乓作响，谁也不敢开门。大队书记问母亲，这是咋回事了？王一根是咋了？母亲说，我也不知道，咋就突然跟疯狗一样见我就咬。

大队会计柴茂林从后院喊来两个民兵，两个民兵费了九牛二虎之力才把父亲制止住。大队大门被打开。大队书记义正词严地说，王一根，你知不知道这是大队！你知不知道你打自己的女人姚主任是在犯法！父亲嘴里还在不停地骂着，语无伦次。不管大队书记怎么说，他就是不停嘴，骂的话不堪入耳不着边际。大队书记说，王一根，你住嘴！但父亲还是不停地骂。大队书记说，王一根，你是不是疯了！父亲仍然不停地骂。

大队书记说得对，父亲真的是疯了。

从那天以后，父亲疯了。他不住口地骂着母亲，语无伦次的骂声含糊其辞，只有仔细听，才能听到始终如一的骂词："姚秀英，我让你跑。"

放学回到家，看到被民兵押解回来的父亲满头大汗不住地骂着母亲，再听到左邻右舍的议论，我和哥哥才知道，父亲是疯了。我们全家对此百思不得其解，咋好好的一个人就疯了呢？

我们怎么都不会想到父亲会疯了。

我说，我们早晨上学时爸爸不是还好好的吗？

哥哥皱着眉头说，不过你没发现爸爸和往常有些不一样，而且好几天都有些不一样？

咋不一样？

平时我们上学的时候他早都从地里干完活，吃了饭准备上工呢，可是连着几天早晨，你没见他呆呆地坐在炕沿上，连话都不说，晚上也不怎么说话。今天早晨他坐在炕沿边，眼神呆呆的。

我这才想起早晨我们哥俩背着书包上学时父亲坐在炕沿上，脑袋耷拉着，眼神的确呆呆的。平时母亲做饭时他还帮着烧火，可今天早晨却坐在炕沿上。在村子里，做饭是女人的事，帮女人做饭的男人很少，而父亲就是很少的人中的一个。

我们问母亲，母亲也不说话，只是低着头往暖水瓶里灌开水。开水从暖水瓶里溢出来，哥哥说，妈，水灌满了，母亲嘴里噢噢着，连忙放下水壶，找暖水瓶盖子。

父亲第二天并没有改变手拿坷垃追打母亲的行径。一个大男人，不可能每时每刻都有人看守，母亲只要上班，他就会追在母亲身后，手里拿着坷垃。终于有一天，母亲被父亲扔出去的坷垃砸在额头上，鲜血顿时流下来，遮住了母亲的眼睛。母亲被队里人送到大队医疗队，额头上缝了五针。当我和哥哥中午放学回来，看到母亲头上缠着纱布，右眼肿胀着，被纱布遮住了半边，我们义愤填膺地问母亲，谁打的？母亲说，没事，过两天就好了。哥哥问，是不是他打的？哥哥指着父亲。母亲说，没事，过两天就好了。哥哥眼圈都红了，看着蹲在院子里的父亲嘴里还在不停地骂着母亲，哥哥站起身，走到父亲跟前，重重地嗨了一声，走了。

从那天起，我和哥哥像约好了一样不再叫父亲叫爸爸，只称呼"他"。

母亲的伤好了后再也没去大队上班。作为一名大队干部，一名尽管不算多么大的，好歹还是全大队几百个妇女中才选出来的干部，总让自己的男人追在身后，手拿坷垃，防不胜防，不但她的人身安全没有了保障，而且人格尊严也受到了极大的践踏。就连我和哥哥也觉得在同学们和村里人面前矮了三分。只要一回到家，哥哥就愤怒地看着父亲。哥哥不再称"他"了，指名道姓地叫王一根。我也像哥哥一样，人前人后，只称王一根。

母亲上不了班，王一根干不了活，这对于一个四口人的家庭来说无疑是一件可怕的事。大队书记来我家看望母亲时安慰道，姚主任，没关系，大队先照常给你发工资，等王一根的病有了好转，你再上班。这个人真是有些怪，突然就得了这么个病。

母亲没有放弃王一根的病，他带着王一根远近走了很多地方，无论正处还是邪处都看，但王一根的病并不见好转。队里人说，王一根是中邪了。但对这个无用而邪恶的王一根，我们从母亲的眼睛里没有看到一点儿憎恶。在王一根晚上平静下来的时候，母亲像哄孩子一样给他烧炕、焐被子，哄他睡觉。母亲烧完炕，仔细把炕扫一遍，再在靠北墙的地方铺上褥子，扫一遍褥子，然后铺上被子。母亲睡在靠窗户的一边，王一根的那一边要比窗户这边暖和些。我们做完作业，母亲喊王一根睡觉，王一根就上了炕。王一根睡下后，母亲把手伸进褥子下面试试温度，再把被子给王一根掖好。母亲掖得很仔细，被子四边都掖了一遍，像怕漏风了一样。就在母亲照顾王一根的这段时间里，我突然发现母亲竟然有了白发。

王一根不知什么时候变得话少了，他不再嘴里不停地唠叨，安静了许多。后来，干脆就不说话了。任何人和他说话，他的眼神都很散漫，他不看对方的眼睛，软塌塌的目光像一汪死水，无论有人正经跟他说话还是奚落他，他都是一副置若罔闻的样子。他呆滞的目光除了说明他还是一个活人外，再也说明不了什么。我和哥哥恨透了王一根，就连小孩子们当着我们的面追撵他，我们也不管，在我们的心目中，王一根只是一个傻子，早已没有了"父亲"这个概念。

黄昏的村庄，炊烟袅袅，一片欢腾。孩子们追着王一根，他们不依不饶地手拿棍子追赶着王一根，边追边嗷嗷地叫着。王一根奔跑着，他的奔跑肯定不是因为害怕，否则他会面带惧色。从他欢快的眼神中可以看出，他把自己当成了孩子头，他越跑越快，越跑越快乐，以至于孩子们都撵不上他了。他跑啊跑，跑到大队，又跑回来，又围着村子绕了三圈，突然，他停下了，停在了村子西边的大柳树下。他仰着脖子，看着大柳树。孩子们也停止了追赶，气喘吁吁地跟着他看。孩子们一脸迷惑，都在互相问，王一根在看啥啊？是啊，树上什么都没有啊。正在大家好奇时，王一根开始上树。他攀了两次才攀上树，树很粗，两个人才能合抱得住。王一根双脚使劲夹住树，抓住一根枝条，噌噌几下就上到了树桠。这棵柳树不是太高，它的顶部是洋镐把那么粗的八根桠条，树叶葱茏繁茂，整个树像一个巨人伸开手指的大手。王一根蹲在树桠上，欢庆着自己的胜利。下面的孩子们嗷嗷地起哄着，下来啊！下来啊！但王一根就是不下来，他如获至宝地蹲在树桠上，怡然自得。蹲在树桠上的王一根，傻傻地笑着，边笑，便用粗大的手不住地拍着树桠。

从此，王一根就蹲在树桠上，这棵大柳树便成了王一根的家。

这才好，免得他给我们丢人。哥哥说。我和哥哥的想法一样，我们都觉得这对于我们全家是一种莫大的解脱。

母亲去大柳树下喊了好多次王一根，但王一根都毫不理睬，只是在树上傻笑。村里人说，这不下来咋办呢？有人说，好办，三顿三晌地给送饭啊。这也是对姚主任的一种解脱，免得他三天两头地往外疯跑不说，还动不动打姚主任，弄不好，哪天还不定闹出什么大事呢。但是王一根咋吃饭？总不能不给饭，让饿死吧？于是有人就出主意，如何在树上拴根绳子，如何给王一根三顿三晌地送饭。饭做好时，母亲忙，让我和哥哥给王一根送饭，我和哥哥都不愿意送。哥哥还说，我才不送呢，饿死才好呢。母亲便说，不许这么说！他可是你们的爸爸！

母亲做好饭，用围裙擦了手，给我和哥哥盛了饭菜，安顿几句，便给王一根送饭。我偷偷地看过一次母亲给王一根送饭。母亲站在大柳树下，解开系在树上的绳子，把绳头拴在盛饭的小筐子系上，喊着，老王，吃饭了！王一根蹲在树上正睡觉，听到母亲喊，醒了。他呵呵地傻笑着。王一根虽然傻，但他知道提绳子，一提绳子，小筐子就升了起来。王一根把筐子放在树桠上，端起碗，狼吞虎咽地吃起来。母亲开始是把饭菜分开，用两个碗分别盛的，并且带了筷子，但几次后，母亲知道这都是徒劳，索性就把饭和菜盛在一个大碗里。我看见王一根的吃相恶狠狠的，好像饥饿了好几百年，他的手就是筷子，不住地抓起饭菜往嘴里塞。他已经好长时间没有刮胡子的脸上，胡子拉碴，沾满了米粒汤水。王一根吃得很快，几下就吃完了。母亲喊，把筐子放下来。王一根嘿嘿地傻笑。母亲又喊，把筐子放下来，听着了没有？把筐子放下来！母亲喊了好几声，王一根才慢慢腾腾地把筐子放下来。等母亲提着筐子回到家，留给母亲的那份饭菜已经凉了。

我和哥哥放学回来，经过村头时，队里的小孩子们嗷嗷地叫着跟在一个人身后。我和哥哥一看，正是王一根，我们极其惊诧，王一根竟然下了树！王一根穿着平时那件黑灰色衣服，戴着草帽，草帽上沾着几根长长的稻草。几个月来，这是我们第一次看到站在地上的王一根。王一根蒿草一样的头发满是灰尘，他的胡子很长，甚至长过了头发，胡子上沾满了细碎的草屑。王一根不知是从哪儿弄来那么一大堆衣服和裤子，我看见了其中一件黑色的裤子和那件白衬衫，再仔细看，应该全是他曾经穿过的衣服和裤子。可是没有人给他送，难道是他自己回家取的吗？

王一根站在大柳树下开始穿衣服和裤子。他先穿衣服。他穿了件衬衣，是那件白色的衬衣，衬衣很干净，领子没有一点污垢，准确地说，他上树前平时穿的所有的衣服和裤子都很干净。他系上了所有扣子，但又停下了，他像想起了什么一样，又开始解扣子。他脱下白衬衣，拾起背心，开始穿背心。穿完背心，他再穿衬衣。系好衬衣扣子，又穿上套头的圆领衫。他把圆领衫整了又整，袖子拽了又拽，他拽袖子的动作极其别扭，像个得了中风半身不遂的人。实际上圆领衫里的衬衣袖子已经拽整齐了，但他还是在拽。拽完袖子，又整衣领。整了好几下，把最上面的扣子系上，又解开，解开又系上。正当我们以为他要穿下一件衣服时，他开始脱圆领衫。脱掉圆领衫，再脱掉白衬衣。他先穿圆领衫，再穿白衬衣。他扣上衬衣所有纽扣，把衣服领子整了整，把衣襟拽了好几下这才开始穿下一件衣服。他穿上了毛衣，是那件圆领的灰色毛衣。夏天，他竟然穿毛衣，真是个傻子啊。有孩子笑着说。穿好毛衣，他又开始穿外套，就是他以前总穿的那件黑灰色的解放服。他穿好解放服，把领子整了又整，衣襟拽了又拽。最后，他开始穿大衣，是那件外面是浅蓝色帆布，里面是羊毛的大衣。孩子们静静地看着，有几个孩子被炙热的太阳晒出了汗。王一根也出汗了，他顺手擦了一把汗，又开始解大衣扣子。解开，脱掉大衣，脱掉外套，再脱掉白衬衣，然后脱掉圆领衫。我们还以为他还要脱，但他停止了。他又开始穿白衬衣。这时，有几个孩子笑了。哥哥拉了一下我的手说，走，丢人现眼！

我跟着哥哥回了家。母亲正在做饭，她不住地擦着被烟熏得流泪的眼睛。我到里屋放下书包，做了一会儿作业，对哥哥说，我去给三胖还一下书，就急忙溜出家门。我趴在我家的后院墙上，我看到不远处的王一根。他还在耐心地穿着衣服。他已经开始穿棉大衣。穿好棉大衣，他把所有扣子系好，在树下走了走。这时张奶奶从大柳树下经过，她好奇地看着，看了一会儿，说，走，都回家，有啥好看的。孩子们只是往后退了退，但脚步很快又被钉在那儿。张奶奶说，可怜啊，可惜个细心人了。说着，她摇了摇头走了。孩子们仍在看。王一根开始穿裤子。他脱掉外裤，又脱掉线裤，孩子们的眼睛睁得圆圆的。王一根并没有脱裤头。他又穿上线裤，在线裤上穿了一条毛裤，穿上毛裤，他把手伸进裤脚，使劲抓里面的裤子，但抓了好一会儿，怎么也抓不着，就又开始脱毛裤。就这样，他一会儿穿上毛裤，一会儿脱掉毛裤，反复折腾了好几回。有孩子说，笨死了，把线裤装在袜子里，它不就不往上面走了嘛。另一个孩子说，他咋是个傻子呢。王一根的头发被汗弄湿了，他像笨熊一样坐下、站起来，但就是丝毫没意识到脱掉身上的棉大衣。

终于，他穿好了最后一件裤子。正当大家满以为他就此罢休时，他竟然又坐下了。他肯定觉得某个裤腿里硌得慌。他就又开始一件一件脱裤子。他脱掉了外裤，脱掉了毛裤，脱掉了线裤。他竟然开始脱裤头。他站起身，两手一褪，孩子们哗地笑了，只见王一根赤条条地站在那里，他身体的所有秘密暴露无遗。这一刻，一种复杂的感情一下涌上了我的心头。

你在干嘛？听到问话，我吓了一跳。见是哥哥，我急忙支支吾吾地说，没干啥。哥哥走到墙头跟前顺着我看的方向往前看。他怒道，还不嫌丢人，走！

吃饭时，我默不做声。我不知道刚才看到王一根脱裤子的情景究竟是应该看到还是不应该看到。但在我的意识深处，我知道，王一根让我们全家彻底丢尽了颜面，我甚至在下午上课时都觉得所有同学的目光像利箭一样向我射来。

母亲像往常一样到大队上班，给我们做饭，给王一根送饭。她每天都从村子南头的桥上经过，这是走出村子的必经之路。队里人都热情地和她打着招呼，她也有礼貌地回应着村里人。

母亲和大队书记跟在公社书记身边，领着县里的农业工作组人员走在田间地头，我们大队连续三年荣获全县粮食生产模范大队称号。今年小麦的长势又是喜人，沉甸甸的麦穗笑弯了腰，金黄的麦浪此起彼伏，今年很有希望蝉联全县粮食生产模范大队。公社书记和大队书记走在县长的左边，意气风发地介绍着生产经验，大队会计柴茂林走在县长右边，边不停地提供数据，边频频地点着头。母亲跟在县长身后，时不时地随声附和着什么。十几个人的观摩团统戴着崭新的白光闪闪的草帽，浩浩荡荡地行走在田间小道上。

放学的时候，学生们在村头的大路上快速地走着，饥肠辘辘的我们都赶着回去吃放。观摩团在村子西边停了下来，县长一手叉腰，一手搭凉棚，眺望着一望无际的麦田，赞不绝口。县长的肯定对大队书记是无上的赞赏，大队书记更是陈词激昂滔滔不绝地讲述着小麦生产经验。谁也不知道，从树下溜下来一个黑影，正是王一根。王一根溜下树，跑过去，一把抱住了我母亲姚主任。所有人都惊呆了，县长被这个黑影吓了一跳，嘴张得跟喇叭一样。王一根俨然是个野人，蒿草一样的头发乱扎着，长久不洗的脸像斑驳掉皮的锅底，黑炭一样的脸上两只间或眼珠转动的眼睛，他双手紧紧抱住母亲，嘴里含糊地说，姚秀英，你不能走，你不能走。县长说，这是谁啊？这个疯子是谁啊？还不赶快赶走！这一幕正好让我和哥哥看到了，这一刻，我和哥哥觉得我们受到了世界上最大的羞辱。两个随从人员就急忙分开王一根的手。母亲被王一根的突如其来吓了一跳，呆若木鸡。等她回过神来，王一根已经被大队会计柴茂林和县长的两个随从牵走了。王一根面向母亲，使劲挣扎着，嘴里含糊不清地叫嚣着，两个人牵的劲太大，王一根倒退着，一个趔趄，差点坐倒。王一根站直身，使劲挣扎着，终于挣脱了，扑向那两个人，柴茂林刚一拉，王一根抡起了拳头，就向柴茂林砸去。拳头高高抡在半空，像千钧重锤，但是，王一根又像泄了气的皮球，拳头软软落下来。柴茂林向后一倒，险些坐在麦田里。我们的母亲呆呆地站在那儿。大队书记用手半掩着口，在县长耳边低语着，县长看了看我母亲，一脸惊讶的样子。哥哥两只手使劲地攥着拳头，他的眼睛里喷射着火焰。但他没有上前，他使劲咬着嘴唇，怒目圆睁。

晚上，母亲一如既往地给王一根送了饭。今天的晚饭母亲做得很迟，大队干部送走县里的观摩团就已经很晚了。母亲回到家，放下给王一根送饭的筐子和碗，呆呆地坐在灶边。她叮嘱我们抓紧时间写作业，叮嘱完，她就打起精神洗碗筷。哥哥给我使了个眼色，小声对我说，快做作业。

十点多做完作业，母亲睡了。哥哥小声对我说，走。

茫茫夜色中，哥哥领着我走出村子。

乡村的晚上，安静极了。干啥去？我问。

哥哥说，跟我来就知道了。

哥哥把我领到大柳树前。到了大柳树下，哥哥从腰里解下什么东西递给我。我一看是绳子，心里不禁紧了一下。

哥哥像猴子一样麻利地上了树。我听到树枝被踩断的声音和树叶窸窸窣窣的声音。接着是哥哥的声音：我叫你打我妈，我叫你给我们丢人！我听到树上哥哥似乎在摔抱王一根的声音，还有王一根含糊不清的声音，声音里有恐惧，仿佛还有乞求。一会儿，哥哥说，把绳子给我。我就急忙攀树。攀了两下，都滑了下来。哥哥说，你快点，真是个囊包！这一说，我鼓了劲，几下就爬到了树桠。我把绳子递给哥哥。黑暗中，我模糊地看到哥哥快速地捆绑着王一根的手。树叶哗哗地响着，树枝颤抖着，就连两个大人才合抱得过来的树身都在颤抖着。哥哥边捆绑，边嘴里使着劲，还嘟囔着，我让你打我妈！我让你给我们丢脸！捆绑好了王一根的手，哥哥正要把王一根从树上往下放，就听到远处有人喊，你们两个在干啥？住手！

是母亲。

母亲快速跑到大柳树下厉声喊道，住手！你知道你们是在干啥吗？你们是在作孽，是在犯罪啊！

树叶停止了哗哗的响动，树枝和树身停止了颤动。

你总有一天会吃大亏的。哥哥说。

那也是我的事，不关你们事。

哥哥把绳子从树上扔下来，气呼呼地从树上溜下来，对着手推车的轮子狠狠踹了一脚，又对着远处的黄河叹了一声，走了。

哥哥第二天给我讲了他周密的计划，哥哥讲话时，很快意，接着又很懊丧，他懊恼地说，真是天算不如人算，可惜，计划泡汤了。哥哥的计划，我听得毛骨悚然。但是，我又觉得哥哥的做法是对的，对于一个疯子，执行这样的计划，是理所应该的事，即使有人察觉，谁还在意一个疯子呢。况且，这个祸害人的家伙，即使被处死了，也会大快人心。

哥哥的计划没有实施成功并不代表我们对王一根的深恶痛绝消除了，反而这种仇恨与日俱增，这颗仇恨的种子不定将会在哪一天生根发芽，破土而出。

一天中午，哥哥到镇上去了，母亲在和面，我在屋子里睡觉。隐隐之中，门响了一声，一个人进了我家的门。我醒了，没起床，只是听着。母亲和那个人在里屋说了几句，似乎是大队开会什么的。听声音，是柴茂林。过了一会儿，母亲洗了手，从里屋走出来。这时，耳朵成了我的眼睛。那个人笑了一声，连窸窸窣窣的声音都在笑。母亲压低声音说，干啥呀，让娃娃看见了。那个人说，睡着呢。

就在母亲和那个人走出屋子的时候，我看到了那个人的背影，他穿着灰色制服，高高的个头，他确实是柴茂林。柴茂林走到门框前，有意识地把头低了一下。

开春到夏收前的雨水罕见地少，收完小麦，雨水竟然多了起来。人们庆幸着小麦总算收到打麦场上，不管老天爷怎么撒尿，也不会像去年三番五次地翻晒麦子，甚至还让小麦长了芽。

小麦收上场的第三天下午，下了一场暴雨，这场暴雨空前地大。田里的玉米竭力和狂风抗争着，路边的树叶随风起舞，碗口大的小树被狂风折断。接着是雷鸣电闪。万马奔腾的天空像崩裂了一般，轰鸣声炸裂了天空，鸽子蛋大的冰雹普天而降，砸得地上坑坑洼洼。人们争先往院子里撒盐、扔擀面杖。一道闪电在天空西边蛇一样游动着，咔嚓一声，天彻底裂了。人们看到，从天边滚下来一个巨大的火球，火球迅疾地滚动着，天空仿佛都燃烧了。人们似乎都能闻到一种焦煳的气味。

雨终于停了下来。孩子们欢呼着，从地上捡起还未化尽的冰雹，放进咽喉，咽喉顿时冰凉刺骨。果园里，青涩的果子落了一地，果树枝上只剩下几片干巴巴的叶子在风中孤独地摇曳着。田野里，玉米被冰雹打得披头散发，一株株像战败的将士，垂头丧气。

站在巷子里的张奶奶说，活了一辈子，还从来没见过这么大的雨，更别说是下火球了，我看今年的天是怪了。

有孩子喊着，大柳树着火了！大柳树着火了！

村子里的大人小孩便蜂拥着向大柳树跑去。

在大柳树前，人们看到，大柳树的腰部黑黢黢的，有个一人高的洞，洞里足以站立一个小孩，黑洞冒着烟。

王一根呢？有人说。

大家的目光就开始在树上搜寻。犁把一样粗细的八根树杈上，枝叶焦黄。

王一根没了踪影。

他会到哪儿呢？这是所有人的疑问。

不会被火球烧了吧？有人说。

不会的，要烧树都烧完了。

我正和哥哥嚼着从院子里捡的冰雹，母亲从地里赶回来，满鞋的泥水，她说，快，快去看看你们的爸爸，你们不能没有爸爸啊！

这时，人们看到，母亲从村子里跑出来，她跑得气喘吁吁大汗淋漓，她边跑还边喊着，王一根！老王！

雨过天晴，太阳光异常炽热，母亲跑着，他的身后，我和哥哥也在跑着，风从耳边急速掠过，随着呼呼风声的增大，我听到了我边跑边小声地哭泣声，后来，还有哥哥的抽泣声。金黄色的傍晚，我们披着金黄色的霞光，向枝叶焦黄的大柳树跑去……

[原载《朔方》2015年第10期]

孙海翔（1970—），宁夏青铜峡人，就职于宁夏金昱元化工集团。作品发表于《文学报》《朔方》《延河》《辽河》等，短篇小说《树上的男孩》被《海外文摘》转载。出版小说集《牵手》、散文集《褐色精灵》。荣获《黄河文学》（2014—2015）双年奖新人新作奖。宁夏作家协会会员。第五期文艺（小说）研修班学员。

狗叫了一夜

杨军民

一

八月中秋节前几天，村主任赵亮家的狗叫了一夜。

柳村的人家以前都住在堡子山的窑洞里，单门独户，或高或低。堡子山是一座黄土山，冬季除了对面沏河边的一道山崖上稀稀疏疏地长着一些翠柏，其他地方光秃秃一片。夏秋季节，青草蓬勃，山上披绿挂翠，只有通向各家的黄土路带子样白亮地盘绕着。青草有蒿子、荨麻、灰条等，树木有杏树、桃树、核桃树、桑树，当然还有黄土高原司空见惯的杨树、椿树和柳树。因为这样的环境，人们住在窑洞里就像是深入密林中，养条狗看家护院，是必然的了。狗是土狗，黄狗、白狗、花狗，长大后都有半人高。白狗神气。黑狗如果四个爪子是白的，也算是极品，叫踏雪。顶不喜欢的是黑狗白脖子，那是丧家之犬。走路孤单了，上坡累了，打一声唿哨，狗就颠颠地跑来。人和狗搭伴，缠缠绕绕，成了一道有趣的风景。

这几年人们的日子好过了，都从山上搬到川道里。居民点的一家家平房或者楼房，挨肩靠背、手拉手做游戏般亲密，养狗的人家就少了。高大的土狗几乎消失。养狗的人家也有，鹿犬、京巴、牧羊犬什么的，全是洋品种，这些狗乖巧柔顺，几乎丧失了叫的功能。搬到川道里的村庄是喧嚣了，那是各种机动车的轰鸣、盖房子机器的震颤，以及人与人之间各种利益的争执，共同制造出来的。

忽然有一天，狗叫了。

这条狗叫得执著嘶哑。土狗的叫声是尖利的，短促而清晰。这条狗的叫声，成天成夜，连绵不绝，要把心肝肺都呕出来似的，声音呈一个截面推过去，占满了村庄的上空。人们循着叫声走过去，发现村主任赵亮家房子后面搭着一个简易棚子，里面拴着一条牛犊般高大壮实的狗。这条狗浑身的毛很长，一绺一绺的，像披着土黄色的蓑衣，脸面上的毛也很长，尤其两道眉毛寿星的那样下垂着，当然它没有寿星的慈祥。没等人到跟前，这条狗身子就竖了起来，眼睛里射出大家都不曾见过的一种野性的光，如幽暗森林里的鬼魅，毫不掩饰面对美味的饕餮般的贪婪，令人胆寒。好在这条狗被拇指粗的一根铁链拴着，即便这样，它猛扑过来的力道也挣得铁链哗哗作响，带着一股凌厉之气。围观的人倒吸一口冷气，急忙往后退。

赵亮的儿子站在一侧，饶有兴趣地看着与铁链抗争的这条狗。他手摸一摸没长一根头发的光亮的脑门，肥大的肚皮把花格子衬衫快要撑破了。

"藏獒，见过吗？"赵亮的儿子歪在嘴巴上的一支香烟袅袅地冒着青烟，烟熏的缘故，他一只眼大睁着，另一只眼眯着，藐视着什么似的。后面是他家的三层小楼和高得让人窒息的水泥院墙。他家的房子，总比其他人家的高出一截。村里开始盖平房的时候，他家是小二楼。村里有人盖小二楼的时候，他家就成了小三楼。

赵亮出来了，一件蓝色的大众服披在身上，本就短小的身材已经佝偻，留着满头小短发的脑袋泛着银灰色的光亮。他瞪一眼儿子，呵斥道："显摆啥？把你大看好，咬了人有你好果子吃！"然后对着大家："甭害怕，拴着呢。过来抽烟！"说着象征性地把一个烟盒在手上晃一晃。面对那条要命的恶犬，谁敢过去啊！赵亮摇摇头："都是个啥屁胆子嘛！"

赵亮说罢，转进门，把镶着铜钉的朱红色大门关上了。

二

狗又叫了一夜之后，怪事出现了。

那个早晨，小鸟在树梢上唱歌。雾气把村庄笼罩在一个巨大的蒸笼里。海成婆娘早早起来了，慵懒的面容带着睡意。她扭着好看的身子到房子后面的厕所方便完了，裤子还提在手上，就妈呀叫了一声。她家放在房子后面的几根木料不见了。天刚放亮，太阳还没出来，天地间呈现淡淡的浅灰色。海成婆娘以为自己看错了，三两下把裤子系好，紧走几步到放木料的地方。这次她看清了，木料确实丢了。垫木料的烂砖头还在，还有黑魆魆的一层烂树皮和淤积的沙土。

海成婆娘像一只受了惊的麻雀，一路小跑着到了前院："不得了了，咱家的木料丢了！"

海成正把一些鲜嫩的蔬菜往三轮车上装。碧绿的黄瓜一根根插在筐子里，辣椒羊角般放在大笼子里，芹菜一捆一捆的，还有乳白色的豆荚装在一个敞口的蛇皮袋里。"瞎咧咧啥？几根破木头有啥好偷的！"海成没在意，发动车子赶早市去了。

海成的房子是二层小楼，和村主任赵亮家的房子连畔。他盖房子的时候，赵亮家已经是小二楼了。为了比赵亮家的房子高一些，他着意垫高了地基，房子盖好后，确实比赵亮家的高。谁知没过多久，赵亮家又起了三层楼房。

海成卖菜回来，几个婆娘还在路口窃窃私语，说的是他家丢东西的事。

赵亮婆娘说："怪不得昨晚狗叫了一夜，藏獒灵得很，隔着几公里的动静都能听见！"这句话更是在炫耀她家的那条狗。

铁匠婆娘经常跟丈夫抢大锤，人长得五大三粗，她说："奇了怪了，谁呀，偷啥不好偷，那几根烂木头有啥好偷的！"似乎在怀疑消息的可靠性。

黄脸婆娘说："虽说是几根烂木头，一个人怕是偷不走，要车子才能拉走的，谁这么胆大呢！"

海成进门，见家里冰锅冷灶，站在大门口喊婆娘："赶紧回来，拉啥闲话，不吃饭了？"

几个婆娘吐吐舌头，各自回了家。各家烟囱柴烟升起的时候，海成叼根烟，到了房子后面，站在那个残留的现场边看了半晌，然后看着另一侧铁匠家的平房愣了愣，说："不就几根破木头嘛，想用你就吭声，何必这样呢。"

铁匠有小偷小摸的习惯，偷偷摘人家菜园子里的辣椒和茄子。海成看着铁匠家房后一堆白亮亮的东西，是装修房子剩下的二三十张塑料扣板。那些东西应该比自己家从旧房子上拆下来的烂木头更值钱，咋没丢呢？海成更加确信了自己的判断，他不说。在村子里，有些话是要烂在肚子里的。

事情在婆娘们嘴里传了一个上午，就逐渐风平浪静了，毕竟不是什么大事情嘛。

又一天早晨，也是天刚放亮，铁匠婆娘站在路边没命地喊上了："哪个狗日的偷了我家扣板，胆子吃肥了，小心我一锥子戳死他。"几个早起的睡眼蒙眬的婆娘立即精神了，不自觉地聚集在了路口。

赵亮婆娘说："这就对了，昨晚狗又叫了一夜。"

海成婆娘说："还偷上瘾了。"

阴阳婆娘说："扣板两米长呢，那么厚的一摞，一个人怕是扛不走。"

铁匠婆娘炮筒子样的嗓音具有很强的感染力。再说了，凭铁匠那一身腱子肉和海碗大的拳头，谁敢偷他家的东西，简直是老鼠撩挠猫胡子，没事找事呢。

人们很快就聚成了一堆，议论这件匪夷所思的事情。这时，赵亮家朱红色大门吱呀一声开了，赵亮走了出来。他依然披着那件蓝色大众服，站在高高的台阶上面，看着不远处一群眉飞色舞的村民。那些飞短流长的议论，也小鸟归林般落入了他的耳朵。

赵亮听了一阵，忽然出了声："哎哎，你们都没事干是吗？该干啥干啥去，多大的事也有村委会呢。散了散了。"

人们立刻散了，留下树梢的几只麻雀叽叽喳喳。

赵亮的心情是愉悦的。他转到房后，站在棚子前。藏獒立即扑过来，嘶鸣着。这条狗和他不算熟悉，儿子把它弄回来的时候，他并不赞成，弄这么个凶神恶煞般的东西干什么？他不允许它进入院子，儿子只好在房子后面搭了个简易棚子。村里人都来看狗，他心里忽然愉悦了。村主任就是村主任，连养狗都和别人不一样。当然还有大家那种惧怕的眼神，也是他喜欢的。

他看着狗，狗还在扑着。他喊了一声："建设，让你妈端些骨头来，把狗好好喂一喂。"

婆娘端出昨晚吃剩的一盘排骨，挑挑拣拣地给狗扔。赵亮抢过盘子，一股脑全倒进了棚子里。狗扑过来，咀嚼着油汤带骨的美味，时不时抬头看一眼赵亮，目光柔顺了许多。赵亮想起了小时候学过的那篇《叶公好龙》的文章。建设这个二杆子，爱狗，弄来了又不好好照顾，狗一直处在半饥饿状态。

"都说藏獒烈性，只认一个主人。再好的狗也是狗，给点甜头就毛顺了。"赵亮想。

三

午后，村主任赵亮把村委会成员召集在了一起。

在村委会小二楼那间宽敞的会议室里，赵亮端坐在椭圆形桌子对着门的最中间的位置上，神情安闲地等待着。进来一个委员，他掏出一支烟扔过去。大家都点上了烟。最后进来的是海成，村委会委员，副主任。他坐在赵亮对面，正对着的阳光让他的半个脸格外地亮着。四十岁的海成，挺拔健硕，红嘟嘟的脸膛泛着健康的光彩，黑漆漆的短发一根根竖着。他一进来，屋子显得狭小了，也明亮了。赵亮的手在口袋里摸索着。海成把一盒香烟拍在桌子上，摸出一支，点上了。

赵亮心里涌上一丝不快："海成，开个会咋这么磨叽，平时的麻利劲哪去了？"

"不好意思，迟到了。"海成拿出烟，一支支地给大家扔过去。

赵亮清一清嗓子："这两天村里连续丢东西。咋，你们没听说吗？我看你们啊，连我家那条狗都不如，狗还连着叫了两晚上哩。你们怎么连个屁都不放，有些人还是当事人。"

"我家是丢东西了，但那不是啥重要东西嘛，就几根烂木头。"海成说。

赵亮说："你看你这个觉悟，丢啥暂且不说，单就被偷盗这个事，咱就丢不起这个人。大家议议看，咋办？"

有人说村主任说得有道理，有人说海成说得也对着呢，尽是稀泥抹光墙的话。还有人说报警。

"看看，为这点事报警，那不是给歹人张目嘛，想让全乡全县的人都知道村里被偷盗了?"赵亮不满地批评道。

大家都不吭声了。

赵亮说："海成是副主任,管着村里的治安,就辛苦一下,带几个人蹲夜。这个贼娃子也许还会出来,即使不出来,知道有人蹲夜,也会收敛一下。"

海城满脸带笑地说:"遵命,也不用再找别人了,大家都忙。主任年龄大了,不方便。我们在一起,蹲守几晚上。"

没等赵亮表态,大家都应允了。

晚上,几个人聚在海成家。海成让他们在沙发和一张床上睡觉。后半夜,一阵急促连绵的狗叫声在村里激荡起来。海成一骨碌从床上翻起来,把大家都叫醒,一行人拿着手电悄悄出了门。已经是后半夜,弯弯的一轮上弦月亮晶晶的,把村庄照得一片银灰。几个人借着路边高大的白杨树的掩护,沿着村巷悄悄巡逻过去。他们在阴阳家门前的路边看见一辆架子车。海成向下一挥手,大家都矮下身子蹲在阴影里,静静地看。不一会儿,一个矮壮的身影从阴阳家房侧的过道上来了,叼着一根烟,手里捧着七八块破烂砖头。狗叫声让人胆战心惊,这个贼娃子却不紧不慢,像在搬运自己家里的东西,没有丝毫慌乱。他一趟一趟地,直到把车子装满。

贼娃子的沉着和有恃无恐,与狗叫声形成了鲜明对比,让这个月夜显得神秘诡异。抓贼的这些人,反倒有些恐慌。

嘿,狗日的贼娃子。海成,抓不抓?

海成不言语,借着斑斑点点的月光,大家看见他的眉头锁在一起。

贼娃子啪啪啪响亮地拍拍手,像是给狗叫打节拍,然后钻进车辕,昂头使劲的时候抬起了脸。是爱球! 抓不抓? 再不抓,他就走了。

"不抓,放他走。"海成说。

爱球旁若无人地拉着车子,昂着头消失在月色里。

四

村主任赵亮给海成安排了事情,看似轻描淡写,其实他是有心理准备的。有他家的狗,那条藏獒给他通风报信哩。不等海成汇报,他就会知道晚上贼娃子来没来。狗叫了一夜,海成没来汇报。狗又叫了一夜,海成还是没来汇报。赵亮知道自己家的狗。他家的狗不会无缘无故那么卖命地叫。他心里笼上了一层乌云。

赵亮下地回来的时候,碰见了海成婆娘。他说:"海成家的,别急,我们正在蹲点,贼娃子很快就抓住了。"他这是没话找话,是想看看这个婆娘的动静。蹲守的事是海成负责的,他婆娘会不知道?

海成婆娘的俏脸挤出一丝笑:"村长费心了,弄错了,木料是我娘家哥拉走的。我那个傻哥，也没打声招呼！"

赵亮醒悟般哦哦了两声。

赵亮也碰见了铁匠婆娘。赵亮还是那句话，贼娃子很快就要抓住了。

"主任，是我们自己弄错了。我们家的扣板早就用完了。"铁匠婆娘说。

赵亮的心里已经不是一两块阴云，而是阴云密布了，甚至是电闪雷鸣。两个婆娘说的是实话倒好了，可明显不是实话嘛，似乎在刻意地回避和隐瞒着什么。赵亮忽然意识到自己犯了一个错误，不该让海成带着几个委员去蹲守。回到家后，赵亮有些魂不守舍，婆娘乐颠颠地把一塑料袋鸡骨头递给他："快去喂狗，我吃席带回来的。"

"去去去，你自己喂去。"赵亮不耐烦地说。婆娘疑惑地拎着袋子往外走。这一段时间，赵亮最爱喂狗，今天这是咋了？

晚上，等到家里的狗又开始没命地叫的时候，村主任赵亮拿着手电，也借着高大的白杨树的掩护，沿着村巷巡逻，果然看见了一辆架子车。那辆架子车居然停在海成家的房子前面。赵亮心里升起了一个大大的问号，他耐心地等着，就见一个人影不慌不忙地从海成家房子一侧的过道出来，怀抱一个旧茶几。那个人把茶几放在车子上，仔仔细细地勒好了，然后踩着狗叫的节拍，慢慢腾腾地走了。这晚也是上弦月，比海成他们巡逻的那晚更明亮。赵亮也认出了那个人。赵亮也没有言语，不过心里的问号变成了一只黑拳，狠狠地捣了他一下。

第二天下地的时候，赵亮特意从居民点的房后绕了一圈。似乎一夜之间，人们再也不怕丢东西了，十几户人家的房后反倒都堆了东西，有旧家电、农具、锅碗瓢盆。更邪乎的是，田寡妇家简陋的平房后面放着一个盘子，盘子里是几块月饼。是那种村里祖祖辈辈在八月十五献月亮的月饼，里面夹着枣泥红糖馅，周围掐着花边，正面用梳子压出绕枝莲花，食用颜料点着各种颜色的装饰图案。

村主任赵亮眼前发黑，险些跌倒。

这天是八月十五中秋节。天黑没多久，月亮就上来了，明明亮亮银盘般地挂在西天。狗还没叫。赵亮知道，狗一定会叫的。

赵亮从门后拿了件什么东西，来到后院的棚子前。听见动静，狗叫了几声，就停了。连天来，赵亮好吃好喝地伺候着，狗已经跟他有了感情。狗静静地站着，尾巴在摇动，眼睛在月光下忽闪忽闪地泛着蓝光。

"狗啊，狗啊。"赵亮在心里说着，眼里流出了亮晶晶的泪。他往前小走一步，背在后面的手迅捷地抬起并落下，手里的锤子带着银白的闪光，落在狗脑袋上。黑墨一样的血顺着狗脑袋流下来的时候，狗狂吠起来，没有了平日里的霸道，只有悲凉的哀求和委屈。赵亮的泪水濡湿了脸面，他手里的锤子银光四溅，几次重重地落在狗脑袋上。狗已经变得血淋淋的了。这条不屈的狗与锤子抗争着，与铁链抗争着，在扑向赵亮的时候，终于软软地倒下去了。

月亮真圆，甚至是红的，红得有点血腥。

五

村主任赵亮被自家的狗撕去了肩膀上的一块肉，连骨头都看见了，白森森的。那是狗临死前致命一击的结果。如果狗再有一点力气，再稍微偏左一点，赵亮的脖子就断了。

赵亮住院了。乡危房安置小组来村里验收，副主任海成代表村委会陪同。看了村民用危房改造款建起的敞亮的房子后，年轻的女组长很满意，脸上露出了笑容。

趁组长高兴的时候，海成说："组长，我们村有一户人家应该纳入危房改造的困难户，漏报了。"

"漏报？你们当时是怎么报的？你们村已经验收了，现在恐怕不好办。"组长说。

几次上报危房改造名单，都被村主任赵亮给忘记了。这个事情，海成没说，也不能说。

海成说："这个村民叫爱球，是个哑巴。爱球的哑巴是天生的。他父母去世了。他姐姐也出嫁了。他一个人在老窑洞里生活好几年了。他没有老婆，没有儿女，简直成野人了。如果不是他自己走出来，大家都快把他给忘了。是我们工作不仔细，造成了这样的被动局面，给上面添了不必要的麻烦。"

组长说："我们去看看。"

穿过村巷，穿过公路，一群人走进了沟里。半人高的青草，遮天蔽日的树木。沿着一尺多宽的小道，他们七绕八绕地来到半山腰的一眼窑洞前。窑门口有炕大的一块白地。凋敝的窑洞，黑漆的窑口。走进窑洞里，大家发现这窑洞还是经过一番改造了的。海成对着哑巴比比划划，说上面领导来慰问他哩。哑巴脸上有了喜色，一个劲地招手。

一行人鱼贯地参观起了窑洞。棚顶吊着扣板，墙上贴着墙纸，地上铺着红砖，一个旧茶几摆在一边。茶几对面放着一台旧电视机。茶几后面是一个破旧的沙发。茶几上放着一个银白光亮的盘子，里面是几个荷花绕枝图案的月饼。

组长满眼疑惑地看着这间房子，小心翼翼地试探着转到沙发前，想找个踏实的位置坐下来，最后把目光落在海成的脸上。海成看着这间房子，他对这里摆放的每一个物件都是那么熟悉，因为这些东西都是村民们采取特殊的方式，送给哑巴爱球的礼物。

"你这是干啥呢?"海成比划着问哑巴。

哑巴挠一挠脑袋,又在比比划划。海成看懂了,却像吃了一枚酸杏,哽咽着说:"哑巴说看别人都住新房,他也想住呢。"

组长细碎白净的牙齿咬得咯嘣响,忍不住在茶几上拍了一下:"咋回事,这是咋回事?把你们村主任给我找来。"

海成说:"主任让狗咬了,住院呢。"

[原载《朔方》2018 年第 7 期]

杨军民(1970—),甘肃泾川人,就职于宁夏石嘴山星泽燃气公司。作品发表于《人民日报》《读者》《朔方》《杂文月刊》等,被《传奇传记文学选刊》《微型小说选刊》《青年文摘》《杂文选刊》转载,入选 2004、2010 年《中国故事精选》。宁夏作家协会会员。第五期文艺(小说)研修班学员。

狗东西

殷 高

不远不近，大黄跟在两辆车子后头，碎步跑着。

大黄的主人、人称老菜帮子的骑着电驴子，他的堂弟蔡跛子骑一辆破自行车。自行车忒破，没有链瓦，前后轱辘也没有挡泥瓦，轮子扁了就很显眼，摔得厉害。跛子想和电驴子并驾齐驱，可总是落后一点，参差着。他一边蹬着车子，一边上气不接下气地说，咱们的祖坟穷鬼扎堆儿，里头有啥哩？那两个盗墓贼昨晚肯定瞎忙活了一场。

四爷似乎说过，早年间——清朝那时候吧——咱先人里出过个官爷，坟里不定有东西哩——哎，跛子，你怎么知道盗墓贼是两个？

跛子在心里抽了他自己两个大嘴巴子，才说，"偷鬼的东西哩，谁一个人敢去？"

"哪也可以三个人、四个人、或者五个人，非得两个人干？"

"嗨！你不是怀疑我吧？大哥你停下停下，我要发誓。谁刨自己家祖坟，就是它！"

大黄看见跛子跳下自行车，拿指头戳着自己，也收住了轻飘飘的四片爪子，一会白眼仁多一会黑眼仁多，上唇就短了，露出了一排白森森的牙齿让跛子看。这是大黄的肢体语言：少拿我说事儿，小心我扑你！

老菜帮子笑着说，"看看，大黄还不答应呢。"

跛子也乐得抛开原来的话题，于是借坡下驴，数落起大黄："它还烦我，等着瞧，它是给自己头上攒疙瘩哩。"

上一个斜坡时，跛子被自行车链条咬住了裤管，哎哎几声连人带车子结结实实地摔倒在地上。大黄绕开躺在地上呻吟的跛子，不管不顾的继续往前跑。

大黄这辈子，一是好欺弱小，它对猫的态度就是例证。在大黄看来，猫这种狐媚东西有些自不量力，没有荞皮填瓤的枕头大，偏偏抄袭了虎豹、狮子的长相模样；自己这块头，头颅大嘴罐子粗，与猫比较几乎称得上伟岸了，也敢仅仅长得像狼。它遇见猫，非赶得它上了树，然后卧在树下，考验对方的耐心。

再就是本能的嫌恶穷人。不因为别个，就是因为穷人穷。不是说可怜之人必有可恶之处么。例如这个跛子羊倌，穷酸样儿的，不偷也像个贼，常涎着脸蹭主人的旱烟抽。别人放羊拿着牧羊铲，他老是荷一把小镢头。串门子也不忘记带上小镢头。冬天农闲时，他几乎天天涎着脸来老菜帮子家喝罐罐茶、蹭旱烟抽。他一来，大黄就坚决地"挡驾"。他抡圆了镢头刨大黄，一镢头下去，冻得硬邦邦的地皮儿上就留下一道青印子。有时没有錾儿下，大黄已找准了空挡顺着镢把贴了上去。跛子还没有反应过来，大黄已跳开了，咔咔地咳嗽着，摇着头，龇牙咧嘴地拿舌头往外挤兑口里的破布、棉花。跛子摸一摸破了的裤裆，脸顿时白成窗户纸。幸亏是冬天，穿着棉裤……

老菜帮子立住电驴子，过来把蔡跛子扶起了，说，"你腿摔伤了，后头消停走；顺便把那些家里等着领钱的也叫来，给他们说清楚，不参加搬迁祖坟，政府的补贴款没份儿！"

电驴子后架上，五花大绑地躺着一条鼓鼓囊囊的蛇皮袋子，里头装着搬坟的用物和许多好吃的。趁老菜帮子去扶跛子的当儿，大黄赶忙抽动鼻子，黑漆漆的鼻蛋儿活泛得简直不可言传，上上下下地去嗅袋子。

"狗！"主人呵斥它。

老菜帮子素常昵称它大黄，生气了才把大黄叫狗。大黄翻了翻眼仁，知趣地躲到一边去。

主人的电驴子跑得并不快，大黄吐着舌头跟了一程后，不想跟在屁股后吃土了，脚腕子上暗暗鼓上了劲，大而软的耳瓜子忽闪忽闪，飙起一阵小风，不认识老菜帮子似的微微斜着身子跑到前头去了。也不是一味地赶道儿，逢着矮树桩、短墙头什么的，它就把自己像一张狗皮似地贴上去滋尿，留下自己的气味。大黄撒下的尿液就是一篇针对公狗母狗的无字通知。翻译成文字，大意就是：敬告异性姐妹，风流倜傥的大黄来到过这里。同时警告同性弟兄，最好遵守圈土占地的潜规则，大黄已然走犁划界，一旦不慎闯入大黄的领地，估计和平解决的可能性不是很大。特此通知。大黄。某年月日（以尿液的新鲜度为准）。

几只蓝蜻蜓擦着大黄的鼻子飞过去，透明如清梦的翼子轻轻地振动着空气，大黄就撵。秋是肥腴的，蜻蜓却很瘦，估计针也剜不出肉来。死了的蜻蜓大黄尝过，很柴，没甚味道。但是它们太漂亮太精致，也他娘的太骄傲，激发起大黄的征服欲望。吭哧撵了一程，蜻蜓荡过墙帽，一晃没了踪影。

大黄照例给墙旮旯撒上尿，顺了来路返回，才发现把主人走丢了。

并不太着急，细眯了眼，抬起鼻子分析分析空气，嗅出了蛇皮袋子遗失在路上的气味。对大黄来说气味就是无形的路标。

顺了曲里拐弯的土巷子一溜小跑。

米寡妇家那只绰号叫"满口"的老公狗蹲在驴槽旁的狗棚顶上，无限歆慕地望着大黄。满口养尊处优，却没有自由，四季扛着一根铁链。打着光棍的老菜帮子，有事没事常来米寡妇家串门子。他经营儿亩薄田，年头节下也干杀屠，有时就拎来一挂下水孝敬满口。吃了人家的口短，拿了人家的手短，老家伙于是装聋作哑，为老菜帮子大开方便之门。这样一来二去，两条狗也混熟了。亲善原本也应该，满口是大黄的父亲嘛。大黄不知道自己的母亲是谁，但是很替母亲害臊，怎么为自己选择了这样一个父亲呢。谁都知道，满口名声不好嘛。一次，它被欲火烧昏了头，与虎谋皮地要给家里那头草驴下手。庞然大物岂是随便摆布的。满口正在比划，偃东西不耐烦了，冷丁起了蹄子，干脆的一声破响，嘴唇木了，眼前亮起一盏三千瓦的电灯泡。灯光继而旋转、破碎，璀璨成许多长角的大星星，闭了眼睛也看得见。那两颗缺失的门牙，就是这次骚情的结果。满口跳下狗棚，将几滴尿涂在拴驴橛上。囿于礼节，大黄闻了闻。老东西的尿可真骚！大黄也把自己的尿覆盖在满口的尿上，叫对方闻。又相互闻了屁股。繁文缛节见面礼一结束，大黄又跑起来，耳朵窝儿里又盈盈地灌满了风。它牵挂着主人的蛇皮袋子哩。

出了村，爬上一座土岗子。才立秋，日头还很毒，午后稠稠的阳光底下，大黄望见一群人站在祖坟里。

主人家祖坟在村南的大洼梁上。每年的清明，农历十月初一、大年三十，老菜帮子都要与族人到祖坟烧纸、挂纸飘、跪地上虔诚的给这些忧郁而沉默的土堆磕头。唯有大黄特许不跪，大咧咧蹲在一旁，立等着吃"泼撒"。向坟地泼酒、撒吃食，叫做"泼撒"。立秋后这几天，不知发生了什么事，大洼梁上的坟地一座接一座被搬走了。搬坟自然也要"泼撒"的。每天晚上，搬坟的人回家了，大黄就去寻找"泼撒"吃。昨天夜里，大黄正在大洼梁转悠，碰见了跛子两口子，偷偷摸摸地拿小镢头在祖坟里挖什么，今天，大黄还能嗅出跛子身上残留着坟墓里的腐败气息。

祖坟在一大片荞麦地里。茎秆血红、叶片墨绿的荞麦正在扬花，粉的花紫的花汪洋成一片。荞地一边是金色花盘的向日葵，另一边是绿格茵茵的玉米地，参差掩映，使麇集在坟地里的人群成了缀在缤纷田野上的一块丑陋的补丁。他们围定了老菜帮子，为了什么事争吵不休，嗡嗡地，像一群愤怒的狗头大黄蜂。

上山兔子下山狗，蹿子溜子，眨眼大黄就蹿下土岗，一头搅进人丛里来，泥鳅似的在众多的腿裆里穿梭。有各种各样的腿，但都孪生着，也就是说只有两条腿而没有三条腿一模一样。腿也有表情。有的腿和平，有的胆怯，逢着大黄闪一闪，还有一种腿凶巴巴的，岿然地戳着。欺软怕硬的大黄规避开后一种腿，并且摇动尾巴，表示出应有的敬意。在腿丛里，大黄终于找到了只有一条腿的蛇皮袋子。袋子像锉胖子一样静静圪蹴在坟地一角的冰草丛中。大黄的鼻子距离袋子有一揸远近，一双腿警告地跺脚了：走开！油狗！原本欲龇一龇牙的，瞥见是新锃锃的皮鞋，于是侧身跳开了去。是咧，不若穿破布鞋的，穿皮鞋的本来就更值得敬而畏之。哪怕他的皮鞋是狗皮的。

在地雀的啾啾声里，大黄围绕着坟园瞎转悠。它似乎不会款款地走，只会细碎着脚步跑。惊动了臭黄蒿下纳凉的秋虫。许多花腿子蚂蚱溅起来，一时宛如落下一阵灰褐色的雨珠。坟地里的一种野花，大黄不知道叫它什么，人们叫它什么，反正很素很白，吐着酽酽的药香，挽歌似地，一盏盏开放得如泣如诉。它鼻子嗅嗅地跑动，眼前净是如怨似嗔的野花儿，猝然地扑了来，一如小小的酥掌，一记一记地搧向它毛茸茸的嘴脸，使得它恹恹欲睡。花粉和蒿子上的黄色粉末动辄飞扬起来，呛得它小声地咳嗽……陡然驻了足，支棱起耳朵：自己的咳嗽声落下来许久了，墓里怎么会有回声幽幽传来？墓地里一丘最大的坟头旁，大黄嗅见了跛子夫妇昨晚挖开的洞口。黑咕隆咚的窟窿里，分明听见了一声太息：唉！光知道掏宝贝，也不掏一掏先人七窍的泥土！声音怪怪的，似乎用肚脐说话。大黄正是淘气的年龄，好奇贪玩，遂将半条身子探进洞里去要看个究竟。墓穴里阴凉森森，弥漫着一种类似铁锈的土腥气。这种土腥味很整齐，也不是太难闻，却叫人不放心、莫名其妙地提防着，想吐。身子一筛，被酷热揪出来的舌苔咪溜逃回嘴罐子里来。起初看不清楚什么。到处是自己急遽的呼吸，在逼仄的墓穴里瞎子一般碰来撞去。适应了黑暗后，借助微弱的光线，大黄看见一口被人称作棺材的大木头匣子。棺材盖已然朽腐的不成形状，错开着，里头覆着一领玄青色长衫。除此而外，墓坑里还有一个失足的蛤蟆，它企图爬上来，却往往攀到半壁便掉了下去。歇一歇，再往上爬。与那蛤蟆一样，几只黑甲虫也在做同样徒劳的努力。这些屁股锥锥的家伙受到威胁时会释放臭气，大黄就曾经差险被熏过。鸡肠狗肚大黄善于记仇，看见甲虫，心里就疙疙瘩瘩不美气，当时鼻孔里的气就粗了，后爪刷刷地扬了两把土……

叫大黄牵肠挂肚的蛇皮袋子还没有打开。

人群不再争吵，安静了下来。大黄在人群里辗转找到了主人。他伏在谁扛来的一面红漆木炕桌上给许多碎纸片上写字。一旁，跛子把写了字的纸片团成一粒一粒的纸蛋儿。除了大黄，每个都拈了一粒去，小心地捻开来看。大黄不懂得他们玩什么把戏，只是非常担心人们把纸片吃了，就偏了头巴巴地轱辘着眼仁子去睃。果然，跛子看罢后，一口吞了纸片，一边嚼一边说，"妈的个脚巴骨，害怕的地方有鬼哩，偏偏抓了个尾巴号，天意啊天意！"大黄发现很多人看完纸片脸上有了表情。老菜帮子高声问，"谁是一号，报名！"一个人应声："我，蔡五娃。"老菜帮子说听清楚喽，"每人只给三分钟。三分钟后不上来，活埋！给先人陪葬去！蔡五娃准备，计时开始！"

蔡五娃趴在大黄方才张望过的洞口，探头探脑地不敢下去。

"吃肉还怕油手，没起色的货！"跛子笑着骂罢，朝蔡五娃屁股上捣了一锹把，对方就直截了当掉进墓里去。蔡五娃拖着哭腔在里头骂娘，惹动上面一片笑声。

"甭太贪，麻钱也好留下几枚来，大家发财哕。"跛子朝洞口喊。

里头的跟声说，"给你！""日"的一声，跳上一颗死人的头骨。骷髅头没有下巴，空洞的眼孔里有赤蚂蚁密密麻麻地进出，犹如血红色的泪。

跛子说又不是佛骨舍利子，不值钱的。说着扬起一脚将骷髅头复踢入墓洞里去。

大黄耸耸着鼻子才要上前去闻，吓了一跳，趔趔趄趄后退。

老菜帮子火了，说，"不愿花钱整骨殖也就罢了，先人的头怎么能当尿泡踢！像话吗？四爷要知道了要动拐棍的。"

人类这种类似暴力的行径使大黄不得不警觉了，下意识地避开人群，蹲到距离主人家祖坟十步开外一座孤坟上去。这里，既可以远离人的威胁，又可以将蛇皮袋子纳入自己的视野。

族人依次从坟墓里进出着。不知为什么，出来和准备进去的人都要噙一口散酒漱口、洗手。大黄看不出名堂，无聊起来了。啊……呜！大黄嚎似地打一个哈欠，汪出两朵子大泪花来，旋即谢了。泪花绽谢的一瞬，朦胧地瞅见不远处的地埂上有黄鼠探出洞口来了哨。别的一下，心脏泵出许多的血，尾巴旗杆一样竖起，罩了毛，蓬勃成一只硕大的金刺猬，犹如饿虎扑食，一个丈子跳到黄鼠洞口。黄鼠是机灵物儿，闻声又早已蜇回洞穴。大黄哪里肯收手，恨不能自己也钻了进去，莽莽的嘴筒子塞入洞门去嗅。骚烘烘的鼠腥刺激的它一个激灵，前爪当即上下翻飞，搅动起一片土雾。不大一会儿，大黄已然掘进去一二尺深浅。干得正起劲，一股热乎乎的什么劈头盖脸地浇下来。紧躲慢躲，半个脑袋淋湿了。大黄不得不终止了手头的工作，翻了眼觑去，却是蔡跛子。他斜睨着大黄，对准黄鼠洞口尿尿，鸽子一般咕咕坏笑。这家伙的尿水比满口的还骚！大黄抖圆了浑身的毛，头摇得像拨浪鼓，马儿一样喷起响鼻。

跛子撒完尿，对那座孤产生了兴趣。打量了一圈，喊来了老菜帮子，说，"大哥呀，怎么漏了一个？"

"这不是咱家的祖坟。"老菜帮子说。

"怎么见得？"

"单另埋着嘛！"

这还不好解释？少亡的、无后的、寻下短见的、偏房小老婆统统不进老茔的唦。

蔡五娃也过来插嘴："马扁头曾经说是他们的哩。咱先占下，免得他冒充。"

跛子就说快取一条红来！

蔡五娃扯过一条大红被面，包裹了孤坟，宛如荞地里拢起一堆熊熊篝火。蔡跛子趴地下，口里念念叨叨地给孤坟磕了几个头。

老菜帮子不再说什么，只是摇头哂笑。

大黄蹲在主人脚旁，脸上也黏糊了一点无聊的笑。太阳晒干了头顶的尿，盔住了一坨毛，扣了一只尿盆子一样不舒服。扒拉了一爪子，头上噌地升起一团苍蝇。就手儿弹了弹脖项，飞出几个狗蝇。呱嗒！咬了一口，没咬着狗蝇；咬了一嘴空气。

过来两个人。

大黄认识的，一个是村主任，一个是村上的会计。大黄趴门槛上学习咬人那会子挨过村主任一脚，深刻在心里。一直想报仇，只是没逮着机会。

"多少个？"来人问老菜帮子。

"多少个？"老菜帮子问跛子。

"二十个，一共。"

"不对，十九个。我们数了。"

"这不是一个嘛。非正常死亡，没有进祖坟。"

"嗯，是一个孤坟……一个坟头八百元，二十个一万六。来，签字，过几天到村委会领钱……走了。"

"急啥哩，吃根纸烟、泯两口酒再走。"

"不了，几家子等着呢。"

"这几天只有你们和阴阳忙。"

"阴阳忙着赚死人的钱，我们忙着替死人掏钱，日他妈。"

……

"呸，干净的哟！"

"别乱说！"

冲着两个远去的背影，大黄胸前的毛也微微颤了颤。可是没敢出声：看主人的眼色，似乎得罪不起。还得等机会。

一辆破旧的嘣嘣车把最后一口气咽在荞麦地畔。

老菜帮子说阴阳来了，快去搬纸活。

几个后生跳跃着跑出荞地。如海的荞花里，大黄像一叶小舟，沉浮着，颠簸着，尾随了那几个，疯了过去，把嘣嘣车嗅了一圈。柴油味好大、好臭。车上拉着好多纸糊的小房子，花花绿绿的，像一群看大戏去的女娃娃。

"去，好狗不挡道！"一个后生骂。他正往坟地里掭纸活，差点被大黄拌了一个跤子。

大黄潦草地赔个笑，闪一边去；蹲下，舌头绸子一样落下来。瞅见那个开嘣嘣车来的人手伸进一只黑帆布包里翻腾，大黄就猝然地收回舌头去，不错眼珠地盯着那人动作。太过专注的缘故，以致血红欲破的狗鞭曲折地探出了大半榨也是兀自不知。但很快大黄就失望了。那人并没有掏出什么吃的东西来，只是扯出一条绛红的长袍、一顶斗状的帽子，穿戴了。

老菜帮子过来给穿这古怪行头的人敬烟，说阴阳大哥辛苦了。

阴阳说钱眼里有火哩，这害人的东西烧得人蹴不住唔。

说话间，卸纸活的几个喊叫起来：

"哎呀，四爷啊，玩活出丧吗？"

"还没有喝你的粉汤哩，着急跑来做啥？"

"要来，我们吹吹打打抬着你来，敢叫你自个儿来。"

四爷说，"花花世界没有看够呢，偏不死，你几个龟孙子来把我捏死。"

四爷扶杖坐在嘣嘣车厢里的一堆纸活中间，一部美髯白成葱根，浓密而长的眉毛却墨汁染过一般。黑白分明的眉毛胡须，宛如两段不期而遇的岁月。他把拐棍杵的车厢底笃笃响，提着乳名喊老菜帮子。

老菜帮子便埋怨阴阳多事了，把个棺材瓢子弄了来，有个闪失怎么好。

阴阳说敢不拉？老亡人横在当路拦车，拐棍抢的风吼哩，车匪路霸一样。

老菜帮子搀扶四爷下车。四爷脚跟才站稳，便说纸活不够规格，少了好几样，叠声责问主事的老菜帮子："四合头院子呢？金银斗呢？童男童女呢？鹿马羊和白鹤呢……并说是老菜帮子他们黑了先人搬迁的款子。"

"就给了那么几个钱么。"老菜帮子支吾。

四爷拐棍一顿："不要老牛一样嘴里乱打草蛋，公家把钱给得够够的！"

跛子说，"等你个老不死的无常了，别说金童玉女，我们给你糊上三宫六院七十二妃子，行啊不？"

四爷说，"去你妈的脚后根，我是霸群的骚羝胡么？"

村里的风俗，父和子三纲五常，爷爷孙子却是老弟兄，可以蹬鼻子上脸，可以没高没底地玩笑。

众人笑了一回，扶着四爷坐稳在田埂上。老菜帮子到底解开了蛇皮袋子，取出两块点心请四爷尝。因为搬祖坟没有请四爷，他闹性子点心也不吃。老菜帮子硬塞到他手里，说，"不吃了拿着要去吵。"四爷却作势要扔给大黄。

格巴格巴，大黄听见自己的尾巴根儿欢快地响起来。

有人端来一纸杯烧刀子放在四爷脚旁。看见酒，四爷安静了，颤巍巍端起呷了一口，脸上的皱纹立刻蚯蚓似地乱攘攘动弹，眉眼儿、嘴巴一股脑儿往鼻子上挤。拐棍够不着的地方，大黄俨然地和四爷坐了对面，歪着脑袋，一忽儿瞅瞅四爷的手，一忽儿瞅瞅四爷的脸。可是四爷压根就没有打算请大黄的客，甚至冲它扬了扬拐棍。欺负四爷老迈，大黄并不挪窝，只是杨了杨下巴，算是回应了。四爷不再理睬大黄，自顾自地去喝酒。他额上插一块牛皮纸，做了瓜皮小帽的帽舌头，使枯寂的眼睛隐在一片飘忽的阴影里，努力地朝坟地里的人看了去。纸杯里的酒没有喝光，他的眼睛就像行将熄灭的火星子那样黯淡下去，一下一下点起头来。终于头歪在胸口，压弯了长长的胡须，鼾声很响地睡去了。

老不死的，坐着能睡觉，自己也没有这个本事。大黄心里想。而且，睡着了还把手里的点心紧紧攥着。涎水扯线儿，大黄一舌头舔了回去；倒换了一下前腿的负荷，呜呜地低吠两声，企图唤醒四爷。

噼噼啪啪的鞭炮声骤然响起来。大黄最害怕鞭炮了，吓得吱地叫一声，丢下了四爷，耳朵贴上脑后跑了。

坟地里热闹起来。

每一丘坟头都搭上一条红被面。坟地四个角插上了香，粗壮的一股，袅袅的肃穆地燃烧着。很大的白面馒头危如累卵地供在坟地上，大黄嘴里津津地泛酸。可是不敢造次，鞭炮声还没有停息哩。那些后生兜里揣的炮仗更是骇人，足有捣蒜槌子粗细长短，随便摸出一个来，把个烟头儿吹得圆圆的，点燃了纸捻子，凌空一抛，嗵地炸出一朵大烟花，纸屑纷纷坠地。秋天也会吓得一个哆嗦。

这时候，一面铜锣丁丁地敲响了；声音不大，但很悦耳。铜锣只有巴掌大小，挂在小巧的钢丝架子上。一根竹筷子的顶端镶了枚算盘珠子，充当着锣槌。细脆的锣声响起后，族人不再燃放炮仗，跟在阴阳后头面朝西乌压压地跪了。

看看没有了危险，大黄壮起胆子，东一鼻子西一鼻子地趔了过去。

阴阳像个领头羊，与众人拉开一段距离，一个人跪在坟地的西头。他面前的炕桌上摆放着水果、点心和发黄的经卷。秋风不识字，偏来乱翻书，急的阴阳捏两粒土块镇压了经卷。大黄看见炕桌上还趴着一条鱼，是木头雕的，很新，颜色要比炕桌红得远，因而也就愈发显得假。阴阳敲着木鱼，眼睛盯着经卷唱戏一样地念起来。念一阵，敲几下锣，阴阳口里就说声叩首，众人就跟着磕下头去。

四爷也跪在人丛里磕头。其实头重脚轻地栽着跟头，瓜皮帽也掉了。有人就扶他起来。他并不歇憩去，拄着拐棍坟地里晃悠。大黄的心思还在四爷手心里那点零嘴上，爪子乱弹琴似地踩着四爷的影子。影子怕疼一样躲闪着，滑入荞麦地里去。大黄迤逦跟着，也栽进了荞麦地。四爷走到那座孤坟跟前，影子倏地趴地上不动弹了。老黄一惊，本能地闪开。四爷脸上那个难看，像屁股眼儿里氽进了一根烧红的铁丝。他扯下覆盖在孤坟上的被面，像拖着一条华丽大尾巴的百年神狐，把被面与自己一股脑儿甩在族人面前，唾沫星子乱溅：

"谁说这孤坟里埋的是咱们老蔡家先人？哝？"

没有人搭腔，但都拿眼睛去看跛子。

跛子的头从人群里抬起来："拾到篮子都是菜么。钱咬手吗？"

"你知道个屁！祖先是拾的吗？羞的先人在坟里跳仗子哩！"

"我是不知道个屁，你个老害货知道。那么我问你，屁怎么吃？煮着吃炒着吃？"

"屁嘛……屁是卡瓢核桃，要砸着吃！"四爷说着，拐棍朝跛子的脑袋上敲了去。

跛子爬起来，拄着镢把，颠颠地跑出一串残缺的节奏，也不管别人怎样笑他，口里只管和四爷抬杠："错！脑筋没有急转弯。标准答案是抓着吃。如今的世道，就是人给人抓着喂屁吃的事么。"

"丁丁丁丁"阴阳破着嘶哑的嗓子喊："一叩首，再叩首，三叩首，起。"

众人站起，各自拍打着膝盖上的土。

老菜帮子说别闹了，都干正经事去！

很快，纸房子被归拢在一起，横七竖八叠压着。几个人把食物掐碎，满坟地乱撒。老黄知道这是在"泼撒"，嘴又湿了。"泼撒"出去的食物人是不管的。这对老黄来说，是天上掉馅饼的春秋大梦变成了现实。它的嘴罐子一下又一下地伸入草丛，而且必定有收获：眉梢上都挂着笑嘛。对于笑，老黄不但会，而且善于。它常戴着笑的面具，是个"笑面狗"。

当然，也不是绝对的，大黄就给一个人从来没笑过。这个人就是蔡跛子。

转眼大黄就遇到了考验。蔡跛子扔了镢头，手里掂个囫囵馒头，撮起嘴唇"啧啧"地叫大黄："过来大黄！赏你个馒头！"

大黄狐疑地站下。馈赠太巨大，它有些不敢相信；而且馈赠的人又是蔡跛子。它收拾去了脸上的残笑，勾着头，露出更多的眼白瞥了瞥对方，思考。离嘴唇最近的那茎冰草叶子微微地颤。正考虑上嘴唇皱不皱，软长的舌头却把嘴唇舔了一圈。也可以理解。饱狗还有三分馋，何况偶尔还光顾茅房打饥荒的大黄。再说了，老菜帮子自己尚且饥一顿饱一顿的凑合，大黄当然更加遭罪。

跛子被大黄不卑不亢的样子惹笑了，说，咦，"狗日的吊脸子，吃屎的还想降住厕屎的哩！"

大黄倒是想生一点气来着，可是不能够。它装作无所谓地别过脸去，把目光从蔡跛子手里的馒头上艰难地挪开。尾巴倒是没动，半垂着，像背在身后的一根棍子。这姿势聪明呢，可进，也可退；可妥协，也可以随时翻脸。

　　鼻子出卖了大黄。

　　在大黄身上，鼻子是顶讨嫌的，嗅见吃食不安顿了，像安了个果冻做的鼻蛋儿，颤啊颤的，鼻孔迅速地扁圆着，心里的小九九就藏匿不住，叫对方一眼看得底朝天。它僵站了一小会儿，得不到食物，鼻子于是四外戳戳，多少动了走的心思。

　　跛子似乎洞悉了大黄的心理，这才揪了一疙瘩馒头扔了过来。大黄略显傲慢地接受了，一边勾了头去吃，一边翻起眼仁盯着蔡跛子，似在刀尖上舔血。

　　记吃不记打，狗都这样。不知不觉中，大黄的态度悄悄地发生了变化。

　　跛子每津贴它一点吃食，它就交出一份固执和坚守。先是把尾巴卷了，开始动摇。动摇得不是很欢，毕竟动了摇了，迈出了妥协的第一步。接着舌头吐了出来不停地舔嘴罐子。舔得很遥远，差点没舔上耳朵。耳朵也动弹了。眉目也活泛了。把这理解成一种笑也可以，浅笑。比及几块馒头进了肚子，大黄便完全解除了戒备，夸张地摇动着尾巴，脸上的笑容已然很繁荣。

　　跛子就自语："狗日的，不信你不上钩!"

　　大黄看见跛子将掐残的馒头鼓劲捏了捏紧，吹红了纸烟头，往馒头上点了一下。跛子这样做的时候笑着。这种笑，大黄在往后的岁月里时常会梦见，而且时常从梦境中会哭醒来。烫手似地，跛子一扬手，馒头在空中划出了一道淡灰色的弧线。大黄是会吃"飞食"的。就是说不等食物落地，半空里能给接住吃了。凭这本事，大黄不知骗吃了邻居家小孩手里多少零嘴。为了答谢跛子的慷慨，它一个旱地拔葱跳了起来，有点炫技地接住了馒头。可是，大黄在叼住馒头的一瞬间，听见馒头里吱吱地响，释放出一种令大黄睾丸都战栗的气味。大黄是聪明的。可那是攫取的聪明，它还没有学会舍弃的智慧，尤其舍弃已经到口的东西。这是境界，大黄穷尽一生也达不到吧。而且，不仅仅大黄，也不仅仅一条狗。

　　但是这一回，大黄纵然有一千个不愿意，也不得不把吞进去的东西吐了出来。

　　馒头在嘴里爆炸了!

　　大黄听见头里面轰的一声响，像吞下太阳那样膨胀、那样热烈、那样回转不灵。眼前的人影儿乱晃，重叠剥离;地面朝脑袋上砸了下来;身子轻飘飘地要飞起来了，要摆脱这个世界了。有一种舒服的眩晕。耳朵里传来一浪一浪的笑声。啃了几嘴泥，终于没有跌倒。它也试图笑，不知怎地却哭了。辛辣的气浪闭住了它的咽喉，吱吱地哭也哭不淋漓。脑袋像穿在绷紧的晾衣服的铁丝上，耳朵里铮嗡嗡锐鸣。感觉到舌头在往大里在长。一个喷嚏，带出两颗血污的牙齿。和满口一样，损失的也是前门牙。它拼命地摇头、胡乱抓挠自己的脸。

跛子笑得眼泪喷花，咳嗽着对大黄说，"往后见了老子还咬么？"

老菜帮子见炸伤了自己的狗，有些不高兴，话赶话地挖苦了跛子一句："给大黄当爹，你占了大便宜咧。"

跛子说，"好大哥哩，咱给大黄称爹，人家不见得乐意呢。不说别的，单说生活作风，狗就比人强。狗一年撕破卵子扯破鞭，也就快活那么几天，余下的日子干干净净把自己盛着，绝不去寡妇家浪门子……"

"还是高中生哩，太没水平！"老菜帮子骂了一句，黑封着脸走开去。

跛子下巴挂着镢把干笑了几声，倒拿着镢头去拨弄开始冒烟的纸火。

族人围着冒烟的纸活跪成一圈。烟的颜色愈来愈浅，人围成的圈子就愈来愈大。突然，人的上半身全向后仰了。噼噼啪啪，烈焰腾地蹿了出来。火旺了，招来了风，相互借着势儿，摧枯拉朽地烧。烧烟了的黑色纸屑像雀儿、蝶儿、苍蝇，打着旋儿往天上飞。火头摇曳不定。下风头的跪不住了，躲到别人身后去。上风头的偏了头、伸长胳膊拿着酒瓶子往火里奠酒，不妨被火舌舔了一口，慌得直摸发梢。才消停，火里又砰的一声响亮，火星子乱飞。扔炮仗者招来一顿詈骂，可惜四爷的拐棍子没有够着他的脑袋。

大黄躺在一旁，舔着从自己嘴里渗出来的血。

［原载《朔方》2017 年第 8 期］

殷高（1970—），宁夏固原人，就职固原市原州区北塬街道办事处。作品发表于《朔方》《六盘山》《黄河文学》《光明日报》等。宁夏作家协会会员。第五期文艺（小说）研修班学员。

神 牛

周 游

一

其实，这牛头山与当年朱元璋当年放的牛压根就没有一丝一毫的联系，可当地方圆百里的百姓硬说这山就是洪武皇帝放的那头牛变成的山。以前有没有这个传说谁也无从考究，可从健在的八旬老人记事起，初一或十五，逢年过节，或平生落难，有病有灾，人们往往会带上纸钱供品来到山下，焚香祷告，三叩九拜，祈求免灾，竟然也有灵验。而现在似乎是因为牛头山上突兀地矗立着一处牛角峰，牛角峰上常年住着的一个人也姓牛，便觉得这牛头山越发变得神奇起来。百姓们谁也说不准这人常住牛角峰有了多少个年头，只是在不知不觉中对他的称呼由"小牛"慢慢变成了"老牛头"。

准确地讲，老牛头是在半夜时分被一阵惨白吵醒的。常常吵醒他的多是带着尖利呼哨的风，或者像鞭子一样把人抽得生疼的雨。即使不是亲眼目睹，你也不难想象，在高高的山峰之上立着的一间孤零零的土屋，只需一点吹动草叶的风，也会夸张地鼓捣出比山涧乡村大出几倍甚至几十倍的动静。可是像今夜无声无息的雪如此惨白的吵醒他的时候，似乎还真不是很多。

老牛头像当年在部队听到紧急集合急促的哨音一样，想都没想便一骨噜爬了起来，在一阵惨白的刺激之下，他不自觉地眯起眼睛，木木地看着窗外。

二

老牛头本名牛伟松，从退伍回乡来到这个平均海拔 600 米的牛头山区的牛角尖上当电工已经整整 33 个年头。这个电工组原本有五个人，他来之后，其中的三个人相继退休，与他朝夕相伴的"老马头"还有两个月也就到了退休年龄，因腿脚不便，多是在村里查查电表，换换灯泡什么的。

年老的退休，年轻的一听工作的地点是常年爬在孤零零的山顶，鼻子一歪，眼皮一呱嗒，没了后话。结果久而久之，在这牛角尖上就剩了老牛头孤身一人，却要负责周围 9 个村，19 个配电室，18 公里高压输电线路和 16 公里低压线路的维护。可别小看了这股高压线，它可是从国家电网输入山下这座城市的唯一通道。

老牛头负责的 9 个自然村，星星一样散落在大山之中，从牛角尖到最远的牛尾村，来回要走 17 公里，羊肠小路蜿蜒曲折，且不说山风呼啸，山上时常有枯枝夭折，滚石坠落，就是脚板底下稍有不慎，跌下去的后果远远不是树枝滑破衣衫那么简单，因为下面是裹着云，笼着雾，一眼看不到底的万丈深渊。穿行于这些常人看来觉得胆战心惊的地域，已经成为老牛头的家常便饭，能够让他害怕的当属雨雪天。雨雪连绵十天八天，这高挑在牛角尖上的小屋，就成了牛头山区漫无边际的雨雪海洋中的一只孤舟。

老牛头在部队时本是电话兵，虽说只干了不长不短的五年，但是凭着他的能吃苦和机灵劲，山涧深壑，架线设站，演习拉练从来都没有难倒过他，所以，退伍分配让他到这牛头山电工组工作时，他想都没想就答应了。当时向供电部的领导表态时，他豪气十足地一拍胸脯子说："把小牛放到牛头山，这叫放'牛'归'山'，领导您就一万个放心！"因为有了一段军营生活的经历，又加上年轻气盛，使小牛放松了对这个特殊环境的重视，也正因为他的"轻敌"，上山不足七天的一次险情，差点要了他的小命。

三

雪依然飘飘扬扬地下着，不大不小的雪花密密层层地织成了一口硕大的网，严严实实地笼罩了百里牛头山。山上的积雪已经没过了老牛头的膝盖，他前面刚刚踏出一个深坑，后面的雪立马就将其掩埋起来。从深一脚浅一脚出门巡完 18 公里高压线，到进门用麻木的右脚猛力踹开冰冻的木门，整整用了六个半小时，而他一经进门，只听后面"砰"的一声，他就没能踏出这个小屋半步。

"咕咕"叫的肚子早就提开了意见。老牛头拿着水瓢习惯性地到屋角的缸里舀水，舀了一下，是空的。他将胳膊向下伸了伸，一声摩擦，水瓢碰到了缸底，什么时候缸里变得一滴水也没有了。老牛头直了直酸痛的腰，窗外的惨白射进小屋。他干脆就推开窗子，用瓢满满刮了几瓢雪叩到锅里。当他盖上锅盖拿过一把柴草点火烧水时，一盒火柴划完一半，柴草只冒了一阵青烟。

肚子再次强烈地反抗起来，疲惫也传到了老牛头的全身。他瑟瑟的蜷缩到自己打制的"实木"床上，摸起一个干馒头啃了起来，啃着啃着，当年上山不久遇险的镜头又出现在了他的眼前。

四

像所有人一样，刚到山顶，什么都新鲜，别说湿润润的空气，就连奇形怪状的石头感觉都是透明的。

虽说山里凉，但是，"骄阳似火"的季节，从中午到下午三四点钟，日头还是毒的灼人，如果是没有风的天气，湿气与闷热搅和在一起，走在山中连喘一口气都费好大劲，别说还要开展工作。正因如此，电工组的人夏季巡线，都会选择一早一晚。

这天是老李头当班，什么都新奇的牛伟松像徒弟悟空为唐僧师傅巡山一样，一会蹦到老李头的前面，一会又蹦到他的后面，嘴里不停地喊着师傅。由于天气好，他们又出来的早，十几公里的高压线路很快就巡完了，心情极好的老李头笑吟吟地对这个新徒弟说："小牛，累不累，不累的话咱再去看看低压线路有没有问题。"小牛调皮地跟师傅做了个鬼脸："师傅，这高压线你都告诉我怎么巡了，低压线路就交给徒弟我吧！"没等师傅说完，小牛一窜老高地蹦到前面去了，任凭老李头怎么呼喊，他都不回头。

大约过了半个小时，老李头总算爬过一道山涧，隐约看到徒弟的背影，可接着他就听到了一声变调的求救声。多年巡山的经验告诉他："调皮的徒弟出事了。"老李头撕掉荆棘，斩断棘绊来到山顶，只见小牛的一条裤腿钩在一刻枣树上，头下脚上悬在悬崖的空中，山风吹得他忽忽悠悠，随时都可能掉进深渊。见此情景，只见老李头用一根粗壮绳子的一头将自己牢牢拴在一棵老槐树上，同时，变戏法一样"嗖"地从腰中抛出一张网包，那网包随风翻跳着向小牛飞去，不偏不斜，将小牛包了个严严实实，然后听到一声"走"，小牛便从几十米处带着呼哨"梆"的一声摔在自己面前。面色发紫的小牛过了几分钟慢慢缓过气来，第一句话就是："师傅，我再也不敢逞能了！"

五

这雪已经纷纷扬扬地下了七天，老牛头的"粮仓"里只剩下了几只老玉米。

天依然惨白地晕眩着这只孤舟，应该是夜幕降临的时候，这只孤舟仍然惨白如昼。他和衣躺到了床上，大约半夜时分，门窗四周突然吹起来千万只呼哨，肆虐的风将它们摔来摔去，毫无顾忌。日间融化的冰雪，被这山风一吹，瞬间变成了光滑如镜的琉璃。

老牛头早早起了床，事实上他根本就不曾睡。他试着推推门，准备去弄点吃的东西，可是，努力了半天，只是傻费力气。不，应该说他根本就没了力气。即使能打开门，刺溜一下滑出去，跌到山底的后果想都不敢去想。

他费力爬到床上，把所有的被褥全裹到身上，刺骨的寒气仍毫不留情地刺向他的身心。

老牛头倒下了。他到山头三十多年，除第一次跟师傅巡线出过那次大事后，处处谨慎小心，遇事前思后想，没有出过大碍。谁曾想这次的雪下得这么凶，凶得就要断了他的生路。他在心里喃喃地想：当年志愿军抗美援朝一把炒面一把雪，尚且还有炒面，我老牛头现在除了那个玉米棒子之外，剩下的只有琉璃一样冰冻的雪了，难道老天今日竟要绝我？

不成呀，我老牛头虽无多大能耐，可是，这方圆百里的1076口人还指着我呢。由于牛头山区地处穷乡僻壤，交通不便，资源匮乏，考学的、打工的走出去就再也不愿回来，留在家中的不说老弱病残吧，反正都是60岁以上的老人。我名义上是电工组的电工，父老乡亲们可不这么认为呀，哪家老人有个头疼脑热，第一个电话会打给我，子女给买的手机不会用，也让我给看看到底是哪里出了问题。诸如山林起火，追赶小偷小摸，都是再平常不过的事。至于说供电收入，老人们过惯了苦日子，全家只用一个15瓦的灯泡，一年的电费超不过5元钱，9个村合起来用的电还比不上一个中型工厂……不是说天无绝人之路吗，老天这次为什么会与我过不去呢？

想着想着，幻觉之中的他脑海中出现了当年演习时全团官兵抢占山头时的场面。突然，他的躯体如坐针毡般神奇地弹了起来，透过窗子，放眼望去，只见山下九支白发苍苍的老年队伍拼命用稿刨锹凿破着坚冰，分别从九个方向不约而同地向山上开辟着九个通道。

涌泉般的泪水遮住了老牛头的视线，一阵激动使他晕了过去。晕眩中他感觉自己变成了一头无所不能的五色神牛。

[原载《前卫文学》2017年第8期]

周游（1970—），山东莒县人，就职于山东省淄博市临淄区人武部。作品发表于《山东文学》《前卫文学》《解放军文艺》《人民日报》等。出版散文随笔集《亲历北川》、长篇小说《姜太公》等6部。散文《飘过台湾海峡的洁白哈达》获全军文学创作比赛一等奖。山东作家协会会员，山东报告文学学会理事。第五期文艺（小说）研修班学员。

顺英的新年

火　霞

天快要亮了。

街灯昏黄，楼宇设施、树木花坛、车辆行人……一件件，一个个，都懵里懵懂。天空一如偌大的一个灯罩，城市的鼾声罩在灯光里，光的外围愈加漆黑一片。整个城市像乌黑的海里浮着的一盏灯，孤寂、缥缈、鬼魅神秘。

顺英踩着一辆破旧自行车从一个巷道的暗影里窜出来，呼哧呼哧往前赶。她穿着半高跟过膝长靴，人造革的黑面子，内里一层厚实的暖绒足以抵挡这个城市冬天的寒冷。一件大红色羽绒大衣将自己严严实实包裹起来，嘴里呼出的热气在鼻子以上变白变冷，最终凝结在衣帽的毛领子上、眉毛上、眼睫毛上。她不停地眨巴双眼，偶尔抬起一只胳膊来蹭一下脸，双脚不敢慢下来。自行车的某个地方锐声叫着，吱儿——啪，吱儿——啪，不和谐的音调在睡意朦胧的清晨极其刺耳。红的、黄的、绿的、蓝的出租车一辆接一辆驶过，它们在宽阔平坦的大街道上窸窸窣窣滑行，同样带着没睡醒的醉意。自行车一路旁若无人叫过去，急切中有些哀怨——半个小时的路程，每一天至少要这么来来回回叫上四趟，也该是累了！

三百六十五天，就要完了么？顺英咬牙踩了两下脚踏子，心里的某个地方隐隐抽了一下，空啊、疼啊，还有一些慌——惶惑？慌乱？恓惶？她说不上，只觉得像雪洞子里猛地灌进了冷风，人整个地挫下去。她不由得缩了缩脖子，吐出一大口热气来。

昨晚母亲来电话，说她寄给她们的"年货"都收到了，各样已经分发给了每个人，给爹妈的，给哥嫂的，给侄子侄女们的……母亲哽咽了，低声说："那么多吃的穿的用的，得花多少钱呐！其实你哥嫂一年比你挣的要多，你嫂子抠着不给家里花，还给他们买衣服……以后别再给他俩买了。我和你爹已经老了，一天天在人世上磨洋工，吃不动也穿不了了，就不要再瞎花钱。平时要多关心自己的男人和娃娃。男人是女人的天，是一个女人一辈子的依靠和依托，生活上不能给闪失；娃娃正在上学长身体，需要吃好喝好，这是当妈妈的责任……"顺英哦、哦空洞应答着，只是发烦。母亲在那边追问"今年真不回来了？一家子真不来了？我可想双儿娟儿了，庄子里谁谁谁……"顺英的大拇指狠劲一点，挂了手机。都这时候了，还在问"回不回来"！要我长双翅膀飞过去吗？顺英气哄哄的。

母亲的确老了，唠叨起来没完没了。哥嫂的事她何尝不知道，只是各人有各人的想法和活法，各人有各人的难处。嫂子不想在老家种地，一心要在县城里买楼房，两口子加紧膀子挣钱也省钱，这些年除了必要的两顿饭，几乎把能省的都俭省了，人情礼数上已经无暇顾及，亲戚们之间见了面总是冷冰冰的，生怕别人在他们身上沾点好处（或许，人家也怕他们来沾好处），久而久之，自然成了孤家寡人。她呢，越来越厌恶这种嘈嘈杂杂的生活。要不是婆家那地方干山枯岭实在穷得慌，要是能有几亩水浇地，她无论如何不会挤在城市的出租屋里过日子。这局促焦躁没有秩序的空间，她已经生活了十年。生活乱如麻，说的就是她吧！孩子们相继出生，长大了，上学了，她发现，她和他们已经离不开城市、离不开出租屋了——不能拿孩子的前程作牺牲呀！中国的老百姓在改变自身命运方面，不都在指望下一代么？她的梦想，她的期望，她这些年来的挣扎与拼斗。实事求是说，老家村小的教育教学条件能与城里的小学比吗？肯定不能！中学呢，更不能比！用她自己的话说，不知不觉就这么赖在了城市，不能走了，也走不了了。

空气里弥漫着浓郁的炒瓜子味和烟花炮仗燃放的烟火味，给人一种新鲜的刺激。顺英的双脚终于慢下来，自行车从大街旁边又一条窄道穿过去，到了六医院的侧门。

管理侧门电梯和车辆停放的大叔从矮房亮着的窗口探出头来，大声喊道："今天也这么准时呀？"顺英低头在不远处摆放自行车，灯光将她的影子拖得又细又长，衣帽口罩没有解开，嘴里嗡隆隆回答着。城市里的年味辛辣、冲撞、颤腻、浮躁，一大早就有一种紧张压迫之气。她刚才从窄道过来的时候，一窄道炒瓜子、炒栗子、炒松子、炒杏仁、炒辣椒等，都已经操起家伙丁零当啷干起来了，一边干活一边沙哑着喉咙吵吵嚷嚷，各种的嘈杂混在一起，像混沌世界里滚过来一轮大火球，空气骤然要爆了。这和老家的人们兴高采烈杀猪宰羊蒸馒头的慢条斯理一点不一样。平时并不讲究规矩、忙惯了的庄稼汉们这时候倒拘谨起来，大家都微笑着，见了面互相点点头，或者也像城里人一样握一下手、敬一支烟，说些喜庆吉祥祝福的话语，每个人心里都觉得安稳踏实，也有满足。在老家，年三十这一天已经不要再干粗活了，节日期间人的吃穿日用、牲畜的草料饲料都必须提前充分准备。这一天需要做一些精致的细活，比如贴窗花、贴对联、贴门神，比如清洗桌凳、摆放香炉烛台。母亲在灶间情不自禁唤着："顺英啊，把木柜底下放着的红筷子拿出来洗一洗。"顺英答应着，飞快地跑到上房屋里取红筷子。这把红筷子平时舍不得用，只有过年的时候母亲才肯拿出来，已经在柜底整整放了一年，等于是藏了一年，上面肯定积了不少尘土啊。母亲又唤，"顺英啊，把那几个新碗也拿出来。"顺英又噔噔噔跑回来……父亲蹲在上院挨个泥墙上的破洞、老鼠窟窿，一侧脸，笑眯眯对顺英说："剪窗花的纸还有吗？给牛头上扎朵花吧，扎大一些，大年初一牛戴上迎喜神呢！"过一会儿又唤道："顺英啊，红绿颜色准备了吗？要给几只羊屁股上抹颜色呢，抹花一些，羊也要过年呢！"顺英被父母支使得团团转，内心却是无比欢快喜悦，她像蝴蝶一样在黄土院子里飘来飘去……那时候，日子虽穷，比现在穷多了，但人们并不焦躁，整个的日子像山涧透迤流淌的清凌凌的溪水，不紧不慢，不慌不忙，淙淙地弹奏着简洁清新的音符，给人一种简朴的美好。想来还是很享受的！

　　白天没有丁点闲工夫，这一段时间顺英照老家的样子兴冲冲置办年事，蒸呀、煎呀、炸呀的活计基本都放到夜间赶做。起初觉得新鲜，辞旧迎新，一种新的愿望和希冀。昨晚一股脑儿将菜呀、肉呀、馍馍呀、粉条萝卜等拾掇齐备，专等大年三十享用。可是，今天一清早赶在人迹荒凉了的大街上，浑身的骨节僵硬疼痛，心里突然空落落的，莫名的惆怅！

　　顺英将带来的一包油汪汪的东西隔窗递进去，像大叔刚才一样喊着说："我自己做的油饼油果子，你们尝尝。"正在洗脸的大婶听见声音抬起头来，脸上挂着水珠子，捏在手里的湿毛巾淋淋漓漓滴着水。顺英连忙摘下口罩，露出一张瘦削疲惫的脸，倦黄的，上面浮着一层潮热的湿气。口罩的一边挂在耳朵上。看大婶怜惜地望着她，顺英忙补上一句："昨晚忙活了一夜，几乎没合眼。"说着，讪讪笑了。大婶有些感动，想着这女子也是，一个外出打工的，将就一点不行吗？啥都要要个样样行的。她两把抹干脸上的水珠，笑问顺英："这两天还忙吗？"顺英轻叹一声，说："这两天轻松多了。能出院的病人一天前都急着出去了，有几个说是过完了三天年再回来，我那一层留下来的大概有五六个人，都是不能回家过年的重病号。"说着抬头望了望业已泛白的天空。"这些人也可怜啊！大过年的躺在病床上，病房里那种愁巴巴的气氛，心里也不知是个啥滋味？"大婶也叹息着。到六医院来看病的人，大部分都是病情比较严重了的人，两个人说起来，兀自都有一种莫名的情绪，略一顿，顺英很快说了一句："因此，再好的前景、再好的山珍美味都不如有个好身体！"大婶点点头，表示赞同，说："可不是，再牛气的人，进了医院，都一样的丧气！"

　　因为急慌慌赶路，顺英身上起了一身热汗，这会子停下来，冷风袭上身来，后背冷飕飕的。她担心站久感冒了，转身要走，又不舍老乡大婶那赞许的目光，也因新年的来临让她有一种身在异乡的强烈的孤寂之感，平时并不爱说话的顺英絮絮叨叨说起她做的油饼油果子，老乡大婶用湿毛巾擦把脸,凑近前来低声说:"好得很!你做的吃头肯定好得很,哪有不好的!只是你别急着走,叫你大叔陪你过去。不管咋说,总是个死人呢,阴气重着呢!"一阵冷风直灌进衣领里,顺英不禁打了个寒战。

从这边侧门往里走,要经过医院的太平间。昨天下午,内一科302室的一位老病号去世了,现停放在太平间等候远在美国的儿女赶回来。虽然是一位上了年纪的老人,活着时被病魔折磨得瘦骨嶙峋、羸弱无力,但在这相对寂静的阴冷的清晨提起死人来还是令人头皮发麻。顺英没有推辞,大叔吆喝着好好好,乐呵呵在前开路,她紧随其后。如果今天不是专程来给他们送油饼,顺英会改大街直接从医院的正门进去,这样就绕过了太平间,也避免了麻烦大叔。不过,他们之间是不嫌烦的,不是常说"老乡见老乡,两眼泪汪汪"嘛!隔段时间,他们之间就要走动走动,了解相互的近况,说些家事身世各自的处境之类的话,有了困难互相帮一帮,思想上的疙瘩互相解一解。多数时候,是大叔大婶开导顺英,但在逢年过节这些较为特殊的日子,顺英就要来宽慰大叔大婶,因为两个人只顾忙着挣钱,已经有好几年没回过老家了,儿子们又不孝顺,两个人又特倔,因此上别人都在喜庆的时候,他们反倒有一种孤苦伶仃的凄凉境况。

六医院是一家部队医院,管理上军事化,就连环境卫生的要求上似乎比别的医院要严一些,加之医护人员一贯坚持"为人民服务"的工作态度,整个医院"团结紧张、严肃活泼"。因此地方上的群众紧要关口愿意上六医院来看病,病人多半是偏远山区的老百姓。

在这里工作两年时间,顺英已经完全熟悉和习惯了这里的生活。她很庆幸自己服务的对象多数是没有架子的老百姓,而顶头上级又是些威武精干的军人,这让自己工作起来很踏实。城里人穿着光鲜,吃化学原料勾兑的火锅和添加剂浸泡的各种食品,特别是各式各样的酱料,形式上却讲究得多——一只卤蛋要放在保鲜盒里用小匙一点一点剥开,怕手上的细菌吃进嘴里去,又用窗台上堆放的纸巾揩嘴。顺英最怕他们冲清洁工瞪眼,眼神里满是防备和不满,把人猫狗都不当,防贼一样。六医院虽然严格一些,辛苦一些,薪水也相对少一些,但气氛融洽,心情愉快,平时不用为工钱啊、福利啊一些根本利益担心,到时候定然有人会准时按约定办妥,一个小时都不拖拉。人们之间简单相处,依规依据办事,少了许多不必要的麻烦和各种客套虚假,这让性格耿直的顺英倍感轻松,只想着一门心思地干好活儿,每天精神饱满、信心十足。内科全部两层楼的病房和过道就是她的用武之地。她每天掐紧时间的脚步,准时准点到岗,准时准点清扫完毕,间或与心情好一些的病人开着玩笑,调节烦闷的气氛,也适时宽慰宽慰心事凝重的病人,接受一些他们真心诚意的馈赠,比如水果啊、面包啊、牛奶之类。楼道擦洗得比自己的脸还要干净。

顺英上楼时，平时多走楼梯，顺便察看楼道角落里有无痰迹、唾沫、纸屑等。今早出门时间已经有点紧促，一年里的最后一天，她不想落一个迟到的尾巴，走过太平间后，一路小跑钻进了电梯，电梯轰隆轰隆载着她爬上四楼来。

门开了，才迈出电梯的顺英吃了一惊——一个面目狰狞的家伙没来由地向她扑了过来。就要迎面撞上的时候，她来不及地躲闪了一下，那人却突鲁一下转过身去，继续跑回去，嘴里发出哮喘般的呻吟。过道尽头站着陆医生和肖护士。尽管他们穿着白大褂，戴着医护人员的帽子口罩，顺英还是一眼认出了他们。旁边还有两三个穿黑衣不甚明了的人，大概是病人家属。起初，顺英以为遇上了疯子，腿都吓软了，但瞬间明白过来，是一个病人！大概昨天下午住进来的，顺英并未看见，估计是在她离开之后才来的。顺英便挨着墙面往前走，将过道尽量避让出来给病人。她的皮革靴子有些重，鞋底较硬，踩在地板上咔咔响，只好踮起脚尖来走，有些蹑手蹑脚。

放假了，能离开的医护人员已经离开了，脱不开身的一边协调安顿工作一边潦草收拾行当，随时准备离开。整个楼道一下子清静下来，有些寂寥。人影绰绰的病房里亦没有人探出头来瞧一瞧外面的动静。顺英听见陆医生厉声说："继续，别停下来！坚持一刻钟，碎石估计就掉下来了。不然，非做手术不可！"听见"手术"二字，家属首先急了，有两个人过来架起已疲惫不堪的病人转身继续跑。

这一回迎面过来，顺英才看清楚是位女性，穿驼色毛衣、黑呢料短裙和黑皮短靴，深灰色打底裤。短发垂下来罩在脸上，只看见一只白里透红的圆润下巴，年龄不甚分明，四十岁左右的样子。被人架起拖着跑，像内战时期受刑的女共产党员。电烫的短发扭成一股一股的小虬枝，染成暗紫色，如菊花纤细的瓣。若是平时打理好了，确是一大朵漂亮的紫绒菊呢，只是今天，被病人痛苦地抓挖着，乱成了一蓬草，简直像树枝上搭着的一个鸟窝。看上去高档次的羊绒衫也被揉搓得皱皱巴巴。她兀自呻吟着，如刚学习鸣叫的鸡鸭，喉咙里发出"咕儿——咕儿——"的响声，经过顺英身边时厌恶地别过脸去，莫名其妙的，似乎和谁赌气一样。顺英自然不会理会，这一类的事情她遇到的多了，大多数时候，她们是在厌恶她们自己，因为矜持的思想控制不了发癫的躯体，任其像个瘪三一样——都是些病人嘛，谁计较来！

刚刚擦肩而过，来不及到卫生间门口，病人"哇"吐了。又"哇"一口，还在呃、呃地呕，腐烂的食物混合黏黄的胃液哗哗泼到地上，空气里一下子充满了臭酸菜味、臭鱼腐酒味。家属面面相觑，两个人同时弓下腰轻抚病人的后背，没人开口说话。顺英皱了皱眉，刺鼻的气味令她也泛起一阵恶心。

病人哭了，头扭向一边。她大概也没料到自己会吐在楼道里，而且当着好几个人的面。可是，尿结石，疼死了，疼得心里猫爪子抠一样，几欲丧失神志，至于失态不失态的，已经无暇顾及。吐够了，病人突然甩开双臂，使劲跺着双脚，哭声大起来，嘴里喊着不活了、不活了。陆医生赶过来，摸一把自己额头上的细汗，黑着脸说："对，就这样，跳、跳、跳！"病人双手蒙了脸，跌坐在地上。陆医生用眼神示意家属拉起来……顺英不敢耽搁了，从陆医生身边溜过去，赶紧去储物间换工作服。

仓储室的门推了两下没推开，门后面好似有什么物件顶压着，顺英从推开的二指宽的门缝斜眼望进去，感觉像是清洁过的一堆床单被套枕头塌下来了。"肯定又是那个胖小陈！"顺英恨一声，一股热气从心底冲了上来。她用肩膀使劲撞了两下，撞得臂膀发麻，总算将厚重的木门向后推了一步，她试了试，还是进不去，只好脱掉羽绒服，才勉强挤进门来。果不然，高高一摞物件从半中腰垮下来抵住了门，有一件脏兮兮的护士服胡乱搭在衣架子上，护士帽滚到了地上，顺英没看见，不小心踩在了脚底下。"这个人啊！"顺英摇摇头，"总是这样！人长得矮小，性格又格外邋遢，已经给说过多少回了，拿东西时踩上凳子一层一层往下拿，她偏不，她偏要从中间横抽一气，故意使坏一样，常常把已收拾整齐的东西弄得东倒西歪，甚至狼藉满地……还是个护士呢！……工作多少年了，扎个针还把人家病人弄得哇哇叫……哎，哪里都有这种混吃混喝的人啊！"想起胖小陈平时趾高气扬的样子，顺英就来气。她带着脾气将一堆垮塌下来的物件重新摆放整齐，连忙换上白圆帽和白大褂，拿起角落里的拖把，才出门，想起女人呕在楼道里的污物，又折回来拿了一沓废纸。

陆医生他们已经不见了，又哭又闹的女人也不见了，人一下子消失得无影无踪，楼道里寂静无声，只有一股子浑浊的气味势不可挡地回旋在头顶上，叫人脑子发昏。顺英几乎是小跑过去，没有多想，单膝跪在地上先是将污物遮盖起来，再将废纸用力一卷，三两下就把脏东西卷进了垃圾桶。她干这些活儿的时候是有一定技巧的，既麻利又轻快，连拖把都用不上。胖小陈工作时那种笨手笨脚的样子，常常让顺英替她捏了一把汗，然而，人家还不是一天天那样子活着，她呢，也还不是这样子活着！

顺英清扫病室每天都是从最东头的那间甲级套间开始清扫。套间里现住着个半大老头，面容清瘦，表情怪怪的。虽然是个病人，通体上下却没有一点病人的衰样，衣服穿得笔立挺直，展生生的。顺英猜着可能是个退休高干，平时见他要么在楼道里缓缓走动，要么端坐在一把椅子上，神情肃穆，生活做派有一股子雷厉风行和霸气。也不知生的什么病，也没看见过他的儿女和亲朋，住了半个多月院，顺英从未在他的房间看见过垃圾，卫生间更是干干净净，她名义上是清扫卫生，实际上只拖一下地就行了。这让顺英很高兴，也好奇。只是有几次，顺英经过房间时，无意中听见老头一个人在里面凄厉的呻吟，像是肠子绞扭在一起，快要断了，或是大便干结出不来，憋胀得快要背过气去了，总之，是那种羞于示人的苦痛。顺英听着，脊梁上麻酥酥的。她不放心，自顾跑到护士台前，佯装受人委托，告知甲房的病人叫护士了。几个医护人员同时调头看着她，又互相看一眼，并不理会顺英，只管一心一意做自己的事，并不像听见了其他病号那样飞快地过去瞧一瞧。

今天，顺英打算先从西边清扫，因为这边有两个病号昨天下午出院了，空屋子虽然狼藉得多，但少了人的约束，收拾起来有一种自如发挥的爽快。她照例先把病室里遗留下来带不走或故意遗弃的东西收起来，洗脚洗脸的塑料盆子也有质量非常好的，一次性床单被套也有新崭崭的，顺英收起来用苏水泡一泡，自己留下洗衣服洗拖把用，有多余的她就分发给同城的姐妹，一方面让姐妹们少一些开销，一方面也联络联络感情。没用完的半管牙膏、洗发水之类的她也拿回来，当洗衣粉一样洗袜子洗拖把，久而久之，也节省了一笔开资呢！

热气一蓬蓬从身上散发出来，顺英闻见自己浑身的胡麻油味正和着热气四面散开，加上病室里特有的腥膻味儿，一股说不出来的难闻气味裹在身上，自己都嫌恶自己。她想着，赶紧干完了活儿去大众澡堂洗个澡。老家过年有除尘的习俗，就是再困难的人家，也要用焯过萝卜菜的滚水洗洗臭脚。她呢，一来忙得没有时间，二来还舍不得十元钱，因此在万不得已的时候总是忍受着。她男人也是，在这些消费上甚至比顺英更抠门。顺英的男人在同城较远的一家家具城干搬运工，因为住所局促，一年里两口子也是聚少离多。孩子小的时候，一家四口挤在出租屋里感觉没什么，现在孩子大了，种种地方不得不顾及。难得几次孩子上学去了，男人借故跑回来，一脱鞋，脚上酸臭的气味简直令顺英心里一阵阵发潮，不由得背过脸去。转念一想，又觉得男人常年辛辛苦苦，即老实又腼腆，伶仃的样子又使她心软。

顺英抬起胳膊在额头上蹭一下，再蹭一下，脸上皮肤痒，又在脸上蹭来蹭去，叹息一声，觉得这些年日子过得真窝囊。过完年，她打算租一套单元楼房，让孩子们有个像样一点的居所和学习环境，让一家人能够住得舒服一些。这些年一路辛苦下来，现在这点出租费她还是能拿出手的。单元楼的租金肯定比现在的房租要高好几倍，男人肯定不同意，没关系，她就用他不可闻的臭脚来说服他。

太阳光突然从一面大窗口斜插进来，在屋墙上映出了几个环环相扣的菱形块，光线澄澈明亮，一看就知道又是个晴朗的好天气。其实过年的时候，顺英更喜欢大雪纷飞的日子，那种缥缥缈缈、洋洋洒洒的感觉有一种虚幻的美好，山野河川统统被一种安详滋润着，喜神缓缓的来了，在雪花的温润里，俯下身，把吉祥安康从每户人家的烟囱里递进去，人们沉浸在朦朦胧胧的幸福里，醉了，笑了！晴天的时候，太阳黄黄的照着，世界热辣辣的，让人多了各种的顾虑，心情安静不下来，燃个炮仗，也是干巴巴轰隆一声，没有一点温润喜庆的氛围，倒像是谁出了一口恶气……正思想着，男人来了电话，问顺英早上吃了么？说他烧了蛋花汤，拌了凉菜，爷儿三个吃了准备洗澡去。顺英抬头看看墙上的挂钟，可不，快九点钟了。今天是磨蹭了些。

"你啥时候回来？今天要早点呀，不然明年又得摸着黑地累一年！"男人知道自己是迷信，不好意思的，嘿嘿笑了。顺英听着这些话，心里却是暖烘烘的。

男人并不勤快，也许干粗活干久了，举手投足都铆足了劲，做家务也总是用力过盛，碗碟盘子已经磕烂了好几个，灶间、卫生间日用的盆子笤帚拖把，一经他手里，不是扁了破了，就是折了断了，顺英不敢叫沾手，怕无缘无故的损失。今天他的所为与平常又是两样。老家的人们除夕这一天是有许多讲究的，午饭一过就不许家人出门走动，特别是贴上门神后，外面的人就不允许进来了；这一天也不能劳累，如果这一天还有人辛辛苦苦劳作，会预示其来年一定不走运，将劳苦一年。不管是真是假，单就男人这几句话，顺英觉得爷们到底还是爷们，平时看着蔫不拉几的，紧要关口还是能把好关，疼惜娃娃老婆，有"家长"做派。她嘴里哦哦连连应答着，心里快活起来，脚手更加麻利。

顺英和医生护士一样，进病房时用不着敲门，先是将拖把头伸进去，一边刺啦刺啦擦着地，一边把自己引进门来。病室里的人听见响声，看见拖把，知道是清洁工来了。一些人正做的事本能地停下来，比如吃早餐的会连忙收起餐盒，一方面觉得有个陌生人在总不自在，一方面也是怕拖把带起的灰尘落在食物上。再比如抠脚丫子的、抠鼻子的、张嘴打哈欠的，甚至手伸进衣服里挠痒痒的，都要及时停下来，做出一副正儿八经的样子。也有不管不顾的，你低头擦地，他站在旁边屁吼连天。顺英只管低头干活，一般不会向病床上或病人脸上看的，除非有人主动跟她打招呼。拖把头迅速出击，发出唰唰的有力的声响。一个男人突然"呀"惊叫一声，顺英就停下了。那人将地上一只锃亮皮鞋提起来，整条腿悬在床沿上，顺英顺着一条腿看上去，先前的尿结石女人歪在这个男人怀里，一只手上挂着吊针，像似睡着了。男人斜靠在床头上，怀里搂着那么大一个人，看着很吃力的样子。他瞪大眼睛盯着顺英，明显嫌顺英的拖把布蹭到他皮鞋上了，但他并没有出声指责，只是盯了几秒钟就回过头去了。顺英继续擦地，她知道她的拖把并没有碰到他的脚，起码离了五指宽呢。就有这么一些神经质的人，就似乎他是个人，活得体面尊严，别人身上都带了脏……顺英咬了咬下嘴唇。

前段时间还住进来过一位美女，说是在欧洲某个国家读的博士，但不知为什么，她做痔疮手术却选了六医院。本来应该住到外科的，她住在了东四楼。顺英每天清扫卫生，她疼得歪在床上哇哇哭，果皮核儿烂纸屑丢得到处都是。顺英想，那么难受，不会少吃一点，少进少出也少遭罪。可她疼过了就不顾忌，吃得比病室里的谁都多。不疼的时候，她靠在被子上对镜梳妆，眼影呀，胭脂呀，唇膏呀啰利啰嗦一大堆，看见顺英只会冷冷瞟上一眼。还有前几天才出院的眉毛眼影都纹得很深的女人，说是得了脉管炎，双腿不能动不能走，一个月没下床。男人给喂吃喂喝，倒屎倒尿，一不小心碰到了她的腿，她挨了刀子一样嚎叫，又哭又骂，顺手拾起啥摔啥。男人在自己光头上摸几把，撮撮双手，从左边挪到右边，常常不知如何是好。女人的妹妹们来了，一个赛一个的漂亮，且都是有钱的阔人，身后跟着私家司机。男人讪讪垂手在旁边，听着他的女人涕泪涟涟数说他的无能窝囊……顺英觉得这都是些精神不太正常的人。像那高干老头，像那尿结石女人，病痛固然让人同情，他们过分的矫情却也叫人厌恶。倒是那些真正吃过苦的老百姓，有时候疼得额头上的汗珠子往下滚，还是咬牙忍受着，只在睡梦里才肯呻吟一声。不到万不得已，都是坚持自己去卫生间，在公共环境里拉屎撒尿，实在是难为情哦！

唉！唉！

顺英呼地收起拖把，一阵风似的去了水房，只听见水龙头里的水哗一声喷出来，很快地，又变小了。

今天这是怎么了？自己一向是个积极自律的人，认真做事，少管闲事。今天净捡些叫人生气的人和事出来，本来好好的情绪，突然瓦解了，消散了，现在装着一肚子死气，胀得人浑身都难受。

她去取自行车，老乡大婶惊得张大了嘴巴，连连问："咋不事先言喘一声就自己过来了？胆子倒大了，不害怕啊？"又嘿嘿笑一声，说："有没有撞上鬼，听见鬼叫？"顺英看着两个憨憨的人，没好气地说："不就一个死老汉么，会有多大的邪魔把人给吓住了？这世上谁都会死的！"两个人听见话语不对，感觉到顺英不高兴，看她正在气头上，不便再追问，连忙招呼顺英吃饭。顺英立在门口，探头瞅一眼地上的方桌，热气腾腾的桌上是大婶做的荞面搅团，也学外面饭馆里的样子，在搅团上挖个窝。搅团旁边有羊肉臊子汤，香菜葱花盖帽；爆炒韭菜，翠绿欲滴，韭菜旁边还有一小碟红红的腌辣椒和一小碟腌酸菜，还有鲜味蒜泥汁子。顺英的肚子咕叫了一声，她连忙借裹紧衣服掩饰了下，挠挠头发说："浑身脏得什么似的，嘴都不想张，还是回去洗洗了再吃。"说着去推了自行车往外走，两口子追出房门，大婶问："咋了？好好的又受气了？"顺英抛过来一句"谁的气都没受"头也不回走了。

在老家，年三十的午饭一定要吃搅团，是不是也要团团圆圆的意思，顺英不大懂，只知道今天的搅团也一定是不能吃光光，要有剩余，预示年年有余。哈！这就怪了，为何偏偏就要这一样食物剩余？小时候因为渴望一顿白面饭，简直厌恶透了吃搅团，特别大年三十的搅团，叫人更不能领受。现在，人们变着花样，吃搅团也是吃新鲜，光各种小菜就围了一圈，制作的材料是精细的纯荞面，爽口劲道……"吱呦呦——啪啪，吱呦呦——啪啪啪，"鞭炮声此起彼伏，也不知是从哪个街巷里发出的，也不知是从那幢楼宇间响起的。顺英的自行车又响起来，"吱儿——啪，吱儿——啪，"这音调，平时不曾留意，今天偏偏引得纷乱的人群里人们侧目扫上一眼，顺英立时觉得一身的鸡皮疙瘩。

顺英租住着一幢三层楼房的底层一间，终年见不上阳光，潮湿阴暗。楼房的前面有一小片空地，这阵子，主人家的几个孙子正在空地上放炮，他们将几支寸把长的花炮点着火线，炮吱一声冲上半空炸响，撒下一蓬火花来；再将几个椭圆形带翅膀的花炮点燃，花炮在原地扑啦啦转上几圈，轰地冲天而上。有一个小孩子追着另一个小孩，把他手里的绊炮不停地丢在他身上，绊炮砰砰炸响，那孩子直吓得尖声叫喊，无处躲藏，情急之下扑到他姐姐怀里，那孩子还追着往身上扔绊炮，姐弟两个一起弯身尖叫……顺英看不下去了，大喝一声。追着的孩子站住了，却斜眼瞪顺英。顺英忍住怒气，平缓了口气说："好好的往身上扔绊炮，烧着了衣服咋办？"没想到那孩子更有理，像个大人一样气赳赳说："你应该管教好你的孩子。我们玩我们的，他们一直看什么看？"顺英给噎住了！

顺英想不明白，她们虽然是打工的，寄居在局促的出租屋里，可是今天，她的案头也是满碟子满碗的鸡鸭鱼肉，葵花瓜子松子巴旦木开心果，苹果橘子梨，虽没有城里人丰盛，却是很满足了，但她一点高兴不起来，心里依旧空落落的，充满了惆怅，像那些年初次离开家乡时一样；她的孩子们，不是缺吃少穿，不是没有烟花绊炮，可他们总有一种不自然的表现，像主家孩子说的，瞅着人家看什么看啊！——顺英一腔子怨气没处出，索性气哄哄蜷在床上，翻了个身，把脸对着墙面，又将被子拽上来裹了头，眼泪一串一串流出来。她就想这么一觉睡过去，不思不烦。

顺英的男人急得在地上团团转，催促顺英赶紧起来洗澡去，"去迟了澡堂子要关门了。"

"关门了明天再洗！"……

男人再劝不出一句话了。

鞭炮声渐渐密集起来。顺英辗转反侧。她突然坐起来，向男人要来手机拨了个号。"嗳，婶子，是婶子吧。大叔在吗？哦，哦，那叫大叔接个电话。""嗳，大叔啊，我……咱们……能不能给那个死老汉烧几张纸钱？你说这城里人也是，生养那么风光的儿女有啥用呢？先人死了睡在太平间几天也没人管！这大过年的，岂不成了孤魂野鬼。这阵子，咱老家正忙着上坟接家亲呢，我突然觉得那个老人孤零零的真是可怜……"

　　电话那边像是断了气，半天没有一点声息。突然轰隆一声，一个炮仗像是在手机附近炸响了，拿手机的人重重抖了一下手，里面便传来一连串"嘟——嘟——嘟——"的忙音。

[原载《朔方》2018年第4期]

　　火霞（1971—），女，宁夏西吉人，就职于西吉县编办。作品发表于《朔方》《黄河文学》《六盘山》《回族文学》等，入选《宁夏青年作家作品精选》《西海固文学丛书》等。第五期文艺（小说）研修班学员。

我想一个人去割芦苇

蒯陟文

吃过早饭，爷爷坐在那张已经用了好多年的简易沙发上嗑葵花子儿。那张沙发他坐了好多年了，中间部位已经有些塌陷，爷爷还是习惯于坐在上面，很舒服似的坐在上面。我一直以为坐在上面很舒服，有一天我坐过以后，才发现有些硌屁股。

我决定从今天开始，我一个人去割芦苇。我捏了一下自己十七岁的胳膊，觉得我很有力量，完全有信心独立完成这项任务。

不过我担心爷爷不会让我一个人去的。我看了看爷爷，心想怎么让他同意我一个人去呢？

我算了一下，距离开学还有十多天，每三天割一回芦苇，假期里还要割四五回芦苇。我一个人去割芦苇，至少可以让爷爷多休息十几天。这个年纪的老人，应该歇着了。开学以后，我就要去城里的一所学校上学了，只剩下爷爷一个人干这些繁重的活儿了。想到这一点我就感觉心中有些发痛。我唯一能做的，就是现在我还在的时候，能让他少干些活就少干一点吧。

他是一个年过花甲的老人了，晚上去鱼池的时候，还需要挂着一根棍去。他已经摔倒了好几次了。他知道自己已经老了，已经把棺材给自己准备好了。"说不定哪天我就倒头躺下了，到时候了嘛。"爷爷这么说过，淡然地像是说别人。我认为这说明爷爷真的已经老了，老到已经看淡了生死，把死亡说得像回家似的轻松。

为了吐瓜子皮方便，爷爷向前哈着腰，两只胳膊轴在膝盖上，一只手里捏着一把瓜子儿，另一只手把瓜子儿往嘴里送，然后噗地把皮吐到地上，青砖地面洒落了一堆青白相间的瓜子皮儿。我觉得，爷爷嗑瓜子儿的样子显得困顿，甚至有些猥琐。远不如他抽烟的姿态潇洒。

以前，爷爷不嗑瓜子，爷爷抽烟。他背靠着沙发，驾着二郎腿，一只手指夹着香烟，另一只手随意地搭在另一只沙发扶手上，目光深沉，面目沧桑。爷爷抽烟时形体舒展，姿态成熟，是一个成熟男人的形象。爷爷是个忠实的烟民，已经抽了好多年了，每天两包烟。

我的录取通知下来以后，爷爷坐在沙发里一根接一根地抽烟。烟头一红一暗之间，灰黄的烟雾就冒出来，像爬过一座山峰似的，漫过爷爷雕塑似的暗红的面孔，烟雾浓稠地笼罩在爷爷的白发头顶，像是浓厚的云烟笼罩在被雪覆盖的贺兰山顶。两天烟抽过以后，爷爷说，去上学吧。然后，爷爷再不抽烟了。抓惶了几天，让嫁到县城里的大姐给他买来一包瓜子儿，口袋里每天装一些，手里闲着无事儿的时候，就嗑一点儿。很男人的爷爷很女人地嗑开了瓜子儿。

烟当然比葵花子要贵许多的。

上学要花好多钱呢，好几千块，到现在还没有凑齐呢。

我没有想好怎么给爷爷去说，先出门来站到院子里，明显能感觉到今天是个炎热的天，时间还早，但早晨的湿润清凉已经被太阳晒干了。爷爷在屋里喊了我一声。

我进屋来，看到他把手里剩下的几个葵花瓜子儿扔到了暗红色的小圆桌上，同时端起他硕大的茶杯，喝了两口茶。茶杯是一个巨大的搪瓷缸子，杯体内外被多年积累的褐色的茶垢所遮掩，本色似乎是白色的，仔细地看，能隐约看出茶杯上还印着红色的天安门，天安门上方是发射状的红色光芒，光芒之间是毛主席手书的"为人民服务"。这个杯子是他曾经的岁月里获得的劳动奖品，领取这个杯子的时候他站在了某个主席台上，白色的搪瓷缸子光鲜地放在胸前，红色的天安门熠熠闪光。现在，厚重的茶垢像是历史的烟尘，湮没了曾经的光鲜。爷爷喜欢喝糖茶，浓浓的茉莉花茶里面加白糖。这是爷爷的另一种幸福生活。糖茶是好喝，大概他喜欢这种苦中有甜的味道吧。

爷爷喝完茶，吐瓜子皮一样把嘴里的茶叶吐到地上，对我说："你去看看有收柴的人来了吗？今天应该要来。"

"要卖柴吗？我们家的麦柴已经卖完了。"

"你去问问他芦柴收不收。"

"不打帘子了？"

"抽剩的芦柴，看他们要不要，能卖就卖了，还能卖两个钱呢，撂到冬天烧也就烧了。"

从湖里打回来的芦苇良莠不齐，我们把其中粗壮、修直的芦苇的都抽出来打帘子，剩余的杂草一样的芦苇，也还不少呢，平时就是捆起来堆在东墙根底下，放到冬天烧炕了。

我出去找收购柴草的人。

夏收结束了，到了收购麦柴的时节了。过去，成堆的麦柴只能从夏天堆到冬天，然后烧炕烧掉。从县上有了造纸厂以后，村子里有头脑活络的人，会把麦柴弄了卖给造纸厂，然后有脑筋更活络一些的人，会开着拖拉机四处收购麦柴，然后卖给造纸厂。自从麦柴也能卖钱以后，村庄变得干净了许多。一辆拖拉机停在大凉渠的桥上，车厢里是高高地麦柴垛儿。收麦柴的小贩还没走远。一个站人在桥上，从渠里打水，另外一个人站在柴垛的上面，提着长长的绳子，像是从深井里提水一样，一桶一桶地把水提到草垛上去，把水倒在麦柴垛里。我不是第一次看到这种情况，知道把水灌到麦柴垛里，是为了增加重量，可以多卖一些钱。这些人是脑筋更加活络的人。

我过去问站在麦垛边从渠里打水的男人，你们收芦柴吗。他说收够了，不收了。

我就回来了。

进了门，爷爷已经站在架子前开始打帘子了。看来今天先打帘子，下午去割芦苇。那我就得先帮着爷爷打帘子。打帘子，准确地说就是编帘子，是在院子里搭起一个木头架子，然后把芦苇一根一根地并排放到横木之上，然后用一种非常结实的线绳缠绕起来，最终编织成一张帘子。我们这里的湖很多，湖中盛产芦苇，打帘子就成为好多人家的副业，以增加收入。我们家已经好些年不打帘子了，因为爷爷年纪大了，腿脚不好，站不住。我考上学以后，爷爷又把架子搭起来，把这项副业又捡了起来。爷爷找来几根木头开始在院子里搭架了的时候，奶奶问爷爷，你能站住吗。爷爷说，腿疼了就缓缓。能干就干干，说不定还能多活两年呢。奶奶说，死了就死了，你活那么长干啥去呢，多活两年多遭两年罪。爷爷看一眼奶奶，批评她，你怎么着也得把这小子先供出去吧。我感觉考上学后让我一下沉重了许多，又加在了这个越来越老的家庭的后背上了。

我去拿了手套，刚过去站在爷爷旁边。奶奶蹒跚着走了出来，让我去邻居家借个顶针来。

我问借那个干嘛。

奶奶说："给你缝被啊。得赶快给你缝好了，别耽误你上学啊。"

我就去了。邻居马建成，爷爷在我面前夸过他好几次了。爷爷很少夸人，说到马建成，他说：啧，这是全队第一个盖砖房的。的确，马建成盖得不是一面红，也不是三面红，是四面全红的纯粹的砖房。两口子还年轻呢，结婚没有多少年的。小两口是很能干的，这是爷爷给他们的评价。

果然，马建成的院子里热火朝天的感觉，虽然只有两个人。院里堆满了成垛的帘子、芦苇，还有散放在地上的芦苇和没有卷好的帘子，马建成和他媳妇站在木架子前打帘子，像两台机器似的，四只手鬼蝴蝶似的围着木架翻飞，打帘子的速度非常快。我看了看他们架子上挂的半截帘子，稀疏松垮，像是镂空风格的，可以透过帘子看到后面的墙。这和爷爷打的帘子迥然不同的，爷爷打的帘子细密厚实。怪不得收帘子的商贩收购我们家的帘子一般会比别人要多出一两块钱呢。

我问："你们一天打几张啊。"

马建成笑笑，说："也就七八张吧。"

我有些吃惊。我和爷爷一天也就打一张到一张半。

"这不算什么，有快的人呢，一天能打到九张呢。"

是因为爷爷太老了？还是我们打的太慢了？这个差距有些大了。

回到家，我把顶针交给奶奶，奶奶拍着铺在床上的网套和被子说："看看，全是新买的棉花，你知道不，我让人家特意给多加了二斤棉花，可厚实了，可是不能让我家大孙子给冻着了。"

我想我们家的打帘子的速度也可以快起来，但是打爷爷打帘子就是演奏一首悠长的老歌，完全的慢版啊。我只能跟着他的节奏走。我想，爷爷真的老了。

过一会儿，爷爷去歇息了。我立刻实施我的改革，就像马建成那样，以最快的速度打帘子，果然，很快就打出了一大截。

今天，爷爷真的喝了口水就出来了，进屋没待多长时间。就这一会儿，我已经打了一米多长了。我心里有些得意，这样的速度，比和爷爷两个人打得都快。

我说："爷爷，你多歇会儿呀，我一个人也能行。"

爷爷说："得抓紧，没几天你就开学了。多打几张好给你凑学费啊。"

爷爷看着我打的帘子，不说话了。我想，爷爷肯定会夸奖我的。如果得到了他的肯定，那就用实践证明我一个人可以打得比两个人快，我就可以明确地要求不让他打帘子了，他歇着，我一个人就够了。

爷爷的确看我打的帘子，看了一会儿，忽然说："你打的这是什么啊。"

我奇怪地看看他。

爷爷说："先停下来，你看你打的这是什么东西吗，窟窿天窗的。"

我说：别人打帘子都是这样的，这样多快，一天打七八张呢。

爷爷摇摇头："看他们什么呀，那是个什么东西嘛。"

我给爷爷算了笔账，我们家的帘子虽然每张比别人能多卖一两块钱，可是比马建成家的帘子要厚实一倍，说明原材料用得多，而且速度很慢，每天生产率是人家的七八分之一，我们这种打法不划算，有些得不偿失，不符合市场经济啊。

爷爷说，"你别胡说了，这还像个东西吗？拿出去别人不笑话吗？丢不丢人啊。"爷爷不由分说，拿起缠绕着线绳的砖头往回颠倒，解开缠绕的线绳，把我打好的帘子拆解掉，然后重新开始打。还是那样，一下，一下，有不直的、曲里拐弯的，他要把每根芦苇捋的平平的，用线绳勒好。打出的帘子跟前面一样，细密厚实。可是，他打的真的好慢啊。

我也生气了。我回屋喝了个茶，奶奶泡的糖茶。糖茶真的好喝，单纯的糖水太腻，单纯的茶太苦，难喝。

吃饭的时候，奶奶问我还有几天要去上学？

我说："没几天了，还有个十来天吧。"

爷爷说问奶奶："学费给凑了咋样了，差不多了吧。"

奶奶说："还差个好几百呢，现在有三千块钱了。"

"那还差九百多呢。"

"那光是学费，总得多带几个钱，还生活呢。"

我笑着说："奶奶进步了，还知道生活了。"

奶奶笑着发红的脸，啐了我一口："小兔崽子，笑话起你奶奶来了。奶奶就不知道生活了，生活就是过日子嘛。"

爷爷说："他奶奶的，现在就缺钱啊。人老了，来钱的路就窄了。"

爷爷的饭已经吃完了。他摸了一下口袋，醒悟了似的，不情愿地把手伸向盛着葵花籽儿的塑料袋子，中途又收了回来，大概刚吃完饭，肚子里没地儿盛瓜子吧。他端起了茶杯。

"要不，我们先把骡子卖了，就够了。"爷爷说。

我说："不行，骡子卖了，拉草，拉饲料怎么拉呢。"

"天也快凉了，给鱼打草也就一个多月的时间吧。饲料，用人拉，每次拉少点，多拉几次也就好了。"爷爷说。

我坚决反对。奶奶也觉得不行。

爷爷又陷入了沉思。

吃过饭，趁着爷爷去睡觉，我熟练地牵出了老骡，给它驾上拥脖，备上鞍子，然后一只手抬起架子车的前辕，一只手牵扯老骡的缰绳，把它倒了进去，然后给它套上各类绊索。这些我几乎是一气呵成，现在我套车已经很熟练了。然后又拿起了那把爷爷经常用的镰刀，提着爷爷穿的高腰水靴扔到了车上。我感觉我充满了力量。

我决定直接行动，不跟他商量。爷爷是个执拗的人。

我赶着车开始往出走的时候，爷爷也出了门。他急急忙忙地哈下腰想提起他踩倒的布鞋鞋跟，但他不得不在门口找了一个板凳坐了下来，才勉强够得着鞋跟，把踩倒的鞋跟提了起来。爷爷的行动已经不太便利了。他硬挺的坚强掩饰不住他的老态。

我说："今天我自己去，我一个人就行。你别去了。"

爷爷说："我和你一块儿去。"

我说："我一个人能行呢，你别去了，在家歇着。"

爷爷说："我跟你去吧，我怕你一个人顾不过来。"

我说："能呢，我都这么大了。"我挺了挺我的胸膛。

爷爷看着我，笑了："能耐了还，你去吧!"

我很高兴。我跳上车辕，拍拍老骡的屁股，出发了。

我听到了背后爷爷有些欣慰的自言自语的声音："长大了，顶事了。"

我赶着老骡拉的木架子车，向村庄远处的小湾湖走去。骡子迈着舒缓的脚步，棕黑色的屁股一左一右很有节律地摆动。道路并不平坦，中间两道深深的堑壕，这是拖拉机压出来的车辙。木架子车在拖拉机压出的车辙中起起伏伏地前行，还真像一首旋律。漫长的乡间土路就是一条黄色的线谱，骡子车是线上的乐符，舒缓地滑向远方。这种舒缓的节奏让日子显得格外漫长。

舒缓的节奏忽然戛然而止，车忽然停住了，老骡子挣了两挣，居然没有拉上来。我跳下车，车轮挤在了深深的车辙印壕的两块硬硬的干泥块中间了。现在，村子里已经有不少拖拉机了，突突突地冒着黑烟大声地叫唤着在土路上炫耀似的奔跑。有了拖拉机，路就坏的快了。因为下雨天拖拉机依然可以吼吼吼地在泥泞的路上跑。雨后的黄土路面会变得比面团还湿滑绵软，拖拉机粗壮的轮子走过去，就是两道深深的槽儿，路面干燥以后，黄土又变得比铁还硬，路面也就变得更加坎坷。我两只手扳住车帮往上抬，嘴里喊一声驾，骡子往前一挣，车轮扒了上来，又继续走了。

我家没有拖拉机。我知道自己和别人的家庭不一样。我们家的家庭结构中缺了一个环节，没有父母，断代了。据说父亲得了脉管炎，花了不少钱，但还是没有治好，半截腿最后变成了被火烧过的木棍，然后去世了。父亲去世以后，母亲说要出去打工。临走的时候，母亲表示带着年幼的我不方便，爷爷明白她的心思，说，你把孩子留下吧，这是我们家的独苗苗啊。出去的母亲像断了线的风筝，再没有了音信。这些在我的记忆中没留下什么印象。那时候我还小，记忆就像没有化学物质的底板，空无一物但也留不下什么东西。等我的有了记忆的时候，父亲和母亲就像传说里的人物，只能从别人讲过去的一些故事中听到，遥远而模糊。爷爷年纪大，田地里的活儿繁重，爷爷已经干不动了，就靠着一片鱼塘维持生计和供应我上学。因为种的地少了，就没有买拖拉机，继续赶着骡子拉的车走在古老的黄土地上。我觉得我家的日子过得比别人家缓慢。爷爷常说：社会好了，人老了。这是一句很潮的话，爷爷不会学着说流行语，他只是感叹，不小心感叹出一句挺流行的语言。爷爷老迈的身躯里还包裹着一颗雄心。这一点我相信，因为爷爷干活是一把好手，曾经当过村书记，干过许多大事。不过我还是有一些怀疑，我觉得他不是脑经活络的人，现在挣钱要脑经活络呢。

到了小湾湖，我把骡子拴在路边的一棵粗壮的钻天杨银灰色的树干上面。银灰色的钻天杨是我喜欢的树，它们像芦苇一样苍劲挺拔，所有的枝杈一律整齐有序地向着天空，好像要抓住天空中的希望。我拿起镰刀在湖边的田埂上割了一些细小的芦苇和冰草，里面还夹杂着一些稗草和苜蓿，然后放在骡子的面前，这些是它喜欢的食物。作为多年的伙伴，我了解它的喜好。

我拿起放在车厢里的厚底水靴。水靴是爷爷的，我十七岁的脚丫放到里面充分显示出它的稚弱。爷爷的水靴宽阔而厚实，每走一步，我的脚都会在里面上来回活动。水靴坚硬的厚底可以有效地防止湖底尖锐的芦苇根扎破鞋底，这种厚实让我感到安全。然后戴上草帽，用一件宽大的破旧衣服遮在上面，拉下来，系在我的下巴上。这样怪异的装束不好看，但可以有效地防止蚊虫的攻击。我的头部被全面地包围起来，只剩下前面形成一个深约十厘米的喇叭口，蚊子是不会冒险从这个通道里面进来攻击人的，即便它敢，它的攻击也会被我清清楚楚地看到，可以轻松地化解掉。这套全副武装是我自己总结出来的，爷爷不用这样，爷爷没有采取任何的防护措施，他有着更强的直接面对自然的能力。

湖边的芦苇早被我们割完了，留下整齐的黄白色的半截芦苇茬在湖边平铺开去，给蓝色的湖水和绿色的芦苇丛镶了一道四五米宽的金边。我从芦苇茬中穿过去，气度不凡的厚底水靴"哗啦"一声踏入水中，把周围的阒寂振颤出一圈一圈的涟漪。里面是一片开阔的水面，水底是平滩，我的双腿就像两只桨，划开平静的水面，发出细微而清脆的声音，往前行进。两只宽大的水靴真像两只船，盛着我不够成熟的脚丫在水里航行。湖底的芦苇茬支撑住靴底，像是要钻进来似的，但很快就被踩断了，发出沉闷的呻吟声。水渐渐加深，靴子开始进水了，凉丝丝的，到了芦苇丛的边缘时，水已经没到了屁股。深而蓝的天空，白云堆得像棉花山，很纯净。我使劲地握了握镰刀把，然后伸出胳膊，揽起一把芦苇，躲在芦苇丛中灰白的蚊子受到惊扰，开始在我面前飞舞。我喜欢这样的劳动，让我有被水滋养和滤洗后的纯净，带着七月芦苇叶的芬芳。心情悠然宁静并且充满希望。在整个过程中可以体味到许多细小的欢娱。

割完了，再把零散的芦苇一捆一捆地捆起来。然后背起一捆，我感到了难以承受的重量，于是我把芦苇捆放到水面上，像划船一样，推到岸边，然后用尽全力把浸水的芦苇抱上岸，再装上车。我忽然想起来，十几天以后，爷爷就是这样地干活的。但他不会像我一样投机取巧地把芦苇放在水面上划到湖边，他只能挺着已经是弓形的身躯，一捆捆地割好，再一捆捆地背到路边，再一捆捆地装车。这些草捆毫不留情地压在他衰迈的身躯上。我的心里又痛了，甚至有些迟疑起来，到底这个学还上吗？为什么要到城里去上学呢？嫁到城里的大姐说，还是城里的生活好，从那儿毕业以后，我就会有一个工作，也算城里人了，这辈子过的就是好日子了。大姐说的，应该不会错的。

回到鱼池，天已近黄昏。鱼池拐角处用木棍围成的围栏里的芦苇已经被草鱼啃光了叶子，被暗黄肮脏的泡沫笼罩着的芦苇竿灰头土脸地半浮在水面，仿佛半梦半醒之间，有无限失落。偶尔还从底下传来几声的草鱼撕扯残余的叶片的声音。

爷爷提着钉耙从鱼房里出来，并且穿好了水裤。看样子准备下水去捞芦苇秆。

爷爷说："我捞，你往里放芦草。"

我过去固执地抓住钉耙，说我捞吧。

我拿着钉耙下了水了。浑浊的黄绿水面洋溢着一股新鲜的腥味。鱼池的水是温暖的，比湖里面的水要温暖得多。被池水浸泡了几天的芦苇秆沉重而滑腻，有了鱼的特性。我把它们推拢到池边，然后用力往上掀，掀到岸边的坡上。爷爷过来用钉耙一点一点钩上去，最后把它们平铺到岸边，让夏天酷烈的太阳晒干，那就是冬天烧炕的绝佳燃料。晒干的芦苇杆已经积攒了一堆，堆在看鱼房的旁边。

爷爷帮我放草。这是个技术活儿。我把新割的芦苇从车上抱下来，解开。爷爷站在水边，细细地匀开，平铺到水面上。最终铺完了，这一小块被漂浮的木棍分割出来的水面像铺了一层绿绒地毯。地毯下面立刻响起了密集的彭彭的撕扯草叶的声音。这些贪吃的家伙非常能吃，比牲口还能吃，七八捆叶子丰厚的芦苇两三天就吃得只剩下光杆了。以前我不知道草鱼是怎样把柔韧的芦苇叶一片一片吃到嘴里的，因为它嘴里没有牙，后来我用手指深入地摸进它的嘴里，才发现草鱼的牙齿藏在咽喉里面，你说它阴险不阴险。

干完了，我们坐在鱼塘边上听鱼儿吃草。爷爷又开始嗑瓜子儿。青绿的水面荡漾着微澜，吃饱的鱼在水面悠闲地游荡，就像城市里人们饭后到在街上散步。这些个会享受生活的家伙。爷爷看着那些飘忽在水面的灰黑的背影，有一种满足的欣慰。

爷爷这个时候也应该像这些鱼一样悠闲地散步。

我说："要不，我不走了。"

爷爷说："去嘛，为什么不去！"

我说："那你一个人能行吗？"

爷爷说："行呢。"

我说："要四年呢。"

爷爷说："去上吧，上了学才能有个好前程呢。别在农村窝着了。"

爷爷的目光坚定。

我站起身来，把目光放远，越过青面白岸有序排列的鱼塘，越过葱绿的充满希望的田野，尽头处是青色的树的屏障，树屏后面是隐约在淡蓝色的雾岚，雾岚的茫然中有城市的影子。过些日子我就要到那座城市里的一所学校里报道。为了这个目标，我曾经埋头苦学。我有些向往，又有些茫然。

"你不想进城吗？"爷爷问我。

"想！"我说，"可是……"

我说："城里的路弯弯绕，路口都一个样子，我老是找不着路。"

爷爷说："去了好好学。"

奶奶站在田埂上喊我们回家吃饭了。"回家吃饭，吃饭是大事。"爷爷立起身，我也跟着站了起来。天有些昏暗了，有城市那一边的天空要明亮一些。城里的灯多，延续了白天的光明。过几天，我就会到城里去生活了，白天晚上都在城里面。城里晚上的灯光好花呢。

[原载《朔方》2017 年第 8 期]

蒯陟文（1973—），笔名陟涉，宁夏永宁人，就职于银川市委党史研究室。作品发表于《写作》《萌芽》《朔方》《黄河文学》等。出版散文小说集《乡村的记忆》，入选最受读者欢迎的百种宁版图书。宁夏作家协会会员。第五期文艺（小说）研修班学员。

明月前溪后溪

刘　芳

这是一个岁末的傍晚。寒冷阴霾的云层，低低地凝结在半空，黑夜的影子若隐若现。经过窗棂的冷风被玻璃挡在了窗外，只好将几行清泪挂在窗上。小屋里泥炉火明，阿漠轻轻啜了一口茶，淡淡的清芬在心里暖暖地流淌，思绪顺着那抹绿色的茶烟，飘散。

一个春天的午后，红霞般的桃花轻笼着兰溪，煦暖的春光撒在娇艳的花瓣上。阿漠背靠着一枝粗壮的枝桠，静坐在树拢里，脸儿被暖阳照得绯红，有些困倦慵懒。她微闭了眼，书掩在了脸上，思绪在紫陌红云般的花海里梦游，有蜜蜂盘旋着嘤嘤低飞。

有悠扬的笛声，掠过耳际，在脑膜间婉转迂回，丝雨般飘落心坎。她嗅到了三月芳菲，暗香浮动的气息；看到落红如雨，渐乱迷眼；又似乎是深巷阡陌，细雨飞花，笑语盈盈。俄而，笛音里又流淌出冰河铁马，大雪弓刀的悲壮苍凉。所谓轻如浮云，深入彻骨，想来即如此。像裹在丝缎里的白玉，握在手里莹润柔滑，却又有一丝铿锵的霸气。阿漠甚至不敢大声呼吸，生怕遗漏了美妙的珠玉。粉色的花雨，簌簌飘落，沾在阿漠的衣衫、发鬓。

是谁在这里吹笛？寻着笛音飘来的方向，她穿过了桃林，向兰溪下游走去。

碧绿的春水汩汩流淌，不断泛起的串串水泡儿上，有粉色花瓣顺水漂流，这是兰溪和柳溪交汇的地方。水面陡然变宽，水里的沙石淤积成了烟柳如画，柳丝低垂的水中小洲——绿云湾。

小洲上，他一袭蓝衫，眸亮若星，面对溪水，轻抚衔笛。婆娑的柳丝拂不尽幽思，风让他衣袖四处翻飞，沉郁的眉眼里，失落的梦在踏尘而归。那浑厚低沉的笛音，在阿漠的心底漾起千般滋味。她的脚不由自主踏上了水里的搭石，向小洲走去。

在距离他几尺远的地方，阿漠坐了下来，静静地听着。这声音里充满良善、纯和、萧瑟、沉郁。琉璃般的水面上有草长莺飞，花间莺语，人欢马啸的清音，缓缓地漾开。阿漠觉得自己的心已长出了翅膀，随着笛音一起飞腾穿越，迎风惆怅。慢慢地，笛音里有了惨咽的凄厉，花容失色，冰层断裂，声似裂帛，疏离的梗塞里，笛音似乎要遁去，要隐入悠远的荒芜。阿漠听着，竟有大颗大颗的泪珠滚落了下来。

"哦，你听得懂这曲子?"一曲吹完，他转过脸问阿漠，有点愕然，又有些关切的样子。

"嗯!"阿漠点点头。

"你听出了什么?"

阿漠想了想说："一个故事。"

"哦，什么故事呢?"蓝衫客微笑着问她。

阿漠拿出笔，在书的扉页处，工整地写下："梦中落花随春水，苍山洱海夜夜泪。忍对风笛诉弄玉，律入八荒人不知。"并小心翼翼地递了过去。

他看完凝视着水面良久无言，阿漠有些不知所措。一阵沉默后，他说："你且再听我吹奏一曲，看看能听出些什么?"

笛音又起，轻柔、甜美、透明，仿佛一片轻柔的羽翼拂过面颊；如月光撒落水面，明镜般的水面怀抱着月的影子，轻轻地闪烁、摇曳。阿漠听见溪水冲刷卵石时，凌凌的呢喃，卵石举起洁白的浪花调皮地跑远。成群的红鳍小鱼流连着，在银盆般的月影里宛然穿梭。

阿漠的心在笛音里飞升，她觉得自己的脚已浸在柔滑的溪水里，红鳍的鱼儿贴着脚背痒痒地游过。她想掬一捧溪水，让明月小鱼，在掌心欢快地嬉戏，却不忍打扰鱼儿的梦境。她面向月光，仰起脸颊，任如玉的清辉倾泻在脸上、心里。

恍惚中，似有清幽的荷香袅袅飘来，冰莹的白荷在田田的荷叶间袅娜的半隐半现，似开未开。有采莲女子的歌声从远处舟子传来，柔美而真切。阿漠的心已生出了翅膀，追随着舟子，踏上了舟子，在梦幻般的月光、荷香、画卷般的荷塘里，翩然穿梭于前溪后溪。阿漠惊奇地发现，月华如水，银辉脉脉，整个溪畔荷叶田田，轻快的小舟里，并没有其他采莲女子，只有她和他相对而立，那余韵悠悠的采莲歌原来正从自己嘴里发出。

此刻，她很想手持彩练，当空一舞，为君而歌，但笛音却在一片弧光后，流星般缓缓滑落，戛然而止。

当一切静止后，阿漠发现原来真的已是月上中天了，小洲上的柳荫下，她仍静坐在他旁边。阿漠有些激动地说："谢谢你，让我在这样一个美丽的月夜，沐月采莲。"

"我刚才吹奏的正是《月夜忆采莲》。"他的脸上洋溢着月光般明朗的微笑。

月光皎洁，溪水清澈，水草缓缓像一个方向摆动，小鱼晃动着尾巴，忽前忽后，小岛深处的树阴里，偶尔传来咕咕的鸟鸣，声不高，亲昵而朦胧，在夜空里传得很远。

"我该走了，你也早些回去。"他说。

片刻的无语，似乎早已经将一切写在阿漠的眼睛里。

蓝衫客收起笛子，把他装在一个墨绿的丝绒袋子里，挎起背包转身向阿漠说："搭石很滑，我扶你过去。"

阿漠淡淡一笑："我能走过来，想必也能走过去。"说着便跑开了去，泪水顺着嘴角流下，咸咸的苦涩。

月下的搭石在阿漠脚下颤抖般摇晃着，阿漠觉得似乎有人从背后扶了自己，也许没有，总之后来阿漠已稳稳站在河堤上。望着月下高大，清癯的身影，心里一阵酸涩。他依然微笑着，似乎要在笑容里抚平眼前这抹酸涩。

阿漠凝望着月下他玉雕般的脸颊，款款说："我就住这桃花溪畔，请先生随我同去喝杯清茶！"

他粲然一笑，亲切地说："桃花溪水碧玉茶，是难得一见的香茗啊！但此刻我得夜发清溪向三峡，扁舟御风黄鹤楼。他日若有缘，我会闻香而至，专程品茗。"

高大的背影，在月色下，随影远去。阿漠的眼前，仍是那抹暖暖的笑容，脉脉的笛音。

以后的每个傍晚，阿漠都在喝茶，细瓷的兰花杯子，清澈的桃花溪水沏的西湖碧螺春。她凑近鼻子，嗅嗅，很香！他会来吗？

今夜，外面风很冷，雪粒儿纷扬，阿漠将炉火烧得更旺了些，细心得沏出了两杯茶。他会来吗？

[原载《朔方》2017 年第 8 期]

刘芳（1973—），笔名蓝雁，女，陕西城固人，就职于城固县图书馆。作品发表于《诗选刊》《星星》《朔方》《延河》等。著有诗文集《零度阳光》《汉上行吟》。陕西作家协会会员。第五期文艺（小说）研修班学员。

家前有树

黄　鑫

我从小在姥姥家长大，爸爸的村子是我在六岁多上学后才开始正儿八经地居住的。

村子就在一个号称大镇的相州的一条街旁，我却感觉它只比姥姥的小村子多了条直而长又能赶大集的街道而已，它哪有姥姥村子的整齐划一的小茅草屋？那可是夏天不见一只蚊虫、冬天光着脚踩在地面上也觉不得一丝冰凉的小茅草屋；它哪有姥姥村子的那浩浩瀚瀚的大果园？那里面可多的是板栗、枣子、核桃，多的是带着黑麻点子的大青梨；再有镇上那些被我怯生生叫着的爷爷奶奶、大伯大妈，他们哪有姥姥对我一半的慈爱？他们的笑哪个不是勉强挂在嘴角的？他们操着生硬的口音夸我懂事，然后拿竖完大拇指的手摸我头顶时，我就忍不住发麻，全身的肉粒子一颗颗地往外突。

上学后我更是失望透顶，那座被父亲怂恿我来上的理想中金碧辉煌的村小学，并不比姥姥隔壁二狗舅舅家的牛栏子气派多少，那几间比牛棚稍大些的教室里，也感觉不到一点点快乐的气息，那窗子和门都是形同虚设，窗子个个像被啃光了，只剩副骨头架子。门上也不止一个猫狗都可自由出入的窟窿，只都用旧报纸糊着。教室里的地面像大麻子的脸，坑坑洼洼上摆满了十几张东倒西歪的有着相同残破程度的四脚桌，凳子却是高低不同，形状不一，那些是由学生们自带的，旧是旧点，倒个个结实。那个姓胡的胖胖的眼睛里总有凶光的女老师，我也不喜欢，可惜她一个人独揽了所有的课程，野心的胖胡！

那段时间，我只想与相熟的母亲交流。但母亲好像天天有做不完的家务，时间紧巴得很，她还总让我停下作业，去给压井边的水瓮压水或给三岁的妹妹喂饭，这个出生在大镇上的妹妹我也不是特别喜欢，她胖得像那个姓胡的老师，还总把我喂到她嘴里的掺着蛋黄的小米稀饭吐到我脸上，还不等我教训就哨子一样尖叫着哭。

我夜里有丰富的梦境充盈着，但醒来的白天就孤独得要命。

这天我终于就崩溃了，或许是昨夜的梦里我一直没找到回姥姥家的路吧？或许是早晨的鸡蛋我只吃到了粘在蛋皮上的一点点蛋清吧？或许用了带点差异的口音读"一只乌鸦口渴了"被几个坏孩子嗤笑了吧？整个下午，我就毅然逃了学。

只是这学逃得也不圆满，只逃到了离学校不足百米的那棵白果树上，待着。我没有心仪的地方可去，这棵白果树虽然没有姥姥村子里的大果园偌大，但它毕竟有些个头，是棵大树，这树的树型也有些异类，那几人抱的树干是笔挺的，那树冠也是一把工工整整张开的伞，只是这主干的相邻却奇异起来，就着出土的树根竟生出一棵小小的白果树来，半人多粗，恰恰可以顺着它爬上那棵几人多粗的大树上，再往上进入这枝枝蔓蔓的树冠里，我终于找到了一些大果园里的乐趣。虽然没有伸手可摘到的甜枣和青梨子，甚至都没有一只叫疯了或默默不闻的黑知了，但我还是心满意足了，那些透过茂密的叶片，印在我身上斑驳陆离的阳光和微醺的风，我可是久违了。

我正要抓住头顶上的一根树枝，想爬得再高一点，我想再爬高一点就一定能看到姥姥村的大果园了。这时我就一眼瞅到了树下正仰着头盯着我的胖胡。我正嘀咕着她是如何又是从什么时候开始发现的我，我就发现她正朝我慢慢地招手。我一下子变成了个蹩脚的扒手，正被人抓牢了手腕。

胖胡像个打完老虎的武松，雄赳赳地把我拎给了母亲。我的罪恶我就不替她罗列了，她最后就只忙着对哀恸而感激的母亲显摆她在茂密的白果树冠里抓逃学孩子的心得："发现他时，你一定不能大喊，一喊他就容易摔下来，你要这样……"胖胡张开熊掌样的双手，一遍遍重复我在白果树冠上欣赏过的招牌动作。现在近距离换个角度再看，倒像个招魂的巫婆。

巫婆的兴风作浪自然起了波澜，胖胡前脚刚走，母亲也就没再客气，寻了半截烧火棍朝我扑来。我的心一下了开始疼起来，比屁股疼得厉害得多。现在想来我的初次挨揍还真是有点矫情，竟然先是心疼。

那次的逃学风波带来的那点钻心的疼总是有些惯性的，我开始伺机报复。我像头躲在厚草丛里的小野兽，像等猎物一样等待着报复的机会。我终于等来了一截粉笔头。

这截粉笔头可是个大猎物，轻易得不了手的，那胖胡每次用完的粉笔头，都会准确无误地丢进她那个百宝盒里，用的时候，再低头翻弄半天去选截称手的，那派头不亚于富有的财主正在选一枚把玩在手的铜钱，我总怀疑她在故意卖弄。这节课后胖胡可能是有了心事，要不就是尿急，丢粉笔头时少有的失了准头，加上那截粉笔头经她一节课的折磨，也已娇小得不成个样子，划着弧度落进我大了一号的黄球鞋里时，竟然无声无息。我的一只脚心一下子就痒了起来。

另一只脚的脚心和两只手的手心接着就一起痒了起来。

这个夜黑得恰好，学校门口那块宣传黑板上，红色的"为人民服务"

隐隐可辩，我用力捏着那一小截粉笔，调匀了呼吸，用很小的力度、极细的笔画，很节约地在红色大字下方的黑板上，画了一个大大的胖头，又写下了"胡老师大儿子"几个正楷。

第二天上学，学校门口的黑板前围满了看热闹的孩子，我本想双手插在裤兜里再昂首挺胸吹着口哨若无其事地绕过去，可惜裤子太肥，裤兜下垂得厉害，双手插在裤兜再想昂首挺胸就冲突得很，我就只是昂首挺胸吹着口哨若无其事地绕了过去，任由两只胳膊郎当地吊着。若无其事也只是坚持到了课堂，胖胡这次扒拉粉笔头的时间明显要长，声音也更响。抬头时却满眉目的春光，仿佛那校门口的黑板墙上贴了她的表扬稿，我的心忍不住就慌了起来，一定是"胡老师大儿子"上出了差错，否则我不会等不来这胖胡的暴跳如雷，我就希望再次看到她那张红透了的扭曲了的丑脸，但如果全班不齐心协力、考试不集体考坏我是看不到她的丑脸的。不得不说，胖胡在不发火的时候脸胖是胖了点，却不难看，尤其浅笑起来，那双眼睛竟好看过了我心目中最美丽的母亲。

我现在可顾不上她的浅笑和她好看的眼睛，我恨不得马上跑到门口检查一下我的"胡老师大儿子"到底出了什么故障，为何让她如此笑逐颜开。我不用跑到门口检查了，当事人这就开口解了我的疑惑："我不知道是谁在门口作的画……"胖胡用少有的温柔，轻轻地说，我赶紧把两只耳朵都极力地伸长。

"这画作得真是太可爱了，我的大儿子的确特别可爱，你们其中的一个真是有画画的天分，就算不标明是我大儿子，我也能一眼认得出来……"我呸！我差点呸出声来，"大儿子"不明明是句骂人的话吗？怎么就成了她可爱儿子的诗配画了！

我反复咀嚼着那句"胡老师大儿子"，忽然发现我犯了两个致命的错误，第一，胖胡是个女人，我怎么能用"大儿子"这种男人的传统骂腔来骂她呢？她自然不会心惊！第二，巧得不得了，她的确有两个儿子，其中一个是大儿子。而我画大脑袋时为了节约粉笔连女人标志性的长头发都省略了……我兜里那块粉笔头差点让我捏成粉笔末。

我手头的粉笔头毕竟还能支撑我组织再一次的攻击，我更加谨慎起来。

"大儿子"是不能用了，"大孙子"也是不能用了，"大女儿大孙女儿"又都是些与"亲亲宝贝儿"相似的称谓，也是不能用了，我也想到过"大坏蛋、大浑蛋、大恶霸"，但脑海里立马显现出周扒皮、胡汉三、黄世仁的形象，且不说那胖胡的行径根本没有他们的恶劣，单论他们的獐头鼠目，那胖乎乎的青蛙样的胖胡就与他们格格不入。

我突然困惑起来。

另一个夜，我捏着一小截粉笔头站在校门口的黑板前困惑了很久，竟不自觉地来到了那棵白果树下，今晚的月亮要亮一些，我就着那明亮的月光攀着那棵小的白果树猴子样地爬上了那棵大的白果树，我知道爬再高也不会看到姥姥村的大果园了，我就把身子伏在最底层的粗树杈上，一动不动，像只心事重重的布袋熊，眼睛盯着自然下垂的手和脚，发愣。

我可能是睡着了，醒来树底下传来唏唏嗦嗦的声音，有两个人影正在从平板车上一叉一叉往下挑新收的麦秸草，那草一定是要垛成草垛的，他们打了一个大大的底盘，我见过这样大底盘垛成的草垛，有高有矮，个个像抗日影片中鬼子的炮楼，我立马就来了兴趣，眼睛睁大一倍耳朵也全力以赴地伸着。

这样大的底盘，不用吧……是个男人的声音："咱家总共也收不了多少草，盘个这么大的底盘，得垛多大的草垛。听我的，垛大点吧，"是胖胡的声音，由此我推断出另一个正是我壁画中那个大头儿子的爹："也费不了多少力气，就垛大一点吧。"男人有了点火气："怎么就费不了力气，放着那么近的场院不用，非要拉在这滴水的大树下垛垛，你是嫌草霉得慢是不！现在又要垛这么大的底盘，你要干吗！"胖胡加把力气多叉了几叉，有了点气喘吁吁："前天有个孩子爬上了这白果树，爬得老高，一旦掉下来，有这大草垛接着，就伤不了筋骨……"男人的火气倒是没灭，但手里的叉也没停，嘴巴却又不服气："一个破民办教师，还不知道干几天，闲心倒是先操足了……"看不到胖胡的表情，也再没听清她的声音，那两只叉干得太起劲了，不时碰得吭吭作响。

以后的日子里，当着伙伴们的面我依然戏谑她为胖胡，但私底下我的内心里却只喊她胡老师了，也会认真地爱听她讲的课了。胡老师教到我小学三年级，我就转到了镇上的中心小学，中心小学的老师众多，还会车水马龙地换，实在没记住几个。那小学离我的家有三四里的样子，感觉很远，但好的天气下我站在教室前的台阶上，也能一眼望见我家前那棵白果树顶上的喜鹊窝。再后来我去了离家更远一些的中学、大学，那白果树顶的喜鹊窝是无论如何也望不见了。

长大后我回的最多的是我喜欢的姥姥的村子，那门前有白果树的家不逢年过节我是很少回的。但我却就在很少回的几趟里，见过了两次胡老师。第一次是在白果树下，她有点老但不是老得不成样子，她听到我喊她胡老师时，就赶紧忙不迭地摆手："都几十年前的老黄历了，一个庄户老太婆还叫什么老师，叫姑，叫姑。"我恭敬地喊了声姑，盯着她手中一条一头拴了石头的红布条，她不等我发问："这棵白果树现在的香火可旺了，这是难得的怀中抱子的树形，来求子的人天天不断。"我抬头，果然发现，我曾经骑过和没骑过的树杈上都挂满了不计其数的红布条，我心里担心着乡亲们的生育形势，听胡老师正不好意思地说道："我那大儿媳妇都结婚三年了，一直没生，这不也想试试……"我伸手想帮她的忙，她赶紧慌张地拒绝了，后来听妈说这样的忙帮不得，心不诚，就不灵了。

几年后，我又在白果树下见过胡老师一次，确切地说是见过她的背影一次，她正怀里抱着一个大胖孩子指着那笔直的树干说些什么，我轻轻绕了过去，没有打搅到她们。后来听妈说那是她二儿子的孩子，她的大儿媳妇一直没生。

[原载《少年文艺》2017 年第 4 期]

黄鑫（1974—），山东诸城人。作品发表于《中国校园文学》《十月》《山东文学》《时代文学》《朔方》等，被《儿童文学选刊》《儿童文学》（选萃版）多次转载。出版长篇儿童文学《蝎子与青蛙》《再见》系列三部曲，《龙立方》《泪王子》等十多部。《狐狸的友情》列入 2014 年度中国作协重点作品扶持项目，《蝎子与青蛙》荣获"人人文学网"2015 年度最佳儿童文学奖。中国作家协会会员，山东诸城市作家协会主席，齐鲁文化之星，潍坊市首批签约作家。第五期文艺（小说）研修班学员。

海表叔的心事

王秀玲

打发走了固原七营的亲家，海表叔站在柏油路边发了一会儿呆。

正是初冬时节，晌午的太阳气球一样悬在西边的山峦之上，顺着光看去，山峦照拂在淡淡的霞光里，折射出一层温润柔和的光芒。公路上一辆接着一辆的汽车，不时从他身边飞驰而过，车后刮起的冷风夹带着灰尘和杂屑，跟屁虫一样紧追着每辆车席卷而去。柏油路在西斜的太阳照耀下，光亮如镜。海表叔从公路边往回转时脚底滑了一下，把腰扭了。他拐上村道，在村道边的土坎上坐了下来，捶打着自己的腰。冬日的阳光把海表叔眉毛胡须上结出的冰霜照得贼亮。南山上立冬时下的那场薄雪还银晃晃地摆着，冷风从公路上吹过来，直往海表叔的膝盖骨里钻。

海表叔想着再过个把月，最小的女儿将要出嫁，心里便空落落的。

海表叔膝下有七个儿女。先是连着生了几个，后来稀稀拉拉地想起了什么似的又生了几个，大的和小的差着一大截距离呢，两头都是儿子，中间五个女儿。那时节家里红火，小儿子尚在襁褓中，又刚娶了大儿媳妇，孩子们为了吃穿吵吵闹闹。人多家畜自然也多，牛羊啊，猫狗啊，打鸣的公鸡下蛋的母鸡，就连门口树上的鸟儿也多，喜鹊、麻雀、鸽子、啄木鸟，真是过着鸡飞狗跳娃娃闹的日子。

村里的年轻人出去打工，大一点的女子出嫁了，村里的人口就慢慢缩减。那种旺盛的烟火气息就慢慢地淡了，村里只剩下了他们最初的这一茬人。就像一个热闹的集市，赶集的人潮渐渐地退了，剩下最初的那茬人还坚守在那里，面对狼藉而空旷的街市。

海表叔的小女儿就是跟着打工潮流出去的。小女儿终年在外打工。她只有每年过春节时回来一次，给海表叔和她几个姐姐带好多新鲜玩意儿，农忙时给海表叔汇千儿八百块钱。海表叔希望她在家里多住几天，或者干脆就不出去了，依偎在海表叔跟前，聒聒噪噪的才有家的味道。海表叔是不想让小女儿一个人漂泊在外面的，外面再好哪里有家好。海表叔他是尝够了漂泊在外的滋味。

海表叔乳名叫海儿，小时候是跟着姐姐一起流浪的，就像树叶子，一会儿被刮到南墙根下，一会儿被刮到山洼洼里；更像是蒲公英，被风随意吹到哪儿便是哪儿。那时他的心愿就是能有属于他和姐姐的一个家：半截土窑洞，一盘暖炕，一口锅，困了累了或者被野狗追上了都可以往回跑的家。大自然的风是和善的、宽厚的，他和姐姐终于有了自己的家，扎下了根，并日渐枝繁叶茂起来，各自都有了一大堆儿女。为了养家糊口，海表叔给人挖庄子、钻窑洞、垒墙，甚至赶陕西当麦客。钻窑洞时，墙上的土块掉下来砸伤了腰；垒墙时，杵伤了脚；在陕西当麦客，遇着雨天无法割麦子，为了省钱，他和同伴们在人家屋檐下睡过三五天，喝雨水，吃发霉的馍馍；在平凉贩袜子，背着一包裹袜子过桥，踩空了掉下去摔断了腿骨……这些过往的事情，犹如初冬时节的风冰冰凉凉地吹过，留下这一大截空荡荡的却又实实在在的柏油路。

从市上开往镇原县的班车嘎一声停在海表叔的斜对面。车还没有停稳，司机按了一声长长的喇叭。清脆的喇叭声似乎穿透了整个村子，有孩子的叫嚷和狗的吠声传来。

司机摇下车窗玻璃向海表叔打招呼："这大冷天的坐在路边上，老表叔是在等谁呢？""送了个亲家"，海表叔停了一会，"你也要等人？"

司机说，"我在等桥头上那个老汉，他女子给他捎了些吃食。您亲家哪里的？""固原七营的，在城里有住处。""哦，条件好得很，以后老表叔脚一抬打个车就能去女子家。我也是这条路上的老油条子了，以后就是您和女儿的联络员，呵呵，您听我下来按喇叭就来取女儿捎的好吃的。"司机和海表叔说笑着，又往村子望了一眼，随即提起一个塑料兜儿将头往外探了探，说，老表叔，你帮着把这兜儿给桥头的那个老汉。冬天黑的快，我先走。说着将塑料兜儿伸出车窗外，递给海表叔。

海表叔抬了一下身子，竟然没有抬起来，两条腿好似不是自己的了，木木的没反应。他用拳头捶打了一下膝盖，还是木木的。他心里很是失落，还不到花甲的年纪，这腿就这么不争气。他抬眼看了一眼那个将半截身子探出车窗外的甘肃司机，司机探出车窗外的身子随着海表叔没有抬起来的身子也往外跌了一下，好似那一跌能将海表叔扶起来。海表叔心里暖了，憨笑着说，"腿压麻了嘛"。说着再度抬起身子，走近车窗。从司机手里接过塑料兜。司机叮咛了一句，"您快点回去吧，现在天短，黑得早"。

好。娃娃你慢些开。看着司机拉着一班车人走远，海表叔念叨说，当个司机也不容易，这样来去奔波着。又瞅了一眼，那班车已经拐过弯儿没有了影子。海表叔将塑料兜儿提起来举在眼前仔细看了看。透明的塑料兜里，装着一块酱牛肉、一些切好的羊杂碎，还两个烤得那种焦黄酥脆的馄馍，一颗小西瓜。兜儿较沉，海表叔垂下举着兜儿的手臂，往亲家回去的方向又瞭了一眼。

斜阳已经挨在山顶了，整个西边的山峦辉映在橘色的霞光里，光秃的枝丫、萧瑟的野草都沐浴在那橘光里。柏油路如织带般衔接到很远的天际。顺着这柏油路仿佛就能走进天边的霞光里。海表叔想着刚刚那司机说的话，这以后他就是海表叔和小女儿的联络员，就舒心地笑了。往后，他怕是和村里其他父母一样，常常向着这个有霞光出现的方向瞭望了。人们总说儿女是父母的牵绊，总为他们操心鞋大脚小的琐事，每走一步都拖泥带水地牵顾他们，到头来总会落得个父母心在儿女上，儿女心在石头上的结局。海表叔却乐意被这样牵绊，有了这牵肠挂肚的牵绊，他们的生活才有了色彩。儿女不仅给了他一个完整的家，还让他因为子女尝尽了各种酸涩，各种甜蜜，使他能够坚强地面对生活带来的一切荣辱，他觉得这就是人生。只是有一点，他海表叔怎么也想不明白，现在的城里人，不生孩子，却养一些猫猫狗狗当玩偶，这真的能替代一个会说话会惹你高兴惹你生气孩子，被父母牵肠挂肚的孩子吗？

海表叔年轻的时候，三个大些的女子尚未婚嫁，家里可谓门庭若市，红火着呢。来了张家媒婆，走了李家亲戚，都是奔着他三个快成年的女子来的。那时节彩礼虽然只有五六百块，在当时也算是大价钱。还有好多的礼数，穿戴的，洗漱的，做女工的包包裹裹，孝敬双亲的衣服鞋帽，给亲门党家的三色礼等，都得面面俱到，哪个环节都不能有纰漏有差错，不然他就不嫁女子。因为自己的女子，海表叔可是端了五六年的架子。

到了小女子这里，海表叔的心口软了，只要亲家得了金元宝一样高高兴兴地把小女子娶了去，他这里便是啥礼数都有了。不是固原七营的亲家家底多殷实，更不是固原七营的女婿多优秀，都是一般的家庭一般的人。海表叔是看中了固原七营和自己家的这段距离，平平坦坦一百多公里路，坐上大巴一两个小时就到了，这真是做儿女亲家的黄金距离。如果到了小女子家了，不管是渴了饿了累了都有趁头。不像大女儿，嫁得太近。女子在村西，海表叔在村东。大女子刚嫁过去和公婆在一起过的那几年，海表叔很少能吃一口亲家的饭，就连一口热茶喝得也是极少。倒背着手一不留神就走到大女子家了，既走不渴，也走不饿，更别说累。亲家也没有过多的热情，你来了走了都随便。后来大女子分开单过，海表叔倒是可以坐下来安安闲闲地喝一罐罐茶的。可大女子的日子过得清寡，海表叔怎安心吃来吃去？大女子刚分家那会儿，眼瞅着秋风一日比一日凉，家里还是挂着门帘子，安不上门窗。后来还是海表叔凑了木头做了个门框，夹了个麻渣板，才勉强挡住风。大女子出嫁的这样近，没有带来一点点好处，却日日见着自己的女子为着过日子难肠，海表叔心里生疼。到了后来，海表叔就有个心愿，那就是将这个小女子出嫁得稍远些，道路畅通，来去方便。不像二女子，出嫁得又远又偏僻。一年端午节，二女子杀了一只鸡，给海表叔留了一只鸡腿儿。等女婿忙完手头的农活，骑着摩托车带着二女子浪娘家，二女子高兴地掏出鸡腿儿给他时，鸡腿儿上已经长了绿毛。二女子一下子坐在门槛上悲伤地哭了起来，埋怨海表叔把她咋嫁得这么偏僻，来趟娘家都这么辛苦。看着二女子抹眼泪，海表叔心里更难过了，现在二女子还年轻着，将来老了，回趟娘家将是多么艰难。

从此，他在心里便暗暗许愿，这最后一个小女子，能够离他不远不近来去方便就好。

交上头九，固原七营的亲家把小女的婚事定了确切的日子，给了海表叔准信。海表叔就着手张罗嫁小女子了。老伴叫大儿子将她的老妹妹，也就是孩子们的小姨接来，给小女子做嫁妆。这个老妹妹是个心灵手巧的人，叫她来主要是给小女子缝棉衣棉裤和陪嫁的被褥。现在年轻人不要这些手工缝制的陪嫁，嫌弃穿着臃肿不好看，就连被褥现在都时兴太空被了，盖上轻轻的软软的。海表叔却盖不习惯，他盖那样轻软的太空被就是睡不着觉，轻飘飘一点儿都不踏实。他和老伴儿没有依小女儿，依旧倔强地做着他一直以来给每个女子都遵照过得出嫁程序。给孩子成家，是马虎不得糊弄不得的，只有认认真真地做好每一件事，做父母的心里才踏实。孩子们的小姨裁剪缝制的棉衣棉裤总是那样合身，穿着是那样熨帖。除了小女子，海表叔的其他儿女都用过小姨娘做的结婚棉衣和被褥。看着缝好叠整齐放在炕头上的一对红绸子被子，屋子里顿时充满了喜庆气氛。

先前，大女子和二女子没有钱买绸面被子，只是扯了几尺白洋布，分别用红颜色和蓝颜色染了作被面子和被里子，被芯里絮了一半羊毛一半旧棉花。看着那样红艳艳簇新的结婚被子，咿呀学语的小女子哭着喊着要找婆家要出嫁，惹得家里人哈哈大笑，她越哭得厉害了。是啊，才几天，小女子真的就要嫁人了。她小姨早就做好了一双男式布鞋，是给小女婿的，黑色条绒白色的千层底，鞋子里垫着一双绣花鞋垫。还做了一对绣着鸳鸯戏水的枕头，那对鸳鸯羽毛丰满，眉眼灵动，跟活的一样。老伴常自豪地说她的老妹妹绣的花就像水吹成的，像是不曾沾过手。看着那样俊俏的鞋子和漂亮的枕头，和所有一应俱全的嫁妆，都是崭新的，美好的。想想子女多了也有子女多的好处，总有一两个能等着好时光，能让父母以美好的心愿完成对子女的祝愿。

正好是北方冬闲时节，一家人都在专心为小女儿出嫁张罗着。她小姨做着嫁妆。家里其他人磨面的磨面，榨油的榨油，还要做豆腐，生豆芽菜、蒸馒头、炸油饼、杀鸡宰羊。出嫁小女子的日子一天天逼近，家里的准备工作也日渐周详。

一整个冬天没有落雪，村道上铺了厚厚的一层尘土，只要有人和车辆走动，就会腾起一层尘雾。海表叔拿着扫把和铁锹在清扫村道上的尘土。看着身后被自己清扫过的路面，海表叔就露出舒心的微笑。后天就交三九了，也是小女子出嫁的日子。小女子那天试穿嫁衣，着一身红艳艳的喜服，搂着她妈妈的脖子说要守着他们一辈子，挽着海表叔的衣袖说她舍不得离开爸爸。看着笑脸红扑扑的小女子，海表叔决定把从家到柏油路的这段村道上的尘土清扫一番。那样一来小女子的嫁妆就不会被村道上的尘土弄得不好看了，迎娶小女子的车辆也不会沾上尘土。干干净净漂漂亮亮地出嫁女儿，想着都是极其美好的事情。

村道上的尘土是纯粹的黄土了。没有了牛羊在村道上走动，没有了牛羊的粪便，村道上的尘土都是单调的，没有了往日的污浊。尘土不像是村道上的尘土了，像是一滩的沙子一样。它们被海表叔铲在柳条筐里，一提动柳条筐，它们又顺着柳条筐的缝隙漏出来。海表叔坐在锹把上装了一锅旱烟，抽着旱烟锅瞭了一周圈村子。村里盖起了很多新房子，房顶上都装着太阳能热水器，没有盖房子住在窑洞里的，都将土庄子的崖面用砖砌了，装饰的瓷砖各式各样，家家的门院都很阔气，院墙外停的不是农用车就是小汽车。养着牛羊的人家比以前少多了，在牛棚羊棚里，牛羊安安静静地卧着，再也听不到往日牛的哞叫和羊的咩咩声，就连家里养的狗，也是越来越小了。以前依山挖建的窑洞很多被废弃了，只是有心的老人还照顾着原来的庄子，虽然院里院外一片荒芜，长着高高的蒿子，可门窗都在。有的年轻人自从搬出窑洞，就再也不愿回去拾掇，更有甚者将窑门院的木门窗挖了，劈了当柴烧。庄子里的窑洞整天地大张着口，黑洞洞的，裸露着曾经烟熏火燎的日子。村里人的生活见天地好转了，就连往日里海表叔这样给人打干垒墙的人都将庄子用砖砌了，窑洞粉刷了。人们的观念一天天转变着。可让海表叔想不通的是，为什么人们的生活好转了，出嫁女子的彩礼也跟着上涨。

小女子比她的四个姐姐小了好多岁。几个姐姐早就成家了。虽然小女子这些年一直在外面打工，可她毕竟是未嫁的女子，逢年过节回的是海表叔的这个家。当然一旦嫁了人，她就是人家的媳妇，是人家的一口人了。海表叔的生活已经宽绰了，这又是海表叔最小的女子，是他和老伴最疼爱的小棉袄，就像小儿子说的，他是打算在小女自身上赔（陪嫁妆）点儿的。事实却是另外一个趋势，村里村外的女子彩礼都七八万了，他有心和村里其他家长一样要那样高的彩礼，心里却接受不了，他这是嫁女子，又不是卖女子。只要她将来生活得幸福，他要那七八万块钱做什么，她要是生活得不幸福，日子不平顺，他要那七八万块钱又能改变什么？可他又必须多少要点儿彩礼，一点儿彩礼不要也是不合乎人情的，更是和世事趋势脱离了轨道的。因为村里有人会说，要那么一点点儿彩礼，婆家不会心疼我们女子。可到底要多少好呢，就算他将自己的小女子打个五折，也要三四万呢，那也是沉甸甸的一摞子钱。这和嫁女子联系起来，让他咋就那么的不舒服呢？

娶大儿媳妇那会儿，正是家里紧张的时候，几个大些的孩子齐刷刷的四五张嘴要吃饭，小的还要上学。没钱的日子让海表叔愁得整夜整夜的睡不着。后来村里的老兄弟说该给女儿找个婆家，这样能应个急。他当时想都没有想就答应了老兄弟，急急匆匆给大女儿在村西找了个婆家。大女儿出嫁时，海表叔给女儿没有置办一件像样的衣裳，更别说像样的嫁妆了。彩礼要了五百，一分未动，囫囵囵拿上转手给了大儿子的老丈人作了人家女子的彩礼。这礼数那礼数，这里需要打点那里需要打点，等儿媳妇娶进门，海表叔确确实实地把家里搜刮得干干净净，还借了很多外债。当时给儿媳妇买了一条蓝哔叽喇叭裤子，大女子拿在手里翻来覆去地看了好久，海表叔看得出来大女子喜欢那条裤子。那一阵子，可得紧着满足人家女子的要求，不然儿媳妇咋娶回来，他就装聋作哑了。他在心里默默许愿，等手里稍微宽裕了，一定买几件大女子喜欢的衣裳。事实是，海表叔孩子太多，年景也是一年不如一年，老伴又时常在药罐罐里泡着。等海表叔终于能给大女子买件衣裳时，大女子自己的日子也慢慢好起来，面对海表叔买来的衣裳，已经没有了女孩自时的那种爱慕了。那时海表叔才知道，自打欠着大女儿的那条裤子起，就再也补偿不回来了。

海表叔把烟灰在鞋底子上磕了，站起来，提了柳条筐回去，他要上山上的庙里烧香去。

海表叔去平凉贩袜子过桥时，踩空摔下去摔断了腿骨，后来接上了。可自打那时，起海表叔走路再也做不出倒背着手的那种潇洒动作了，干活也不如以前得力。每逢天阴下雨，他的腿就疼痛起来。也是那时起，海表叔开始信菩萨了。

三九冻破地口，越往山顶越冷。冷风嗖嗖的，庙院里悬挂的旗子被冷风吹着，嚯嚯有声。松树柏树虽然绿着，却紧着身子，没有夏日里的那种舒展。庙院里有三三两两的香客，因为天冷，他们束手束脚地烧着香，跪得也不彻底，把膝盖在离地面还有一拳头的距离处弯曲一下，站起来匆匆走掉。海表叔把庙院打扫了一番，给各个庙殿里香炉前的灯烛续上清油，掸了神像身上的灰尘。在给子孙娘娘神像掸灰时，他伸手摸了摸子孙娘娘身旁的两个小娃娃，他们都仰望着子孙娘娘慈爱的脸憨憨地笑着。小女孩扎着的羊角辫向上弯翘，海表叔用手抚摸了一下那弯翘着的羊角辫，眼里湿了。

女子们小时候的头发，大多都是海表叔给她们梳理的。老伴多病，又得照顾小的。几个大些的女子的头发就成了鸟窝。海表叔就给她们梳头发。刚开始他不会辫辫子，绕来绕去三股头发就成一顺子了，辫的辫子就走了样子，拧成了一股绳。为了给女儿们辫好辫子梳好头发，海表叔特意地割了一筐白蒿回来，认真地学习辫辫子，他不仅学会了辫麻花辫还学会了打蝴蝶结。刚开始给女子扎头发，他总怕把头发扎得紧了伤着她们的头皮，扎得松了一会儿工夫辫子散乱了，打的蝴蝶结根本就撑不了一整天，不到中午，女子们的头发就散散乱乱的了。他想了个法子，把用旧了的自行车内胎用剪刀剪成细细的环儿，当皮筋给女儿们扎头发。哈，真管用。一闲下来就有女子来让他扎头发。也有不尽人意的时候，二女子和三女子爱美，不要扎成马尾，要他给辫成麻花辫。但是他辫的麻花辫总是有一个拧着，要么就弯弯地向上翘。三女子脾气好，只要是麻花辫就高兴。二女儿用手一摸有一个辫子向上弯翘着，就一把解了，让头发散乱着飘着。有一回海表叔很烦躁，二女子把头发解了披头散发的，他就一把拉住二女子，摁在凳子上，几剪刀剪了二女子的头发，推成寸短，还打了她的屁股。这女子性子倔，一看自己成了假小子，连妈妈的哄劝都不接受，硬是哭了一个上午。二女子气管炎的病根就是那个时候落下的。

海表叔抚摸着子孙娘娘身旁的女孩子的羊角辫，那翘着的辫梢就戳着他的手心。五个女子小时候的头发都是他给梳的辫的，他烦躁了，打过她们，剪过她们的头发。和倔强的二女子一样，他也曾三五天不理她们，任由她们散乱着头发在村子里跑出跑进。这一切就像发生在昨天。一转眼的工夫，她们都出嫁了，成了娃他妈。就连这最小的一个小女子也要出嫁，心里有多少的不舍啊，但做父亲的也算是了却了一个又一个心愿。

可是，了却了一桩心愿，一桩心事又堆上心头。在选择送小女子出嫁的送亲人上，海表叔又犯了难。看大女子的动静，是想让女婿去送亲的，她给女婿买了一身新衣服，买了一双新皮鞋。大女婿中等身材，脑袋方方正正的，五官虽称不上英俊，但也中看。大女婿老实憨厚，从来都不招惹大女子生气，是个很招丈人喜爱的女婿。因了家里紧张，他常常出去给人挖庄子，钻窑洞，下苦赚钱补贴家用，和当年的海表叔走的是一样的路子。这些年，日子好不容易宽展了，大女婿却得了绝症。这让当丈人的他常常不自觉地自省，是自己做了什么亏心的事了吗？为什么这样难肠的事情会落着他的头上。海表叔不仅做着本分的事情，信着菩萨，还给死人穿老衣（寿衣），给亡人整骨什。

整骨什就是迁坟时，因为亡人的骨头被挖出来往往会散乱了，海表叔就把散乱的骨头照着人原来的骨骼秩序整理好，让亡人重新躺在新的棺木里。这个看起来是个简单的活儿，可实际做起来就不是那么回事儿了。信着菩萨的人，他总觉着人活在世上和埋在地下是一样的，都是作为一个灵魂在菩萨面前存在着。其实，坟墓挖开后就是另一个世界了，它有它自己的空间和它自己的气息，一个活着的人突然闯进去，心理上和生理上都需要一个逐渐适应的过程。海表叔总是特别地小心谨慎，生怕遗漏了人家一块小小的部件，将人家完美的骨骼让他整得有了瑕疵。就像他自己的腿，他总是怀疑当年是摔断了腿骨，村长从何家崾岘请来的那个骨骼医生给他在接骨时大意了，不知是漏了他骨关节上的一片脆骨，还是在他骨关节处夹了一根头发丝儿，不然他好好的腿，咋总是疼痛难忍。起先，海表叔给人整骨什回来，还会洗洗头，用白酒把周身喷洒一遍。后来请海表叔整骨什的人多了，他自己习以为常，也没有了那么多讲究。觉得给人整理一次骨什，就跟帮邻居搬一次家一样。如今海表叔上了年岁，腿又老疼着，知道他情况的人就很少再请他整骨什了。海表叔也感到自己硬着的腿在墓穴那样的空间里难以运转，对那尊骨头也是不敬，就慢慢不干了。给即将上路的人穿老衣的事，海表叔至今仍然做着，能够陪在即将去面见菩萨的人的身边，并帮着他穿上崭新的衣裳是件美好的事情。一个信着菩萨的人，一个曾经和埋在地下的灵魂打了那么久交道的人，一个总是打发别人上路面见菩萨的人，为什么总是有那样难肠的事情要去面对？海表叔站在庙院里，看着庙院里那丈高的香炉问自己，也问着菩萨。

海表叔是在出嫁小女子正日子的头一天里，招待前来恭喜他出嫁小女子的远亲近邻的。海表叔喝了一天的恭喜酒，有些高了。后响时，前来贺喜的人都走得差不多了，海表叔又专门为村里他的几个老哥儿们摆了一桌酒。这一桌酒，吃得漫长，老哥几个划了几拳，打了几圈杠子，老是有人耍赖，争论不休。他们总是互相调侃着，说他们年轻的时候做过的一些不太上台面的事情。这时搬出这些陈年往事，居然都成了可以拿来炫耀的能耐。都喝高了，兴奋地叫嚷着。直到天黑了，他们的儿女们要领着他们回家，几个老哥们还不肯走，还要喝，简直有些年轻气盛的样子。

打发走了贺喜的乡邻，女婿外甥们拉亮了院里的灯泡，把挂在树梢的音响摘了下来，立在院子中央，把白天里唱着的歌曲换成了嘭擦擦的舞曲。女子女婿，外甥外甥女，在嘭擦擦的舞曲里歪歪扭扭地舞动，嘻嘻哈哈地打闹。家里的亲戚都围在院子里凑红火。大家也是难得能聚齐，难得有这样的机会热闹热闹。

海表叔透过窗户看着孩子们跳舞。他们都在那里乱舞，喝醉了一样，兴奋的很。有人跟着曲子唱着歌，也有翻跟斗的，打拳练把式的，也有扭秧歌的，更多的是跳迪斯科，都有模有样的。三女子学孙悟空转着花棒，二女子扭着秧歌，三女婿跟在二女子的身旁，扮着社火里的害婆娘，跟二女子一唱一和……惹得众人哈哈大笑。大女婿偶尔跑进去在人堆里面捣捣乱，或者吼上一嗓子，搅和一下唱歌的，大多时候在给跳舞玩耍的人倒水倒酒。他们都找到属于自己的乐子，在那里开心玩耍。只有大女子，站在院子一角，安安静静地看着大家闹腾。海表叔顺着大女子的方向看去，她望着的是她的女婿。女婿笨拙着身子，在人群中来来去去，给这个倒点儿酒，给那个续根烟，再给那个添点水，高兴地忙碌着。海表叔看到角落里单薄的大女子，心里丝丝作疼，咋就紧着这一个女子亏欠呢。他想下去给大女子披件大衣。三九里的夜是相当寒冷的。可是他又怕触动大女子的心事，左右为难，不由得一头倒在被子里放声大哭起来。海表叔这一哭，嘭擦擦的舞曲戛然而止。孩子们都涌进来，见海表叔满脸的鼻涕眼泪，满身的酒气。大家以为海表叔喝醉了，淘气的外甥们摇晃着海表叔的胳膊让下炕跳舞，给他们唱秦腔。海表叔不理他们，借着酒气美美地哭了一场。外甥们哪里知道海表叔的心思。

天还没亮，院子里嘭擦擦的音响还在颤动，固原七营娶亲的队伍到了。女婿外甥关了音响，立马迎了上去，招呼着来迎娶新人的亲家。人们一下子又忙了起来，尽心地忙各自的事情，打发娶亲的队伍早早出门，赶上在那边拜天地的时辰。之前都商量好迎娶的程序和各种礼仪了，到了这个时候，双方亲家都那样豁达，有礼数。各个环节都进行得井然有序，这场婚礼进行得很完美。

送亲的队伍一走，院子一下子空旷起来，好像一场战斗刚刚结束，千军万马一下子全部撤走了。

太阳照下来的时候，海表叔下炕出院子方便，见到昨晚满地烟花爆竹的残屑，还有果皮瓜子皮，被大女婿清扫归拢得清清爽爽。女婿此刻正在往竹筐里铲垃圾，见海表叔出来，嘿嘿地笑道，"姨夫昨晚喝高兴了，我们吵得姨夫没有睡好？"看着女婿憨笑着的脸，海表叔低了头说："没事儿，姨夫喝高了，让娃娃们见笑了。""呵呵，姨夫高兴啊，我们都高兴，嘿嘿。"在院子里跳了一夜，竟然都没有感到寒冷。要不是固原七营的人来娶亲，我们怕是到现在还跳着呢。这次真正地耍欢了。女婿向来都不是个话多的人，今天突然这么多话，海表叔心里泛起阵阵酸涩，不忍心再看这个在自己家门里出出进进已有十来年的半个儿子。收拾了就回去睡去。太阳下来是最冷的时候，你的胃不好，别感冒了。海表叔说着，出院子方便去了。

海表叔望着南山里初冬时节的那场雪，呆呆地发愣。三九里早晨的太阳照在身上，寒气逼人。初冬时节里下了一场薄雪，一整个冬天再没有见着雪花，风倒是一天一天地刮着。在他的背后，院子里清扫垃圾的女婿，怕是最后一次来看望他这个老丈人了。

等海表叔从院子进来，女婿已经把海表叔屋子里的炉子捅旺，提了一壶水放在火口上。他坐在炉子边的木凳上，抬起头望着海表叔："姨夫上炕上坐，我给您熬罐罐茶。嘿嘿，咱俩还是第一次这么心闲地坐着熬罐罐茶喝。我每次来都跟打仗一样，急吼吼来，急吼吼走，闲不。"大女婿说着，挪了一下凳子，把海表叔让上炕。海表叔盘腿坐在架着炉子这边的炕头，和女婿面对面坐着。大女婿把搁在上炕头的旱烟锅和装烟叶的木盒子拿了过来，装好一锅旱烟递给海表叔，打着了打火机候在海表叔的旱烟锅上，海表叔愣怔了一下便把旱烟锅伸过去。大女婿经常这样给海表叔点烟，动作是娴熟的。可女大婿今天很笨拙，很吃力，大口大口喘息着，胸口有口风箱似的。海表叔吸吮着烟嘴，捧在女婿手里的打火机火苗便一下一下向着旱烟锅磕起头来。看着举在女婿手里一下一下磕头的火苗，海表叔心里有股劲儿直往上冲，却又冲不出来，噎在了嗓子里，心在胸腔里抽缩。今年种的这些烟叶硬很，海表叔有时候就有些吃不倒，被呛着了，咳嗽了许久，眼泪都咳下来了。大女婿倒了一杯热茶给海表叔，并递了一块毛巾，顺手在海表叔的脊背上轻轻拍打。

等海表叔不咳嗽了，收了毛巾，大女婿说，姨夫昨晚光顾着喝酒，没有吃东西，我去灶房里端点吃的。说着大女婿便起身去了灶房。这个大女婿，因为离得太近，来家来得勤快，又在一眼泉里吃水，抬头不见低头见的，海表叔最多的还是将他当做一个村邻，来了就来了，走了就走了，很少特殊对待他这个大女婿。不像别的女婿离得远，来得次数少，来了就紧着家里好吃的好喝的给他们。而这个大女婿，碾场啦，种麦子啦，给牲口铡草啦，甚至是从牲口背上往下抬水桶啦，都是喊他，喊一声来了，干完活就走了，水都顾不上喝一口。海表叔给人整骨什穿衣裳向来不收钱财，可烟酒副食推辞不掉就收下了。海表叔吃的是旱烟，儿子又不抽烟，过滤嘴的香烟就给了几个女婿。也给大女婿给过，他说自己抽烟不上瘾，隔三差五地抽那么一两根，也抽不出个啥滋味来，糟蹋了好烟。海表叔索性就再也不谦让了，一股脑儿给了其他几个女婿。

大女婿端了油饼和馓子，还端了一碟凉菜，一碟凉鸡肉。他把这些吃食都放在炉子边上，在火炉盖上横放了火钳子，把油饼搁在上面。他交代海表叔，"姨夫看着，烤一会儿就把油饼翻过来，不要烤糊了，我去再舀点黄酒来。"说着就又去灶房里舀黄酒了。他就像一个乖巧的儿媳妇，家里盆盆罐罐的都是那么的熟悉。一会工夫，黄酒舀来了。女婿重又坐回炉子边的木凳子上，翻烤着油饼。等海表叔抽完一锅烟，女婿就把烤好了的油饼掰了一半给海表叔，把火口上的水壶挪开，把装黄酒的小铝壶放在火口上，他自己抽了一根徽子细细地嚼着。这其中女婿抬头看了海表叔几次，好像要说什么，欲言又止的。海表叔一口油饼一口凉菜，真饿了。海表叔吃着，等着女婿说话。小铝壶滋滋地响了起来，女婿在炕对面的桌子上拿来酒盅，用水壶把火口上装黄酒的小铝壶换了下来，给海表叔和他自己都满斟上，双手递给海表叔，"姨夫，酒热了。"海表叔一手接过酒盅说，"姨夫不太想喝，昨儿后晌喝高了。"

"好着呢，姨夫，黄酒不像白酒，白酒伤肝，黄酒养人。来，姨夫，咱俩向来没有这样坐下来喝酒说话呢，今儿借姨夫的酒菜，咱俩唠唠。以后这样的机会怕是少了。"大女婿端了酒盅一口喝了，海表叔愣怔着，想阻止女婿喝酒，又没有，现在不让他喝酒，已经没有意义了。海表叔端起酒盅一口干了，故意咂着嘴说，"这是昨天热了一回的酒，黄酒热两遍有点儿酸了。""有酒不嫌酸，酸酒劲儿大。连着几年没有喝到我姨娘煮的黄酒了。想起来有些遗憾，早知道吃那么多药没有用，还不如不吃了，也用不着忌口。害得我连着几年都没有喝我姨娘煮的黄酒了。"大女婿也咂着嘴。"嗨！就你姨娘煮的这酸酒，也就你们几个女婿稀罕，别人哈嫌弃酸得很。今天回去时给你灌点。我窑垴里坛里有酒本呢，给你灌点。"海表叔喝了一口黄酒，皱了一下眉毛，又咂了一下嘴说，"去，现在就去给咱爷俩倒点来热上。酒本劲大，口味纯真，热上点儿咱爷俩喝。"

女婿高兴地起身，把小铝壶里的酒全都倒到桌子上的大碗里，朝窑垴里的坛坛走去，边走边说，"姨夫这下安心了。我几个妹子都有了着落，就剩下他碎舅没有娶媳妇。他还得几年，他小着呢。看把书能念下么。嘿嘿，要是考个大学生，那该是多高兴的事情。"女婿缄默惯了，突然这么多话，海表叔有些不习惯。"哎！你看你兄弟那个念书的姿势，那是在完任务着呢。考个大学生，哼，咱祖坟里没埋下。"海表叔一阵叹息，"坛坛里有个竹子做的酒舀子，娃娃你用酒舀子。""嘿嘿，那不一定。就算考不上个大学生，眼睛里多识几个字也好呢，现在时兴打工，眼睛里识了字，兴许能找个轻便一点儿的活。我要是识字，我也早些年出去打工了，不至于在家里年年给人钻窑洞。"大女婿这样说着，突然不说了。只听见酒倒进小铝壶细细的响声。海表叔竟停了手里的动作，听了会儿那细细的如溪流的响声，随手端起一盅黄酒一口灌了。黄酒是有些酸了，喝在嘴里烈酸烈酸的。海表叔在心里回转过来回转过去地想，就是搜腾不出一句安慰女婿的话来。

"不过，姨夫，以后无论如何，姨夫都要喊叫着我家里（媳妇）把几个娃娃供着念书，念个初中毕业也是好的。"大女婿喝着重新热的酒说，"姨夫，我家里平时你看着绵软，骨子里犟着呢。"大女婿三五下就把舌头喝硬了。

出嫁小女儿吃酒席剩下的硬菜，留了过年用的，给女儿们每人分了一点儿。大女儿因为离得近，分了一些熟食，炼好的臊子、煮熟了的鸡肉、外加洗了的黄瓜等。大女婿好像不大高兴，他一直用眼角看着提了菜蔬的大女子，弄得海表叔心里也是疙疙瘩瘩的。大女子看出海表叔的不悦，就强颜欢笑着说自己的女婿："爸，他最近变了一个人一样，爱骂人很，跟我有仇似的，看把人泼烦着。不过，家里倒是操心着，安顿牲口、烧炕。还打杏核核着呢，把家里几袋子杏核都打完了，杏仁价格好。"

大女婿穿着大女子新买的衣服，皮鞋擦得光亮，在海表叔面前，大女婿随便惯了，穿成这样，显得拘束，像个新女婿。看着大女婿挺出来的腹部，海表叔想象不出来，大女婿是怎样吃力地烧炕，坐着打杏核的。那里正有一腔肝腹水在作祟。和大女婿敦厚的身子比，大女子是那么的单薄。她嘴里笑着，眉宇间那份愁苦让人看上去苍老了许多。

将大女子大女婿送到大门口，大女婿就推搡着不让送了。他把自己衣兜里的香烟，一股脑儿掏出来，捧给海表叔："姨夫这烟你吃去，我再没有啥可给你的，我怕是再也来不了了。你进去，风冷的，你腿疼。姨娘，他碎舅，你们把姨夫领进去。"说完，大女婿把女子领上，头也不回地走了，他走得很快，大女子跟在后面小步跑着才跟得上。一会儿工夫，他们便消失在水渠沿的尽头了。

海表叔站在大门口，撑进眼里的还是南山上初冬时节的那场薄雪。

年关将近。该过的日子继续过着，家里正在筹备过年。其实这个年是相当好过的，出嫁小女儿时剩下的硬菜，还能继续派上用场，再添置点儿鲜菜就好了。老伴和大儿媳妇在磨豆子。往年都是她一个人做豆腐，今年她拉不动那个小石磨了，喊了儿媳妇来帮忙。

后晌时候，海表叔吃了一碗刚出锅的豆腐花儿，喝了一碗缸底的稠酒，混混沌沌地睡着了。

海表叔竟然做起梦来，梦见大女婿回来了，站在大门外的墙角。大女婿站在那里，狗朝着他猛烈吠着。海表叔出门看到他时，他一脸的不高兴。他还是穿着前几年给人钻窑洞的那身衣裤，戴着那顶蓝帽子。帽子舌头折了，两边耷拉下来，把他锁着的眉毛遮盖着。海表叔呵斥了狗，狗并不理会海表叔，依旧朝着大女婿吠着。这狗向来是不咬亲戚的，尤其女婿外甥，就像能闻见味儿一样，从不向他们发声。今天怪了，它竟然不认大女婿。海表叔叫大女婿进屋里来，要不进院子里面来。大女婿不理海表叔，锁了眉头站在那里和狗对峙。海表叔跨出院门去，向大女婿身边走近。大女婿见海表叔出来，退了几退，站在了院子边上的路口。他依然不理会海表叔，站在那里被狗吠着。海表叔看见大女婿的裤子大腿面子磨破了，那正是打垒铲土时锹把紧挨的地方。大女婿右脚上的鞋也坏了，鞋的外帮子垮下来成了鞋底子，看上去像是拐着脚掌子站在那里。

海表叔忍不住说："娃娃你进屋里来，你把你媳妇给你买的那身新衣裳呢，看你鞋子都坏了。你站在那里狗咬着，进院子里边来吧。"大女婿不说话，依旧站在那里，连看都不看海表叔一眼。他大概觉得被狗那样吠够了，转过身就走了，和海表叔连招呼都不曾打一个。女婿走得很快，海表叔再看到他时，他已经过了水渠子，消失在水渠子沿上了，跟上次回家走时一样，只是这次是他一个人，后面没有跟着大女子。

海表叔醒来时，太阳都快落山了。他下到院子，才想起刚才做的梦，想起大女婿早已随着他的那腔肝腹水走了。刚才是女婿托梦了。给人穿了那么多年的老衣裳，自己的大女婿却是穿着大腿面子磨破了的裤子走的，海表叔不由得眼泪汪汪。

院门外的天空里，云彩一朵一朵的，一会儿堆着，一会儿孤立着，蓬蓬松松的，棉花一样，那里面该是蓄了许多冬日的太阳光的，估摸着应该是暖和的，那里也是菩萨的所在。

海表叔站在院畔张望着，投进眼里的，还是南山上初冬时节的那场薄雪。今年冬天，老天爷怕是就拿这场薄雪把人们打发了。

[原载《朔方》2017 年第 8 期]

王秀玲（1976—），女，宁夏彭阳人。发表作品若干。宁夏作家协会会员。第五期文艺（小说）研修班学员。

伊拉克烤鱼

墨中白

歇工时，向海喜欢吸烟。他已经离不开香烟了。吐着烟圈，他才会快乐。黄河不止一次提醒："为什么带你去阿布扎比呢？"

向海认为他的担心是多余的。来阿联酋快两年了，向海最远只去过一个小镇，还是工友黄河手被砸伤，陪他一起去医院的。当时天黑得像是摸进了一个山洞里，一路上，他什么也没看到（黄河的呻吟让他无心看着车窗的外面）。医生缝伤口时，也不打麻药，黄河疼得像一头被宰杀的驴。看着那张破碎成玻璃碴的黑脸，向海突然想家了。

向海是在一家中石化公司承建的工地上干活。天太热，高温达到五十度，施工时，需要背着冰块。有几次他差一点热晕过去。如果死在这里，只能做阿联酋的野鬼了。高温天，咬牙坚持干活，除签了合同，诱惑他还有每个月的六千迪拉姆，折算成人民币就是一万多块钱。他到现在干了一年零六个月，扣压第一个月工资，余钱，都存在卡上了。再干四个月，他就可以回家了。不，是回国。向海之所以更愿意用"回国"这两个字，是因为觉得气派。以前在国内打工时，他喜欢说回家，人在阿联酋，更能体会到什么是"家"。

湖海、渔船、村庄，还有戴草帽的女人，一次次从月亮里漏下来，浮在他的眼前。在缥缈的烟雾中，他又看到了那片湖、渔船、村庄，女人站在老槐树下，望着阿联酋。

工地上多数都是中国工人，像哈巴尼这样的阿联酋人，也曾来过几个，不过他们一般干的时间都不会太长，基本上一结工资就不来了。哈巴尼是来工地干活时间最长的本地人。他每月领工资后，就会和他们告别。向海认为他也不来了。过了半个多月，或是一个月，哈巴尼又来到工地。

——工资花光了，只能再干活赚钱。他用手势告诉向海。

向海原来不太相信缘分的，认识哈巴尼之后，他改变了这一看法。就像他和哈巴尼，谁也听不懂对方说话，却能用特殊手语交流得很愉快。别人看不懂的手势，只要向海一比划，哈巴尼就明白了。同样，哈巴尼打手语，向海都懂。甚至对方的一个眼神，他们互相也明白。

——再到这个工地上班，是因为舍不得你这个朋友。

看懂哈巴尼打的手语，向海多少有点儿感动了。

哈巴尼来上班时，会从自己生活的小镇上给向海捎带一些日常生活用品，当然少不了他喜爱的香烟。

在哈巴尼眼里，向海太有能耐了。他能将吸入口中的烟，吞云吐雾，让飘出的烟圈，小中生大，大中套小，什么大海、渔船、村庄、女人，自己打个手势，向海随口就能吐出来。特别是他吐出来的美人鱼，上半身是人，下半身就是一条鱼，有时还戴着草帽，身体柔软如一条花蛇。

哈巴尼也曾缠着和向海学着吞吐烟雾，可怎么也不得要领，大口的烟，呛得他直流眼泪。旁边的向海不停地说，哎呀，哎呀，可惜了好大一口烟雾。学了多天，哈巴尼还是不能呼唤出自己想要的女人。望着火热的太阳，哈巴尼一脸灰心的样子。可一有空闲，哈巴尼还会拉着向海，要看他嘴里的大海、渔船，还有美人鱼。有时，哈巴尼甚至会想，如果自己也会烟戏，多好，可以跑去阿布扎比酒吧表演吐烟绝活，那样工作不累，还可以天天看到自己喜欢的姑娘。

得知哈巴尼学习吐烟圈，是为了去阿布扎比看漂亮的女人，向海笑了。

——吐烟圈只是一种喜好，是空闲时的快乐，快乐怎么能换来阿布扎比姑娘的欢心？如果想生活得更好，也可以换个思路嘛，比如说学做五香羊肉饭、包面布丁，或是香酥的阿拉伯大饼和脆香诱人的阿拉伯烤鸡，都可以的，为什么非要学吐烟圈呢？

——我爱享受悠闲的生活，讨厌一样香甜的味道，就喜欢你嘴里小烟圈缠大烟圈的神秘，大云朵套小云朵的缥缈。当然，还有阿布扎比姑娘甜美的笑脸。

向海不理解哈巴尼的想法，就如同哈巴尼搞不懂他嘴里吐出的烟圈一样。可这并不影响他们相处，他们因为缥缈的大海、晃动的渔船、戴草帽的美人鱼，走得更近了。

一看到他们俩在一块儿表演烟戏，黄河就提醒向海："像小黑鬼就是一个败家子。"平时，哈巴尼在时，他们也叫他小黑鬼。尽管向海知道这样称呼不礼貌，可想到哈巴尼听不懂，就随他们叫了。向海也认为哈巴尼要是在中国，就是一个不会过日子的人，手里有一个钱，出门会花掉两个，一辈子也攒不到钱的。后来在和哈巴尼的交流中，才知道他只想着开心地过完今天，明天没有钱，再去工作好了。一个人没有结婚可以这么任性，可是娶妻生子后怎么可能还如此不负责任呢？向海多少有点想不通。

不过，在哈巴尼眼中，向海是一个勤劳的中国人。他打心里佩服向海，五十度的高温下还能干那么重的体力活。天热，他喜欢躺在家里，舒服地抽着水烟。实在无聊时，他也会搭上顺便车去阿布扎比，放松下心情。

哈巴尼告诉向海，他准备去学做伊拉克烤鱼了。

想着鱼的边角燃烧着的点点火苗，向海又开始吐着烟圈了。上次黄河被扣件砸伤，幸好伤的是手，如果是砸着脑袋，怕是早化成灰了。人没了，卡上的钱还没有花掉，真是亏了。向海有点羡慕哈巴尼，想挣钱，就来干活，不想干，就去阿布扎比看自己喜欢的姑娘。可是这种想法刚冒出来，他就像在人群中想打饱嗝那样，强行咽了回去。如果真像哈巴尼这样过日子，一个月辛苦挣的钱没几天花光了，女儿学费拿什么交，家中有人生病，怎么去医院？

当年，他连一只画笔都买不起，只能拿着树枝在沙堆上画。后来新房把沙子一口口全吃光了，他就用母亲没烧完的柴木棍在轻软的土场上画。他画母亲，也画瘦妞。

他最不喜欢干的事情就是捕鱼，他怕坐船，更怕清清的湖水。他坐在船里，心却飞到土场上。他又拿起烧火棍画，画的不是瘦妞，也不是母亲，他画大鱼，一条张开大嘴、上下白牙在阳光下闪亮似两把刀、甩着一只乳房的大鱼……

父亲看到鱼嘴里雪亮的白牙还有那只柚子大的奶子时，双手禁不住一抖，船就歪斜了。

眼前一片湖水，他并不害怕，完全被那条大鱼迷住了。大鱼张开嘴，白牙上下咬合，像极了磨刀的声音。他想伸出手，抚摸饱满的乳房，大鱼却一个跳跃，甩着奶子，游向湖的深处……

发生了这样惊险的事情，父亲再也不敢带他下湖捕鱼了。有两次他主动坐到船头上，父亲望着家里的土场轻轻叹了一口气说，湖面上有风，你不能去。

他扭过来，走下船，蹲在不远处的岸边，一直看着父亲的渔船变成一个小蝌蚪。走回土场上，他又拿起木棍画一张脸。看着那个长着乳房的小女孩，瘦妞说把她变成了鱼精，哭着跑去湖边找父亲。从家到湖边不远也不近，瘦妞走丢了。看到母亲疯了沿着湖边奔跑，他偷偷将烧火棍抛进湖里。瘦妞光着脚丫跑向湖水的画面定格在他的记忆中。瘦妞一定是变成了一条美人鱼，一定是。他想。

大鱼游走后，他好像不会画了。

每到一个城市打工，下班后，他就像一条黑鱼游遍大街小巷，他在寻找那条美人鱼。可大街上连根烧火棍也没有，更看不到他要画的渔船。越是寻不到，他越想去找。如同吸了冰毒，他不能控制自己的行为。他有一次在公园里捡拾一根枯树枝，准备画梦中的美人鱼，可是他握着树枝寻找一个下午，也没有找到可以画画的泥土地。

走累了。疲惫的他就在坚硬的大理石路面上画，他画了一个傍晚，也没有画成一条鱼。他也画累了，懊恼地将树枝抛进垃圾桶，坐在公园的长椅上，点燃了一支烟。

那条游走多年的大鱼出现了，很多年过去了，大鱼的牙齿还是雪白，只是多了一只乳房，浮在水面，如同一张柔软的席梦思床。他的血管里，起风了，像是湖面荡起的波浪。大鱼再一次将他带回湖里，游进深水区，朦胧中，他又看到了瘦妞，还有父亲的渔船……

在阿联酋，他喜欢哈巴尼像个孩子缠着他，和他一起拥抱村庄，亲吻着渔船。每次回家，女儿就是这样搂着他看美人鱼的。想到这，他又开始大口吐着烟圈，烟雾环绕中，他的血管里有鱼在游，随着哈巴尼惊喜的尖叫，一条美人鱼从他嘴巴里跳出来，飞翔在阿联酋的天空。

望着开心的哈巴尼，他有点后悔在家没有好好教女儿学习画美人鱼了。

父亲讨厌他拿烧火棍，可自己怎么能忽视女儿的画笔呢？女儿拿画笔的样子和他少年时拿烧火棍的姿势太神似了。

女儿拿起画笔，水汪汪的大眼睛里全是湖水，清澈得迷人。而哈巴尼把烟吸到嘴巴里，眼前却是阿布扎比漂亮的姑娘，随后吐出来的烟，就像鸭腚眼里射出来的一泡稀屎，不成样子。

哈巴尼不会将嘴里的烟圈吐成乳房，向海还是乐意教他。

有一次，哈巴尼也能将烟圈变成一粒奶头了，向海正准备教他如何让乳房丰满起来，哈巴尼却将半支烟丢进砖头堆里，用手不停地抓着自己的胸脯：

——让两个奶子悬浮在空中，太难了，还不如烤鱼好做。

向海这才知道，哈巴尼已经学会做伊拉克烤鱼了。

——我准备抱个阿布扎比姑娘回家。

哈巴尼再次提醒向海，去感受下阿布扎比，一座很神奇的城市。哈巴尼不止一次用手势诱惑他：

——那里的姑娘比美人鱼漂亮，她们的乳房比你变出来的奶子结实多了，人人都有一身驾船的好本领。哈哈！

在向海眼里，哈巴尼就像一条游在沙漠里的泥鳅。他有时开着车子来工地干活，更多时候搭乘别人的顺风车。

晚上，哈巴尼从包里偷偷拿出酒来，两人对饮。向海喝多了。哈巴尼也醉了。

醉了的哈巴尼抱着向海说话，向海一句听不懂。

哈巴尼忽然扯下他的短裤，一把抓住他的下身，像做活塞运动，来回套拉着。向海没想到他会做出这样的事情，想推开哈巴尼，可是整个身体很快就被一股强大的电流击中，抓住哈巴尼的双手，一点力气也没有，他甚至渴望速度能快些，再快些。

感觉他变得十分强硬时，哈巴尼松开手，哈哈大笑，冲着他，高高举起大拇指。

那晚，哈巴尼没有回家，躺在沙堆上，不停地说着向海听不懂的话。向海看到，沙滩上有黑脸蛋、白屁股的女人在跳舞，她们一会儿挥着草帽，一会儿又抬起修长的大腿，胸前甩动的乳房是那么的结实饱满。

东边的月亮更圆了。向海知道，月亮下边就是中国，它一定是从老家的天空溜过来的。看着月亮里朦胧的身影，向海想到了老婆。现在她应该睡着了吧。想到同一轮明月如湖水般透过窗户洒在她的脸盆里，向海禁不住伸手把哈巴尼搂在怀中。月亮下，哈巴尼的嘴巴喘着酒气，那两颗虎牙在月亮下，闪着白光。他想到了女儿，好想吐烟圈给她看。他又想到父亲的渔船。他至今不会捕鱼，害怕那清清的湖水。以前，他总认为父亲是失望了，才不带他下湖的。一个怕水的男孩子，长大会有什么出息呢？

想着女儿手中的画笔，他终于明白父亲为什么坚持一个人下湖了。父亲一直幻想瘦妞会像一条鱼游到他的船边，可跳到船上的鱼都不会说话。禁捕季节，父亲就带着母亲进城。每次外出，他们都会把身上的卖鱼钱花得只剩下返回的路费，才不甘心又来到湖边。母亲再一次面无表情地对父亲说，瘦妞真变成了一条鱼，看，她游过来了。

他也相信瘦妞变成了美人鱼，她不但在父亲捕鱼的湖水里游，也在他打工的城市里游，他一直在寻找接近她的河流，只是河水太浑了，他看不清水里是否有鱼在游。

想到那条大鱼，不知道是该恨父亲还是恨自己。如果父亲把下湖捕鱼的技术传授给他，如果父亲那天带他下湖捕鱼，如果……他怎么能怨父亲呢？是自己没有勇气站到那条狭窄的渔船上的。

望着月亮，他把烟全聚在喉咙里，嘴巴慢慢地朝向天空，他的眼前出现了哈巴尼比划的姑娘，分开修长浑圆的大腿，翘起性感的屁股，丰满的乳房左右摇摆……他的下身膨胀起来。他站起身，走到约有六米远的一个沙堆处，掏出雀儿（老家的人都称男人那玩意叫雀儿）对准东边的月亮，沙堆里忽然钻出来一位阿布扎比姑娘，害羞地伸出手，像哈巴尼那样舒服地套住他的下身，一股电流再次接通，他清楚地看到一道白光，像一支飞箭，狠狠射向月亮的靶心，他整个人猛一下瘫坐在沙堆上，温热的沙粒熨着他的屁股，舒服死了。

一次醉酒，向海和哈巴尼关系更亲近了。

通过手语交流，向海知道哈巴尼赚的工钱一半用来孝敬家里的老娘，余下的全花在阿布扎比的姑娘身上了。

——姑娘们年轻漂亮，活儿也好，你舒服地躺着，就不想家了。

每次，向海都坚定对着哈巴尼摇着头。有时他也禁不住会想，阿布扎比姑娘再漂亮，皮肤也不会白的。在向海眼里，女人好看，皮肤白嫩是不可缺少的。

——爱情和友情是没有国界的。哈巴尼不相信他没有搂过别的女人。

——要是和她们睡觉，就烂掉我的雀儿。向海指着月亮发誓。

想到中国朋友腿裆里的硬棍，哈巴尼脸上露出狡黠的神色。

——想女人，就拼命地干活，累了，什么也不想了。

明白了向海的意思，哈巴尼眼泪都笑出来了。

在哈巴尼眼里，向海坦诚可爱，身上还有一股魔力，常能让他感悟出一些特别的东西。

星期五，一下班，哈巴尼就拉着向海，比划着：

——母亲去走亲戚了，今晚请你去家喝酒。

哈巴尼家住在小镇的西街上，赶到他家，天擦黑了。在哈巴尼的家门口，他们遇到了一个年轻的姑娘。哈巴尼好像跟她很熟悉，邀请她一起去，姑娘甜美一笑，似一条光滑的鱼贴着他们滑进屋。

哈巴尼从冰箱里拿出酒菜，三个人坐成一桌，姑娘坐在向海的对面。

向海一直不敢直视她，姑娘除了皮肤黑，模样长得还算好看，那双眼睛，会说话，一笑起来，一口整齐的白牙，在灯光下像两条比赛游泳的小银鱼。

一瓶酒快喝完时，哈巴尼起身，朝着向海打手语：

——我去再烤两条鱼。又转脸向旁边的姑娘嘀咕说了几句话。

哈巴尼出去了。坐在对面的那个姑娘笑得更甜了，像是撕开包装的奥利奥巧克力，散发出扑鼻的奶香。姑娘起身时，胸前那对饱满的乳房像两只不安分的小黑兔，争吵着要蹦出来。她滑过来，搂着向海的脖子，乳房紧紧地贴着他的腰身。他闻见了她嘴里的烤鱼香味。有股电流从他的腰，正在慢慢向他的大腿根汇集。

姑娘拉起他的手放到一只兔头上，她用手指了指哈巴尼坐过的空板凳，摆了摆手。向海没有理解她的意思，却跟着姑娘走向哈巴尼的床。他头脑晕晕的，眼前浮现出一条由白变黄，由黄转褐的烤鱼。她不知何时脱去了上衣，那两只调皮的小黑兔随着身体的移动，上下比赛着跳跃。那张床上像是摆着一块巨大的磁铁，他情不自禁被吸了过去。

姑娘上床后娴熟地蹬掉粉色短裤，仰面躺了下来，侧回头朝着他笑。那两排白牙是那般熟悉，他下身似被母鸡的尖嘴狠狠地啄了下，一转脸，看到书桌上，哈巴尼正挑起拇指，冲着他大笑。这时，他的眼前，突然飞出一把雪亮的尖刀。

他转身就跑，身后姑娘在喊，他听不懂。在奔跑的路上，向海在心里骂自己狼心狗肺，哈巴尼好酒好菜招待他，自己怎么能搂朋友的女人呢？

向海找不到回工地的路，就在街头，抽着烟，看着天边的月亮。烟雾中游过来一条鱼，月光下，大鱼肚子掏空了，两侧还开着玻璃窗。他飞身坐到鱼肚里抽着烟，大鱼游到一个小岛边停下来，从岸上走来一群人，父亲背着鱼篓，母亲戴着草帽右手牵着瘦妞，妻子怀抱着女儿，女儿手里举着画笔。他们说笑着飘进大鱼的肚子里，这时海水涨潮了，一个劲地涨啊，涨，他们一家人叫着，唱着，耍着。眼看着就要漫到月亮上去了，他甚至伸手可以抚摸到月亮的脸，柔软得像乳房。他本想抓住乳头，跳到月亮上去的，可大鱼神经病似地一甩尾巴，离开了月亮……

哈巴尼找到向海时，他躺在墙角睡着了。看着中国朋友脚下的烟头，哈巴尼心疼地一个一个捡拾起来。当他把烟头摆成一条黑鱼时，向海醒了。睁眼看到哈巴尼，他的表情很尴尬，像是离开时偷了主人家的一件东西。

——你为什么走？哈巴尼打的手势明显比平时又快又重。

向海只盯着哈巴尼的双手，一直不敢直视他的眼睛。

——她是你的女人，我是你的朋友。向海伸手比划着说。

哈哈，哈巴尼大笑起来：

——你是我的兄弟，她应该陪你玩的。

向海的眼睛睁得像桂圆一般大。

——我帮你预付过钱了。

哈巴尼见向海还是没有明白，他急得一边说着话，一边打着手语：

——她的确是我的一个玩伴，可陪你睡觉，也是她的工作。你为什么不愿意照顾我朋友的生意呢？

向海笑了，心想，中国有句古语……他没有说。他知道，说了，哈巴尼也听不懂。

他伸出手，打的不是手语。哈巴尼知道，他要烟了，于是递过去一根烟。

向海接过烟，点燃，迫不及待地吸起来。他将一大口烟，轻轻吹出来，先是一个裸着上身的女人，转眼又变成在湖水中游动的美人鱼。

哈巴尼也跟着吐了一口烟，细一瞅，却像是一条烤鱼。

哈巴尼知道向海家住在海边，清晨一打开窗，就能看到无边的大海。

向海不会打鱼，他一坐船，两腿就打战。一个生活在海边的人，害怕水，哈巴尼感觉很有意思。难道这就是他离开大海，到阿联酋来打工的理由？

在哈巴尼眼里，大海永远比沙漠可爱多了。哈巴尼忍不住打出手语告诉向海：

——我想去看大海。

看到哈巴尼一脸向往，向海很开心。他为撒谎感到不安。自己的家不住在海边。每次哈巴尼夸阿布扎比如何繁华时，他就会挑起拇指点赞上海的大海是多么宽广。在哈巴尼面前，向海喜欢说着大海，那个永恒不变，无限宽阔，像男人梦一样深蓝的大海。

如果告诉哈巴尼，他的家不在海边，哈巴尼该有多么失望呀。

父亲的渔船出事了，还是当年他画大鱼的那个地方。

父亲下湖寻找瘦妞，才会留在水里的。母亲像是安慰他，更像是在安慰自己。

对于父亲的离去，向海总认为是那条大鱼用快刀一般锋利的白牙咬碎了厚厚的船底。

父亲走了，以前喜欢下湖的母亲，突然也害怕那一湖的清水了。

忧郁的母亲病了。

父亲捕鱼攒的钱，在母亲快要走的那几天派上了用场。母亲撑着，等到他回家，拉着他的手，使尽全力说了两个字：瘦妞……

母亲的眼睛是他用双手合上的。他不会告诉母亲，这些年，他一直在寻找美人鱼，真的累了，累了，累了，累了，累了！

直到有天他看到女儿画出了一条鱼，他才意识到，美人鱼也许就是个传说，传说，传说，传说！

自己不能活在梦里，他要给女儿买画笔，买画笔，买画笔！

当黄河约他来阿联酋打工时，他答应得很干脆，除了高薪诱惑，还有湖上的传说。母亲不相信鱼会飞，父亲也说，瘦妞就是变成一条鱼，也是在湖里游，鱼怎么能长出翅膀来呢？来到阿联酋，摸着滚烫的砂粒，他难过地哭了。离开那片湖水，他以为沙漠里是没有鱼游的。认识哈巴尼，他才明白，有人的地方，就有鱼。尽管他看到更多的是烤鱼，可谁能说烤鱼不是一条鱼呢？哪怕它是一条伊拉克烤鱼，同样会让他想起那片湖水，还有跑向渔船的瘦妞……

让哈巴尼下定决心要带中国朋友去阿布扎比的是因为向海救了他的命。

又是一个星期五，下班后，哈巴尼本想坐朋友的顺风车回家。向海却拉住他，一起喝酒。后来，哈巴尼才知道朋友出了车祸。哈巴尼庆幸自己没有坐在车上，特意来感激向海。向海不曾想到自己贪杯，会让哈巴尼躲过一劫。

对于哈巴尼的热情邀请，向海几次都拒绝了。

——一定要去一趟阿布扎比，将来有一天我去上海，你也要陪我看大海。

打手语时，哈巴尼一脸真诚：

——如果你不去阿布扎比，就是害怕我去上海。

向海就不好再坚持了，自己怎能让哈巴尼小瞧中国人呢？

在没去阿布扎比之前，哈巴尼却找到向海：

——借我三千迪拜欧吧，你一回中国，我就不在这里干活了。我想在镇上做点小生意。

看着哈巴尼那双渴盼的小眼睛，向海没有理由拒绝。哈巴尼知道他卡里有钱，才来借的。

黄河知道后，劝向海，你就要回国了，把钱借给他，同扔到海里有什么两样？

向海有点后悔了。可说出的话，就像吐在地上的口水，落地是要砸出一个坑来的。

哈巴尼真在小镇卖伊拉克烤鱼了，生意还不错。

小镇离向海干活的工地不远也不近，向海很少去。哈巴尼有时还会米找向海，还带着他烤的鲤鱼。

吃着哈巴尼亲手做的烤鱼，望着天上圆如一块糖饼的月亮，向海又想到了美人鱼。

皎洁的月光下，哈巴尼一边喝着酒，一边同向海比划着大海：

——你跟我学做烤鱼吧，回到中国，可以和老婆一起在上海卖伊拉克烤鱼。

吃着手里的烤鱼，向海本想告诉哈巴尼，他家靠近的是湖，他们离上海还很远。可他打出的手语却是：

——上海欢迎你。

——OK！哈巴尼伸出左手将半片烤鱼递给了向海。

向海不客气地接过来，下定决心用空闲时间和哈巴尼学做伊拉克烤鱼。有一天，他回到家乡的小镇，也过着自己想要的生活。

看着向海一有空就跑去和哈巴尼学做烤鱼，黄河再次提醒他：趁着小黑鬼生意红火，抓紧把钱要回来。

向海知道黄河是好意，在老家，不知根知底的，是不会轻易借钱给别人的。更何况哈巴尼是阿联酋人呢？

他相信哈巴尼手里真没有钱，如果有，一定会还的。

哈巴尼心里早盘算好了，要让中国朋友在阿布扎比过一个难忘之夜。

他带向海去阿布扎比游玩了民俗村、法拉利主题公园、阿联酋文化广场。这是向海到阿联酋玩得最开心的一天。

他们吃着烤鱼时，月亮如一个金黄的蛋糕被人托举在眼前。

——你不是一直想去月亮上吗？哈巴尼手指着东方。

今晚的月亮离我们好近，你看，我伸手能摸到了。向海完全忘记了哈巴尼听不懂中文，他把酒杯举向了月亮。

哈巴尼变戏法般挥挥手，桌上那条烤鱼游了下来。烤鱼围着他们转满一圈的过程中，身体像使了法术，迅速长大，在他的搀扶下，向海骑上了烤鱼。烤鱼稳稳地游向东边的月亮。月亮像一个巨大的黄气球，漂浮在海水里。烤鱼把他们送到月亮旁边，哈巴尼第一个抓着那粒粉红的乳头，跳了过去。在哈巴尼的牵引下，向海也握住了月亮的乳头，并成功登陆上去。月亮如皇宫，连走的路都是一个个饱满的乳房铺成的。走在弹性十足的乳房上，向海感觉身体也浓缩成一只乳房，在月光下颤抖。

很快，哈巴尼的双手就被两只黑色的兔子一嘴含着一个给叼走了。

向海走进一间粉红色的房子，如同身在子宫里，他伸手摸了下墙壁，像小腹一样软滑。一条美人鱼贴着墙角游了过来。美人鱼长发披肩，黑葡萄一样的眼睛里像蒙上了一层薄薄的水雾，瓜子脸上涂了一层粉，却没能遮住她右嘴角那颗绿豆粒大的黑痣。美人鱼穿着很透，洁白的裙纱下，一对结实的乳房若隐若现，她游进来时，红色内裤，随着屁股舞蹈，仿佛母亲在渔船上摇摆。美人鱼从骨缝里冒出来的气息，像海浪一样，在他眼前拍打着。美人鱼游到他身边时，黑痣还上下抖动了一下，这让他想起瘦妞哭泣的小样，相同的部位，那颗黑痣就像鱼的胸鳍在左右摆动着。

他嘴里又开始源源不断飘出烟圈，小中生大，大中套小，于是皇宫里浮现出村庄、湖水、渔船……

美人鱼激动地浮起来，亲吻着渔船、湖水、村庄，把那顶草帽紧紧咬在嘴中，哭了，像极了浪花轻拍海岸的声音。

向海的心似被烟头烫了一下，他嗅到一丝焦煳的香味，一大口烟全喷了出来，他们眼前漫过一片湖水，一条由白变黄，由黄变褐的伊拉克烤鱼，贴着水面飞来……

[原载《长江文艺》2017年第6期]

墨中白（1977—），本名陈亮，江苏宿迁人。曾获《小说选刊》蒲松龄文学奖、吴承恩文学奖、江苏省第六届紫金山文学奖。中国作家协会会员，宿迁文学院专业作家。第五期文艺（小说）研修班学员。

城市之上

朱　敏

挂了孙媳妇麦燕的电话，马占祥坐在自家院子的梨树下，像另一棵枯瘦的老梨树，谁叫也不进屋睡觉。夜深人静的时候，一棵老梨树对着另一棵老梨树说话：老伙计，你说说看，人换了一个窝窝子，咋就会变呢？

另一棵老梨树显然不比马占祥糊涂，它在这个院里长了近二十年，老马家的一切它都看在眼里。是它看着老马先后送走了他大他妈，又含着悲痛送走了失足落入河中的儿子，不声不响地送走了胃癌晚期的儿媳妇；老两口一声没吭把孙子拉扯大，又欢欢喜喜地迎来了孙媳妇，满心期待地抱了小重孙。这个家，也和梨树一样，冬去春来，叶子落一层，再长一层，无论光景咋样，每年该结果的时候总要结几个果子，尝一口新果子的甜味，也就暂且忘了之前过日子的种种难肠和麻达。

一阵风吹来，梨树上的叶子"哗哗"响，几片叶子还顺风飘下来，落在马占祥脚边。马占祥不为所动，对着墙外的月亮发呆。风再吹来，梨树上的叶子又"哗哗"响，这一次，它们把响声变成一种马占祥可以听懂的语言送到他耳边："我没有脚，只能一辈子长在你家里，连个村口都没去过，又怎么知道麦燕咋会变？你有脚，你一辈子也只去过村口，你咋不出去找找看呢？亲自去问问麦燕那娃，心里到底是咋想的，咋就变心了呢？"

月亮还高高地挂在天上，亮晃晃的，真有点像银盘。马占祥竟然笑了，笑自己可笑。一个七十多岁的老汉了，活在世上一辈子，临了临了，竟然还有想不通的事。他想站起身，试了一试，却没完全站起来，摇晃了两下。他赶紧扶住身边的梨树，身子半弓着，像一只大虾。他缓口气，身子又往上蹿了蹿，像是长高半截，背也直了一些。他抖了抖肩膀，把身上的那件蓝布衫子往上颠了颠，右边衣领还不合身，他用左手拽了拽。他挪开步子，双臂摆在腰后面，一步一步向着老屋走去。

这是一个老院子。正北面是一排新房子，四间青砖房，两间一个门，马占祥和老婆子住后两间，孙子马强和媳妇麦燕住前两间。说是新房，转眼也十年了。是马强结婚那年，马占祥请村里同族的侄儿带人盖的。东面是以前留下的老房子，土坯结构，刚开始做伙房，后来做仓库，淘汰下来的农具、烂筐烂簸箕等零碎东西都在里面塞着。马占祥常坐在老屋的门槛上吃面，一大碗鸡蛋拌面，他吸溜吸溜几下就能吃完。两个哥哥相继出事，马占祥一个人送走了老父亲老母亲，中年又丧子，还好有个孙子，要不然老两口得过得多凄凉。现在呢，孙媳妇也留不住了。

马占祥走到孙子的屋窗下，耳朵贴在窗玻璃上仔细听了听，什么声音都没听到，连细微的呼噜声都没有。马强从小就是个乖娃娃，啥都听马占祥的。他跟着马占祥下地，让走田埂不走地垄，让过桥不跳渠，也是太听话了，就没主见；高三毕业没考上大学，先是跟着村里的马三学开车，跑了几趟长途，结果马三疲劳驾驶出了事。马占祥不让马强出去了，生怕再有个三长两短。马占祥的老婆子托人给马强说了媳妇，刚过二十岁，两人就早早结了婚，第二年开春生下小重孙子。马占祥心里终于展妥了，他觉得活在这世上，再没有比一大家子圆圆囵囵好的事了。

门外传来几声狗叫，惊破了整个村庄的宁静，好像一粒石子扑通一声掉进湖里，形成的涟漪一圈圈荡开。马强显然也被吵醒了，翻了个身，继续睡着。睡梦中的他，并不晓得爷爷正守在窗外。昨天他还是悲痛的，虽然没哭，但眼睛里憋着两泡眼泪，随时都要滚下来。看到奶奶抱着他的儿子坐在梨树下喂饭，他才咬了咬嘴唇，转身回了自己的屋子。他不过才二十四岁的人，日子没开始真正过呢，生活的酸甜滋味也没真正尝过呢。他就是个刚插到地里还没长大的葱娃娃，一切透着新鲜，新鲜里又带着不谙世事的懵懂。遇到点事，他就没手抓握了。这是马占祥的老婆子背过马强，对马占祥说的。

马占祥驳回老婆子的话："谁不是从那点子活过来的？谁也不是一生下就老的，都是从不懂事活到懂事的。"

马占祥的老婆子觉得自家老汉说得有道理。马占祥说，遇上事了怕也没用，只能想办法解决么！马强没经过事，只能我们给出头么！

话这样说出来了，老婆子心里也就不那么慌张了。吃过晚饭，洗了碗，带着小重孙子回屋睡觉了。

已经是后半夜光景了，趁着月色，马占祥走到自家屋前，透过开着的窗户，他听到女人的呼噜声，一高一低，一强一弱。马占祥在心里叹口气：这女人心肠真大。

马占祥摸黑进了屋子。炕就靠着窗户，透过月光，他看到炕上睡着一大一小两个人。大的是和他在一个炕上滚了五十多年的老婆子，小的是他刚满三岁的小重孙子。屋子里飘荡着两种呼噜声，也是一大一小，高低起伏。大的是自己老婆子的，低沉中夹带着高亢，绵延悠长；小的是小重孙子的，微微的，甜甜的，像嘴里含着一个小喇叭。他刚会说话，除了清晰地喊出爸爸妈妈太爷太奶，其他话都说得含糊不清。吃饭饭，喝水水，小狗狗，他都喜欢叠着音说。他还不知道他的生活即将发生变故。在他小小的生命里，最重要的一片叶子可能要凋落了。想到这，马占祥不由得又叹了口气，在一般人听来几乎是无声的，可是却吵醒了正在打鼾的老婆子。老婆子几乎是一骨碌翻起身，像只趴在地上装睡的老母狗，任何一点动静都逃不过她的耳朵和眼睛。

老婆子："你咋了？"老婆子用清晰的语调问马占祥，仿佛之前的熟睡都是假相。马占祥突然有点欣慰，这才是陪他在泥土里刨了一辈子食的老婆子，这才是经历多次大灾大难拿脊梁顶着他往前走不要倒下来的老婆子。

我去趟省城。马占祥像是下了巨大的决心，使出了浑身的力气，说出这五个字。

干啥去呢？

找麦燕么！

那么大个省城，你能找见么？

鼻子底下有个嘴呢，不会问么！

她要铁了心不回来，咋办？

那也得问清楚么，问她为啥就能狠心地撇下自己的男人和娃娃，问她省城有啥好的，问她在那里……

上面的对话并没有真实发生，都是马占祥自己在心里演绎的。他想，如果老婆子喋喋不休地问他这些，他就理直气壮地这样回答。但是老婆子已经下了炕，给他准备吃的去了。这个老婆子，咋就这么能沉得住气呢！

老婆子给马占祥做的是一碗鸡蛋拌面。她说走远路呢，吃硬点子，能挨住饿。

在吃饭穿衣上，马占祥永远听老婆子的。一年四季，她说该换衣裳了，他就换，她说夏天吃凉面，就吃凉面，她说冬天吃搅团，就吃搅团。在他眼里，吃饭穿衣都是小事，下地干活，扑揽一大家子的肚子不要挨饿才是大事。

吃完面，老婆子又给马占祥端来一碗面汤，原汤化原食，怕大清早吃得太干了，不好消化。其实，老婆子能给他做的也就这些了。喝完汤，太阳还没出来，马占祥就上路了。村子离镇上还有十来公里，走到镇上，才能搭班车到县城，然后去汽车站坐第一班快客。马占祥虽然没出过门，但是马强经常出去。怎么坐车，在哪坐车，从哪到哪车票多少钱，马占祥早都记在心里。县城到省城，坐普客比坐快客便宜一半，但马占祥这会儿已经顾不得省那几十块钱。他要在最早的时间到达省城，好像那里有个看不见踪迹的怪兽，再去晚一阵，他的孙媳妇就会被怪兽掠走。他的心里渐渐升腾起一团火，暗暗骂了一句好多年没骂过的脏话：日他妈的，孙媳妇也是我们花彩礼明媒正娶来的，咋说走就能走么！真是没处讲理去！

现在日子好了，路也修得好，又宽展又油光，连个坑坑子都没有。从村里到镇上，从镇上到县城，从县城到省城，马占祥一路很顺利地就坐上了车。去往省城的快客上了高速后，更像是一匹脱了缰绳的马，放开蹄子撒了欢地跑。马占祥很惊奇这种感受。这是最早的一班客车，天才微微亮，车子就向着东方奔去，向着一团霞光奔去。马占祥又想到他的孙媳妇，麦燕刚来他们家时，也多像此刻的霞光啊！鲜艳、生动、灵活，孕育着希望和光明，给他们暗沉沉的家带来了勃勃生机。想着想着，马占祥竟然靠着座位渐渐睡着了。要说老了的人瞌睡少，可毕竟一宿没睡了，随着班车微微的晃动，他好像被轻轻地拍打着、摇动着，送入了香甜的梦境。

坐落于省城北京路和正源街交叉口的金凤万达城，每天早上九点整上班。差一分钟，门上的大锁子都不打开。这里几乎是这座城市最高端最上档次的消费场所。地下一层是华润万家购物商城，新鲜的蔬菜、各式各样的家具家电、衣服鞋帽什么的，一应俱全。每天早上，门口都排满了老头老太太，等着买特价蔬菜和商品。一楼是高档时装、品牌专卖店，二楼是名品店，三楼是特色餐饮，四楼是万达影院。这里的人流每天都熙熙攘攘，年轻的小情侣，附近中学的学生，一家几口，儿子女儿带着老爸老妈，都在这里晃荡。好像只有在这里花了钱，才是花得有档次有水平；好像只有在这里吃了饭，才叫吃得有食欲有满足感。

从几百公里之外的山村赶来的马占祥老汉，显然来早了。最多也就八点多一点，他已经站在万达广场前面的花圃边。面对这座钢筋水泥构筑的城市，他显然有些茫然，像他第一次把小重孙子抱出家，指指张家门口的狗说，这是小狗狗！小重孙子啊啊啊地说半天。他又指着李家后院的羊说，这是羊羊！小重孙子再啊啊啊说半天。他又指着孙家门前的摩托车说，这是车车！小重孙子再啊啊啊说半天。

可是，现在，七十多岁的马占祥到了城里，没人一样一样地指给他看，并告诉他：这是省城最好的医院，这是省城重点中学，这是新华街，这是海鲜自助火锅，这是商业银行。幸好，他说得对，鼻子底下有张嘴，他就是靠问路问到这里的。

麦燕刚到省城的时候，给家里打电话，说她在万达上班。马占祥问马强：万达是做啥的？马强说是个商场，大商场。

哦，那就是个售货员！

人家叫导购。马强纠正爷爷。

卖东西就卖东西么，叫个名字都怪怪的。

幸亏知道麦燕上班的地方，不然让我去哪找呢。马占祥在心里暗自庆幸。不过半个小时后，他就发现自己庆幸得有点早了。

九点整。万达商业广场正式营业了。等在门口的一大堆人像潮水一样涌进去，马占祥就夹杂在潮水里。他身不由己。他跟跟跄跄。他跌跌撞撞。这哪是逛商场，简直比过年赶集还疯狂。等进到里面，他更傻眼了。地是白色地板砖，比他们家的锅灶台还亮还光。一个店挨着一个店，门头上大多是一串串看不懂的英文字，像横七竖八爬着的蚂蚁。玻璃橱窗里摆着人体模特，他以为是活人，心里想：咋把好端端的小伙子大姑娘放进玻璃窗窗里面了，能透过气吗？一直站着腿不酸吗？要是想尿个尿咋办呢？他不敢太靠近了看，生怕玻璃橱窗里的人被他看得不好意思，后来发现那些人眼珠子也不动，才大胆往前走了几步，靠过去，仔细看了看，才发现是假的塑料人。他不好意思地嘿嘿嘿笑了。这城里人就是能折腾，非要给塑料人穿个新衣服站在这里吓唬人。

商场里四通八达，马占祥不知道往哪里走。这和他想得太不一样了。他以为一进来就是柜台，他随便逮住一个人问问他家孙媳妇麦燕在哪上班，那个人抬起胳膊给他指一下，他就能在人群中知道麦燕，然后把她拉到没人的拐角，问问她心里咋想的，然后再劝说劝说她，把她的心劝软和了，跟着他一起回家。但是，现在怎么办呢？到处是店，到处是人。他却又不知道怎么问，怎么找。他有些口渴，坐了一路车，还没喝下一口水呢。他想买瓶水喝，抬起头又四处看了看，发现进口处有一个卖水果饮料的柜台。柜台上摆满了各种新鲜水果，旁边是装着各色饮料的塑料杯。他走过去，问一个穿着红色围裙的姑娘："丫头，有水没？"

他说的是固原话，卖饮料的姑娘愣了一下，很快反应过来，不冷不热地回答："有饮料！"

姑娘说的是普通话。马占祥也愣了一下，在脑袋里迅速转化了一下话的意思，紧跟着问："多少钱？"

"大杯十二，中杯十块，小杯八块！"

马占祥张了张嘴，啥？一杯水水子八块！他忍了又忍才没把这句话送到嘴外边，只在舌尖上打了个转转。

马占祥冲着姑娘摆摆手，憋红了脸离开。一杯水八块。这得是啥水啊，这么贵！马占祥想起了自家井里的水，又清凉又干净，喝一口下去，整个人都舒爽，像一股甘泉从头浇到脚上。他舔了舔嘴唇，漫无目的地往前走。他抬头看了看，往上还高得很着呢，起码还有好几层。这么个地方，比他们县城都大，他去哪找一个碎碎的叫麦燕的女子呢！

他转身，突然看到一家店面的门头镜子里映出自己的样子：蓝色布衫子、墨蓝色的布裤子，一双黑布鞋，灰白的胡须，头顶上稀疏的头发，和这么洋气的商场显然太格格不入了。马占祥有些不好意思，继而变得拘谨，甚至想走，赶紧离开这里，太丢人现眼了。他一辈子都没这么丢人现眼过。身旁过来过去的人都在看他。在他们的眼里，七十多岁的马占祥像个什么呢？怪物，老土包子，还是捡破烂的？马占祥已经控制不住自己的脚了，他大步流星地向外走去，算了，不找了，不回来就不回来了，凭他一个老汉家，能咋样呢！

可是，可是，在走到门口的时候，他又看到卖饮料的姑娘在打量他，目光依旧不冷不热，却把他看得浑身更加不自在。不行，我不能就这么出去。我坐了好几个小时的车，好不容易找到这里，无论如何，我得见一面麦燕。

马占祥又转过身，突然，面前出现一个巨大的小黄人。马占祥老汉由不住地大喊一声："哎哟！"一屁股就坐倒在地上。哪里来的这么个怪物呢！

大家被马占祥老汉吓住了，急忙围过来，把他扶起来，还问他："大爷，您没事吧？"

马占祥指着小黄人，哎哟了半天没说出话来。后来，定了定神，才明白这大概是商场在搞活动。马占祥拍了拍屁股，就像在老家一样，从田埂上坐起来，一定要拍拍屁股，把裤子上的土拍干净才能回家。可是，这是万达，这是商场，地上干净得没有一丝灰尘，哪来的土呢！

人群散开了。马占祥慢慢悠悠往前走。经过这次惊吓，他反而镇定了一些。这不就是个商场么，商场不就是让人逛的么，我就逛逛咋了！我就当来省城逛商场了。

这边进去是个男装专卖店。短袖一排，西装一排，裤子一排，皮鞋摆在高高的架子上；那边进去是个女装专卖店。长长短短的裙子，花花绿绿的短衫，黑色白色的吊带，高跟矮跟的凉鞋。再往下是个运动衣专卖店。再往下是个内衣店。再往下是个饰品店。

这世上怎么有这么多好东西呢？这些东西马占祥老汉一辈子都没见过啊！

马占祥有点后悔了，来的时候应该把老婆子也带上，让她也出来开开眼。这衣服，这鞋子，这包包，即便不买，看上一眼两眼也好啊！里面卖东西的姑娘一个比一个漂亮，皮肤又白又细，像春天刚从地里拔出来的水萝卜，嘴唇画得红红的，眉毛描得细细的弯弯的，眼睫毛扑闪扑闪的，咋都这么好看呢！身上穿的衣服也好看，裙子短短地到膝盖，露出的小腿肚像剥了皮的白葱，脚上的黑色皮鞋走起路来蹬蹬蹬，像秦腔剧团下乡唱戏时敲出的鼓点子。她们都说着普通话，声音软软的，又甜甜的。嘴角上都带着笑，不用招呼客人的时候，就聚在一起说悄悄话，一边说一边笑。

马占祥跟着几个小姑娘上了扶梯。他怕站不稳，先是把手放在扶手上，走了一段，伸长脖子看前面，发现小姑娘并没有扶着，手里都捧着一杯饮料，他觉得不妥，自己也松了手。扶梯上去时，他的脚抬慢了，差点向前摔趴在地上。他惊出一身冷汗。太吓人了。还是走在村子里舒坦。走在窄窄的田埂上，比上这电梯安全多了。

二楼的店花样更多。他怕自己走丢，他尽量顺着一个方向转。走着走着，他突然感觉尿急了。他在心里骂自己，老不出门，出趟门事真多。他不知道厕所在哪，也不知道问谁。他进了一家店，是个卖孕婴产品的专卖店，粉嘟嘟一片。他拦住一个年龄稍稍大些的女人问厕所在哪，女人很嫌弃地看了他一眼，指了指外面，再不理他。

他的自尊一下子受到伤害。他想再问一句，却怎么也张不开嘴。他只好出来，站在门口不知所措。一个清洁工开着清洁车过来，大概看出他的窘境，停在他身边，仿佛等着他问她。他和她僵持着，僵持着，他始终不好意思张嘴。他生怕她也用那种嫌弃的眼光看他。清洁工大概不耐烦了，开车走掉。

他的尿意越来越强烈。就在他快被一泡尿憋哭了的时候，突然过来一个年轻女人，拉着一个三四岁的小孩，一边走，一边说，宝贝，再坚持一下，妈妈带你去厕所！

他像是等到了救星。他不动声色地跟在女人身后，过了天桥，拐进一个深深的通道。他看到女人进了一个门头贴小人的房间，他犹豫着，不知自己该往哪里走。他用浑浊的目光找了又找，终于发现另一边的一个房间上面，也贴着一个小人。一个男人刚从那里出来。他再也等不及了，赶紧走进去，里面的设施又让他手足无措，他不知道他的那泡尿该尿在哪里。实在憋不住了，他只好进了隔断，学女人一样蹲下来，把尿尿进尿池。一股热辣辣的尿液从他体内喷涌而出，他突然有些委屈，委屈得想哭。七十多岁了，作为一个老爷们，他从来没蹲着尿过尿，没想到黄土埋到脖子了，他竟然晚节不保，被一泡尿害得学了女人的样子。他很羞愧。羞愧得无地自容。他从厕所出来，洗了洗手。他又装作洗脸的样子，趁机喝了几口水。嗓子终于不干了。他羞愧的心情稍稍舒缓了一些。

他不想逛了。也逛不动了。他走到一个休息凳前，缓缓地坐下来，看着来来往往的人发呆。

麦燕在哪呢？麦燕到底在哪上班呢？她一个二十岁出头的碎媳妇子，怎么就能在这么复杂的地方生活下去呢？她来省城不到一年，竟然给家里说她不想回去了，不想跟马强过了。为啥呢？马强之前也在省城打工赚钱，送快递的时候被车撞了，没工伤保险，没医疗保障，一条腿瘸了，只能在家待着。马强不能挣钱了，麦燕说她出来挣。家里老的老小的小，总不能都窝在家里吧。这倒好，只往家汇了两次钱，人就变了。

马占祥觉得脸上凉凉的，他用手摸了摸，竟然是眼泪。他真的哭了。唉，他都多少年没哭过了。人活在世上，遇到的难肠事还少么？没有，多得数都数不清，但他从来没哭过。这一次，他竟然哭了。三五个小姑娘从他面前走过，好奇地看着他，他赶紧擦掉眼泪。他吸了吸鼻子，假装揩鼻涕，却没有纸擦，他只好把一股清鼻涕抹在裤缝处，又在膝盖上搓了搓手。估计到吃饭点了，三楼飘下来很多饭香味。马占祥不想再上去了，他也走不动了。光溜溜的路并不比山里的路好走，更累人，更费劲。

马占祥不知道自己坐了多久。他仿佛把自己坐成一棵从老家移来的老梨树，佝偻、弯曲、沉默、寡言，却又不放弃。他的肚子早都饿了。那碗鸡蛋拌面支撑着他从村里到省城，但是在万达这么高级的地方，早就失去了能量。各式各样的美味在他眼前飘过。他舍不得花钱。每一张毛票都是他孙子用血汗挣回来的，他本指望用这些钱带麦燕回家，现在看来不可能了。他刚才上三楼去过，一家一家餐厅走过去，他发现最便宜的面是重庆的担担面，一碗十二块。他站在窗口看里面，端给客人的面窝在碗里面，小小的一团，他在心里盘算，他至少得吃四五碗估计才能吃饱，四五碗面就得五六十块钱，这钱花得太冤枉了。他得忍着回家再吃，吃他老婆子给他做的鸡蛋拌面。他老了，他的饭量却一点没减。地里的麦子玉米，果园里的苹果和梨，都靠着那碗鸡蛋拌面来下苦呢！

他掉头走的时候，突然看见一个身影，瘦瘦的肩膀，细长的脖子，乌黑的头发没有用头巾包裹，眼睛和其他姑娘一样扑闪扑闪的。她正坐在桌前吃一碗面，就是马占祥看了半天想吃没舍得吃的担担面。她挑起一筷子面，高高举起来，绕了绕，把面缠在筷子上，然后慢慢地送进嘴里。她的对面坐着一个年轻的小伙子，定定地看着她。他俩一边说话，一边吃面，甜蜜得像两杯鲜榨的果汁。

马占祥呆呆地站着，呆呆地看着。他的脑袋一片空白。他该怎么办呢？他苦苦寻找的人就坐在他面前，这是他花了十万块彩礼明媒正娶回来的孙媳妇。现在他的孙子伤了腿，他的孙媳妇却不要他了。她要留在这个城市。留在这个比城市更城市的万达里面。她和另一个帅气的小伙子吃着饭。从她的脸上，再看不出任何一点点山村留给她的印记，她宛然像个正儿八经的城市人。她的嘴唇也红红的。她的眉毛也弯弯的。她也穿着露出膝盖的短裙。她的脚上也是又黑又亮的小高跟皮鞋。

终于，麦燕也发现了马占祥。她微张着嘴，筷头上的面缠绕着，僵持在空中。她的眼睛里浮上来一层不易觉察的恐惧。她看着马占祥，不知所措。马占祥却恢复了平静，他冲着麦燕招手，示意她出来。麦燕犹疑着，不知该如何是好。麦燕对面的男孩也转身看马占祥，又低声问着麦燕什么。麦燕摆了摆手，起身从店里出来。

"爷爷，你怎么来了？"麦燕说的是又软又甜的普通话。

"来看看你。"

"爷爷，我……"

"你在这上班么，这地方好啊！"

"爷爷，你吃了吗？"

"我吃了，也吃的是你刚吃的面，刚吃完，一连吃了五碗，都吃撑了。"马占祥摸摸自己的肚子，干瘪瘪的，他故意鼓了鼓气。

男孩出来，来到马占祥跟前，问麦燕："燕子，这谁啊？"

麦燕吞吞吐吐："我，我爷爷。"

男孩很大方，伸出一只手，想要和马占祥握手："爷爷，您好！"

马占祥看了男孩一眼，没有搭理他。他的心里多么憎恶这个男孩，是他抢走了他的孙媳妇啊！

男孩很没趣，转身叫麦燕："上班时间到了，该走了。"

麦燕犹豫地看着马占祥："爷爷，我……"

马占祥挥挥手："去吧，去吧！上班要紧！"

麦燕像是得到了赦免，急忙转身就走。

麦燕！马占祥最后喊了一声。

麦燕回头。马占祥战战兢兢地从贴身口袋里掏出一个布包包，捏了捏，走了两步，来到麦燕面前，把布包包塞进麦燕手里："拿着吧！别亏了自己，一碗面吃不饱，就买上两碗！"

麦燕愣在那里。马占祥转身，像泄了气的皮球，腿软塌塌的，一步一拖地下楼。

去汽车站的路上，马占祥坐着公交车，目不转睛地看着这个城市。他要把每一处地方都看在眼里，记在心里，每一条街道，每一座建筑，尤其是和他们县城，和他们村子不一样的地方。回家后，他才能仔细地给他老婆子说，他们的孙媳妇为啥不愿意回家了。刚开始他恨那个男孩，他恨不得狠狠扇他一巴掌，或者踢他几脚，后来他又觉得那男孩也不完全错，他有什么错呢？是这个城市的错，这么好的地方，这么好的窝窝子，谁来了不稀罕呢！谁来了还会想回一个山沟沟去呢？

马占祥长长地叹口气，向这个天堂一般的城市，向这个抢走他孙媳妇的城市做最后的告别。

［原载《朔方》2018 年第 2 期］

朱敏（1978—），女，宁夏中宁人，现居银川。出版散文集《你配得上世上的一切美好》、诗集《青铜铸造》。宁夏作家协会会员，宁夏诗歌学会会员。第五期文艺（小说）研修班学员。

秘 密

翠脆生生

婆婆又打电话来和钱小月讨论怀孕的事儿了，她说，好容易托人在马家寨某个神医处求了几副中药，过几日托人给带过来……

钱小月其实一点都不想再吃什么劳什子的药了，她的肠胃在这三个月以来已经被婆婆从天南海北搞来的各种号称一吃就能生儿子的药弄的萎靡不振，什么都不想吃了。

于是，她委婉地表示了拒绝。岂料，婆婆非常生气，斥责钱小月一个女人肚皮不争气，是多么丢脸的事情。

才结婚两年而已，急什么？再说了，凭什么不怀孕就一定是女人的责任，说不定是卢峰的毛病呢？钱小月实在气不过，争辩了几句。

婆媳俩话不投机半句多，果然，婆婆放下电话不到半个小时，卢峰的电话就来了。

小月，我妈那人就是刀子嘴豆腐心，你不要对她有什么想法。她也是为了我们好，哪一个老人不想早点抱孙子啊，让你吃药，你就乖乖吃嘛！

小月，你这人太任性了，就不能体会一下老人的心情吗？我宠着你，惯着你，你倒是给我长长脸啊！肚子没动静，我又不嫌弃，没孩子也照样过日子呗。娇小姐的脾气能不能改一改？

他一开始委婉的劝说钱小月要对守寡多年的母亲好一点，听到老婆语气不对劲后，很生气的斥责钱小月太任性，对老人太不体贴。

钱小月自认还算温柔体贴，一向都是对婆婆低眉顺眼的，否则，也不会吃那些没名堂的药。原指望卢峰理解自己，谁承想，他从来都是批评加挖苦，没一句好听的。

挂了电话，钱小月的脖子忽然间一阵阵抽疼，转而蔓延到了面部。她望着镜中的自己，因为婆婆和丈夫的电话而口干舌燥，脸色萎靡，忽而又想到前年得了甲状腺癌的母亲，钱小月的心犹如坠入万丈深渊，她绝望地想，莫不是也得了癌症？

本指望睡一会儿，脖子会舒服一点，谁知一直都是闷闷的疼，就像是有什么东西攥住了喉咙，卡在哪儿，连气都喘不上来。

钱小月睡不着了，她想想，自己才 26 岁，还这么年轻，居然就出了状况。自打跟了卢峰之后，为了迁就他的消费习惯，衣服都是买几百块的，化妆品也从兰蔻降到了美宝莲，以为有了爱情就有了一切，谁知结婚两年来聚少离多，卢峰经常出差，钱小月和婆婆之间又不愉快，她常常感到心情烦躁。

　　不管怎样，去医院看病吧，如果真得了什么不好的病，也好早做打算。钱小月起床洗漱、化妆，她已经很久都没有化过妆了，婆婆说，你都结了婚的女人了，卢峰又经常不在家，打扮得花枝招展，会让别人说闲话的。

　　这一次，她细致又麻利地洗脸，轻拍爽肤水、擦底油……直到抹了粉底液，画好眼线……

　　凌晨两点钟，镜中的女人明眸善睐，巧笑倩兮，钱小月怔怔的对着自己的模样发呆，她特意穿了一条自己最喜欢的碎花长裙。

　　就算死，也要美美的。夜晚的风凉飕飕地吹着，黑漆漆的，没有一星半点的光。小区里安安静静，钱小月的裙摆在风里轻轻摇曳，她想给卢峰打个电话，说一说心中的惶恐，又一想，何必呢？大半夜打电话过去说怀疑自己得了癌症，他肯定劈头盖脸一顿，你神经病啊，没事就胡思乱想，还让不让人睡觉了。

　　半夜三点多钟，钱小月开车到了医院，挤在排队的人群中坚持到挂号处上班，她终于挂到了专家号，第 10 号！

　　腰酸腿疼地在诊室门口等到 8 点钟医生上班时，钱小月的肚子已经咕咕叫了，门诊五楼每个科室门口都围着一堆病人。她在宣传栏里看到了施琅医生的照片，浓眉大眼，眸子里有一股清冷的气息，带着莫名的忧伤。

　　施琅大约四十岁，副主任医师，医学博士。

　　钱小月想，够了，这些履历看自己的病足够了。

　　曾几何时，钱小月是个活泼可爱的女人，爱说爱笑。可是，结婚两年以来，她越来越沉默，卢峰昨晚的话像刀子一样寒光闪闪的在她的心里刺出一道道血印子，刺骨的寒意让钱小月对爱情彻头彻尾的失望了。

　　叫号器缓缓工作着，好半天才叫一个，某某科室的某某患者请到第几诊室就诊。一丝情绪都没有的声音听了一遍又一遍之后，终于轮到钱小月了，她进去，照例关上门。

　　施琅戴着口罩，他问，"你怎么了？"

　　诊室里的光线并不明朗，施琅的声音温和中透着坚定。钱小月有片刻的恍惚，她的脑海中浮现出卢峰的脸，很久很久之前，他也是这样问她，你怎么了？那天，她来了大姨妈，肚子疼，硬是忍着没好意思说出口。

　　其实，许久以来，钱小月都很渴望有一个人问，你怎么了？但不知何时，卢峰的句式变了，他的口头禅就是，你怎么能这样？

施琅的心情似乎并不是很好，钱小月从他的眼睛里读出了黯然神伤，她呆呆地看着他，说，我可能得了甲状腺癌。

他微微一怔，嘴角荡漾出浅浅的笑意，引导道，怎么能确定呢？

钱小月的眼泪簌簌地流了出来，半晌，她用手指抹去，轻声说，对不起，最近一直情绪不好，脖子总是疼，自己瞎猜的。

那，先检查一下，也放心一些。施琅有片刻的失神，他迅速调整好状态，建议道。

好，谢谢你。哦，你的心情好像不太好，多注意身体。钱小月犹豫了一下，对施琅莞尔一笑。

下午拿上各种报告单之后，钱小月再次出现在了施琅面前。

他仔细看了报告，脸上浮现出明朗的笑容，一双眼睛里闪出亮亮的光芒，一切正常，你放心吧。

钱小月心里的石头落了地，她准备推门出去，又像是被什么力量牵引着，回头看了一眼施琅。那，我能加你微信吗？放心，我不骚扰你，只是，万不得已的话，会咨询一下，行吗？不行的话，就算了。钱小月鬼使神差地问了一句，咬着嘴唇不好意思地盯着施琅的眼睛，她怕他会拒绝。

施琅抬头，似乎迅速打量着钱小月，沉吟片刻，迅速在一张纸上写上一串数字，对钱小月呵呵一笑。

钱小月也说不清为什么，她喜欢看他的眼睛，像八月的桂花树，枝繁叶茂，郁郁葱葱的叶子里藏着细小的花朵，沁人心脾，让人控制不住地想靠近。

钱小月是个拘谨的人，从少女时代到蜕变为少妇，她恪守传统女性的本分，从不敢雷池一步。都说女追男，隔层纱，她就算遇到喜欢的男性，对方若不先开口，宁肯烂在肚里，她也是绝不率先表明意思的。这一次，面对初次碰面的施琅，竟然有种莫名其妙的亲近感，竟然主动问人家要了微信，如此孟浪，平生第一次。

从医院出来，刺眼的阳光刷的一声包裹了钱小月的全身，她想起自己刚才主动要施琅微信的行为，忍不住吸了一口冷气，恍然若梦。在东东包里狠狠吃了一顿，饱饱地坐在店里发了好半天呆，钱小月拿出手机一条一条翻看着施琅的动态，一种说不清道不明的滋味在潜移默化中增长。

晚上，钱小月在微信上没话找话，你每天对着那么多病人，烦不烦啊？对了，你今天好像心情不好，以后可以把我当树洞。

这条信息发出去之后，钱小月心神不宁地隔一分钟就要看一下手机，谁知，施琅一直没有回复。钱小月叹了一口气，有点后悔自己太冲动。临睡前，她照例看了一下手机，施琅的回复不知何时翩然而至，很短的一句话：工作总得有人来做，就像做人一样，都很辛苦，都要坚持。

哎，是啊，生而为人，谁能不苦。钱小月刻意停了一下，才回复。

你来我往，聊了大约一刻钟，彼此道了晚安，才躺下。

屋里静悄悄的，单元楼下有一只猫喵喵叫了两声，很快，恢复平静。钱小月想，多一个医生朋友，问个病情也方便。

从天气说到文学，从电影谈到八卦……不知何时，钱小月习惯了每晚11点左右和施琅闲聊两句，是的，闲聊而已。

谈恋爱时，卢峰每日都有许多的话题和钱小月煲电话粥。

他问，你今晚吃的什么呀？

钱小月就答，米饭。

卢峰的音调变得轻盈，啊哟，出去吃点好的嘛！我今天一天都没精打采的，像是丢了一百块钱，失魂落魄的。

钱小月连忙认真地问，怎么了？出了什么事？

想你了呗，笨丫头！卢峰嘻嘻笑。

钱小月就此才知道掉到他的坑里，于是，也吃吃笑个不停。

没什么内容的对话，两个人乐此不疲，每一秒钟都能品出意乱情迷的滋味。

钱小月想过，要是能和一个人一辈子都有这么多话说，也是好的。这念头像是上一秒刚刚浮起，一转身，镜中的女人已经是奔三的年纪，每天都头疼怎样生出孩子来，每一次欢爱都是算准时间，脑补精子和卵子撞击的画面，生出肉碰肉的麻木来。

卢峰打来电话，你大姨妈走了没？

钱小月说，走了。

排卵期到了没有？卢峰又问，他的话像是平静的水面，掀不起一丝涟漪。

钱小月仍旧淡淡地答，到了。

哦，那我请假明天回去。他不紧不慢地说着，就像是说晚上准备下个面吃一样自在。

钱小月吐出一个字，嗯。

第二天下午，卢峰回到家后，即刻洗澡。隔着浴室的门，他指挥着，老婆，快，我后天中午就得走，刻不容缓啊！一起洗，洗完咱们干活！

又不是卖肉的，干活？粗俗！钱小月嘟囔着，开始准备干净的内衣。

他妈的，我手里的股票又跌了，混蛋！卢峰从浴室出来，边擦头发边说着，听说房价还要继续涨，我们是不是应该再攒点钱入手一套房子啊？经济啊，越来越不景气，钱难挣啊。对了，中午吃什么？不行就叫个外卖吧！

很快，卢峰的声音从客厅转移到卧室，钱小月刚出浴室，就听到他惊呼，你怎么又买了一条裙子呀？你的衣服够多的了，不能再买了。结了婚的女人，买那么多衣服干嘛？打扮得花枝招展给谁看？老夫老妻了，不要再穷讲究了！我们当下的主要任务就是加油干活，造人，免得亲戚朋友笑话。这是真心话啊，当然，对外，别人问起，就说暂时不想要孩子，人多嘴杂，受不了……

楼下有人高喊，卖豆腐，新鲜的豆腐！卖豆腐来！

很快，保安的嗓门就响了起来，哎，卖豆腐的，谁让你进来的，过来过来。

卢峰坐在沙发上，嘴巴一张一合说着什么，钱小月打开吹风机，很快，呜哩哇啦的声音响了起来，把一切都挡在了耳畔之外。

卢峰被派到贵州开拓市场，一晃，竟然快三个月了。

老家的姨妈忽然嗓子干疼，声音嘶哑，特意来看病。钱小月放下电话，就想到了施琅。不知为什么，她很高兴舅妈准备来家里住下，这样，就可以堂而皇之去找施琅帮忙，顺便见个面。

一大早，钱小月精心打扮了一番，开车带着舅妈到医院去。

前一晚，她就给施琅发了信息，给我加个号行吗？一副公事公办的态度，她想瞧一瞧他到底怎么说。

他倒是利索，回复了一个字：行！

钱小月带着姨妈排着队，在拥挤的诊室里等着施琅叫号，他一回头，正好和她的目光相碰撞。她发现，施琅白大褂里穿着一件淡绿色的格纹衬衫，格外清新，她对着他嫣然一笑，他点了点头。

在施琅的帮助下，做了喉镜，抽了血，检查结果出来还请几位专家会诊了一下，排除了喉癌的可能性。

临走时，钱小月犹豫了一下，说，那，我走了，人情后补，到时候请你吃饭，你不准拒绝。

施琅只是呵呵笑，既没答应，也没拒绝。

刚把姨妈送到车站，婆婆的电话就来了，小月啊，中卫有个神医听说是妇科专家，吃了他的药，一准儿怀孕。妈都这么大年纪了，不管男娃女娃，赶紧生一个，我好帮你们带啊。

婆婆的话颤巍巍的，钱小月根本没有拒绝的余地，她只好答应一定努力配合。

到中卫的话，开车得三个小时。婆婆带着一位闺蜜，老姐俩一路指挥，钱小月开着导航，下了高速右拐，然后左拐，到某某乡的某某村，七七八八问了一堆人，好容易找到了神医的家里，人家偏生不在。

婆婆急了，拉着神医老婆的手泪水涟涟，我是真心实意来求医问药的，您一定要帮助我们啊！

在神医老婆的指点下，她们又开车到邻村，到了田间地头，使唤一个小男孩去喊。

远远的，白云悠悠，一堆人挤在一个田埂上不知在做些什么。钱小月心里憋着一肚子火，真有这么神，市里的医院不早就聘请他去了？八成是江湖骗子！

不一会儿，一个穿着灰色卡其布外套的老头子缓缓走来，谁要看病啊？我这正忙着呢！

是我们，你好啊，医生，这是我儿媳妇儿！婆婆连忙笑容满面地迎了上去。

钱小月偷眼打量，神医的指甲缝里全是黑乎乎的泥巴，眼神浑浊，嘴角的笑容显得猥琐且贪婪。她忍不住问，您的行医资格证能让我们看一下吗？还有就是，您是哪一座医科大毕业的，麻烦告诉我们！

哎哟喂，小姑娘说话一点都不客气！过去的医生都是跟着师傅从小学的，懂吗？再说了，我的资格证为什么要给你看啊？你到底是来求医问药啊，还是查户口的？神医不高兴了。

没有资格证就给病人开方子，这不是江湖骗子吗？钱小月撇了撇嘴，转身就走。

小月，小月，你这孩子怎么这样啊？你知道我多辛苦才问来神医的地址吗？婆婆气得脸色都变了，跟着钱小月一路骂骂咧咧。

回城的路格外漫长，婆婆和她的闺蜜一路都在指责钱小月太年轻，不懂事等，钱小月回家之后直接躺在床上，连鞋都懒得脱。

果然，一个多小时以后，卢峰的电话又来了。

钱小月你什么意思？我妈七十多岁的人了，为了咱俩生孩子的事儿东奔西走容易吗？你不体谅也就算了，还火上浇油惹她生气，什么意思？卢峰来势汹汹，在钱小月接起电话的那一刻就开始机关枪一样扫射过来。

我什么意思？我再也不想吃那些乱七八糟的药了！就这个意思！钱小月说完，啪地把电话挂了，顺便关机。

闭上眼睛躺了十分钟，钱小月忽然又把手机打开，给老妈打个电话。

小月啊，今天怎么过的啊？也不回来！我和你爸爸都想你了！老妈在电话里颇有几分感慨地说着。

钱小月一惊，哎呀，今天是我生日啊，我都忘了！卢峰那个混蛋也忘了！

结束和老妈的通话，钱小月哑然失笑，生活啊生活，想当初钱小月是个多么有情调的人，生日、相识纪念日、三八节、儿童节等节日都是事先准备，撒娇发嗲随时随地运用自如。如今，话都懒得说，何况撒娇！

卢峰这个王八蛋，她又忍不住怒骂。

愣了半晌，沉默着冲了一杯咖啡，一口一口地喝完。和他见面仅仅是感谢他给姨妈看病。钱小月给施琅打电话时，确实是这么想的。

可是，当施琅的身影出现在饭店一楼的自助餐厅里，钱小月的嘴唇微微颤抖着，紧张又忐忑，她恍然明白，有些事情根本没法控制。

忘了是怎么开始的，施琅把钱小月放在宾馆的大床上时，她浑身发抖，却无法阻挡他铺天盖地的吻。和卢峰之间有三个月都没有过鱼水之欢了，钱小月几乎忘了男人健硕的胸肌咬起来是什么味道，也忘了有个人在自己的身体里肆意驰骋是什么感觉。她口干舌燥的在家里一遍又一遍回味着和施琅做爱时的情景，脸蛋发烧，每一处毛孔都欢呼跳跃，几乎让她认定，施琅才是自己的真爱。

不，不，太荒唐了。钱小月呢喃着，闭上眼，都是施琅湿漉漉的亲吻。

和施琅之间的感情成了钱小月的秘密，对，当然是秘密。一个已婚的女人，和另外一个男人有了肌肤之亲，说白了就是出轨！可钱小月不想影响到婚姻，至少目前不想，一方面与施琅相谈甚欢，肉体的交融也属酣畅淋漓；另一方面，内心又充满忐忑，被这个秘密灼烧得烦躁不安。

小月，最近太忙没回去，你不生气吧？卢峰的声音异样温柔。

钱小月说，怎么会呢，你也是为了工作，为了这个家嘛！

说完，她自己都觉得这句话虚弱无力。

吴芳芳约钱小月逛街这天，她新近买了一个香奈儿的唇膏，颜色很正，非常衬肤色。说话间，顾盼生辉，红唇轻启，惹得钱小月羡慕极了，一个劲地说，赶明儿也要买一个。

吴芳芳是钱小月的闺蜜，不过，她养了一对双胞胎，每天忙得四脚朝天，很久才能和钱小月约会一次。

姐们俩逛完街坐在烧烤城的包间里喝啤酒时，吴芳芳再次劝钱小月，卢峰虽然经常不在家，可是，好歹一个月有一万二的收入。拿着他的钱，自己穿点好的，吃点好的，多好！何必呢！

人生这么长，我真没法和婆婆相处下去，哎。钱小月说，我想死的心都有了。

说话间，钱小月已经把一大杯扎啤喝了一半。

哎，你有过出神的时候吗？钱小月的脑子有点迷糊了，她嘻嘻笑着，望着吴芳芳问。

吴芳芳一头雾水，什么出神？

就是婚姻啊，有对别的男人产生过好感吗？钱小月笑问。

吴芳芳恍然大悟，哈哈大笑，说，当然啦，做梦都想帅哥呢！

我有一个秘密，不过，我不能告诉你，呵呵呵。钱小月颠三倒四地说着，拔腿想去卫生间，恍惚间，把来扶她的吴芳芳看成了施琅。

钱小月第二天在家里醒来的时候，想起昨晚和吴芳芳喝酒的事儿，暗叫大事不好，她不确定自己到底有没有告诉吴芳芳，已经和施琅上过床了。

但这种事情又不好找吴芳芳对质，问也不是，不问也不是，煎熬得她夜不能寐。

忍耐了三天，钱小月终于按捺不住，打电话给吴芳芳寒暄了半天，拐弯抹角地问，那天喝酒，我没说什么胡话吧？

吴芳芳呵呵笑，真诚地说，没啊，一切正常。就算说了，我也当你放了个屁。

钱小月暗自苦笑，就算说了？难道自己说了？吴芳芳什么意思啊？

周末给施琅发短信，他很久都没回复。晚上十点钟，施琅回复说，今天做了一个加急的手术，下手术之后又在实验室加了一会儿班。

施琅每周二和周三都在门诊，其他时间不是在病房就是在手术，周末经常飞到全国各地参加学术会议，和他认识以来，钱小月越来越觉得，都活得不容易。

卢峰从广州出差回来，他像是想通了一般，对钱小月百般温柔，两个人的感情迅速升温。

吴芳芳在一个周末登门拜访，一番叙旧之后，说自己和丈夫想开一家火锅店，管钱小月借十万块钱。钱小月心里一紧，十万块钱确实可以拿得出，可是，吴芳芳的日子过得很一般，三五年内是无法偿还的。

我和小月也是月光族，房贷还没还清，又准备要孩子，手里哪里拿得出十万块钱呀！卢峰哭了半天穷，客套地拒绝了吴芳芳。

吴芳芳笑而不语，眉头一皱，忽然说，哎呀，肚子疼，我去个卫生间。

钱小月，过来过来！吴芳芳在卫生间喊着。

钱小月忙不迭跑上前问，怎么啦？

我来大姨妈了，给我拿一片卫生巾来。吴芳芳笑着说。

钱小月把自己的卫生巾拿了一片给吴芳芳，她接过去之后，像是才想起来什么似的，慢悠悠地说，施琅是不是比卢峰帅啊？等哪天有空，我去医院瞧瞧去！

钱小月浑身僵直地立在门口，她倒吸一口冷气，真没想到吴芳芳竟然拿这个来要挟自己。

施琅虽然和自己已经是情人的关系，钱小月又不傻，她分明体会到一个中年男人在红尘俗世中的疲倦，他仅仅是走神而已，不是真的爱上自己。而钱小月心里也清楚，虽然和卢峰闹了矛盾，毕竟是深深爱过的人。哪一对夫妻没在漫长岁月里走过神呢？

如果事情曝光，无非就是离婚！

但是，万一影响到施琅怎么办？万一传到卢峰单位怎么办？

钱小月不想让自己喜欢的两个男人受伤，她笑了笑，说，什么意思？

没什么意思，我这不是替你操心嘛！要是还想和卢峰好好过日子，可千万不能让他知道那事儿！吴芳芳呵呵两声，特意把重音放在"那事儿"这三个字上。

回到客厅，钱小月皮笑肉不笑地对吴芳芳两口子说，这样吧，我先从亲戚那里催一催他们借我的钱，让能还的，赶紧还。到时，多少都是个心意，你开店，我肯定支持的，再等我几天。

吴芳芳心神领会地点点头，说了一大堆客气话。

钱小月周末回镇上探望母亲，等车的时候，居然碰到多年未见的老同学吴然。他大咧咧地拍了钱小月一巴掌，相互寒暄一番，问，吴芳芳不是和你关系最好吗？现在还联系着没有？

联系着呢，人家生了一对双胞胎，还准备开火锅店呢。钱小月笑着回答。

哦，很多年没见，怪惦记的。吴然呵呵了两声。

钱小月随口问，那为什么不打电话，到省城时打声招呼嘛，我们聚一聚。

她早把我拉黑了，电话打不进去，短信没办法发，怎么联系啊？停顿了一下，吴然的嘴角颤动着，无脑地耸耸肩，你们俩关系好，事情过了这么多年了，我才说。她好面子，你千万不要当面提，要不，吴芳芳会翻脸的。

钱小月吃了一惊，暗自想，自己像个二傻子，秘密一点就燃，瞒都瞒不住。吴芳芳和吴然的这段旧情，当真是瞒得滴水不漏，她从来没提起过。想归想，钱小月打着哈哈挖苦道，你们俩的事情我早就知道了，芳芳这人啊，命苦的。和你分手之后，嫁给现在这个老公，日子过得也不如意。前几天准备开火锅店，还来我家向我借钱呢。你说，我嫁的也不怎么样，如今为了要孩子又在家吃闲饭，人家卢峰不把我扫地出门就不错了，哪里有钱借给她呀。

我估计你也知道。吴然明显松了一口气，他长叹一声，我是有点对不住她，条件好了之后老想补偿，却找不到机会。她和我好了两年，什么都没得到。要是我们的孩子不打掉，都该上幼儿园了。

钱小月努力显得风平浪静，她拍拍吴然的肩膀，过去的就让它过去吧。

寒暄几句，吴然告辞之后转身向前走去，刚走了两步，又回头喊，哎钱小月？

吴然把手指放在嘴边做了一个嘘的动作，小声说，大家现在都结婚了，所以我才对你说的。过段时间，我给你十万块，你就假装是自己借给她的，她要面子，说是我给的，肯定不收。由你出面，她会收下的。有这么个机会补偿一下，我心里也好过一点。当然，瞒着我老婆的，你可千万不能透一点口风啊。

放心，我是芳芳的好姐妹，怎么能做那种事呢！钱小月心里忽然一阵轻松，她无意中获得了一个吴芳芳的秘密，以后还怕什么呢？

再次来到医院，在人群中一步一步地往前挪动，施琅的诊室门口围着很多病人。

钱小月黯淡地想，该结束了！是要怎样呢？各自离婚，然后结婚，重复着柴米油盐里相敬如宾的轨迹吗？

该结束了！门被一个病人推开了，施琅背对着坐在一堆仪器面前，正在给一个病人讲解着什么。数十天不见，他的头发看上去短了点，脸大了点。

很快，门被一个刚进去的病人迅速关上。钱小月被人推来搡去，她明明离施琅很近，却感到隔了万水千山。

回家的路上，婆婆打来电话，还是那个大嗓门，小月啊，我特意托人从乡下给你买了一只土鸡补身体。小峰已经说过我了，我再也不让你吃那些药了，咱还得上正规医院看。明天上午你过来喝汤啊。

钱小月感到前些日子几乎要压垮她的各种烦恼像是一下子被释放出来，没来由的浑身舒坦。

前方不远处，卖花人屹立在路口，桶里放着玫瑰和百合；卖鸡蛋灌饼的专心打鸡蛋；卖菜的盯着手机看电视呢……熙熙攘攘的人群中，现世安稳，像是藏着什么秘密似的。

[原载《朔方》2017 年第 8 期]

翠脆生生（1979—），本名高彬彬，女，宁夏人，现居银川。作品发表于《军嫂》《意林》《少男少女》《朔方》等。出版《斗婚》《美好的人都不会孤独终老》《我们忘了，爱在婚前》等。第五期文艺（小说）研修班学员。

望　樟

李淑妮

"你要是再装病，小心我揍扁你。"当我再一次蹲在地上，捂着肚子痛苦地呕吐时，爸爸像一头愤怒的公牛，挥舞着拳头怒气冲冲地朝我吼道。

我惊恐地看着暴怒的爸爸，顾不上擦净嘴边呕吐的残留物，挣扎着站起来，手扶墙壁走进屋，有气无力地躺在小床上。

自从去年妈妈去日本打工后，爸爸经常不烧饭，今天是除夕，昨天爸爸带我去了趟外婆家，外婆做了一桌子丰盛的大餐，我好久没有享受过如此美味的鱼和肉了，扯开肚皮拼命大吃了一顿，还喝了几杯可乐。可刚吃完，就感觉到一阵恶心，打了几个嗝，把刚吃下的饭菜和可乐全部吐了来了。

面对外婆的担忧，正在和舅舅舅妈打牌的爸爸过来看了看，轻描淡写地说："没事，他经常这样装病。即使是真病，也是吃得太多了，不要紧的。"说完，又匆匆忙忙钻到牌桌上去了。

昨天晚上我肚子痛、恶心了一夜，上了几次厕所，但是爸爸昨天晚上一夜未归，今天一大早起来呕吐就被刚进门的他发现了。

我眯着眼睛躺着，脑子里晃动的全是妈妈的身影，多么希望此刻妈妈就在我身边！清楚地记得去年春天的那个凌晨，睡梦中的我突然感觉到有温热的液体滴在脸上，睁开眼，发现天还没有亮，借着从客厅里照射过来的灯光，看出是妈妈。她正在抱着我的额头亲，大颗大颗的眼泪砸在我的脸上。我轻轻叫了声："妈妈。"看到我醒了，妈妈慌忙擦擦眼泪，帮我掖好被角，温柔地说："丁丁，好好睡吧！"说完，捂着脸逃跑似的跑出房门。

妈妈要去国外打工了，我突然意识过来！昨天晚上，她和我睡一床，用胳膊枕着我的头，漆黑的发丝拂过我的脸颊与耳垂，温温的，软软的，香香的，比上等的蚕丝还要柔滑。闻着妈妈头发上洗发水的清香，我感觉到有一股温暖的液体，满满地从心窝里溢出来，流淌到脚趾头。我抱着妈妈的胳膊，央求她不要去国外打工，妈妈满口答应。可她却说话不算数，准备悄悄地走了。

我飞快地穿上衣服，来到客厅，妈妈已经走远了，我边喊"妈妈"边飞奔来到村口。

清晨，到处雾蒙蒙一片，村口的大樟树像个巨大的黑桩一样矗立着。传说，这颗大樟树是一位母亲变的。从前，有一位母亲的儿子被抓去当兵去了，母亲在家日夜思念儿子，天天站在村口望，直到临危还一定要家人把她抬到村口，一直瞪着村前的那条小路，不肯闭眼。家人按照她的吩咐，把她安葬在村口。后来，她的坟上长出了这棵樟树，树枝倾斜着，极像一个守望的老人，人们都叫它望樟。望樟已经有几百年的历史，树干十分粗壮，中间已经有了空洞，但是枝叶却十分茂盛，顶着一大团的苍翠，日日夜夜在村口默默守望。

我站在望樟树下，远远地望到妈妈坐在爸爸的摩托车上，不知道她有没有听到我的喊声，只见她不停地回头，不停地用衣袖擦眼泪，看着妈妈的身影渐渐消失视野的尽头，泪水像小溪一样在我脸上欢快流淌。

妈妈不在家的六月，太阳像个灼热的白火球，明晃晃地挂在头顶上，仿佛要把我变成烤肉串。

王小飞仰起脖子，拿起一根辣条往嘴里塞，香辣味迅速在空气中弥散。中午吃的咸菜饭，早就到了爪哇国，潜伏在肚子里的一只只青蛙开始齐声歌唱，我不停地吞咽着口水。

黄晴芳站在王小飞对面，把拇指放进嘴里，眼巴巴地望着王小飞，一滴口水从嘴角流下来，拖了半尺长，她却奇迹般地把它吸回去了。

王小飞把剩下的半根辣条递给黄晴芳，他的爸爸妈妈都在大城市里打工，他跟着爷爷，零花钱很多。黄晴芳把那半根辣条撕成两半，递一半给我，我咂吧着嘴巴，细细品味着舌尖残留的辣椒、味精、花椒、防腐剂、色素等混合着的奇妙滋味，真是回味无穷啊！

我伸长了舌头，像狗一样使劲舔着嘴角残留的辣条余香，却没有留神到地上的一块玻璃。我的大脚趾头被割破了，顿时，鲜红的血从脚上流到地上。

血！黄晴芳惊叫起来，一口把辣条塞进嘴里，弄了一些细沙子撒在我的伤口上，沙子粘在伤口上，立刻变成了殷红色，血还在继续冒出来，她又抓把了一把细沙撒上，血止住了。她的手上的辣椒油辣得我的伤口火辣辣的痛，我龇着牙，忍不住呻吟起来。

他们俩扶着我回到家里，远远听到从屋里传来哗啦哗啦的声音，还伴随着一阵阵吆喝声。不用说，堂屋里又是满满一桌人在打麻将。这时，一声麻将子掷到桌子上的巨响伴着骂声响起："妈的，老子今天手气怎么这么背！"是爸爸的声音，于是我知道，爸爸今天又输钱了。

我鼓起勇气来到爸爸身边，拉拉他的衣角说："爸爸，我的脚割破了。"

爸爸手里抓着一颗麻将子，不耐烦地看了我一眼，说："脚破了有什么要紧？"

我含着眼泪说："流了好多血。"

爸爸这才低头看了看，从口袋里掏出五块钱扔给我："买张创可贴贴上就没事了。"

"买瓶酒精吧，小朋友，伤口如果用水洗，会发炎的。"药店的老板提醒我说。

我没有买酒精，第二天早上，我的脚发炎化脓了，肿得老高。我跛着伤腿来到爸爸面前，眼泪砸在自己的脚背上，哽咽着说："爸爸，能不能打个电话，让妈妈回家，你看我的脚都肿成这样了，很痛的！"

爸爸生气地怒吼一声："这点小伤就想让妈妈回家？你做白日梦吧！妈妈去国外挣钱，哪是说回家就能回家的？"说完又一头钻进了牌桌。

第二天早上，看到我的脚红肿得厉害，爸爸似乎有些内疚，准备给我烧早饭，旺来伯在屋外喊他去打牌。他的老婆也去国外打工了，儿子在城里上寄宿学校，他整天逍遥自在，以打牌为生。

爸爸有些为难地说："我要烧早饭给丁丁吃呢，他要上学。"

"烧什么早饭？你老婆在国外挣大钱，拿点零钱给孩子买方便面吃拉倒，快来吧，三缺一呢！"旺来伯催促着。

爸爸犹豫了一会，还是给了我三块钱，让我自己去学校旁边的小店里买方便面吃。

把调料拌进方便面里干吃，这是王小飞发明的方便面新吃法。我尝过之后，果然发现面饼又咸又脆又香，别提多美味了。

吃完面，我感觉嘴巴好干，想喝水。学校食堂里有凉白开，自己拿杯子去接就行，可是我没有杯子，因为我以前就很少喝水，我的小便总是很多，七八岁了还经常尿床，妈妈在家还好，可爸爸要知道了，就会把我的屁股揍得又红又肿，后来我强制自己不要喝水，除非嗓子渴得冒烟，否则我都能忍住，还真有效果，喝的水少了，小便的次数就少多了，一点点小便又黄又臊，但是，不管那么多了，总比尿在床上挨打好。

但这会儿强烈的口渴还是驱使我来到厨房，我很想在水龙头上接点凉水喝，可这时，上课铃响了，我只好跑去教室上课。

妈妈每两个星期打一次电话回家，每次都叫我要好好学习，等她挣到了钱，我们就去城里买房子，那时候，她就天天接送我上学放学，一直陪着我。我问妈妈，为什么非要在城里买房子，住在农村里不是挺好的吗？妈妈说，因为她想让我有更好的读书条件，再说我是男孩子，城里没有房子将来找不到媳妇。我说我不要城里的房子，也不要媳妇，我只要每天能看到妈妈就行了。可妈妈说，你现在不懂，长大了你就会明白的，妈妈所做的一切都是为了你将来能生活得更好。

虽然我不太明白妈妈的话，但不管明不明白，都得接受妈妈三年不能回家的现实。爸爸每天泡在麻将桌上，输了钱就打我骂我。偶尔难得的幸福时光，是爸爸赢了钱的时候，他就会从五香居买来很多熟食，还不忘买上一瓶白酒，有时还让我也尝一口，说男孩子要从小锻炼酒量。

我每天早上有三块钱的早餐钱，我已经把小店里的方便面、辣条、火腿肠、豌豆糖、辣椒糖、棒棒糖吃了个遍，还买了两个奥特曼，三个变形金刚。

我生病了，呕吐伴随着拉肚子。

我们村里的小学拆掉了，我们到大镇上去上学，因为路程太远，所以我们每天中午不回家吃饭，而是早上把饭菜带到学校里去蒸。昨天晚上，爸爸没有炒菜，只有买来的油炸花生米。以前妈妈在家天天吃的青菜萝卜现在已经很少在餐桌上看到了。爸爸除了田里的稻子，地几乎不种了，菜园子里一片荒芜。我天天吃油炸花生米，实在吃腻了。但是，现在家里不要说新鲜蔬菜，连咸菜都没有。

黄晴芳的妈妈也去上海打工去了，她爸爸在家带她和她弟弟，也是天天打牌，她家也没有菜吃。有一次，黄晴芳从家里抓了一把生黄豆，放在饭盒里加上水，又放上猪油和盐，放在学校热饭的锅里蒸。吃完之后，拉了好几天肚子，她妈妈听说了这件事之后，立刻从上海回来，让她爸爸出国打工去了。

昨天，我让黄晴芳也帮我抓了一把黄豆，倒上水放在蒸锅里蒸。吃饭时，发现黄豆还没有怎么发开，散发出一股豆腥味，我管不了那么多，把黄豆连着汤浇在饭里，一口气吃光了。一会儿，我的肚子就开始痛，午睡才开始，我就跑了三次厕所，并且伴随着恶心呕吐。柳老师看到了，就让我去她的办公室。她先让我坐下，又帮我倒了一杯水，问我是怎么了。

"我的肚子很痛。"我捂着肚子，痛苦地说。

"那你赶紧回家，让家人带你去医院吧！"柳老师的目光里满是担忧。

"我不想回家。"

"为什么？"柳老师关切地问。

"我妈妈不在家，她去日本打工去了。柳老师，你能不能给我妈妈打个电话，说我生病了，让她回家看看我？"我抬起头，用乞求的目光看着柳老师。

柳老师显出为难的神色，摇摇头说："对不起，这件事老师恐怕帮不了你。"然后对办公室里的一个男的说："乔老师，麻烦你帮我把辛丁丁送回家吧，他看上去病得不轻。"

到了家门口，依旧是铁将军把门。我用脖子上挂着的钥匙打开门，躺在床上，肚子还是痛，又上了一次厕所，才发现，不知什么时候，裤裆里居然沾上了一点大便。

　　我脱下脏裤子，打开衣柜，想找一条干净的裤子。妈妈走之前，给我买了两条新裤子，可是爸爸经常好几天不洗衣服，除了身上这条，另一条现在还浸在洗衣桶里。我只好找出一条膝盖上有破洞的黑裤子穿上，可是两边膝盖上各有一个破洞，像两只张着的大嘴巴，此时，两个布满污垢的膝盖正从这张大嘴巴里探出头，好奇地向外张望。

　　我想了想，打开抽屉，拿出针线盒，找到一根穿着白线的针。脱下裤子，翻过来，把线打了个结，把破洞旁边的布都逢到一块，虽然我是第一次用针线，却十分顺利，没有刺到手，破洞被我逢上了。我再把裤子穿上。自己往下看看，刚才膝盖上两只张着的大嘴巴没有了。我又把刚才弄脏的裤子提到门口的小河边，把大便洗干净了，这倒不是我勤劳，而是害怕爸爸看到后会打我。

　　做完了这些，感觉肚子痛减轻了许多，我没有事情可做，也没有伙伴玩，感觉十分无聊。想想，还是回学校去吧，最起码，可以与王小飞和黄晴芳一起回家。

　　到了学校，柳老师正在上课，看到我走进来，她停下讲课，问我有没有好一点，我说好多了。柳老师的眼光我的膝盖上停留了许久。

　　柳老师让我上座位坐好，又继续上课，下完课，让我去她的办公室。

　　柳老师又给我倒了一杯水，问我，"你回家吃药了吗?"我摇摇头，说，"我爸爸去街上打牌去了，没有人在家。"

　　柳老师又看看我的裤子，问，"辛丁丁，这裤子是你自己缝的吗?"我说，"是的，老师，我自己逢的，本来这个膝盖上有两个大洞，你看，现在没有了。"我的脸上有掩饰不住的得意之色。

　　柳老师却叹了一口气，她轻轻地摸摸我的头："辛丁丁，你真能干，不过，下次如果你的衣服破了，带到学校里来，老师帮你缝好吗?"

　　放学后，我和王小飞玩到傍晚才到家，爸爸还没有回来，我自己炒了点昨天的剩饭吃了。又烧了一锅开水，洗好准备睡觉的时候，爸爸才回家。

　　睡到半夜，又感觉到肚子痛，我起来上厕所。自从妈妈走后，我和爸爸睡在一个房间。醒过来，却发现爸爸不在身边，这时，我听见大门吱呀一声，接着传来爸爸出门的脚步声。

　　我以为爸爸也要上厕所，就自己爬起来，这天晚上的月亮很大很圆，我没有开灯，就能清楚地看到周围的景物。

　　来到门口，却发现爸爸不是往厕所走，而是来到黄晴芳家的门口，他既不敲门，也不喊，就直接推门走了进去，又轻轻地关上门。

从厕所里回来，爸爸还没有回家，我睁着眼睛，瞪着屋顶，非常强烈地想念妈妈，眼泪一颗一颗滚下来，滴在枕头上。不知道过了多久，我终于睡着了，梦里，妈妈回家了，妈妈把我抱在怀里，温柔地摸我的头发，亲我的额头，甜甜地叫我，丁丁，我的乖丁丁。

早上六点，我醒了，爸爸睡眼蒙眬地躺在床上，他从口袋里掏出三块钱给我，让我自己去买包方便面吃，说完，翻个身，又睡着了。

下课后，柳老师又把我叫进她的房间，问我还拉不拉肚子，我说今天早上又拉了两次。柳老师给了我两颗绿色的药丸，叫我吃下去。吃完药，柳老师又打开一个袋子，说，丁丁，老师给你买了两条裤子，你来试试看。我连忙脱下我的旧裤子，穿上去，非常合适，藏青色的运动裤，裤管上还有两道白色的条纹，好看极了。我高兴地说，谢谢柳老师。柳老师微笑着蹲下来，帮我把裤脚拉直。

柳老师教我们五年级的语文，我喜欢柳老师，也喜欢语文课，这次期末考试，我的语文考了全镇第一。这次，我写的作文题目是《装病》，把我耍小聪明，假装生病骗爸爸，把痛脚放在水龙头下冲洗，让伤口发炎；还有故意吃黄豆让自己呕吐拉肚子，想让妈妈回家的事情写下来了。并在结尾说，我多么希望真的能生一场大病，这样妈妈就可以回到我的身边了。

考试过后，柳老师找到爸爸，和他长谈了一次。从此以后，每当我不舒服，爸爸都以为我是在装病。所以，只要我稍微有不舒服的表现，他就会厉声地警告我："除非你病得要死了，否则，不要妄想妈妈回家陪你！"

今天是过年，家家户户都在欢度春节，我家里却一片冷清，现在爸爸对黄晴芳妈妈的关心要比对我的多得多。爸爸好久没有做过饭了，每次放学回家，十次有九次是铁将军把门，爸爸每天骑着摩托车带黄晴芳的妈妈去街上打牌。

爸爸不知道又去了哪里，我一个人躺在床上，感觉特别难受，于是挣扎着爬起来，慢慢走到村口，靠着望樟树根坐下。已是严冬，刚下了一场大雪，村庄全被大雪覆盖，望樟还是一片郁郁葱葱，丝毫不减夏天的风姿，青翠的树冠上顶着一大团白雪，像盖着床洁白的棉絮，又像一位头顶白绒帽，神态可鞠的慈祥老人。旁边的枫树和大部分的灌木早已落叶，光秃秃的黑色树桠上点缀着片片晶莹，枝杆上洒着点点白雪，水墨画般清明。四周安静极了，偶尔，一两声麻雀的鸣叫，把一两团躺在树上睡懒觉的雪团吓得从树上掉下来，雪团落下来的扑哧声又把麻雀惊飞了。望樟树下的小路上一片泥泞，上山下山的人脚印踩上去，在大地洁白的绒毯上画出一行行歪斜肮脏的黑色脚印。

我回想着妈妈沿着这条山路走的情景；妈妈一次次回头的泪眼；妈妈用胳膊枕着我的头睡觉时的温暖；妈妈发头上散发的洗发水的清香；妈妈叫我小丁丁，乖丁丁时温柔的声音……

我痴痴地想着，失神地张望着小路的尽头。在这里眺望远方，几乎是我每天的必修课，这里的景色我太熟悉了，妈妈走的那个季节，山野里是大片大片金黄的油菜花，像天边的彩霞般铺满整个田野；夏天的时候，到处一片碧绿如茵；秋天水稻成熟的季节，一小块一小块的橙黄、嫩黄、墨绿交织着，像一副色彩艳丽的织锦；现在稻谷已收割完了，只剩下些东倒西歪的谷桩，呈现出一片枯黄颓败的景象。

记得以前，人们收割完稻子总是要种上大麦、小麦、油菜、萝卜、芥菜等，即使是冬天，田野里还是一片青翠碧绿，可现在到处一片空荡荡的，什么也没有。这两年，再也没有人种这些东西了，大人们都忙着打工、打牌去了。村里人都从店里提回一桶桶黄色的液体，说叫色拉油，城里人都吃这个。我仔细看了看油桶，桶上写着"转基因大豆"，还写着"浸出"这些我所不能理解的词语。

我特别想念妈妈炒的菜的味道，可是我从来没有和爸爸说过，我知道如果我说了，即使爸爸不会骂我，也会说，有得吃就好了，还挑剔？何况，爸爸天天忙着打牌，根本没有时间听我说话。

突然，前方的小路上出现了一个人影，小小的，黑点似的移动，我的心情不自禁加快了跳动，待黑影慢慢地走近了，却是一个扛着锄头的老大伯。我把失望的目光，又重新洒向小路的尽头，一会儿，小路上又出现了一个穿着红衣服的女人，我的心再次狂跳起来，妈妈也有那样的一件红衣服，我用力揉了揉眼睛，可是那团红影子却没有往山路上来，而是横穿过田野，往另外一个方向去了。

虽然我已经习惯了多次的失望，但是，我还是管不住自己的目光，一次次向小路尽头眺望。

远远地，又有两个人影慢慢地向山上移动，我心想，这会是谁呢？但我知道，那肯定不是我妈妈。

我又靠在望樟树上，默默地想念妈妈。我穿着柳老师给我买的运动裤，没有穿棉裤，因为去年的棉裤我已经穿不下了。我的手冻得通红，我的羽绒服短了，吊在肚脐眼上面，还结着一层厚厚的油坊。有两颗湿暖的水珠从我的眼角淌下来，等流到嘴角，已变得冰凉冰凉。我感觉到了冷，禁不住打了个哆嗦，但是怀里揣着的成绩单和奖状却十分温暖。

妈妈说过，她不能在家里陪我，她要去挣钱，是为了我将来能生活得更好。柳老师也说，叫我一定要好好学习，以后上高中，考上大学。我爱妈妈，也喜欢柳老师，我要听他们的话，做个好学生。王小飞已经开始和很多爸爸妈妈不在家的孩子，天天凑在一起逃课、打牌、偷东西、打架，还给小女生写信。我知道自己不能像他们那样，我要努力学习，考上高中，考上大学，我要让妈妈高兴。

这次期末考试，我又考了第一名，又得到了一张奖状。拿到奖状的时候，爸爸十分得意，他告诉外婆和舅舅，都是因为他在家里照顾我的缘故，我才能考第一名，才能得到奖状。我冷冷地看了他一眼，收回了我的奖状，我的奖状是为妈妈得的，我要自己拿给妈妈看。每次我来到望樟村下，都要把我的奖状和成绩单揣在怀里，暗自希望着，如果哪一天，妈妈突然回家了，我就可以给她一个大大的惊喜。

不知什么时候，迷迷糊糊中，我突然听到喊声："丁丁，丁丁。"

是妈妈的声音！我的心似乎要挣脱胸膛。

我拔腿就跑，朝山下飞奔，我望到了，是妈妈，果然是我的妈妈！

小路上，妈妈在一步一步向我走来。

"妈妈，妈妈。"我边飞奔，边用尽所有的力气大喊。

"丁丁，丁丁。"妈妈热切地回应，也飞快地跑起来。

傍晚了，山路上，背阴的地方还有厚厚的一层雪，向阳的方向雪已经融化了，结成了冰。冰上很滑，我跑了几步就摔了一跤，摔在地面的石块上，脚趾头摔破了，生痛，可我却顾不得那么多，赶紧爬起来，继续拼命朝前跑。

"慢点，丁丁，慢点，宝贝。"妈妈轻轻喊道，声音满满地溢着心疼与慈爱，我的心已被她的声音融化，跑得更快了。

终于到了妈妈跟前，我一下子扑进妈妈的怀里："妈妈，妈妈。"叫个不停，眼泪像决堤的洪水一样倾泻而下。

妈妈搂着我，我靠在她的肩头，她抚摸着我的头发，晶莹的眼泪滴在我的头发上、脸颊上、颈脖上、衣服上，妈妈喃喃地说；"丁丁，我的丁丁，我的宝贝，你知不知道，妈妈有多想你！"

突然，脑袋上的一阵疼痛把我惊醒了，满脸怒气的爸爸站在我面前，敲打着我的头，生气地说："你怎么在这里睡着了？还不赶快回家？"我这才感觉到手脚冰凉，鞋子进了水，破了洞的袜子也已湿透，脚趾头冻得生痛。我连忙检查一下，还好怀里的奖状和成绩单没有被浸湿，心头一阵欣慰。

我被爸爸拧着耳朵拉回了家，感觉脸蛋热烘烘的，身上却被绳子捆绑着似的，一阵阵发冷发紧。迷迷糊糊睡了一夜，此起彼伏的鞭炮声几次把我惊醒，头一直昏昏沉沉。恍惚中和爸爸坐在桌子上吃饭，桌上两盘菜，一盘子是一条条盘着的蛇吐着红信子，另一盘里一堆黑乎乎的毛毛虫在不停蠕动，爸爸却指着盘子里的东西，气势汹汹地命令我："吃，你把这些全给我吃了。"就像平时我不爱吃青菜时，爸爸总是凶狠地说："你今天不吃了这盘青菜，我就扒了你的皮。"的情景一模一样。被吓醒过来，衣服已被汗水湿透，胃里一阵翻腾，我又忍不住"哇"的一声开始呕吐。

正月初一的早上，爸爸在喊，"丁丁，吃饭了。"可是我一点食欲都没有。可是看到爸爸难得的和颜悦色，我实在不忍心破坏这样其乐融融的好气氛，勉强吃了几口。

刚吃下去，我又感觉到恶心，又把刚刚吃过的饭菜全都吐掉了。爸爸安慰我说："没事的，我们小时候也经常呕吐，现在不都好好的，没关系，保证明天就好了。"

我哭着说："爸爸，能不能让妈妈回家？难道妈妈的厂里过年也不放假吗？"

爸爸摸着我的头说："孩子，妈妈挣钱去了，等妈妈回家，我们就有好日子过了。"说这些时，爸爸用憧憬的眼神望着远方，似乎那里就是妈妈回家后的幸福生活，我也顺着他的视线看过去，可我什么都没看到，只望见头顶那片灰蒙蒙的天空。

这时，又有人来喊他打牌，爸爸又匆匆忙忙走了，我看了一会电视，感觉头昏，便又到床上去睡觉。

第二天，我还是不能吃，虽然很饿，可是一吃就吐，爸爸也着急了，去街上给我买了几颗健胃消食片。可是这个药片一吃下去，我就更饿，可一吃东西，就又会吐，刚开始吐的还是食物，到后来就吐的是黄水绿水甚至是黑水，还带着一般腥臭味。

爸爸在电话里和妈妈说了这事，妈妈急坏了，让爸爸赶紧带我去医院。接下来的三天，妈妈一天往家里打几次电话，说她想到我的病就吃不下睡不着。

正月初五，爸爸带着我坐上了中巴车，去市里看病，我难受得厉害，又在车上吐了几次。到了医院，医生仔细询问了我的病情后，问道："你什么时候拉的大便？"

"大便？"我才想起来，我好像过完年都没有大便过。

"你以前几天大一次便？"

"以前……最短的是五六天，最长的一次好像有半个月吧！"我努力回想着。

"最短五六天？最长半个月？"医生惊呼道。

"这种情况持续多久了？"

"半年？大半年？好像有一年多了。"我说。

"你怎么养孩子的？孩子的大便这么不正常，你难道都不知道吗？"医生严厉地问爸爸。

爸爸尴尬了片刻，转头责问我："丁丁，怎么会这样？你以前怎么没有对我说过？"

我委屈地说："你有时间听我说话吗？"

"你身体不舒服，应该跟爸爸说呀！"爸爸似乎有些心疼，放低了声调。

"我经常想大便但大不出来，一用力，还出血，很难受，也很害怕。但怕告诉你，你又说我装病，又要挨打。"我的眼里噙满了泪花。

医生责怪地看着爸爸："你是怎么养孩子的？真是太粗心了！"说完让爸爸带我去做 B 超。

检查结果出来了，医生说："这孩子的病情非常严重，长年不喝水、饮食不规律和便秘，让他的肠子里结了厚厚的一层垢，肠道壁变得异常坚硬和细窄，现在肠道几乎完全堵塞，即使做手术也没有多大意义。我们这里治不了，带他去省城的大医院试试看吧！"

省城的专家会诊之后，纷纷摇头，让爸爸带我回家准备后事。我已经没有一丝力气动弹，虚弱地躺在爸爸怀里，他的眼泪滴在我的脸上，紧紧抱着我说："丁丁，不要怕，爸爸带你回家，我现在就打电话，让妈妈回家陪你！"

听到这里，我欣喜万分，立刻挣扎着坐起来，强打起精神给妈妈打电话，可电话是一位阿姨接的，她说妈妈此时正躺在医院里——长期加班的辛苦劳累和对我的思念与担忧，让身体本来就差的妈妈终于病倒了。

我强忍住泪水，哽咽着对阿姨说："请您告诉我妈妈，我是装病的，叫她不用为我担心。"说完，我转头对爸爸说："爸爸，带我去望樟树下吧，我要去那里等妈妈。"

［原载《朔方》2017 年第 8 期］

李淑妮（1982—），女，安徽太湖人，现居江苏常州，从事教育培训工作。作品发表于《安徽文学》《朔方》《文学与人生》《翠苑》等。出版作品集《女儿红》、长篇小说《遥远的山那边》。江苏作家协会会员。第五期文艺（小说）研修班学员。

豆蔻羞人

汤景扬

长大之后，才发现曾经整个天空都是自己的。

即使那年烟雨蒙蒙，灰蓝色的粗糙水泥上镶嵌着青涩的水珠，经年之后，回过头来，把那滴水珠触碰到指尖上，晶莹夺目的光彩中仍然能窥见时光留下的笑脸。

岁月对我甚好，让我能在一个雨天，安静回忆那些年。

不记得是谁说过"作家是世界上最合法的说谎者"。我很认同，至少我可以理解成，我能恣意回忆当年，用笔写心事，而不必担心被人识破。离开青葱已久，我却还是这般小心翼翼，因为我在乎那段时光，在乎一个名叫林风的少年。

1999 年前后，父母拼尽全力，在郊区举债盖起了一座两层半的小楼。盖起房子的第一年春节，在我们雀跃期待的心情中，我们很快发现，桌上只有一大锅白米饭。厨房里冷冷清清的，母亲端出来一碟被切得很细碎的萝卜干。母亲安慰我和弟弟，让我们赶紧吃，她下午就给我们炸"丸子"。很多年之后，我才知道，母亲实在是太心疼我们，下午去了舅舅家借钱，给我们买了很多萝卜回来，炸了没有半点肉星子的纯素丸子——"萝卜丸子"。

过完年，父母挑了个好日子准备乔迁。因为来县城的几年里，我们都是租住在胡家大院里。胡家人很是善良，胡家老爹是赶驴车的，不惧怕计划生育，仗着身强力壮，一口气生了三个孩子。两个姐姐和我年纪相当，最小的是个男孩子，那个年代里取名字很随意，我们喊三个孩子的乳名，全部按照排行来。比如"胡小大""胡小二""胡小三"。如今，三个孩子都已经成家生子，融入到世俗的烟火生活中，暂且不提。

那天搬家，父母没有钱请得动胡家老爹和他家的驴，所以借了他家的平板车。

父亲是书生，一辈子只拿过笔杆子，而那天搬家，是凌晨三点，天还没有亮，蓝蒙蒙的。父母两个人窸窸窣窣，把收拾好的行李和家什，合力搬到了平板车上。叫醒了我和弟弟，因为那年弟弟还小，所以被安排坐在平板车上，我和父母一起，推着平板车走。

刚出拱形的胡家院子门，父亲就小跑出去，放了一小串鞭炮。

虽然天气寒冷，天色并未大明，可我还是对父亲那发自内心的兴奋笑容印象犹深。就这样，我们终于从县城的东北方向，搬去了落在县城西南方向的新家。

年轻的父亲在前面拉着平板车，母亲和我在后面推着。

三个人合力，步行穿过整个县城。

中间路程中，有一座特别长的人民桥，有好几次，我父亲快拉不动了，可他还是勇敢执拗地将平板车前面的那根宽带子绑在自己瘦弱矮小的身上，我母亲恨不得替换下他。可她只能一个劲唤我："小景扬，你再用点劲，帮帮你爸爸！"

一段三四十里的路程，却足足用了我们五六个小时，一直到上午九点多，我们终于把板车拽到了新家的大门口。

这一年，我开始上中学，取下了红领巾，正式成长为豆蔻少女。

几个月后，母亲咬牙给我买了一辆自行车。我每天早晨五点多起床，吃完早餐，在六点半从家里出发，然后骑车半个小时到达县城东南方向的第四中学。途中还要经过那座县城主要的交通枢纽人民桥。我嫌自行车的车篮在前面不方便，自己倒腾着，把车篮换成了大号的，固定在车后座上。

从小到大，母亲从来不给我留长头发，几乎所有的同班同学大合影，我都是短头发，圆脸，半蹲在第一排。因为家里盖新房子的缘故，经济拮据，我也没有新衣服穿，升上中学后，我大部分都是套着那一套蓝白色条纹相间的运动服。

已经十一岁了，我还不懂得女孩子要穿胸罩，来保护已经发育的乳房。

那年夏天，窗外的爬山虎勤恳编织着绮丽的梦幻。我坐在教室里，埋头写作业。我穿着略透明纱质地制作的淡黄色娃娃领衬衫，这还是我最喜欢的一件衣服呢！想当然，我里面连吊带都没有穿。不顾忌自己已经若有若无的粉红凸起。一节课间休息，邻座的女同学突然对我说："哎，景扬，你怎么不让你妈妈买内衣啊？"

她那双乌黑清澈的眸子聚焦在我的胸前，指了指她自己的胸罩带子。

仿佛有神的指引一般，又仿佛我就是伊甸园里的夏娃，突然隐约知道了禁果的味道。当即，我就羞红了脸，明白自己"走光"了。

自此，还有两节课才能放学的时间里，成为了我一生都难以忘记的煎熬时刻。

我也仿佛是那一刻，才知道自己是个女孩子，我有隐秘的骄傲要珍藏。

做中学生是很辛苦的差事。不管春夏秋天，我总是风雨无阻地赶往学校。

也是不论哪一天，在我家路口，那一杆昏黄的路灯下，总有一个高瘦的少年，有意无意地等在那里。

搬去新家的两三个月后，我就发现自己二楼房间正对着的那一片空地上，也盖起了一座新房子。小时候的冬天似乎特别漫长，特别寒冷，我家屋后有一条小溪流，结了很厚的冰，我在用功读书的时候，老是会听到楼下有男孩子们的高声尖叫或者大笑声。我忍不住探出头去，看到一个高高的男生，披着军大衣，正在冰面上用力踩踏。他大声嚷嚷着："弟弟们，你们快来，这里冰面最结实！"

立刻，几个小不点就迅速应声而去，占领了那一片。顿时间，一个个因为冰面太滑，摔得东倒西歪，龇牙咧嘴。我忍不住笑出了声。

男生猛然把头抬起来，他那双深邃的眸子，就像电一样，把我电愣了一下，我赶紧做了个鬼脸，就关上了窗户。

不记得具体哪一天开始，我上学的路口，便有一个男生在守候。

我将车篮子调整到了后面，隔了两天，我就发现这个男生也把他那辆帅气的单杠自行车改装了，车篮子也固定在了车的后座上。远远就看到他，他似乎并不是在等我，也并不看我，头也不回，静静支着腿站在路灯杆子下。我从他身边期期艾艾地踩着车子过去，耳边听见他车子上的链条嘎拉着的声音。很快，我知道，他就跟在了我的身后。

我在初一（三）班，他在初一（一）班。我们因为中间隔了一个班级，所以，车棚的停车区并不在一起，可我发现，他总是有意无意停在我车子的附近。

因为课间休息，我要去上厕所，两个小姐妹总是搭伴。我经常发现自己在走过他们班级的时候，听到一群男生起哄的声音，偶尔头抬起来，还会看到他面红耳赤，低着头不敢看我的神态。我不知道这是什么样的情愫。只是觉得有趣，每天都有这样一个不知道姓名的男生跟在身边，这是一种全新的人生经历。

我记得很清楚，他爱穿一件黑蓝色的登山服，总搭配一条牛仔裤，一双暗色系的篮球鞋。每次全年级活动的时候，即使每个人都穿着同样的校服，在操场上，我无意中回头，芸芸人海中，我却总能对上他偷看我的目光。一瞬即逝，似乎他从来没有看过我。

我不知道这算不算他的暗恋。我也不懂他后来还为我做过哪些事，有没有在同样一家书店里，会和我一起买同样一本书？有没有因为发现我喜欢吃某一种小吃，而自己偷偷去买过？有没有在每天的等待中，感到自己很幸福？

上中学后，需要上晚自习了，晚上九点多放学。他也总是在我身后跟着，就像是达成了一种默契。有几次，我没有看到他，还觉得很落寞。

我们回家的那条小路上，路灯总是不亮，昏暗中，我习惯了等待那熟悉的车子链条嘎拉的声音。每一次听到，我就莫名的安心。

如果他放学比我先到家里，他也会把车子停好，站在家门口，看着我过去，才走进家。

我回到家放下书包，在自己二楼的房间里，书桌就在临窗处，我打开台灯。等到十点多钟，作业做完了。我就洗漱睡觉。

年复一年，日复一日。

春去秋来。

我和林风从没有说过一句话。

但是辗转中，我打听到了他的名字，还看到他热衷参加篮球比赛。女生中好多人暗恋他，说某班的林风好帅。我每次听到都很得意，心里充满了甜蜜。

初三刚开始。我看着他迅速窜高，已经越来越有吸引力。后来使我们之间这样的平静被打破，是因为发生了一件事。

那天晚上，提前写完了作业。我关上了房间的灯，习惯性地看一眼楼下。他的房间和我房间正好在一条线上，这几年，他总是和我一起关灯。过了一会，我忽然升起了调皮的心思，我对自己说："景扬，如果林风真的喜欢你，那就看看他是不是在想你！"

于是，我把灯再次打开。然后从窗帘缝里，往外看去。

不到两分钟，他的房间忽然亮起了灯。

我开始心神荡漾，掩着嘴偷偷地笑，继续对自己说："快，再试试，看他有什么回应。"

于是，我把灯再次关上。然后继续从窗帘缝里，往外看去。

果然，他房间的灯也熄灭了。

那一刻，我的心都已经在颤抖了，我忽然不由自主地再次打开了灯，并且拉开了窗帘，站在窗户的玻璃处往外看去。

果不其然，林风也再次打开了灯。我在灯的光影中，看到他高高瘦瘦的身影同样伫立在窗前。

我终于相信那些少女言情里描写的心动，因为青涩的爱情，两个人的心达到了前所未有的共鸣是真实存在的。

或许，还是因为好奇心太强烈了吧。

那天之后，我就决定给他写封信。其实，也就是一张纸条。我撕了很多张，最后终于写了一句，自己觉得挺满意的话。

"你有没有数学模拟试题库？有的话，借给我看一下，希望我们做个好朋友。"

我在周末的下午逮到了他的亲弟弟，让他弟弟转交给他。

然后我就在忐忑不安中等待了好几天。

他弟弟总算告诉我，林风回信给我了，放在我家门口的砖头底下。我心剧烈跳动，做小偷一样，等到四下无人了，才翻开砖头堆，果然底下有一本习题，中间夹着一张纸条。

"好的，我很高兴和你做好朋友。林风。"

他字如其人，写得非常清俊。

又隔了几天，我正在吃午饭，忽然大门被敲响，他的妈妈和弟弟一起走了进来。他的妈妈脸色很不好看，看了我一眼之后，就示意我母亲出来。两个人不知道谈了些什么，接着我妈妈就跟我说："小景扬，你把林风的题库还回去，不要影响他的学习。"

当即我恨不得把头钻到地缝里去，我想，林风妈妈一定很不喜欢我吧！所以，我自始至终不敢再抬起头来看她。

从此，我再也没有在路灯处看到林风。

我再也没有在路上遇到林风。

在学校里，也轻易看不到林风。

他就像是刻意从我的世界里消失一般。

两个人这些年的关灯默契，也因为我们中间的那条小溪流被填起来，盖起了新楼房而阻隔了。我再也不能从窗户那里眺望见他家的院子。

我母亲也因为心疼我上学太远的缘故，在初三那年，临时把我转学到了离家很近的第三中学。

随着时间的推移，我们渐渐长大。

后来，我们都升上了同一所高中，我还隐约记得他在我隔壁班，高一（十七）班。还记得他还是那么喜欢打篮球。有一次，我们两个班级打比赛，所有女生都跑去操场，为男生们助威。我躲在教室里，翻看小说。

高三那年，终于在有一天放学后，我再次遇到了他。刚想鼓起勇气，和他打个招呼。我的闺蜜跑过来大声喊道："景扬，听说你暗恋的青梅竹马回来啦！你等他那么多年了，可算给你盼来了！"

林风一句不落地全部听到了耳朵里。

……

青春，最美的瞬间，是初次发现了什么是男女之间的喜欢。

我忽然怀念那一年郁郁葱葱的爬山虎，爬的满墙都是，把整个教室都遮盖了。整个夏天好清凉。我同学中有好多身影，他们或瘦，或胖，或呆，或傻。有男生之间打架的画面，有女生之间会手拉着手，一起说悄悄话。

我忽然怀念少年不识愁滋味的暗情愫，怀念我和林风之间从未开始过的暗恋。怀念那几年里，父亲母亲因为要还债，我们全家一起努力省钱。母亲舍不得买衣服，可过年的前后，她总要拉上我和弟弟两个孩子，去街上逛一逛。给我们一起买新棉袄、新鞋子。还带我们出去短途旅行，偶尔会在郊区的田地里拍几张土气的合影，我的脸冻成了紫茄子。

我怀念那些年县城唯一的小街——小西湖，那里熙熙攘攘，人声鼎沸。我对妈妈说："我想买女人穿的内衣。"

我怀念当年的班花，穿着一袭白裙子。小巧玲珑的身子，想要把黑板擦的更干净，于是跳起来，我忽然就看见了她的裙摆上有一片刺眼的干涸血印。她在我惊吓的表情中不知所以，擦完黑板，转过身来，巧笑嫣然问我："景扬，我才八十多斤的体重，你呢？我可是听男生们说你才是班花……"

也曾回去过，在老房子里转上一转。那根路灯的杆子还在。粗糙的水泥柱子上，贴满了小广告。

我不敢久留，只是用手轻轻地抚触一下。

傍晚，不知哪里来的水珠，滑到了我的手上。

里面折射着时间的力量。

[原载《朔方》2017 年第 8 期]

汤景扬（1987 年—），女，江苏连云港人，就职于中共灌南县委党校。作品发表于《前卫文学》《朔方》《雨花》《连云港文学》等。完成长篇小说《绿萝花开》《剩女嫁豪门》等。散文《大山深处有人家》荣获 2015 年"中华情"全国诗歌散文联赛特等奖。江苏省作家协会会员。第五期文艺（小说）研修班学员。

村里的那口井

骆少卿

夜，很深了。一抹银辉透过窗棂照在书桌上，半截香烟在明灭间升腾着，弥散成缕缕思念，飘荡在空气里。

戈一的身体圈在藤椅里随着脸上的泪水慢慢往下滑。去不去赴表侄的婚礼，搞得他心绪烦乱。来省城已十多年了，那个远离的故乡，曾留下了他一生最为深刻的记忆。心梅，每次念及这个名字，心都会痛，这痛一经念起，就会持续着从脚底一直漫到心口。

老家、心梅还有门前的那口井，总牵绕着他。

村里唯一的一口井，在他家和心梅家共同进出的巷子里，他们是邻居。井在戈一家门前，井在的地方也是村里人常聚集的地方。他家在东心梅家在西，中间隔着一道土坯墙，一人多高。谁家有个大事小情彼此都听得到。只是有一样，戈一的父亲从不让戈一去心梅家，戈一问，"为什么？""她妈是个神经病！"父亲话语里透着恨意。父亲是大队会计，在小队里自然是趾高气扬，说一不二的。两家虽是邻居，却很少走动，唯一有联系的就是那口井，心梅家挑水要从戈一家门前过。戈一家大门外时常堆有垃圾，那时家家如此，给田地里沤肥。泔水、炉灰、树叶，从院里扫出，积攒起来再洒上水，到了冬天，坚硬的钢钎都打不动。有一年冬天，戈一清早就想出去玩，一开大门就看到心梅爸睡倒在家门口，叫了几声巴叔，没应答，吓得跑去叫母亲，母亲出来时心梅爸刚刚坐了起来，屁股底下全是冰，那是戈一家往垃圾堆上倒泔水结成的。心梅爸说了句，"总给人留个走道的地方吧，要不你们就干脆砌堵墙算了，省的摔人。"这话茬接到戈一母亲嘴里变成了，"巴牷子，挑不动水了让你婆姨来，整天窝在家里偷人你也不管，你走路还管起我家的事来了，说的好了你有路走，说不好了老娘就给你砌住了，咋啦！"戈一听母亲那样说，跳起来和母亲分辨道，"明明是我家的错，看把巴叔都摔晕了，你咋还这样说？"戈一母亲骂道，"你死先人了咋？没见过叔，这样的窝囊废男人，你叫他叔？再叫就上他家吃饭去，老娘就当瞎饭涨了死狗。"大人间的事戈一不懂，得了空还是往心梅家钻，也奇怪，心梅妈就稀罕他。心梅妈和村里的其他女人不一样，无论什么时候，她的头发从来都不乱，挽起的发髻用一根簪子绾的紧紧密密地，簪子上有颗红色的宝石，衬着她白皙的脸庞，秀美的眼睛，是那么的漂亮。

十多年后，戈一第一次回到了老家。说是老家，大体上也没有什么人了，他住在了表哥家里。过去的庄台已推平，复垦后变成了良田。老井是找不到了，但能找到了井边的那棵老榆树，榆树周围有几个坟茔掩在荒草中。戈一来回辨着方向，确定坟茔的位置就是家门前的那口老井所在的地方。走到老榆树前，拍着树身，戈一想起小时候在这上面掏麻雀、捋榆钱、树底下追逐嬉闹。一股风，扯天撕地的旋转着朝着他刮来。他闭住眼睛等风过去，再睁眼时，却看到一个人向他跳着走来。散乱的长发披在脸上，甚看不起面容；瘦小的身躯裹在宽大的外套里，风儿穿过衣袖便涨鼓起来，犹如浮在水中幽灵；下身穿着一件失了底色的破牛仔裤，半截黢黑的小腿裸露在外面，脚上穿着半新的红色高跟鞋；手里拿着一根细长的木棍，顶端飘着长长的白色塑料条。一蹦一跳地朝他走来，嘴里还唱着什么他听不大清楚。饶是中午，戈一还是被吓了一跳，慌乱地不知所措。是个女人！她跳到他眼前，停住了脚步，睁大了眼睛看着他。你是谁呀？鸽蛋是吗？问完就哈哈哈大笑着跳开了去。听到这个名字，戈一不由打了个激灵。这个名字很久没人叫了，连自己也几乎忘了“鸽蛋”就是他。他试图看清女人的脸，没等他反应过来，女人风一样飘出了老远。直直地看着女人远去的身影，很熟悉，像是在哪儿见过。在哪？对了，是心梅妈妈的样子。他最后一次见心梅妈就是这样子。

被父亲说成神经病的女人在戈一眼里却很和蔼，每次到心梅家，她总会拿出些好东西给他吃，就连心梅也怨气，总噘着小嘴说，“这些好吃的我妈都不给我，凭啥就给你了？”有件事情戈一想不明白，心梅妈不去井上挑水。为这，他问心梅，心梅说她不知道。这个疑问放在心里让他很不舒服，去问父亲，话没问完，手臂早已被父亲钳住，抄起鞋底劈头盖脸打来，边打还边骂，“说了多少遍了不让你去隔壁，就是不听，再去，老子打折你的腿。”挨顿打倒也没什么，反正也已习惯，可问题还是没搞清。他又去问母亲，母亲的反应出奇的平静。“大人的事，小孩子打听着干什么？去！打猪草！午饭前筐子不满就别想回来吃饭。”母亲把疑问和草筐一块扔给了他。那段时间他再没去心梅家，其实一堵墙对于半大小子来说算不上什么，他只是觉得没有把疑问搞清楚前去了不舒坦。

村里人习惯吃早饭时聚在老榆树下，有的坐在石板上，有的靠在树上，有的干脆就站着吃，孩子们自然屁虫一样会跟在大人身后。早饭多数吃粥，有人冲着一个孩子问道，“毛球子，昨晚你爸和你妈打架没有？”被问的孩子说，“打了，我爸光着屁股蛋子骑在我妈身上打。”人们顿时笑作一团，孩子的父亲也不恼和大伙一块笑，假模假式地训斥孩子，"傻怂，这个也说，不知道你也是打架打出来的么。"有婆姨问，"毛球子，你妈被打哭了没有？"孩子这次看着父亲不敢说，问话的女人掏出一块糖，你说了就给你糖吃，孩子急忙大声说，"我妈没有哭，就是光哼哼。"在场的人都笑翻了天。这种情景几乎天天都上演，只是被问的孩子不同罢了。戈一对于这些没多大兴趣，他就想听到一些和心梅妈有关的事情，可奇怪，从没有人在这儿提说起心梅家的事。村里有个"黄半仙"，谁家孩子头疼脑热的都去找她，她会整一碗水，拿出一张黄裱纸，在上面画上曲里八拐的图案，挑在筷头上，口中念念有词一番后，点燃了放在水碗里，让小孩喝下，用菜刀在孩子头顶上绕三绕，假装用刀在空中剁着，从头到脚一路剁下去。他就曾被"黄半仙"治过。有次，大人们说笑的时候，他悄悄走了过去问，"黄奶奶，你知道心梅妈为啥不到井上打水吗？""黄半仙"什么也没说，起身往自家里走，戈一没有达到目的就跟着她，走了一段后，"黄半仙"转身，对他吼道，"小毛孩子，问这个做啥？记住，以后再也不要问，问了也没人会告诉你，当心你老子又揍你。"看来这个问题只有问心梅妈本人了。

　　冬天的夜很长也很深，除无几个流窜的赌徒以外，村里人几乎都早早闭了家门，窝在家里的热炕头上。戈一的父亲时常半夜回来，他猜想父亲也是去赌钱，母亲为此和父亲争吵过多次，每次都被父亲打得鼻青脸肿。有一晚，戈一母亲肚子痛，让他去找他爹。看着母亲疼的那样儿，戈一顾不上胆小，黑天黑地的里就摸了出去，先后找了好几家也没找到父亲，担心母亲又往回走。走到巷口时，看见井床边上有个黑影在晃动，头发立时竖了起来，吓得大气也不敢出。借着星光，他看到是个人，正在打水。那人头闪出了红色的光点，戈一知道了那黑影人是谁。村子里只有心梅妈的头上绾着发簪，而那个发簪他曾看过的，一头是枸杞一样的红宝石，和锥子一样的形状，头大尾小，簪子是实心的，上面还刻着花。戈一不知道宝石是不是真的，总之，挺好看。原来心梅妈都是半夜出来挑水，戈一心里的疑团总算是解开了。就在心梅妈挑起担子时，一个人影走过去把一包东西塞在了心梅妈的怀里。"你把这包果子拿去城里卖点钱，称上些鸡蛋和红糖，再买点补品吃上，就不犯晕了。"戈一不相信自己的耳朵，怀疑听错了。那声音分明就是父亲的。"这东西你哪来的？不说清楚我不要。"心梅妈的语气很生硬。"我从库房里拿的，后面我补上就行，快拿着我走了。"戈一听到这里紧张地"啊！"了一声，然后跑进了家门。看到炕上呻吟着的母亲，他的心仍狂跳不止，不知该不该把刚才的一幕告诉她。母亲看他进来，问他找到了没有，他摇摇头说，几家都没有。母亲问他是不是吓着了？他说，没有。看母亲很难受，戈一想着分散母亲的注意力，可又不知道干什么好。对心梅妈的疑问越发多了，想到这儿他就问母亲，妈，怎么一直不见巴婶到井上打水？母亲说，她就是个"扫把星"！嫁过来第二天到井上打水，在全村人面前一头差点栽到井里。村里有个乡俗，新娘子第一次上井打水，啥事不出就说明这个女人本分；如果摔倒或是水桶翻了，证明她以后的生活不平顺；如果是掉进了井里，说明她会带来灾祸。戈一似乎明白了白天巴婶不上井打水的缘由。外面起风了，他很想爬过墙去看看。小时候听奶奶说，门前的井里有个老魔胡子，在夜里专吃小孩。虽然戈一已经十岁，知道此类话都是用来唬碎娃的，可真要是出去，会头皮发炸，总担心有啥不干净的东西冷不丁窜出来。

　　戈一还在睡梦里，迷迷糊糊地听到外面有吵闹声，一骨碌爬起来套上鞋子就往外跑。早起挑水的人在井沿上看到了红红的枸杞撒了一摊又一摊，就大声嚷嚷起来。人越聚越多，围在井口边嚷说着。村支书来了，带了两个挎着枪的民兵。他说，枸杞是国家统购统销的，谁家里也不许私藏的，是谁把果子撒在了井边的？人们猜测，疑惑着。戈一站着听了一会儿，转身回家去了。支书带着民兵挨家挨户地盘问搜查，整整折腾了两天，谁也不知道那些枸杞是怎么到了井边的。这件事过去半个月后，戈一去了心梅家，只是再也没看见那支发簪。戈一的父亲因为五十多斤枸杞账目出了问题，被撤销了村会计职务回家务农。

　　第二年秋，心梅的弟弟去河里玩水，淹死了。人们在河下游找到尸首时，他头上罩着一个塑料袋。听同去玩的孩子说，他想看看河底下的鱼，说把塑料袋包在脑袋上水进不去，这样眼睛就可以在水里睁开，就能看见河底下的鱼儿。整整三个月，心梅妈没有出门。每年春节前半月，家家户户开始排队挑水，为的是攒够过年用的水。过完年，初七开井取水，开井前还要祭拜放炮仗。刚入冬，村里决定要淘井。每隔三年淘一次，这是规矩。全村三百多口人吃水，淘井是个大工程。淘井很费人力，通常都是男人的事，让村里人奇怪的是，心梅妈出门了，找到队长，要求安排她挑泥，说想多挣工分。因为不是甃井，井底的紫泥很臭，别人躲着不干，她一桶一桶提着倒，还倒在了自家门口，嫌气味很是难闻。井淘好了，村民又能正常挑水，心梅妈却很少出门。有人说累坏了，一个女人家出的力比两个男人都多；有人说，八成被鬼"拿"了，不然怎么天天在烂臭的井泥里翻腾。人们再次见到心梅妈时，她光着脚，披散着头发，穿着一个空筒子羊皮袄，围着一条花裙子，手里拿着根一人高的竹竿，竿头绑着一个破烂的蛇皮袋，整天围着井又哭又笑又唱又跳，有时就将身子探到井里，人们都看出来，所谓的裙子也只是炕单随意围上的。有个小孩也学着心梅妈的样子，趴在井口看井，不小心掉了下去，好在及时发现，救了上来，自此在没有小孩子上井边玩了。井里有鬼！在村子里悄悄传开来，天一黑就再没人到井边打水了。心梅她爸被村支书叫了去，告诫他，看好自己的婆姨，不要掉到井里，一个村子的人都没办法吃水了。巴叔再怎么看着，心梅妈还是每天都要到井边转上几圈。心梅妈疯了，戈一再也没去过她家，倒是心梅常来找戈一。

戈一和心梅都上了中学，还在一个班。心梅长得很像她妈，皮肤细白，眉秀眼亮，一口洁白的牙齿，头发黑油油地泛着亮光，一笑腮边会露出小虎牙。班里男同学给心梅传纸条，她看都不看就给了戈一，戈一说，"写给你的我不看"，心梅要了去随手就扔了。她说，"戈一你当我男朋友吧，这样就没有人再骚扰我了"。戈一说，"你别理睬那些人，就好好学习，争取都考出去"。心梅说，"你不想做我男朋友？"戈一不置可否。心梅走了，戈一看到了她在擦眼泪。之后的一个学期里，他俩一句话也没说过。同学都说心梅和校长的儿子张亮好上了，戈一不知道是怎么个好法，依然每天在村口等着她一块去学校，放学了等她一块回家，不说话没关系，只要心梅按时上学就行。这是心梅妈疯了后，戈一下的决心，一定照顾好心梅。中考临近，班里很多同学都想报考中专，可以尽早参加工作。心梅问戈一，"考啥？"戈一说，"考大学"。心梅问，"不和我一起考中专？"戈一说，"名额那么紧张，名都报不上，再说，我就想上大学。"心梅说，"张亮说能让他爸给我一个名额，你要想考，那个名额就给你，我再让他想办法。"戈一说，"你考吧，我的事不用你管，管好你自己就行"。心梅红着眼说，"戈蛋！你想好了，你要是不考我就不和你好，再也不理睬你了！"戈一说，"随便！"郎才女貌，在班里同学都这样形容他们两个。戈一喜欢文学，在学校里发起了"启明星"文学社，并在校园里散发校报。心梅喜欢舞蹈，有学校"舞星"的称号。他们不知道，这次对话会影响他们整整一生。

戈一的家搬了，搬到了城里。他考上了高中，要到县城去上学。戈一家搬离村子没几天，心梅妈投了井。人被打捞上来后，才发现她穿戴的很整齐，手里紧紧攥着那根枸杞银簪，不像是自杀，倒像是去赴宴。心梅妈走了，人们在她平静的面容上能看出笑意。戈一和父亲参加了葬礼。那天，天空像是哭过一样，呈铅灰色。棺木掩土的那一刹那，心梅撕心裂肺地哭喊着"妈妈！妈妈！你咋能狠心撇下我……"哭声令在场的人无不落泪，戈一看到父亲背过身体擦眼泪，这也是第一次看见父亲流泪。葬礼结束后戈一留了下来陪心梅。

巷子里很少有人走动，井还是那口老井，静如老人盘坐在井床上。戈一站在井边，看着熟悉而又亲切的井，丰盈的水面上闪着碎金一样的清亮。心梅要去省艺校上学，她告诉戈一说，考试成绩出来后，母亲就有些古怪，再也不出去乱跑，还将家里收拾的井井有条，只是嘴里时常念叨，我一定要找回来，我一定要找回来。戈一问，你知道巴姆想找什么回来吗？心梅拿出了那枚枸杞银簪，就是这个。这不是在家里，还找什么？心梅说，我也不大清楚，有两年多时间我都没看到妈妈用这簪子，问过她的，她说丢了，没过几天她就疯了。银簪被擦得很亮，顶上的那颗红宝石，鲜艳的有些让人惊心。心梅的眼泪落下去，那红色便流动起来，如血液一般。

戈一回城了，临走时心梅问他，"你还爱我吗？"戈一说，"你等我，大学毕业我就娶你！"心梅笑了，和他拉了勾勾。心梅说，"我会等你，一直到你来娶我的那天！你不来，我就等你一辈子。"谁也没料到，这一等便是遥遥无期。戈一的书桌抽屉里，存放着满满的书信，都是心梅写给他的，还有很多都是他写了没有寄出去的，抽屉一直上着锁，他很多时候都没有勇气去看那些信件。他害怕，怕自己被淹没在良心的罪责里，怕自己鄙视自己而无法面对生活。心梅给过他一本日记，里面都是写她的心事和对他的情感。他知道了很多自己不知道的事。

心梅上了艺校后，每个假期里，都会去戈一家一次。时光就在这一来一去的过程中，变得让她局促起来。即将毕业，面临着选择，留在省城还是回到家乡的县城？心梅征询过戈一的意见，他说留在省城会有更好的发展空间。心梅说，你家在县城，我爸一个人孤零零在乡下，我舍不得你们，更舍不得我爸。那一年，戈一没有考上自己理想的大学，选择了补习，心梅已经在县剧团实习了。两人离得近了心反而远了。戈一的母亲认为心梅和儿子扯到一块，无论怎么样都会影响到儿子的高考，甚至将戈一高考的失利也算到心梅的头上。心梅到了周末，就回到家中帮父亲，很多时候还是和上艺校时一样，去地里摘枸杞补贴家用，她上学期间的生活费就是这样自给的。她对枸杞有种说不出的情感，就像她对戈一一样，有着深深的依恋和信任。

参加了工作后，心梅出落的更加漂亮，和成熟的枸杞鲜果一样，红润，晶莹，浑身泛着青春火热的气息。她爱枸杞，王维的"红豆生南国，春来发几枝；愿君多采撷，此物最相思"最能表达她此时的心境。她深爱着戈一，从小就崇拜他。她希望能得到戈一的积极回应，可戈一在躲着她，失落得她无法自禁。生命中最美好的时光，理应是和自己爱的人相守，戈一的漠然让她有些无法适从。爱和被爱都因为温暖而相互牵绊，爱情就是因为有了这牵绊而变得美好，这些却离她越来越远。她犹如守在一眼水井边，却无法享受那份甘甜，饥渴了也不会离开半步。戈一走了，去了北大，寻求他的人生目标。见与不见对心梅来说已经不重要了，生活是个睿智的老人，不会告诉任何人要去怎么做或是做什么？会通过让时间让真相告诉你。心梅把精力都投入到工作中，工作的第三年就成了剧团的台柱子，名气渐渐大了，身后涌了一批追求者，其中不乏已婚的团长。

戈一毕业前收到了心梅的信，蛋蛋哥，快回来吧！别飞了，你的小鸟太孤苦了，回来吧！给我一个窝，我会好好地爱你！看了信，戈一给母亲挂电话，让她去看看心梅，没想到被母亲训责了一番。你是天之骄子，北大高材生，全县也就你一个，你要读研究生，你的前途不在这个小县城里，别为了心梅那丫头而毁了你自己，我会去看她的。戈一想给心梅写回信，可不知道说些什么。想了就拿起心梅的照片看，是的，他们已不是一个世界的人了，以后的事情他不敢想。心梅苦苦等来的结果是戈一的母亲告诉她，梅梅！找个好人家吧，别惦记我家戈一了，他在大学处对象了，是他导师的女儿，他要考研，留在北京不回来了。听到这里，心梅的心都碎了。她一个劲地摇着头，不会的，婶，不会的！蛋蛋哥不是那样的人，我会等他的，即便是他不要我了，我也要他亲口告诉我，婶，求您别说了，您回吧！戈一母亲的到来，让她焦虑的等待有了答案，她不希望这一切是真的，她更不希望自己的幸福就这样被毁掉。她向单位请了半月假，去了北大，去找自己心爱的人。戈一不知道心梅来，正和同学一块做义工，为孤寡老人提供义务服务。偌大的一个校园，找一个人真的很难，尤其是第一次来。三天时间，心梅到了戈一，看到的是他用自己的外套给一个戴眼镜的漂亮女孩遮雨，而她就那样站在雨里，看着他们从眼前跑过。她喊了他，而且很大声地叫了他的名字，戈一！只是那声音只有她自己听得到，她抖动的嘴唇那一刻不听使唤，泪水伴着雨水冲垮了她心底的最后一道防线。那一刻，心梅想到了母亲，想到了家，想到了那口井。她从小就和戈一在一块玩，围着井绕着老榆树，看星星，看半个月亮爬上来，看井水里被荡开的月亮碎成无数块又圆成了一个。戈一长高了，还戴上了眼镜，平添了几分儒雅。那个远去的身影怎么就陌生了。她回到旅馆里睡了一天一夜，然后给戈一挂了一个电话。戈一正在宿舍里，听宿舍管理员说有人找他。蛋蛋哥，是你吗？你还好吗？戈一说，梅梅，我好着呢，你好吗？有什么事吗？心梅一听到了戈一的声音，泪水就止不住地流了下来。蛋蛋哥，你真的不回来了吗？戈婶说你要考研，留在北京，是真的吗？戈一从声音里听出来心梅的情绪不好。他说，梅梅，我是想考研，不一定就留在北京，我……心梅打断了他的话，你想娶我吗？戈一被这句话给噎着了，半天没有回答。他想起要说什么时，电话那头传来心梅的声音，我知道了！蛋蛋哥，祝你梦想成真！电话挂断了。此后的一年时间里，心梅一直沉浸在忧伤和无奈中不能自拔。她迷恋上了酒，喝酒成了她的精神支柱，这些戈一全然不知。

　　戈一毕业后没有回家，和同学去了深圳。心梅还存着一丝侥幸，希望戈一能回来，除了等待，她什么也做不了。心梅已步入老姑娘的行列，没有追到她的人，散播出流言来诋毁她的清誉，说她和团长怎么怎么样了，很恶俗。流言传到了乡下，心梅爸劝她选一个合适的人成个家，她点头答应了。以后的半年时间里，她见了所有想追她的男人，只是一个也没有答应，不是没有合适的，是她心里除了戈一外根本容不下任何人。爱上一个不该爱的人，注定会痛苦一生。这是心梅日记里写下的，这一年心梅二十八岁，女人最美好的青春就这样被白白地消耗在无望的等待中。戈一再也没回到县城，他爸的生意做大了，家搬到了省城。年终团里搞聚会，心梅喝了很多酒，醉的不省人事。她醒来后发现自己在县宾馆里，身边睡着团长，她失去了作为女人最宝贵的贞操。穿戴好衣服，她叫醒了团长。团长讪笑着说道，我以为你已不是黄花闺女了呢？话音没落，胖脸上被划出了一道血口。这下他才害怕起来，顾不上穿衣服，扑通一下跪在地板上，是我的错，对不起小巴，你放过我吧！我一定不会亏待你的，求求你了！心梅扔了手里的酒瓶，头也不回地走了。第二年春，心梅成了团里最年轻的副团长，团长对她说，给他两年时间离婚娶她。一年后她听同学说戈一结婚了，新娘是他大学同学，省报副社长的女儿。在省报当了编辑的戈一，享受着新婚的甜蜜。收到同学带来心梅的礼物时，才想起这么多年不知道心梅怎么样了，怀着忐忑打开，是那支枸杞银簪。随着礼物还有一封信，信上只有一句话：物归原主！

戈一在父亲病重住院期间，问了父亲银簪的事，还问了那一夜他为啥给巴婶送枸杞。父亲告诉他，原本他爱的就是巴婶，因戈一的爷爷是地主成分，遭到了巴婶父母的坚决反对。你巴婶为了能时常见到我不肯远嫁，就选择了心梅她爸，主要原因是和我相邻。嫁给了一个不爱自己的人，你巴婶过得很苦，她身体又弱，时常犯晕。银簪是你奶奶给你巴婶的，说她心里认下这个媳妇，可明面上不行。戈一明白了。又问，巴婶为啥会投井自杀？戈一的父亲听他这一问，痛苦地抽动了一下嘴角，泪水顺着脸上的褶皱肆意地流着。儿子淹死之后你巴婶就有了轻生的念头，被我劝着打消了，因为她还有心梅。直到心梅这丫头考上了艺校，你巴婶心里再没什么牵挂了，才走的这条路。父亲在病床上边说边抽泣着，我活得不如你巴婶清亮，白活了。戈一跟着父亲一道落泪。蛋蛋，我死后把我运回村里，埋在老榆树下，那里有你巴婶陪着我不寂寞，我欠你巴婶的太多了。

三个月后，戈一的父亲病逝，母亲不同意运回老家安葬，对她说，老老少少都在省城，难倒死一个你送回去，死一个你就送回去？就知道老贼没按啥好心！你也别折腾，好好在这儿买个墓地安葬了。父亲死后，戈一再也没有回到村子里。

心梅处在成家和不成家的两难境地。心爱的人忘却了初衷，抛却了誓言，和新人过起了小日子，爱自己的人只看重的是自己的身体和姿色，声誉被毁之殆尽。没有了心理上的依靠，她感到从未有过的孤独和悲凉。生活于她仿佛就是一个陷阱，从开始就已经陷了进去，且义无反顾。这种悲凉在团长老婆从她正演出的戏台上厮打开始就再也没有了转机，她疯了，和母亲的不同，她是真疯，疯的自己都不知道活在人世间的样子，疯到甚至见了伤害她的人都没有了怨恨。

回家！可是家又在哪里？戈一坐在老榆树下，看着掩在荒草里的巴婶的坟头上，不知道什么时候多了一摞纸钱，白纸绞出的元宝在风中抖动着。旁边填了井的坟头上蹲着一只乌鸦，嘴里衔着一根树枝，枝条上还有一颗干红的枸杞果子在摆动。

呱！他疑惑那声音，是从被掩埋的井底里透出来，苍凉而萧瑟。

乌鸦飞走了，戈一也回了，留下了一片的孤寂。

[原载《朔方》2015 年第 11 期]

骆少卿（1970—），宁夏青铜峡人，从事企业报纸编辑工作。作品发表于《朔方》《黄河文学》等。宁夏作家协会会员。第六期文艺（综合）研修班学员。

婚　驮

王秀琴

　　看着看着，米家庄就形销骨立了。米家庄西倚无稽山，有愁河绕村而过，千万年河流几经改道冲积河床淤积的泥沙都快叫村人挖尽了。

　　以前，一出村就是耕地，就是平整整绿茵茵齐刷刷的麦田。这会子，放眼全是沙坑，十几米几十米深的沙坑，一个挨一个，远远瞭去，米家庄就像孤升于地底下的荒岛。

　　进村的路越来越窄，且松软难行，稍不留心，就会滑到沙坑里去。若真有人掉进去，想爬都爬不出来，不幸做只坑底青蛙。于是有人出主意，将小路用栅栏环护，确保村人出来进去人身安全。

　　竹条子栅栏，四指宽，入地深，石块挤紧，水泥抹稳，齐胸高，中间连箍三道铁丝，沿了小路蜿蜒。

　　这样一来，进米家庄的小路就成了天栈。这道天栈像条明亮带子缠绕在米家庄身上。一到夏天，小路两边长出些须根花草，一嘟噜一嘟噜的甜苣小碎黄花，一小串一小串的紫金兰，一片儿一片儿的鸡爪爪花，天栈就变作姑娘裙带，像条天堂路，赛条幸福途。

　　天栈路约一里地。出村买个东西，走这一里地要人挑肩扛。捉个猪娃用袋子背回来也行。若背不动扛不回，找驮夫呀。米家庄有几十号劳力专门驮东西，被人称为"驮夫"。若娶媳妇呢？那就请"婚驮"。嗨，您还别说，想嫁往米家庄的姑娘多的是，据说是米家庄的男人上面厉害下面更厉害。

　　亲，不能不送，也不能不迎。可是，送亲队伍到天栈路那边，就停止吹打，张着笑脸，说着喜话，讨了赏钱，打道回府了；迎亲队伍走到天栈路这边，也不敢往前走了，原地踏步，吹吹打打，翘首以待，等婚驮背新娘过来，迎进轿子里，再吹吹打打抬着新娘回去入洞房。人说新媳妇让"婚驮"背，岂不有点亏！可娶亲这天，是好日子，新郎一身喜气，承天地精华，新娘也一身喜气，被日月甘露，见面时分有定，就中午十二点。几百年了，这例不能破。

　　请婚驮自然要破费。

　　可您说，不破费不成呀。要不，新娘咋过那一里多的天栈路！请哪位背？让哪位驮？请新娘的大伯子小叔子姐夫姑夫来驮？合适吗？显然不合适。若请她准公公来背，那显然就更不合适了。就公心而言，出几个喜喜钱，请喜气"婚驮"再合适不过。

这样一来，米家庄驮夫就分为三等，最末等，挑烂铜废铁死背硬扛出蛮力，工钱最低，身份也最低贱；中间一等，干鞋净袜，背个米呀面的；最上脸的就是"婚驮"。想做"婚驮"，那得祖宗八代没丁点瑕疵。人呢，还要长得精干喜气，有把子好力气，最重要也最关键是得守规矩。新娘子坐肩上了，香气袭人，酥体轻软，若想入非非，这碗饭是定定吃不得的。一开始，村里"婚驮"有五六个，后来，慢慢淘汰，沙里淘金，现如今，只剩楚贵贵一个人了。

这天，楚贵贵从城里刚回来，路过刘贝贝家。俗话说，男要俏，一身皂。楚贵贵一袭青衣，白白的褂里子，裤针别着裤腿，蓝道道手巾挽在头上，一幅立樱子造型，鞋是牛头千层底，步子四平八稳，活脱脱星光大道走出来的那个阿宝。

刘贝贝在套毛驴，小平车上装着棉饼仁，柳条编的围屏围着。车套好了，就是毛驴吊蛋，任刘贝贝怎么拉，怎么拍屁股，就是辙后，刨蹄子，踢踏着步子不肯走。

楚贵贵说，你叫它一声爹，它就走。

刘贝贝脸涨得通红，歪头裂脖白楚贵贵。

楚贵贵一本正经说，别瞅我，叫它爹。

刘贝贝的脸更红了，盯着毛驴出神，很生气的样子，那意思是说你驴就是个我爹？

毛驴瞅着他，一点也不生气，出奇有耐心，好像在说，你要不叫我爹，老子还真一步不动。

刘贝贝憋了很久，终于低低地说，爹，咱走吧。

毛驴低头瞅瞅蹄子，踢踏两下，显得心满意足，真就"嗒嗒嗒"跑起来。

刘贝贝想拽住驴，一急，脸煞白煞白。原来，父子俩送棉饼仁，都是儿子套车，坐左辕。套好了，他爹坐右辕。儿子说，爹，咱走吧。他爹一拍毛驴屁股，毛驴轻车熟路，自己就跑开了。

你看，我咋说的！自家门道自家都记不住——楚贵贵冲刘贝贝背影喊，你爹呢？

喝多了，睡着哩。不敢坐辕的刘贝贝，紧着步子跟着毛驴跑远了。

死鬼，喝两盅猫尿就睡过去，太阳都晒腚了，还不快起！女人一边唠叨一边蹲在大盆边搓洗衣服，两条胳膊胖嘟嘟白洼洼，胸前两咯嘟肉球涌来荡去。楚贵贵蹑手蹑脚走来，站在一边，只管盯了她看，脊背宽厚，屁股滚圆，秋衣绌起，雪白的一截腰身露在外面，腰上两个肉洼洼，一个里面长颗红胭胭，一个里面长颗黑痣痣。

呀，作死呀！吓死个人！女人眼前闪过一条黑影，站起身，甩手上的泡沫。

看看看，天上飞过两只鸽子，腾，飞没了——楚贵贵从半空抓了一把，胳膊划个弧，顺势在女人胸前摸了一把。

女人一时没反应过来，只管张了口傻傻看天上。楚贵贵早挑帘进了屋。

这死鬼，还没起炕哩。女人跟进来，抹椅子让楚贵贵坐，推男人，说，"贵人来看你了。"

"贵人？还娘娘呢。您还是叫贵贵吧。要不变性了。"楚贵贵笑着说。

"您就是个贵人哩。"女人坚持说。

男人翻个身，呼呼哧哧吐着气，吊着朦胧双眼："咋，贵人登门？"赶紧坐起，三下五除二穿衣。

"他叔，贝贝也不小了，做了几年驮夫，撑死也是个二等驮夫。您给引渡引渡，咋说也收个徒啥的。"女人小心翼翼端上盅茶。

男人穿衣叠被，扇起的隔宿气和尘屑粒直冲楚贵贵飞来。楚贵贵皱了眉，站起身，扑扇着手。

"老头子，你就不能轻慢些，看把贵人冲的——"女人瞅着楚贵贵，眈着自家男人。

"那活儿？你家贝贝——能做的了？"楚贵贵听女人说，猛然后跳一步，茶溢在手上，找地儿放茶盅，脚下被一块棉饼仁绊了一下，剩茶就泼洒在身上了。

女人四下里找毛巾。楚贵贵摘下头上的蓝道道手巾，说，"不用了，我有这个呢！出了门就擦就拍就打。"

"您看您这身行头，瞧着就叫人舒服。我家贝贝要是能跟上您混成这么个模样儿，我一准给您烧长香。"女人站在一边直咂嘴，又打躬又作揖。

"那活儿不好做哩，那碗饭不好吃哩，你一个妇道人家不知道……嗨，这么跟你说吧，你家贝贝入哪行都难，千万别入这行。"楚贵贵折转身进屋，和男人搭腔："昨晚有啥喜事？喝成那样？"

不等男人说话，女人就数落上了："他贵叔，他那个稀松样您是没见，一进门就脱裤子，往床上撵——"

"那是想你呗。"楚贵贵笑着说。

"想我？是想那枕头呢！酒气熏天，一挨枕头就睡过去了，就像死过去一样。"女人数落男人意在讨好贵贵。

咋说话哩这是！睡觉出气，死了根本就没气，能相提并论！你好，睡觉打呼噜赛如母猪。男人一边刮胡子一边奚落女人，也在讨好楚贵贵。其实，楚贵贵心知肚明，这两口儿一唱一和，实际都在一个调调里。

你说他吧，一喝多，贝贝就受不了，捏着鼻子问我，咋办哩，你看我爹。我说，能咋办，提住耳朵拽住心说少喝点少喝点，就是不听，我呢，也管不住他，就遣送回原单位处理吧。贝贝就说我爹哪有单位，不就是个农民嘛。叫我气得骂贝贝猪脑子，说你爹原单位就是你爷你奶那儿。贝贝就笑就给他爹穿鞋穿衣，真往他爷奶那边拉他。没想到老的真跟小的走了。到了他娘老子那边，他娘老子也一顿说，火得骂了一气。这人脸皮那个厚呀，反正是你说你的，我睡我的，黑屁白屁不放一个。最后，拉了贝贝的手，说咱回吧，你妈不管我，我妈呢也不管我，咱实行民主自治吧。就又拉着贝贝的手回来了。女人一壁说一壁撇嘴，一喝酒就不要脸了。这辈子啥也没做，就喝酒了。

谁说啥没做？没养儿还是没育女？男人反过身，笑了。

女人扑哧一声也笑了。

楚贵贵笑不起来。两口子的话像锤子，他的心被锤了一下又一下，站起来，说，没工夫和你俩口儿弯弯绕，正经事还等着呢。转身就走。

急甚哩，回去吹口琴，还是照护你弟弟？男人摸着光光下巴，想留住楚贵贵。

"他叔他叔，你看——贝贝这孩子——"女人追出来，红灿灿的太阳照得她的脸通红，赛如刚从男人身底下爬起来，光线晃得睁不开眼睛，眯了眼，尖着嗓子喊："要不，叫贝贝先买个口琴，吹着？"

"吹啥口琴吹！"楚贵贵也不搭话，只管一甩一甩走远。

女人手搭凉棚，叹口气，说，"唉，光顾着驮人家媳妇，也不说把自己女人找回来。"歪着脑袋看没了楚贵贵。

娘，这是您饭后服的药，这是弟弟的，我都分好了。楚贵贵伸过一只手，他娘摸索着接过药，也不喝水，径直将药片放进嘴里，干瘪的嘴嚅动几下，脖子一仰，咽了。

来，喝口水。楚贵贵叫他娘喝口水，又扶起他弟弟叫吃药。

楚贵贵的弟弟叫楚云云，四岁上得了脑瘫，先是能走，后来一走就摔，后来就下不了地，再后来就没能站起来过，一直他跟娘照顾着。几年前，他娘急火攻心，眼睛叫气蒙了。这样一来，楚贵贵肩上的担子一个变成两个，两个变成三个。沉重的负担，不仅是体力精力上的磨损，还有经济上的压力。一家三口的嚼用，母亲和弟弟常年服药，自己又不像城里人领着旱涝保丰收的工资，所以，就得拼命去挣。人常说，蛇走蛇道，狼走狼穴。楚贵贵是有心人，自打做了驮夫，从三等驮夫做起，一直做到了一等一的"婚驮"。如今，他已击败所有对手，只剩下他一个人做着这块生意。也就是说，他一个人独自吃着一块丰硕蛋糕，别人也眼红，想抢，可就是抢不走，也没能耐抢。

这种情形多少令楚贵贵有些自鸣得意。

人常问，贵贵，你到底有何秘诀，能把驮媳妇这个高贵而酬薪优厚的活儿干得既漂亮又厚道？做了真正的驮霸？

贵贵真是驮霸。不说本村，单说这米家村每年娶媳妇嫁闺女，都要专请楚贵贵做"婚驮"。这有什么办法？一点点办法都没有。那钱一个劲儿要往贵贵布袋袋里钻，贵贵有什么办法？主家对"婚驮"有额外打赏。这额外打赏加起来也是一笔不小收入。有了收入，老老少少里外外自然都能安顿妥帖。行行有门道。可以说，楚贵贵已经摸出道道来，将"婚驮"做成了品牌。

贵贵扶着弟弟吃药，可，弟弟使劲摇头，胡乱舞动双手，把贵贵手里的药打翻不说，小小药片像条细细线儿滚到板柜下面去了，杯子里的水也洒在贵贵身上。

"你咋啦？这药是花钱买来的。你不知道挣钱有多辛苦！你这样子，我可再不能管你了，死活由你。"贵贵最不能容忍的是扑洒了他的身官，在贝贝家已经扑洒过一回，现在又一回。他赶紧扯下头上的毛巾就擦就拍，真就生了气，"啪"，一下把弟弟扔在枕头上。

"作死的，你咋不听你哥的了？你又活得不耐烦了？"坐在炕上的娘大声数落着小儿子。

楚贵贵赌气坐在一边，弯腰四下里搜寻滚落的药片。

"咱俩把你哥拖垮了。成天给人驮媳妇，自己三十大几还单着！那跑回娘家的媳妇啊，那老天爷爷啊，你真心毒，要惩罚就惩罚我这个老婆子吧，干吗要生生作践我的两个儿子！我这是上辈子造了什么孽！"贵贵娘呜呜咽咽，泣不成声。

"娘，您就别添乱了。还让不让人活了！"楚贵贵气呼呼站起身，走进里间。

"哥……哥……"云的眼泪也下来了，扭头看着楚贵贵的房间。

"你个天煞的……我怎么就养了你这么个东西！你看把你哥气的……你那嫂子还不是叫你这个活宝给气跑的！"贵贵娘数落着小儿子。

过了好一会儿，房间里飘出口琴声，长长短短的忧伤和沉郁，像从心里拽出的丝线，一扯一扯，叫人心疼。

"贵贵在家吗？"有人找上门来了。

琴声慢慢停了。贵贵走出房间，一脸平静。矮个男人手上拿着艳红礼单，满面笑容，直呼贵贵其名，贵贵的脸上就显出些不太高兴。

"有事？"

"四月初八，娶亲。你看——"礼单被推至楚贵贵面前，上面写着娶亲日期和新娘名字。这是贵贵老早定下的规矩。礼金红包包着，一并被推过来。

"行，按规矩办吧。"

"这是礼金——"

贵贵接在手上，点了点，揣在怀里。

"这是喜账——"

眼下不时兴这个。贵贵高贵地迟疑着。

"好说，好说。"

"折成现金吧。最近我娘身子弱，要钱花。"贵贵平了脸说。

一切听你的。

自己说了就是行规，贵贵有了自己的话语权。礼金呢，先是驮一回亲五百，后来八百，随着物价猛涨，眼下涨成一千。求贵贵驮亲的人早私下里打问好了行情。至于喜账，就是要给贵贵一块衣料。贵贵呢，有时候要有时候不要，若娘和弟弟需要添身衣服，他就收了；若娘俩不缺衣服他就要求对方折成钱。至于送过来的一些宴席，贵贵是照收不误，好让娘和弟弟打打牙祭。实际上，贵贵不愁生意，他最近添了行头，刚从省城订制了一套中式绸缎褂子，暗红底，圆图案，图案是隐隐梅竹上面印着个篆隶体"贵"字。当时，"富""寿""贵"三字，裁缝师傅问他选哪个。贵贵思谋半天，因自己叫贵贵，那就选"贵"字吧，再说呢，"富"总有些俗，"寿"还用不上，"贵"呢，一定代表着富，但"富"却不一定贵。贵贵想，人活世上，要活就一定要活出个高贵来。

行头刚量过，还没做好，过几天去取。

从省城往回走的时候，贵贵给娘和弟弟买了些常服药，置办了些日用品，挑了些稀罕物，一路走一路想，等这身行头做好了，礼金就要再涨一些。涨多少呢，贵贵一时还没想好。在火车上的时候，一对男女坐在对面，一路卿卿我我，亲密得叫人不忍心瞅，可又总粘拽人的眼线。贵贵手足无措，本想吹吹口琴，一摸口袋，才知道出门急，忘了装，一路上那个失落，几乎记不得来省城到底是干什么事儿来了。

"楚先生在家么？"又一家找上门来了。

楚先生。瞧瞧人家这素养，这礼数！人活世上，不就活个人抬人红人捧人高！贵贵挺挺胸，看看逡巡着的矮个男人，昂头接进瘦高男人。矮个男人满面笑容却冷眼瞅着贵贵招呼来人。

"楚先生，久仰久仰，好一派大家风范。真是天下之奇，无出其右。"瘦高男人紧紧握住楚贵贵的手，仰慕之情，诉之不尽。

贵贵受宠若惊，伸出一只手，任由对方握着。

"四月初八，嫁闺女。楚先生肯否赏金面——"

四月初八？这位——贵贵看一眼矮个男人，见他脸色都变了。

哦，是不是已定妥一家？

贵贵点头。

"那好办，他家礼金多少，楚先生的损失我这边来弥补，只要楚先生肯赏金面——"

矮个男人真有点急了，瞪着眼张大嘴巴。

"不是这个意思。"贵贵一脸平静，浅浅笑着，摆摆手，说，"都是办喜事，千万别挤兑，都对付着办，不是我贵贵损失不损失的问题。"

"噢，楚先生真是锦心绣口。这样吧，我回去跟家人商量一下，看看日子能不能改一下，我们那大小姐是非要请楚先生作婚驮的。至于礼金额度嘛，好说，好说，我们这边给您最高礼金。"

贵贵依然满脸浅笑。

矮个男人终于露出喜色，偷偷吁了口气。

贵贵笑着摇头，说，"一样一样，我楚贵贵童叟无欺。"

听着说完礼金，矮个男人借故要走。临出门，满面笑容而又小声叮嘱一句："楚先生，四月初八，记着啊！"

"一言九鼎，一诺千斤，放心吧。"贵贵冲他笑一下。

瘦高男人也笑一下，重重点了三下头，恭恭敬敬说，"楚先生，请留步。"

贵贵招招手，目送他走远，又朝瘦高男人走去。男人掏出一千块钱作为定金，说，"我们大小姐两个吉日，一个是四月初八，一个是四月十八。如果定了四月十八，那就跟您楚先生定好了，这一天，是断不能再答应别家了。"

那是当然，凡事讲究先来后到么。楚贵贵也不推辞，笑着收起礼金。来人站起来，退着身子往外走，客气地絮叨着。楚贵贵也不远送，临出门，紧紧握一下对方的手。

什么时候才能买一个大大的木制浴盆来泡澡呢？

泡澡还是要木制浴盆，不要瓷的那种，冰凉冰凉，一点幸福的感觉都要被传导到不知名处，几乎把水与皮肤的温婉也消解掉了。然后房顶上装个太阳能热水器，冬常夏天都能泡个热水澡，精精神神做好每一桩买卖，还能让老娘和弟弟都舒服一下。楚贵贵一边洗澡一边想，他抬起头，简易喷头里的水一下眯了眼，洗澡液是薰衣草香型，他最喜欢的一种味道。

洗头，打沫，全身按摩，沟沟岔岔，楚贵贵都要细细照抚一番。怎么说呢，楚贵贵真是个标致男人，四肢修长，身上皮肤有些粗糙，是粗犷男人的那种；恰恰脸上脖子上的皮肤细细的白白的润润的，五官又相当端正，白细的皮肤加上端正的五官，这就显得他更加俊秀了。俊秀的男人叫大闺女小媳妇春心荡漾心尖上想得疼口里却说不出，叫那些婆娘们想招摇又招摇不到，只好浪言浪语魅惑着，媚眉媚眼觑眯着，谁知道夜里躺在炕上想几回，谁知道白天里做活儿走神走得多厉害。谁说女人不好色？其实是女人脸皮薄，不好意思说出口，表达得委婉含蓄罢了。

这样一来，楚贵贵就成了村里女人们的大众情人。他有时看电视，见刘德华和姚明等一上场，场下总是哗然一片，女孩子们尖叫声一片。这时候的楚贵贵就不动声色笑一下。看到有女孩冲动地跑上去，抱着自己的偶像亲吻一下，楚贵贵就张大嘴巴，两眼紧盯着画面，身体有些微微颤抖，这种颤抖像电流一般激活了他全身神经。不知哪里就硬硬的，他的脸就红一阵白一阵。

洗着洗着，浴室里的气氛就上来了。刚开始的时候，水慢慢热着，楚贵贵吹了会儿口琴，琴声余音缭绕，慢慢在浴室里游走，回旋，酝酿；再就是薰衣草香，每一个香味分子碰撞，膨胀，洒落。香味琴声相缠绵互悱恻，再加上贵贵心里一闪一闪蔓延着的都是要驮新娘洞房花烛下的妩媚激动和兴奋，浴室里的味儿就越来越撩拨人心了，黏黏的，稠稠的，是叫人春宵一刻值千金的那种感觉，是叫人扶醉温柔乡永不想起来的那种感觉。这时候，贵贵觉得自己就是那位新郎了。水呢，不冷不热，再加上楚贵贵精心的抚弄，下面就慢慢骄傲起来了。刚才，楚贵贵就看了一下新娘的名字，刘玉茹。这个名字真好，刘玉茹，一听就叫人觉着温馨。这时候的楚贵贵心里就开始默念这个名字。

刘玉茹。

他念一下，下面就硬硬地挺一下，楚贵贵就下意识地捂一下。

刘玉茹刘玉茹。

他想不叫刘玉茹，可又叫了两下，想要捂下去，却不想越捂越抵挡不住，情不自禁变成了揉搓捏捏，已经握捏得够紧的了，还觉得它在膨在胀，想要飞，飞到云端里，飞到那个叫刘玉茹的女人身体里。

刘玉茹刘玉茹我爱你，你就是我的爱人，你就是我的媳妇，我就是你的男人。刘玉茹刘玉茹刘玉茹，你看看，我的这个大不大，美活不美活你！楚贵贵一边喃喃自语，真的就松开了手，胯向前送着，好像刘玉茹就在眼前，说，你看你看，亮晶晶的，我自己都很满意，你满意不？楚贵贵似乎看见眼前的刘玉茹羞红了脸粉垂了头甚至于吃吃地笑，似在躲闪却又似在迎合。楚贵贵的脸涨得血红血红，眼睛也血红血红，像要吃了刘玉茹。

刘玉茹刘玉茹刘玉茹柳翠花柳翠花柳翠花……

叫着叫着，楚贵贵嘴里的刘玉茹就变成了柳翠花，楚贵贵含混不清地说，今天就是咱们的好日子。你就是我的。我就是你的。刘玉茹，我把身家性命都托付给你了……楚贵贵蹶着屁股，两手捂在两腿间，嘴里咝咝抽着气，紧紧闭了眼，显出痛苦不堪却又极度欢愉的样子，一股又一股乳白色液体从他指缝里流了出来。

楚贵贵喘着粗气，身体贴靠着墙，墙是瓷砖贴出来的，冰凉一下子就刺激了疲惫。

楚贵贵拧开水龙头。

站在水汽朦胧的镜子前，楚贵贵转过来转过去看着自己的身体，抓起将要替换的内裤，擦一把镜子，冲着镜子，说，特妈的，柳翠花，你跑哪去了，你要再不回来，我可真要刘玉茹了。刘玉茹，你到底满不满意？不管怎么样，我是你的第一个男人。

每到有人家娶亲，米家庄街上就站满了人，赛如赶庙会。大姑娘小媳妇挨挨挤挤，探头看楚贵贵迈着四平八稳的步子从家里走出来。风光满面，喜气盈色，一身皂色衣褂，肩上搭着绣花垫圈，花是凤凰戏牡丹，四周镶着云角儿，还嵌着小小的石榴团花。楚贵贵微微笑着，像上场的明星，一边走一边拿眼溜两边的女人。女人们也都带着欣喜神色看着楚贵贵，心里默念着楚贵贵的名字，生怕楚贵贵看不到自己，有的轻声呼唤着楚贵贵楚贵贵，有的甚至泪流满面。楚贵贵心说，媳妇们，你们当中大部分都是我驮回来的；姑娘们，你们当中大部分都要我驮着嫁出去。无论如何，我是你们的第一个男人哩。

楚贵贵大步流星走往一里天栈，迎亲队伍从另外一个方向走来，跟在楚贵贵后面。

路两边是小吃摊点，卖棉花糖的，炸油麻花的，炒粉团的，卖凉粉的，小商小贩最拿手的就是见缝插针。他们见楚贵贵过来，手里的生意全停了，拿眼紧盯着楚贵贵。楚贵贵连瞅都不瞅他们一眼，径直从他们摊子边走了过去，身后是长龙似的吹吹打打的迎亲队伍。

不少人跟在队伍后面走往天栈方向，贝贝娘就在人群里，她一边走一边紧盯着楚贵贵，心里想，楚贵贵什么时候能拉扯她儿一把，让她脸上也风光风光，这样风光了，还怕招不到个好媳妇！后来，她干脆想，要是她再年轻三十岁，正是待嫁年龄，也要婆家请楚贵贵驮她一回，不然，她就不上花轿。她又想到楚贵贵跑了的媳妇，其实，这个女人一辈子不回来才好呢！这样，楚贵贵就不是她一个人的，而是大家的，是全村女人们的。既然是大家的，自然就有她的一份，哪怕这一份很微小。想到楚贵贵还有她的一份，贝贝娘激动的泪花就莹莹闪烁了。

到了天栈这边，楚贵贵像个乐队指挥官，优雅尊荣地转过身，两手一抬一压，乐队就停止了吹打。楚贵贵慢慢转过身，一步一步走在天栈上。楚贵贵看似一点也不着急，其实，他急在心里，急在脚上，他想尽快走到那边，轻轻托起新娘，让她端端正正舒舒服服正儿八经坐在自己肩上，坐在这块喜气无比的肩垫上，然后，踏着节奏，三步四步伦巴秧歌都要上，曲子是唱在心里的，节奏是扭在腰上的，调子是摆在腿上的，鼓点是踩在脚下的，喜庆是要感染给肩上新娘的。有时为取悦新娘，楚贵贵还要来个《红高粱》里的生猛步。总之，楚贵贵要把这一里天栈走得趣味十足，韵味百生，回味无穷，把自己心里对婚姻爱情洞房花烛百年好合琴瑟和鸣鱼水之欢等的全部诠释和期望通过舞步完完整整传递给新娘，洒在这一里路上，展现给蓝天白云。坐在楚贵贵肩上的新娘虽不能开口说话，但她心里的喜悦却是可以叫楚贵贵感知到的，也是可以通过楚贵贵表达出来的，她简直觉得眼前驮着自己的这个人就是与自己共赴人生路的亲密爱人，这段窄窄的天栈路就是人生无限美好的开始，是一生幸福婚姻的前奏。

　　毕竟是个体力活儿，再加上十分走心，楚贵贵的汗出来了。一出汗，男人特有的热力蒸腾叫肩上的新娘更加酥软陶醉，就是这个刘玉茹，多情的刘玉茹，善解人意的刘玉茹，偷偷用婚妆棉袖给楚贵贵擦了一把汗。楚贵贵的汗出得更多了，也不知是喜的、惊的、吓的，还是累的，反正好像专门就是闹刘玉茹的，就是专门叫她用婚妆棉袖给他擦的。这时候的楚贵贵和刘玉茹，简直就是亲亲密密的小两口，一见钟情的一对儿，心灵默契的小情人，互愉互悦的久恋人。眼看天栈这边就快到了，楚贵贵心说，可是快到了，这汗快出脱了。肩上的新娘刘玉茹可不这样想，她说，咋这天栈才一里，要是十里，百里，一辈子都走不完该多好！

　　所有人都看呆了。后来那些轿夫们说，要是咱来世转个女儿身，也叫贵贵驮嫁，要多幸福有多幸福，要多浪漫有多浪漫！

　　坐在轿子里的刘玉茹轻声慢语说，给这位贵人外加三百，喜喜钱。

　　楚贵贵没听见，只顾拿了毛巾擦汗，看着路边细细碎碎的野花出神，心说，这一趟若把行头换了，那绝对是最有感觉最上档次的一次驮婚。

　　楚贵贵突然就想有个说话的人，想要刘贝贝跟在他身边。

　　"行么？贝贝笨的跟什么似的！"贝贝娘心里巴不得，嘴上却是一再退缩，是以退为进，其实是想得到楚贵贵最肯定的回应。

　　"再不行就得让他到外面打工去呢，老大不小了，得挣媳妇钱哩。"贝贝爹吐着烟圈说。

　　"试试吧。得有个过程。看这孩子有没这个悟性。"楚贵贵虽怕贝贝娘不同意，可也不能把话说得太满。

"其实，有您这么调教着，准行。"贝贝娘起身拉起贝贝就给楚贵贵叩头。

"徒弟，明天跟师傅进省城取行头。"

下了火车，师徒二人直奔裁缝店。试了试，行头穿在身上，浑身上下那儿都熨贴。师徒二人出了裁缝铺，走进一家大同刀削面馆。

"今天，师傅请你吃碗面。以后挣了大钱，你再请师傅。"

"不行，今儿徒弟请师傅吧。哪有让师傅请徒弟的。"

"嘿，你小子挺聪明啊！知道师傅为啥能挺到最后？"

刘贝贝满嘴面，眼睛睁得大大的，吃惊地看着楚贵贵，摇摇头，这个事情是他最想知道的。

"最后一个对手是楚满江，我的叔伯兄弟，其实，他比师傅扭得还好，还有感觉，更有激情，动作更丰富，舞步更饱满，长得也不比我差，只可惜他没挺到最后。为什么呢？因为他守不住做这一行的规矩。当他肩上的新娘给他擦头上汗的时候，他下面就胀得管不住了，他把新娘放下来，逼到路边，硬把人家那个了。其实，他也没真正那个，是身子蹭着人家那个的。可是，新娘就觉得对她是个侮辱，哭着闹着就是不干。就这一下，楚满江的饭碗就砸了，人丢大了，一辈子饭碗报废了。"

刘贝贝好半天眨着眼，说不出一个字来。

唉，每驮一次婚，就是对男人的一次考验。楚贵贵叹口气说，这碗饭不好吃就不好吃在这里。

"师傅，那您——"刘贝贝终于缓过神来了。

"我？师傅我是铁打的金钢，坐怀不乱的君子！你要是能修到师傅这个份儿上，就有福气了。"楚贵贵说着说着，把碗一推，站起身就往外走。

"师傅，您不是也有家哩！把师娘叫回来多好。"刘贝贝跟在楚贵贵屁股后面，小心翼翼地说。

琴呢，我的琴呢。楚贵贵猛然一下就想起他的口琴。

哎呀，忘人家桌子上了。刘贝贝撒开脚丫就跑。一会儿，手里拿着口琴，气喘吁吁跑上来。

就是跟你说多了，才忘了拿。楚贵贵抚摸着它说，其实，师傅的新娘长得也挺好看，也挺爱我，我也爱她。就是有一个晚上，那个的时候，我叫错了名字。

"师娘叫啥名儿？"

"柳翠花。"

"师傅叫啥来？"

"记不住了。好像叫了好几个人的名字。"

"您是只叫那个名儿，还是还想着那个人儿来？"

“不知道。我也说不清楚了。”

“您咋能那样呢？您不是成心气师娘么！”

“我就是叫刘玉茹许如如张爱兰楚可怜……就是没叫柳翠花。”第二天，她就气跑了。

“要给了我，一脚把您从肚皮上踹下来，立马就跑。那个时候，那个关键时刻，女人名儿是浑叫的！”

“兴奋了么。再说我不喜欢柳翠花。”

“您是不喜欢名字还是不喜欢人？”

“我不喜欢柳翠花这个名字。”

“那您就给她改个名儿。”

“可也不能一天一改名儿吧，也不能我驮一回婚就给她改一回名儿吧！”

“我看，您还是把师娘找回来吧。”

“上哪去找？”

“要不，师傅再找一个？”

“可我又记住了柳翠花。”楚贵贵拍一下刘贝贝，说，“以前，我记不住她，她可是跑了，现在，我记住她了，她却不再回来。柳翠花，柳翠花，柳翠花却再也不回来了。这个口琴就是吹给她听的。”楚贵贵一边说，一边用手轻轻擦着口琴，慢慢放在唇上，噘起唇，想要吹响它。可是，口琴像哑了，一点声都没有。

“贝贝，贝贝，我的口琴咋不响了？我的口琴咋不响了？”楚贵贵急得满面通红，影影绰绰，前面一个人影，看着像柳翠花，口琴一下又响起来，呜呜咽咽，却低低的，楚贵贵又吹了两下，呜哇呜哇，声音一下子就炸开了。

［原载《满族文学》2017年第2期］

王秀琴（1972—），女，山西文县人。作品发表于《中国作家》《黄河》《西部》《当代小说》等。著有长篇《天地公心》《大清镖师》《真水无香》《算神王文素》《帝国的忧伤》、小说集《婚驮》及多部影视文学剧本。作品荣获“首届蔡文姬”“芙蓉杯”一等奖。中国作家协会会员，山西省编剧委员会委员。山西文学院签约作家。第六期文艺（综合）研修班学员。

阿玛兰妲

李官珊

夜晚黑黢黢的树林会生出青白色的雾气，似乎在安慰着位于旁边的马孔多小镇。这个小镇有很多拥挤在一起因而面目全非的噩梦，需要在睡眠里呈现和消失，狂欢和静寂。树林的另一边是一片坟墓。原来是一小片，现在已经成了一大片，这种趋势似乎随着小镇的繁荣和新出生孩子的增多，还在不断加强。这里的一切都是扁平的沉默的，是小镇的反面，是小镇白天的夜晚。

这里的人与小镇上的人一样多。新出生的婴儿与刚死去的那个人一模一样，只是不保存相关的记忆。让婴儿重新装满各式各样的记忆，然后再一把清空，是富有乐趣的一件事，是游戏者发起然后努力参与的游戏。至于后来增加的那些人，在小镇上的老人们看来，他们不是从身边这片温暖的坟墓里来的，他们来自无休无止的战争与放荡。他们的眼睛里自始至终是一种外来者陌生而贪婪的光芒，来自天空的某处，海底的某处，或是地下潜行者的脚步声，是小镇人无法用脚走到也无法用心触碰的一处所在。

也许只有一个人知道小镇被磨得快要成为镜面的青石板下面、树林层层铺陈得让穴居动物窒息的枯枝下面藏着的那些曲折相连的通道。她早在把自己搬进墓地生活之前，影子就先行入住，熟稔了以蛇一样的身形，冰冷滑动在这与它同形的通道之间。阿玛兰妲，长着栗色眼睛和一头棕色卷发，那时还是少女。

小镇上乌尔苏拉家古老的住宅刚刚修葺一新，陈设也进行了更换，客厅里回荡着华尔兹优美舒缓的乐曲。从意大利来的金发小伙子克雷斯皮正在为这家人调试乐器。他是自动钢琴厂家派来的调音师，同时负责把最流行的舞蹈传授给这里的人。一朵白色的栀子花别在他的胸前，把面色熏得优雅而苍白。他的背部，洇着一点汗渍，在这汗渍之上，是两团刚刚冒出嫩芽就已经灼热的小火苗。阿玛兰妲是乌尔苏拉的女儿，现在，正与她们家的养女丽贝卡站在一起。姐妹俩那蝴蝶翅膀一样扇动的长睫毛下，眼睛里的激情在克雷斯皮后背上熊熊燃烧。

年轻的火焰沿着血管和夜晚花园的小路，一路燃烧过去。丽贝卡走向墙壁，用手去抓一块块的墙皮，把这些布满灰尘的冰冷的矿物质一把把地塞进热气腾腾的嘴巴。这是她从小就有的一种嗜好，被送到乌尔苏拉面前的时候，就是这样，她还喜欢长时间吸吮自己的手指，用以抵挡那不知从何处潜来的痛苦与惊慌。胃里一阵搅动，似乎把风暴的中心从心脏的位置拉了过去，丽贝卡感到一阵情绪得以释放的满足和轻松。姐姐住在自己隔壁，阿玛兰妲觉察到她抓土时墙壁微微的震颤，听到她的肠胃因为痛苦而引发兴奋的呕吐，嗅到她因为陷入狂热的憧憬而决堤的泪水的咸腥。她拿起桌子上的一只小饼干吃了下去，又削了个苹果吃掉，喝了口水，然后，把水果刀小心地擦拭干净，在姐妹们合影中丽贝卡的位置上，准确地划了一个十字。做完这一切，她躺在床上，把头发挽成一个松松的发髻，把睡衣整理舒适，安静地睡去。

　　母亲乌尔苏拉正在打扫房屋，她的忙碌将持续一个世纪。她是这台因生锈而时时悲鸣的机器里不用上润滑油也转得非常卖力的那一个，她现在正被一种担忧的情绪困扰。丽贝卡房间里的墙皮又凹陷下去一块，事情再持续严重下去的话，她与姐妹之间的隔壁就要打通。不但如此，从她门口开始，沿着海棠花架，一直通向安装着乐器的客厅，小路两边的墙皮也被抠开，白花花地摆成一溜饕餮盛宴的骨架。乌尔苏拉还以为晚上听到房屋持续的咀嚼声来自幻觉或是祖先们不肯抛弃家庭在此四处游荡的灵魂。养女的爱情已经从牙齿开始，正在消化系统里酝酿一场灾难。

　　栀子花准确地在傍晚时分绽开。它的颜色太过纯洁无辜，味道又过于浓郁得近于诱惑，以至于像是精心布置的一场阴谋。克雷斯皮先生把它别在扣眼上，整个人行走起来茂盛舒展，如同一棵开花的栀子树。花香总是在这时准确地向这所老宅而来。这段尚未成为枯黄书签的时间，正在翻动这本百年孤独的书开头那几页，一些女孩子的脸蛋，和花园里所有的鲜花一起，争先恐后地展露她们短暂的花期。这家的男孩子们在四处奔跑，他们将先后进入战争或是臆想的狂热场景，祖先凶猛的血液在每条血管里沸腾，他们个个饭量巨大、肌肉发达。

　　阿玛兰妲坐在海棠长廊里绣花，始终背对着太阳以避免阳光在眼里形成比手上丝线更多彩的幻象，从而影响针线活的进度。她的身体随着太阳升到不同的位置也转向不同的地方，像是一枚背对太阳，色泽暗淡的葵花柄。现在，她正在缝制婚礼用的礼服，按家里的规矩，这是为家里先出嫁的姐妹准备的。她在洁白的礼服上面绣上了一朵白色的栀子花。花朵绣在同色的布料上的褶皱中间，在跳舞时刚好能够展开的位置。丽贝卡已经吃下了打通隔壁的墙皮，半夜时分，她把头从隔壁伸了过来。阿玛兰妲看都不看，扭过头去，用背部对着她说，你要是嫁给他，我就杀了你。声音仿佛来自窗外，轻轻淡淡。晚上吹着柔软的风，丽贝卡的头发在风里飘动着，发着淡蓝色的光。丽贝卡呕吐得越来越厉害，吐起来像是怀了十个胎儿的孕妇，然后，把胎儿从嘴巴里全部吐进下水道，吐完后，她的肚子瘪得快要贴到后背上去。

客厅里，自动钢琴奏出完整的乐曲，因为父亲的好奇拆卸，把琴键装反了，乐曲是倒着放的。陷入癫狂的父亲坐在栗子树下，开始倒着讲述家族的故事。年轻的意大利绅士走了过来，给老人递上一杯新鲜的柠檬汁。他认为老人一定是被太阳炙烤得太久，所以脑袋里有一种煮糊的咖啡味，身体上也散发着一股橡胶加热后的刺鼻味道。

丽贝卡的婚约定了下来。呕吐终于停止，房子不再摇晃，老宅的裂缝停止了半夜的咯吱声。姐妹们都在缝制礼服，谁出嫁就给谁穿，她们的计时方式就在缝制的针线里。现在，阿玛兰姐缝制的这件，钉上了最后的一朵花，她本想缝完了就马上拆掉，但是，母亲抢在她之前把这件衣服收走了。母亲把礼服锁在丽贝卡的木头柜子里，再把镂花的铜钥匙锁在丽贝卡的首饰盒里，最后将首饰盒的银钥匙挂在她的脖子上。

音乐在每天黄昏时响起，连同栀子花的香味。未婚夫妇在乐曲里翩翩起舞，在舞步里互相融化。阿玛兰姐拒绝到客厅，从而也省略了晚饭。她与丽贝卡之间的墙壁已经修好。晚上，丽贝卡听到那个修好的位置以低得听不到的声音在说，你想和他结婚，我就杀了你。

母亲看到阿玛兰姐在房间里调制着什么。她把蝴蝶的翅膀压在刀子下面，把上面彩色的粉末一点点地刮下来，收集在一个小瓶子里。母亲问她在做什么，她脸色阴沉地说，毒药。

婚礼就要举行的前一天，新郎收到一封急件，母亲病危。他连忙向家乡奔去。而就在婚礼那天，他的母亲穿着盛装，提着礼物，出现在小镇。丽贝卡的家人一时不敢走近，以为碰到了她解脱痛苦之后的灵魂。老人笑声朗朗，为大家唱了一首咏叹调。她给丽贝卡送上见面礼，给阿玛兰姐一朵银制的小花。丽贝卡一眼就认出这朵花来。前几天，她试穿礼服，先是用挂在脖子上的银钥匙打开首饰盒，再取出铜钥匙打开木柜，拉开木柜的最里层，看到了一具衣服的骨头。衣服像是一片被蚕吃尽只留筋脉的叶片一样，下面是一堆白色的粉末。她曾经在这里放了许多樟脑球，为了防止虫蛀，在樟脑球里拌了大量的杀虫剂，气味大得整个房间都像是一棵香樟树。在粉末中间，有一点银色的东西，丽贝卡用手拂拭干净，看到一朵银制的栀子花，和克雷斯皮母亲送的这一朵，一模一样。

樟脑球的秘密很快被泄露了。花园里的小池塘里，浮上来一群死鱼。死鱼全部肚皮发白，在水面微微游动，像是落了一池的白色花瓣。然后，他们发现了院子里的死猫。它们有的身体舒展，像是打了个哈欠之后舒服死的。有的身体抽搐在一起，像是听了个笑话，缩成一团笑死的。最后，他们发现了一群死老鼠。它们的形状完全一致，集中在窝的四周，有老有小，一共四十一只。它们好像摆了一个图案，一朵栀子花。阿玛兰妲坐在这些事情中间，神色安然地随着阳光调整着朝向，以便加快针线活的进度，她在缝制一件新礼服。

马孔多小镇在夜里被一支队伍的枪声惊醒。老宅里冲出去一个年轻人，阿妲兰妲的兄长，他年轻的妻子刚刚去世。他带领着一支武装起来的队伍，离开小镇，勇猛地向尚未看清的敌人冲去。后来，他在面对行刑队的时候，想起的是一个温暖的下午，在空泛的时间里，浮沉着他若有若无的亲人。母亲追到他的影子消失的地方，对着远处喊了一阵，只能听到自己的回声，这是家族的宿命。在她失明后，依然清晰地看到，儿子的神色里，那些神圣庄严却又狂妄无果的东西。

婚期因为此类战事、家事，或是借口，一再拖延。直拖延到丽贝卡爱上了别人。游荡归来的何塞身材高大壮硕，全身到处布满刺青，这身蟒蛇的花纹对女人有着致命的诱惑。他们的爱迸发得电闪雷鸣，旁若无人。在丽贝卡看来，与何塞相比，克雷斯皮多像一个软弱无能的毛头小子，她狂热地把自己抛进欲望的漩涡，小镇上白天黑夜都可以听到那种欢畅得让人毛骨悚然的呐喊。

阿玛兰妲仍在绣花，手上的针线活越发精致。母亲觉得家族被丽贝卡蒙上了厚厚的污垢，羞赧地邀请克雷斯皮到家里做客。他们尊重这门已经从习俗上缔结的亲事，更尊重这位风度翩翩的绅士。他的眼窝深陷在一层水汽之中，尴尬与失落，夹杂着恼怒和失望，这额外的不幸使得他纤细的脖颈低了下去。他耳朵里有来自丽贝卡新房的喧闹，有来自小镇各个街区窗户里的私语。这个被丽贝卡遗忘在肠胃深处的人，正进入小镇的热议，是人们要用好长时间才能消费完的笑柄。他现在和从前一样坐在阿玛兰妲家的客厅里，像是什么事情也没发生，力图用这种高贵的克制与礼貌，平息镇上的舆论。另外，他也有理由前来，这里的自动钢琴又坏了。

开始的几天，克雷斯皮在客厅里像是到了陌生地方一样拘谨不安，除了摆弄乐器，手不知道放在哪里好。后来，他发现了海棠长廊，这里花草繁茂，让人流连。他看着阿玛兰妲在飞快地穿针引线，像是用丝线计量每寸失去的光阴。他从开始大胆地盯着她看的时间，算起来，正是她缝制这件新礼服的时间。有时，海棠长廊里只剩下这两个人，他们能听到彼此呼吸的起伏和心跳声。阿玛兰妲现在不肯再背对太阳刺绣，尽管有时被强烈的阳光照耀得眯上了眼睛。她知道自己的脸色和别的姑娘比起来，一直有种阴惨惨的白，如果让太阳镶上一层暖色的金边会更迷人。她的头发也是，棕色的头发披散开，发梢末端的波浪里，有阳光的碎片像小鱼一样跳动不息，看上去会更生动。她坚持着这样的姿势，坐在太阳底下，额头上沁出微汗，脸色泛红，发着湿漉漉的光。他们开始愉快地交谈，对很多事情都有相似的看法，以至于形成了默契。有时，克雷斯皮会到客厅里演奏，阿玛兰妲微笑着倾听。海棠长廊从来没像这段时间这样被阳光充斥，这里的阳光太多了，沿着道路，从打开的窗户流进房间那从不见光的暗角，连阴影里的苔藓都干枯了，变成一种会飞的不明物质参与到音乐和舞蹈的光芒中。

家里重新开始喜气洋洋。小镇上的舆论不但没向丑陋的地方走，反而调转方向，变成了集体的祝福。这一点不容置疑，阿玛兰妲手上新做的礼服正是比着自己的身体做的，她快速地赶制，夜以继日。夜很深了，人们还看到她在灯下飞针走线，在衣服上绣一朵又一朵精美的花。克雷斯皮终于发现，阿玛兰妲才是自己真正爱的人，她的娴静与温柔，她的见识与默契，她的美丽与风度，她的一切。只有她，才适合做自己的妻子。从她海洋一样深情的眼睛里，他看到了自己的天空。他的表白再自然不过，像是春天里逶迤而至的花香。他说，我再也不能等了，我们结婚吧。乌尔苏拉在隔壁隐隐地听到，差点笑出声来，她连忙去另一间房子，这里早已准备好了女儿的嫁妆。这件喜事如此美好，如此让人称心如意，让干渴的心灵得到慰藉，所有人都感觉到应该祝福，他们早已准备好礼物，等着参加这场热闹的喜宴。

但是，阿玛兰妲面对跪在地上的求婚人，脸上丝毫没有喜悦和激动，而是带着一点厌烦，她短促地笑了一下，说，你太天真了，我怎么会嫁给你呢？绅士一时呆住了，他觉得这是阿玛兰妲在开玩笑，用来考验自己的诚心，于是更加热忱地表白。但是阿玛兰妲冷冷地笑了起来，说，这怎么可能，我死也不会嫁给你。然后，走到海棠架下，拿起已经缝制好的礼服，用剪刀去拆线。母亲慌忙跑了出来。在这瞬间里，究竟发生了什么？时间柔顺行进的经纬，突然在这里打了一个死结。克雷斯皮把头低垂在地，哀哀地哭泣。他在这里对着乌尔苏拉哭了一个下午，阿玛兰妲没有来安慰一次。她的脸色阴得厉害，母亲看到，她的五官全部淹没到一种突然涌上来的情绪里面，以至于模糊不清，混沌一片。

在很多年以后，乌尔苏拉在失去视力从而把事情的深处看得更通透之后，才想明白，阿玛兰妲的这种异常的情绪是什么。那是一种强烈的恐惧，在撼动心神的爱来临之时，在自己内心的爱迸发之时，那涌自心底未知处，可见的担心和不可见的幻象相互浸透，制造出来的致命的毒。阿玛兰妲没有看到这些，她看到的，只是这毒的后果，它是致命的。对于克雷斯皮这样才华的非凡与神经的敏感一样高不可攀的人，最容易遭受这致命的一击。

在最后一次被拒绝的那天晚上，他把自己房间里所有的灯盏和银烛台上的蜡烛点燃，把自己所有收藏的自动奏乐的乐器打开，让自己的房间处处充满辉煌庄严的乐声。然后，他打开窗户，坐在窗前，一边弹奏一边高声歌唱。小镇的夜色被唱得透明，像一杯琥珀色的葡萄酒。人们在沉醉中纷纷打开窗户，聆听这仙乐一般的演唱。这是一首古老而悲伤的情歌，人们脸上都泛着星辰一样的光泽，陶醉于痛苦的泪光。只有一扇窗户没有打开，而且，还故意拉上了厚厚的窗帘，里面的灯也随之熄灭。这是让克雷斯皮无限神往无穷悲伤的窗户。它关闭了，它切断了不堪重负的前行者用音乐建设的最后通道。第二天，人们发现年轻人端正地躺在房子中间，两只手浸泡在两盆水里，水里一片鲜艳的红色。他躺在两个红色的水潭中央，脸上呈现着不肯消失的忧郁与哀恸。

这一天是阿玛兰妲少女时代的终结。没有人能理解和原谅她。他们看到这个少女心里端坐着一尊冰冷的面目狰狞的石像。少女现在已经被石像吞没。她曾踮起脚尖，从石头的罅隙里向外张望，看到一个优雅的绅士试图把她从僵冷中解救出来。她认为自己是在等待一个时机，一个适合她的缺口，她有多么热切的向往，就有多么浓重的恐惧与忧虑。这需要的到底是时间还是勇气或是执著，她说不清楚，这些需要消耗生命的珍贵成分，有着类似的模样和模糊的边界。她被石像捆绑在自己的内心深处。现在，她无法表达这一切。她把自己的手伸向炉火，好像在烤着一件食物，直到焦煳的味道把母亲从哭泣中惊醒。

黑纱是阿玛兰妲区别于其他姑娘的装束，这种区别伴随了她漫长的一生。她的生命过于漫长，长得让痛苦的巨藤千回百转，密不透风。黑纱之下，火焰的痕迹紧紧地缠绕在她的手上，这条一生也不会松开噬咬之口的蛇，如此安静地盘踞于此，不离不弃。海棠架下，洁白的礼服拆开了一段，但是阿玛兰妲知道只要一天一夜就可以重新缝好，她只是拆下了一些太过拥挤的花边和珠子。建设与毁灭，是伴随着家族世代相传的两大快乐，看不出哪种快乐更让人沉醉，它们总是相伴而生，势均力敌。阿玛兰妲再一次拿起反复地拆了又缝的礼服。她手上的黑纱突然震动起来，像是抽泣时抖动的肩膀。然后，她看到，这件礼服虽然才有几天未动，已然黯淡无光，她把它捧到阳光明亮的地方，看到家里世代相伴的蚂蚁爬满礼服。她把礼服浸到花园幽蓝清澈的水池里，反复冲洗。这次，她眼睁睁地看到，礼服的色泽随着清水一点点地加深，由白变灰，浅灰、铁灰、暗灰，像暮色一样层次分明地加重，终于，成为黑色。她于是知道，这件礼服是自己的丧服。开始时，它会在夜晚里消失不见，它成了黑夜的一部分，但是后来，它在夜晚清晰可见，所有的黑夜在它面前，都被稀释了，显得清淡，有了微微的光，所以，它在黑夜的背影下，越发凸显出自己的形状，它比黑色还要黑，它的颜色是最深的绝望在人间的倒影。

　　阿玛兰妲坐在自己人生仍旧温热的余烬里，她养育了哥哥丢在家里的儿子。那个逃出古宅向伟大理想奔去的人，那个舍弃女人、老人和孩子的人，围着理想跑了一圈又一圈，像是永不止息地在原地打转儿的钟表。哥哥在外面发动了上百次的战争和起义，祭献了几十年的混乱和成千上万的头颅，这才发觉理想就是古宅本身，这处提前预演的墓地有着动人心魂的概括能力。阿玛兰妲养育的孩子一点点地长大，母性的温暖似乎把心底不会融化的过往覆盖了一层让人可以暂时安宁的东西。这个恐惧黑暗的男孩子，这个家族苦难的继承人，现在正钻在她的怀抱里，他并不知晓，她就是黑暗的源头。他对她产生了强烈的超常的情感，她已经丝丝入扣地垄断了他全部的人生。在日常的琐碎里，在圣诗的庄严里，在战争的血腥里，在放纵的空虚里，他无时不在思念着她。这种被理智压抑的情感具有强大的生命力，生动而具体，细致到每一声呼吸，每一根发丝，它如此让人狂热、痛苦和绝望。他把自己的身体投入战争中，高叫着跑在冲锋的前列，希望随便一阵炮火完成对自己的拯救。死亡是终结渴望与绝望轮番侵蚀的最平和的方式。他不知道这就是黑纱之下那游动的嘲讽，在操纵着这一切宿命。她终于等来了一颗慈悲的流弹。流弹呼啸着扑来的时候，她听到了一声畅醋淋漓的呼唤，阿玛兰妲。若干年后，他的一个继承者被意外的财富催生的奴仆谋杀，身体从水池里浮出来，变得膨胀，如同永不魇足的欲望，这时，这个身体仍旧在咝咝地呼唤着一个名字，阿玛兰妲。

　　马尔克斯上校是阿玛兰妲哥哥的战友，主政一方，手握权柄。他把武器卸在客厅里，连同自己的英武和荣光，他随时愿意为了在这里呆得久一些，放弃这些用最好的年华换来的东西。他的战马嘶鸣在遥远之处，那是他不愿再次张望的地方。在这个再无音乐充填因而显得荒芜的海棠长廊下，他长久地陪伴在一边，摇动着阿玛兰妲的缝纫机摇柄，帮助她缝制这身一直也没有完工的礼服。阿玛兰妲感到幸福离自己如此之近，它就在摇柄之上，像一只栖息的昆虫，只要自己一伸手，就可以牢牢地抓住它。想到这里，她粗暴地把上校赶了出去，然后把自己关在屋子里，痛哭起来。屋内的墙皮已经脱落，屋顶上缀着蛛网，灰尘纷纷地升起又落下。她隔壁的姐姐丽贝卡自从丈夫死后，就把自己远离小镇的家门从里面用木条钉死，从此再也没有人见到过她。阿玛兰妲坐在密集的灰尘里，像是坐在华丽的演出现场，她看到四周的墙壁先是越来越坚硬，不透一丝气，整个空中是窒息的嘶鸣，在她眼前呈现七彩的幻象，一张完整的羊皮卷，记载着她经历的所有过往所有情绪所有面庞。然后，墙壁一点点地变轻变薄，变得像糕点一样甜蜜松软，她透过这童年一样幸福的帷幄，看到隔壁的客厅里，克雷斯皮正坐在自动钢琴旁边，他的脸色苍白优雅，胸前别着一朵初绽的栀子花。墙壁正在向远处慢慢地行走，追赶永不停息的时钟，她的内心突然涌起不可遏制的渴望，胃里开始大量分泌液体，她用丽贝卡常用的姿势，向墙壁伸出手去。

当礼服最后缝好的时候，她依然平静如初。她周围的墙壁已经全部消失了，她的肠胃也全部消失了，连同身体里所有的感觉器官、神经、肌肉的和骨骼。她之所以还能穿着自己身体外面这一层皮肤，是因为一种未散的香气，比钻石还要尖利坚硬的香气，这是缠在黑纱下那越来越身份不明的生物长期的口粮。在这个下午，她终于可以穿上这件用一生缝制的礼服。她依然思维敏捷、目光清亮，她的身材依然保持着少女的修长与曼妙。她预感到这天的到来，通知小镇上的居民，让他们准备好信件，好给树林里他们家人带去。她收集了足足一个木箱。在她安排好所有事务，把信件全部装好之后，人们到另一个房间，参与到神父的祈祷。她开始做最后一件工作。她取出箱子里的礼服，把手上的黑纱取下来，盘成一朵花，缝到胸口的位置。这时，她听到一个稚嫩的童声。我想带信。一个小男孩走了过来，他穿着比夜色还要黑的织着蕾丝花边的小礼服，看上去只有七八岁，但是他的面庞分明是一张成人的脸。他长着意大利人蓝色的眼睛，金色的卷发，线条流畅的嘴唇，他抿了抿嘴，传来一股栀子花香。他把一个信封放在她的手上，然后，行了一个礼，道过谢，就消失了。阿玛兰姐看到信皮上写着，亲爱的爸爸克雷斯皮收。信封里面没有信笺，只有一阵空空的风。他是我们没有出现过的儿子。阿玛兰姐站了起来，她看到镜子里的自己重新回到那个海棠长廊下的黄昏，笑靥如花，肢体灵动，身上穿着一直在缝制但从来没有穿过的洁白礼服。她手上缠绕的不明生物已经先于她去前面的树林里探寻必经的道路，缝在礼服上的黑纱也不知所踪。礼服心口的位置是一个缺口。她试了试，刚好够自己钻过去。这是一个被自己终生关押的囚徒，最终找到的锁孔。她听到另一个像是陌生人的自己，在一边轻轻地说着自己一生都不敢说出的那个字，爱。微弱的声音盖过了隔壁房间里肃穆的祈祷声和杂沓的脚步声。潜伏的菌丝从各个角落出发，悄悄地填满这座百年古宅漆黑的裂缝。

[原载《青春》2017 年第 12 期]

李官珊（1974—），女，山东莱州人，莱芜市广播电视台副总编。作品发表于《中国青年报》《中国青年》《青春》《杂文选刊》《山东文学》等，入选《中国当代寓言》《中国网络寓言精品选》等。出版《珍珠贝》《小瓜的秘密岛屿系列》等百万字。策划多部影视作品登陆央视及院线。荣获《中国青年报》全国散文征文大奖赛一等奖、中国寓言文学研究会"年度最佳寓言"、山东省文艺演出一等奖等。山东作家协会会员，中国寓言文学研究会会员。第六期文艺（综合）研修班学员。

卷二　散文

文档 二者

散文二题

李振娟

最后的队列

沥青浇筑的厂大门门庭，平阔光亮如一面黑色的镜子，阳光洒下来，闪烁着无数熠熠生辉的"黑钻石"。几只麻雀盘桓在门庭上空，地面上映照着几个飘忽的小巧身影。刚上班那时，我迷恋这些，厂里人熟视无睹的这个地带在我心里是一道妙不可言的风景。没事我就在这里溜达，我还图着能遇上厂里参加各种活动的队列。当我目送着昂扬的队列走过这华丽的门庭时，心里就击鼓般涌起一股莫名的兴奋。

那时，不论一月、二月、三月、四月，还是五月、六月、七月，厂里总有捷报传来，铝锭销售势头如何旺盛，又要扩建多少万吨产能。那时流行的传说是，在电尚没有投入人类使用的 19 世纪初，若想把铝从化合状态分解出来，让它以纯净夺目的姿态遗世独立，只有几个在有色金属堆里摸索了半辈子的德国人能办到，他们用钠还原氯化铝，鼓捣出世所罕见的纯净铝块，拿破仑第一次遇见就被它银光凛冽的风华倾倒。于是，这位大梦想家为展示身份，在枫丹白露宫招待政要，一律换作奢华的铝餐具，宫廷贵妇更是佩戴着名贵无比的铝首饰相互攀比。自此，近两个世纪后的 20 世纪 80 年代，恰逢重工业风生水起，铝以工业原材料的身份再一次显赫起来。

厂子效益好了，往深里的好处我想不来，只记得那时总是招工、盖家属楼，植树，涨工资，发福利，组织文体活动。上班路上、家属院、菜市场，到处晃动着吃饱喝足后心满意足的笑脸。那时我二十出头，正青春，心思在厂里的职工运动会、文艺汇演、技术比武上，只要车间有名额的，都不会错过。那时的我，只要站在那俨然的队列里走上一回，人就神气了，再寻常的日子也能活出光彩。

每年的职工运动会是厂里的盛典。每到开幕式，各方队穿上红色的、橙色的、蓝色的运动服，举着队旗、唱着队歌，意气风发地走出厂大门，走向体育场。此时，厂广播正播放着《欢迎进行曲》，大门四周彩旗招展，门庭摆满盆栽鲜花，一群麻雀蹲在岗楼上大声欢叫，门庭两边站满观赏队列的职工和家属。空气中弥漫着近乎夸张的喜庆气氛。我们蓝色方队走过厂大门时，每个人胸腔里都鼓荡着一股子天地间舍我其谁的豪气，胸脯挺得老高，努着脸，像是马上要去打谷场与小伙伴们打一场较量实力的群架。我用余光悄悄朝岗楼看了一眼，执勤保安正行着标准的军礼，目光注视远方，似乎要望到理想的尽头。我庄严了心情，铿锵着步子，感觉所有人都在用赞赏的目光注视着我们。这一刻，我听到自己加重了的呼吸声。

我走队列一度上了瘾。那是1998年的4月，春风吹绿了草甸子吹绿了白杨吹绿了河柳，文艺青年路野、钟子海、蓝冰川已从六盘山、萧关、黄河古渡踏青回来，眼里流淌着山川的浑厚苍茫和河流的浪漫不羁，一逮住我就吟诵《走吧》（北岛）和《面朝大海，春暖花开》（海子）。但这些都不足以打动我。我报了分厂的健美舞队，要参加厂里的健美舞大赛。两年来，我眼前不断浮现着分厂健美舞队领舞王雪琴台上的舞姿，耳边萦绕着观众哗哗的掌声。刚参加工作不久，正赶上厂里举办健美舞大赛。那天下午，厂体育馆座无虚席，舞台口深红色丝绒幕布徐徐拉开，咔咔、噜啦啦——动感劲爆的桑巴旋律响起，霓虹灯疯狂旋转，五色光桩摇曳不定。盘着高高发髻、身着金色亮片健美裙的领舞王雪琴，抬腿、扭胯、甩头，啪！音乐戛然而止，她似笑非笑的明眸风情万种地瞟过全场；咔咔、噜啦啦——音乐再度响起，她的步子轻挑慢踏，伸臂、垂头、转身，投下一个神秘莫测的微笑，眼梢妖媚地一挑，音乐又止，我瞪大眼睛中了魔怔般当场痴住；紧接着，一段高亢的桑巴风情女声传出，她轻踏碎步抬臂摆手，一个侧腰送胯，分厂健美舞队踩踏着舞步摇手摆胯闪亮登台，引爆全场……我这才从她夺魂的魅惑中回过神来。回到家，我找来桑巴舞曲磁带，对着穿衣镜一遍一遍地练习。我渴望进入健美舞队登台表演，哪怕只是站在最后一排。

这个春天，机会终于来了。我们在分厂工会活动室跟着王雪琴刻苦训练了一个月后，如愿以偿参赛了。那天下午，我们的队列走进体育馆时，舞台已经布置好了。和往年一样，依旧是王雪琴领舞开场，霓虹灯激闪，桑巴女神风情狂野，舞台在燃烧，观众席在沸腾。随着王雪琴给出的妖娆清姿，我们在千万双目光聚焦下列队踩着奔放的旋律，曲臂托肩摆腰甩胯激情上场，我初次登台的激动和兴奋顿时淹没在海啸般的掌声中……

站在一个个整齐有力的队列里，走过春秋，走过风雨，十几二十年一晃而过。2010年以来，时代变革，经济下行，产能过剩，工厂的效益如插入雪堆的温度计直线下滑，职工工资一降再降……再看看我们自己，白发隐隐，眼角织满细纹，眼神凝滞无光。诗意栖居工厂谈文说艺畅意人生的憧憬犹在昨日，转眼，时光已飘走了我们的容颜和青春。工厂的荣光已成往事。

工厂沉寂，喜鹊无踪，何谈活动？人们就像老式钟表一样缓慢而毫无新意地度过每一天。那天刚上班，厂房传出老生产线拉闸关停的消息，大家仿佛突然被雷电击中，怔在那里："啥，拉闸？国有企业还能说停就停？""停产了我们这些工人喝西北风去？"正在维修管道的张光明撂下手中的管钳说："我得找厂长讨个说法去！"说罢径直向厂办公楼走去。

厂房里仍在"炸锅"："停产了我们就下岗失业了，我们可都是国家职工。""自打一上班就在这条生产线上，二十年了，舍不下啊"……大家叹惋着、痛心着、不甘着、忧虑着，不得平复。临近下班，张光明像一个战败的士兵，敞开着工作服衣扣，散乱着头发，拎着安全帽进了厂房，疲惫地朝工友望了望，一言不发进了休息室。厂房里终于安静下来。那些曾经轰鸣着的机器，如同老牛般静卧在厂房深处，反刍着往昔的岁月。

这天，太阳依旧透过泛黄的玻璃窗照进厂房，大家像往常一样，到岗、开班前会。此时，工区区长拿着一份文件走了进来。他没像平日那样粗声大气地吆喝着问候大家，而是冷峻地环视了我们一眼，坐在长条椅上镇定了一下情绪，咳嗽了一声，觉得不妥，挪了下身子，又咳嗽了一声，盯着文件看了一会，像一出大戏的过门，梆子响了很久，终于不安地吐话了："刚接到厂里通知，我们生产一组今天下午拉闸，这周做好停产后续工作，回家待岗。"他一口气说完，眼里蓄满阴郁，扭过头匆匆走了。区长的话犹如一块沉重的石头，砸在每个人的心头上。休息室陷入一片死寂。

停产后的厂房静得像一座古墓，咳嗽一声都会被自己的回音吓着。没有往日轰鸣的机器轰鸣声，没有高温、粉尘。消亡时的厂房和初建时的厂房竟出奇地雷同。我拿着扫帚，张光明扛着铁锹，马立军推着手推车，一个清扫一个掌车一个撮尘土，都只是默默干活，没有言语。扫帚、铁锹不时发出的响动，听上去寂寞而恍惚。

一周后，停产的厂房收拾干净了。工区区长来到厂房，对大家看了看，又看了看，顿了一下，狠狠地吸完最后一口烟，踩灭烟头，也不看大伙，低沉着声音说："都换上工作服，穿戴整齐到厂房门口集合，准备解散。"说罢，盯着厂房看了良久，确信自己把厂房的前世今生都看进眼里装在心里后，转身寂寥地走了。随后，工友们都默默地到更衣室更换工作服，就像每次参加活动一样。作为留守厂房做最后交接的人员，这次我没有列队。站在更衣室门口，只为再看一看那一张张熟悉而亲切的面容。

戈壁的秋空，苍茫，高远，西风掠过高低错落的厂房阵阵吹来。我蹲在厂大门不远处目送即将离去的工友。下午四点的太阳照在厂大门上，拉出一片黯淡的影子。几只疲倦的麻雀收起灰色的翅膀落在岗楼上。不时有一两个下白班的职工推着自行车从侧门出去。执勤保安在岗楼外徘徊走动。这是厂大门口再平常不过的下午时光，然而今天再看时，却恍若隔世。

十多年来，一次次技术比武，一次次植树劳动，一次次职工运动会，从青春到不惑走过的那一个个队列，电影镜头般在眼前闪现。蓦地，地面上出现了一行队列的影子，我心头一惊，站起身来，只见六十个身着蓝布工作服的工友排成六行，走向厂大门。队列走得很慢，那些承载着无尽眷恋和不甘的脚步是迟疑的，似乎随时都要停下来。

终究还是走到了厂大门前。领队张组长怅然地向执勤保安指着队列说了一声，厂大门就徐徐打开了。这个即将永远告别岗位的队列，垂着头、微弓着腰，努力保持着队形，缓缓走出了沥青浇筑的工厂高大的门庭。执勤保安严肃着一张沧桑的脸，缓慢地举起手，为他们行着最后一个军礼。在下午斜射的阳光下，门庭上的"黑金刚"，闪烁着金色的光点。这一刻，泪水无声地滑过我的脸颊，透过模糊的视线，我看到那一个个怅惘无助的背影，在门庭踟蹰了片刻，渐次散开，各自踽踽走远了。

行板如歌

我在工厂期间，出门的随身物品除了家门钥匙，就是自行车钥匙。打从上班那天起，近二十年里，没有一天不骑自行车。

第一天报到，盼得心焦，凌晨五点就醒了，犹如顽童渴盼大年三十。就要骑上崭新的自行车汇入上班的人潮中，成为欢声笑语风雨同行的工人中的一员，想着那未知的未来，陌生的环境，激动的内心不免有些忐忑……但，有辆心爱的自行车，就都是好的。

那是1992年。我们这一拨二十岁左右的小青年上班了，在方圆十里的工厂都骑自行车，男青年几乎都骑"永久"。起架高，结构稳定，好像真能骑到永久似的。女青年清一色的"凤凰"。小巧，轻便，内敛，悄无声息又神采飞扬，恰似我们。

起初，不管是车间还是班组，在那些老领导、老师傅眼里，我们这些新人就是一群没长大的孩子，看着欢喜，可真要让我们干事，却一点不含糊："这些娃娃，要派上用场，还得个两三年哩，刚来嘛，先耍着，熟络了再说。"

没什么正事可干，我们就忽而被唤到分厂工会排练厂庆节目，忽而被唤到车间团支部给办黑板报的团干部送粉笔擦黑板，忽而被车间办事员唤去帮着给职工发放大米白面……领了任务，骑上自行车，行动如风，一路上吹着口哨撒着把，打着铃铛哼着歌，穿过车间绕过班组，你追我赶，把自行车骑成一曲青春劲歌，沥青路两旁的槐树都被我们巨大的兴奋感染了，攒足劲儿绿着，欢欣地摇曳着葱郁的枝叶向我们招手。过足了瘾，到了目的地，人还没进去，一串铃铛般的笑声先到了……

而更多的时候，我们闲着。女青年们就钩织自行车把套、座套、斜梁套。粉色的、橘色的、红色的毛线在手里随着钩针上下飞舞，不几天，就把自行车打扮得花团锦簇、五彩缤纷。我喜欢粉色，就用粉色"开司米"把我的"凤凰"打扮成一个粉色小公主。每天早晨起床，一想到要骑着它，上班就变得迫不及待了。

　　一晃两年。1994年，中国经济走向市场，作为共和国长子的国企，率先行动起来。厂里开始改制，干部竞聘、职工定岗、工资定级……一个萝卜一个坑。逍遥日子就此戛然而止。我们成了最后一拨尝过"大锅饭"的国企职工。定岗时，有背景有关系的工友当上了宣传干事、文秘、技术员，而大部分如我这般普通家庭出身的则被定为电解工、铸造工、搬运工……成为一名三班倒的运行工。每天下班，我就腿脚无力地蹬着自行车一个人落寞地回家。往日叽叽喳喳的小燕子噤了声。进了家门，一言不发地躺在小床上盯着天花板叹息。而我们常在一起钩织自行车把套的那几个有着车间主任父亲、副厂长舅舅、工程师叔父的姑娘都体面地坐进了办公室。杨洋是我素日最要好的伙伴，那时我们都骑斜梁"凤凰"，连钩织的车把套都一模一样，休息日我们经常结伴骑着"凤凰"在青杨和河柳参差披拂的环厂绿化带逛游。她姨父是一个分厂的副厂长，所以她毫无悬念地坐进我所在的车间办公室当了统计员。有一天，我穿着油污的工作服骑着已经泛旧的"凤凰"去车间办公楼，送班组运行成本统计表，到了楼门口，正巧碰上身着白色翻领衬衣、黑色太阳裙的杨洋，满面春风的她正推着一辆崭新的玫红色"阿米尼"休闲车准备出去。看见我，一瞬的惊愕后，她那同情中掺杂着嫌恶的目光投向了我。躲闪已经来不及了，我低下眉头苦笑一下算是打招呼。她仿佛完全不记得我们曾在一起钩织车把套的时光，勉强的客气中透出让人心寒的冷漠："来送报表的吧，给我就行了。"随意地接过报表，夸张着高傲的姿势跨上了"阿米尼"。我怔在那里，久久地望着她远去的背影……

　　此后，我天天骑着"凤凰"，对抗着困倦和莫名的伤感，披星戴月地上夜班。一路上，凉风拂面，寒意阵阵，寥落的倒班同行者中，总有无言的惺惺相惜在茫茫夜色中传递。我默默地骑行着，脑海里挥之不去地闪现着杨洋那居高临下、鄙夷不屑的眼神，一缕哀伤的心绪伴着缓缓滚动的车轮，犹如演奏着一首比慢还慢的失落慢板。

　　一年后，我的心渐渐沉静下来。跟随常年手握一把老旧螺丝刀的师傅学技能、和热衷买彩票的同事席地而坐畅谈设备保养秘诀，经我目光抚摸千百次的一台台机器也成了一个个熟悉的伙伴。这时，每天出了家门，去往生产区的另一个"家"。一路上，和熟人说着厂里或远或近的事儿，讲着工作中的趣事，不紧不慢，徐徐前行，把"凤凰"骑成一了曲悠扬的牧歌。

　　一番改制后，工厂进入到现代化生产中。初尝产销两旺和市场供不应求的甜头后，2000年伊始，跟大部分国企一样，厂里又开基拓土，增资扩建。很快，产能上去了，效益上去了。这时，厂里需要大量人才，人力资源部经常发布竞聘信息。穿着蓝布工作服在车间当工人的这些年，刺鼻的烟尘，轰鸣的噪音，厚浊的油污，始终没有削减我对书籍的热情、没有动摇我坐进办公室的梦想。2004年，通过应聘，我终于脱去磨旧的蓝布工作服，坐进了办公室。此时，厂区路边的槐树已有碗口粗，端午时节，馥郁的槐花缤纷了工厂。到办公楼报到时，心情飞一样的明快。就像初次上班，我又买了辆崭新的"捷安特"，休闲款、银灰色、流线型，沉稳、柔和的外观与我渐趋成熟的心境相吻合。就像十年来一边在轰鸣的机房里给机器注油、测温、一边幻想的那样，我终于穿上西装套裙背上皮包骑上崭新的自行车到办公楼上班了。此时，仲秋时节，风清气爽，高远明澈的戈壁上空，时有人字形的雁阵向南飞去。骑上"捷安特"一身轻松汇入自行车海洋，我感到所有人都歆羡地看着我。我戴着白手套的双手轻握车把，穿着裙装的双腿悠然蹬着脚踏，秋风掠过，长发飘扬，内心高山流水般地熨帖。

成为渴慕已久的工会干事后，我得以一点一点地深入工厂的内里。我时常骑着"捷安特"进入宏阔的厂区，黛青色的烟囱、厂房、管网抽象立体几何画般渐次展现在眼前。我慢悠悠地骑行着，东瞅瞅西望望，冷不丁会碰上几个头戴红色安全帽把自行车骑成一阵疾风的工友，那准是车间发生了生产事故。有时候会看见一班兴高采烈有说有笑把自行车骑成一团火焰的工友，那是获了先进集体领了奖金约着一起去下馆子。让人赏心悦目的是那些留着飒爽短发的青年女工友，青春做伴，单车追风，身后洒下一串爽朗的笑声，风铃般活泛了工厂。我还常看到锁眉沉思的工程师，工作服上衣兜里插着钢笔，自行车车筐里放着图纸和卷尺，蜿蜒骑行，荡荡悠悠，把自行车骑成一道长长的曲线……

每年开春，厂区的迎春花，嫩黄嫩黄的，开得恣肆，厂房前、车间外，这儿那儿，到处都是，骑单车穿行其间，那嫩黄要滴出水来，把心生生融化。盛夏，沥青路两边繁茂的槐树撑起两行浓荫，清风徐来，枝叶摇曳，再热的天骑行在树下也透着丝丝凉爽。深秋，黄叶零落，草木干枯，整个工厂静卧在黄河西畔，侧听涛声。这样的时节，我常约上几个工友，骑单车到河堤边吹风、谈天、吐露心事。隆冬，我们就穿上厚厚的羽绒服，像一个个小笨熊，顶着呼呼的西北风，骑车格外用劲，身上出着汗，头上冒着热气。

2011年，随着市场竞争加剧，国内铝产能过剩，工厂效益一路下滑，每个月微薄的工资只能勉强糊口。一些颇有才干的职工对外面的世界张望许久后，腿脚一迈，出去了。一些渴望高薪的职工，无数次叹息后，出去了。一些有老板梦的职工，没有太多的迟疑，出去了。而更多生命的根须已在这片土地上深深扎下去的职工，留下了。未来，无论厂兴厂衰，都固守在这里了，就像古时从一而终的女子。就这样，每一天里，骑行在上班路上、厂区、生活区，望着日益减少的同行者，我踽踽前行，把几经风霜、沧桑褪色的"捷安特"骑成了一曲"二泉映月"……

流年如水，十几二十年时光一晃而过。工厂随时代变革，我随工厂浮沉，定岗、竞聘、分流；岗位练兵、技术比武、文体活动，那一句句暖心的话语，一个个亲切的面容，一串串熟悉的名字……

——时光漂走了一茬又一茬青春，岁月远去了一桩又一桩往事，所有的记忆里，始终有一辆自行车冷暖相伴，如影相随。

[原载《六盘山》2016年第5期，《散文选刊》2016年11期选载，荣获第二届贺兰山文艺评奖三等奖]

李振娟（1976—），宁夏中卫人，就职于黄河出版传媒集团。作品发表于《散文百家》《朔方》《黄河文学》《安徽文学》等，被《散文选刊》《海外文摘》转载。出版散文集《月亮的回音》。散文荣获2010年度中国散文年会二等奖，宁夏第八次文艺评奖、首届贺兰山文艺评奖、第二届贺兰山文艺评奖三等奖。宁夏作家协会会员，第一期文艺高级研修班学员。

看车记

彦 妮

数九以后，我的报亭生意也像结了冰。嘴上不说什么，心里冷得直冒寒气。正好侄女来电话，说人家暂不能去停车场看车，让我们替她收一月车费。我像抓住了救命的稻草，没用脑子就一口答应了。

时间虽短，但是一个月的收益能顶报亭几月，我就有些难以把持，竟激动得对妻唱起了儿歌：大雪大雪飞满天，蟋蟀冻得直打战……

翌日，我和妻在认真听了侄女对收费工作的交代后，二话不说，就换起了衣服。戴上帽子和工牌，将自己全副武装起来，镜子前晃了一眼，虽有些不伦不类，但心里给自己打气：路漫漫其修远兮，吾将上下而求索……

带了水杯，买了饼子，我们就迫不及待地骑上车子出发了。车子不知哪儿不舒服，吱扭吱扭乱响，可我一点也不在乎。心里还美滋滋地想：等挣钱以后，先把这辆老爷车给换掉。

路上车水马龙、行人如蚁。有时真的会惊呼：现代人的生活水平确乎是提高了，一夜之间，私家车就跟海里的梭子鱼一般，多得都没法计数。天雾蒙蒙的，似乎又是雾霾天气。但是我蹬车的节奏一点也没减缓。我哈着白气，将衣领翻起来一些，好暖暖冻疼的耳朵。经过广场时，听着劲爆的音乐、看几眼跳舞的人群，心里又在感慨：要想以后跟这些人一样消闲地享受人生，现在就得多工作多吃苦。

八点准时赶到车场，一分钟也不敢耽搁。看车不比守报亭，别说雾霾天气，就是下刀子，也得往来赶：一天要给人家交一百多块的租金呢！

医院尚未上班，门口的车已停满。望了一眼收费"战场"，犹如两排城堡坚不可摧。看着满满当当的车队，我的内心甚觉欣慰。平时走路只嫌车多，感觉目力所及之处，皆是污浊的汽车尾气和烦人的"滴滴"噪音。现在开始收费了，忽然就来个一百八十度的大转弯，只觉冷冰冰的车辆皆有了温度。它们停在该停的位置，看着居然也很养眼，一点不显得多余。

一辆车闪了一下车灯，我赶紧往跟前走。且故意将颈上的工牌晃来晃去，以让对方明白我是干吗的。及至我与车子面对时，又不知该说什么。我仿佛去见初恋的女子，既不能明说我爱你，也不想轻易放弃表白的机会。好在对方已摇下车窗，递过来两块钱。我嘴里呵呵着，赶紧想找张票给他，人家已摆摆手汇入马路中间的车流了。

OK！这便算是我进的第一单收入。我的心里热乎乎的，感觉手里的钱也像在暖气旁烤了半天。未等我思考，另一单活又在召唤我。我就像童话中的渔夫，开始源源不断地接受比目鱼的倾情馈赠。我已过不惑之年，却觉身轻如燕，在车队两旁飘来飘去。不到一个小时，我的手里已攥了一把毛票。我在戈壁滩炸过矿石、在煤窑里挖过煤、在盐湖里捞过盐、在沙漠边修过路。我知道每一分钱都来之不易。捏着手里收到的战利品，我不停地在心里感叹：就是不一样啊！报亭是一毛两毛地挣，看车是两块两块地收，打工的收入更是无法与看车相提并论。

"师傅，还有停车位吗？""老板，能给我安排个停车的位置吗？"听着别人这么亲热地称呼自己，我忽然觉得自己是那么有价值。东奔西跑几十年，啥时候我那在底层被埋没的人格这么值钱？人心顺百事顺。我的笑脸俨然盛开的花朵，在每个司机师傅面前都灿烂地开着。

一位戴着白帽的司机，他可能看着我还有点学问，就伸着粗糙如树皮般的手招呼我："兄弟，我不识字，请你上来给我的导航上写几个字，行吗？"一个"请"字，让我都想免掉他的两块钱停车费。这还有啥说的？天生我材必有用啊！

还有的司机师傅看我冻得两手捂着耳朵时，便会潇洒地给我五元钱说："不用找了，你们也不容易。"也有人这样说："给我先存着，明天还来呢。"听到这些暖暖的话语，我的心仿佛幼芽遇到了适宜的温度，忽然间就变得绿油油的了。

更让人感动的是，有人还会主动找我交停车费。尽管只有两块钱，想起来也不算什么，但是，那种被尊重的存在感，让我真真切切嗅出了中华民族五千年文明汤汁的味道。尤其有位美女，她提着一袋豆浆、鸡蛋和饼子过来，对我莞尔一笑后说："这是我体检时医院送的早餐，你要不嫌弃就趁热吃吧。"那时那刻，我简直有些受宠若惊。看着她曼妙的身材消失在人群中时，我急忙跑到妻子跟前卖弄："看到刚才那位美女了么？非要买一份早餐给我吃……"

然而，好景不长。就在我欣喜的当儿，一辆轿车里突然探出个人头来。他开始质疑我："马路上也要收费？"我迟疑了一下，就指指胸前的牌牌说："收呢。"他盯了我几秒钟，然后扔给我两块钱走了。及至中午，还未等我张口，有司机已开始骂我："马路是你们家的？真是想钱想疯了！"

我顿时感觉从天上掉到了地下，所有的热情呼啦一下都跑到爪哇国去了。我开始口干舌燥，耳朵也感觉硬邦邦的，有点火辣辣地疼。原本就是车盲，盯不住车，多有名的豪车都感觉一个模样。分不清宝马、奔驰、保时捷，就看见两行长长的车龙，停在路两旁，一动不动。

现在被人这样训几句，人就像是真的在做违法的事情，一经质疑便讲不出话，似乎有些亏心，底气越来越不足，有时眼睁睁看见一辆车开走，还自欺欺人地想：说不定这辆车的费用已经交过了。

因为路线太长，有时顾了南头顾不了北头。尽管我与媳妇有所分工，还是不能保证面面俱到。媳妇定然也与我有着同样的遭遇，她说她每每往车跟前走时，感觉自己就跟孙子一样。尽管只是两块钱，可是非得长出一口气，才能有勇气去收费。我何尝不是？每次收费都像是一种考验，非得拿出过五关斩六将的气势，才会面对那些冷冰冰的嘴脸。我一边往车跟前走一边还得不时安慰自己：这又不是我的错。这是人家的规定，是人家在路边划了车位收钱的，又不是我在敲你的竹杠。说白了，我就是一个打工的。

有时我正忙，看见一辆车灯闪着，似乎还有引擎发动的响声。我就硬着头皮往跟前撵。可是走到跟前了，人家又突然熄火。我只好对着故意装睡的司机问一句："走吗？"人家眼皮也不抬，问："咋了？"我怯生生地说把费交一下。人家便恶狠狠丢出两个字："不走！"然后又继续睡觉了。我只好转身离开。可是还未等我走出两三步，回头再一瞧，那辆车已像出轨的女友，送我一缕青烟，便头也不回，绝尘而去。有些司机大概是跑惯了，你有空的时候，他就坐在车里抽烟或听歌，佯装不走。等你收别的车费时，他便忽然以百米冲刺的劲头，飞也似的从你的视野中消失。

有时见人家不理我，我还会主动把手扬起来，让人家明白我是给人家帮忙倒车的，不是专门来收费的。免得有人翻着白眼说："停车的时候不见人影，走的时候你们比兔子还跑得快！"我感觉总是理不直气不壮，仿佛出轨的丈夫，见到媳妇大话也不敢说，大气也不敢出，总是将一件理直气壮的事情，做得跟龟孙子似的。这样子的懦弱，一则是天性，二则，也是为了赢得同情和怜悯，好将那两块钱要到手。

"工欲善其事，必先利其器。"为了配合司机理解，我会尽量多地主动亲近对方。比如保持微笑、比如先说"你好"、比如在他们打开车门之前顺手拿掉有人夹在车门上的广告宣传页。但有时也会弄巧成拙：一回有辆红色奥迪车连续停过几天，我就倚熟卖熟，不把自己当外人。看见那个穿裘皮的贵妇人刚一打开车门，我就一边接钱一边顺手去扳反光镜。结果那反光镜非但没动弹，还差点给扳断了。贵妇人急不可耐地摇下车窗，像对着听不懂汉语的老外喊："不！不！那反光镜是自动的！"

跑了三天，媳妇的腿就跑肿了。加之我们中午还顾不上去做饭，买饭又嫌贵，每天就带着几个饼子和苹果凑合，营养自然难以跟上。晚上吃饭又太迟，有时饭没吃完就躺在沙发上睡着了。不出一个礼拜，我也开始一瘸一颠地走路。看见一辆车要开走时，我再也不是先前身轻如燕的样子，有着的只是"老骥伏枥"的力不从心。一开车老乡看我在冷风中啃干饼子的样子，就有些怜惜地说："老乡，要吃饭呢。省不下！身体是革命的本钱。你看这些往医院跑的人，哪个进去不是几千几万地花？"

谁说不是？今天我或许省了一顿饭钱，可要是病了，估计十顿百顿饭钱也不够给医院给。但道理是这样，我和媳妇还是没有一人真真去餐厅饕餮一顿。"革命尚未成功，同志仍需努力"，家里的锅大碗小都很清楚。我是掌辕的马儿，更是不能让自己先倒下来。自己要是怂了，大车还怎么往前走？我必须时时给自己鼓劲，也给媳妇鼓劲。受了他人奚落或遇到不给钱还说脏话的主儿，我也很少给媳妇说。我就权当遇到了神经病。或者就当我看见的是两块钱冥币，待理不理地昂头走开，让它被北风刮走了之。

"忍一时风平浪静"，我大人不记小人过。短短几天时间，我已将忍气吞声锤炼得炉火纯青。对那些自作聪明的司机，我装作看不穿他们惯用的小伎俩。我也不去死钻牛角尖，能收上就收，收不上也不去跟人家吵。"玉在山而草木润，渊生珠而涯不枯"别看我只是一个收车费的，可在看车的过程中，我似乎"触类旁通"了一些生活哲理。实在受不了的时候，我就会狠狠掐自己一把，然后长长吐一口气说：不要了，人生哪还赚不来这两块钱！

半个月之后，我的耳朵就冻烂了，痒痛难忍，买个耳套也没时间。中午还是苹果就个饼子，糊弄一下了事。有时实在太累了，看见车没给钱就跑，我也不去追。还低下头安慰自己：跑去。不就两块钱么！

时间一长，我也疲了，不再像刚来时那样认真。但我不计较，不等于人家不计较。我会尽量窝着火，装作没事似的，可是人家不让你省心，常常会自动找上门来。有的会一边开车一边指着路边的车牌教训我："收什么费？你抬眼看看，那上面不是写着'免费'的吗？"我开始还辩解，后来知道情况了，就装作不知道的样子，等人家把手一指说："你看那上面写的啥？"我就说："你再往上面看看，看看上面写的啥？"他停住车，看了一眼，问我："写的啥？"我就念道："22点以后免费。"有的就趁我跟这个司机说话的当儿，加足马力溜走了。

有的会问我："晚上不是不收费吗？"我就解释，是22点以后。人家就施舍般地撂下一块钱，说："差不多就行了。你把马路当成你家的了？"有的特别能装，以为我没看见他车停在什么位置，等我收费时，他就会一脸无辜地质问我："我啥时候停车了？你长眼睛了吗？"有的会承认自己停车了，但人家又有个不交费的理由："我刚去医院拿了个东西就出来，不到两分钟。"我嘴上没说什么，心里说，你这是火箭速度么？从路边到医院两分钟，再上楼拿东西，一句话也不说，火速下楼，再飞跑到路边，十分钟也出不来呀！但是，人家说了，我就不好再跟他解释什么，权当这世上真有比火箭跑得快的神人。

有个女人，说是医院的工作人员。等我去收费时，她有时会说："给你媳妇了。"我便没说话就放行了，待问过媳妇之后，我才知道她撒了谎。然后我就特别注意着她。第二日她故技重演时，我就死死盯着她的"奔驰"不放。人家也不慌，让我看着倒车。我就在旁边指挥"倒，倒……"第五个"倒"字尚未喊完，"奔驰"车就真的像博尔特一样，一下"奔"得没了踪影。我心里说，怪不得人家能开这么好的车，都是两块两块省出来的呀。第三天"博尔特"又出现了，她再让我看着倒车时，我就让她把费用先交了。她把我当三岁小孩哄，还像要猴似地说："你看着我到前面掉个头。"我心说改变战术了？一边想一边跟着"博尔特"往前跑。结果，她一直领着我在医院的院子里转了一个大圈，看看实在没地方跑了，才勉为其难地掏出两块钱。我就上气不接下气地说："四个小时之后是三块。"她反问："哪有四个小时？我明明是十点多才停的车。"我说："你的停车时间我都记在本子上了，你要怎么？"她自然心虚，就极不情愿地又摸出了一块钱。"博尔特"的三块钱是收到了，可是，因为时间耽搁得太长，"人类火车头扎托佩克"和"赤脚大仙阿贝比基拉"的费用却给耽搁了。

还有两口子像是外地人，说着蹩脚的普通话。但穿的时尚，估计是做生意的，不缺钱花。见我收费，就说马路上也收费？这都成啥世道了？我就耐心解释，人家就是不听。我紧追不舍，就说都不容易，我们也是打工的。人家就气狠狠地甩给我一张百元大钞。我看了看真假，忙掏出零钱给人家找。那男的一看我真找钱，就想要回去，说，"你拿来！"我没听他的，就继续整着零钱。他急了，要伸手往过拽。我赶紧抬高了一些，他才没有拽到。拿到找回的钱，这家伙已有些恼羞成怒，他气急败坏地说："谁给你收车费的权利？把牌子给我看！"我用手指指胸前的工牌，他嗤之以鼻地说："那个烂怂算个球！"我说那你还要什么。他说："你把证件给我拿出来！"我又把发票给他，他还是一把挡回来说："那也不是，那东西到处都是。"我就忍无可忍地说："你究竟要啥证件呢？"人家说："我要你收费的红头文件！"那种傲慢刁难的态度，以及无视你人格存在的老爷架势，真的让人"是可忍孰不可忍。"我就说那个东西你恐怕只能到公司去看。这是公司电话。还未等我将公司的电话说出来，那人已伸出钢钉似的手指对着我说："你给我等着！"

有一个开商务车的，不管停多长时间，那怕就是停一天，他也只给我两块钱。因为他来医院的时间频繁，我开始也没吭声。后来见他经常这样，我就说，四个小时后就得多交一元。他可能早就知道这种规定，转身看了我几秒钟，说："我就不交，看你把我咋样？"我想不到他会这样，一时不知道如何回答他。他钻进驾驶室后我补了一句："那你就是不自觉。"

"不自觉？我就不自觉！你把我惹急了，我每天都停在一个地方，一直不走，我让你一分钱都挣不上。你信不信？"

在冷风中，我竟奇怪地给那人点了点头。

一个也曾"新丰美酒斗十千，咸阳游侠多少年"之人，如今，竟变得"物是人非事事休，欲语泪先流"了。

日升日落，转眼间我看车已一月余了。一月时间，我犹如度过了一年。开始只嫌时间短，想多挣点钱，后来只嫌时间长，恨不能赶紧逃离现场。媳妇也说，就是去掏厕所，也不想再收什么车费了！

时间越长，看到的现场画面就越是丰富多彩。刚看车之时，我觉得我像孙悟空当上了弼马温；待看车之后，那些突然冒出的奇葩，不得不让想起周紫芝的名句："如今风雨西楼夜，不听清歌也泪垂。"

逃费现象日盛。有暗逃的、有明逃的，还有的直接开始撞人了：有一辆破旧的小货车，脏得满身都是泥巴，在同一个地方停了三天。一个下午，我看见有人打开了那辆车的车门，就准备早早过去把费收了。但说时迟那时快，未待我走近时车子已发动。那辆车像是烧麦草的灶火，黑烟冒得咕嘟嘟的，将我的眼睛都迷住了。我就一边摆着手，一边继续往车跟前靠。只见那辆车俨然赛车手们表演漂移特技，一个急转弯，直接朝我奔了过来。我赶紧一闪身，车子便像发疯的老牛一样嘶叫着前去了。我只好朝远处的婆姨招手，她正好也看见了。我就得意地笑笑，心说：让你跑！我让你跑出我的天罗地网！媳妇也十拿九稳地往路中间站了站，摆着请君入瓮的造型，专等着那辆车自投罗网。然而，那辆车俨然毒瘾发作的瘾君子一般，将我媳妇当做了可吸的毒品，一股浓烟飞过，我亲眼看着那家伙似从我的婆姨身边飞了过去……

开赖车的如此，开豪车的也不乏其人。有一个女人，开着兰博基尼，每次却只给我一元钱停车费。她说："给你一元。我不要票。"我说要票不要票都是两元。她就显得很是不高兴。后来她不再停在我看到的地方，而是在一条不收费的偏僻巷子里，找到了停车的位置。有时她提着包从我身边经过，嗅着她身上袭人的香水味儿，看到她穿着一尘不染的样子，我就悄悄问自己：一元钱对这些人来说，真的有那么重要吗？

有一个小伙子，可能在附近上班。因为他的车看上去很高大，而且颜色也与别的车不同，所以我就盯住了。他不往中间的停车点停车，专门停在离我最远的地方。他每次都事先将车头掉好，走的时候也不开车灯，只要车子一发动，我就是哪吒也难追上。一段时间以后，我就有些不服。那天我骑着自行车躲在一旁，专门等着他。结果真等到了。但任凭我敲着车窗，他就是不开车门。僵持了十几分钟，他见我仍不离开，就问我干嘛。我说收费。"以前这儿就没有收过费。"我说，那等于你一直在逃费。他还一脸不屑："我逃费？我掏不起那两块钱？"言外之意，是说我就值两块钱？我说不是两块钱，是五块钱。你停一整天就是五块。"五块钱？我要投诉你！"我说："投吧。正好我也不想干了。"他见我吓不住，就扔给我五块钱，怒气冲冲地走了。

有的摸到规律了，知道我们晚上几点回家，他就在医院先躲一躲。直到我们走了，他才出来开车。后来侄女对我说了这种情况，我就开始跟这些人玩起了猫捉老鼠的游戏。夜幕降临时，我就装作回家的样子，搬走椅子，然后在树背后藏了起来。果不其然，不过十几分钟，就出来七八个人。有的人还没出门，车灯就已肆无忌惮地闪烁了，我就赶紧跑到那辆车跟前等着。司机抬头看见我，有些不好意思，一边开车门一边问我："不是说你回了吗？"我一边收钱一边笑着说："我又回来了。"

有的司机图自己方便，会随意将车停在线外。那天上午，一辆蓝色别克车开过来，我就赶紧跑过去。趁司机尚未熄火，我就在旁边打手势："往前靠一点。"结果人家像是没听见，迅速把车停下了。我说再往前开点吧，要不另一辆车没法停。他急急忙忙拉着女友的手说："我一会儿就走。"我说一会儿就有车来，你还是往前靠点吧。人家一下恼了："我就停这了！你想咋的！"我忽然像被噎住一般，一句话都说不出来。媳妇正好过来，看见车没停在线内，就说这样停在两个车位中间，下一辆车过来就没办法停了。"你爱停不停！关我屁事！"说着人家还转身对我们说："让我看看你们的工作牌！"一听到这里，我心说遇到了混混，赶紧想拉媳妇走开，可是人家非要揪住牌子给拍照。三拽两拽，媳妇的牌子就被揪断了。要是平时，我可能要抡圆了拳头砸过去，可是看车以后，我仿佛换了一个人。我害怕出了问题，累及侄女，砸了人家的饭碗。我总想息事宁人一走了之。看见媳妇气得直掉泪，我就劝她算了算了，你脖子动过手术，不能生气。结果对方还不依不饶，用一只手戳着我的眼窝子说："你他妈要是把我的车动一下，我就让你有好果子吃！"

"此地别燕丹，壮士发冲冠"，两块钱不可能让我失去理智。它只是一枚小小的试金石，让我试出了人情冷暖人性善恶。试出了农民工与现代化城市之间的艰难咬合和错位，也试出了底层劳动者被遮蔽和被遗忘的窘境。

生活不止眼前的苟且，还有远方，以及那片尚未开垦的荒野。

夜晚回来，快十点了。听到小广场上还有音乐在响。老爷子或老大妈还在不知疲倦旁若无人地跳着舞。看到他们在铿锵的音乐节奏里，扭着胳膊、晃着脑袋的样子，我的自卑就愈发加重，感到自己这些年真是白活了。

到家以后，两腿发软，眼皮打架。刚想躺下来休息休息，却接到十万火急的电话："你弟收车费时被车刮倒了！"

我又像子弹被推上了膛，飞身赶往医院。

弟弟面无血色，已躺在急诊室他是我们家族最早的看车者。

拍片、检查、住院，最终确诊：右胯骨骨折。

在医院跑出跑进一周，每每看到弟弟在床上小便大便，或者听他痛苦的呻吟时，我就在想：我们从老家千辛万苦跑到城里来，总妄想靠着自己的双手改变我们卑微的人生，现在看来，我们的人生真的被改变了！

花了两万多块钱，说是手术后三个月就好了，结果三个月后一复查，大夫说："骨头没长住，要再做手术。"——再做手术，就要再花几万块钱。

就因为两块钱！车主跑了，一个好端端的收车费者，成了残废。他再也不能跟我一样，在老家的麦田去收麦子、到山野里去追野兔、到果园里上树摘果子、在球场上去争抢篮球、在马路上健步如飞……

侄子也帮忙找了好几回派出所，答复是："查不出来。正好那几个摄像头都坏了。"我也找了媒体。电视台是给报道了，可正因为媒体曝光了，所以医药费一分也不能报销，算是事故。

我还要去收什么车费？就在我万念俱灰，给侄女打电话说再也不想看车的同时，一辆轿车停在我跟前，一中年男子提了一大堆东西给我说："这是我们体检时医院发的早餐，你们要不嫌弃，就趁热吃罢……"我忽然不知说什么好，只觉袋子里的鸡蛋和豆浆像是早春的暖阳，一下子让我荒芜的山坡，齐齐长出了葳蕤的花草！

[原载《黄河文学》2017年第7期，《散文选刊》2017年第12期转载]

彦妮（1967—），本名张彦妮，宁夏海原人。作品发表于《青年文学》《美文》《青年作家》《雨花》等，被《散文选刊》转载。出版长篇小说《出息》、散文集《那时花开》。作品荣获冰心儿童文学新作奖、首届《朔方》文学奖、孙犁散文奖、第二届贺兰山文艺评奖二等奖等。中国作家协会会员。第二期文艺高研班学员。

活成一棵树

李翔宇

城里乡下，道旁路边，总能见到些树，高高矮矮，或茂盛或委顿，或密排或疏朗地长着。之所以记得这些林林总总的树木，倒不是因为亲手栽植，也不曾有过浇水修枝的劳作，很大程度只因遇到或者看见。缘分深一点的，可能在其中的一棵下乘过荫凉，在另一棵下躲过突遇的暴雨。但纵使只限于在长途行进中滋养过荒漠而无聊的眼，也都会记得，至少不会无视它们的存在。

我也曾栽下过一些树。幼年时学校组织栽树，是在校园后边的空地上，因为紧邻学校操场，被划作校产，荒废着有些可惜，就在春天适宜栽植树木的当儿，动员师生栽树。人手上自然有调度安排，三名教师和八九个年龄大点的学生负责挖坑，我们二十来个低年级学生，负责搬运苗子、扶正苗子和等待填土。苗子也就是我们叫作插条的，很是金贵，置备起来也费周章，要先得到队长允许，到队上的树园子里，从大树上芟下旁枝，再剁成一尺长短的枝条才成。为了弄这二百来棵插条，队长还特意派了两个劳力来帮忙，这种活学生娃娃显然干不了。这种栽植方式称作插栽，也较为流行，算是就地取材，专门育了苗木来栽的尚不多见。由于年纪小没经验，也是一味图快，好些插条是倒着放进去的，老师见到了，免不了一顿笑骂"我把你个碎怂倒栽下去，看你从脚底给长出芽芽来？"红了脸给插条翻个过儿，扶端直了填土，在踩实的时候格外用劲，又着意多浇上半桶水，好像只有这样，才可以将先前的过失弥补回来。不用等待太久，只用一个夏天，原先光秃秃的荒地里，也就有了绿油油的色彩。再过两个夏天，已然可以在树丛中躲避午后毒日头的曝晒。看来，乘凉不见得都要前人栽树，自己栽树自己乘凉，也是可以的。只要时机合宜，一切都来得及，也终会等得到。

在自己家里也栽树，留下特别记忆的，有三株，一株杏树，两株新疆杨。栽植杏树时，只八九岁年纪。看到队上树园子里一棵大杏树下，一棵嫩嫩的杏树苗冒出地皮四五寸长，估计是上年有人偷嘴吃了杏，将杏核吐到地上，又无意中踩了一脚，踏进地里的杏核自己长出来了。学大人的办法，用铲子围着树苗，四四方方地挖出一个方坑，树苗就立在如孤岛一样的土墩上，把这个土墩从底部铲起，小心翼翼地捧回去，在自家树壕里选个地点栽植下去，浇点水，覆土压实，用两页瓦对顶着搭个人字形凉棚，就大功告成。接下来每天都要去看几趟，像抱窝母鸡一样担惊受怕的服侍着。起初几天，树苗的嫩叶变得萎蔫，过几天就有嫩绿的树叶重新长了出来。"换叶了，活了"。父亲用简单而肯定的话来鼓励我的勤劳。我心中自然有些小得意：不经意踩进土里都能长出来，我这样精心服侍着，能不活下来？栽植两株新疆杨时，我已是初中即将毕业。正是春光烂漫的季节，乡上组织农户在田间地埂上栽植树木，拉来了一卡车树苗，在汽车驶过村巷时，顽皮的四弟顺手从车上抽下了两株。我们把两株树苗的新家，选在自家院子东边场房子门前。只用三四年时间，春天里总要披一回雪白斗篷的梨树，年复一年向春风挥舞粉红色围巾的桃树杏树，以及枝叶婆娑的苹果树间，便多出两个枝干颀长挺直、皮色青白光滑的俊美邻居来。村里新疆杨还有一些，少半是半路"劫道"得来的树苗，大半是先将树苗栽植到田埂上，后来又移栽到各家房前屋后。刚刚吃了几天饱饭的庄稼汉，没有谁愿意田埂边有几株树，阴翳得庄稼长不起来。

还记得一些以树命名的地方：榆树台，大柳树，三棵树。榆树台是一处沟道边的台塬地，二三亩大，三五十棵树，榆树居多，夹杂着几株杨柳，但都不如榆树那般茂盛，低矮不说，还显萎顿，很有些未老先衰的沧桑，即当地人所谓的老头树。大柳树处在山沟脑，在一片参差不齐的柳树林里，一株枝杈横逸的大柳树拔萃其中，像一位看护后辈儿孙的沉稳老者，共同守护着有三眼窑洞的农家。三棵树则是一道山梁的梁顶，形如刀背，稍微平坦点的地方，盘踞着三株高大的榆树，这里也是翻梁必经的地点，榆树裸露在外的盘曲根节，恰好可以充当倚树休憩的坐凳，从其光滑到像是用水泥抹过的程度来看，光顾过的路人自然不少。

知晓并永远记着的这些地名，都在干旱少雨、植被稀疏的西海固山区。在这里，漫长枯焦的冬春季节，好奇的、探究的、寻觅的，无论是哪类眼神吧，很容易地，都会被单调的焦黄折磨得疲惫不堪。闭目沉思一会儿，自然会对如此称谓地名，由茫然不解而顿悟释怀。想想吧，在如波浪般起伏的光秃山塬上，一棵或几棵树，以山高我为峰的姿势长在那里，于人的感触，绝不止醒目那样简单，除了欣喜和感动，肯定还会为之精神一振的，并油然联想到苦难、坚韧、命运等这些与生存相关的词眼。

出于希冀更多的收获，选用合适的材料，欣赏美丽的风景，或者只为舒散郁结心中的块垒，有时我会静静地用心去看一棵树。但如何看待和审视一棵树，并联想到什么，那是人的问题，不是树的问题。如同现在，我看着这株在一场凄风苦雨中被冰棱折损了旁枝、但主干依然昂首挺直的树一样，更为在意和欣赏的，是它从不抱怨、也不弃绝的生存态度。既然生存环境由不得自我选择，与其自寻烦恼的怨天尤人，不如抱定泰然处之的平和从容；也不刻意长多高、长多大，出乎其类、拔乎其萃的重负压弯了腰身，只要不辜负头顶的阳光雨露和脚下的泥土就行。这样想来，像树一样活着，最好能活成一棵树，也算是深谙了人生境界。

也许最终，活不成一棵树。那就学它挺立的姿势，在狂风前傲立，用淡漠的目光，迎送汹汹而来、落荒而去的风尘；在荒芜中独立，对抗亘古不变的孤独和寂寞；在漫天风雪中默立，聆听春天的脚步，向大地和苍穹，默默地举义虔诚。

[原载《朔方》2018 年第 7 期]

李翔宇（1968—），宁夏固原人，就职于固原市原州区委组织部。作品发表于《朔方》《六盘山》等，入选《小品文选刊》《文学固原丛书散文卷》等。宁夏作家协会会员。第一期文艺（公共）研修班学员。

冰山上的雪枸杞

叶阳欢

流星划破天际，与沧桑的岁月承接递进。看不尽的尘烟，游不尽的历史长河……

在大自然中，有许多的动植物，用它们顽强而神奇的生命力述说着生存的感动。每当自己困惑迷茫或者倍感压力的时候，它们总能激起自己昂扬的斗志和战胜困难的勇气。在初冬的季节，我曾在海拔两千多米的塞北高原，看见仍然挂满着红红的枸杞红果的一片片枸杞树，在一片白雪皑皑的大地上以一种优雅的姿态傲然挺立着，深深地震撼了我内心深处的心弦。

寒冬有着脱俗之美，茫茫的天空，雪花一片一片地飞扬着，雪海荒原之上，一望无际的白色衔接着整个天地。寒风在耳边呼啸着，但更多的是满天的荒凉与寂静，踏雪而过的咯吱声也会让人不寒而栗。一切景物都是白色的，其间仍有一树树的枸杞擎起一串串红艳艳的枸杞，傲立于雪中，这种景色，是何等的清高、何等的纯洁、何等的英勇。枸杞树叶的颜色依然是碧绿，就像含着荧光的翠玉一样；挂满枝头的枸杞红果，隐隐间散发出果实的芬芳，让人犹如荡漾在冰清玉洁的圣域之中。让轻风涤荡着所有的污垢，留下最纯洁的原始状态，又怎么不令人如痴如醉？

此景此情让我心中顿生怜爱和赞叹，对枸杞树又增添了一番敬仰。这儿的枸杞树丛，吹拂她们的不是轻柔的春风，而是凛冽刺骨的寒风；滋润她们的不是柔和的雨水，而是来自高山的冰冷雪水；照耀她们的不是和煦的阳光，而是严冬里的一缕残阳。雪山上的枸杞树，经历过与寒流冰雪，剑割刀挑，不断的葱绿，那茂密的枝叶吮吸了天地的精华；在不断的成长中，绽开瑰丽的花朵，结出盛果；在这广袤的荒野伫立成一种风景，用自己顽强的生命，谱写出一曲曲可歌可泣的生命进行曲。

对生命的感动和敬畏，往往就是在这种纵横交错的变幻中得到淋漓尽致的体现。辽阔的塞北大地，万物生灵在季节的交替中演绎着一曲曲精彩的华美乐章——这一地地凌寒而立、顶雪开放的枸杞树，那种以傲视群芳的姿态展现自己的坚韧和不屈，怎不让人由衷的感叹和鼓舞呢？她不屑与凡桃俗李在春光中争艳，更没有湖堤岸边随风飘逸的杨柳舞动一夏的万般柔情缠绵，不如白杨树那样高大挺直，甚至不及远处那片果园里的苹果树将枝爪伸向天空那种狰狞的欲望和力量，仿佛要抓碎整个冬天。她们却犹如一尊尊守望者的硬朗雕像，在冬日的阳光下，坦露臂膀，擎满雪花，内敛自信而从容，沉思深厚，酝酿着力量与回报，不再一味追求生猛的向上，肢体语言的外在喧哗，只是静静地守候着这一方净土，在大雪中依然生长出满树的红枸杞，幽幽冷香，随风袭人。

　　站在旷野之中，凝视着这雪地里的枸杞树，我仿佛听见了绿色的血液在周身汩汩奔突，看见无数褐色的根须如经络如闪电，"呼啦啦"向下伸展蔓延，竞相扎进大地的深处最深处，迎寒而立，枸杞树以一种姿态、一种信念站立着，诉说着。

　　寒风拂过，冰冷的感觉沁入心扉，我却闻到了一阵阵生命不息的芬芳，一种怜爱从心底油然而生，突然想起唐朝末年黄巢《题菊花》的两句诗句："飒飒西风满院栽，蕊寒香冷蝶难来。"自古以来，菊花作为傲霜之花一直为文人雅士们所偏爱。我想人们喜爱的并不仅仅是她的娇艳姿色，更多的是她清秀神韵、凌霜盛开、西风不落的一身傲骨吧！

　　枸杞树，又何尝不是如此呢？只不过她太过于谦卑，从不炫耀。有人说，树是地球上最有灵气的生物。几千万年前，无数海底生物随着地球的运动融入岩石而浮出海洋，或为桑田，或为山峦。而枸杞树没有选择生长在风光旖旎、充满诗情画意的南国，毅然而决然地选择了生长在西北干旱的戈壁沙荒，只有当麦收季节，也是枸杞成熟的时期，熟了的枸杞果一层又一层，一波接一波，美似玛瑙，红似火焰，枸杞树才会被人们记起，才会赢来"六月枸杞红，霞落清河畔。上苍随人意，红果压枝弯"、"上品功能甘露味，还知一勺可延年"的赞歌。伴随着季节的更替，冬季的来临，枸杞树的叶子被一次又一次的寒风吹落，只剩下躯干与枝条，她的叶、果全部奉献给了自然。酷寒使枸杞树凄凉了，树干干得起皱，黑得发枯，干瘪的枝条让西北风撕扭得作响。枸杞树的风采远离而去，我们却只能在那一包包雅致精美的包装或者餐桌上看到枸杞红彤彤的身影，才会偶尔想起那一丛丛正迎寒而立、光秃秃的枸杞树……

　　冰山上的"雪枸杞"，与人们经常赞美的"天山上的雪莲"何其相似。雪莲作为一种奇名贵中草药，生长于天山山脉海拔 4000 米左右的悬崖陡壁之上、冰渍岩缝之中，在零下几十度的严寒中和空气稀薄的缺氧环境中傲霜斗雪、顽强生长着。这些与冰雪为伴的枸杞树不也正如雪莲一样冰清玉洁、无所畏惧吗？即使在严寒中也能绽放出那份美丽，保特脱俗与矜贵的气质，傲斗冰霜，坚韧不拔地绽放出生命的色彩。

　　小雪依然在下着，仰起头，望着湛蓝湛蓝的晴空，纯净的无一点污染，似明镜般靓丽。举目眺望，尽在眼底的景物在冬阳的照射下，愈加显得明亮透彻。这一簇簇整齐的枸杞树在雪中显得是那么的弱小，可是这些羸弱的生命，却无悔无怨常年迎风而立在这茫茫的雪山上！多么美丽的枸杞树，用顽强的生命力，在向人们倾诉着关于生存的故事！

对生命的敬畏，不由得让我的脑海闪现出许多年前的曾听到的关于"骆驼与草"的故事？说的是，骆驼在沙漠里被风沙迷失了方向，不幸失足坠落山崖。骆驼在掉下山崖的那一刻，它始终不肯放下手中的那棵草。虽然明知一棵小草根本就不可能救它的命，但本能的求生欲望，使它不愿放弃。很多时候，小小的生灵在大自然面前是那么的弱小、无助。但更多的时候，世间的万物又用它们生命的顽强，述说对艰难困苦命运的不屈。

孤寂往往注满着苍凉，悲壮往往孕育着辉煌。穿越了宇宙洪荒，凝练了天地玄黄。在荒无人烟的大漠深处，这株株的枸杞树在寸草不生的戈壁尽头，高挺着永不弯曲的脊梁，展示出生命的瑰丽画卷。

而人生不同样如此吗？人生路上会被雨水模糊双眼，分不清方向，也可能在没有星星的夜晚，难以前行，生命就像这一片片的枸杞树一样始终相信能够穿越迷雾，去拥抱灿烂的曙光。有一种力量让她们相信，即使在贫瘠的土地，同样可以播种生命，播种希望，勇敢的追寻着生命里最美的梦。

原本浮躁的心情突然有一种超脱的宁静，一份因敬畏而生出的平静，透过条条夹缝，我看到了远处巍峨的贺兰山与繁杂喧嚣、高楼遍布的城市相互掩映的远景，晚霞尽染的天空，排浪翻滚的游云，还有这一地承载着生生不息希望的枸杞树——这一地的枸杞树正做着一种跨越，积储力量跨越整整一个寒冬，跨越生命的极限……

雪依然在下着，在下着。扑簌坠落的白色雪花如花瓣般飘飞于空中，在寒风吹刮的世界里旋舞。雪，为枸杞飘洒；枸杞，为雪而红艳。看雪飞舞，闻枸杞馨香，我也仿佛看见了枸杞与雪浪漫的情怀。在这茫茫原野、高山雪地，枸杞无法言表对雪的款款情深，而她那沁人的芳香让雪不忍离去。无数次的轮回，千百次的回眸，只为在这冰山雪原的相遇、相知、相爱、相依！

[原载《朔方》2013年第11期]

叶阳欢（1987—），河南信阳人，就职于《中国医药报》社。作品发表于《共产党人》《散文诗》《朔方》等，入选《中华杞乡文艺丛书——守望五千年的魂》《百年金奖、信阳毛尖》《六十年优秀文学精品荟萃》等。散文荣获第三届梁斌文学奖一等奖。出版散文集《流年岸·彼岸花》《杞乡，杞瑞》两部。中国散文学会会员，宁夏作家协会会员。第一期文艺（公共）研修班学员。

1982 年的水和书

高丽君

一

街口照例坐了一堆晒暖暖的逛闲人。

有干瘦的瘸腿大爹，瘦长脸的戴家爸，戴白帽子的干大，还有黑脸的王老五。总之，每天都有男人们聚在这里，要么坐着扯闲，要么蹲着下坊（用土疙瘩下棋）。还有几个老人仿佛黄土做成的雕塑，不说不笑，固定着一个姿势坐着。

我低了头往回跑，右手捏紧袖口，只想赶快回家，藏在麦草垛后美美地看一本书。

我如此急切的原因是因为袖筒里塞着一本书，这本书的名字叫《射雕英雄传》。它是我从同桌那里用两天口粮换来的，还有两罐头瓶的水。

其实馍馍倒没多可惜，少吃几口，饿着也没关系，我心疼的是水。在西海固，世世代代靠天吃饭，家家缺水。老天下了雨雪，人们便把大场里的泥水、雪水收集起来，存到地下一个大罐头瓶般的窖里，一直吃到来年。不但人吃，牛羊猪狗、大牲口们都吃。

可现在，连着几年春夏不见雨、冬天不见雪了。庄稼干死了，草木旱死了，土地咧开大嘴巴。到处黄尘飞扬，一张口，满嘴的沙土。家里每天用水都定量。比如早上那一马勺水，总是奶奶第一个洗脸，接下来是父母，再接下来才是我们这些娃娃。洗完脸，脸盆里只剩一点点泥糊糊，我妈还要端出去给刚生下来的羊羔喝。两瓶水被我拿去换本书看，我妈要知道，还不剥了我的皮？但我还是决定铤而走险。

同桌赵麻子是个精细鬼。据说脸上有麻子的人心眼多吝啬，我觉得他也是。虽然老师说那是天花残留的痕迹，与心眼无关。下午他一进教室就趾高气扬，哼，看谁再敢看不起我？我有一本书，是香港一个叫金庸的人写的。

所有玩耍的同学静了几秒，呼啦一下围上来。香港，山里娃单听这个词就会生出无限遐想：灯红酒绿，花花世界，大鱼大肉，特务小姐，高跟鞋烫发头。总之都是书上的那些反着的词。

这个金勇是干啥的？

不是勇，是庸俗的庸。真是一群超子。他是个写书人，专门写武打的。听说武功盖世，走路在空中飞，就是飞檐走壁啊……

我们觉得耳朵都炸了。

这本书里不单有好故事，还是本练武功的书……人家写的大雕都会送信呢。雕是个啥？就好比咱这里的老鹞子，腿上绑上书信，一口气就送到外国去了。

我们抬起头来望着他，像绿头苍蝇见了西瓜皮，又像一只只温顺的羔羊看着头羊。

还有练功秘籍啊……他站在桌子上，挥舞着双手，神采飞扬，被一群平日从来瞧不起自己的同学围着，罩在一双双崇拜的眼神中，仿佛很享受，扬起手里的厚书，高傲的就像大队支书。不管谁，只要看上一眼，都会垂涎（han）三尺。张大嘴的我们，明知道他读错了字，也不敢说出来。

直到上课铃响了，我们才恋恋不舍地散开，回到各自的座位上。

教室静悄悄，没有一个人说话。只传来一声接一声的当当当，那是看门老汉使劲在敲挂在榆树上的半块铁犁。

好好写作业。谁要吵，被我抓住就是十板子。语文老师慌慌张张讲完课，就走出去了。大家只好写作业。

赵麻子从桌子上迅速爬起来，翻开那本书，装模作样地看。他平时最怕做作业，也最怕语文老师打。一上课，就是个地老鼠。

我看了一眼他，他凑过来，洋洋得意，有些忘形，我哥说看这书，就和抽大烟一样，会惯上瘾的。不管是谁，只要看上几页，就会茶饭不思地想看完。那时，你想要个啥他就给个啥。

我不屑一顾，你看天上到处是牛头，都是被你吹断的。

他一下子气愤了，不信，给你先看看。但只准看七页啊，多一页都不行。我让你看看是不是我在吹牛？

当我将语文书皮取下小心地贴在那本书上，看了前两页后，便可耻地背叛了自律这个词。我从没想过自己这么没有出息。我可是大家公认的好学生，老师父母眼里的乖娃娃啊。

按照他要求，我迅速签订了一个"不平等条约"，讨好地传过去。在许诺替他写一周的语文作业后，又被允许看了七页。但接着，我又毫无骨气地答应期末考试时给他答案抄，又看了七页。

后来，我觉得自己就是个叛徒，是经不住考验的汉奸。我甚至奴颜婢膝地说，明天给你半个馍馍怎么样？边说边设想后面的情节和人物。我最喜欢梅超风了，我想练成九阴白骨爪，四处流浪，四海为涯。谁不听我话，哼。

但条件很快就失去了效应，几个七页过去，我和传说中的大烟鬼一样，被迷得七昏八倒。反正已被敌人拉下水了，我索性一咬牙，这书我是看定了。你说你条件？

看在咱俩同桌的份上，一天一个玉米面馍。

我连想都没想就回答行。按照一贯的读书速度，两天之内我保证会看完。而两天不吃馍馍，估计只是饿得慌，但也饿不死。

他看了我一眼，还有……

我紧张起来，什么？

还有一天一瓶水……

那一刻，我恨不得扑上去掐住他脖子。这么旱得天，牛羊都渴死了很多。水比油还贵。一天一瓶，得家里所有人都少喝一口呢。也许老妈一口都舍不得呢。

算了算了，我不看了。

他忽然低声说，我家窖干了，全是泥汤汤。过了今天，我妈说让我挨家要水吃，要是到你家门口你给不给？

我愣了一下。按照我妈作风，无论家里多困难，水多金贵，只要要水人端个碗站到门口，无论如何也会给的。与其这样，不如我换来看书吧。

说好了，一次就一罐头瓶。我有些做贼心虚，因为我家窖里也快要见底了。

这一瓶水，我得偷来给你啊。哎，不看了不看了，说来说去不过是眼欢喜。嘴里虽这么说，但我是多么想看完这个射雕啊。

我准备回家时，发现赵小刚满脸痛苦地走进来，趴在桌子上一动不动。原来，他渴得受不了，满校园转悠。见语文老师宿舍门大开，桌上有个军用水壶，以为灌满了水。溜进去拔开瓶盖就喝，咽了几口才发现味道不对。

那是一壶柴油！

二

放学路上，走到拐弯处，一阵黑风卷过来，我觉得身子被狠狠撞了一下，脑子嗡的一声，等张开眼，前面一个黑影正飞奔而去，一高一低，一瘸一拐。

我忘记了叫喊，忘记了哭嚷，就那么呆呆站着，张开了嘴，却轻飘飘不知道说啥，像孙悟空被吹了定身咒。

晒暖暖的人齐抬起头，我听见谁在说，这个成成，真是个超子（傻子），不声不响地，看把这娃娃吓得。

干大站起来，拍拍屁股，一阵黄土飞散开来。我娃不害怕，是超成成。

我一下子哭开了，干大，干大，他把我一本书抢走了⋯⋯

下坊（用土疙瘩下棋）的人站了起来，七嘴八舌。超子胆子真大了，抢人家娃娃的书做啥？

大队支书王老五照旧高喉咙大嗓门，人呢？人跑哪里去了？该收拾了。尔利，你去把那超子抓住美美打一顿。

大爹也颤巍巍地努嘴，怕是跑回家去了。尔利，你去给你干女儿要回来。

干大笑着摸摸我头，不要紧，咱去问他要回来。一本书么，他又不认字，要回来就好了。

三

一老一小沿着窄窄的土路往戏院方向走去。我边走边哭诉，我借同学的。一天一个馍馍，一瓶⋯⋯

我没有敢说水。干大是回族，但和父母关系极好。想想看，回族汉族能做干亲的，不容易呢，可是我们两家亲如一家。

嗯。我们去要回来。干大拉着我的手，慢慢说。

戏院的路真长啊。这条路除了看戏时和大人们一起来过外，平日里绝少单独走。但我知道那个超子家，就在戏院旁。

超成成从我记事起，就那个样子。高大，佝偻，左半个身子像听到土地爷命令了，全部向下坠；右半个身子像老天拉着根细线又高高挑起。走起路来，机械僵硬，全身骨节都乱动；说起话来，含混不清，没一句听得来。加上长长的头发像旧毛毡，就是个鬼魅。

小时候，只要不听话，大人会吓唬，再嚎，再嚎成成过来就一把抓走了。所有的娃娃都怕他，所以队长派他去看庄稼。豆角熟了看豆角，向日葵能吃了就看向日葵，玉米上面水了就看玉米。

秋天到了，糜子地里长满了一种叫做"火穗"的东西，折下来一咬，甜甜地，涩涩地，对我们这些穷孩子来说，真是无上的美味。可地头上除了站着衣衫褴褛的稻草人，还有同样衣衫破旧的、拿着长鞭子的超成成。他一会儿呜啦呜啦喊叫，骂走麻雀鸥子；一会儿张牙舞爪，跑来跑去，惊吓四处埋伏着的、准备偷摘"火穗"的娃娃们。

大孩子们一点也不怕他，比如我表哥和他的同学们。他们成群结伙走来，指定一个人在一个地方和成成对骂，其他人就从另几处撒进糜子地，不慌不忙地折一大抱"火穗"，然后大大方方走远了。我们这些小娃娃紧随其后趁混作乱，折上几根就一溜烟跑回去，剩下筋疲力尽的成成边喊边骂。

我都长大了，成成还是老样子，整天坐在街口边的石磨子上。据说那是他的领地，谁坐一下都不行。

娃娃，别嚎了。成成是个孽障（残疾），也是个恓惶人。他小时候可机灵了，能说会道的。四岁上发高烧，赤脚医生给打了一针，就不对了，后来才听说药水装错了。别看他长得丑，心胡好呢，还是个孝顺人，他妈说啥他听啥。他大大是四类分子，上吊死了好多年了。他妈拉扯他，可不容易。干大边走边说。

从没见过他抢人东西的，今天怎么了？哎，天干火燎的，人都不对窍了呀？

四

家里有人吗？站在一孔窑洞前，干大大声喊。

这家没大门没土墙，一根根黑褐色的向日葵杆排着队，围了个大圈，就是院墙了。

一条黑狗从窑里冲出来，汪汪汪大声叫，牙白森森地。我吓得躲在干大身后。他才不慌呢，顺手扯出一根向日葵竿，我看你敢过来？黑狗停住了，气得转着圈，呜呜呜，但也没敢张口咬。

一个黑影子慢腾腾挪出来，一只手遮住阳光，谁呢？

是我。他姨娘，把你家狗先挡住。

那人喊了一声，狗夹起尾巴折回头颠颠跑了。影子走过来，一个干瘦的老女人。咋了？咋了？她沙哑着，连声问。

你家成成回来了吗？我干女儿下学回家，成成把娃的一本书抢跑了。他又不识字，拿书干啥？干大开始数落。

我也说怪了，这娃娃咋这时节一趟子跑回来了，躲在窑脑里鬼鬼祟祟的。我老了，眼睛麻了，也看不来他在干啥。走，他姨夫，进来浪来。

我战战兢兢拉着干大手，走进黑乎乎的窑洞。

进门一张炕，炕上铺着盖着的都脏得看不清颜色。连着炕的，是个锅台。锅台后面，是一个大大的水缸。再后面，好像是一堆柴草，乱七八糟看不清。

成成，你把人家女娃娃书抢来干啥呢？你给我拿出来。女人一进门就大声吆喝，边对我们说，炕上坐啊，我倒水喝。

干大忙说，不喝了。你问成成把书要来，我们就走。

女人一到暗窑里，动作麻利了很多。她走过去，揭开水缸上苇子做成的盖，用铁马勺舀了满满一勺水，又从锅台上取过两只碗，倒满了端过来。

喝撒，喝撒。

窑里一个黑影摇摇晃晃过来，手里拿着我的书，慢慢走近。他妈一把拽过来递给干大，折回骂他，你个超子，你拿人家娃娃书做啥？

干大递给我书，你看看，是不是这本？

我高兴地说，就是的。就是《射雕英雄传》。

可当我翻开，一下子哭开了。干大，他把里面都扯了啊……我给同学咋还呢？……我一天还要给人家一个馍馍一瓶水呢……

几个人都怔住了。干大一把拽过去翻开。

好好的书，上端一沓被裁成细条，不见了。下端也是，不过还没撕下来。我看清楚了，放声大哭。

女人拿起手边的笤帚，使劲打儿子，我说你躲到窑脑里干啥呢？你把人家娃娃的书咋扯成这样了？她也像在哭。

成成蹲在地上，一步也不动，呜呜地哭。我更伤心。窑洞里回声大，哭声四处跑，嗡嗡嗡，都跑到黄土崖里去了。

干大站起来，别嚎了。成成，你说好好地书你扯了干啥？今天说不上来，看我不美美捶你一顿？

成成在地上呜哩呜喇，他妈赶紧"翻译"。

他干大，别看我这个孽障儿是个残人，但不坏。前几年，不知跟谁学会了抽烟，几天不抽就看着难受的。我心想娃也可怜，就由着他。那几年雨水好，我就在自留地里种几行烟叶，晒干了给他。有时间学生娃娃要些写过的本子、不用的书卷烟。这两年天干火着地，烟叶旱完了。他就偷偷卷玉米叶子、向日葵叶子抽。这一个多月都没抽了，实在熬不过了，才抢了娃娃的书，撕了几张当卷烟纸……你放心撒，我打些浆子给娃娃一准粘好，保证不丢一页。

干大声音一下子低下来，不是我着急，这书是娃娃借人家的，现在撕成这个样子，咋还回去？

半晌，成成妈说，那我给陪。娃娃，你问问你同学这书要多少钱？

我也不知道。同学说书金贵地很，香港人写的啊。我低声呜呜。

干大突然对地上的人说，成成，你去把撕下来的都拿来，明天我给你一大沓子烟纸。这个是要念的书。

超子螃蟹一样爬起来，走向窑后，从墙上一个土窝窝里，拿来了一大叠撕扯成细条的纸。

我趴在炕上一页一页对过去，连页码都没变的一沓纸条里只缺了63页。

成成忽然从脏口袋里掏出烧焦了的半截烟卷，对他妈呜呜。他妈探口气，哎，你个超子啊……

干大伸手拿过来，把烟卷慢慢展开，烧焦的部分已看不清字样。他叹口气，别哭了娃娃，不要紧。回家让你妈打些浆子，粘好了再看。干大给你钱，你明天陪给同学。再金贵的书也是给人看的。看书学字就是为了学好学善嘛。

我们走出窑洞，夕阳已到了西山云口，万丈霞光聚在一起，染红了远处的山近处的路。

五

干大带我走进家门时，已是掌灯时分了。

大门大开着，上房里灯光正亮。人很多，吵吵嚷嚷地说着话。

我们走进去，满屋人都站起来。奶奶外婆，大爹姑舅爸，支书王老五，好像街口的人都在我家，满墙地影子高低胖瘦，互相交叠着。

我妈抱着小妹妹迎上来，回来了。干大说，都在啊？好像他早知道家里有这么多人似的。然后笑着说，成成烟瘾发了，没卷烟纸，见娃娃拿着一本书，就抢跑了。回去撕了几页，卷了一根抽了半截，我给要回来了。

大家都笑，孽障人么。以后谁有多余的卷烟纸，给娃娃匀上些。

干大又拿出书对妈妈说，打些浆子给娃娃粘好了，让看去。娃娃说书金贵着呢，我已经说好陪人家钱的。也不知道要多少？

忽然，椅子上蹲着的一个人说，再金贵的书也是人看的。娃娃说是个武打书，好看得很。粘好了能看就行了，要个钱做啥。谁又不钻到钱眼里去。

我才发现说话的是赵麻子大大。赵麻子从他背后伸出头不好意思地说，我就那么一说么。我也不要你的馍馍和水了，我大都骂小气了。

支书王老五马上说，就是啊，再好看的书也是让人看的。乡里乡亲的，这么计较哪行？你们好好看啊，看完了给我们讲。

赵麻子，谢谢……

他爸马上跳起来说，谁给我儿起的外号？他妈的，我叫了半辈子麻子，没想到我儿也要叫个麻子。你看他这脸，光堂堂的，哪里有一颗麻子窝窝？

人们哄地都笑起来。

六

我妈打好了浆子。我和赵麻子在小房的炕桌上一页一页粘。大门口传来谁说话的声音，妹妹趴在窗台上看，姐姐姐姐，超成成和他妈也来了。

我们忙跑出去。成成站在门口不敢进来，他妈正给我妈说，这是一块钱，不知道够不够？我家只有这点了，不够我再借了拿来。娃是超子么。

我妈说，你拿回去。书是赵万家的，他说了不用陪。成成没卷烟纸，你就说一声，我家娃娃写过的作业本子多呢。

书粘好了，一群孩子趴在炕上，撅起屁股，分成两堆看。一堆看这边，另一堆看那边。遇上不认识的字，大家嚷成一团，最后就说查字典查字典。遇上读不懂的句子，所有人囫囵吞枣，先看个大概。

大房里，大人们也嚷得热火朝天。说打井队，说解放军，说苦水窖，说甜水井……

门环响了，弟弟跌跌绊绊跑过来，兴奋地鼻子都歪了。快来啊，我爸拉回来了一大铁桶甜水，想喝多少就喝多少……

院子里，到处是喝水的人。拿碗的，拿杯子的，拿马勺的。每个人敞开肚皮，喝饱了，喝美了，喝胀了……

我喝得直不起身子，半坐在门槛上。月亮明晃晃挂在天上，微风吹得榆树梢摆动。有这么甜的水喝，有这么好的书看，有这么多人在一起，日子甜美得不可思议。

1982年的一个夏夜，就这样牢牢镌刻在心灵深处。很多年过去了，无论身在何处，无论什么样的饮料，无论怎么样的好书，都比不上那夜的水和书。

我多么感激一个叫做金庸的写书人，带给山里娃的永恒记忆呢……

[原载《港台文学选刊》2017年第5期,《散文选刊》2018年第4期转载]

高丽君（1970—），宁夏固原人，就职于固原第五中学。作品发表于《人民日报》《飞天》《青年文学》《朔方》等，被《散文选刊》《青年文学》《散文诗》等转载。出版散文集《让心灵摇曳如风》《在低处在云端》、随笔评论集《剪灯书语》、长篇小说《疼痛的课桌》。作品荣获第六届冰心散文奖、孙犁散文奖、首届林非散文奖、第五届中国徐霞客游记奖等。中国散文学会会员，宁夏作家协会会员，鲁迅文学院第二十六期高研班学员。第二期文艺（评论）研修班学员。

被老师改变的命运

陈莉莉

回首人生，几乎每个人，都有一段被老师改变命运的经历，甚至，这改变是终生的，不可逆转的。三毛和萧红，这两位在华语世界享有盛誉的已故女作家，其命运的转折，均与她们生命中及时出现、引导她们去文学的天空摘得属于自己星辰的恩师有关。

三毛迥异于常人的传奇一生，开始于少年时期被数学老师的一次当众羞辱：初中时刚刚十二岁的三毛严重偏科，为了提高数学成绩，她将课后的题目和答案熟记于心——考试题就来自于此。之后三毛接连多次考试拿下满分，数学老师心生疑窦。她把三毛叫到办公室，现场拿出一张试卷让三毛在十分钟内做完。真可谓道高一尺魔高一丈，小女生那点小小的聪明，被老师一眼看穿了。在老师的眼皮下，三毛答不出老师临时出的题目。当着全班同学的面，这位数学老师，拿着蘸满墨汁的毛笔，叫三毛立正站在她划的粉笔圈里，笑吟吟地说："你爱吃鸭蛋，老师给你两个大鸭蛋。"她用饱满的墨汁在三毛眼眶四周涂了两个大圆饼，墨汁流下来，顺着三毛紧紧抿住的嘴唇，渗到嘴巴里去。画完后，老师命令三毛给同学看，并勒令她在教室外走廊转了一大圈，给更多的同学看……此后，三毛逃学、休学。三毛的书我百读不厌，可每次看到这一段，我都会感到心疼、心痛，闭上眼赶紧翻过去。而三毛及其父母，在那样的境况下，他们的心，只会更疼、更痛。

数学老师简单粗暴地改变了三毛本来循规蹈矩的人生轨迹。在家半自闭半自学三年后，三毛在父母的安排下，遇到了第二个改变她人生的老师，他对她的影响，貌似不经意的，却像彗星，划过她黯淡的心空，使她的内心突然活泼起来，焕发出了一个身心健康的孩子应有的生命的光彩。这个人就是著名画家顾福生。三毛关于顾福生的文字，均带着少女的羞赧和学生的卑怯，哪怕是分别十年之后，师生同在异国，有机会再见，三毛依然惴惴而慌乱，甚至临阵脱逃。之后，她慢慢成为华人世界著名的作家，而对顾福生老师的那份仰慕和感激，是无论她取得多大的成就都不可能减少丝毫的。分别二十年后再次相见，她写下了那篇《蓦然回首》，回忆当年跟随顾福生学画期间，她是如何在他的引导下，日渐开朗并走上文学创作的道路——"在那么没有天赋的学生面前，顾福生付出了无限的忍耐和关心，他从来没有流露过一丝一毫的不耐，甚至于在语气上，都是温柔的。"

在《我的三位老师》一文中，顾福生那一节，三毛写道："许多年过去了，半生流逝之后，才敢讲出：初见恩师的第一次，那份'惊心'，是手里提着的一大堆东西都会哗啦啦掉下地的'动魄'。如果，如果人生有什么叫做一见钟情，那一霎间，的确经历过。"

不再自闭后的三毛，行走全球多个国家，她的个性和经历使她表达感情直白热烈，也许有人要误会她在此所说的"一见钟情"——其实，师生之间、朋友之间，也是有这种一见面就电光火石引为知己的美好感觉的啊。可是话说回来，误会又如何呢？这就是三毛的感觉。

安静、诚恳，俊秀的顾福生，几乎只用淡淡的眼神与好不容易克服了自卑走近他、跟他学画的少女三毛交流，他怕吓着了她吧？她一生都不可能抹去数学老师在她心上刻下的红字啊。那个时候三毛是不讲话的，因为自卑、因为觉得自己没有内涵。后来，他把她的处女作送到白先勇主办的《现代文学》去发表，轻描淡写地告诉她这件对她来说惊天动地的事情。那一刻，一定有雷电一般的感觉击打在她的身上，脑子里轰然作响——这是我的揣测。因为三毛说："一个将自己关了近四年的孩子，一旦给她一个小小的肯定，都是意外的惊惶和不能相信，更何况老师替我去摘星了。"三毛黯淡的人生，就此豁然明朗，她开始发觉自己的美好，悄悄地尝试着展露自己的才华。顾福生不动声色地劝三毛走入人群，将她介绍给作家陈若曦等朋友，自己出国前还将她推荐到好朋友，另一个好青年、好画家韩湘宁那里继续学画。顾、韩还有后来的彭万墀，三位画家老师和白先勇、陈若曦这些亦师亦友的写作同业，其实都是教育家，"在适当的时机，救了一个快要迷失到死亡里去的人。"三毛少年失学，却遇到了最有才华和爱心的一批人，在他们的指导和帮助下，"……将一个不愿开口，不会走路，也不能握笔，更不关心自己是否美丽的少年，滋润灌溉成了夏日的第一朵玫瑰"，命运，仿佛是为了补偿三毛从数学老师那里受到的沉重打击，给了她这么多的好老师、好朋友，这么多的鼓励和温暖。

顾福生老师到底教给了三毛什么，三毛觉得讲也讲不出来——对三毛这样天性敏感的孩子来说，好老师的影响就是这样，既不着痕迹，又潜移默化，粗暴地过度用力所起到的作用，只能是南辕北辙。三毛写道："只知道今生如果没有他，今日不会如此壮壮烈烈地活着。而他，明明是一个寂淡而精致的画家，留在我心中的颜色竟然是那么一片正红。"

为报师恩，三毛将自己当做一幅活动的画，在自我的生命里一次又一次彰显出不同的颜色和精神。她尽可能、努力地去画好自己这幅画，所以，我们才读到了那一本本用激情和热爱写就的独属三毛的著作，三毛也因此赢得了无法计数的读者的喜爱甚至痴迷。而她的个人魅力，更使她朋友遍天下。

遗憾的是，在深爱的丈夫荷西意外离世后，三毛苦撑了十余年，最终还是选择了用丝袜结束她的生命。这当然不是老师们想见到的，可是，对于三毛这样的女子来说，这种她自己选择的提前退场，或许，是最适合她的。她精彩的一生，其质量，远远超越了其生命的长度。

命运给三毛的眷顾和时机，无论从哪个方面来看，都是多过另一个著名女作家萧红的。只是家国处境和时代背景，三毛就比萧红何其幸也！

三毛的书，我从中学时代读至人到中年，年少时可能是被颇为传奇的故事和她与众不同的叙事方式吸引，现在大爱的，则是她高贵的性情和自由的灵魂，我羡慕她可以活得那么精彩和壮烈，也感恩命运给了她那么多好老师，我觉得自己在如她的亲人、朋友、爱人一样爱着她。我知道相对于三毛那些传记性的随性的散文，阅读"三十年代文学洛神"萧红的作品可能更利于我的写作。有人说，民国时代，论文才之卓绝，女作家无人能出萧红之右。然而，萧红的作品我并不敢多读、常读，我对惨烈的人生有着本能的回避，潜意识里，我掩耳盗铃般觉得自己不曾看到和听到的，就没有发生过。

1942年1月16日，香港玛丽医院，萧红这位"一半是火焰、一半是海水"的女子，强打精神在纸上写下"我将与蓝天碧水永处，留下那半部《红楼》给别人写了""半生尽遭白眼冷遇……身先死，不甘，不甘。"1月22日，战火纷飞中，萧红与世长辞，年仅三十一岁。她那曲折坎坷又凄凉的一生，正是那个时代的女性觉醒和受难的写照。令我在唏嘘之余感到安慰的是，她的人生也曾有过一抹温暖的亮色，那就是恩师鲁迅先生给予她的引导和帮助。

多年来，萧红的书一版再版。我现在读到的这本《呼兰河传》是2013年出版的。收入了萧红最具代表性也最被盛赞的作品《生死场》和《呼兰河传》。封面上赫然印着"鲁迅眼中最优秀的女作家……"等推荐语。

"奴隶社以血汗换来的几文钱，想为这本书出版……快看下面的《生死场》，她会给你们以坚强和挣扎的力气。"鲁迅先生推荐的这部中篇小说《生死场》，以他亲自编辑的"奴隶丛书"的名义在上海出版，也是她以萧红为笔名的第一部作品。鲁迅先生在书序中说："北方人民的对于生的坚强，对于死的挣扎，却往往已经力透纸背；女性作者的细致的观察和越轨的笔致，又增加了不少明丽和新鲜。"胡风先生为此书写的读后记，是一篇完整的评论文章，字里行间体现出他对此书的看重，对作者才情的器重。就这样，在几位前辈的推介引领下，一股凛冽的清风吹进了上海文艺界，引起巨大的轰动和强烈的反响，萧红在文坛上的地位和声誉由此奠定。《呼兰河传》则是萧红后期代表作，以茅盾先生的《论萧红〈呼兰河传〉》为序。茅盾先生说："《呼兰河传》不像是一部严格意义的小说，而在于它这不像之外，还有别的东西，比写小说更为诱人的东西，它是一篇叙事诗，一幅多彩的风土画，一串凄婉的歌谣。"茅盾还有其他几位前辈作家之认识萧红，是经鲁迅先生设宴引荐的。似乎，他从初识就已经感受到她的悲苦寂寞，在整篇序中，茅盾先生用得最多的词，就是"寂寞"。"对于生活曾经寄以美好希望但又屡次'幻灭'的人，是寂寞的……"，仅此一段二百多字，就出现了"加倍的寂寞、精神上的寂寞、寂寞的悲哀、寂寞的死"等，这就是萧红的人生境况，读来叫人不由得就心生凄凄戚戚。

1934年10月，23岁的萧红，和萧军一起，从关外来到上海，举目无亲。他们曾通过书信和鲁迅先生联系，到上海后，即成了鲁迅先生家的常客。此前的萧红，幼年丧母，得不到父爱，被逼婚、抛弃、怀孕、产子夭折……贫弱、寂寞、孤立无援，在生活的泥流中已经苦苦挣扎了很久。她唯一的行李是她那与生俱来的才华，与她相依为命的萧军，在心灵上与她也并不契合。

三十年代那一批充满理想和热情的青年作家，几乎人人都受到过鲁迅先生的无私帮助。在那个艰苦的年代，没有鲁迅先生这盏明灯为奔波在满地荆棘上的青年们指路，他们不大可能冲出时代或自身的牢笼走进文坛。鲁迅先生春风化雨，胡风等深具影响力的前辈作家大力推介，羸弱的萧红变得身心矫健，她开始发光散热，不再害怕黑暗，一切恐惧烟消云散，寂寞的命运要被这光和热打败了。

鲁迅和许广平不止在创作上指点二萧，还像亲人一般照顾他们。鲁迅的家，萧红是常常去的，有时候一天去两次，甚至聊天聊到晚上十二点，那应该是萧红人生最感温暖的时候吧。后来，随着二萧感情上的裂痕越来越大，萧红离开上海，只身东渡日本。萧红在日本孤单寂寞，全情投入写作。仅三个月后，1936年10月19日，鲁迅先生在上海逝世。噩耗传来，萧红悲痛不已，她心中最伟岸的大山坍塌了，照亮她人生的明灯熄灭了……

1937年1月，萧红从日本回国，到上海后便去万国公墓拜谒鲁迅先生的新坟。3月，她写下了《拜墓诗——为鲁迅先生》。萧红后来所写的《回忆鲁迅先生》，被认为是最为质朴感人，最为鲜活的纪念文章。她并没有热情坦荡地表达她的感恩和怀念，也没有赞美鲁迅先生的伟大作品，而是以她特有的纤细与清丽的笔触，细腻舒缓地叙写着鲁迅这个人，他灵魂的高贵、胸襟的宽广、情感的丰富跃然纸上。她率真而活泼地以白描的手法，写出了完全生活化的鲁迅，真切细致，读之有若亲临其境、亲见其人。之后，萧红还陆续写过关于鲁迅先生的文字，她对他的怀念与日俱增。萧红对鲁迅先生的杂文和小说也有过一番评价，聂绀弩先生认为萧红此评是他见过的对鲁迅作品最为恰当中肯的评价，超过了一切评论家。我想，那是因为萧红对鲁迅先生的了解、理解和感念之情的深厚，超过了别的评论家。

伟大的鲁迅先生，在萧红最孤立无助的时候、最苦闷的时候，给了她强有力的支撑，给了她希望与勇气，给了她深切的理解与关爱。我不知道，对萧红来说，这位文学和人生导师的出现，以及他的扶持，是不是足以慰藉她悲苦的心灵。而在短暂的一生里，因为这样一位恩师的无私帮助，她的才华得到了最大的展现，成为那个时代最绚烂的文学之星。虽命运多舛时日短暂，但这熠熠星光，至今还闪耀在中国现代文学史上，吸引着一代一代的读者和研究者。

[原载《朔方》2015 年第 3 期]

陈莉莉（1972—），女，陕西凤翔人，自由撰稿人。作品发表于《朔方》《青海湖》《佛山文艺》《北京文学》等，被《读者》《散文选刊》等转载。出版散文集《单纯的味道》《空月子》。作品荣获全国电力文学著作奖、首届贺兰山文艺评奖二等奖、第二届贺兰山文艺评奖三等奖。中国作家协会会员，宁夏作家协会会员，鲁迅文学院青年作家英语班学员、第三十三期青年作家高研班学员。第二期文艺（评论）研修班学员。

走在温暖的光里

苏小桃

冬日的黑夜，在不到六点半时分就已经悄然覆盖了天空大地，街上不经意间已是灯火辉煌。小区里，亮起了泛黄的路灯和稀稀落落的窗户灯，特别是高楼上甚至一二十层的小高层上，一团团、一处处的窗户亮光，犹如黑夜的眼睛闪烁着各色光芒，欲与月亮星星争相辉映。

这灯光，不知照亮了多少夜晚风尘仆仆、匆匆而归的心灵。借着这光亮，可知夜晚的高楼上有多少人家在今夜回到了自己温暖的家。也是借着这光亮，远远就望见自家那张熟悉的玻璃窗。想着一个人，一个即便在今生成为一袭白发、成为一个时光的符号亦或生命的记忆，依然会温暖着我生命的人正等着我的回归，我便裹紧棉衣加快了回家的步伐。

走到楼下，我情不自禁地仰头往高楼望去，心头立时涌上一股暖流。

这栋楼有几处灯亮着，但我家所在的单元楼上，只有自家的玻璃窗亮着。在这寒夜的风中，窗户清亮泛白，显得孤单冷清。小区是新建的，自打新楼交付使用后，我家是此单元楼第一家装修房子的住户，之后不久我便成了这里的第一位主人。我初来新城市，工作后就住在了这里，在这里住了一年多了也没见搬来一户邻居的。倒是有几家人去年就装潢房子，一段时间楼前的垃圾箱旁边满是废弃的装潢材料、沙石和食品袋等。偶尔也会见到陌生的邻居三三两两出进单元门，单元楼里便有了响动，夜晚或清晨也会看见他们的窗户亮着灯光，但就是迟迟不见他们搬来居住生活的，所以整栋单元楼里依然只有我们一家人住在这里。就我们家，也只有到周末或者节假日，爱人风尘仆仆从乡下归来，孩子们从学校回来，一家人才得以团聚、热闹几天。亲戚朋友虽然也会时常来造访，但平日里，大多时间都是我一人出出进进、来来往往，于是，我几乎成了这栋单元楼里唯一的主人。

远在山区老县城的母亲很是挂念我，一直念叨着我的境遇，想来看看我。我也想让母亲来新家里安闲地生活一段时间，过个暖和的冬天。立冬后不久终于将母亲接来家里。母亲的到来与陪伴，让我的生活在这个日渐寒冷的季节、在这个远离亲人的都市异乡泛起了活力，蓄满了温暖。

走上台阶，单元楼门口墙壁上泛着蓝色光亮的门铃键很是神秘而刺眼，蓝幽幽的光亮让人想起妖姬、蓝精灵、幽灵来。我脱下手套搓着手指，并不像往常那样抖动着双手从包里掏钥匙去开门，楼门、家门的钥匙，除爱人孩子们分别带全外，我各有一把，母亲来后我就留给了母亲，此时只有母亲才能为我打开回家的门。

借着蓝色亮光我摁动门号数字，随着"铃铃铃"的响声，很快"哗啦"一声楼门就打开了，母亲满含着喜悦的爽朗的声音就响在耳边："回来啦！"我对着对讲机喊声"妈，开了！我回来啦！"推开门将自己轻轻隐进楼道里，楼门在我身后自动"砰"的一声重重地关闭上了。眼前一片漆黑，一股寒气袭来，令人浑身一阵发冷，空荡的楼道内响起了我高跟鞋"咚咚咚……"的声音。与此同时，楼上传来铁门的"哐当"声，是母亲打开家门的声音。那声音，在这寂寥的楼道里显得夸张而脆生。我眨眨眼，楼道内有了些许的能见度。接着，一道光束，一道泛黄的光束，倏地在头顶划亮，是母亲开启了楼上的走廊灯。这一束泛黄的光亮呵，自上而下穿过楼梯间的缝隙直射下来，虽然影影绰绰光亮不多，但在这昏暗的楼道内，足以照亮我的脚下，给我一道回返的光明，让我的眼前豁然开朗明亮了许多。迎着这束光亮——是的，这束母亲开启的光亮，这束温馨而柔和的光亮，这束黑夜中迎接我回家的光亮，我的心头满是温暖。这种温暖，渗入我的血脉，穿越时光的隧道，激荡着我经年不减的感恩。我想在以后的日子里，对世间亲人间的温暖记忆中，这束寒夜冷风中的温暖的光亮，一定会是我生命中的一个亮点和永远的渴望。想着想着，我突然就放缓了步子，当、当、当……一个台阶，两个台阶……拾阶而上。

我不想去触摸楼梯口墙壁上的红色按钮来开启走廊灯，我只循着那束从头顶照射下来的光亮，朝着母亲的方向继续往楼上走。脚步声敲打着坚硬的台阶，光束照亮着我的心扉，我就这样当、当、当缓慢着步子走在昏黄的光亮中，走在母亲的期待中，走在回归的愉悦中。我也不会因此而担忧母亲的等待是长久的，我更想享受这种光亮和期待的温暖。

当、当、当……被昏黄的光若有若无地映射着，走着走着，我不自觉地回头往身后一看，身后犹如一张空洞黑暗的大口。我在这里生活已有一段时间了，我并不害怕什么，我只是突然被昏暗中自己这单调响亮的脚步声惊得揪心。

当初接母亲来城里时，我挂在口头的自认为很充足的一个理由，便是让母亲享受点清闲，也让我好好陪陪母亲！孤寡多年的母亲虽然有儿有女有子孙，也有一套父亲留给她的楼房，可时日久了，其实还是她一个人独自生活的时间多。儿女们家家的大凡小事时不时也会烦扰着母亲，母亲也时不时在农忙时节从县城回乡下去帮大哥家带看小孩，在母亲的生活里，似乎有人陪伴时没个清闲，生活清闲时却缺少陪伴。这多少都是母亲生活中的缺憾。母亲的身体相对来说还算健康硬朗，来我家后，在我上班的时间里，母亲可以做户外运动、街口买菜、喝茶看电视、吃各种果物等，更重要的是，母亲是伊斯兰教忠诚的信仰者，她笃行静心，每天做礼拜"五番不撇"（指伊斯兰教中规劝的穆民每天要做的五次礼拜，一次都不落），这是母亲每天最大的功课最大的心愿。下班后不论忙闲，在母亲的空闲时间里，我都会想办法陪母亲，陪母亲看风景、上街购物、去医院做体检查病、做饭吃饭，陪母亲拉家长里短，说那些永远都咀嚼不尽、永不失色的亲情话语……母亲生活得很滋润，从她慈祥的面色和喜悦的眼神悠闲的言谈举止上，我都能够感受到这一点。但我也分明体会到，在大城市中新环境下，在忙碌的工作中幸福的日子里，其实也生活着我一颗孤寂的心。与其说是我陪伴母亲，还不如说是母亲在陪伴着我。然而，母亲已是古稀老人了，她还能陪伴我多久呢？从点亮一盏煤油灯起，母亲在岁月中为自己、也为儿女们长久地点亮着的灯光，还会点亮多久呢……

　　恍恍惚惚中，小时候，常常在我睡眼朦胧中特别是黎明鸡叫时分，总会被被窝外透进来的光亮温暖地柔柔地包裹起来，那是母亲点亮的煤油灯，在催促着我们起床上学，昏黄而清淡的光晕撒播在屋子里，撒播在时光中。煤油灯偶尔会发出轻微的"噗嗞嗞"声，火苗倏尔也会一跃一跃地动着，只要不去扇动，只要有足够的煤油，灯花儿就不会离开灯芯儿，灯花儿就会烂漫地绽放光圈，火苗儿就不会熄灭。在煤油灯下，常常是母亲忙碌的影子，纳鞋底、缝制衣物帽子、烙荞夜面馍馍、烧烤洋芋片、捡拾粮食，为自己也为我们姊妹洗脸、辫花辫儿，我们兄弟姐妹的希望就在煤油灯下慢慢被点亮了。煤油灯的光亮是记忆中的温暖，是我家园梦的开始，是我生命早期时光里最幸福最温暖的光亮啊！白驹过隙，经年远逝，连最小的妹妹也都成中年妈妈了，母亲岁月中的煤油灯远远已逝，生活中带电的灯又亮起，而母亲生命中的灯光又能亮多久？自然天成的规律，从古到今，从幼到老，从岁首到年末从过去到未来，生命去向何处，我该如何告慰自己的心灵……

　　我知道，过些时日母亲就会回县城去，我晚上下班回家后，能有谁再像母亲一样为我开启黑暗中的家门、开启黑暗中的灯光、迎着我走进夜晚温暖的港湾呢？这样的希望应该还是会有的，我宽慰着自己；然而，假如有一天，母亲永远不能再为我点亮一盏灯、开启一束光了，我的……

　　头顶的灯灭了，没有一点预兆就灭了。没光了，我的眼前瞬间一黑，心也猛地往下一沉，牵动我的神经微妙地痛遍全身。走廊灯自然灭的，但很快又亮了。母亲的声音也从头顶传来："哦……灭了呢……也不黑。快上来。冷很吧？"我已经走到了四楼楼梯口了。"妈，不黑。也不冷。"我应着母亲，这才快速往五楼走，听见母亲推门的声音。母亲一直站在家门口等着我，等我的时候担心屋内的热气会散掉，便一直关闭着里面的一道门。

屋门半开，母亲就站在门边，站在走廊里昏黄的灯光下，站在等着我回归的时光里。她的个头不高，在灯光下身体略显发胖而微驼，给人一种宽厚的感觉；她的白色头巾与留在头巾边上的几缕白发，显得清俊鲜亮，看着就让人的心安静透亮起来。她的双手自然拢在胸前，一种淡定从容而悠然的仪态，让我的心里很是欣慰。我知道母亲刚刚做完礼拜，我甚至闻到了一息从门内飘散出来的母亲礼拜时点燃的香的味道，清新宜人。

母亲一直盈盈微笑着看着我，看着我走近，她的目光欣喜而温暖。迎着母亲的目光走进家门，我被灯光的温暖包裹着，被家的温暖包裹着，被母亲的温暖包裹着……

[原载《散文诗世界》2015 年第 3 期]

苏小桃（1972—），笔名晓桃，女，回族，宁夏西吉人，就职于宁夏贺兰县人民检察院。作品发表于《散文世界》《东方散文》《朔方》《黄河文学》等，入选《中国当代微型文学作品选》《当代散文精选》《齐鲁文学 2016 精品选集》等。出版文学作品集《抬头一片天》。作品荣获首届林非散文奖最佳单篇奖、首届"夫之杯"全国文学创作大赛诗歌类一等奖等。中国少数民族作家学会会员，中国散文学会会员，宁夏作家协会会员。第二期文艺（评论）研修班学员。

捕风者

刘萌萌

一

红酥手，黄藤酒，满城春色宫墙柳。东风恶，欢情薄，一怀愁绪，几年离索。错、错、错。春如旧，人空瘦，泪痕红浥鲛绡透。桃花落，闲池阁，山盟虽在，锦书难托。莫、莫、莫。

——陆游《钗头凤》

一盏白炽灯的昏黄光芒微微挑亮的夜晚，我最初遇见这首宋词。我像一只懵懂的幼兽，竖起耳朵，聆听钢笔在纸张上穿划而过的激动。那是怎样的一种声响呵？隐秘、遥远，像暗哑漆黑的林梢间，快步小跑着穿掠而过的风声——沙沙沙，沙沙沙……一首宋词，端居深夜中央，墨迹未干，深蓝的字体发散出湿答答的古典气息，从母亲奋力握紧的笔端，逐字逐句，缓慢又飞快地呈现。

母亲微微起伏的胸口，正抵上那只擦拭得干干净净的炕桌。在冬天，它更多作为简易轻便的餐桌，被摆放上火坑。它惯常熟悉的，是盛了菜肴的盘盏，与碗筷轻轻撞击的声响，饭菜的香气与热量，化作白色的雾气，缓缓上升，弥散。它一定没少听见母亲对我的唠叨与呵斥，还有她没头没脑的牢骚。有时候，她突然放下手中的碗筷，一丝疑虑的目光穿过我身后的虚空，稍作沉吟，极有力地当头一问："你说，你爸现在做什么呢？"我知道母亲担忧什么。我不吭气，只管埋头吃饭。事实上，在母亲的一生中，她从未期望过任何人的回应。那么多年，她像一个十足的女强人：一个人上班、下班，买菜做饭、洒扫庭院、修理坏掉的桌椅、独自照管孩子、支撑起两地分居的家庭。早年的印象中，我常把母亲的形象与驾着筋斗云来去自由的孙悟空混为一谈——真的，有什么困难，是可以把她难倒的？买粮、买油、买煤、修砌院墙……哪一宗不是她足下生风亲自奔波？单位里夫妻间闹纠纷，相持不下，哭哭啼啼闹得日子过不下去，总要辗转找到母亲，凭借她三寸不烂之舌，加以调停。结局不出意料，两个欢喜冤家抹去满脸乱纷纷的鼻涕眼泪，欢天喜地道谢而去。母亲有魔法。这是一个睁大好奇眼睛的孩子在许多年里抱持不放的念头。

沉寂的夜晚，撤尽俗世烟火里的盘盘盏盏，世界仿佛沉入海底，一如万年前的初夜——万物将生未生，混沌而饱满的人世，洁净如初。母亲端出炕桌，小心翼翼仿若对待一件神器，面色端凝。炕桌擦拭得溜光，橘黄色的桌面剔透如瓷釉，木质纹理像湖面上一圈又一圈的波纹，在灯光下荡漾着安静的涟漪。她生有少许雀斑的面孔，在我多年后的回望中正泛起少女的羞涩。母亲的手臂下，一沓簇新的印有绿色横格的信笺，像一顷顷安分的良田，无比耐心地等待她手中闪亮的犁铧——饱蘸深情的笔尖，唰啦啦翻搅出内心的岩浆——正是在那里，读小学四年级的我，劈面见到那首且飞且舞的《钗头凤》。词人多愁多泪亦多情。以沉郁雄浑著称的《忆秦娥》，尚有"秦娥梦断秦楼月"之句，佳人之粉泪柔肠几可目见。誊写在母亲信纸上的这首宋词，但见一双素手。心怀耿耿的人隐在深处，才下眉头，却上心头。不说话，不给人看见。作为一首词，我从始至终，都认为它并无不妥。即使是，出现在一封寄给另一个人的信里。

二

很多年里，母亲与父亲的同窗之谊轻易蒙骗了我。我和很多人一样，想当然把他们的婚姻归结于一场自由浪漫的恋爱。母亲聪慧敏捷，父亲沉稳持重。两人在一起，父亲总是作为沉默的背景出现：苍白的脸庞仿佛来自重重心事的压迫，一旦微笑起来，让人更多感觉到的，是一个男人内心的无尽虚弱。母亲则无异于一道活泼的风景，她娇俏，她妩媚，她长于言辞，她的光与影极霸道地遮蔽了身边这个男人的存在。在过去，以老辈人的眼光看来，这是一桩多么完美的婚姻啊。一个老实正派男人的品质，泛着金子般的光泽——可靠、踏实，以无比的宽厚包容妻子的种种脾性。

早年里，我一度以为自己真的目睹了他们这桩完美婚姻的光彩：安静的午后，借助于一幅拉开的白色提花窗帘的遮掩，母亲和父亲在夏日的阴凉里，轻柔唱响他们二人的同一首歌。母亲细细的声音像一股活泼的水流，在午后二点钟的光阴里倾泻而下；父亲低沉的嗓音尾随母亲之后，情绪饱满而又无比优柔地唱着和声。有时候，他们也会对着一册歌曲集子，不厌其烦地演练一首新歌。父亲轻声哼出曲谱，母亲负责歌词的填充，一首空泛的曲子，由于母亲的加入，瞬间有了灵魂与气息。那时候，我蹲在窗下全神贯注地听着他们的歌声。在红的家里，我看到她早餐桌上对坐的父母，默默吃饭，互不对望一眼。偶尔，勺子与碗筷在曙光中擦碰出叮叮当当的脆响，喝汤时稀里呼噜的吞咽声，打破早餐桌上的寂静。似乎就是眼前的餐桌将这对夫妻联系一处。两个人在一起，也无非为吃饭时，身边能多一个伙伴。千万不要小看多出来的这个人，他（她）在对方的生活中大有深意——两个人的餐桌才更像一张尘世里的餐桌，吃饭的人才能更安心——自己没有凭白比别人少了什么。那时的我自然没有这般见地，只是因了眼前的父母，感到人世间一种隐隐约约的好。有如旧日田野间漫天漫地的露珠，在月白风清的鸟鸣中簌簌滚动，透射出人世的自在与安恬。

火车站是我童年记忆中最为熟悉的人生场景。提前说好了归期，父亲回来那天，母亲一早给我扎好弯生生的羊角辫儿，哼着歌儿，穿上她最漂亮的衣服，过节似的，欢天喜地拉着我匆匆忙忙赶往县城车站。早年的风一波波吹过来，吹乱母亲乌黑的短发（印象中，站台是全世界大风的中心），她身上的碎花衬衫鼓荡成歪歪斜斜的旗帜，连同她单薄的身体似乎就要被下一场风刮跑。我的小手紧紧攥在她的手心里，汗津津地，她全然不觉。一声汽笛的长鸣划破站台上的寥落，脚下的大地传来一阵剧烈的抖动。伴随着巨大的呼啸，那列绿皮火车越来越清晰地出现在我的视线里。及至它呼哧呼哧喘着粗气进站，我才得以看清它巨大漆黑的车轮，威严地出现在上午的阳光里。它就这样一路呼啸着，经过那些遥远的绿色村庄和彩色城镇，一刻不停地送回我们日夜盼望的父亲么？我脑海里的问题来不及得到解答，母亲激动而尖锐的声音已经越过众人的头顶，大声呼喊出父亲的名字，扯起我冲向波浪般涌动的人流。

跌跌撞撞的小跑中，我仰起头，在八十年代一处北方小镇的站台上，看到年轻的父亲，穿越激流般纷乱的人群，略有拘谨地微笑着，朝我们大步走来。

三

我的叙说并不需要刻意躲闪或者忸怩遮掩。那个冬天的夜晚，母亲郑重地伏在炕桌上殷殷写就的书信，隐秘地绕过父亲，径直指向尘世中的另一名男子——他以最初的姿势伫立在母亲情感的源头，这么多年，从未改变。

当我回转身去，细细打量在冬夜里奋笔疾书的母亲，时间如初春的薄冰，爆发出细碎、轻柔的碎裂声——越来越生动的一泓春水中，我看见那个无比熟稔而又陌生的投影——那么多年，我只经由"母亲"一途，顺理成章地确认、感知她天经地义的存在——越来越动荡的一泓春水中，层层叠叠的涟漪模糊了母亲的面容与身影。

冬天的夜晚，除了那张焕然一新的炕桌，庄重羞涩，神秘得让我有点儿陌生的母亲，还有那么厚厚一沓有待完成的信纸，关于那封书信，我不能记起更多的细节。但有一些事物却极牢固地留存在我的记忆里：母亲时而甜蜜时而悲戚的神色、窗外黑沉沉的暗夜、呼呼刮掠而过的风声、炉火耀亮的墙壁犄角，"唧、唧、唧"时断时续又没完没了的蟋蟀的弹唱……正是这些细小的影像与事物，向我证实着关于那个梦幻般的冬夜的真实与可信。我确信，母亲轻描淡写地向我复述过那封信的大体内容，不过，我同样肯定的是，除了那首《钗头凤》，以及陆游与唐婉间凄惋哀绝的爱情故事，母亲并不曾将那封写有密密字迹的信件展示给我，她巧妙地摘取诗词史上尽人皆知的一段爱情遭际稍稍敷衍了我的好奇，至于信件中更为重要的内容则避而不谈。左手支颐，右手执笔，面对洁白的信笺略显犹疑的母亲，正沿着时间的河流洄溯而上，旧日的事物与景象如暮春的柳絮纷纷扑面：知青点、生产大队、披着黑色棉袄的老农、窗下的河沟、田埂上歪歪扭扭摆动屁股走路的鸭群、出工的敲钟声划破拂晓的阒寂，悠远而破败……所有的景象逐渐淡去，成为遥远的布景与陪衬。"神说，要有光，就有了光……"晦暗的年月里，那名贺姓男子，就是在母亲内心的祈祷中伴随着一缕天光现身于某个微暝的暮晚吗？满身书卷气的他，在很多年前的那个黄昏，像一匹有着高贵血统的良马，骄傲而谦和地步入知青大院儿，他身上的帆布包里，装着一本翻得稀烂的《李白诗选》，其中的两个页码间，夹有一张温文尔雅的字条。字条里说了什么？母亲不说，没有人知道。但我越来越相信，我一定早早见过了它，在素朴而纯真的《诗经》年代，从"投我以木瓜，报之以琼琚。匪报也，永以为好也。"到"林有朴樕，野有死鹿。白茅纯束，有女如玉！"……羞涩的人顾左右而言他，仍遮掩不住内心又喜悦又慌张的流露，纯朴大胆的情感包藏于文质彬彬的表达，且直白且含蓄，还有比这更美妙的情书范式么？不过，其时小小年纪的我尚处无知，懵懵懂懂之间，只是约略发现母亲的神态不同往常，眉梢眼角，多了一层闪烁其词的意味，欢喜、痛苦、羞涩、悔恨、惆怅……多年以后的一天，我豁然明了，那层隐约含糊、让人爱叫人恼，说不清道不明的东西，除了爱情，还能是什么？

四

他出现在房间的逆光里，我微微怔了一下，随即感到，整个房间有过瞬间的倾斜与耀亮。即便此刻，我以成年的眼光向他望过去，我仍坚信童年那第一眼的直觉：他是英气的，有着比我的爸爸更为男人的俊朗。在母亲断断续续的叙述中，我早已有了断片式的了解，那些片断都有着各自独立的主题：果敢坚毅、才华耀眼、睿智机敏、善良体贴……旁人看来，这些近乎完美的标签更像是出自一个情人的主观臆断，事实也许是两回事。但是，我从未怀疑过母亲的眼光，至少，在他回复母亲的信件里，我当真读到了那些美轮美奂出自他笔下的原创诗词。我惊讶于他的绝妙文笔。这些只有天上的星辰地上的流水可以比拟的美妙词句，竟然出自一个男人汩汩胸臆的流淌？！

这个一直在母亲的忆叙中存在的男人，就像画中人一样，忽然有一天走出了画纸的禁锢，活生生站在我对面的阳光里，亲切地喊出我的名字，一只手还轻轻搋了一下我的羊角辫儿。这一切，发生得多么自然而然，完全是一名父亲对于女儿才有的惯常动作。我得承认，作为父亲的女儿，我早已毫无原则地背叛了他：我从来就没有计较过这名与我毫无血缘关系的男子，在母亲内心占有多么举足轻重的地位，而且，我多么仰慕他写得一手行云流水的绝妙好词啊。一直以来，他像是一则神话，活在一个小姑娘的想象里。这世上，只有神才可以和他一样完美：除了深厚扎实的古典文学功底，他还习得一身好拳脚。和母亲一样，在那个荒唐的年月里，他也是一只资产阶级的狗崽子。奇怪的是，没有人敢对他出言不逊。他曾以一当十，在某个开阔的场院里，趁着月色，只身与一拨群起而攻之的贫下中农子弟放手一搏……他有书生的儒雅情怀，又有习武之人的胆色与开阔。这样一个男人，他不是英雄是什么？

仅仅小学四年级的我，站在他和母亲之间，猛然意识到自己无异于一根利刺，进退两难——谁能说，我不是横亘于他们之间的一道伤口？对于他们之间的爱情而言，我是一个蛮横无理的闯入者——在他们甜蜜爱情的最初构想里，怎么会有一个我？我曾向母亲问起，如果当初是你们结婚了，这世上是不是就没有了我？母亲轻轻摸着我的头说，当然有，你还是你，只不过，你会更漂亮，更聪明……她的回答让我伤透了心。在母亲完美爱情的想象中，连那个虚拟的孩子都比我更出类拔萃。我想不明白，在母亲的现实婚姻当中，她、父亲、我，谁更像那个受伤害的人？

母亲让我称呼他"舅舅"。那几年里，我一直叫他"贺舅"。及至成年后，我忽然明白，这声看似无谓的称呼里，实则埋藏着成年人的小小机心。一声舅舅，就将他与母亲的关系，改写为形式上的兄妹，凭空似乎少了许多"嫌疑"。若是"叔叔"，则怕有更多的"剪不断，理还乱"。那时，我可想不了这么多。多年后，我只为自己当日的"礼貌"感到莫大的安慰。就在贺舅放下他肩上大大的旅行包，源源不断掏出各种糖果和电动玩具的时候，我适时提出，我还是去另外的房间里玩，他和母亲就在这里说话吧。那一刻，我分明看到贺舅眼睛里瞬间闪过的感动。他和母亲异口同声地拒绝了我。他们说，你就在这里吧，听我们说说话也好。这么多年过去，当我终于被岁月毫不留情地改写为一名狡黠的成年女子，我仍然坚信，母亲与贺舅之间，那种难以割舍的情感的纯粹。他们之间，除了和月光一样皎洁的爱情之外，不曾沾染上一点点瑕疵与尘垢。我的意思，你们都能明了。

五

作为母亲婚姻生活的直接见证者和参与者，那些年里，我以为她是幸福的，细琐、平常的幸福，泛着温润的光泽。就像大地上漫山遍野的石子与青草的结合，寻常、自然、顺遂，人世间众多匹夫匹妇的流水生活多么寡淡又多么结实，质地坚密，不容损毁。随着年龄增长，渐渐懂事，我发现在母亲与父亲的婚姻里，也不曾目睹到完美尽如日后的小说中描画的那般所谓"爱情"的美好样子，倒是耳边常年洒落母亲絮絮的唠叨与埋怨，像初春里没有止尽的毛毛雨，一场又一场，却也无伤大雅，只是绵密，悠长。很少的时候，她会向着父亲发火，像个泼妇一样大吼大叫，直到自己鼻涕一把泪一把地哭开了。父亲满脸讪笑，像心怀鬼胎的人，鬼鬼祟祟的，找个由头把我支开，转身像对待小孩子那样抱抱她，要不了多久，母亲便唱着歌小鸟一样雀跃着，在院子里兴高采烈地洗衣服了。那时候，我从心底生出几分轻蔑——她其实很好糊弄的嘛，不过几句话，她就开心啦！也有例外，有几回，父亲在母亲的吵嚷与哭泣中深深地埋下头，拉长着脸不吭声，整个人像农田里失却水分迅速萎掉的作物。我看出他的不高兴。大概，这就是父亲最大限度的反抗了。

早年里，那些鸡毛蒜皮的琐事，无足轻重，风一吹，就远了，散了。在我看来，远不如墙上一幅略有泛黄的对联来得牢靠持久："劝君莫爱尼古丁，送别烟雾一身轻。"这毫无对仗可言的两联门神一样牢牢贴上西墙正中，乱云飞渡的毛笔字出自母亲的手笔，她的狂野笔迹绝非出自我外祖父的遗传——那个慈眉善目的老人，没有人能把毛笔字写得像他那样好。直到现在，家里仍保存着一沓书签大小的硬卡片，上面密麻麻排布着昔年里外公写就的蝇头小楷，端庄秀雅而不失劲健。不过，她倒是将外公身上那点文学气息打包传承下来。磕磕绊绊的人生路上，这点文学异趣让她时而自得时而自伤。

其时，父亲的衣兜里整日揣有一包烟，在宿舍里，在人群中，收工的路上，但凡工作之余，他都生活在云山雾罩之中——异地的单身宿舍，窄小的吱呀作响的铁皮床上，他疲惫的身体颓然靠向身后空无一物的墙壁，闭上眼，深吸一口，仰起头，慢慢朝向半空的虚无，之后，口腔与鼻孔中缓缓喷吐出蓝色的烟雾？那样的时刻，父亲的脸庞一定是苍白而虚幻的，一如很多年里他面对生活时常有所闪避的眼神。一支烟，或许给予过父亲最切实的安慰。至于它的苦、它的辣、它的形与意、色与味、甚至有毒的魅惑，只有和它耳鬓厮磨过的人才能满怀辛酸与爱意地说出，还有烟雾缭绕之中那些排山倒海的巨大孤独以及随之而来的片刻欣慰。

我的母亲肯定不这样想。她在灯下眉头紧皱，担忧父亲的烟瘾，还有他胸腔里那两片幽昧的肺叶。爷爷六十二岁死于肺癌，据说一辈子烟不离手。由此，在母亲看来，属于父亲的那两片肺叶，就很有些意味不明的嫌疑——它是好是坏？不见天日的身体内部，时时刻刻如何舒展着千丝万缕的经络？经由父亲口腔吸入又吐出的蓝色烟雾，极有可能篡改了它的本来面目，让它渐渐变黄，发黑？直至宛若一枚深秋的枯叶，径直萎落？推想下去的后果令人不寒而栗。比起母亲，我和父亲都该惭愧，我们中的任何一人都不具备她的果决与立断。她立即在家里实施诸多戒烟手段，铁腕、无情。她减免父亲的日常开销，她还有像猎犬一样机敏的嗅觉，乘父亲推门进屋的当儿扑上去，倘有一丝散逸的烟味，一通劈头盖脸的责骂自然难以逃脱……后来，她竟然灵机一动，想出这样一副有碍观瞻的对子，贴在墙上，既是警策也是鼓舞。那应该是一段漫长的时日。毛笔字就写在两条裁好的廉价白纸上，不伦不类，透着一股子怪异味道。

父亲的烟瘾当真戒掉。但我不记得是哪一天，什么时候，又或者到底过了多久。我只是记得，说不上哪一天早晨，我抬起头来，发现那副对联正泛出凋败的黄，像一张年深日久的女人的脸，久经岁月的炙烤。你无法猜测那张脸下面隐藏起来的表情，是喜悦，是悲戚，还是只有岁月中浮泛而起的一片茫然。

六

一封冬夜里的书信，饱蘸深情，像被夜露打湿的飞鸟的羽翅，几番辗转挣扎，扑棱着，盘旋着，乘着夜色，终究决意飞出那方灯光昏暗的小小屋宇。没人知道，这个打算，在母亲心头酝酿很久了。快进秋天的时候，远在辽宁的姨妈写书信来，无意中谈及她正在进行人口普查的工作。就是这样无意中一笔带过的闲话，在母亲心头噼噼啪啪激惹起一片火花。她想到了很久以来音信杳无的他。多年后，我在张爱玲的小说里，意外发现那个绝佳的比喻，方如梦初醒——他是她心口的明月光，朱砂痣，抹不去割不掉。"明月光，朱砂痣"，多么惊艳的譬喻啊，若有若无的一缕，夜夜升起；若隐若现的一颗，绝难除去。那个露水深重的秋天，母亲疯了一样，给姨妈接连写去一封又一封长信，请求她帮忙找到那名贺姓男子：当日里，共同糟糕的出身背景，让母亲最终胆怯地止步于婚姻的商榷。她决然选择了家庭出身无懈可击的父亲，和他远赴河北祖籍，在一个陌生的地方，开始了人生中漫长的婚姻生活……母亲如线的泪滴成片地打湿了信纸。她赌咒发誓，说："我只想知道他平平安安活在这个人世上，仅此而已，决无他想。"那些被泪水浸泡得字迹模糊的信纸，最终打动了姨妈。她几经辛苦，终于将尘世里那个寄放着母亲悬念的地址寄来。这才有了母亲深夜里的书写，一首《钗头凤》，携着岁月的风尘春风般扑面而来。词人的眼泪与惆怅，却让母亲心头多年积郁得以纾解。那一晚，我犹能记起的，是母亲写完最后一字，搁下纸笔，信口唱出越剧电影《红梦楼》中，宝玉满心欢喜，等待迎娶林妹妹的一段唱词："合不拢笑口把喜讯接……东园桃树西园柳，今日移向一处栽……"宝哥哥自是痴性情，母亲的痴处又胜于他。她明知道结局已定，还要向空中捕风？除了两手虚空，我不知道，她还能握住些什么？

七

"相思糖"。母亲就是这么挑着眉梢，喜滋滋告诉我的，面露得意。糖与相思本无瓜葛，是买糖人自己动了念。这糖的名字可谓知情解意，妥帖地吻合了母亲那点微波粼粼的小心思。她的糖我可没见一颗。人间两两相思之念，既不易断，更不易得。想着母亲把大把的相思糖"哗啦哗啦"地包好，像年轻姑娘一样心儿慌慌地寄给贺舅，我就觉得她傻得挺可爱。贺舅说，他12岁的儿子很爱吃这糖，一边吃一边叫，我知道"相思"是啥意思，我知道！哈哈……贺舅说，他向妻子说明了往昔的一切，也说明了现在与母亲的这段"友情"。他老实能干的乡下妻子嘴上没说什么，大概心里却忧心忡忡了一阵子。我不知道母亲向我复述这些细节，会是揣了怎样的小心思。可我怎么觉得她脸颊红得像苹果，一半天真一半兴奋。看着母亲眉飞色舞的神情，我有些怀疑，这世上的感情，能否像门外每天过来过去叫卖的水豆腐一样，被那精瘦的老头儿切得方方正正，毫不含糊地说，这块是友情，那块是爱情，边上的一块是亲情？事到如今，我仍觉得，这世上最弄不分明的，就是感情这回事儿。它似是而非，模棱两可，让人费尽心思，不好捉摸。

事实上，母亲与贺舅，一年到头，难得见上两次。一次必定是春寒料峭的早春时节，贺舅裹着厚厚的军用棉衣，随母亲大步迈进这座小小院落，步伐沉稳、坚定，黑亮的眼眸里漾着笑意；再一次必定是中秋节前，他辗转乘车风尘仆仆赶来看望母亲，在旅馆住上一两天，再马不停蹄赶回辽宁家中。有一回，大概六七月份间，贺舅事先招呼也不打一个，突然出现在明亮得让人几近晕眩的阳光里。关于母亲与贺舅之间的断续往来，我仿佛一个全知全能的掌握者，知悉全部过往，包括游丝般倏忽即逝的闪念。有时候，仔细想想，又似乎一片混沌，我所了解的，不过只鳞片爪。如今，我更多嘲笑自己早年的天真：一个母亲怎么可能向自己的孩子尽诉衷肠，她像狡黠的松鼠，必定在树洞里隐藏起更多的坚果般的秘密，填补此后长夜流转的阒寂与虚空。

事隔多年，作为一名耐心而细致的拼贴者，剪辑者，我在那些色彩与影像之中游移，取舍，或者举棋不定。

之一：一只悬吊在窗棂上的蜜色烤鸭，沐浴侵晨细碎的光影，在初夏的微风中轻轻晃动——这极具诱惑意味的一幕你可曾见识？如此日常的诗意我后来只有在西洋油画中得以窥见，那些朴素的男人女人与瓶瓶罐罐，甚至一盘土豆发生感情，在生活中相互吸引、抗拒又相互取暖。作为这一幕的始作俑者，我的母亲，一定不曾料及它在时光的重重投影下所产生的美学效果。冰箱远未普及的年代，她出于完全实用的考虑：不能让这只烤鸭坏掉！她要最大限度地保留它，直到父亲回来。烤鸭是贺舅从北京带来，他叮嘱母亲快些吃掉，炎热天气，很易腐败。一个男人心疼一个女人，最根本的，大约还是身体上的关爱——灵魂，那是更深隐的事物，自然也爱，但是，哪个有情人能把灵魂郑重其事地交到对方手上呢？能紧紧把握的，还是那只递过来的有温度有力量的手。

我的母亲稍作犹豫，还是决定将这只烤鸭留待父亲，哪怕它会变质扔掉，她也不会独自吃下它，就像吞食一桩黑暗的秘密。她每天早晚都把那只烤鸭小心检视一遍，眉眼间泛着越来越深的怀疑和忧虑。最终，那只烤鸭还是未能遵从母亲的美好意愿，它像悬吊在树上的一枚孤独的浆果，在漫长的等待中，不动声色地兀自坏掉啦。记忆中，直至最后，它都保有美丽的金子般的颜色。母亲叹息着把它从窗棂上摘下来，和垃圾一同倒去。我倒是暗自庆幸它的坏掉，如若不然，我真不知道，母亲又该如何向父亲解释这只从天而降的美味烤鸭？

之二：它们看起来，更像一对孪生兄弟——两只藏蓝色的毛线帽，一模一样，在母亲目光的抚触下，亲密无间，排列一处。夜晚的灯光照耀着它们，发散出新毛线特有的光泽与质感。两顶帽子，两个沉默相背的人，它们各自向着同一个女人言说。

我自然晓得，那两只帽子，分别归属于父亲和贺舅。但我猜，母亲不可能对他们之中的任何一个说，还有一只一模一样的复制品戴在另一个人的头上，行走于世。得到帽子的两个男人，当然是不同的态度。父亲很随意地接过它，临出门时顶在头上便是。他不会有感激的话说，心里大概也不会觉得格外的暖。自己的老婆织一顶帽子给自己，多正常的事儿，天经地义啊。就像他每个月把手里的工资一分不少地交到母亲手里一样，他有义务就有权利。很多年里，妈一直向我控诉父亲的"冷血"，这种冷淡与漠然在新婚之初表现得尤为强烈。不同家庭出身背景的一对男女，来到同一个屋檐下，终于感到了某种强烈的不适。这种不适感更多来自母亲，她多次瞪大眼睛向我控诉："你爸啊，骨子里就是个地道的老农！在人前和自己的老婆拉拉手都不好意思，爱理不理的，好像这个女人丢了他们的脸，真不知道怎么就生出一窝孩子！"

母亲什么时候把帽子给了贺舅，我没有印象。但我知道，那顶帽子拿在贺舅的手上，定当珍视万分。母亲手上的余温，绵密的心思，都密密织进了帽子的经纬，就像他们书信往还中那些细密的语言，交织生动的呼吸和贴切的温度。

八

母亲与贺舅的爱情事件，在我的回忆里，宛若一张支离破碎的拼图，这里一角，那里一块。也有一些，掉入时光的罅隙，或者被风吹散，再无寻回的可能。有时候，看着一天天头发越来越白脊背越来越驼的母亲，乐颠颠沉溺于安和平静的晚年生活，我忽然陡生酸涩。我想到母亲生命中的另一个男人，我童年心目中的英雄，这个豹子一样敏锐果决而又柔肠百结的男人，又以怎样的方式打发自己的晚年？

贺舅的消失似乎是一夜之间的事。他就像一阵风，隐秘而猛烈地从我们的生活中迅疾刮过，之后是彻彻底底地消失，是山河如初的平静。多年后的某天夜里，当我无端意识到这个男人的缺席，他已从我的视线中消失很久了。他消失得干干净净，彻彻底底，就像从来不曾出现过。母亲已经退休在家，她和众多从工作岗位上退下来的人一样，对于生活忽然表现出无限趣味，兴冲冲投身家居生活，热爱一日三餐，挂记丈夫和女儿。除此之外，再无旁骛。有时候，我甚至怀疑那名贺姓男子，多年来只是我梦境中衍生出的虚幻人物，只有我茫然于他的去向及来路。终于，我试着向母亲小心翼翼提起他的名字，就像提醒她久已忘记闲置蒙尘的某件器物，"怎么会忽然就不见了呢？"我听见自己疑惑的声音在时间内部久久回荡，那种感觉又奇异又空旷。

贺舅的消失是完全可以预料到的结果，早在他与母亲的重逢之初。可是，谁又愿意想得那么远，那么久呢？谁又忍心想得那么远，那么久呢？

我最后一次见到贺舅，是在九十年代末春节前夕的一个午后，就在我家光线不够明亮的客厅。那时候，我们刚刚搬迁到新址，我忙着毕业分配的事，忙着谈一场莫名其妙的恋爱……忙着，忙着有足够的理由生疏他，漠视他。或许，人之一生，大家都只忙着做一件事，那就是不断的告别和遗忘。那一次，我只是恍惚觉得，很久没有见过贺舅了，我差不多都把他给忘记了。在我们的生活中，难得一现的他连一个旁观者都算不上，在我内心，他更是早已沦为了陌生人。他和母亲之间，也不过是旧日里若有若无间那一脉情意的牵连——大家忙着建设自己的未来，拼了命地往前途里奔，谁还有时间回转身去，向着从前温情脉脉的过往致以良久的顾念？

安静而有些慌乱的午后，他的脸上流露出些许不适与茫然——在那里，他有些吃惊地见到了大学毕业参加工作不久的我，以及那名身高已然超过了他的男孩子，我的男友。寒暄之后，片刻的寂静里，我隐约感到空气中荡漾起小小的涟漪——它的波纹一圈圈加速扩散开去，在我的内心回旋不已。一瞬间，我有过一闪而过的尴尬和疑惑——我旁边怎么会忽然理直气壮地冒出一个男孩子呢？他的未来确定和我有什么关系吗？我怎么好像走在别人经过的老路上，重要的是这条路，人反倒成为无足轻重的。要命的是，我为什么要毫无新意地把自己的将来和一个男人捆绑在一起？偏巧又被我童年心目中的英雄给撞见……不过，这些念头很快就消散了。我听见母亲大方又正式地向他介绍我的男友，声音欣悦而愉快。

贺舅那天的表情和神态，以及他向我们说过的话，我全然没有印象。或者，那天，他根本就什么都没有说。一个满腹诗书才华旷世的男子，千里迢迢赶来看望自己心爱女人的男子，应该怎样应对俗世生活中这起小小的突发事件？他当年羞涩深情的爱人，俨然一名成熟世故的老妇，向他喜悦悦介绍着一个毫不相干的后生小子。在这一家人面前，他又算什么呢？那时，我已多久，没读过他笔下那些漂亮的词句了？母亲写给他的书信，大概也越来越少了。随着年纪的增长，她身上的文学气息渐渐淡去，至于爱情，好像也和她慢慢脱掉了干系。她倒是越来越像一只母鸡，捍卫住自己的窝，比什么都好。这一切，怎么能逃得过一个人敏感的内心？纵然他什么都不说，纵然他从始至终都保持着男人式的沉默。

母亲说，她终于向贺舅说出，以后，就不要写信了吧。他什么都没有说，一如母亲当年选择离开，他沉默地顺应了她的要求。尊重她的心意，该当是红尘中最深的爱吧。你看，这样现实的结局，干巴巴的，写出来，多么没有意思！我还是比较喜欢有余味的东西——譬如，当母亲还是个害羞的向往爱情的小姑娘，有一天傍晚，她打开那本《李白诗选》，赫然看到那张充满探询意味的字条，她按捺住怦怦心跳，趁着昏暝的天光、苍茫的暮色，涨红了脸又不无矜持地回复他八个字：既知音何须抱琴来。

［原载《百花洲》2015 年第 3 期，《散文选刊》2015 年 8 期转载］

刘萌萌（1974—），女，河北秦皇岛人，河北文学院签约作家。作品发表于《百花洲》《雨花》《青年作家》《山东文学》等，被《散文海外版》《散文选刊》等转载，入选多个年度选本。出版散文集《她日月》。荣获首届黄河文学双年奖、首届孙犁文学奖。中国作家协会会员。第六期文艺（综合）研修班学员。

母爱无言

刘向忠

我觉得母亲是突然变老的，这是不停流逝的时光给我造成的错觉，这是成长的岁月带给我的真实的代价，这是风风雨雨的生活使我疏忽和漠视。母亲怎么会一下子变老呢？母亲怎么会突然变老呢？谁不知道，随着一天天一周周一月月一年年的消逝，一个又一个春夏秋冬周而复始的更替，把一位位年轻美丽的母亲变成了头发花白、身体萎缩、皱纹纵横的母亲？

我的母亲是一位普普通通的农民，一生的大部分时间都与土地和庄稼为伴。虽然她没有念过几年书，没有识过多少字，但是，和天下许许多多勤劳坚韧、善良无私、通情达理的母亲一样，我始终觉得母亲又是不普通的，是不平凡的。在那艰难困苦、缺衣少食的年月，母亲和父亲一道吃尽了所有的苦，受尽了所有的累，意志坚定不移地把我们兄弟四人哺育成人，分别考上技校、中专、大学。这样的事情在我们村庄里独一无二，在方圆百里都传为佳话。记得外村的大人只要提起父母亲的名字，对我们兄弟都刮目相看，啧啧称赞。

如今，我已人到中年，父母亲却一天天地变老了。令人不能相信、更不能理解的是：我只知道父母亲老了，我竟然没有记住父母亲准确的属相，没有记住父母亲的出生年月日，也不知道父母亲真真实实的年龄，只是记着个大概；我好像从来都没有问起过此事，哥哥弟弟也好像都没有提及过此事，父母亲更是只字未说过此事……我也几乎忘记了父母亲年轻时的模样。写下这些话，连我自己都吃了一惊！天下哪有儿女不知道自己父母亲真实年龄的？有一年，我拿着户口簿，为父母亲办理过转移户口的手续啊！就是今年除夕夜，一大家子人团聚时，上大学的侄女雯雯提议说到时候一定要给爷爷过八十大寿，这样的提示都没有引起我的重视和深思！

现在，我还能继续疏忽和忽视吗？我还能继续麻木和不敬吗？当我拿起我家里存放的户主为父亲的户口簿时，我的双手是颤抖的。当我一页页往下翻看时，我的心里五味杂陈，波涛翻滚，手指还有些痉挛，我的视线逐渐模糊了……好大一会儿，我才回过神来。我郑重其事地警告自己：必需认真牢记这些给予我生命并哺育我成长的父母的信息。户口簿记载是否准确，无从知晓：母亲出生于 1946 年 5 月 9 日，将近七十岁了；父亲出生于 1941 年 10 月 9 日，将近七十五岁了。双亲真正是垂垂老矣，风烛残年。

由于父亲在外工作，一年四季，家中里里外外的大多农活都要母亲一人来做。母亲时常忙完田里再忙家里。顿顿做饭也是母亲的一项重要活计。我们兄弟都在上学。学校离家较远。我们吃完饭就要去学校。别人家的劳力多，大多家里都有专门做饭的人。因此，很多同学放学回家后就能吃上热腾腾的饭，他们不用担心迟到。我们兄弟回到家里，不一定就能吃上饭，因为母亲实在太忙了，加之那时候的钟表就是太阳，母亲看着太阳的高低估摸时间，如果遇到阴天或雨天，那真就难为母亲了。我们迟到是常有的事情。迟到不仅老师要体罚我们，我们在同学面前觉着也不光彩。不知是哥哥还是我，竟然想出了这样的歪注意：有次给同学叮嘱好，当我们中午放学后，经过蜿蜒曲折的山路，走回到村庄的巷道，就让同学喊叫哥哥或我的名字，说上学走，而此时母亲正在手忙脚乱地忙活，她听到这样的话会更加焦急和担心……

1998 年，我考上了一所中专学校。校址在银川市北门外八里桥的村庄里。这是我万万没有想到的。从小到大，我在大山的怀抱里摸爬滚打，耳濡目染，泥土、家畜、山道、庄稼、花草、树木、大山、河流……早已融入到我的心灵深处，血液深处，生命深处。去银川市上学之前，我连小县城都没有去过几次。想象中在城市的学校应该非同一般吧。当校车把我从陌生的长途汽车站接到学校，下车后看到眼前的情景，我才傻了眼，这所中专学校普通得不能在普通了，只有几排排平房，几乎和一般的中学没有多大区别。想着自己将要在这里度过四年漫长的时光，我失魂落魄、心神不宁地给父亲写了一封信，信的内容是学校的状况和自己的失落。后来我才知道，当父亲拿着我的信，一字一句给母亲念的时候，母亲一边流泪一边给父亲说："把向忠子叫回来，再念书，再考学……"儿在外，母亲怎么能不担忧呢？而当时我只考虑到自己的感受，哪里有一点点想过父母亲的苦累、担心和牵挂呢？

1997 年，哥哥考上了固原师范学校。哥哥和我在外地上学的那几年，家里的负担一下子增加了许多，父母亲肩上的担子也更加重了。但是父母亲心里是满怀希望和喜悦的。父母亲从来都不言苦，而是默默地承受和坚持！我们只有在寒暑假期回到家里才能力所能及地帮父母亲干一些农活。特别是我在银川上学时，家里只能给我一些有限的学费和生活费；母亲担心我的冷暖和衣食，怕学校的伙食我吃不饱，所以我每学期走的时候，母亲都要为我准备一些炒面（炒熟的粗面）和炒熟的豌豆，让我带到学校食用。这两种食物都能存放更长的时间。但是，这两种食物做起来都费时费力费心。先说"炒面"，母亲把铁锅烧热后，再从面柜里取两碗黑面（粗面，区别于白面），倒入锅内，握着铁铲不停地翻搅，这时候要把握好火候，灶膛内的火既不能大也不能小，火大面就焦了，火小温度上不去。母亲一边往灶膛内添着柴火，一边翻搅着面，随着锅内的温度升高，面里的潮气开始挥发，散发出热气。母亲不知道要翻搅多少次，面里的潮气才能挥发完，这时候的面才变着颜色，才能慢慢地熟透，炒熟一锅面需要两个多小时，这是后来我给儿子炒面时体验到的。母亲一次为我准备十多斤炒面，需要十多个小时。母亲长时间站在锅灶边，灶膛内的火烤着母亲，锅内的热气烤着母亲，母亲的胳膊不停地用着劲，母亲的腿不停地走动着，此时的母亲不知擦了多少次汗水啊！炒豌豆也不轻松，母亲提前一天把半笸子豌豆焖湿，要隔一段时间往大豌豆上洒一次水，一次洒的水不能太多，也不能太少，并不时地抖动笸子里的豌豆，使其湿度均匀，经过一夜之后，颗颗豌豆的皮褶皱了，豌豆就焖好了，这样炒出来的豌豆酥软脆香，容易去皮，也容易食用。母亲取两三腕焖好的豌豆，倒入烧热的铁锅内，一边用两根较粗的木棍搅动，一边保持着灶膛内的恒温，等锅内的豌豆都上了颜色之后，母亲拿一个碗双手握紧，开始不停地旋转着研豌豆，这样做的作用是豌豆的皮就开裂了，有些豌豆也就爆开了口子。炒熟半笸子豌豆，也需要几个小时，年轻无知的我即使看在眼里，也根本没有记在心里。四年八个学期，每学期母亲都要为我做这些食物。这些活都是母亲在劳作之余干的，母亲把对儿女的关心和爱意融入到平时生活中的一点一滴的劳作之中，默默无言，无怨无悔，任劳任怨……如今想起来，愧对母爱的是，这些浸着母亲体温、汗水和气力的食物，我带到学校后，常常是吃一部分，浪费一部分。

布鞋是我记忆中的温暖，是母亲心血和劳动的结晶。我们兄弟的童年和少年时期，一直都穿着母亲亲手做的布鞋。虽然多年不穿布鞋了，但是布鞋始终温暖着我的生命，久久不能忘怀。

用布做底做帮的鞋子，穿着舒适、轻便、凉爽。却辛苦了多少母亲、姐姐和妹子。拉鞋底，做鞋帮，绱鞋，是她们劳作之余或茶余饭后，随时随地拿在手里的活计。而母亲常常要做到深夜。年轻无知的我们，就知道每年过年时，盼望着能穿上母亲做的新衣服，能穿上母亲做新布鞋，这样才觉得是真正过年了，这样过年才无比快乐。可是，我们哪里知道：一件件新衣服，一双双新布鞋，浸透着母亲浓浓的爱意和心血，浸透着母亲不计其数的劳累和辛酸……

布鞋穿起来容易，舒服透气，做起来却很难，不是人人都能做得到，不是人人都能体会得到。第一道工序是打褙子。母亲把我们穿破旧的衣裤剪成一片又一片，然后用黑面搅好的糨子沾上一层又一层，一大片一大片地贴在门扇背后或墙上，等褙子干透之后，母亲又一片一片地剥下来，几层并在一起，压上鞋样，剪成一双双鞋底，再用糨子沾在一起，再用白布把鞋底包了。母亲做成的鞋底厚度大约两厘米。第二道工序是纳鞋底，这道工序最重要，也最费神费力。母亲右手中指戴着顶针，用拧车拧好的细绳一针一针密密麻麻的在鞋底上穿过去穿过来，纳成那么厚的一双双鞋底，不知道母亲要花费多少时间、气力和心血。记忆中，常常是深夜我看到母亲在煤油灯下有条不紊地纳鞋底，不时用针在头发上捋一下，因为有头油，针滑一些，让针带着细绳一遍又一遍地穿过厚厚的鞋底。有时，母亲还要用牙咬住针，才能把细绳拉过来拉过去……煤油灯映着母亲的脸庞，母亲的额头上渗着细密的汗珠。有时候，当我们睡上一觉醒来，发现母亲还在灯下纳着鞋底。第三道工序是做鞋帮，母亲用从集市上扯（买）来的黑条绒布按照纳成的一双双鞋底的大小和形状，剪成一个个合适的鞋帮，再配上松紧，然后用白布把鞋帮的边包了粘紧。做鞋帮是技术很强的活，做不好就会半途而废。母亲做得得心应手。第四道工序是绱鞋。母亲把做好的鞋帮和纳好的鞋底准确无误地并在一起，先对称地选择四点用线固定住，再用针带着细绳绱好，同样不轻松，鞋底鞋帮加在一起就更厚了……做成一双布鞋需要这么多道工序，而其中的苦累只有母亲知道。我十六岁之前，年年岁岁穿着母亲做的布鞋，哥哥、弟弟同样穿着母亲做的布鞋。母亲除了给我们兄弟做布鞋，还要给父亲和她自己做布鞋。那些年月，母亲辛辛苦苦，耗时费力地做了多少双布鞋，我们兄弟穿烂了多少双布鞋，能用数字统计吗？

母亲做的布鞋融入到了我的生命之中，母亲做的鞋垫同样伴随了我多年……

[原载《朔方》2016 年第 12 期]

刘向忠（1971—），宁夏隆德人。自由职业者。作品发表于《黄河文学》《延安文学》《文学港》《朔方》等，被《读者》等转载，入选 2003 年、2006 年《中国散文诗精选》《2007 年中国精短美文 100 篇》《中学语文学业水平真题预测试卷》等。出版散文集《隆德有约》《天籁回音》。宁夏作家协会会员。第四期文艺（散文）研修班学员。

变 故

赵玉林

2015年煤炭人似乎注定命途多舛，先是煤炭形势不好将生存危机塞入意念。随之而来的是整合、分流这些血液深处排异的运作，可为了发展不得不从，为了生计不得不应。许多人妄自兴叹煤市起伏，盛才几时，风就来袭，无数美好畅想都将在危机中放缓、搁浅，心灵之舟无法免疫地出现颠簸，而我被更多寒冷与无助裹胁。

那天是8月9日，我在银川参加完培训已到中午饭点，人家都喊饿，要吃罢了才走，我却说不出的心燥，执拗着要找车回家。巧的是焦煤公司的朋友也急着往回赶，他们接紧急通知，要开会说人员分流的事，才出来三天变数就这么大，朋友心情多少有些沉重。车子默默滑行，我权作安慰地陪他聊，说着让员工心平气和接受现实的方法和途径。就在这时，电话响了，二姐说了一大串话，我脑子里只留下四个字，老爸失忆！81岁的老父亲一向身体硬朗，5月份闹了一段呕吐症也好了呀，怎么会突然这样。朋友转而安慰我，但我忍不住打寒战，昨儿个才立秋，风咋就刺骨了。之后一小时的路程像风筝线，拽着一样焦虑的心飘飞，两个话题反复交替，终于懂得随遇而安其实就是自我疗伤的代名词。

匆匆到家，老父目光散乱地打量我，眼神怯怯、双拳紧攥，透过他不知所措的笑和语无伦次的对答，心已跌入冰谷。完了，从前电视里看到的画面竟在老父身上重现。生活为什么总这样，在人们毫无防备的情况下让冰山袭来。爸妈的生活原本就靠我们姊妹轮流照看，但他俩人也能相互依靠，爸是妈的腿，当我们顾不上时，他能端水递物；爸是妈的耳，老妈听不见了，他能用自己的方式把新鲜事讲给妈听；爸更是妈和我们的依靠，因为有他晚间守着妈，我们夜里才能放心守着各自的家，可如今老天连这样的相守也要剥夺吗。

万般不甘心，我们带上老父到医院细细检查，结果比预想的更糟，爸的痴是因为脑瘤，而且位置太深，大夫说即使年轻人得了也无法动刀，访遍区内有名气的几家医院，答案惊人相似，这个岁数就在家静养吧。我们知道这背后的潜台词意味着什么，不敢跟妈说，真相会将她瞬间打倒，大姐也得慢慢说，她也 60 出头了，腰本不好，只得让姐夫找个理由哄她来。四个外孙远的先不惊扰，近的也得乘爸偶或一现的似曾相识，叫到膝前绕绕吧。

　　生离比刮骨更疼，姐姐、姐夫、我和老公由不得想留住每一次陪伴的美好，不曾想微信晒图，让远在天津、深圳、浙江的孩子们起疑了，电话不断，质疑不断，哪怕只能呆两天也要回来看姥爷。没法阻拦，也不想阻拦了，四个外孙都是姥姥和姥爷一手带大的，谁也没理由拒绝。

　　或许缘有天注定，一大家人伤感相守的几天，爸还能被领到附近的汇泽园溜达，熟人也间或能叫上名，路边广告牌上的字也念得出，孩子们的名儿尽管总闹混，却也亲亲搂一下，拍一下，知道是自家人。看来爱有疗效，能愉悦精神，唤回记忆，我们满心欢喜地期待爸能更好。

　　然而现实总是呆板齐啬，不给祈求者些许笑容，孩子们各自回返，爸的情况突然加剧，完全不能自理，甚至吃喝也不知道张嘴。家人未经一秒适应期就进入尿裤、尿片、爽身粉充斥的空间，刚开始，手足无措，床单、被罩、衣裤洗了换，换了再洗，好似分分钟都是决战。爸还能撑住嘛！这可怕的念头鬼魅似地晃，谁也不愿意说破。沉默着忙碌，沉默着望老式钢管床上无声无息的爸，真想拼命摇动这牢笼般的床栏，让爸从梦里醒来。在命运面前过度奢望终成惶恐，二姐先撑不住了，心脏供血不足，她是我的顶梁柱，她看白天我看晚上，她若倒下我就难办了。单位才经历大整合特别忙，我没法张嘴请假，更何况爸从来不许我们因家事耽误工作。虽然爸只是一名普通矿工，但他把工作看得很神圣，从记事起，他就用言行告诉我们，做事要尽心尽力，做人要诚实友善，这颗种子根深蒂固扎在心底，让我们姐妹一辈子都照着爸的样子做。那就坚强起来，想法子渡过难关。

　　全家人静下心来分工轮班，学习护理方法，交换带摇篮老人的经验。忙不开时，我公婆也过来支援，慢慢地，找着了规律。也悟到了心得，不管爸听不听得到，我和老公抽空就跟他说话，逗他也逗自己开心。这招还真管用，爸能配合着坐起、能下床、能牵着手挪步了。国庆节的一个周末，我好不容易能休半天，就牵着爸在屋里散步，其实就是一点点地往前蹭，而这小小的进步足以让我们喜悦了。

　　难得这么清静地守着爸。为了哄他开心，我说咱唱妈妈好（歌曲《世上只有妈妈好》）吧，爸说："行！"最后一个字尾音拖得老长，我猜他那意思是："小样，这可难不倒我。"我乐了，就掐短句子教他，不曾想我唱罢上句，他站住脚，犹豫了一下竟小声小气地接出了下句，我喜得眼泪都出来了，这都是他带我女儿时教过的，看来他有记忆了。我赶紧大声念"鹅，鹅，鹅"，他立马说"曲项向前（天）歌"，我说"白毛浮绿水"，他又接"红掌拨（拨）青波"。爸会背诗、能唱歌，这是多大的进步呀，我按捺不住惊喜，跟他一遍遍地接对，又录成音频文件传给外地的家人。那一时，仿佛坠崖人抓住了藤，喜也、怕也、忧也，因为根本无法判断下一个安全岛在哪里，且行且安吧。那天，我和爸配合默契，老人记忆的闸门好似开了个缝，在我的启发下又记起了"床前明月光"（《静夜思》），还能断断续续地唱"鞋儿破，帽儿破"（电视剧《济公》插曲），"大河向东流"（电视剧《水浒传》插曲），这都是他曾经教几个外孙的诗和歌，是他在老伴寂寥时轻哼过无数次的解闷曲。想起诗里说"年老多健忘，惟不忘相思"，而这相思于爸而言更显博大，最终融积成他与疾病抗争的能量，也在几近绝望时给我们一个奇迹。初战告捷，爸的眼好像格外亮，我看见了流星的光芒。

再后来，我们就想法子让爸高兴，顺着他无序对话，一如当年他夸我们一样表扬他的每一次进步，虽未经商量但我们却按各自之长分了工，姐跟爸温矿里、老家的事，老公讲经说典逗笑话，而我用文艺范夸赞他，就这么哄来哄去，爸的精神一天天见好。换衣服、穿尿裤、吃饭都知道配合了。欣喜之余，心里酸雾弥漫。如果爸还健康，我们能舍下家连天连夜陪伴嘛，如果爸还清醒我们能放下事务守护嘛。在邻居眼里，我们给爸妈做饭、收拾家十来年，已是羡慕加赞叹了，却也极少住过来做伴。在我们身边有多少人，自打有了小家，就再不曾到爸妈家过夜。谁知爸妈晚上起几次夜，喝几会水，关哪扇窗，盖几层被。中国式家庭一辈又一辈传承尊老爱幼，可爱幼被无限放大，尊老成了墙上的画。爸用他的忘记，点醒我们审视生活与生命，珍惜亲情，把握人生。

我又习惯紧紧偎着爸，刮他鼻子，揪他耳朵。不过这会不是讨他夸，而是我赞他："老人家，你真牛！一人挣钱养大了三个女儿，带大了四个外孙，还置办了这么好个家……"反复念叨，总有不一样的酸楚和感动，爸也天真地学我双手竖起拇指晃。每每此时，我都忍不住泪。这么善良可爱的老人，为什么要遭受如此劫难。生命的鞭呀，你抽打我吧，别去惊扰老父的梦。

爸的这一生没有传奇故事，也没有显赫功绩，但他每一个脚印都那么坚实有力，抽屉里的奖状、老同事的赞扬，还有邻居们的称道都让我为他自豪，更想成为他的骄傲。曾经写过一篇《老父如书》，不想仅隔两年，这书就在瞬间合上，只把无限遗憾留给家人。爸是累了，想歇歇了，但我们不能停歇，爸说过偷懒的人天会责罚。

工作生活的双轨车还在延伸，家、爸妈、厂这三条主线不时穿插着，每天五点起床，把自己分割在琴键上，故作轻松地弹奏、弹奏。因为我知道，如果爸醒了，一定会问：雪儿（女儿小名）学得咋样！你活干得咋样！真的希望他能像从前一样说道理，哪怕是数落我们也好呀。可除了回味，就只剩下无奈。悔不当初耐心地听，恨不当年贴身地陪。不幸就像一支安定，叫人痛定思痛后冷静地思考。

父母总把伟大揉碎在三餐与唠叨中，可儿女却用琐碎把恩情羽化。一场变故，让全家与生活重新磨合。家还是那个家，爸已不是那爸，咫尺天涯情未尽，不知他心被掠去哪里。就连那曾经开启的记忆门缝也关闭了，爸的情况时轻时重，一刻也离不开人，谁也不认得。日子还长，不论爸是否记得，我们始终会像对新生儿一样陪着他，用爱去温暖，去唤醒。

陪住在爸妈家，一切都似回到原点，只是襁褓中换成了爸妈。那天，群里发来消息，焦煤人也安静地接受现实，逐批分流去了银南。这就是人生，潮来潮去无常，海上的人，看海的人，都得学着顺变。此后的每晚，床在飘，梦也晕着，星光摇曳处，我牵爸漫步沙滩。

然而，即使是这样的相守也终成奢望。2015 年 11 月 13 日敬爱的爸爸与世长辞，我这作女儿的着实不孝还在班上忙碌，接到电话归家时，爸已被穿戴整齐，静静地睡着，慈祥的面容被一张黄纸隔世。心如刀刮的痛，全家人沉浸在无边的哀伤中，但是我们不得不接受爸已离去的事实，此后的日子，我们守着妈和那个聚拢过无限欢乐的家，在变故中慢慢疗伤，学会坚强。

[原载《朔方》2016 年第 12 期]

赵玉林（1971—），女，甘肃民勤人，就职于国宁集团太西洗煤厂。作品发表于《朔方》《现代生活报》《新消息报》等。宁夏作家协会会员。第四期文艺（散文）研修班学员。

近乡情更怯

岑国义

只四十分钟，就到了大水坑镇。我调进县城前，曾在大水坑学校教书三年，一过了似曾相识。

说实在话，对于老家，我即留恋又排斥。自从父母在十几年前搬到一个叫城西滩的移民吊庄后，老家在我眼里，只是一个符号，只是一种概念。有时偶尔一闪，一年半载就抛于脑后了。侄女结婚，我才回去，早上五点就起身。以前回去还住一两晚，有车后，算计着早早起身，晚上再回来。

到大水坑再走十多公里，到一个三岔路口。路口一头连着大水坑，一头连着麻黄山，一头连着惠安堡，就像三根瓜蔓缀着三颗瓜。以前回家走麻黄山一路，虽平，但远。这次听说又修了捷径，从三岔路口向南到摆宴井，再向东南过大口子山，下山不远就到家了，这段路最快捷，少走近二十公里。

摆宴井，虽是穷乡僻壤，名字却和康熙有关。康熙来此微服私访，在村头井边摆宴招待近臣，因此得名。好多野史，一些志书都这样记载。我们到摆宴井时，整个村子卧在一个沙窝里，笼着薄雾，似乎没睡醒，寂静而荒凉。我们穿村而过时，羊咩声才一下把村子叫醒。有了一群，接着就几群，都遭了劫难一样扑向村外。村子醒了，人也跟着醒了，不时有人从院子探出脑袋。一个人房后撒一泡尿，爱理没理瞟一眼我们，睡眼惺忪地又进屋了。出了村子，又见几群羊，羊急慌慌的，一直在跑，其实地上光秃秃的，不见一点绿色。羊倌目光呆滞，无精打采地跟羊群后，羊快了，紧走几步；羊慢了，就停下来。

路是柏油的，也是新修的，只是走不了几百米，就一个直角弯，速度刚起来，再一脚刹车，比较晕人。不过，一路没碰见车，相比城市车水马龙，清静多了。

大口子山是大水坑与麻黄山的分水岭，麻黄山目之所及，除连绵不断的大山，再就纵横交错的深沟。大水坑没水，一条长约一公里东西向的街，街西头人都叫梁上，东边在一个坑里，站在坑底放眼四望，满眼灰黄，偶尔几棵并不茂盛的老榆树，就像一个满脸皱纹的叫花子。按我们习惯，把大口子山以东我们住的地方叫山里，以西一马平川地方叫滩里。山里住窑洞，滩里盖房子。刮东南风时山里风大，刮西北风滩里风大且狂风怒吼、黄沙漫天。

一代一代山里姑娘嫁到滩里，滩里小伙子到山里说亲，大口子山虽是天然屏障，但就像脐带一样缀连着山的两边。以前大口子山只山间小道，20世纪70年代，两边人用镢头铁锹修成驴车可走的路。大口子能走驴车。天堑大口子，竟变成通途，让我匪夷所思。也给我这个不想回家的人留下想回家的念想，不为别的，就因路好。

七点多就到家了，人并不多。空气像喝醉了酒，弥漫着红红火火的气氛。不知有意还是凑巧，音响正放着《我热恋的故乡》。听了这歌，我油然而生出许多遐想，就想在庄子转一圈。

村庄像个饱经沧桑的老人，凋零破败。过去的样子还在，但又好像不认识。我们常去玩耍的一个碾窑，窑门被土壅的只剩一尺多高，我近乎爬在地上，看了一眼里面，尘土完全盖住了碾盘，碾子在门口孤寂的躺着，大半埋在土里。

大门都锁着，窗玻璃残缺不全。麻雀以前寄人檐下，现在竟反客为主。嫌我打乱人家正常生活，每次飞过头顶，都先叽喳一声拐个弯，然后飞进屋里。院子像无人光顾的道观，蒿草比房高。在一扇大门前还没停下，嘎一声，一个乌鸦从头顶掠过，愤怒地瞪我一眼，院子山墙上，一个人可以爬进去的黑洞，洞门簌簌掉着土屑。无人造访的鸦雀极乐世界，今天来个异族，乌鸦极不高兴地在头顶旋了一圈，又飞回洞内。

没人的院子，乌鸦和麻雀该多么惬意！

偌大一个村子，只剩六户十二人，有些村子想找个当队长的，就像在蛋壳里挑根大腿骨。没见驴，只见一只狗，嘴巴平放在地上，头都懒得抬，满眼写满悲悯与忧伤，只用眼睛把我迎来又送走。

我小时候，村里几百人，每家四五个孩子。白天常一起放牲口，偷豌豆，偷果子。晚上随便凑几个人，捉迷藏，捉麻雀。尤其暑假，抢着放牲口，邻村杏子又大又甜，虽有人看，但照偷不误。

站对面小山梁远眺，整个村子像一个老人蜷伏着，咳不出声，喘不上气。山灰蒙着脊梁，树枯黄着枝丫，一如生活在这里灰头土脑的农民，没一点生机。

我小时候，年年风调雨顺，下雨像赶场子，不几天就一场。任意一个农民家，粮食站子像发面盆，只往外溢。现在道路通畅，却没粮。风调雨顺有时只乌托邦式的想象。

转了一圈，身子轻飘飘的，想哭，却没眼泪。但这一天特喜庆，音乐高亢，人声鼎沸。我与表弟一起长大，闲聊时，话题竟扯到坡底那口水井上。我急切想去看看，就对表弟说。正好有人喊表弟喝酒，表弟说要去你去，说完急匆匆走了。

我一个人去转转吧。

下一道不太陡的坡，大约五百米不到。人没到井栏，思绪却飞到从前。

有句顺口溜："来到麻黄山，咸菜就干饭。你不敢犟嘴，犟嘴不给你喝水。"我们这，水比油值钱，有些姑娘找婆家，先看村子有没有水。因有两口井，旁人都说我们村风水好。有些地方挖二三十丈也不见丁点水丝，而我们村两口井只八九丈，一口是甜水，专门人吃；另一口是咸水，饮羊牲口，而两口井相隔不到百米。

当时，我们村最热闹地方就是这井栏。

晨曦爬上对面山梁时，家家户户驮甜水，供一家人吃喝。太阳喜盈盈地在中天招手时，耕地卸犁了，是饮牲口时间。晚风轻拂炊烟袅袅时，羊吃饱了，再饮一水，肚子就滚圆。月亮羞答答躲进云层时，还听见辘轳响，邻村人白天忙，晚上来拉水。因此，井栏从早到晚充满笑声，辘轳的咯吱陪我度过童年，度过少年。张家长李家短一些闲话也是在井栏传开……

一直不能平静，想着和井有关的事，仿佛回到童年。不知不觉，竟到井栏。奇怪！怎么没羊牲口蹄印，辘轳像个饱经风霜的老人，孤苦零丁地立在那儿。石槽积两寸厚的沙子。可以看出，好长时间没人光顾了。

昔日门庭若市的井栏，现在怎么门可罗雀了？我懵了！疑惑间，旁边树林出来一群羊，领头的一个山羊用前蹄刨着草根，招引后面的羊围过来。羊群后跟个人，是我堂哥。

我问堂哥："放羊也不怕抓住？"

"今是星期天，不可能来。"他慢条斯理地说。

"要让抓住，咋办？"我问。

"罚款呗！再有啥办法？"他不紧不慢的。

"你被抓住过没？罚过没？"

"咋没抓住？咋没罚过？没罚过，那不可能？现在习惯了，白天能偷放就放，白天不能晚上再放。"

"现在不是封山禁牧着，怎么每家都一大群羊？"

"我们不像你，有人给发工资？"他瞅我一眼，接着说："地里刨不出粮食，再不养羊，老婆娃娃只能喝西北风。凡现在没进城的，离开羊就没法活。"接着又语重心长地说："羊就是农民的命，山里不让养羊，农民就没法活"。

等他说完，我接着问："封山禁牧这么紧，你们咋敢养这么多羊？"

"乡上也罚皮了，人心是肉长的，不让养羊人咋活？只是上面检查时，不要碰在枪口上，他们也不管。现在说是禁牧，只不过搞颠倒了，白天羊圈着，晚上吆出来放"。他顿了下说："现在羊也习惯了，有时白天吆出来，像狗一样趴在地上。晚上出来，见啥都吃，也不乱跑。"

我问："这井好长时间没人饮牲口了？"

他淡淡一笑说："这井早退休了。窖里水都用不完，谁来井上？打一口窖政府补一千，不但够买糊窖沙子水泥，连打窖工钱都够了。现在哪家都五六口，七八口，不但够人畜用，有些还给园子浇水……"

他还想说下去，羊跑了，人也跟着走了。

我一个人站井栏，像一个迷茫的孩子不知所措，脑子装满和老井有关的故事，又好像一片空白……

风从脚下掠过，地上的黄土淘气孩子般跟上玩去了，也带走一些枯枝败叶，只留下惆怅的我。看看上天，似乎忘记下雨，山民还想吸吮大山的乳汁，但大山只挤出几滴昏黄带血的泪。

对面山脚下几块庄稼地，不知什么作物，不见绿色，只有枯黄。不知是农民欺负了大山，还是大山不喜欢农民……

随手捡起一块土坷垃，朝井里扔去，过了很久，闷闷响了咕咚一声。再转过脸来，眼前竟一片模糊。

[原载《朔方》2016年第12期]

岑国义（1971—），宁夏盐池人，就职于宁夏盐池县博物馆。作品发表于《中华诗词》《朔方》《黄河文学》《社会科学》《西夏研究》等。宁夏文史研究馆研究员，宁夏作家协会会员，宁夏诗词学会会员。第四期文艺（散文）研修班学员。

父亲的老屋

李正甫

　　每周到父亲的老屋看望两位高龄老人，已成为我人生当中必不可少的事情。有时因为事务缠身不能去的时候，心中怅然若失的感觉就十分强烈。在早春的一个午后，当我跨进老屋陈旧厚重的门槛时，父亲和继母坐在炕沿上。从他们的表情中我感到了与往日有些异样，但我并没有发现到底不一样在什么地方。施礼寒暄了几句，顺势坐在老屋东头大学毕业时为了安置我购买的那张铁床上，环顾屋内的陈设——放置在老屋正面的沙发不见了。我问沙发到哪儿去了。父亲没有吭声，下意识地抬起头看了看继母又看了看我，好像要让我自己发现其中的奥妙一样。这是父亲多年来养成的习惯。继母像受了委屈似的把嘴"憋"起来，用闭着的嘴指着屋顶。我顺势看到石膏板顶棚上有一个一尺见方的大窟窿。"房子塌了。"父亲这才用低沉而缓慢的口气说话。从父亲的语气中，我听出了只有上了年纪的人才有的那种悲怆和无可奈何。继母也跟着说起话来。当时他们在沙发上坐着，突然屋顶响了一声，顶棚被掉下来的泥块砸了个洞。继母的口吻似乎还带着屋顶泥皮掉落时的惊恐和不安。

　　老屋是包产到户那年建起的，已有近三十年的历史。当时，父亲把亲戚们召集起来建新房子的消息传开，在村子里引起了不小的反响，很多人都用赞叹的口气说着父亲。因为抽梁换柱在农村是光宗耀祖的大事。在人们的赞叹声中，父亲也感受着成功的喜悦和那份属于自己的得意。那个年代盖房子，除了木匠要付一定的工钱外，其余都是亲朋好友和左邻右舍们用相互帮工的形式，解决人力不足的问题。在两个多月的时间里，整个家里像过年一样的热闹。当然，有时我也听到亲戚们劝说父亲时常说的一句话："宁让牛挣死，也不能让车翻。"从中领悟到了父亲的不易和盖房子的艰难。房子终于竣工了，而父亲的脸色又黑又瘦像换了个人一样，家里的财力物力全部耗尽。院子堆满了建屋时剩余的椽椽棒棒和砖砖瓦瓦，但土木结构的三间主屋与两间侧房平地伫立起来，总算是让全家人松了口气。加上20世纪80年代初村上又开始家家通电，全家人在怀念和期待中告别了油灯陪伴的岁月，整个屋子因此增加了不少的光彩。用细密的黄土、麦衣装饰成的墙壁和浅灰色的砖瓦，昭示着那个时代的辉煌。几十棵参差不齐的古树，使整个院落显示出一种特有的沧桑感来。最让我们得意的，还是那对用红色松木精心制作的青漆刷得很亮的灯笼红窗户，在纵横排列的木格的明暗搭配对比下，从远处望去像两个正方形的灯笼并列着镶嵌在木格窗子上。匠人说："如果把灯笼的图案用红色的窗纸糊起来，那就更好看了。"或许是因为家里生活拮据，没有那么多的心境，直到决定要拆除老屋，也没有看到用红色的窗纸把灯笼图案装点一下，在我的心里或多或少地留有了一些永远无法弥补的遗憾。

弹指之间，光阴飞逝。改革开放后，村子里雨后春笋般地盖起了许多红砖瓦房。与人家的房子比，父亲的老屋低矮了、门窗小了、质量差了、空间挤了、光线暗了。有很多人也感叹："如果把房子再盖大点，或迟盖几年也就不落后了。"父亲也只能承认这话不无道理，但也表现出从未有过的超脱，他会用调侃的口吻说："早知三日事，富贵一千年啊！"随着这个"啊"字出口，说话的人也就不再提及老屋。在别人眼里父亲的老屋有多么的不起眼，哪怕它在飞速变化的改革开放年月里只是昙花一现，但在父亲的老屋里却演绎了我几十年的青春岁月。记得在新房子盖起后，父亲总和个性过于倔强的继母为一些鸡毛蒜皮的事三天两头打架，我们姐弟们经常被继母高亢的念念有词的近似于歌唱的哭声从酣梦里惊醒。如果我们故意装着听不见，或者因为白天劳累睡得很死的话，父亲和继母相互攻击到无话可说的时候，他们会把我们姐弟们从土炕上拉起来。待我们弄清他们为什么骂架的时候，继母就会卷起行李说要离家出走，我们会无可奈何地你一句我一句地围着继母劝架，或陪着她折腾到天亮。不知是继母没有生养过孩子，根本不知道如何给孩子们一片属于童心的天地，还是过于怕孩子们冷落，会让她的心里不好受。在她和父亲发生争吵后如果我们向着她，她会高兴得带着哭声说谁是她的人，谁不是她的人；如果我们向着父亲说几句话，她就会极为伤心地哭泣，说我们心里根本就没有她之类的话，而且就会表现出坚决要离开我们这个家的态度。我有时想：在人世间如果没有一个亲人在意你的存在，那绝对是一件令人伤感透顶的事。何况继母坎坷半生，没有生养一个子女，想起自己以后无依无靠就会更加的悲伤。随着年龄的增长，姐姐们纷纷出嫁，弟兄们相继成家，老屋里只剩下父亲和继母。

大学毕业后，我在老屋里居住了将近一年的时间，使我跟父亲有了更加亲近的接触。记得在一个仲夏的深夜，当我从沉睡中被一声巨响惊醒时，老屋像被撕扯成碎片似的。父亲、继母和我在黑暗里声嘶力竭的喊声，让我确切无疑地感受到灾难到来时，从本能中迸发出来的那份无法用理智控制的慌乱。当我黑灯瞎火地摸着颤抖的墙壁走到门口时，父亲抢先一步拉开了厚重的门扇。借着电闪雷鸣看到老屋仍然伫立在倾盆大雨中，我才从惊恐中缓缓地恢复平静。父亲说"地震了!"在黑暗里我只有一个念头：想静静依偎在父亲的身边。过了一会儿，父亲把淋在暴风雨中的那头为我们耕地拉车多年的老毛驴拉到圈棚里。泥泞中父亲似乎带着潮湿的脚步声从远处传来，让我深切地触到父亲在危险情形下，也没有忘记为我们这个家操劳。第二天才弄清楚发生在晚上的灾难不是地震，而是一个猛烈的响雷。不管怎么说，我还是为老屋躲过这一劫感到由衷的庆幸。

参加工作后，我找人把老屋重新粉刷了一下，把窗纸换成了玻璃，并添置了沙发等物件，让老屋焕发出新的生机来。在我的记忆中，这是老屋的第二次辉煌，也算是我为老人回报了些许的养育之恩。作为儿女就像风筝一样，哪怕飞得多么高远，线总牵系在父母的心里。无论我因工作调动到什么地方，周末总是虔诚地来到老屋看望父亲和继母，听他们讲一些开心和不开心的事，看着他们忙来忙去地为我准备饭菜。有段时间，在我遭受一些现在看来十分可笑的人的恶毒攻击的时候，因经受不了各种闲言碎语和人为圈套的暗算，也难以忍耐失意时人们由于趋利心态而逃避我的目光。老屋似乎是我身心疲惫时心灵上唯一的归宿，让我超然于滚滚红尘之外。父亲把对我的关切和爱心化成几句简单的话语："平安就是福啊。"并极力劝我："决不能和坏人们同流合污。"后来，那些人或许是过于轻狂没有把握好自己而众叛亲离，纷纷被免职或调离岗位。当我把这个消息告诉父亲的时候，父亲戴着一顶用麦秸做的草帽，坐在老屋前的一棵葡萄树下，捋着花白的胡须表现出几份战胜邪恶般的轻松和愉快，我也看出了父亲那种超然和静若止水的心境。

如今父亲和继母都已年近八旬，都已年迈。我感到父亲真的老了！有一次，我带着父亲去买衣服，父亲一声不响地走在我的身边，就像我小时候跟在父亲的身边一样。想把老屋拆除的念头在心里埋藏了很久，我曾经试探过父亲的口气，或许是因为我的日子过得并不宽裕，他执意不让我翻修和重建。当我最后一次把这个决定告诉父亲和继母的时候，他们再没有说更多的反对话，而是表现出了听之任之的态度。我不能让曾经背着我串门子、把十五口人的大家庭从饥饿年代挺过来的那双肩膀，再扛过多的重担了。在我的记忆中，父亲的人生总是和艰辛捆绑在一起，没有过上几天像样的日子。父亲小的时候，正是中国大地上战乱不断的年代，三天两头被过路的军阀部队抓去送军粮，每次都是在押送的军官不注意的时候逃脱，如今父亲的右腿上还残留着当差送粮时在结冰的河水里冻伤的痕迹。在父亲而立之年的时候，叔叔因胃病突发英年早逝，婶娘改嫁把三个堂兄撇给父亲和多病的母亲。在"文革"时，有人让担任大队会计的父亲给村党支部书记编写不实材料，遭到父亲的断然拒绝后，他们撤掉了父亲的会计职务，还给父亲的脖子上挂了一块二尺见方的黄底黑边的亚麻板拉到街上游行。后来，因为没有找到更好的会计，只好又恢复父亲的职位。父亲或许以为让人胁迫着游街毕竟不是件光彩的事，所以从来没有正面告诉过我们。但在内心深处，我始终为父亲能够坚持正义而自豪，也深悟到"人间正道是沧桑"这句至理名言的分量和深刻内涵。在父亲步入不惑之年后不到十年光景里，奶奶、母亲、爷爷一个接着一个地离开我们，紧接着无依无靠的二爷和三姑奶奶又跟我们搬到一起，直到离世为止。在我的记忆中，父亲老是背着一个能够把弟弟装进去的帆布挎包，酷暑里到各生产队估产，冷天里整夜整夜地搞结算，甚至把干不完的活儿拿到家里，在昏暗的油灯下噼哩啪啦地打一夜算盘，在鸡叫三遍后又匆匆忙忙地离家而去。在白天我们根本就见不到父亲的影子。听父亲说，一次他在大队开会，爷爷提着拐杖推门而入，在众多的参会人员面前狠狠地打他，并十分生气地骂父亲："家里断粮三天了，十几口人没法揭开锅，你还有心思在这里开会。"硬是把父亲从会场里赶出来，父亲在躲闪着爷爷的追打，早晨出门时别在裤腰里的用来借粮的袋子掉在脚下，差点绊倒父亲。或许是父亲狼狈不堪的样子和爷爷的无情追打，使大队负责人产生了恻隐之心，立刻让生产队违规给父亲解决了几十斤口粮。父亲一生当中的门槛太多，造就了父亲既严肃认真又豁达随和，既严谨细致又忍辱负重，既吃苦耐劳又性情急躁的独特个性。

当我把盖新房子的包工头带到家里的时候，父亲已经把老屋里的东西全部腾空。看着将要拆除的老屋，父亲的情绪表现出从未有过的失落和不安，他反复地嘀咕着："房子要拆了，房子要拆了！"一周后，当我从他乡带着盖新房子的款项走进老家院落的时候，凝聚着父亲一生汗水和心血的老屋，见证了我青少年时期喜怒哀乐的老屋，曾带给我过多思念和牵挂的老屋，失意落魄时给我安慰和力量的老屋已被一堆令人心惊的灰土瓦砾代替。半年后，父亲和继母搬进了宽敞明亮的新居，他们摸着铝合金窗户和嵌有瓷砖的墙壁高兴地说："没想到这辈子还能住上这样好的房子！"而我却把几张老屋的照片珍藏在电脑里，命名为"父亲的老屋"，时常自觉不觉地点开，把对父亲的牵挂和往日生活的思念寄托在"蓝天—白云—古树—老屋"勾勒出来的那种深邃意境之中，任思绪和灵魂穿越时空的界限而纵横驰骋。

[原载《朔方》2016 年第 12 期]

李正甫（1971—），回族，宁夏海原人，就职于中宁县委。作品发表于《六盘山》《朔方》等。出版散文集《岁月有痕》。宁夏作家协会会员。第四期文艺（散文）研修班学员。

沉淀在记忆里的岁月

王雁林

豆腐坊

每天，在鸡鸣头遍的时辰，母亲就要起身到生产队的豆腐坊里开始一天的劳动。这个时间对我来说是个模糊的概念。屋里屋外一片漆黑，母亲打声哈欠，在黑暗中摸索着下地，走到火炉旁，将同样处于睡眠状态的炉膛捅开，然后借着炉膛煤孔中的一丝微薄光亮，逐个为我们掖好被子，轻轻地关好屋门，脚步声渐行渐远。黎明前的夜色，伸手不见五指。母亲来到生产队，打开驴棚的栅栏门，咳嗽一声，那头拉磨的驴子就会很默契地走到母亲跟前，温顺地让母亲为它套上笼头，拴好扎副、绑索等一系列拉石磨所需的装备，跟着母亲走到豆腐房，被蒙上双眼，恭候主人的指令，开始随着那台上面堆着发泡了一夜的大豆的石磨缓缓转圈。

有一段时间，母亲在生产队里干着一份很具专业性、技术含量很高的营生——做豆腐。和母亲一起干这营生的，是比母亲小几岁的一个女人，我叫她秀兰舅妈。秀兰舅妈家因为离豆腐坊要远一些，所以每天等她到豆腐坊的时候母亲已经捅旺了煮豆浆的炉膛，石磨也已经随着驴子缓慢而有节奏的步伐转了起来。那些被发泡了一夜已经膨胀起来的黄豆随着石磨的不断转动源源不断地漏进磨眼，变成乳白色的豆浆，被舀到一个衬着纱布的大箩筐内，然后两人轮换着用一种叫提子的木板反复挤压，豆汁又渐渐沥沥地流入沸腾的大锅内，变成豆浆……继而经过点卤之后由豆腐脑挤压成豆腐。当完成这一系列的程序，最终形成豆腐装进铁皮盘里的时候，已经是小晌午了。这时卖豆腐的大爹就开始推着一辆锈迹斑驳、吱吱作响的自行车走村串巷："豆腐哦——换豆腐喽——!"之所以说"换豆腐"，是因为那时候一般的农村人家里都少有现钱，多数是用积攒下的黄豆、玉米等粮食来交换的，好像是两斤黄豆换得一斤豆腐吧，我记不大清了。

梦里的水洼

那片水洼位于我们队的东侧，水面很大，它的另一边让我目不可及。我们在酷暑难耐的夏天总是在水洼的边沿嬉耍。水很清澈，可以看见水里摇曳的玉米须子或者棉絮一样淡绿色是水草，还有一些指头长的小鱼在其中穿梭游荡。水洼的深处，长着簇簇芦苇，常有野鸭在那里悠然觅食。水洼的中央我们从未触及过，那里到底有多深，这是一个很好奇的问题。有一天趁着大人午睡的时间，我们偷偷地探测了一回。尤努斯不知从哪儿找来一个拖拉机前轮的旧内胎，我们就围着这个充了气的轮胎，试探着向水洼的深处走，走过大约有十几米远后，水开始漫过了我的肩膀，身体已经有了飘浮的感觉，我们的意志受到了巨大挑战，半途而废，只有水性较好的尤努斯到了那里，他告诉我们水真的很深，他的脚无法探到水底。冬天的水洼却是另一番景象。清澈的水面凝结成蔚蓝的冰，诱惑着附近庄子里成群结对的孩子们在上面打陀螺、滑冰车，乐此不疲地玩耍。这时候应该可以有办法探测水洼到底有多深，我们却再也没有心思关注此事，任由那片水洼，夏季波光粼粼，冬天沉寂如画。如今那片水洼已经不复存在，所在之处是一片庄稼地。消失了的水洼地，成了我童年的一个梦。

代销店和学校

我们的学校与大队队部一路之隔，那里有一个代销店。所售的商品，无非是糖茶、罐头一类的副食品、花样不多的布匹、针头线脑以及简单的学习用品。代销店里有一种面包糖果混合起来的特殊味道，诱惑着我们每天放学都驻足留恋。那时在我看来，代销店的售货员就是个非常了不起的人。他有着一双白皙而灵活的手，我的目光经常会被他拨算盘或打包裹的动作而吸引。现在我的脑海还常常浮现这样的场景：一群吸溜着鼻涕的孩子围着柜台，透着玻璃对那些花花绿绿的糖果指指点点，暗自咽着口水，却并不能掏出一个钢镚儿来稍稍满足自己纯真的欲望，好像有些残酷。

时过境迁，现在的这些房舍早已几经翻建，没了当年的痕迹。村委会办公的地方依然建在这里，那是一栋白墙红瓦的房屋，带着一个用铁栅栏围成一个精致的院落；院落不远处的一户人家，对着马路开了一家商店，门头悬着蓝底红字的牌匾："农家超市"。学校尚在，却已没了我记忆中的模样。有时候经此路过，看到一群群天真烂漫的孩子嬉笑打闹着走出校园，不禁感慨万千。

老　井

老井在村子中央的巷子里，井沿约一米高，用整块的料石凿就。父亲说老井自打他记事起就有，有些年头了。队里几十户人家的吃水都从老井汲取，老井也从未枯竭过。我经常和哥哥去老井抬水，一趟又一趟，直到家里的水刚盛满。有时候汲水的人多，得排队等候。这时听大人们聚在一起说话打趣，倒也是一件有意思的事情。那时心智未开，不谙世事，对大人们遇到一起打诨骂趣的笑话并不觉得好笑，就不明白他们那样说有什么意思，还哈哈大笑。直到后来一天天长大，才逐渐晓得，那是一些荤话，和性有关，少儿不宜。有一年冬天一大早，村里尤素福的媳妇和尤素福闹别扭，一激动就以很勇敢地，在众目睽睽之下跳井了，一时间人们由汲水变成了救人。跳井者上来了，井却被染污了。按照老人的说法，井是必须要洗的。洗井的营生整整持续了两天，队里人人参与，直到把井里的水汲出泥汤来，并且还捞出了几盆淤泥才算结束。

后来，村里人在自家院里打机井，手押式的那种，十几米的水管探入地下，外面焊个井筒架，双手一押，水就哗哗流了出来。机井代替了老井，慢慢地老井就闲置了，有人就找来砖头和沙灰，将井口封了。再后来老井没了踪迹，可能被填平了吧？九十年代末，农村重新规划宅基地，老井的地方成了一条村巷。如果老井哪天睡醒了，这里会不会出现个地坑呢？我有时会这样想，不过又觉得自己的想法多余。

[原载《朔方》2014 年第 12 期]

王雁林（1973—），本名王彦林，回族，宁夏平罗人，就职于石嘴山国马科技股份有限公司。作品发表于《朔方》《莽昆仑》《宁夏日报》等。宁夏作家协会会员。第四期文艺（散文）研修班学员。

崆峒雨中行

樊文举

据史书记载，家乡西吉曾多次划归甘肃平凉行政区管辖。可能是因为这一地域关系，或因相传平凉崆峒山是仙人广成子修炼得道之所、人文始祖轩辕黄帝问道之处，我自幼就对素有"西来第一山""天下道教第一山"美称的崆峒山仰慕不已。心中一直期盼能一睹仙山的容姿风采，可这一心愿在心中一驻就是多年。

今年五一假期，我约了几家亲戚同去崆峒山，算是在不惑之年去了结少年时许下的一个夙愿，弥补心中一直惦记着的一个遗憾吧。

天刚麻麻亮，大家已按约定的时间准时聚齐。空中阴云低垂，山色空濛欲雨，虽恐天公不替人作美，但还是决定出发。一路上，几个孩子兴奋不已，像一群快乐的小鸟闹个不停。快到景区时，淅淅沥沥地下起了雨，而且越下越大。这雨不像落在地上，倒像落在了心里。一下子，天变成了灰的，心变成了沉的。几个孩子也一脸愁容，好不失望。但已经来了，总不该就此返回吧。我鼓励大家说："走吧！雨中自有雨中的乐趣。要不是今天来，恐怕我们难见雨中的崆峒奇观。"几个孩子听了我的话后，灰暗的心情又变得激动起来，手持雨伞，做着雨中登山的准备。

最先闻到的是扑面而来夹着花香的清凉空气，使一路的疲劳荡然无存。真是未到仙山，先浴仙风。眼前看到的不知是烟还是雾，叫人根本无法辨识，只见灰蒙蒙一片，把一座高山上上下下裹了个严实。周围的悬崖石缝里，雨水滴滴答答，含羞似的依石而流。路旁的花草树木倒是被洗刷一新，像站在两旁满脸堆笑地迎接来客；虽无法看清远处的山川和草木，但想来一定也是如此。令人没有想到的是眼前朵朵盛开的伞花，为仙山增添了一道别样的风景。登山的游人熙熙攘攘，五彩缤纷的伞花拥挤不前。雨水在路面上刷刷下流，人群在流水中上下穿行。

崆峒一词解释大致有三：一是古为空同氏族居住之地，以此得名；二是为道教圣地，取道教空空洞洞、清静自然之意；三是崆峒山洞穴居多，为空洞之意。为孩子们讲着崆峒一词的来历，随着上行的人流，不经意已到了通向各景点的中枢中台。哇，这就是崆峒八台九宫十二院四十二座建筑群七十二处石府洞天中的中台，地势平坦，视野开阔。从导游图上看，著名的崆峒八台景点是这样构成的，东西南北四台依中台呈莲花形向四面展开（八台中的另三台为：八仙台、灵龟台、赵时春读书台）。站在这里，遥想秦皇、汉武、唐宗等历代帝王曾登临于此，寻求安家治国、养生之道的场面；李白、杜甫、白居易等文人墨客泼墨撰写诗词、华章、碑碣、铭文的情景，更让这座仙山平添了几分神秘的色彩。遗憾的是岁月的利刃，将那些历史的足迹刮得踪影全无，实属一种不幸，难怪有人叹息文化在岁月中辉煌，也在岁月中消逝。从中台向西极目远望，崆峒山主峰马鬃山林海浩瀚、烟笼雾锁、雾随风动、山随雾或隐或现、层峦叠嶂，构成一幅水墨山水画卷。偶尔风过云开，向山顶望去，可见好多寺庙影影绰绰，耸立山头，好像并不很远。风动云涌中，古老的仙山越发显得神秘。我们进入的第一个寺庙叫三皇楼，上层东面有三位古代帝王的彩塑，他们就是传说中的天皇伏羲、地皇神农、人皇轩辕。从三皇楼出来，移目凌空塔，更让人感叹不已。它是一座空心式砖塔，共七层，呈平面八角形，每个层面都有一个小门，每个塔角都有雕刻精美的佛像和浮雕。四周苍松翠柏，凌空浮云涌动。塔因景而幽寂，景因塔而灵秀。

过了朝天门，沿着陡峭的石阶向上攀登，只见石阶像一架巨大的天梯凌空而立，左右石峡壁峙、危岩夹耸，仰首望去，直通云霄，这便是登临绝顶的唯一通道——著名的上天梯。据说这石阶以前共有三百六十九阶，重建后变成现在的六百六十九阶，直通山顶的皇城。这些数字可能与中国传统文化中"三"代表三星高照、"六"代表六六大顺、"九"代表九九归一的意思有关。到上天梯处，我们一行中年龄最小的游客紫轩——我的女儿（不到十岁），迈开脚步，穿花一般，或直行或侧身，一路领先。我生怕小家伙滑倒，抓着铁扶手尽力赶上，紧追保护，没有顾上进入药王洞，就到了峭壁上刻有"皇帝问道处"的摩崖石刻地。《庄子·在宥》和《史记》中，均记载了这一千古盛事。中华民族人文始祖轩辕黄帝曾亲临这里，向智者广成子请教治国之道和养生之术。穿过二天门，钻过玉女洞，折而向北前行，一块巨大的岩石挡住了去路，名曰磨针岩，其实是一块半圆柱形的巨石。此石东南北三面悬空，只有西面与上山的路相连，真可谓危崖突兀。此时，我已全身流汗，巴不得把衣服脱下来凉快凉快。要不是亲身经历，真难理解"一寸仅一步，天门攀铁柱，自向此间行，才得上天路"的深意。这时雨也越下越大，我们父女俩便走进旁边的寺庙，一边避雨，一边赏景。磨针崖平台上有一塔庙式建筑，其上飞檐斗拱，上覆青天瓦，朝东开一门，内塑有无量祖师和梨山老母像，这便是崆峒十二景之一的玄武针观。相传当年无量祖师在绝顶修炼，而未得道，有些心灰意冷，准备下山返俗，当他经过磨针崖时，看见一老妇手拿一根铁棒，在岩石上磨来磨去，便好奇地问道："你磨铁棒干吗?"答曰："磨针。"于是，老妇借题发挥，给他讲了"下得苦功夫，铁棒磨成针"的道理。无量祖师听后，坚定信心，重返山顶修炼，终成正果。身临神话传说发生地，这一家喻户晓的故事似乎更有了神力，让人心中升起一种从未有过的力量。

沿上天梯继续攀登，路边的野花野草，什么形状的都有，什么颜色的都有，挨挨挤挤，芊芊莽莽，似乎要把巉岩的山石装起来。忽然听见有潺潺声，却怎么也找不到流水。突然一拐弯，仰头向上望去，半空挂着一条两三尺宽的白带子，穿越林木花草岩石而下，随风摆动。女儿激动地大喊："快看，瀑布!"虽然这根本就算不上瀑布，但它却汇集了瀑布的所有神韵和风采。为了不影响女儿的游兴，我说这是最小的瀑布。山中有了水，就如同人有了一双炯炯有神的眼睛，一下子就增添了许多的灵性。我告诉女儿，如果今天不下雨，我们就无法看到崆峒瀑布了。她为此小手一合，连连点头，好像是在感谢上天给她独有的宠爱。不久我们来到一个不知名的平台处，三棵参天古松屹立平台中心，根扎石缝，高入云端，在半空展开枝叶，既像在和狂风乌云争夺日月之精华，又似在清风白云里嬉戏。平台正前方悬崖边上，一棵小松树根扎悬崖绝壁之中，凌空直立，撑开身子，像要与每一位游客握手问好。悬崖边上竖着的石柱，用铁链连起，时刻守护着每一位游客的安全。我为女儿在此拍照留念后，继续前行。

边说边赏边行，不多时已到十二元帅殿前。殿前门楣上一横匾书"东瞰五岳"四个大字，苍劲有力，神韵无比；两侧楹联书"崆峒雄姿笑迎南来北往客，西镇奇观奉送五湖四海宾"。殿内供奉着姜子牙所封的八位雷门元帅和四位护法灵官的塑像，依次是刘甫、辛环、马岗、赵公明、温琼、岳胜、苟张、邓忠、陶荣、张节、庞洪、毕环，个个栩栩如生、神采飞扬、精神威武。在回味《封神演义》中诸位神仙的故事之余，真叫人对中国民间艺术和雕塑家的技艺赞叹不已。顺着台阶上攀，不久就到了三教洞。洞内，释迦牟尼、太上老君、孔老夫子塑像供于一堂，佛、道、儒三教共存共尊。据历史记载，有些朝代教和教之间也水火不容，而且还会大打出手；但在这里三教同山，互不干扰，相干无事，既真实地反映了中国本土文化和外来文化从冲突到融合，最终形成中国传统文化的历史事实，也显现了中华民族开放、博大、多样的文化体系。继续上攀，越过三天门，就到了道教的主要活动场所——皇城。皇城位于崆峒山主峰马鬃山之巅，是崆峒山寺观之首，也是全山保存最为完整的一组明代建筑群。殿宇富丽堂皇，宛如古代帝王的皇宫。主殿为真武殿，亦称无量祖师殿，供奉着真武大帝。周围是灵霄殿、太白殿、太上乾殿、药王殿、三星殿、太上老君楼等庙宇。

当登上山顶时，一种飘然欲仙的感觉顿袭全身。天公也似乎很垂爱我们似的，雨停了，雾也开始慢慢地变薄，好像特意让我们一览远处的胜景。回头环顾四周，只见峰峦雄峙、危崖耸立，似鬼斧神工，伴之以林海浩瀚，视为缥缈仙境一点也不为过。再向下远望，只见泾河、弹筝湖交汇于望驾山下，形成虎踞龙盘之势，向西只见云海翻腾，飘浮不定。如果不是亲临皇城，真很难体会"山高平对月，寺回府看云"的妙句。此时，我不由得记起《易经系辞下》有曰："古者包牺氏之王天下也，仰则观于天象，伏则观法于地，观鸟兽之文，与地之宜。"似乎听见《商颂·殷武》诗吟："维女荆楚，居国南乡。昔有成汤，自彼氐羌，莫敢不来享，莫敢不来王，曰商是常。"《小雅·六月》吟唱"来归自镐，我行永久"，看见文王罹难而接过河图，周公旦续写爻辞而成就《易传》。久久凝望，云雾山岚缓缓飘过崖壁，谁知我中华文明源远流长的源头……

时间已到下午四时多，淋湿后粘在身上的衣服一阵比一阵冰凉，好像在提醒该到下山返回的时候了。于是，我们沿着石阶下山，但此时上山的游人似乎丝毫没有减少。虽然我们全身淋湿，但领略了晴天难得一见的雨中崆峒仙境，况且到山顶时，雨停而雾淡，也饱览了崆峒远景，算是一种机缘吧。

〔原载《朔方》2016年第12期〕

樊文举（1973—），宁夏西吉人，就职于西吉县文联。作品发表于《朔方》《黄河文学》《六盘山》《大观》等。出版长篇历史小说《大石城》。中国楹联学会会员，宁夏作家协会会员，宁夏诗歌学会会员。第四期文艺（散文）研修班学员。

牛儿不在河滩吃草

马忠华

　　一如黄土高原上的所有老农，父亲喜欢养一些家畜。父亲养家畜最多的时候，曾经养了四十几只羊，八头牛，两只骡子。在这些家畜中，父亲最钟爱的，还是那一头头黄牛。农闲时，父亲总要拿着他在大集体赶马车用的那条长鞭子，跟在牛屁股后面，开始他至今仍然津津乐道的放牛生活。

　　小时候，家门前的黄河滩，每年一到夏秋两季，上游的青铜峡水库常常要往上提闸门，于是，老家所处的银北平原的黄河边一片汪洋。等到河水落下去，黄河滩上便一片郁郁葱葱，各种草儿交织在一起，就像一块毛茸茸的绿色大毡子铺满了黄河滩。河水退下去时留下的一汪汪水涡、一条条小水沟，像镜子镶嵌在河滩上，像彩带缠绕于草丛中，水汽与草色交融，河滩上面便弥漫着一层轻轻的烟雾，真有点李白笔下"平林漠漠烟如织"的意味。这时候，白的羊、黄的牛、红的骡马，或三三两两，或一群群地点缀在黄河滩上，远远望去，就像五彩缤纷的蝴蝶翩翩飞舞于碧草丛中。而父亲，就是那放飞满天蝴蝶的仙翁。父亲甩着鞭子把牛赶到水草丰茂的地方，然后和村里的几个放牛放羊的老爷爷斜斜地躺在草丛中的路边，拉着那古老而又永远都新鲜的农家话题，给那生机勃勃的黄河滩增添了一缕诗意。

　　那时，每天黄昏，我总要到河滩上帮父亲把牛赶回来。因为牛多，父亲一个人赶不好，就有那贼头贼脑的牛趁父亲不注意，窜到路边的田里偷吃庄稼。我拿一条木棍走在牛群前面，父亲甩着长鞭走在牛屁股后面。我一回头，发现斜阳把父亲和牛的身影拉得长长的，一直拉向黄河滩深处。这一拉，就是几十年，从此父亲再也没有离开过黄河滩，而牛的身影，也永远定格在了他的心中。

　　父亲养的这八头牛，都是由一头老母牛所生，一个个膘肥体壮，生龙活虎，路边的乡亲们总是非常羡慕地对着父亲的牛指指点点，评头论足。这使父亲十分自豪。

　　再后来，我上学了，父亲农田里的活也更忙了，再也没有时间去黄河滩上放牛了。他把牛卖掉了几头，只留下一头母牛，两头公牛，圈在圈里，田里的活干完后，便拿着镰刀，去给牛割草。看着他如此辛苦，我们实在不忍心，劝他把牛卖掉别养了，但父亲不听，说到关键时候用得着。我们生气了，赌气地说："有什么用？就这几头干牛！"父亲不说话，默默地拿着镰刀走出去……

我上大学了，当录取通知书拿回来后，奶奶便和父亲商量我的学费："咋办呢？卖粮食吧，粮价太低了。"父亲胸有成竹地说："不愁，有办法。"报到前两天，父亲去一位做生意的亲戚家里，借了3500块钱。开学后一个多月，那位亲戚资金周转不开，前来向父亲要钱。这时，粮价仍然比较低，而牛价看好。于是，父亲把家里最壮的那头小公牛顶给了他，那位亲戚又多给了父亲五十元。不久，母牛生了一头小牛。

第二年，大妹考上了银川电力学校，学费比我的高出许多。父亲取出信用社所有的存款，还差一千元。这一千，他是向表哥借的。后来，和前一次相同，父亲把剩下的那头小公牛顶给了表哥。几个月后，又一头小牛出生。这使父亲喜上加喜。

我和妹妹结婚的时候，在家里待客。按村里的习惯，举办筵席所用的肉菜，要么宰自家的牛，要么买牛再宰，要么直接到肉店去打肉。父亲未加思考，便决定宰自家的那两头小牛。按他自己的话说，自家的牛肉香，实惠，更适合招待尊贵的客人。

如今，每当回想起父亲养牛的经历，我不由得对父亲充满了敬佩之情。父亲是一个朴实的农民，他不做生意，却有着生意人的头脑。他以一个中国老农民的朴实观念，精心经营着一个家，养活着一家老少六口人。这样的朴实观念，使得他在供养三个子女读书的道路上，不但没有遭受过一般农村父母所经历的那种为子女学费而发愁、而东奔西走求爷爷告奶奶的尴尬、痛苦和无奈，而且，也使得他不至于贱价卖粮。这保证了父亲在以后的日子里，有自己的一点储蓄，不像有些农村家长那样，在供养子女读书上学、成家立业之后，要完全靠子女每月给钱过活（当然，我们肯定少不了经常给他个二三百或给他买菜，可父亲总说他不缺这几个钱，让我们自己用）。更让我感动的是，我后来在县城买房，父亲又补贴了我一笔钱。

后来，父亲已经把牛卖光好几年了。在我们的坚持下，父亲再也没有买牛。但是，每当他和乡亲们谈论起牛以及牛的生意时，仍然是那样的趣味盎然，神采奕奕，好像大家谈论的就是他自己的牛。有一次，我和他开玩笑："爹，不然我出钱买一头小公牛送给你，你来喂养，怎样？"父亲却说："不了，养不动了。而且，也不想让你们为我操心。"虽然这样说，但他脸上却掠过一丝向往之情。我心里一痛。

这就是父亲，一个连手机都不会用的中国农民，却能够一眼看出哪一头牛会长膘，哪一头牛体内有牛黄，哪一头牛怀了多长时间的牛崽。他的足迹没有走出黄河滩一步，但是，他的的阅历和胸怀却随着黄河水流淌，淘尽了多少天下兴亡事。

　　不知怎的，写完了这篇文章，心中，莫名地伤感不已。2017 年的炎炎暑假里，古尔邦节即将来临，我再一次回到寂静无人的老家，站在横贯黄河滩的滨河大道上，满眼的稻浪悠悠里，清风传来那首哀婉久绝的旋律："牛儿还在山坡吃草，放牛的孩子却不知道哪儿去了……"独立黄河滩的大地中央，几欲泪眼婆娑，昔日放牛的孩子回来了，可是，牛儿却已不在河滩上吃草，那位养牛一生牵牛一生爱牛一生的慈祥老人，我的老父亲，又在何方？

［原载《朔方》2018 年第 10 期］

　　马忠华（1970—），回族，宁夏平罗人，就职于平罗县第四中学。作品发表于《回族文学》《六盘山》《参花》《朔方》等，入选《2013 美丽宁夏网络征文作品选》。作品在教育部语言文字司举办的"我与汉语拼音"征文竞赛中荣获二等奖。中国少数民族作家协会会员，宁夏作家协会会员。第四期文艺（散文）研修班学员。

泥土的情结

成　娜

一

　　泥土无论大小，相信那些喜爱种植的人与它是有一定情结的，就拿我公公和我父亲来说，我知道他们都是非常热爱土地的人。

　　公公从农村搬到城里来十几年了，但他对土地的热爱一点也不减退。

　　公公所住的黄山小区是一排排旧式的老房子，那些房子除了外观色彩的暗淡外，内部设施的装备大都是比较齐全的。

　　住在那儿的老年人居多，虽说是上了年纪，但他们的日常生活还是很有情趣的。也许是老来心宽的缘故，他们大都会放下城里人的隔阂与陌生，经常凑在一块说笑玩乐，很像农村老家的随意生活。他们串门子，偶尔也会把稀罕的东西顺便带上；他们喝茶、聊天、拉家常，还会组织各种各样的娱乐活动，甚至把各自的"家什"晒出来，你的京胡，我的二胡，他的锣鼓，不管合拍不合拍，只要凑在一处，保证是个个快乐闹翻天，生活的情趣也便在这不合拍的吹拉弹唱里到处洋溢。有的时候他们也会蹲在外面的石桌前，把扑克牌甩得啪啪响。当然下象棋的时候人会更多一些，下棋的和观棋的都憋足了劲，这时候热闹成了另一种形式，吆喝声，打闹声，笑骂声，一片接着一片，把大半个小区搅得沸沸扬扬。

　　因为老式的楼房没有车库，所以私家车大都停在道上。除了停车占用的空间外，靠北墙的地方还多少剩下点空地。就这么一点看似不起眼的地方，那些视土如金的人们也不会错过好机会，于是便有人拿出铁锹来开始翻地，准备像在农村老家侍弄庄稼一样侍弄这些小土地。

　　这样用不了多久，楼前那片曾经洒满金光的空地上，就会钻出一小簇一小簇的绿意来。那些小绿苗是很惹眼的，在拥挤与狭小之间，在贫瘠与生硬之间，一小片绿苗苗倔犟地生长着。那种绿意给人的感觉是非常舒畅的，它让呆板的心情一下变得活跃起来，一种小小的愉悦也开始在心底增长。

　　那些菜地大都很无序，横着的，竖着的，又都很袖珍，二三米见方的有，一米见方的也有，菜的品种也不少，韭菜、菠菜、白菜、小油菜、胡萝卜，这些寻常的菜都能够看得到。偶尔也会见到几株爬蔓的，那是南瓜或丝瓜。瓜秧在地上匍匐，并使劲地把肢体向四方伸展，再伸展。再后来，它们会把那长长的藤蔓搭到附近的小树枝上去。但那树枝终究太细了，等结了瓜才知道，树身竟然不能承受如此之重，所以不知哪一天又突然一下从树上跌下来。好在南瓜秧不怕摔，竟然没事似的继续生长。杂草当然是少不了的，这些东西不用你招呼，它们自然会铺天盖地地袭过来，一不小心，最茂盛的便会是它们。所以很多时候那些只注重开始而不管结果的人们，最后只收获了茂密的青草，而青菜却不知去向。也或者是用了心却不尽人意，要么草中有菜，要么菜中有草，各得一半。当然也有那勤快的人，他们时常一早一晚地在小菜地里来回扒拉，于是一片碧绿盎然着，用另一种格调清爽着路人的双眼。

公公住在楼的最尽头，出了楼道门视线便会被一座小平房给撞回来，那房子夹在两幢楼之间很是碍眼，像是旧式的车库。偶尔也会看见这所小房子被主人打开，里面敞敞的，什么也没有，不知道究竟在做何用。

公公也是极其热爱泥土的人，他不忍心看着阳光里的那一小片空地白着，于是他也学着别人的样子，在瓦砾堆里开垦出两小片菜地来。菜地也就一两米见方，好歹也算个菜畦，然后施上底肥，再把韭菜种子撒上，等待着丰收的喜悦。公公也时常会在晴朗的日子里侍弄他的小菜地，但有时丰收远不如想象得那么好，等到收获的时候，公公会把一小袋韭菜送到我们家。打开袋子，那韭菜细细的，如银丝的面条，里面夹杂着一些杂草，那草也是细细的没有多少筋骨。我费了九牛二虎之力才把那韭菜摘好，这样一大半就去了，包水饺是不够了，做韭菜炒鸡蛋正合适。这是公公的心意，起码是无公害的，断然不能浪费，味道当然比买的强多了。

一年又一年，这样的菜虽然收获不是很多，但年年是有的。在公公搬到城里并失去土地多年后，却因为那些零星的菜地，公公的生活也快乐了很多。

这样的"小区式菜地"是经常可见的，这也叫珍惜土地充分利用土地资源吧，就这点来说应该是值得赞赏的。

同样是居住的地方，但并不是所有人都对土地有那么得热衷。

那天去一个同学家，他们居住的小区和公公住的小区差不多，楼房看上去还要更新一些，或许是因为楼前杂草纷乱如麻的缘故，给人的感觉并不是那么舒服。况且两栋楼之间的距离也不小，除了停车外，中间的绿化带部分也用花砖砌成一个个漂亮的花池子。因为缺少管理，那些花池地带如今已是花谢池空，除了一两株刺槐还占据着一方土地外，最扎眼便是一簇簇葳蕤茂盛的杂草了。那杂草长势实在繁茂，就那么直直地往高处疯长，高得可以淹没了成人的大半个身子，一不小心踏进去，倒会有一种阴森森的感觉。

我有些诧异，这些草怎么就可以茂盛成一种悚然呢？同学看我疑惑的眼神，苦笑着摇摇头说："现在啊，谁还爱管闲事？多一事不如少一事，再说这公共场所又不是个人的事，能将就就将就了。"看来我同学也有点不以为然了。我心里还是不明白，这么一大块地方，为什么非得让它长草，浪费了多可惜，种上点菜不更好么！别的不说，起码在视觉上也比这让人悚然的杂草要享受得多。同学又解释说："不是没种过，以前有人种过的，菜也长得不孬，可总是让人偷偷给铲了。"显而易见，他们认为这空地是大家的，凭什么不商量一下自己就把菜种上了。小区里住户多，人心也是上下不齐，没事就四下里犯嘀咕。楼前的空地大小是一定的了，有了你家的就没有他家的，你抢着种上了，我没捞着种心里可能就会不舒坦，所以捣乱的就来了。要么都种，要么都不种，都种是不可能的，所以只能都不种，这空地也就被搁置起来了。那杂草却不邀而来，它不会找人商量，所以见缝插针，就那么摧枯拉朽地一路茂盛下去了，却没有人再言语了。

我无话可说，人心有时就是那样的不可思议，寸土必争不是坏事，要是放在国与国之间那是绝对必要的。可是放在抬头不见低头见的邻里之间，这寸土必争未免就有点斤斤计较了。

这被搁置的茂盛，疯长的是草，萎缩的却是人的心灵。

这样想想，公公所住的小区，倒感觉到他们的和睦了。相对来说，住在那儿的人也是一种幸运吧。

二

父亲说他的土地有两种颜色，一种是金色的，那是还未种植的土地，一种是绿色的，那是有庄稼正在生长的土地。父亲用金色播种希望，用绿色收获喜悦。

正午的阳光依然强劲，它毫无客气地直射着父亲沾着泥土的脊背，父亲不动声色地劳作着，继续把汗水挥洒出一片淋漓与豪迈。那汗水并不听话，它顺着面颊流下来，和着脚下的泥土，一起滋润着枯涸的大地。

父亲佝偻着脊背站在庄稼地里，一片绿浪在他身边翻来滚去，偌大的"绿绒毯"被风捏起了层层褶皱，父亲瘦弱的身影便在绿浪里起伏成一个灰色的圆点。父亲就这样默默地劳作着，连同他共同作战的农具，一起定格成一种伟大而壮丽的画面。

父亲是个地地道道的农民，从年轻到年老，他就像一个不愿离开军营的士兵，就那么死心塌地地种着他的庄稼。他一直在那片土地上滚打磨爬，把一生的精力都消耗在了那片泛着生机的土地上。庄稼一茬又一茬，绿了又黄，黄了又绿，父亲就这样精心地陪伴着，守护着，对于那些土地，他从来都不愿轻易随手抛弃。多年来，在那片土地上，父亲与之相伴的除了那头老黄牛，再就是那辆地排车。

当经济的浪潮冲击着闭塞的小村，脑子反应快的人们便把土地承包出去然后外出打工挣钱了。父亲没有赶趟儿，他说即便挣钱再多，他也不会外出，因为他除了种地之外什么也不会，他的作用只有在土地上才能显现出来。他说他可以挣钱不多，但他可以用土地养家，可以把金土地变成绿绒毯，可以从土地里往外掏钱，土地就是他的金矿石，他离不开他的土地，那是他生命的源泉。

这话似乎一点也不假，父亲地里来地里去，他的一生真的只是从地里往外掏钱。父亲用他勤劳的双手，用那片泛着阳光色彩的土地，把老老少少一家七口人的生活装点的温暖而舒适。也是在那片土地的滋润和给养下，他的三个儿女都先后完成了自己的学业，以城里人的身份告别了以土养家的故乡。父亲望着他的儿女笑逐颜开，那是另一种的丰收和喜悦。

父亲是个种地能手，他会种各种庄稼，而且种得很好。

早年的时候父亲种过棉花，十几亩棉花一茬一茬地在他的手里开满了花，秋天的时候更是洁白一片。父亲寻着那一片洁白，望着那一片丰收景象，暗红的脸庞被快乐映的温和而又光亮。

父亲种棉花一般是要套种，这样可以增加复种指数，以此来提高收入。在两行棉花的间隙父亲会种上绿豆，因为绿豆成熟期短，等到棉花往高处拔个的时候，绿豆已经成熟了，两不耽误。

父亲也会在棉花地里套种西瓜，西瓜的成熟期约为两个来月，为了不耽搁棉花成长，西瓜要比棉花早种一段时间。

种西瓜是很累人的，从播种开始就没了清闲的时间，然后要经过压蔓，打头等一系列过程，直到西瓜成熟，父亲要在地里滚爬两个多月。很多时候父亲吃饭都来不及回家，早晨下地之前把一天的干粮和水准备好，直到日落西山甚至星星眨眼时他才疲惫地赶回家。劳累是一定的，可父亲从来没在我们面前表露过，那是怎样的一种含蓄与承受，或许只有父亲自己心中最清楚。

父亲也会种菜，黄瓜、茄子、辣椒、豆角、菠菜、西红柿、白菜、萝卜、甘蓝等，各种菜都可以在父亲的手上轮番上阵。从春到夏，从夏到秋，那菜是五花八门，一应俱全，根本不用担心哪个季节会断菜。

父亲热爱着他的土地，也喜欢着他那绿绒毯一般的庄稼，他不会随便浪费一丝一毫的土地。除了成片的庄稼外，地边地沿，地沟地坎，只要能种庄稼的地方，父亲绝不会让土地白着。他会在沟沟沿沿上种上几棵豆角或者南瓜，高粱和芝麻也时常在地头站岗。收获是一种喜悦，即便是小小的几株果实，也别有一番甜蜜在心头。

今年中秋节我回家，看见父亲拉了一地排车豆子回家。当时我心里还是藏着疑惑的，现在的土地比以前少了许多，就父母两个人的地，除了三亩整地的麦田外，哪儿有那么多的闲置地用来种豆子？母亲笑着把我的疑惑解除了，她解释说那是打麦场的地，现在有了联合收割机，根本用不着在场里打麦子了。原来父亲还是不会错过任何开垦土地的机会，他把麦场里的地全部翻耕了，然后种上豆子，于是便有了金秋那么多的收获。其实父亲已经用打麦场的地种了好几年庄稼了，只是我不知道。他还把临近几家的麦场也一块开垦了，反正人家也不稀罕，父亲捡了来却欢喜得不得了。即便不起眼的一丁点地，到了父亲的手里，也会有意想不到的收获。

父亲和他的那些泥土交情很厚，看到土地他就感到快乐，用他自己的话说就是永远都不会离开他的土地。

其实父亲就如那些泥土，沉默着，平凡着，努力着，奉献着。

[原载《火花》2018年第6期]

成娜（1974—），笔名微雨清音，山东滨州人。作品发表于《山东文学》《朔方》《火花》《辽河》等，被《散文选刊》《风流一代·经典文摘》《情感读本》等转载，入选《齐鲁文学作品年展2015》《齐鲁文学作品年展2016》等。出版散文集《晴云素影》。作品荣获齐鲁文学作品年展2016散文优秀奖。山东滨州市作家协会理事。第四期文艺（散文）研修班学员。

回不去的故乡

苟大乾

  那个叫刘家山的小地方，曾是我成长的摇篮，我生命中的三十多年里，无论是年少时的整日厮守，还是成年后的偶尔回乡，每年都会和她有交集。我不曾走远，她也始终都是原来的样子。那山那水，那田那路，那容貌那乡音，宛如一幅幅农家山水图，刻印在我的心间。纵然在两年前，全村因为整体搬迁到三处不同的地方，我依然坚信，我的原乡还是我心间的那些农家山水图。然而，就在两天前，朋友圈里传着一些图片，是一个小村庄人去屋空墙塌路陷的残破景象。看了好久，才依稀辨出是谁家的院落谁家的屋后。我不得不承认，如今，我们再也回不去了，那个叫刘家山的小村落，只存留在我们的记忆中了。

  此刻，我只能通过我的笔，从那些照片中的远景近景中，走进记忆中的原乡。

村庄概略

  村庄在隆张公路经过的一侧，三十几户人家散落在两边有沟的山梁上。交通十分方便，向南不到两公里就是大庄乡，是去隆德县城的必经之地，后来改为观庄乡。向北不到五公里就是张易镇，是去固原的必经之地。小时候，经常会站在路口看过往的车辆。有一年，军队拉练的车辆经过，前后望不到头的绿色军车，直把人的思绪拉到山坳外边去。现在想来，小时候的梦，就在隆张公路的两头延伸。

  小村的四围，是高低不平的田地，是错综交替的沟壑，是四野开阔的山梁，是无数游走的小路。这其中，有我们家的田地，或远或近，或平或陡，都有过父亲母亲的身影，都有过我们兄弟姊妹的劳作。那些沟壑山梁就更不用说了，我们在沟壑间放过牲口，在山梁上拔过草。至于那些游走的小路，又不知走过多少遍。童年和少年的时候，就是在这样的图景中度过的。我这样描述，是想告诉你，一个小小的村庄，在凌乱的地形中是如何静静地安放着，直到几十年后。几十年过去了，庄稼种了一茬又一茬，有些老人走了，有些年轻人外出了，那个大大的场院上聚集的人越来越少了，村部的那个土坯房倒塌了也再无人提及重新修葺了，小村东北头供全村人畜吃水的那一眼泉也日渐枯竭了。怎么说呢，小村庄像一个突然病了的老人，衰落的迹象四处可见。

缺水的日子其实已经过了很多年了。无论是白天还是深夜，你都会听到扁担和水桶碰撞的声音。如果你去泉边看看，你会十分吃惊，泉边没有几个人，但桶子排成的长队总有几十米长。我在一篇文章中曾说过，白天等水的是孩子，晚上等水的是大人。等水的孩子或打或闹，或读书，长大后学有所成的都找上了工作，没考上学的也靠力气外出打工。开始是半个小时等一桶水，后来是一个小时等一桶水，再后来等一桶水用的时间越来越长。有一天，邻村用上了自来水，我们村依然在等山泉水。不是国家不给我们村通自来水，实在是村庄太高，自来水上不去。

每个人都很失望，但也终于等来了机会，生态移民搬迁政策照顾到了村庄。在一半是欢喜一半是难舍的心境中，村庄三十几户人家终于连村拔起，凡是能带走的家什都装车带走。没有了炊烟的村庄，所有的故事只与记忆有关了。

乔爷爷

乡中学和乡小学在同一校园里，西边是小学，东边是中学，中间是一条宽阔的路，直通到学校北边的操场。我那时刚上小学一年级，背着母亲用碎布片拼接的小书包，跟在大同学的后面校内校外乱跑。学校对面是乡农机站，里面有几排比学校教室还要高大的架子房，安有厚重的铁门，里面停放着带有很大轮子的拖拉机。我们常会到农机站去玩，看师傅们修理机械。口渴了会去农机站大食堂讨要水喝。看管食堂的大爷是我们村的，我们叫他乔爷爷。在我们的眼里，他和我们的老师一样，是国家干部。但他比我们的老师友善多了，无论大孩儿还是小孩儿，也不论是我们村的还是别的村的，只要你敲开食堂的门，他都是微笑着接待，舀一勺清冽的水，让你慢慢地喝，直到喝饱喝足。不过，我之所以要先说起乔爷爷，是因为在我的童年记忆当中，大人们对调皮贪玩的小孩，几乎没有好脸色，而乔爷爷善待每一个相熟或不相熟的孩子，就显得弥足珍贵，让人难忘。

我上三年级的时候，不知道什么原因，乔爷爷不再在食堂里干了，他回到了村庄。他还穿着和食堂时一样干净整洁的衣服，在我们的眼里，他依然是干部。他见了我们，也依然微笑着，还时不时地在某一个孩子头上摸一把，甚至说一句赞美的话。那时候，能听到大人一句赞美的话，就像吃了一顿丰盛的美餐，内心无比满足。我记得他赞美我的那一个场景，还能在我的眼前浮现。下过雷阵雨的一个午后，我们去村庄东北边的水坝上玩，乔爷爷也在。也许是雨后无事可干，他先是看着我们玩"狼吃娃娃"的游戏，后来直接参与进来。大家对垒，谁输谁退出，下一个挑战赢家。那一次，我竟然也赢了一回。乔爷爷摸着我的头微笑着说，好好念书，将来一定会成为像老师一样的干部。我想，乔爷爷是说给我听的，也是说给大家听的。再后来，我上了初中，又上了高中，每次见到乔爷爷，总会想起他说的那句话。大学毕业了，我真的兑现了乔爷爷说过的那句话，只是乔爷爷已经去世了。

那片树林

村庄东北边的水坝上面，是一条很宽很深的沟，沟底和两侧及附近的山梁上，全是白杨树，小的碗口粗，大的几个人抱才能合围。每到夏天，一片茂盛的绿荫，还没有到耕田平地的时候，我们把牲口赶到树林子里，任它们自由自在地吃草，而我们要么在树底下乘凉，要么在树林里捉迷藏。我那时候个头小，身子轻，所以爬树特别灵巧，经常会爬到十几米高的大树上，谁也找不到我。那种喜悦，就如同在考试中得到高分一样。俗话说，上树容易下树难。因为爬树，我的衣服被划破了很多次，母亲也说了很多次，但就是不长记性。也许是因为那时候我们穿的衣服大都有补丁的，破了还可以再补，就无所谓吧。

沟底有一大片平整的水草滩，青青的嫩草就像棉毯一样，躺在上面，望着蓝天白云，渐渐地入了梦乡。有那些没瞌睡又调皮的，掐一根青草，偷偷地放到睡着人的耳朵里，然后敢紧躺下装睡，睡着的还没有醒来，装睡的已经忍不住笑出了声。有时侯，会把水草滩当做练武场，学着电视上武打的动作练起来，一不小心谁的鼻子被一拳打出血了，笑声又变成了哭声。

还有更令人沮丧的事，与牲口有关。我家当时养着一头高大健壮的黑骟驴，现在想来，他应该是驴族群里比较帅的那种。黑骟驴很年轻，也很犟，不管是平时牵出去放，还是套上犁地，只要你把鞭子拿起来，他就开始狂奔。那时候，骑驴是很有意思的事，有胆大的下坡也敢骑，还敢让驴跑起来。我不敢，我只是在上坡的时候敢爬上驴背。有一次，大家看牲口吃饱了，但还没有到回家的时间，于是有人提议骑驴比赛。比赛方法很简单，就是骑上驴上坡下坡跑，看谁的速度快。如果从驴身上倒下来，再快也是失败者。那一天，我突然有了想要赢的冲动，决定跃上驴背上坡下坡奔突一番。结果可想而知，下坡的时候，黑骟驴加快了速度，头猛地向下一甩，后蹄往起一抬，我知道他的目的就是要把我摔下来。我用两只手紧紧地抓住驴脖子上的鬃毛，但还是被摔了下来。我很清楚地记得，我落地的那一瞬间，黑骟驴刚好抬起前蹄。如果落下，会踩在我的身上。后来旁观的伙伴说，他们当时吓呆了，但突然发现黑骟驴把将要踩下去的前蹄在空中停顿了一下，然后奋力向我身前的空处踩去，就像马戏团里的杂技一样。我记住了那一瞬间，在后来的岁月里，慢慢变成让我感动的一幕，那头黑骟驴也许真的通人性，既要有自己的尊严，也要保证我不受伤，我应该感激黑骟驴。

树林里的光阴是快乐的，这快乐陪着我们渐渐长大。后来，雨水越来越少，那个青草滩也日渐干枯。更让人难过的是，有一天，树林突然由公变私，树林里的大树被一个一个的锯倒。再后来，小树也没了，人们挖掉树，开始垦荒，在山梁和沟底开始种庄稼。村庄的小树林就这样消失了。

春天的梦

春天来到了村庄，燕子也来到了村庄。他们欢快地叫着，展示着优美的飞行动作，寻找他们可以筑巢的屋檐。我是多么希望有燕子来我家屋檐下筑巢啊！可是，我的希望每年都落空。大人说，燕子总是找富裕人家的屋檐筑巢。我明白了，我说我们队长家的屋檐下怎么每年都有燕子筑巢，起初还以为是燕子认下门了呢。而我们家穷，大约燕子看不上。然而，每年春天来了，我还是希望燕子来我家屋檐筑巢。

有一年，希望真的变成了现实。春风很暖了，我发现有两只燕子老在我家院子的上空盘旋，然后飞到了正屋屋檐的梁上。过来几天，他们衔来柴草开始筑巢。今天后，巢筑好了，晚来的时候，他们会早早地进巢。又过了几天，趁着白天他们出去的空档，我找了把高凳子踩到上面，想看看燕子巢，却发现巢里躺着两个小蛋，母燕下的蛋。我没忍住，拿出一只放在手心里看，比我们掏的麻雀蛋明亮光滑。我还在继续欣赏着，母亲进来了。母亲让我赶紧把燕蛋放进巢里，说燕子回来后发现有人动了巢，就会搬走的。晚上燕子回来了，第二天的晚上还是回来了，过了好几天，看燕子没有搬走，我的心才安定了下来。我再也不敢乱动燕巢了。

接下来的时光，是在我的期盼中慢慢地度过的。直到有一天，我看到了两只雏燕的小嘴，听到了他们稚嫩的叫声，一下子觉得，世界的美好都在我家的院子里。雏燕每天都要伸出小嘴，等着他们的父母给他们喂食。不到一个月的时间，他们已经扇动起了小翅膀，跃跃欲动，想要飞起来。

小燕子第一次飞出巢的那一刻正好被我看到了。他们在父母的引领下，先落到院子里，再飞到屋顶上，如此反复，由低到高，远近到远。几天以后，他们可以离开父母自由飞行了。我突然也想变成一只燕子，在天空自由地飞翔。

冬天来了，燕子举家南迁。不见了燕子，我的心里有些失落。想着来年春天，会有对燕子来我家屋檐下筑新巢住老巢，我家的院子里一定会更热闹，我就又高兴起来了。然而，到了春天，燕子满村庄飞，但不见有燕子来我家屋檐下的巢里住。我不知道那对燕子去了那里，从此我家屋檐下就再也没有来过燕子。

庄稼能手

王家舅爷爷是村里的能人。别看他是农民，平时说话都是出口成章，特别是关于农事方面，他随口能说出来一些农谚，让我们一帮小子羡慕不已。我能记住的如"春不种，秋无收""肥田长稻，瘦田长草""好儿要好娘，种田要好秧""要知明天热不热，就看夜星密不密"等。王家舅爷爷还是一个细心乐于助人的人。等我能下地干活的时候，王家舅爷爷已经不怎么下田干活了，而是牵几只羊，行走在田间地头，指点我们这些小孩怎么握镰刀，怎么捆麦秆，怎么吆喝牲口，怎么犁地。我学到最精的是码麦捆，我码的麦捆从不会被雨水灌透。

四叔也是一个庄稼能手，各种农活他都在行。我小的时候，他正当年，人虽精瘦，但很有力气。我最欣赏他犁地了。如果是一方平整的田地，他犁过的犁沟宛若用尺子画过的直线一样。就算是那些陡峭的坡地，他也能犁出一种整齐来。我喜欢跟在后面看泥土翻滚的样子，那松软的微波细浪，一层一层地荡开，像梦一样。但我一直没有学到四叔的犁地术。我在前面说过的那头倔强的黑骟驴，动不动就撒欢似的满地乱跑，我只好提着犁把也满地乱跑。再一看我犁过的地，像一个小孩子在纸上乱花的圈一样。但如果说我最愿意干的农活，我一定会说犁地，我喜欢走在泥土里的感觉。

母亲在我眼里更是一个庄稼能手。小时候，父亲在外工作，家里家外所有的活都是母亲一个人的。对于一个农村妇女来说，洒扫庭院挑水锄地等活都不是什么事，但如果让她们干背麦捆抗麻袋等重力气活，真是难为她们了。母亲是一个个性很强的人，从不轻易开口求别人，所以背麦捆抗麻袋扬场等活，都是她咬牙一个人干的，虽然有时候亲戚们也自愿来帮忙。小的时候我们没有力气，长大了又外出念书，那样的活母亲一干就是几十年，她从没有埋怨过什么。春节回家，和母亲聊了几个晚上，母亲说起那时候受过的苦和累，我的眼泪止不住流了下来。我知道，我们姊妹几个亏欠母亲的太多太多。我一直想专门写一篇文章来说说我的母亲，但就是不知道从哪里开始。

读书人

从我记事起，似乎感觉不到"耕读传家"的风尚，但我知道，上一辈有几个读书人。我前面提到的王家舅爷爷，我猜想他年轻的时候一定读过书，要不他怎么懂那么多知识和道理。至于说到刘家舅爷爷，他则是二十世纪五六十年代老牌的高中生。刘家舅爷爷的儿子我叫舅爸，和我是同学。有一次，他拿出刘家舅爷爷的高中课本，我们坐在村庄南头的大场里看。课本是合订本，繁体字竖版，上面还有刘家舅爷爷笔迹。当然，繁体字和刘家舅爷爷的字我们都不认识，舅爸怎么偷出来的就怎么放回去。如果你怀疑书不是刘家舅爷爷的，那么他写得一手好毛笔字，则是村庄里的人都知道的。还有，每年春节，很多人家会拿上墨汁和红纸去他们家让刘家舅爷爷签先人牌位。要知道，签先人牌位是有讲究的，首先这个人是一个德高望重的人，还要是一个略通诗书的人。刘家舅爷爷是一个读书人无疑了。

父亲是村庄走出去的第一个读书人。说父亲之前，我想说说我的爷爷。爷爷的老家其实离这个村庄很远很远，远的连爷爷都说不清。因为爷爷小时候由太爷领着一路乞讨到了刘家山。等爷爷长大了，因为精明能干，就入赘到刘家大户当了上门女婿。奶奶一共生了五男四女。五个男的，爷爷都送他们到学堂。到后来，父亲和五叔算是吃上了商品粮，成为了国家干部。不知道爷爷当年是否满意，但父亲感激爷爷，这是父亲一直说的。父亲从师范学校毕业以后，先在乡政府干了几年，觉得还是讲台适合他，于是又回到了学校。这一干就是三十年，后因病退休。我们想着，他退休后可以过几年清闲的日子，不想却早早地离开了我们。

小刚的父亲也是从我们村上走出去的名医，治好过有很多疑难杂症的病人，十里八乡的人很是尊崇他。他后来还做到我们乡卫生院的院长。退休以后，继续发挥余热，给人看病，功莫大焉。

到了哥哥这一拨，生活虽然依旧艰难，但大部分人读书还是很用功，每年都有考出去的。就像一首歌里唱过的，"前边有车，后面有辙"，有他们在前面带路，我们这一拨自然走的驾轻就熟，一路有挫折，但没有放弃，几年时间，村上考出去了十几个大学生。我们走出去，比我们小的，每年也都能传来好消息，还有考上重点大学的。村庄在那几年，在当地名气很大，提到刘家山，没有不伸大拇指的。还有更令人自豪的，又过了几年，村里还出了一名留洋博士，一名政府县长。

[原载《朔方》2016 年第 11 期]

苟大乾（1976—），笔名苟大千，宁夏隆德人，就职于中卫市第五中学。作品发表于《朔方》《大地》《沙坡头》等。宁夏作家协会会员。第四期文艺（散文）研修班学员。

不能忘却的追忆

水 禾

黄河谣

"弯弯河，河上桥，姥姥桥上念歌谣，乌龟骑白马，老鼠叼黑猫，三岁娃娃不怕虎，老鼠门前耍大刀。"年轻的母亲对着襁褓中的孩子一句一句念着这首不知流传了多少年的童谣，长大成人的我，也不知自己是何时学会的，仿佛在我生下来的时候，这首童谣就嵌在我脑中的沟沟壑壑里了，让我在睡梦中也能一字一句地念出来。母亲说，弯弯河就是黄河。可是，黄河没有桥。

黄河在村子西边。冬天里，站在屋顶看去，黄河就像一条粗麻绳，泛着灰白的光，软塌塌地趴在村子旁。春天里，河滩的土软得陷进人的脚；夏天呢，等到那些长在河滩上大片的玉米开始拔节，向日葵露了脸盘，高得没了头顶，再从村里打望，黄河就不见了影子。打麦场上收了工的男人们，光着混合了汗水与麦屑黝黑的后脊梁，不用结伴，自顾自地跳进黄河洗上一阵子，清清凉凉地回来，喝上两碗绿豆汤，躺在自家的土炕上睡上一觉，翻身起来又是一条汉子。

老周家的男人，却从不去凑这个热闹。他家的两个儿子，在一个麦子黄了的时节，双双溺亡在黄河里，只在河滩上留下几件小衣服。老人们都说，黄河里有水妖呢，只拣名字好听的娃娃哄骗了下水，所以，村里的娃娃，名字都起得普通至极：狗狗、大糕、二糕、三糕，大人们只在娃娃到了上学的年纪，才着急忙慌地想上一两夜，起一个名字，好让娃娃上学报名时，说给老师听。

黄河没有桥，过黄河是要渡船，做生意的、考到外县的学生娃、串亲戚的，到了渡口，都要等船。掌渡的船家有河西的，也有河东的，敞篷的渡船"嘟嘟嘟"冒着一股黑烟，从河心一个圈，载了对岸的人和车，在两岸穿梭。那船上的人都是围着栏杆站着，有时也有牛和羊，早早伸着脖子向岸上张望，岸上的人也直了身子向船上打望。船头进了码头，船工嘴里喊着"抓稳了，抓稳了"，自己却两脚生根站在船头，将一根湿漉漉的麻绳一甩胳膊扔在岸上，等船头一摆，船工身子一点，已跃上了码头，将麻绳系在码头的桩上。船头还没停稳，船上的人已学着船工的样子跨开两腿跳上了岸。性子慢的人，抓着船上的护栏，等着船头撞击码头，最后发出"咚"的一声，船身猛地一震，船便停了。牵了牛的，挽了牛头，像两个亲密无间的兄弟，慢吞吞地下了船；牵了羊的，拢着自己的羊，只等着所有的人都下了船，才扯着嗓门轰着羊，跟着前面的人走，那羊呢，伸着脖子，一声紧一声地咩咩叫着，争先恐后往一个方向挤。等着上船的人，早早拍拍屁股上的土，拎好手里的包，年轻的牵着年老的胳膊，大人招呼着还在四下里打闹玩耍的孩子聚拢在身边，在一双脚迈上铁皮船的那一刻，都是有些急的，仿佛担心这好不容易等来的船就要起锚走了一样。

黄河的水像是个脾气不固定的老人。涨涨落落中，把行驶在其间的多少船只用泥沙困在河心。早些年，渡船只有一只，船搁浅在河心，也许是片刻的工夫，也许是半个晌午，岸上的人，家离得近的，回去喝口茶再回来继续等；性子急的，东西放在脚下，一屁股坐在地上，闲着也是闲着，给那些看着脸生的人，讲黄河琢磨不定的汛期，讲张三爷的事。据说渡了一辈子船的张三爷船开得有水平，河心里有几个滩，有几个漩，即便是漫了水，心里也是有数的，船在水面上画上几个圈就躲开了，轻易不会被困住。张三爷去世后，新的船家像个新上锅灶的媳妇儿，小心地试探和摸索着这两个渡口之间的河水，困船的事常有，除了叹息也无可奈何。经常有人家结婚当天，天明时分起程，黄昏才将新娘送到，所以，河西的女儿不愿嫁到河东，河东的人家嫁女儿到河西，是头一天就要送过河西的。居住两岸的人，就这样学会了等待，学会了承受黄河的阴晴不定。

在渡口上迎着直刺刺的风，看着沉默浑浊的河水逼得码头一再改换地方，在黄河上搭座桥，是多少代人的期盼呀！没有坐过黄河渡船的人，永远体会不到个中滋味。

"太阳从西往东落，黄河中心割韭菜，地下石头滚上坡，行人都从桥下走，捉到鲤鱼比驴大。"黄河的谣曲，随着渡船悠悠飘在两岸，咿咿呀呀的孩子，出嫁的姑娘，慢慢白了头发的老人，两岸的人唱了一代又一代，那谣里，总有一座桥。

四奶奶说，在她的家乡，黄河上是有一座桥的。

黄河上如果有座桥，多少人会在梦中也会笑醒。

黄河桥

黄河上搭起了一座浮桥，四奶奶和母亲带着我，特意去看了又看。我们站在码头上，看着一个个船一样的铁盒子，泛着锈红的颜色，并排着串在一起，从码头开始，像饱满的玉米粒，紧紧挤成一条路的模样，铺在黄河上。车辆稳稳驶过，河水近得人仿佛坐在船上一般，有人哑着嘴说，浮桥就是连在一起的渡船欤！

母亲说，浮桥就是路，丫头上学就不用坐渡船了。那时的我，要到市里上高中，黄河上架起浮桥，回家就不再是一件辛苦的事，母亲十分高兴。有了桥，便不用再坐船，更不用等船了。四奶奶也点着头，她的小女儿在市里上师范的时候，四奶奶总会在冬天里穿着厚厚的长袍，踱到码头看看河开了没有。冬天里河水结冰，渡船停了，过黄河总要绕到外县，回家的路就长了，百十公里以外的那座黄河桥，在冬日里被这里的人带着羡慕的言语一再提起。

黄河的风，带着淡淡的尘土的味道，吹起了四奶奶的盖头，吹起了母亲的头巾，我们站在夯实的堤坝上，脚下的石头抱成团，深深嵌进河滩。很久很久以前，黄河离村子很远，后来，河水像长了脚一样，一步一步靠近村子，河水大口吞噬着岸上的庄稼地，土地成块坍塌，地里泛起了白碱，玉米像经年不见长的沙枣树一样，低矮消瘦，看得叫人恓惶。生活在黄河边的人，码头就是家门的一道墙，要年年修，修了多少年，谁也记不清。码头用土沙堆起，成堆的黄土和泥沙，用麻袋装了，在河滩上垛成墙。这几年，黄河修坝，一车一车的白砂石用水泥平整地垒起来，黄河才软了脾气。修整好的码头，远远望去，像一列武装的马队，守卫着静默的黄河。码头上泊船的渡口也用石头砌了，人们都说，这样的码头，这样的浮桥，怕是要用很多年呢！

不过，黄河建大桥的事，风一样吹来了。

大桥修了两年，施工队的人戴着黄艳艳的安全帽到村口的小卖部买东西，总是能拿到最低价，村里人聚在一起，都说，修桥的人和渡船的人都是在做善事哩，摆渡的张三爷不是活了近九十岁才合的眼么？大桥建成了，就不用像过浮桥那样排队了吧？话题总是重复了又重复，拉拉扯扯中从旧时说到现在，似乎每一家都在等着新桥建成，到对岸的集市上逛逛，听说那里的工厂多得是，搞个副业收入容易得很。要做的事计划了又计划，实在是太多了。

移民吊庄来的，是几个回族村落，男人戴着白帽子，女人系着绣了珠片的各色盖头，或者戴一顶淡青的帽子。特殊的节日里，我看见好多女人，穿着和四奶奶一样的长袍，如此一来，四奶奶一定不会再孤单了。他们的村子与我们的村子相隔不远，母亲在田地里干农活，还能扯着嗓子和水渠对面的回族婶子拉上几句家常话呢。母亲说，你们来得真是时候，马上黄河上都有桥了。

那时我早已离开了村子在外生活，黄河大桥就在我为数不多的几次观望中建成了。柏油的路面，敦实的栏杆，端庄的桥灯，一切崭新得让人耀眼，路连着桥，桥连着路，路与桥的界限已不再分明。乘车过桥，黄河转瞬而过，甚至没有过河的痕迹。浮桥像个即将寿终正寝的老人，带着沧桑和陈旧的气息，远远注视着那座崭新的大桥，长长的桥像伸开的一对长长的臂膀，拥揽两岸的土地，那消耗在渡口上的长久岁月真的一去不复返了。

黄河两岸似约定了一般，栽了种类相似的树木，转暖的季节，树木密实葱茏，站在大桥上看，白的河，绿的树，相依相偎，绵绵延伸，看不到尽头。日出日落，水面星星点点，像撒了一层细碎闪亮的银子。我总喜欢在那个时刻到黄河边上走一走，掬一捧水，像掬起了我的幼年、少年。渡船，浮桥，连同琅琅的黄河谣，在逝去的时光里，仿佛也随着东流的河水远去了，它们早已深深镌刻在我成长的路上，融进我的血脉，在我心里，成为一段不能忘却的追忆。

［原载《大地文学》卷四十二，2017 年 11 月］

水禾（1976—），本名陈丽娟，女，宁夏石嘴山人，就职于贺兰县国土资源局。作品发表于《朔方》《黄河文学》《大地文学》等。中国国土资源作家协会会员，宁夏作家协会会员。第四期文艺（散文）研修班学员。

卖货姑娘

李修刚

参加完在银川举行的文艺研修班，我急匆匆地踏上了返程的 k1286 次列车。

橘红色的夕阳悬在辽阔无边的原野上，余晖在碧草上洒下一片金黄；缕缕炊烟袅袅而起，直冲天际；放牧归来的牧童驱赶洁白的羊群奔向树木掩映的村庄：这美丽富饶的曾经的西夏王国的疆土令我流连忘返，依依不舍。

因为没有座位，我只能无奈地站在第 12 节车厢里。长时间的站立令我疲惫不堪，于是我拖着行李挪到第 11 节车厢，也就是列车的餐厅所在地。餐厅里稀稀拉拉坐着用餐的乘客，这里的空间与其他车厢相比则空闲了许多。在乘客的意识中，他们认为列车餐厅是不能随便进的，只有在那里大大方方地消费才能心安理得地坐在里面。其实只要你的脸皮厚一点，死乞白赖也可以讨个座的。主管餐厅的大姐拿着圆珠笔在本子上记着账，看年龄得四十多岁，脸色暗黄，缺乏光泽，姑且称她为"厅姐"吧。我像个叫花子似的上前跟她说明情况，并问她能否赏个座位休息一会儿，也许是我可怜兮兮的样子让她于心不忍，厅姐点了点头，同时叮嘱我：来了客人要随时撤离。"放心吧，大姐！"我感恩戴德地向厅姐保证。

骤然从难捱的疲惫中解脱出来，一时无所适从。本想读会儿书，却毫无兴致。干点什么呢？我突然想起研修班老师的教导：一定要深入细致地观察生活。既然如此无聊，不妨选个人物，认认真真地追踪一番，说不定能挖掘出绝妙的写作素材呢。这主意不错，可是"矛头"瞄准谁呢？厅姐？表情过于严肃，有距离感；乘客？要么吃饭，要么聊天，缺乏闪光点。正思忖之际，一个姑娘推着铁皮货车走了过来，瞧模样也就二十左右，穿着紫色的制服，头上扎着发髻，长有标准的拉斐尔画作里的鹅蛋形脸，脸上白白净净，活脱一枚剥了壳的鹅蛋。这位俊俏的列车员的出现激发了我的兴趣，我决定就选她了。

姑娘将货车往吧台旁边一扔，然后打了个长长的呵欠，伸了个懒懒的懒腰，接着抱怨道："哎呀，累死啦！"

"累，累，就知道喊累！你看你，才卖了多点货？丫头，你能不能多跑几圈？"厅姐不留情面地训斥道。

"姐呀，你不知道那边有多挤，一圈下来，半条小命都没了。"姑娘满腹委屈地说道。

"行了，行了，别说些没用的，抓紧再转几趟，不然任务完不成了！别忘了再加点货，充电宝、剃须刀，很多乘客都需要的，听见了吗？"厅姐威严地下令了。

"好，好，遵命，我的大姐。"姑娘极不情愿地从储物间往车上装货，然后松松垮垮、摇摇晃晃地朝外蹀去。盯着她的背影，我想到了加缪笔下的西西弗。在上下往复滚动巨石的过程中，西西弗获得了幸福，那种幸福超越了疲惫，超越了痛苦，超越了磨难，超越了荒诞，是意志历经千锤百炼后的巨大胜利。而卖货的姑娘还没有获胜，她依然在命运的车轮下被碾来碾去，只是不时地发出因为疼痛而引起的脆弱的呐喊声，我的内心顿时生出几丝悲凉的情绪。

大约过了半个小时，我听到车轮声，姑娘回来了。出人意料的是，姑娘的脸上没有丝毫的疲惫，反而布满了兴奋和喜悦，大概是卖了好多的货吧。

姑娘撂下货车，一步凑到厅姐跟前，蹲下身子，脸上浮着红晕，掐着指头，欲言又止。

"咋了，有啥好事吗？"

"我……我……我……"

"哎哟，还扭扭捏捏起来了，跟姐还害羞吗，快说吧。"

"15 号车厢……"

"15 号车厢怎么了？"

"那……那……有……"姑娘支支吾吾。

"英俊的小伙，是吗？"

姑娘猛地捂住脸，红彤彤的云彩从指缝里飘了出来。

"能把情况跟姐交代交代吗？"厅姐将姑娘的手拨开。

"刚才在那卖货，货洒了一地，身旁的一位年轻的男乘客帮我一个个捡起来，我很感动。表达谢意时，我……"

"喜欢上了人家，对不？"姑娘又将脸蛋遮了起来，拨浪鼓似的摇着头。

"行了，别玩猫腻了，你那点小心眼，姐还不知道？走，跟姐走一趟。"

姑娘倏地放下手，切切地问道："干啥去？"

"姐去给你牵个线。只要他没结婚，没有女朋友，姐尽全力给你搭桥。"

"咋搭啊？"

"跟我走就行。"厅姐拿出一副老大的派头。

"那货车还推吗？"

"你说呢？丫头。"

"我推，我推。"

姑娘快速起身，抓住车把，就似工人抡起榔头农民抄起镰刀一般，铿锵有力，脚下生风。月下老人领着情窦初开的少女，雄赳赳气昂昂地奔赴鹊桥来相会了。在这拥挤的车厢内，是否会上演一段列车情缘呢？真的令人期待。一位英俊小伙的降临瞬间改变了姑娘的悲剧命运，世界是多么奇妙啊。我暗自祝愿她能摘得一颗甜蜜的果实。

不知过了多久，车轮声再次响起，我本以为姐妹两个会喜笑颜开地凯旋，不料却是两片乌云呈现在我的面前。厅姐板着脸，似乎比之前更加严肃；姑娘则垂头丧气，黯然神伤——毫无疑问，她们吃了闭门羹。

两人在车窗边上坐下了，厅姐瞪着桌面，姑娘揪着窗帘，凝视着车外发呆。沉默一会儿，厅姐先发话了。"人家有女朋友了，拒绝是正常的，也是应该的，不用那么难过，这种事情不能强求，只能说没有缘分。姐当年对你姐夫也是一见钟情，现在咋样？还不是凑合着过?！所以犯不着那么伤心，好男人有的是，到时候保不准找一个比他更好的。"

姑娘依然注视着窗外。

"姐认识好多朋友，等回去后姐多给你介绍几个，肯定能挑着你满意的，姐打包票。"厅姐喋喋不休地劝慰，不过这些安慰的话语对于姑娘来说无关痛痒——痴情的小女子正在爱情的漩涡里挣扎呢。涉世未深的她把爱情想象得相当简单，也相当美好，以为只要投入情感，就可以坠入爱河，采撷爱的花果，不料残酷的现实却给了她当头一棒，敲得她蒙头转向，使她一时拐不过弯儿来。

至此，卖货姑娘吹出的那个五彩斑斓的肥皂泡已经破了，她构思的那个浪漫的剧本该剧终了，而我也要下车了。

我拉着行李经过姑娘身旁，她竟冲我莞尔一笑，我猜她肯定注意到我一直在观察她，我探知了她的秘密，或许她感到不好意思。

下了车厢，我再回首，卖货的姑娘已不见了踪影，我断定相当长的一段时间内她还将保持失落的状态。尽管爱情之花没有盛开，但含苞欲放时所散发出的光彩是最美的，也是最迷人的。回家的当晚，那位卖货姑娘入了我的梦：她穿着洁白的婚纱，端着酒杯，笑靥如花……

[原载《朔方》2016 年第 11 期]

李修刚（1978—），山东莒县人，就职于山东省济南中学。作品入选《2015 齐鲁文学年展》。荣获"读者杯"全国中学师生写作大赛教师组二等奖，"文华杯"全国短篇小说大赛三等奖，第二届"中华情"全国诗歌散文联赛金奖。济南市作家协会会员。第四期文艺（散文）研修班学员。

凡人之歌

曾　锴

老陈话不多，穿着朴素，就像一个老实巴交的农民。可不要小看了他，他做事气度大，让人舒服，不像我小姨夫，总在钱上抓狂，斤斤计较，只顾自己，惹得姥爷一家人看不起他。

老陈是谁？老陈是我老爸。我们家，称谓很随意，这没有什么礼貌不礼貌的，这样叫反而更亲近一些。

任何人都可以做志愿者，不论大人，小孩，身体正常与否，只要有爱心。

星期天，老陈带着我和许多叔叔阿姨到敬老院做志愿服务。这里是我们定点帮扶的对象，已经常态化了，义工队伍不断有人补充进来，也不断有人因工作离去。

到了敬老院，我们很快投入到工作中，换洗床单，打扫卫生，给老人理发等，全是自觉地去做，没有人安排，没有争吵，没有讨价还价，一切都井井有条，不像有偿服务，多干一把，都争吵着要报酬，在这里全都是凭自己的良心。

有一次，我看见一个人跪在地上清理污物，很专注，用小刀一点一点地刮，一点一滴的清理，完全没有嫌脏怕累的样子。说实话，这儿我刚用拖把拖过，我也看见了地上的痰迹，认为就那么一点，不伤大雅，没有必要这么认真，擦了两下就过去了，但这个人很认真，很执着。好像是老陈？我跑了过去，我惊呆了，还真是老陈！

这里的老陈和家里的老陈真是一个天上一个地下。家务事老陈从来都不动手，洗衣做饭打扫卫生，全是王燕的。在家的老陈就是一个什么都不干的吃饭的穿衣服的机器，油瓶倒了都不去扶，这是王燕说的，可是这里的老陈却干的这么认真，我不相信自己的眼睛，也不相信老陈会这样！

"老陈，这不是真实的你吧。"我走过去对老陈说。

"这里的我才是真实的我。"老陈嘿嘿笑着。

"可是可是……？家里的你怎么是那个样子？"

"你还没有出生的时候，家务事都是你妈王燕和我共同做的，谁有时间谁做，自打有了你之后，她不是嫌我做得不好，就是嫌我做得慢，整天唠唠叨叨的，我想改变她，不让她唠叨，把一些事情提前做了，她又说我做的早了。我改变不了她，我就改变我自己，放松心态，让她说让她做，哎，想不到意外的好，相安无事。从那以后再没发生过冲突。闺女，回去后可别对你妈说。"

这老陈，竟然还能容忍王燕的唠叨，保存自己内心的清静。我不行，听到王燕唠叨，我就心烦，有时会发疯。

"你这样跪在这儿清理痰迹，不会影响你的身体吧，那可是痰迹啊！当中有病菌。"我说，"你就不怕被传染上？"

"你看我不是戴着口罩吗，再说我的免疫力比那些老年人要高，防护措施做得好，不会有事的。"老陈轻描淡写地说。

"那也不能保证。"我充满疑惑地说。

"闺女，有些事情不能绕开时我们必须面对，比如今天的这痰迹，清理完，你的工作就很完美，清理不干净，这就是一个瑕疵。我想让你认识到有些事情你面对了，反而简单了，困难就像个拦路虎，你不清除它，它永远摆在你面前。"老陈静静地说。

原来是这样！老陈用这种非说教的方式来教育我，我没有看出来，这家伙手段真是高明。

"可是病菌传染你怎么办。"我还是不放心。

"没事，我还用了这个。"他拿出一瓶消毒液。这时我才放心了。

"你不应该跪在地上干这种工人们才干的活，这有损你的身份。"我说到。

在我心里，他也是有身份和有地位的人，在他的商铺，诸如清理油污，收拾垃圾的小活，他是从不沾手的，他是老板他做主。

我带你来做志愿者，就是要让你知道，不要认为我们多么高贵，觉得有些事不值得我们去做，其实我们都很渺小，我们只有做这些事的时候才能感觉自己的伟大，志愿服务不以人的大小区分，而是以爱心区分，老陈说。

"那你在工人们面前却是那个样子，双手叉腰对工人吆五喝六的，为什么自己不去做呢？"我反问。

"那是管理，要与这个分开。"老陈说。

我似懂非懂，但至少，我从他做的事情上知道了工作没有高低贵贱之分。做了志愿服务之后，我感觉到了高贵的意义，感觉到了服务的快乐，服务别人，有一种幸福感从心底升起。

做有爱心的事，可以体会到高贵的幸福，这是我跟随老陈做志愿服务的最深感受。

晚饭后，王燕在厨房洗洗涮涮，我在写作业，很多男人这时候不是在家看电视就是打麻将去了，但老陈不，一是老陈不爱看电视，他不喜欢那些你亲我爱的肥皂剧，二是王燕不许老陈看，说是影响我学习。他也不去打麻将，他说，那东西不但伤身体还损人心志。

一不看电视二不打麻将的老陈干什么去了呢？他去地下车库侍弄他的那些桌椅板凳去了。

木匠活老陈持续多年了，记得我小的时候，老陈和王燕打架，把一个相框弄坏了，七零八落的，不好意思拿去修，老陈就买来材料，量好尺寸，自己修，修好后涂上油漆，和原来的看不出有什么区别。自那以后，老陈就迷恋上了木匠活，我家的碗柜，鞋柜都是他做的或是改装的，很实用。他还做鸟笼，狗窝什么的，做得很精致，朋友们喜欢，他就送给他们。

刚开始，他在我们家里侍弄他的这些东西，叮叮当当的，邻居们反应强烈，上下左右都找来了，对他表示极大的抗议。他只好把用来做木匠活的锯、斧、凿、线盒等搬到了地下车库，在车库里倒腾他的那些东西，我们家的车就受了委屈，有车库不能停。

一会儿蹲着，一会儿跪下，从不觉得无聊，相反还乐此不疲，几乎达到了物我两忘的境地。夏天，地下车库里又闷又热，他全然不顾，只有汗珠落在木料上，他才擦一把汗水，蚊子在他脸上吸饱了血飞不动了，他也不知道，我跑过去打蚊子，打的他满脸都是血，他只是嘿嘿一笑，用毛巾一擦又投入到了他的木匠活中去了。冬天，外面飘着大雪，他却在地下车库里干得热火朝天，一会儿锯，一会儿凿，一会儿打线，全然不知外面的世界。

老陈做的那些东西，在我们当地的木匠中，可以说是最好的，但跟南方的师傅比起来，就少了一些风韵，少了一些清雅。同样的东西，南方叔叔做出来的就耐看、精巧。

对于老陈，我实话实说，"你'哼哧哼哧'的，有什么用啊！你做的那些东西永远也比不上南方师傅做的，一点自豪感都没有。"

"我在享受时间啊，我专心做这些，不让其他东西进入我的心田，我也就没有什么烦恼了。"老陈说。

这是他的智慧，我这么大点的人都有烦恼，害怕孤独，我想他应该也有，只不过他用这种方式把孤独和烦恼赶跑了，不像我舅，为了驱赶寂寞，整天泡在麻将馆，心打败了，家也打散了，现在闹离婚，我们家相安无事，这个老陈，挺有思想的。

"你超越不了人家的。"我说。

"超越自己就是最大的快乐，你看我今天做的就比昨天做得好。"他拿起鸟笼给我比较着。"不和他人比，只要战胜自己，就是最纯净的快乐。"老陈悠悠地说。

你别说，老陈说的还挺有哲理的。说的话让人回味。

一些地方发洪水了，受寒潮侵袭了，发生旱灾了。老陈总要拉上我为灾区捐款，捐的数额不一定大，二十、三十、五十、一百、二百、五百都有，主要是一片心意。一般情况，他捐他的，我捐我的，他不干涉我，我也不和他比，都是随意。我们家不存旧衣服，穿旧的衣服都洗的干干净净的，熨烫平整拿出去捐了，不像有些家庭，衣柜那么多还不够，在我们家形成了一种制度，每有灾情，我们家就捐款捐物。一方面帮助了那些人，一方面也帮我们清理了衣柜，但更主要的是为我们家积攒了一份爱心，我们的心更透亮了，这老陈，真会教育人。

老陈走在街上，看到乞讨人员，总会放钱。我说，那些人是骗子，好吃懒做，跪在街上求得别人的同情，实际上一天要挣一百多元钱呢！

"我这是为自己好。"老陈说，"放了钱，我的左眼皮就会跳，左眼皮跳，不是发财就是好心情就要来到，不信你试试！"我试了几次，耶，还真是这样，虽然没有老陈说的发财，但好心情确实有，一天都会被好心情包围着。

有一次，我把五元钱扔给一位乞讨者，正好被老陈看到了，老陈狠狠的教育了我一顿。

"做这件事时，不能以施舍者自居，如果自己高高在上，是救那些人的，那就自私了，善举是不求回报的，不要自以为给那些人钱财就认为自己多么高尚，那就大错特错了，不但侮辱了那些人，也显出自己的素质多么底下，其实我们和他们是一样的，只不过我们比他们在钱财上富有一些，有些我们还不如他们，比如精神世界。善举是自我心灵的升华。"老陈说。

从那以后，在街上，我见到乞讨者，不会以假报恩的心态去给那些人钱财，而是以真诚的心帮助那些人。我发现，这种帮助是相互的，帮助了他人，其实也帮助了我，起码，我有了好心情。

每年，我们一家三口选择一个省份，根据假期的长短，选择合适的线路旅游一次。

你还别说，旅游虽然累，但心中的某些东西得到了释放，心情变好了，不再是满腹牢骚了，不再斤斤计较了，特别是王燕，这点最明显。旅游开拓了眼界，增长了知识，知道了生命的可贵。

要好好地活着，要好好地对待我和老陈，这是王燕的感悟。

这老陈，用这种方式教育王燕，让她自己升华自己，在感悟中提高自己，让我自加压力自主学习，高，手段就是高。

除过这些，老陈还和他的朋友去登山，这是他唯一的爱好。其他方面，王燕说什么都可以，但对于老陈的这点爱好，王燕是不能左右的，老陈不打麻将，不酗酒，要是再限制老陈户外活动，就说不过去了。在这一点上，王燕还是比较聪明的。

平时，老陈和他的那些朋友各干各的，想出去了，只一个电话，很快的集结出发，从来不拖泥带水。

　　什么防潮帐篷，应急灯，登山鞋，甚至做饭用的小煤气瓶都有，朋友一招呼，他就把这些东西装上车出发了，一般三二天，最多也就五六天，回来时带些土特产堵堵王燕的嘴。

　　现在国家实施一带一路战略，他和他的伙伴们到俄罗斯，塔吉克斯坦等地方，一是旅游，而是找合作伙伴，现在都是网上销售。

　　在暑假，我和老陈拿上一些必要的东西就出发了，走上大约六个多小时就到了山里面。这里没有被开发过，人们还过着纯朴的生活，高大厚实的山体，傲然挺立的山松，叽叽喳喳的鸟鸣，潺潺流淌的山涧小溪，这才是最自然的美。这些美景映入眼睛，心好像都被洗净了，清澈明亮。

　　我们到了一个极偏远的山村，车不能上去，停在山脚下，我们步行了一个半小时到了一户人家里，在和那户人家的老爷爷交谈中，我才知道竟然还有一年花费不足八百元钱的人家，我们一天就要花掉二百元钱，我都有点不相信，我问老爷爷，他八百元钱是怎样花的，他说，也就是买些盐和衣服，其他的都能自给自足，醋是自己造的，油是自己榨的，酒是自己酿的，菜和粮食是自己种的，鸡羊猪是自己养的。

　　我问老爷爷苦不苦，老爷爷没有听清楚，我又说了一遍，他说这就是他的生活，没有什么苦不苦的，就是买盐和衣服有点麻烦，一年他也就出去一二次，其他时间都是在他的这个家里度过的，我问他多大岁数了，他说八十了，我不相信，看上去他也就六十多岁。老爷爷要我们下次如果去他那儿，给他带些盐，他说外面的世界乱哄哄的，有一种压抑感。

　　我把我带的吃的给他品尝，他吃了后摇了摇头，说没有他的香，他拿出野果、米酒、蜂蜜招待我们，我喝了那米酒，带有泥土的自然厚实的醇香味道，沁人心脾，那花蜜清澈、甘甜，这才是大地恩赐给我们的东西，这才是原汁原味的东西。这些东西吃了后回味无穷。

　　我们还吃了老爷爷做的腌肉，过年时的猪肉，七八月份了还保存的这样好，真是不可思议，我不但被这里的美景震撼，也被这里的生活震撼。这才是我们人类的生活，这才是我们的生活方式，在城市，人们永远都是匆忙的，紧张的。匆忙的吃，匆忙的玩，可是越玩越觉得不自在，压力始终包围在身边，人们已经远离了日出而作，日落而息的生活。

　　每次回来，我感觉心好像被清洗过一样，更明亮了，更纯净了，心里多了一份实在，少了一些浮躁，多了一份宁静，少了一份不安。

　　我忽然醒悟，这也是老陈安排的，这是让我去弃浮躁最好的方法，这老陈，心眼还不小，但我愿意！

我奶奶是老陈最怕的人之一，我都这么大了，我奶奶还动不动就训老陈，我奶奶训老陈时，老陈毕恭毕敬地站在那儿，不敢挪动半步，听到奶奶这样训老陈，我都为老陈抱打不平。

　　凭什么要训我的老陈，你的一个儿子在美国，一个女儿在北京，他们这么多年都不回来看你一次，我和老陈几乎每周六都来看你，老陈有时太忙了，没办法回来，你就训他不回来看你，公平吗，我把奶奶呛白了一顿。

　　奶奶幽幽地对我说，她也控制不住，她想我们想得慌，不见我们回去，她像丢了魂似的。

　　"我们强烈要求你搬到我们家去，可你坚持不去，坚决要留在老家，害得我们每周都要回来，其他事情可以暂缓，唯独这件事，他记得最清楚，无论刮风还是下雨，他都争取按时回家。"我说。

　　"唉，故土难离啊，家里土炕住着舒服，楼上我住不习惯，我训训他，我的心里好受些。"奶奶说。

　　我笑了，"你舒服了，那你儿子呢？他舒服吗？"

　　"谁让他是我儿子呢。"奶奶强词夺理。

　　奶奶共生了三个子女：我大姑、大伯和老陈，我爷爷去世的早，奶奶把他们拉扯大，老陈比我大姑、大伯都要聪明，奶奶对老陈寄予的希望也最大，可是那时上到高二的老陈忽然背着铺盖卷回来了，不再上学了，任凭我奶奶和邻居怎么劝说，那时的老陈一根筋，坚决不再念书，回家种田。

　　我问老陈，没有上大学后悔不后悔，他只是淡淡地说，全都上学走了，谁来种田、谁来养活老人。

　　那时的老陈在农村待了几年，老老实实的在家种田，随着机械化程度的提高，农田需要的劳力相对减少，并且粮食价格低，辛辛苦苦一年落不下几个钱，没有办法，老陈又来到城市发展，自己打拼开了一家卫浴店铺，随后和王燕结婚，生下了我。

　　老陈动用了所有的亲戚关系都没有说服奶奶来城里我家里，这是老陈最不开心的事。

　　"我很自卑，在赡养老人上，我一点自豪感都没有。"老陈说。

　　"不必太在意，相信奶奶会来城里的。"我安慰到。

　　"可是我怎样教育我的女儿啊，我赡养老人都做得不够，怎么做表率。"老陈说。

　　我理解你的苦心，做到问心无愧就行了，我说。

　　老陈想好了，现在奶奶生活还能自理，老家还有亲戚邻居能和她唠唠嗑，还能照顾她，乡下空气也好，暂时先住着，再过几年奶奶行动不便了，就把奶奶接到城里来。

老陈也有害怕的事，那就是参加公共活动，他不愿意去人多的地方。给亲戚朋友随礼什么的，就让我和王燕代劳。在公共场所，他有一种紧张感。

有一次，老陈参加我的家长会，坐立不安，老师让他交流经验，他紧张的说不出话来，只是一个劲的说，是女儿好，他没有什么经验可交流的，家长会没有开完他就跑了，可是，做志愿服务时，那么多的人，他却能应对自如，人都有两面性吧。

老陈爱喝酒，但不是那种一喝就醉的人，他和他的那帮哥儿们一般也只是喝到适可而止就不再喝了，如果有多年不见的老同学来了，那就另当别论了，喝的天昏地暗的，喝醉了也发发小酒疯，对我进行一番政治教育，王燕回来，他立马装着睡着了，他自知他的唠叨比不过王燕，有一次，我听的实在烦了，我说王燕回来了，他就乖乖地睡去了。

《读者》是我们家共同的精神财富，《读者》上的一些观点，是我们经常争论的中心，有时，我故意和王燕站在一起，用非正常手段比如胡搅蛮缠，打败老陈，老陈说不过我们，但他保留自己的意见，独自一个人在那儿沉思。老陈的文采也不错，有时也写点东西，思想还很深刻。《人民文学》《小说月报》他坚持订阅，他不喜欢那些花里胡哨的通俗文学，他注重纯文学的东西。他说，这些东西能提升人的品位。

老陈从不过问我学习上的事，因为他相信我能做好，正是因为他太放心了，我太任性了，出了事，我迷恋上了网络，下午放学，我发疯了似的向网吧跑，沉迷于网络之中不能自拔，老陈不知道，还以为我给他好好地学习呢，老师打电话找家长，老陈才知道了这件事，这可把老陈打懵了，不知道该怎么办，王燕采取了扼制的办法，对我加强了戒备，不准我放学回家晚，不准我用电脑，不准我和男生来往，但我还是抵制不住网络的诱惑，我还是偷着去上网。

老陈没有对我说什么，但我知道，他的苦闷比王燕多，那阵子，老陈失眠了，在他的卧室里走来走去，又抽起烟了，呛的在那儿直咳嗽。

我听到了老陈和王燕争吵的声音，吵得特别厉害，都是有关我上网的事，我能感觉到王燕想用武力来教育我，有几次，王燕走过来，打我的姿势都出来了，但被老陈制止了。

老陈也想不出什么好的办法，这事就这么僵持着，可是我上网的欲望越来越强烈，仍然偷着到外面网吧上网。期末考试，我的成绩下滑到了倒数。

不知道老陈是怎么想的，忽然他把电脑搬进了我的屋子并接上了网络，老陈的条件是我不能再到外面网吧上网，要求我在不影响学习的前提下，做完作业后可以玩电脑，十点半之前必须下线。

虽然老陈采取了这种方法来阻止我到外面上网，老陈也不轻松，每天晚上，老陈在客厅正襟危坐，不说话也不看电视，而是听我房间的动静，有时候我能感觉到老陈光着脚，耳朵贴在我的屋子门上听我在干什么，有时候趴在地上看我房间的灯光，到了十点半，他在我的门口走来走去，没办法，我只好关掉电脑睡觉，第二天，我发现烟灰缸里的烟头装得满满的，老陈那双深情地看我的眼神，我现在还记得。

在我迷恋上网络两个多月后，我发现网络也不是什么好东西，不但损坏了我的眼睛，还不能呼吸外面新鲜的空气，我感觉不到快乐，我厌烦了网络不再上网，老陈看到我不再迷恋网络，别提多高兴了，像个小孩子一样，在我面前转来转去，又唱又跳，陪我逛街，给我买肯德基，那种高兴可能是他一生当中最美的。

平凡的，像流水一样的漫长的时间老陈是怎样打发的呢？老陈就坐在他的卫生洁具店卖他的商品，老陈对赚钱的欲望不是很强烈，其他店铺不是打广告，就是发传单，可他到好，从不出去招揽顾客，也不干那些以次充好，坑蒙拐骗的勾当，他是姜太公钓鱼，愿者上钩，但不知为什么，他的顾客就是多，周围有很多家卫浴店，人们转了几圈，最终还是到他的店里来买，什么产品什么样的价格，这是他的原则。

"那你为什么今天把一个叔叔狠狠地宰了一顿，价钱要远远高出很多。"我说。

这是商业游戏，你不看，那个叔叔是个暴发户吗？人家有钱，向他多要几个也没有什么，老陈说。对于那些老年人或农村人来说，老陈可以按原价把货给他们，这就是老陈。

你说怪不怪，只要老陈往那儿一坐，顾客就很多，营业额就高。王燕看不惯老陈整天坐在门口和人聊天或者抱着茶杯喝水的样子，就找茬和老陈闹，不是让老陈去搞一些她认为吸引顾客的宣传，就是要老陈把价格抬高再打折，可是，老陈我行我素，不听她的，王燕把老陈赶了出去，老陈可到好，出去旅游去了。

其实，王燕把老陈赶出去那几天，王燕在家也没有挣到多少钱，还和顾客怄气，她那脾气，和顾客说上三句，就不耐烦了，谁还愿意来，顾客少了，店里冷冷清清的，还净拿我出气，不是埋怨我不帮助她，就是埋怨我对她不好，白眼狼，光吃她的。

没有办法，她只好老老实实的在家做饭，与顾客讨价还价的事交给了老陈，她还得靠老陈把现在的做好，虽然挣的不多，但能维持我们一家人的生活。

"王燕对你那样了，都把你赶出去了，你为什么不争口气扩大经营，挣大钱给王燕看看。"我对老陈说。

"这样不是很好吗，这才叫安居乐业，这才是我想要的生活，赚那么多钱干啥，赚得越多，痛苦就越多，人的欲望永远也填不满，你看我们一家这样多好，吃饱喝好，还很幸福。"老陈说。

"你不是教育我要努力向上吗，人家都在努力地为女儿挣一份家业，挣一份天下，可你可倒好，坐在这里享福，你安的什么心，你心中有我这个女儿吗？"我责问老陈。

"啧啧，你还教训起我来了，靠父母那是没本事，我这样做其实也是给你做榜样，不是钱越多越幸福，关键是生活的质量，追求和谐才是最好的，钱够花就行了，钱多了是一种痛苦。"老陈说。

"那我现在不努力，和你一起过这样的生活怎么样？"我说。

老陈立马从座椅上站了起来说，"那不行，你不努力，今后你怎样生活，怎样养活我。"

"为什么你不上进却要我上进。"我反驳说。

"你还小，应该上进，我吗，老了，可以这样。"老陈说。

"你不是要我时时以你为榜样吗？你不给我挣一份家业，我为什么要养活你。"这回老陈没有词了，说不过我了，抱着茶杯和邻居下棋去了。

这就是老陈，凡人老陈，快乐着他的快乐，幸福着他的幸福，可就是这个人，在我不断成长中潜移默化的影响着我，熏陶着我，这个老陈，幸福指数还挺高的。

[原载《朔方》2018年第5期]

曾锴（1970—），笔名华强，宁夏中宁人，就职于中宁中学。作品发表于《朔方》《黄河文学》等。荣获天津市曹禺文学奖。宁夏作家协会会员。第五期文艺（小说）研修班学员。

钢铁是怎样炼成的

羊　白

铁　器

1989 年，我初中毕业，考上了中专。填报志愿时，什么都不懂，只知道师范生分数最低，我分数高，就报了航空类，铁路类，和机器制造类的学校。结果就被咸阳机器制造学校录取了。

到了学校，才知道自己被分到了热加工专业，才知道还有两个主要的专业是机制专业和电器专业。那时候家电产品发展迅速，尤其是电视机，引领着工业和消费的潮流，自然电器专业就是热门专业。机制专业，在我们看来是绘图和设计，坐办公室的。至于我们热加工专业，按老师的解释，是铸造锻造热处理和焊接，按我们的理解，则是与铁块打交道的苦力活，让人联想到铁匠和灰黑的锅厂。这样横向一对比，就有了几分悲观情绪。

未到校前，我还有几分骄傲（因为当年我们村就考上了我一个中专生）。如今同学们一分析一议论，才感到前途不妙，怕是一辈子要与铁块打交道了。

好在我们都是农村娃，老实，肯吃苦，议论一阵，也就完事了，该干啥干啥。毕竟，这么大的学校，这么好的学习环境，我们之前是从没见过的，首先想到的还是学习，力争上游。至于工作，那是以后的事，有国家分配，用不着我们操心。

我们主要的专业课还是铸造。

在此之前，我是不会区分钢铁的。只知道在金银铜铁里，铁的级别最低，是黑的、硬、冷冰冰，会生锈。农村常用的铁，有锅具，农具，钢筋等，都是耐用品，非常实用。而金银铜，是贵重金属，更多是装饰性的，是有钱人的奢侈品。

我清楚地记得，小时候为了做火药枪，找那些铁制的小零件，是何等的辛苦。铁就是铁，其他东西是无法代替的，比如木头，它随处都有，但它无法做钢针，无法具有尖锐的力度和火药形成碰撞。木头枪做得再逼真，也不过是木头，玩具而已。火药枪，说到底是一种模仿，一种崇拜。从冷兵器时代的剑戟盾矛，到袖珍的手枪，火力猛烈的机枪，所向披靡的坦克装甲车，它们都是黑铁做的，具有杀戮征服的功能。先是原始的力量，后加入智慧的含量，使铁更有威力，更具杀伤力，成为了兵器之王。

少年是一个有待长成的年龄。渴慕力量是他的本能。没有真枪，那就做一把火药枪吧。其千方百计的过程，其实就是一场征战，反复磨砺自己的意志，让弱小的自己强大起来。即便是身外之物，也不能说是假象。我敢肯定，在二十世纪七十年代，在那样一个从战争刚刚走出的时代，铁，铁做的枪，是每一个乡村少年的偶像。

而火药枪，便是对真枪最好的模仿。是谁最先发明出来的？不得而知。任何的枪，都得有一个枪膛，这个腔体，由什么来完成呢？当时的农村，没有任何加工设备，只能找现成的东西。于是某一天，某个有心人，在拿着废旧自行车链条端详的过程中，一道灵光闪过：把若干链条排在一起，不就是一个现成的腔体吗？这剩下来，找一根粗细和腔体刚好能配合的钢针，再用粗铁丝纽个枪架，一把火药枪就基本诞生了，可以"啪啪"地发出声音宣示铁的威力了。

在二十世纪七十年代，自行车还是新鲜玩意，从哪里去找废旧的链条呢？

由此可想当时的铁器有多么珍贵。一根钢针，没有砂轮，完全按李白说的那个老太婆的做法——用铁和石头摩擦——铁棒磨成针，是何等的漫长辛苦！

但令人欣慰的是，只要坚持，就终归会达到目的。因为铁再坚硬，在不断地摩擦中也会磨损，只可能变细，不可能变粗，这是基本的真理。有了真理，再加上梦想，就不觉得苦了，这是少年的殊荣。

铁持续摩擦会发热，烫手，这个感觉起初令我非常惊讶。但因为用水可以冷却，因为急于求成，就把它忽略成了常识。后来学了专业课，才知道这铁里有着诸多的分子，也是一个广阔的世界，只是因为单元极其细小，不透明，被肉眼遮蔽了。后来我才知道，摩擦生热，是原子的运动。如果你有一只铁手，你一直摩擦下去，铁会发红，会熔化，这足以让你大吃一惊。固体的铁，只是铁的常态，不是全部的铁。

我们人看似固态，其实是液体。那么灵魂呢？是气体吗？世界何其奇妙！成长和认识一样，都有它的脚步。

前面说到做火药枪对链条和钢针的寻找。再说说其他的铁器，比如废轴承里的滚珠，没有那个玩意，你无论如何是做不出陀螺的。再比如，有一根恰到好处的钢筋，其实就已经拥有了一个铁环。因此在我幼小的经历里，铁其实是非常珍贵的，价值不高，却无可代替。比如没有锅，你就没法做饭；没有锄头、铁锨、犁铧，你就无法耕种；没有钳子、改锥、扳手，你无法拆卸和装配，只能干瞪眼，干着急。再比如小小的钥匙，没有它轻轻的启动，撬开秘密，坚固的大门又怎能豁然打开？

因此不光是我，我的小伙伴、父亲、邻居、乡亲，他们都很懂得敬佩铁，收藏铁。即便是用坏的东西，也舍不得扔掉；偶尔在路上碰到，会用脚先拨拉一下，再俯身捡起来，翻转看看，思忖对自家有什么用场。

因此那个年代废品很少。收废品的也少，偶尔有，也大多是塑料制品，破布烂鞋。

从理论上说，没有哪块铁是无用的。每一块铁都可能派上用场。这一点，在如今收废品的那里也会得到体现。他往往会把铁器按不同的形状分拣出来，有人来买，便废物利用。实在没人要，也没关系，可以重新回炉。

钢铁是怎样炼成的

这就说到了钢铁的冶炼。

通常人们脑海里会浮现超大的熔炉，红彤彤的颜色，钢花四溅，铁人王进喜，火热的生活，奥斯特洛夫斯基的名著：《钢铁是怎样炼成的》中的保尔柯察金。

是的，钢铁的炼成，和人的成长一样，必定是一个复杂的过程，不断浴火重生的过程，要不怎么有"千锤百炼""何意百炼钢，化为绕指柔"。

用高炉先把铁矿石炼成标准的铁锭，然后再根据不同的需要，炼成不同牌号的铁、或者钢，然后以不同的形状和功能，奔赴广阔的生活，架桥建屋，造车造船，给世界一个稳固的支架，坚硬的杠杆，和各式各样的精锐的器具。

"钢铁巨人""铁打的男人"，钢铁的特性，就是硬，结实，不易变形，和塑料制品形成了强烈的反差。前者是硬的，方正、致密，却也是笨重的，固执、宁折不弯，就像"铁骨铮铮"的男人。后者呢，轻巧，色彩鲜艳夺目，更具装饰性，就像是娇媚的女人。钢铁和塑料，无疑是目前世界上应用最广泛的材料。它们互补长短，支持着男人女人的生活。

我前面说过，在学专业课前，我对钢铁是没有区分的。所有的非金银铜铝锡我不认识的金属都统称为铁。在我看来，钢不过是比铁好一点的铁，比如"好钢用在刀刃上""百炼成钢""恨铁不成钢"。至于钢比铁优越在哪？二者之间有什么区别？我就不清楚了。想必大多数人都不清楚。钢、铁更像两个孪生的兄弟，它们穿同样的外衣，衣服又不能脱下来，谁又能识别它们的肉身？

事实是，即便是断开的铁，从断面上，我们也看不出什么。铁，还是铁，一块黑沉沉的家伙。只有专业人士，了解它内部结构的人，或是在实验室的化学分析下，才能知道它确切的身份。人都有名字，钢铁也一样，有着诸多的分类、和众多的牌号。但只有在《材料学》里，它才成为主角，被研究和命名。生活中，它再坚固再漂亮再值得信赖，也不过用具或工具罢了，它连宠物都够不上，它没有生命，自然就没有名字，只有钢，或铁这样笼统的称呼。

那么，这两个孪生的兄弟怎么区分呢？

专业上的说法，是按含碳量的多少，含碳量低的，是钢，含碳量高的，就是铁。在铁碳相图里，有明确的分界线，但事实上，那只是理论状态，就好比理论状态的人只是研究对象一样，具体的钢铁，总是含着这样那样其他的元素和杂质，所以分界线只是大体的过渡，不会像棋盘上"楚汉之争"那样有着斩钉截铁的"河界"。

所谓的纯铁（其实应该属于钢），其实是很软的，具有很强的延展性，类似于铜铝，但显然，这不是钢铁"铮铮铁骨"的本色，因此并不常用。铁里面随着含碳量的增加，硬度和强度会提高，就是我们常用的钢了。再增加，由于石墨状的碳对基体的切割，便开始发脆，韧性降低。

也就是说，影响钢铁性能的，其实是碳，而不是铁本身。这就好比，影响一个人命运的，不见得就是他自己，而很可能是他的妻子孩子父母朋友，没有"对象"的参与，他的轨迹面目往往会"模糊不清"。

说起来，碳是一个很神奇的元素。是有机世界的主角。可以说，碳是生命的基础，一切动植物中的有机质，都是碳的化合物——蛋白质、油脂、淀粉、糖以及叶绿素、血红素、激素，都离不了碳。在工业上，碳除了和金属化合，还和非金属，比如塑料、纤维、橡胶、香料染料等化合。碳和人一样，是个活跃分子，几乎无孔不入，以体现它非凡的才能。

钢铁冶炼是个复杂的过程，因为铁里面除了碳，往往还有其他合金元素，相互之间会形成许多化合物，从而影响整体的性能。

但另一名方面，这种貌似"干扰"的方式，其实也为钢铁研究打开了思路，开辟了途径。也就是说，除了研究碳的比例，如果把更多的元素添加进去，会是什么情形呢？

这就有点像魔术师了，千变万化，科学家和工程技术人在实验室及生产过程中不断研究、调适"比例"，比较性能。任何一种未试用的"配方"，都可能是奇迹，诞生新的材料。

这就是世界奇妙的地方，无穷大，无穷比例，即便是一块铁，也足够你遨游。

因为其他合金元素的加入，钢铁的性能有了更丰富的表达。

比如不锈钢，就深受百姓喜欢。再比如工业上用的一些高性能钢，在各自领域都有着特殊的用途。这就有点像钢铁家族的明星了，因为个性独特，而有了响当当的名字。

钢铁是怎样炼成的？这励志的询问，需要我们一直问下去，问钢铁，也问我们自己。

铸　造

冶炼好的钢铁，便可以铸造了。

炼钢，一般用转炉；炼铁，一般用冲天炉。

冲天炉这个名字，在我第一次听见，就喜欢上了，有一飞冲天的豪迈，更有战天斗地的豪情。把固体的铁变成液体的铁，一般在1300℃左右，这么高的温度，人靠近会有明显的灼烧感。

在我实习时，师傅告诉我，每一炉铁水炼成，出第一包铁水，都是神圣的时刻，重要人员都会到场。这应该是手艺人的做派吧，有虔诚和保佑的意思。据说冶炼的祖师爷是蚩尤，在古代，冶炼师们在出铁水时有没有祭拜的习惯？我不得而知。

第一包铁水出来，要先浇几个小铸件看看，目的当然是为了检验铁水的质量。只有合格了，才会继续浇注，否则，就要对铁水进行调整。

通红的铁水从炉口里流出来，需要用铁包转接。所谓铁包，其实是铁皮里抹着耐火泥，铁是无法盛铁水的。以前对泥不以为然，学了铸造，才懂得了泥土的可贵。土生万物，土也载万物，高温的铁水，何其危险，几乎无所不穿。但泥照样把它盛在碗里，倒进各种精巧的铸型。事实上，每一次冶炼完，冲天炉冷却下来，都要用耐火泥修补炉膛。这是我喜欢的时刻，就像是一个泥瓦匠，或是烧窑匠，在干活的同时，心里酝酿畅想着他的"瓷器"。

铁包一般有水桶大小，上面穿着两根钢筋，就像是担架。两个工人，一前一后，抬着，然后开始浇注。

只有抬过铁水的人，才懂得什么叫坚持，才懂得默契的重要。

因此这是一个特殊的工种，名字就叫浇注工。

浇注工的特点，就是要时时穿上厚重的工作服，戴上安全帽，戴上手套。即便是酷热的夏天，也必须把自己包裹起来。

但更重要的，是要有一把力气，能吃苦，能坚持，和工友有默契的配合，效率才会提高。

我讲个故事。有两个实习生，抬铁水，铁水沉铁水热铁水危险，他们是知道的。但刚抬着走了几步，其中的一个受不了，也许是出于本能吧，他撒手便跑。结果呢，铁水倾倒出来，出了烧伤事故。

那么，谁的烧伤更严重呢？

是撒手的那个人。

即便他先跑，铁水却恰恰是向他倾斜的。这流向，是他一手造成的。谁撒手，惩罚谁。这是"铁"的教训，每个浇注工都必须懂得的道理。似乎也是生活的道理。

铁包抬在了手里，再热再累，也得先忍着，忍不住，也得给工友一个信号，待确定后，再同时放下。

至于四只手，控制着铁包，往砂型里浇注，就更需要配合了，方位、角度、速度，都须一致，心中有数，才会保质保量保安全，不让铁水去它不该去的地方。

浇注工靠的是苦力，更靠的是协同操作的哥们义气。

那么砂型工，就是灵巧之人了，有点做手工的意思。我记得我们班大部分的同学都喜欢造型，因为我们来自农村，喜欢砂土，有点玩泥巴的意思，造城堡的意思。把模具埋在黑砂里，上下箱周密安排好位置，然后翻箱，小心翼翼地取出模型，再小心翼翼地合箱，然后等待浇注。

我后来发现，那些干了半辈子的老砂型工，往往不善言谈，但他们都多多少少藏着一颗童心。没有童心的砂型工，往往受不了这份"小心翼翼"，自然就更受不了铸造车间脏乱差的环境，往往干不了几天就会跑掉。

砂型工是典型的手艺人，除了工作，还得有那么一点天真和痴迷。就像优秀的蛋糕师，他不吃蛋糕，但他爱琢磨蛋糕。砂型工的蛋糕，便是黑砂和不能直接触摸的铁水。因此得有想象力，有手上的细腻。他把一个假象的形状埋下去，精心造型、修正，想着怎么让未来的"它"更结实更漂亮，然后请炽热的铁水进入"宫殿"（也可以说子宫），冷却下来，得到一个具体的形状。

冰冷的铁，在经过一场高温的熔炼，又以新的身份出现了。开始了它世间的流浪。

淬 火

同一把刀，不改变它的身世，也不改变它的形状，就是把它烧红，往水里一人，它就变硬了，变强了，成了一把"利刃"！这神奇的变化，便是淬火，一门古老的工艺。

是的，淬（zhan）火，这是一个非常固执的行业术语，至今依然在各大工厂被响亮地叫着，在各种字典里却只能查出（cui）。这让业内业外人士都觉得尴尬，尤其在一些正式场合，往往很难开口：你说"错"了，说明你是内行；你读"对"了，却总有外行的嫌疑。

淬火的确是神奇。烧火加热，入水冷却，一热一冷，什么也没变，钢的性能却有了巨大的变化。在武侠小说里，这种"神奇"更是以神秘色彩出现的，为能获得宝刀宝剑，高人们淬火有的用泉水，有的用血水，还有用尿液用初乳的，可谓五花八门，其用意不外乎是想把人的"精气"导入利刃，让冰冷的铁器也生出人的意志。

那么淬火变硬，到底是什么神奇的力量在支配呢？

刀没变，刀的内部却发生了剧烈的变化。

按专业的解释是，获得了淬火马氏体组织，而马氏体是个"硬相"。

谁不希望自己又硬又强又锋利呢？

因此"淬火"这词，在专业之外，更像是一个铿锵有力的比喻，水深火热的剧变，带来痛苦也带来力量，有点凤凰涅槃的意思。

参加工作后，我一直从事着热处理工作。

我写下的第一首诗，就是《淬火》："大路朝天，日子踩在脚下……/我喜欢反差的美/我迷恋这钢铁深处的痛……"

为什么痛呢？因为马氏体组织是一种过饱和的固溶体。由于冷却速度太快，它里面的碳来不及析出，过饱和，就是超出了本身的溶解度，晶格畸变，是一种紧张状态，肌肉绷紧，自然就变硬。

当然，这"紧张"，也使它变得脆弱。

因此，淬火之后通常都要回火。淬火只需几分钟，回火却需要多次，多个小时。目的就是为了消解"紧张"，去除应力。

淬火可以提高硬度，却是以损失韧性为代价的，这是事物的两面，你不可能"鱼与熊掌"都得，只能取你需要的东西。淬火的神话，只能是基于"硬"的层面。兴许，正是因为它在这个层面暗合了人（尤其是男人）的诉求，所以才以"武林秘籍"的方式被人崇拜吧。

生　锈

小时候我们以为，人很了不起。长大后发现，树比人的年龄长，钢铁比人坚固，石头比人永恒。

对人来说，感叹生命的短暂是个永恒的话题。

钢铁无言，却自有衰老，比如生锈，就是一件很讨厌的事情。因此人们才喜欢不锈钢，喜欢它的光亮，永葆青春。

通常情况下，钢铁见水后会快速生锈，棕红色，有起皮的感觉，就像是在时光里滋生的苔藓。

当然，钢铁不见水也是会生锈的。专业的术语是氧化。任何东西都会氧化。生命会衰老，物质会氧化，时间会穿过一切东西。每一样东西都有它的针眼。只不过，有的大点，有的小的，或者说，有的快点，有的慢点。没有什么可以逃脱时间，"黄金钻石不锈钢"也不可能，只能是貌似的永恒。

前面说了碳，现在来说说氧。氧气是生命赖以存在的条件，给生命以呼吸，新陈代谢。但另一方面，氧气又夺走生命，不断地氧化，增生或是变异，使生命走向衰老。在无生命的金属身上，铁的这种氧化，就如同是花朵，有着惊悚的意味。使我们明白，没有什么东西是不败的，即便是坚硬的铁，也不过如此，何况人乎？

是的，在所有的氧化里，铁的氧化是最典型的，无论是颜色还是形态，都显得狼狈，像是在流血。

因此每一次看见锈铁，我心里都不舒服。这是否是说，人都是怕老的，明明知道是自然现象，但依然要对抗，挣扎，"知不可为而为之"。这种和"命定"的搏斗，成就了人的尊严和伟大。

在我后来工作的单位，清洗间里有三个大水槽，通上蒸汽是用来煮（洗）活的。我们平时只用两个，最边上的那个便一直闲着。半厘米厚的铁板，在仅仅不到三年的时间里，便彻底锈穿了，成了惨不忍睹的破烂，脚尖一点，便摇摇欲坠。而两个常用的水槽呢，用了八年还依然完好。

因为闲置，而使生锈异常活跃。铁的生锈，似乎也遵循"流水不腐，户枢不蠹"的道理。

但其实，铁的生锈有着复杂的化学机制。铁和氧气的化合，有着多种样式，其中的三氧化二铁，便是最活跃的方式，它便是我们常说的铁锈。一块铁，完全生锈，体积可以扩大八倍，由此可见它被氧气穿过的"针孔"有多大，几乎就是豆腐渣了。

好在大自然是博大的，一切都在它的里面，一切都不会丢失。

这个世界上本来只有铁矿石，没有现成的铁。人冶炼了铁，使用铁，用它打仗、征服、改造世界。钢铁的神话，是人建造出来的。那么铁，它累不累？它有没有想到逃跑？

它的生锈，是一种回家的方式吗？

回到泥土，回到元素，一切打乱，重新再来。

这又该是多么漫长的一段旅程呀！

[原载《鹿鸣》2013年第10期]

羊白（1972—），本名杨伟，陕西汉中人，现居汉中。作品发表于《山东文学》《北方文学》《天津文学》《湖南文学》等，被《青年文摘》《读者》《小说选刊》《小小说选刊》等转载。出版诗集《上帝给我纹了身》，小说集《祖母绿》《左右人生》，散文集《一棵树长成不容易》。第五期文艺（小说）研修班学员。

藏起来的事

岳昌鸿

很多年过去了，一些原本藏起来的事情，又忽然露出了头，即便是一个人已经在地下好多年了，他以前的一些事，并没有跟着他埋在地下。

那段墙，在他走后的一个下午倒了，倒下的墙像是把往事摊开了，说出了所有的秘密，一个黑罐子暴露了。里面装着银元和钱，他把这件事彻底地忘了，他甚至在临死前，也没有想到这件事，要是想到的话，这罐子里的钱或许能让他在村庄里多活上几个月或几年，他真的把这么重要的一件事给忘了。

他是如何积攒了这么多的钱，攒钱的过程，对于每个人都会留下很深的记忆。把地里的东西转换成钱，需要很多个环节，每个环节都得需要一个人彻底地参与进去；一块萝卜要挖出来，一片麦子要通过下种，浇水和除草，最后收上来，哪怕就是一头小驴驹也得一天天地养大，凡事都得有个过程，这过程跟后面的每一毛钱都有关系。最后通过集市，把它们全弄出去了，弄到了村庄之外。钱就是这样被换回来的，钱里面困住了小驴驹，麦子，萝卜，困住了很多的时间和汗水。这些过程对一个人来说，一定是记忆深刻的。

钱到手后，藏在哪里，一直是他的一块心病，藏钱是一件让人头痛的事，藏在明处，一眼就发现了，顺手就被别人拿走了，别人顺手牵走的可能就是一块地的萝卜或是一头驴，藏在暗处，怕是时间久了要忘掉。最后他选择把钱藏在墙上，只有他一个人知道，藏好钱后，他把钱外面用泥巴抹平，跟墙面一样地平，用不了几天，藏钱的墙和其他地方的墙面基本没什么两样了。每天收工回来，看见墙面完好，他就放心了，而其他的人对此一无所知，他面对藏钱的地方时，他知道，那里面有钱，而其他人只看到的是墙，一面再普通不过的墙。他知道墙里面端坐着一堆麦子，一头驴，几千个红萝卜。

他手头肯定不紧，他有的是钱可以花，他根本没有穷到用这黑罐子里的钱，时间一久，他只是把这件事当成了一种存在而已，已经没有实际的存在意义。他当初把钱藏进去的时候，是何想法他都不得而知，当时就是想那么做，于是就做了。人往往就是这样。到了很远的后来，他的确把这件事忘了，直到死的那一刻，他都没有想起来。

春天的一场风，把乌鸦的柴窝给端了下来，我看见掉在地上的那堆破柴，还有红的绳子，绿的布条，金黄的戒指，黑色的扣子，铜顶针，线团，乌鸦真是一个贼啊，居然偷了这么多人家的东西。春天的这场大风就把这个秘密给揭开了。找回了金戒指的小媳妇，再没有了说她往娘家里偷东西了，也没有人说她把戒指给了老相好。一些事情一旦藏不住了，好多的头绪就很快被理清了。事情就回到了各自原来的位置上了。

一口井，使用不了多久，井水就涌得就小了些，一只桶放下去吃不满，提上来只有半桶水。大人们就下到井里去了，疏通井里那些淤塞和泥沙，把泥沙一起提上来的还有钢笔，小镜子，钥匙，泡得稀巴烂的钱包，女孩子的发卡、箍头发的皮筋，女人用的簪子，几只井绳断了没有捞上来的铁皮桶，这些捞上来的东西大部分被人记住，就藏在井里，只是不好把它们叫回来。一个村庄的人都喝教书先生的墨水，他的钢笔掉井里已经好些年了，我一直没有找到的钥匙居然跑到了井里，害的我把村道不知转了多少遍，找回的钥匙竟然是别人家的。一家与另一家的钥匙，一点都不一样，我不能拿着我找到的钥匙随便去打开别人家的门。我把钥匙还给人家，我离他们的秘密只有半步之遥。而井里藏得这些秘密，没过三五年就被翻出来展露一下，好多事情就有了头绪，前面的事情就把后面的事情接住了，村庄里的一些事情是藏不住的。

一段时间，那条老灰狗常常往野地里跑。平时很正常的它，那几天神经一般地老叫，狗的主人很奇怪，像是听懂了狗说的话，就随狗去了野地，在野地里，狗刨着土，使劲地叫，又用狗眼看着主人，主人有点发毛了，找了几个人，拿着锹去了野地，后来公安就来了，整个村庄就被一种恐怖给罩住了。狗怎么知道那土下面会有一具尸体，那尸体应该被掩埋得很厚很秘密了，老灰狗是怎么发现的，老灰狗又急不可耐地通知主人，这真是一个难解的谜，老灰狗活得已经很老了，它什么都看明白了，衰老的眼神，看着被他吓过的人，看着打过它的人，唯独在这件事情上，它要大声喧哗，一定要找到这个秘密的线头子然后拉出来，这真是一条有是非观念的狗，从那以后，我再不担心它会不会咬我，它已经是村庄的一员，一个存在了。

春天总是迟迟地来到，冰只要融化，水里的鱼就活了，风把水面摸了一遍又一遍，弄得皱巴巴的，鱼藏在下面，天上的鸟能看见它们，它们翻一道浪，溅起几朵水花，都会暴露它们的集体位置，鸟就下来了，捉住它们不放，鱼总是摆脱不了这种烦恼，动也不是，静也不是，只能往很深的水里钻。整整一个春天的树头是干涩涩的，树把一些东西藏了起来，忍住了绽放，像是捏紧的一个阀门，不到时候，绝不打开一扇门，可是后来，还是没有忍住，春天的后半截，花朵和绿叶全都跑出来了，站得到处都是，整个树头快撑不住了。到头来，它还是没有藏住一个冬天里储备下的秘密。

好多年以后，我才知道一起玩耍大的阿三，不是他爹的种，而是另一个人的。他越长越大，脸型，眉骨，身材，就连走路的姿势，都是重复着另一个人的，就连笑、甚至是生气动怒时的神情都跟他爹无关。那个人已经在地下了，他藏了那么多年的秘密，随着阿三的长大成人，全部暴露了。这世间的物理，怎么一点都不给阿三留下面子，让阿三本身就成为一个答案，走动在阳光之下。

明年，树会长得更粗些，阿三会更壮实，头一年留下来的事情，总得落下一些积淀。我想，要是跑在老先人们用过的井里，挖一些东西上来，那里面肯定会有一些事情就藏不住了。

而有些事情是藏住了的，比如一颗心在当时的想法，时间一过都飘得没有了，还比如一篇文章中的细节。

〔原载《朔方》2017 年第 6 期〕

岳昌鸿（1969—），宁夏平罗人，就职于平罗县文联。作品发表于《朔方》《星星》《扬子江》《散文诗世界》等，被《杂文选刊》等转载入选《2013 度中国年度散文选》等。出版散文集《风流云散》《触摸山河》，散文诗集《桃花一笑》，随笔散文集《尘埃中触动的芬芳》等。中国诗歌学会会员，中国散文诗学会会员，宁夏作家协会理事，宁夏诗歌学会理事。第六期文艺（综合）研修班学员。

律动心河

俞雪峰

渡　船

　　迎着朝阳出行，踩着夕阳靠岸的渡船让我经历了无数次难得的人生经历。渡船，是指引我回家的灯塔，是我飞越大江南北的翅膀。

　　船是河中的精灵，舵手就是水中的花。花儿在水中飘荡，在风中摇曳，在一片赞美声中沉醉，花儿的笑脸朝迎着朝阳夕辉，目光兴奋地望着前方，望着妻儿眺望等候的身影。

　　隔水相望，苦等船。等来兴奋，也会等来焦躁。船在对岸，是对岸人的兴奋，船在彼岸，是对岸人的无奈。晨光洒落河水，渡船早早停靠在岸，等候第一趟上船的班车，乘客无论在乘车前是多么的体面尊贵，只要班车到了渡口，一律都得从车上下来，不分地位高低和贫富强弱。下来的乘客，脚步慌乱，匆忙向前，见惯了油轮而不感到好奇的乘客，大都低头只顾往船跑，仿佛船上藏着每个人寄存宝物的密码箱。坐船或等车的各色行人络绎不绝，脚步伴着着水声风声，心情便如约而至。心想着对岸，于是脚步不由得加快了。

　　河边有我眷恋的童年往事，有我向往飞度的梦想，有我许多无奈何焦躁的情绪。河边河岸河风河水河浪，我有着太多太多的感受和领悟。细腻和粗犷交织，感性与理性相容。曾经的感受诉说着现在的苍凉。

　　隔河的岸边，风光无限。盛夏，被河水喂养而葱郁的庄稼，在行人面前骄傲的展示着成熟的姿容，饱满的麦子，随河风一起摇摆，一起低吟浅唱。过河是非常有趣好玩的事，游轮为我们保驾护航，值得炫耀。站在船头，沐浴着阳光，心沉醉在河风里，眼里浪花飞溅，感觉美好舒畅，心和水相融，思想被水浸泡了，一切和水相连的事物显得那么弥足珍贵，那么可亲可近。

　　坐多了渡船，体验丰富了，诗意的浪花也就不再飞溅了。感觉更多的是乏味和焦燥。船有时会搁浅，有时也会自身出现毛病，望着搁浅的船，心也好像搁浅了。美丽的黄河不再美丽。从小在黄河边上长大，见惯了黄河的喜怒无常，黄河给我带来诸多不便，让我对黄河的哀怨大于好感。搁浅的大船，意志受到严峻的考验，不再坚定，也漂泊了，失去了方向。舵手的心并没有有抛锚，情绪被河水打湿，黝黑的脸膛，在强烈日光下，于河水形成明显的反差。站在回不了家的大船上，船就是家，舵手是家长。虽然家在对岸，却是回不去。焦躁无奈溢于言表，麻木哀叹徜徉于心，怨恨黄河不通桥的愁绪油然而生。

由于风大，不管你多么焦急，多么烦躁，过河的心情多么迫切，多么强烈，可渡船就是靠不上岸，实实在在，真真切切。船员在，舵手也在，你会稍稍地放下心，心思仍然很重。看到船员们四平八稳的神态，你的情绪又低落了，你会用满含希望和质疑的眼神去探究每一位船员的表情，他们关乎着你心情的归属，关乎着你的来回的行程。不甘失落的心，又回到了船上。舵手是关注的核心，力量就在他的眼神。看远方的眼神，如果飘忽，意味行程失败，如果眼神坚定，对岸的草木都会低头，河面就会为舵手展开平静一面天。河风也会平静，波涛不再汹涌，浪花不再飞溅。舵手决定的方向，就是你所要去的方向。

渡船让你品尝了更多生活带来的便于不便形成了心理定势，有这心理定势，会让你在经历的每一次波折和坎坷面前，学会了放弃和选择。学会了更好的前进和耐心的等待，蓄势待发。

渡　口

渡口，是早些年村里摆渡容易停靠船只的地方，是河东通往河西的水路的站口。其实，最早的渡口，是渔民打渔停船的港口。渡口吸引着收获庄稼的村民。河滩种着大量的豌豆扁豆玉米豆子等粮食作物。春种秋收是村里渡口最繁忙的季节，几只大船，载上村里的男女老幼，浩浩荡荡驶向河滩地。渡口瞭望繁忙情景，守望收获喜悦的笑脸。

我们还是孩子的时候，常在盛夏时节，贪恋着黄河渡口。黄河渡口偷走了孩子们的玩心，游泳从此拉开帷幕。游上游下，不知疲倦，河水早把孩子圈养成离不开她的乳母。葱绿茂盛的河滩，诱惑我们从渡口游到滩地。再从滩地游回渡口。我们无所不能，无所不偷，河滩地种的豌豆和扁豆我们提前生吃或者烧烤着吃。无人看管的河滩地成了我们夏天的乐园。渡口见证了我们疯狂的玩性和十足的贪婪。河水涨潮，我们又从渡口解开小船的缆绳，向河滩地划去，寻觅鸭蛋，捕捉刚出窝野鸭，往往都会满载而归。站在小小船头，晒黑的脸不时被河水打湿，被样子酷似老练的舵手，眼睛感动着的水波，张望着渡口，我们威风凛凛，凯旋。小船靠岸，野鸭船舱里野鸭便扑棱跳下地，往河里游。河里成了野鸭的天堂，我们跳下水开始和野鸭比赛游泳。渡口成为我们的唯一裁判。

由于黄河连年涨潮，连年淹没甚至吞没村里苦心经营的河滩地，村里在面对无情绝情黄河面前不得不低下头了，只好放弃了面积广大的河滩。从我的记忆中，那一片河滩地村里从此再也没有占用。多年后，那片可观的滩地成为黄河对岸平罗渠口的合法用地。现在那一片滩地繁荣的景象不亚于湿地公园。然而，没有变更的渡口，依然坐落在曾经停靠小船的地方，现在的渡口只是增加了护岸的码头。

记得儿时，放河灯，祭祀河神，就是从渡口举行仪式，那时村里的大片农田被黄河吃掉，无奈而焦急的村民，讲着迷信，夜里人人手拿由蜡烛和牛皮纸做成的河灯，涌向渡口。面对黄河跪拜成黑压压一片，在忽明忽暗中，攒动着神奇的火苗，手里的河灯把黄河岸边照的灯火通明，在这样的夜晚，黄河显得无比尊贵，无比神奇，无比热闹。河里的鱼都会偷看岸上的人们为他们准备的美味佳肴。仪式开始，念念有词的巫师一挥手，村民手里的河灯，统统放到河里，无数河灯，就是无数颗闪亮的星星，就是无数颗闪烁的眼睛，也是无数颗跳动的心脏。映红的河面，生命的烛光在河风中摇曳，一片浪漫，生动鲜活。从渡口出发，向下游流动，神奇了河神。星星的银辉，撒落民的憨愚的脸上无比快乐；猪牛羊以及粮食作物供奉给河神，可是河神并不开恩。后来，因为有了码头，祭祀河神的节日彻底取消了，祭祀河神似乎也成了黄河文化中非物质遗产了。

渡口，是河东河西，贸易往来的港口，是活跃经济的窗口，是河东河西婚姻的媒人。这里每天都发生着新奇而动人的故事，奇闻逸事就是从渡口传播开去。河里曾经发生过几起荒诞投河自尽的事情。两个年轻女子，为爱殉情，跳到河里，尸体从渡口打捞上来，后来她们的爱情传奇在渡口流传的有许多版本。河风将传诵的爱情故事一直送到天南地北。河东的女子嫁到河西，或者河西的女子嫁到河东，迎娶的车辆在停在渡口，新娘走下车的一瞬间，鞭炮把河神炸醒，把鱼虾炸跑，把老榆树炸树叶炸飞，渡口是迎接新娘的驿站，新娘的美丽在水中绽放，婚姻的甜蜜在心里浓缩，熙攘的渡口，飘洒着幸福的花儿。幸福的花儿就像巨浪一样着吞噬渡口，渡口自然成为黄河岸边亮丽的景观。新娘走上车，深情回眸送别的亲人，幸福的眼泪流到黄河，成为浪花一朵。离开渡口的迎娶婚车，同样和渡口一样，等候着结婚仪程结束后，把西客送回。

渡口，装载着许多的美好往事，装载着儿时许多美好的回忆，渡口记录的每一个故事，都是我想要翻阅并珍藏的厚重历史文化。

浮 桥

我老家黄河大桥还没有通车的时候，架着一座类似火车枕木连起来的浮桥。这座浮桥跨度长，大约有2公里长，即可通车，又可以走人，对于当时老家相对落后的经济起到了不可忽视的作用。牵连人心的浮桥，是老家的历史缩影，是乡民刻铭心的丰碑。

那些年，对于老家来说，几辈子人过河依赖摆渡和渡轮，隔河千里远，无望和无奈交织的渴望，使老家人民饱尝了交通不便带来的困惑。制约着家乡经济的发展和腾飞；限制着勤劳乡民自由快活的腿脚。架设浮桥，是老家人梦寐以求的理想。当河岸运送来的枕木就在眼前时，生动的事实，让守望黄河麻木的乡民神经注射了一针兴奋剂。人们奔走相告，欢呼雀跃，仿佛黄河的浪花里也能看到乡民们幸福的笑脸。

河边村子，不论大人孩子，整天逗留在渡口，观望工程的进展，他们比关心自家庄稼还着急，群众的热情加快了浮桥的建设的速度。庄稼在拔节生长，浮桥也在不断向前延伸。

浮桥就像河面上飘出一道彩虹，神奇的样子，把两岸人民的目光凝聚成一条流动的波浪线。河中自由行进的小汽船由于浮桥的建成，也被人们零落了，蒙尘的身躯处处是伤痕，锈迹斑斑躺在不适合自己生存的干岸上，被阳光暴晒，被风雨剥蚀，委屈的眼泪还流不到河里，黯然伤神又羡慕看着浮桥时代的繁华兴盛，为自己似乎也快成为黄河博物馆的文物而感到不甘心。若干年后，不论渡船和浮桥同样都会奔赴一个同样的命运：那就是被时代所淘汰后又被历史珍藏，被主人抛弃后又被收藏家请回博物馆，让世人见证。沧桑的年轮，注定要在浮桥的上写满历史的碑文。

浮桥让和我有同样心情的乡民们把向往的心张得好大，飞翔的翅膀也长得好大。黄河多年来羁绊了好多想走出去看世界村民的心，浮桥让想走出去看世界人们多了一份自信和希望的目光。

桥底是水面，桥面是连接水面的船，走在上面不用再担心船搁浅了，不用再担忧风大了船停了，不用再担心晚上过河回不了家。浮桥可以让过河的人们尽情地走亲戚会朋友，哪怕昏天地黑也不用担心。

寒冬来了，浮桥面临的生命考验，经受扎眼冰凌的重创，浮桥可谓大难临头了，淤积的冰块，常常让桥面倾斜，受到重创的浮桥，需要整修，需要过冬。一时割断的彩虹，不再神奇飘舞了。大汽轮、小汽船又开始穿梭往返在被浮桥堵截冰凌较少的下游河面上，临时充当浮桥的角色，履行浮桥的使命。没有浮桥的堵截冰凌的壮举，河面上不会再出现汽船繁忙的过河景观。

春暖花开，浮桥又浮在水面上，仿佛是盛开在久盼过河心上的一朵奇葩，耀眼生辉了过河人的眼，也像巨大的冰块浮在乡民们的心上。浮桥是黄河水面上飘动一道亮丽的彩虹。

夜阑，我闻着泥土的芳香和河水潮湿的气息，常与平罗的朋友喝完酒之后，一路凯歌招摇行进在浮桥上，脚步是韵律，河风是指挥，我踩着浪花涌起的鼓点，伴昏黄微弱的灯火，我快三快四慢三慢四跳着跑着走着喘着，音乐和灯火同时温暖着我的心房。此时，浪花飞溅在我的脸上就像是我内心荡起的酒滴，芬芳我生命的何止就是美酒，还有悦耳动听好似天籁之音的河风，这些都是鼓荡我生命风帆的力量，也是注视我的眼睛。注视着我在浮桥上浪漫的走回家。这一切注定都要被我多情的生命所关照。

码　头

从小就在河边长大的我，亲身经历了黄河码头的形成。在我幼小的心理，黄河就像一个凶暴无常的男人，岸边土地就像温顺没有个性的女人一样经常遭到男人无情的摧残。而码头就像牵扯男人、保护女人的村长一样，平衡一个家庭的和睦，维系一个家庭的稳定。所以在河水潮涨汛期，只要村长一声吆喝，村里男女一起出工，哪里需要就到哪里，女人编铁丝网，孩子抱麦柴，男人包石头，老人搞安检，为了驯服凌弱势强的男人。村长召集男女老少经常给不听话的男人施加压力，筑起抵御黄河侵蚀土地的长城。

如今村里，已经没有不听话和无人性的男人，人人享受到家庭和睦带来的幸福，还有子女孝敬的天伦之乐。更多的人喜欢到码头坐一坐、看一看。码头其实就是安抚村里人浮躁情绪唯一的一本好书，黄河是这本好书的封面。

从小学到中学，每当老师要检查背诵课文时，我首先主动拿起课本，不由自主来到码头，坐在一个被磨光的石头上，思想特别集中，凡事无忧，课文背的特别快。老师每次一检查，我和同村同学们都是过关最早的，从小学到中学，河边村同学大都脑子聪明，记忆强，全县考上大学的数我们河边村的学生多。老师们对河边村同学评价和印象非常好。码头给我们更多的坚实的依靠和力量，让我们能够在激烈竞争中找到目标，能够在生活激流中定位自己。码头就是我们心情停泊的驿站。

参加工作以后，虽然农活干的少了，但我对码头情愫不断，思绪总是震颤不已。在一次次坐车过河，路经码头，我的心就靠岸了。从外面好不容易回一次回家，过河坐船，老远眼看着码头，我心就已经有了归宿，好似已经回到家，看到父母微笑的面容。码头似乎成了我精神的导师了。

[原载《朔方》2018 年第 5 期]

俞雪峰（1969—），宁夏陶乐人，就职于中卫市文联。作品发表于《朔方》《宁夏日报》《农民日报》《黄河文学》等。出版散文集《律动心中河》，诗集《心灵物语》。宁夏作家协会理事。第六期文艺（综合）研修班学员。

乡村警察艾子的美丽山乡梦

卢　娄

　　在太湖西岸的宜南山区，有一个叫竹海的山乡，自古有"竹的海洋"之称。万亩翠竹随山势起伏，好似波涛翻滚，绵延苏、浙、皖三省。在翁翁郁郁的翡翠海洋中，白墙黛瓦的农舍鳞次栉比，一派欣欣向荣的新农村建设景象。一切皆因平安的魅力，为竹海这个美丽的小乡村增添了宁静、生机和魅力。

　　八年前的夏天，竹海村来了一名村警叫艾子。艾子长得白白净净，看上去挺斯文的。要不是穿着一身藏蓝色的警服，猛地一看，倒更像来乡村支教的大学生。艾子来报到的第一天，村里为他腾出了一间平时堆放杂物的屋子。艾子挽起袖子，哼着小曲，把灰蒙蒙的屋子给打扫得干干净净，又把外墙刷成了蓝白色，挂上了"竹海警务室"的牌子。

　　这一年，艾子刚从省警院刑侦专业毕业。本以为会在刑警队一展身手，却没想到，分配到了这个边远的乡村警务室。但艾子很快就被眼前这个美丽的乡村吸引了，他调整了心态，铆足了劲，信心满满地整装出发了。

　　为了尽快熟悉村子里的情况，艾子一有空就在村里转，和留守老人聊天，和村民们唠嗑，把印有自己姓名和联系电话的警民联系卡一家一家地上门发放："有事来找我。"

　　艾子刚到村里不久，就走访了一户贫困农家。这是竹林深处的两间旧房子，蜗居着祖孙三代人。因年久失修，石灰墙已风化，斑驳脱落，墙体上出现了裂缝，有大拇指宽，一米多长。或许一场暴雨之后，房子就会倒塌。那一刻，艾子被这个一贫如洗的家深深震撼了。

　　见来了客人，主人黄老太连忙将一张旧板凳擦了又擦。艾子拉着老人的手一起坐下，询问起一家人的情况来。

　　老人有个孙子，叫乐乐。乐乐小时候玩旧手机电板，炸飞了左手大拇指，右手仅剩下一截手指。在乐乐几个月大时，他的妈妈离家出走了，乐乐的父亲则常年外出打工。乐乐的爷爷七十多岁了，还在替人看山林。一家人紧巴巴地过日子，又东借西凑，为乐乐做了手指移植手术，仅医疗费用就花了十多万元。这对于这个贫困的家庭来说，无疑是雪上加霜。

　　这一天的晚上，艾子的心情久久不能平静。他想尽可能地帮助这个不幸的家庭。第二天，艾子忙碌起来。他联系了村委会、建管所等单位，很快为这个贫困的家庭办齐了重建住房手续，又带头为这家人募集捐款。半年后，乐乐一家人搬进了高大亮堂的新楼房。

"有时候是二百元，有时候是五百元，还经常买了练习本和衣服送给乐乐。说实在的，家里这么穷，就是亲戚也怕上门来。艾警官和我们非亲非故的，真的很让我们感动。"黄老太说起艾警官的好，似乎总有说不完的话。

现在，小乐乐的心情开朗了，人也变得活泼了。这个"六一"儿童节，乐乐还代表班级参加了学校组织的朗诵比赛。他朗诵的是梁启超的《少年中国说》："……少年强则国强，少年独立则国独立，少年自由则国自由，少年进步则国进步……"

就这样风里来、雨里去地走村串户，艾子的皮肤晒得越来越黑了，可他和乡亲们的心却越贴越近了。

在山乡农家，饲养些禽畜，种点儿林地，是村民们提高收入的一种方式。这却让不法分子有了贼心，把农户们辛辛苦苦饲养的禽畜、培育的林木给偷走了。虽然案值不大，但小案连着民心。在日常工作中，艾子还用心当好山里人家的安全"管家"。大伙儿有什么事，都爱找"艾警官"帮忙。

老江是村里的养猪户之一。两间猪棚搭在距村一公里外的山上。每天喂完猪后，老江就锁上猪棚回家休息。谁知有一天早上，老江去喂猪，发现猪舍的大门洞开，里面的十几头生猪不见了。"小艾警官，不好了！我家的猪被偷了！"老江心急火燎地拨通了艾子的电话。

放下电话，艾子立刻赶到老江的猪场。两人一起在周围的山林里寻找，找到了七八头正在"散步"的生猪。经清点，老江一共丢了八头猪，都有一百多斤呢。

"一定要帮老江把猪都追回来，一头都不能少。"艾子望着老江愁眉苦脸的样子，暗暗给自己下了任务。

老江的猪舍建在山坳里，四周没有人家。艾子发现通往猪舍的林间小路上竟有三轮车的辙痕。根据这可疑的车辙印，一路追踪，艾子发现邻村的周某等人有重大作案嫌疑！可是，艾子的眉头却又锁紧了——被盗的八头猪都到哪里去了？一定要人赃俱获！于是，艾子便带着人蹲守在其中一名嫌疑人的农宅附近。四五个小时过去了，夜幕渐渐降临。当这名犯罪嫌疑人准备趁着夜色销赃时，被艾子等人当场截获，起获了三头没来得及销赃的生猪。随后，艾子等人抓获了另一名犯罪嫌疑人周某，追回了已销赃的五头生猪。当八头生猪全部交还给老江时，老人激动地请来了村里的锣鼓队，敲锣打鼓地将一面大红锦旗送到了警务室。老江说："一头猪都没有少！艾警官，辛苦你了！"

陈老伯在承包的小岭上种了些经济林木。有一天，他发现丢了十四棵冬青树，都有三米多高了，损失达一万多元。接到陈老伯的报警后，艾子立刻展开走访排查工作。有村民反映，几天前路过陈老伯承包的林地时看到有几个人，开了一辆蓝色的双排座农用车。

会不会是这伙人盗走了林木？艾子立刻针对这辆蓝色双排座农用车展开调查，同时梳理了附近乡镇贩运、收购林木的人员，进行信息研判，很快便抓获了涉嫌偷盗树木的犯罪嫌疑人庄某某等人。原来，这伙盗贼都是附近的村民，平时替人砍伐毛竹，对哪片山上长什么树都了如指掌。某日，他们聚在一起，商议偷树卖，搞点儿钱。没想到，这么快就栽了。

靠山吃山，靠竹吃竹。近年来，把毛竹加工成竹器制品出售，成了竹海村村民的一项可观的副业收入。可有一天，村民邓先生却愁眉苦脸地告诉艾子，自己购了一批竹器制品批发，被人骗了，损失达一万多元。这对于小本经营的邓先生来说，无疑是"重创"。

骗子当时提供的身份证、手机等信息均系伪造。正可谓魔高一尺、道高一丈，较量中见真功夫。破案就是要从看似"天衣无缝"中突破缺口、发现线索。这是智慧和体力的博弈。艾子乐意面对这样的挑战！

通过走访工作，有人反映，骗子可能是邻乡的村民。于是，艾子就去找那个村的村长帮忙，让他回忆村里有谁在外面打工或做生意。根据对方提供的身份信息，受害人杜先生认出了该村村民李某就是骗自己的人。可是，李某平时不回家，在城里租了房子，也没人知道他住在哪里。当天下午，艾子去城区的出租房集中地走访，却一无所获。到了晚上，艾子在笔记本上嫌疑人李某的名字上重重地画了几个问号……他知道，这些疑问是侦破案件的缺口，不把这些缺口一一挖掘出来，真相就不会水落石出。

第二天一早，艾子又忙碌起来。这一天的运气不错，一名市场管理员看了照片说不仅认识，李某还租过自己的房子呢，不过，三个月前搬走了。据这名市场管理员回忆，当时和李某住在一起的有个女孩叫"雪儿"。案件终于有了突破口！

这一天下午，艾子和同事们循线追踪，找到了"雪儿"，得知了李某的藏身之地。他们连夜找到李某的租住地，推门进去，发现里面并没有人。这时，艾子注意到阳台上有人影晃动，而对方显然也发现有危险，慌不择路地从二楼跳下去，逃跑了。艾子顾不上危险，跟着跳了下去。但由于地形不熟，可疑男子很快便消失在茫茫夜幕中。

眼看就要到手的"猎物"在自己的眼皮底下逃脱了，艾子好生懊恼。一夜无眠，艾子仔细回忆着每一个细节，分析自己的不足和下次需要把握的时机和方法等。天一亮，艾子又努力说服"雪儿"，打电话"钓"李某出来见面。不知是计的李某果然上了钩。他刚一在约定地点出现，艾子和同事们便一拥而上，将其成功抓获。随后，艾子又全力追回了被骗的货物。

　　就这样，寒来暑往，转眼过了八个年头。艾子和村民们的感情越来越浓，他也深深地爱上了竹海这个美丽的山村。他说，自己有一个梦，就是要用心呵护与坚守，把这片山乡打造成最安全的家园，让乡亲们安心享受幸福美好的生活。

［原载《啄木鸟》2014 秋季号］

　　卢婴（1971—），笔名蝶衣君，女，江苏启东人，就职于江苏省宜兴市公安局。作品发表于《啄木鸟》《山东文学》《翠苑》《太湖》等，入选《2014 年度中国公安文学精选》《2015 年度中国公安文学精选》《梦想与共和国同行》《新世纪无锡作家文选》等。出版散文集《铿锵玫瑰》《氿城警事》。江苏作家协会会员，全国公安文联签约作家。第六期文艺（综合）研修班学员。

泉水流过的村庄

王淑萍

或许是缺水的缘故，到了贺兰山下，扑面而来的，似乎全是石头和泥土的气息，连风里飘逸的，都是泥沙的味道，让人惊愕于这片土地的苍茫与厚重。

这感觉，在看见一汪清泉的刹那，就倏地无影无踪。温润、青黛、淳良、厚重、丰盈，龙泉村就这样如水一样婉约地绽放在了眼前。

温 润

贺兰山自古苍茫，千年的金戈铁马，烽火狼烟，加上山的另一边就是荒无人烟的腾格里沙漠、乌兰布和沙漠，出现在文人墨客笔下的诗句，要么是"心源落落堪为将，胆气堂堂合用兵"。要么就是"贺兰山下阵如云，羽檄交驰日夕闻"。近千年的岁月打磨，似乎都掩盖不了那股焦金流石的味道。

这样的一片土地，是很难让人与"温润"这个词联系到一起的。

但龙泉村却是温润的，来过的人都这样说。这份温润来自于泉水——九眼隐于山林或藏于山峪，流淌了百年甚至千年的泉水。

龙与水是华夏民族五千年来亘古不变且从一而终的两根相互缠绕的伟大图腾，当这两者在某一特定的时间、某一特定的地域互为因果、水龙交融出现后，就会为一方水土带来平安和吉祥。

龙泉村，就是龙与水相互交融后的一片福地。

离龙泉村村部一箭之地的民俗博物馆门前，绿树成荫，花草摇曳，泉水清清、亮亮、柔柔，似少女多情的眼眸，静静地凝望着村庄，昼夜不息。

这汪泉水流淌多久了，没人说得清。反正是爷爷的爷爷那辈就有了，水源是从贺兰山上的岩石缝里找到的，一路穿山越岭，蜿蜒曲折，一丝丝浸下来，到了村里就成了这一池汩汩的清泉。

村庄依泉而建，村民依泉而居。水流奔涌，款款而行，水银泻地一般。春天，泉水是村民们解乏的良药，田地里劳作归来，用温润的泉水洗把脸，疲惫顿消，神清气爽；夏天，泉水是村民解渴的法宝，这来自贺兰山岩层深处的天然泉水在漫长的运移过程中，将岩石中天然矿物质缓慢溶滤出来，使得矿泉水中富含各种对人体有益的锶、偏硅酸、钾、钙、镁、钠等矿物精华，掬一口在嘴里，清凉微甜，沁人心脾……甜，沁人心脾这眼泉水有个好听的名字，叫九龙塘。

和九龙塘毗邻的，是安龙塘。如果把九龙塘比作清纯少女，安龙塘就是山野莽夫。看那根几公分粗的水管里，泉水喷涌而出流入池塘的样子，就含着几分豪迈和粗犷。在这眼泉水前，不管是达官贵人还是平民百姓，无论是洗脸还是饮用，都需要躬身才能完成。这种必须将头低下，将身段放下才能掬起一捧清泉的取水方式，如同感恩——这是最能体现人类尊重自然的方式，是一种姿态，谦卑的姿态。

九龙塘，安龙塘，葫芦泉，南荷塘……这些或带着美好祈愿或有着美丽传说的泉水，沿贺兰山谷潺潺而下穿村而过，由村头流到村尾，由蛮荒流向文明。

青　黛

总觉得上天异常的偏爱龙泉村，它巧妙地在天空划了一道分割线，就把与满山粗砾石一线之隔的村庄，圈在一片青黛中，富养出一个号称"塞北第一村"的龙泉村。在龙泉村行走，随便推开一户农家的院门，绿色都会先入为主地闯入你的眼。

龙泉村背倚贺兰山，怀拥九眼泉。山因水而柔，水因山而坚，山水阴阳相生相克，使得龙泉村绿树成荫，风景如画——村头那棵不知年岁的老槐树，遮蔽出一大片浓荫。淡白色的黄花，宛然彩蝶飞舞，暗溢的馨香随风幽幽地弥散，行走侧畔，几欲"沉醉不知归路"；那棵核桃树，已活过了半个世纪，扇子一样的叶子组成一把大绿伞，将阳光遮得严严实实，留一片树荫给村民；一片桃林，一树花开，稍不留神，就看到一枝红杏出墙来；而最为迷人的，还属枣树下的风光：棕褐色的身躯，椭圆形的绿叶，衬托着满树青涩的枣粒，三三两两的村民，坐在枣树底下，说着家长里短，聊着农事天气，有人叹息有人欢笑，一派逸然自乐的田园气息。置身此处，心似乎奇妙地被安抚，远比一味檀香、一杯清茶更享安宁。在这鸡犬相闻、远离熙攘的地方，有种不被打扰的宁静和安心。

也许会有人抗拒这种人少的空寂，我却很喜欢这份清静的快乐。春夏季节，枣树是这片土地当之无愧的青黛主角，而那抹娇羞的红晕，要等到秋天，才会红宝石般缀在枝头，映红庄户人的脸庞，丰盈庄户人的日子。

淳　良

山美不如泉美，泉美不如村美。村庄是一份厚重的积淀，它涵盖了太过丰富的意蕴，其中有民俗，有民风，有文化，有记忆……

自古贺兰山下战事多：秦军在此击溃义渠戎；蒙恬、卫青、霍去病北逐匈奴于此；元昊曾在这里布兵排阵，引来了成吉思汗的铁骑疯踏；而整个明朝，这里都是明廷和瓦剌、鞑靼较量的主战场……几千年的尘土飞扬、战马嘶鸣后，贺兰山用它明媚的阳光、清新的空气、汩汩的泉水，吸引来了龙泉村的祖辈们——

相传，明朝永乐年间，为抗击蒙古人入侵，一队士兵受命沿贺兰山修筑烽火台到此。虽然频发的战事让这里看上去荒凉而冷清，但四季分明的气候和潺潺流淌的溪水，让戍边的将士们在劳累了一天后，感到清静而舒适。工事完成后，士兵们退役返乡。也许是在这里待的时间太久有了感情，也许是这里怡人的西北风光留住了他们的心。回家后不久，关系较好的几人相约携眷迁居此。泉水长流不息，这几户人家分别依泉而居，以半耕半牧的方式繁衍生息，逐步形成了以董、张、常、刘四大姓氏为主的自然村落。

从最初的几户人家，经过几百年的繁衍生息，发展到如今由 4 个村民小组、355 户 1164 人组成的大村落，家家人丁兴旺，牛羊满圈，鸡犬之声相闻，往来无白丁，乡亲们依靠着这九眼泉水，洗涤、催生、养育……纺织着一个个和谐、文明、互助、互敬的田园故事——多年悉心照顾残疾婆婆，用实际行动践行孝道的好媳妇杨燕；勤劳朴实、善良贤淑，用博大的母爱凝聚一个四世同堂之家的好婆婆金凤凰；悉心照顾残疾儿子，用博大无私、不离不弃的伟大母爱，为一个顽强的生命支撑起一片蓝天的好母亲闫伟；身残志坚、勤劳致富的杨春玲；诚实守信、爱岗敬业的徐长江；家族团结、兄弟和睦的刘怀彦、董明全……他们，是龙泉村的脊梁，为这片土地撑起了一片文明和谐的天空。

几百年前，他们的祖辈，带着一份对这里的欢喜甚至感恩，慢慢的呼朋唤友，让这片村庄充满了更多的内容。泉水淙淙，给祖辈钩织出一幅男耕女织的安宁背景，在光阴的流转里，将甜蜜或者苦楚，一并叠进了岁月里，世代沿袭。同耕一片地，同饮一汪泉，龙泉村的后人们，细数着祖辈们的欢笑、泪水、哀愁、喜悦，抬头看山风吹走了多少，低头看泉水收容了多少，两下相抵后的结果，就是如今这里淳良的民风。

[原载《朔方》2018 年第 10 期]

王淑萍（1971—）笔名墨瞳，回族，宁夏平罗人。作品发表于《朔方》《贺兰山》《屈原文学》等。出版散文集《遇见自己》《流年里的余温》。宁夏作家协会会员。第六期文艺（综合）研修班学员。

动物们

凌 寒

黄昏里一只羞涩的狗

黄昏，走在老家寂静的山路上，身后传来脚步声。扭头，是一条半人高的大黑狗。从小怕狗，马上恐惧停步，狗也停下来看我。见它似乎并无恶意，继续前行，但时时回首警惕观望，担心它突然袭击。每次我扭头，它便也停步，眼神温顺，如此反复几次，确认它没有危险，才放心大胆前行。久不走山路，又是高跟鞋，我走得很慢。能感觉到狗走路的速度比我快，但一接近我它便停下来。走走停停，许是思忖良久，狗终于下决心要超越我，见它加快脚步，终于与我平行。我扭头看它，这次它没有看我，眼神躲闪，似乎有一丝羞涩，快步走远了。暗想刚才狗一定为是否超越我内心纠结挣扎过，这让我对这条黄昏急于回家的狗心怀歉疚。

狗是我们最为熟悉亲近的动物，其表情也极为丰富。看到主人，他们眼神热切，不停摇尾跳跃，似乎有千言万语要对主人诉说。主人离去，他们依依不舍，遥遥目送，只差相看泪眼无语凝噎。两只小狗嬉戏玩乐，相互追逐，把对方摔倒，小心撕咬，仿佛就是两个可爱的孩子在开心打闹。睡觉时，它们相拥而眠，一只压着另一只的小腿，或一只小爪搭在对方毛茸茸的肚子上，其温馨可爱让人久看不厌。最喜欢看大街上两只狗相遇。物以类聚，两只狗相见是多么亲切高兴啊，他们迫不及待要奔过去交谈问候，互致喜悦之情殷勤之意。如果不幸被主人紧紧勒住狗绳，便使劲努力挣脱，表达内心不满和怨愤，被拉远了还频频扭头回首，他们相互能读懂彼此的目光吗？

姐姐家的狗和邻居家的狗感情甚厚，每日朝夕相处，一公一母应是男女之爱吧！每次姐姐山上干活回来，听到三轮车响，邻家的狗就热烈迎出很远，这边也早已飞奔而来。亲热地嗅嗅碰碰，相见何其幸福！后来不幸，姐姐的狗走丢了，邻家狗十分难过。每次听到车声，依然会很远跑来迎接，只是再见不到熟悉的身影，便郁闷悻悻而归，让人看了心酸。很长时间，那狗经常躺在门前，默默凝望远方，满脸忧郁。为伊消得人憔悴，狗何以排解相思呢？

过一段时间再到姐姐家，站在门口，邻家狗对我很不友好地吠叫不停，头高高扬起，满脸是挑衅之意。想起它曾经的痴情，赶紧询问，姐姐说它早已不再迎接他们了。往事终于如烟消逝。

相思终难抵过时间。狗也如此！

校园里的野猫

曾经，校园里最常见的动物是野猫。

上班路上，偶遇一流浪猫，旁边跟着一只喜鹊，对着猫不停大声吵叫，声音里满是埋怨和愤怒。猫对之不理不睬，目不斜视慢悠悠前行。喜鹊很执著，不依不饶紧跟着吵叫着，不知是在指责猫偷吃了鸟蛋还是咬伤了小喜鹊，一副定要和猫评理的架势。我不远不近跟着它们，想看看结果，但疾驰而来的汽车把喜鹊惊飞了。后来好几天都在想喜鹊还会不会找那只猫理论。内心也感慨，动物有时真的和人一样，你看猫的表情明明就是：拳头大了是哥哥，你奈我何啊？

那时校园里的流浪猫很多，有黑色、白色、黄色，黑白相间黄白相间。他们都颇肥硕，可见垃圾箱里食物很丰盛，也有好心同事定时送食物给它们。经常见猫们四肢伸展舒服地躺在树荫下晒太阳，让匆忙奔走赶时间的我心生羡慕。一次散步，草丛里传来清脆的喵喵声，声音稚嫩，应该是只小猫。果然，小小的身子，满身黄色斑纹，亮亮的大眼睛，很漂亮。它似乎对我颇有好感，跟在我身后，细声叫着，让人怜爱。很想把它抱回家，但知道自己日常懒散恨不得也被人喂养，不会是任何动物的好主人，只好狠狠心快步离开。

野猫还是以预料不到的方式闯入我的生活。为了准备一场难度很大的考试，闭门日夜苦战，很长时间没进地下室。打开门，被骤然的声响骇得大惊失色。一只肥大的野猫窜到窗台，两只眼睛在阴暗的光线里闪亮，不友好地看着我。墙角纸箱里几只小猫喵喵叫着蠕蠕爬动。自小家里养猫，冬夜里，喜欢它毛茸茸的温暖，和姐姐抢着抱猫睡觉。猫有什么可怕呢？即使从卫生的角度难以靠近野猫，但应该不那么骇然。但当时，内心真得十分恐惧，许是长久身心劳累神经过于脆弱，也或许是太没有心理准备。总之，当时感觉面对的是蛇一样可怕的动物，我赶紧把箱子抱出去，扔到了远处的山坡上。

却无法静心看书。夜里，北风在屋外尖叫徘徊，啪啪拍打着窗棂。春寒料峭，年幼的小猫怎么受得了寒冷呢？虽然反感他们的惊吓与干扰，但也实在不忍弃之不顾。终于大半夜跑下去又把小猫抱回地下室，并把窗户打开，便于母猫寻来。

但事情的结局却出乎意料。过一日再去，两只小猫不见踪影，两只身有血迹早已身亡。当时很困惑，后来查资料才知道，小猫被人动过或有了别的气味，受惊吓的猫妈妈会带走或者咬死小猫。猫妈妈受了惊吓，感到不安全，岂知我也受了惊吓。这件事在心头很久不能释怀，每次进地下室都心有余悸。我知道猫受了惊吓，它知道我也受了惊吓吗？

一只鸟的死亡

生活中鸟无处不在。清晨，悦耳的鸟鸣消逝了残梦；散步时，喜欢欣赏枝杈间鸟儿轻盈的身影。但于鸟，多是远远的一瞥。

下楼开车出去，远远便见车下面有一只鸟。俯身凑近，鸟并不飞，走得也缓慢，许是病了或受伤。

校园内经常有宠物狗走动，怕伤害它，把它放在地下室的纸箱里。鸟全身黑色，不熟悉的种类。天已黑，对之一筹莫展，只能放一杯水和一些米给它。

清晨，再去看鸟，却见它已经奄奄一息。意料它有病，只是没想如此之快，很伤心，见难以挽救，想地下室阴冷，不如让它最后享受一下灿烂春日。我把纸箱抱到了楼前的小花园，花园内绿草茵茵，花朵娇艳，阳光明媚。

中午再去，鸟儿已经僵硬，很感伤。昨晚初见，它能走动喝水，还颇精神。转眼，一个生命就完全结束。似乎，它来，就是为了让我给它一个归宿。

马上想到了校园池塘边那丛茂密的竹林。细竹森森，晚上里面栖息了无数的鸟。每个黄昏，百鸟合唱。这么多鸟相伴，它应不会孤单。竹子旁边有一棵桃树，满树桃花正艳艳开放，鸟儿肯定也喜欢这么美丽的桃花吧，我决定把鸟葬在桃树下。走向桃树，竟然发现草丛里也躺一只死去的鸟。

挖了两个坑。两只鸟也算有缘，可以地下相伴。我想，他们一定会喜欢这个地方的，池塘、垂柳、细竹、桃花，还有早晨黄昏，鸟声密集如雨。

第一次面对两只鸟的死亡。僵硬的尸体，无动听鸣叫展翅飞翔的诗情画意。

每日享受着鸟儿的陪伴，给予我们生活美丽的点缀，何曾用心想过鸟的一日三餐、生老病死，这些生动我们日子的小精灵，又如何度过了自己辛苦忙碌的一生？

家里的蚂蚁

这些黑色的小东西何时成为我家庭的一员，已无从确定。当第一次看到小小的蚂蚁在地板上蠕蠕爬行，甚是惊讶与好奇。它或许是我出去挖养花的泥土带进来，也或许是混在了市场上买回的蔬菜中。总之，它们就这样闯入了我的家庭生活。

开始，我并没把这个小东西放在眼里，但不经意间，它们的队伍繁衍壮大，悄悄成群结队了。它们或潜藏于厨房的面包中，或以翻山越岭之势攀上餐桌。儿子倒是有了乐趣，闲时便踩蚂蚁毁蚂蚁窝玩。每当我不费吹灰之力碾死一只蚂蚁，耳边总响起人们那句嚣张的话：踩死你就像踩死一只蚂蚁一样。是的，踩死一只蚂蚁很简单，但想全部消灭它们，却也极为不易。总之，几年斗争下来，这些小家伙依然经常或优哉游哉或匆匆忙忙从我眼前经过。

近年来，身边信佛吃素的朋友渐多，便经常听到不要杀生善待生灵的劝告。有个朋友蚊子苍蝇都不肯打死，并给我看一篇文章：一位母亲如何行善积德，善待家里蚂蚁，最后使孩子躲过命中一劫。听得多了，就受影响，何况吾本善良之人。此后，便再难对家中蚂蚁下手，好在他们身体和危害都小，容易接受。

于是，蚂蚁们便肆无忌惮起来，厨房里餐厅里，客厅阳台它们大摇大摆如入无人之境。看着它们络绎不绝匆匆忙碌着，似乎有很重要的大事等着它们去完成，倒有种我侵入他们领地的感觉，这到底是谁的家啊？终于，当蚂蚁竟然啃咬我的饭菜和水果，又一天钻进了水杯，让匆忙喝水的儿子把一口水喷湿了饭菜，我终于忍无可忍。默念一句：善待生命是以不侵犯我生活为前提的。SORRY！小蚂蚁们！于是，重开杀戒！

汉典中对"善"的解释是纯真温厚，没有恶意。在人类与动物界中，这样的情感都是存在的，它是生存本性的一部分。但"善"显然服从了生存这一原则，所以有时候善与恶，都只能是相对的。这样一想，我灭宅内蚂蚁似乎有些理直气壮了。因为我相信假设某一天我误闯入蚁巢，蚁们必群起而攻我的。

但每次杀戮总心里不安。好在后来同事送了我一包灭蚂蚁的药，撒在地上几天，蚂蚁们就神奇地消失了。高兴之余，我暗暗祈祷，希望它们是集体迁移了而不是那么快被消灭了。它们的家应该在室外的草丛或者田野，与人类和谐相处，过它们自由快乐的生活。

[原载《草原》2016 年第 12 期]

凌寒（1972—），本名姜玉香，女，山东烟台人，就职于中国农业大学烟台研究院。作品发表于《山东文学》《时代文学》《散文百家》《当代散文》等。出版村落文化志《尚书故里——山东莱山西解甲庄村文化志》。作品荣获山东省青年作家协会作品一等奖。中国散文学会会员，山东作家协会会员。第六期文艺（综合）研修班学员。

乡村物象

马晓忠

窗　花

进入城市生活，人突然变得忙碌，烦躁，感觉生活的空间越来越狭小、拥堵，每天被一些看见的看不见的琐事缠身，整个人也变得木然，了无情趣了。除了读书和写作，剩下的时间就是站在窗前看一会远处的建筑和山峦了。窗户正对着街道，所以，我每天总能看到一些来来去去的车流和人群，一些熟悉或者陌生的面孔从我的窗前匆匆经过，没有人注意到窗里那个独自站立的身影。或许，我并不一个懂得赏风景的人，而眼前的景象只绘制着一种忙乱。而我只是暂时的闲了下来，让自己的目光穿过窗外，停留在了某个移动或静止的事物上面，仅此而已。

这是冬天的某个早晨。冬天的寒意透过玻璃窗直逼过来，屋子里的炉火早已熄灭，冷气围裹着我的身体，让我在这个干冷的早晨开始手足无措。昨晚因为一本书，因为书里的某个章节，我围坐的火炉旁一直到深夜。起来才发现，我是和衣躺了半夜，窗帘低垂在一边。原来，我是忘了盖被子和拉窗帘了。玻璃上结了厚厚的一层冰花，显然昨晚又降温了，又刮了一场大风吧。我看着那些冰花，它们在玻璃上形成不同的花纹和图案，竟是如此的奇异和逼真。我突然想到了窗花，那些用红纸绿纸剪成的一张张美丽的窗花。而在这个寒冷的早晨，我分明被一种近似雕刻的线条和轮廓所吸引，我想起了书本里的一片窗花，一个与窗花关有关的某个故事，我甚至想到了一个姑娘藏在窗花里的爱情。

不仅仅是一种假设。在农村，在红砖青瓦还不曾占据整个村庄的时候，那些正处于做梦年龄的农家女孩，都会把自己的羞涩和秘密用一把小巧的剪刀遮挡起来，浅藏起来。冬日里围坐在某个剪纸老人的土炕上，拿上红绿纸，拿上从货郎手中新换的剪刀，推搡着、嬉闹着向村里的大奶、老婶讨样子，学剪功。窗花样子在一本书里分开夹着，是这个村子里剪功最好，也最有创意的窗花。而那些被贴在方格子窗户上的，大都是按书本里的窗花样子剪的。一个窗户配上白纸和红红绿绿的窗花，一下子就觉得喜庆了，亮堂了，也洋气了。有了过节的氛围。

往往贴窗花除了过年就是婚庆了。和贴对联、门神同等重要，窗花也要等到大年三十那天才贴。把窗框子卸下来，撕掉旧的窗花纸，抹上新打的糨子，把白纸裁成窗格子大小，按不同颜色和种类贴上新剪的窗花。窗花的种类很多，有人物、有花草、有动物，过年的时候，农村人喜欢贴十二生肖图，或者牡丹、荷花、金鱼等象征富贵和吉祥。自然遇上婚庆嫁娶，窗花的内容就更加丰富和多彩了，女儿出嫁时，会将一些窗花样子作为陪嫁带进另一个村子另一个家，从少女变成女人，窗花的内容也在悄悄发生着变化，可以这样认为，窗花就是女人对生活的理解、剪裁和寄望。每一剪刀下去，可能有女人低低的一声叹息，一丝希冀或者一个故事。

生活在改变着一切，幸福的村姑们如今住进了宽敞明亮的瓦房或高楼。窗户是透明的，但不透风，而昔日那些红红绿绿的窗花已远离了众人的窗口和视线。它不再是开在窗户上一枝花，它被一块块透明的玻璃取代了，它被整册整册的装订封存了，它被摆上了艺术的架子上。在农村，偶尔还能见到几户人家的窗户上还贴着窗花，但这样的窗户显得破旧、扎眼。就像一个穿着大襟衣服的老人，我们怀念那些岁月，但我们无法让那些岁月重现和还原。窗花，一种最初开在窗户上的花，就像冬天结在窗户上的冰花。也许，有了这个美好的念想也便足够了。

土 窖

有人戏称西海固人为"洋芋蛋"。其实，不是人长得像洋芋，可能是爱吃洋芋的缘故吧。我作为西海固人对吃洋芋深有体会，不光一年四季吃不腻，每顿饭更是不能离了洋芋。也许西海固盛产洋芋吧，家家都有一个装洋芋的窖，有了窖就不怕洋芋坏了、烂了。而一眼土窖在西海固农村就跟一眼泉一样重要，它一年四季安静地躺在每个农家向阳的土墙根下，装着洋芋，也盛放着村民们一年的希冀和热望。

在我的村庄，在那个四季被阳光照射的土台子上，散落着几十户人家，他们选择坐北朝南的房屋建造模式，而一张大土炕也正对着朝南靠窗的地方，不管窗户大小，阳光总能透过窗户直射到炕上。即使在冬天，坐在煨热的土炕上，感觉也是暖暖的。如果煮一锅洋芋，拌上萝卜丝和葱叶，一家人围坐在一起，洋芋裂着口子，露出白嫩的芋肉，那馋劲立马就上来了，抓一个在手心里来回地转几下，几口下去，一个洋芋就只剩下一团皮了。

吃着洋芋自然就想到了窖。在村里，土窖其实就是用来窖洋芋的，所以人们还是习惯叫"洋芋窖"，其实，除了洋芋维持整个冬天的蔬菜就只有几把红葱和几个白菜了。土窖多选择在向阳的墙根下，窖口不大，只能容下一个人进出，而窖里却能装下几千斤甚至上万斤的洋芋。窖是顺着土墙根直挖下去的，呈圆柱形，所以，挖窖时需留下台阶以便于人自由进入。父亲曾是挖土窖的高手，过去他一天能挖三口窖，但是现在，父亲进出一次窖都已十分困难了。父亲挖的窖依然用着，父母还能让土窖每年装满洋芋，还能让我这个远离了村庄和土地的儿子一年四季吃到洋芋。但是明显地，父母已经力不从心了，一口土窖陪伴父母走过了几十个年头，每年里，父母踩着土窖的台阶进进出出，忙忙碌碌。从洋芋选种、切种、播种、壅锄、耕挖、窖藏……一年四季循环往复的劳作让父母日渐苍老，病疾缠身。

在村里，大大小小的土窖随处可见，有的用草盖、麻袋堵着窖口，有的窖口张着，黑咕隆咚的，像一张饥饿的嘴。我曾注视过一口窖，突然觉得它像一口深井，我有一种掉下去的眩晕感。它是空的，窖底堆积着一些枯叶和衰草，有几只黑虫在窖底胡乱的爬着。很显然，这一口被废弃了的土窖。隔着窖口不远，这户人家的院墙也有些坍塌，门楼上的瓦有几片掉在了地上，碎成一堆。一只白猫在墙上站着，悄无声息的，盯着院子里的一棵树。几只鸟站在树梢上，像几片树叶，忽然就掉了，白猫踩掉了墙头上的一块泥坯，受到惊吓似的跳下墙跑了。

顺着墙头我的目光落在了这家挂着锁子的门上。锁子已生锈，像一块烂铁，门上的铁环和圆泡钉子却依然发着白光。门神还一左一右把守着，门顶上有阴阳画的太极图和咒符。看样子，这家人搬出去不久，院子里的野草还没长起来，和门前的土窖一样，铺着厚厚一层树叶。看来，人一走什么都跟着荒废了。

经常吃洋芋，我却很少钻进窖里。小时候被母亲赶着钻进窖里拾洋芋，如今母亲却不让我下窖，通常是母亲提了笼子弓着身子踩着土台阶下去了。谷雨过后，窖里的洋芋除了种子剩下的也就够维持几个月的了。所以，随着季节的交替洋芋越来越少，土窖也越来越深了。母亲在窖里显得更加的瘦小和灰土，她总是很细心的把洋芋上新出来的嫩芽一个一个掰掉，把一些有伤疤的挑出来留着自己吃，把挑拣好的装进蛇皮袋子让我带上。母亲钻出窖时浑身被细土裹着，我举着笤帚拍打着母亲身上的尘土，母亲虽然穿着厚厚的棉衣，但我能感觉到母亲还是不停地发抖。几十年了，从小到大每次出门都是母亲跑出跑进张罗着，而我只会静静地等着、看着，像个傻子。

一个个土窖就是村庄里的胃，窖如果空了，整个村庄也会随之饿了。我突然觉得，村庄里的窖更像一位位老人，默默地劳作，贮存满一茬又一茬的洋芋。而子女们只会揭掉苫在窖口的草盖，望几眼窖里灰土的身影，然后转身离开。什么时候吃不到洋芋了，才会想起村子里的那口土窖，才会站在窖口喊几声母亲，够了，够了，赶紧上来。

风 匣

最近听母亲讲，我曾经生活过的叫高庄的小村子要整体迁移了。父母虽然整天念叨着把这个穷地方，住够了，搬了一点也不恋念。但是，看得出来父母还是舍不得，毕竟生活了几十年了，穷富不说，院里院外，山上坡下都是自己熟悉的，都习惯了。父母原本将维持了二十几年的旧厨房翻新了，盘上个新锅台，接上个鼓风机，让自己的晚年生活轻松富足一些。现在看来，只能继续凑合着了。房上的檩和椽都被烟灰熏得幽黑发亮，一个个针头似的白孔就格外的清晰和惹眼。不时有细细的粉末从房顶上飘下来，像落了一层雪糁子。

父母担心终有一天檩和椽会被虫子吃空，原本破旧的厨房会突然塌掉。所以，父母只好用一根碗口粗的杠子顶着。锅台是旧的，案板是旧的，碗筷是旧的，只有那根用来顶房的杠子是新砍的，剥了皮的榆木白亮光滑，在幽暗的厨房里它更像从屋顶射下来的一束光。在炉膛的右边，依然摆放着二十年前的那个老木风匣。和厨房的整体色调一致，幽黑、破旧，油渍和灰尘将这个笨重的木匣包裹着，它被塞进一个长方形的土格子里，和灶膛连在一起，如果不仔细分辨，这个灰土笨重的东西会被人忽视或者遗忘。但是，只要拉出两条细圆的木杆时，它就能发生鞭挞的响声，灶膛里就会伸出一团一团红红的火苗来。这个时候，你会觉得它并不只个摆设，它有自己的声音，它还能吹旺灶膛里的柴草，让一锅水很快冒出热气，沸腾起来。

风匣是柳木做成的。长方形，像个笨重的木匣子，风匣的构造简单，除了两根长长的拉杆，就只有两个风嘴了，一个是用来吸风的，一个是用来送风的，就跟打气筒似的，风匣也要垫上厚厚的纸或者麻衣才能扇出风来。我家的风匣是父亲亲手做的，是用半截柳树根一斧子一推刨做成的，而拉杆是用榆木做的，拉杆承受的拉力最大，所以在选料时要结实，耐用。新装的风匣声闷风大但拉起来费劲，通常是母亲拉上一段时间，拉起来轻了才会轮到我们姐弟帮母亲拉风匣。

事实上拉风匣是有一定讲究的，母亲拉起风匣来平稳缓慢，风匣发出的鞭挞声均匀，很有规律，所以，母亲一手拉着风匣一手往灶膛里添着柴草，显得轻松自如，不急不躁。倒是我，每次帮母亲拉风匣，要么双手抓着风匣拉杆，不停地拉出推进，要么停下风匣给灶膛里不停地添柴禾。结果不是风太大了把一点火星吹飞了，就是添的柴禾多了把火压灭了，而我却弄得手忙脚乱，头发烧焦了，手上磨出了水泡，衣服也被火星烧成一个一个圆洞。

也许，我是因为锅里的两个鸡蛋或者几疙瘩肉才肯卖力帮母亲拉风匣的。多数情况下，我是坐不住的，我会借故看书，偷偷跑进树林子里躺在一层树叶上面，用书遮住脸睡上一觉，或者夹上一本书站在山梁上看两只牴羊顶仗。因为一本书，我可以不受父母的约束而自由活动。在父母眼里，没有什么事比念书更重要的。事实上，那些日子，我在欺骗父母的同时也在欺骗着自己，书一刻也没离开我的手，但我静下心来读书的日子却是少之又少。

多数情况下，我会看着那个驴脊梁似的屋顶和半截烟囱发呆。我会猜想母亲在那个低矮的厨房里忙些什么，如何变着花样把一些粗粮做得可口，不致让我们姐弟挑剔。但是，只要我想起那些发黄的玉米面巴巴、黏稠的荞面搅团，我嘴里的酸水就开始流了。我怕听到母亲长长的一声呼唤，我怕母亲喊我的名字。我听出了母亲的焦急和烦躁，我知道，锅台上一并摆着五六只黑碗，碗里正冒着热气。我是最后一个端上碗的，母亲拿出瓷坛，给我碗里滴了几滴清油，一股香气钻进了我的鼻子，我捧着碗，像捧着一个油坛子，站在门道里狼吞虎咽地吃起来。

风匣在一天天变旧，拉杆也一天天变细。期间，风匣里的麻衣和纸换了又换，而母亲也在风匣的鞭挞声里一天天变老。如今，那些让人犯酸的玉米面巴巴、荞面搅团却很难吃到了。每次回去，总想着帮母亲捅一捅烟囱，拉着风匣和母亲拉拉家常。回想起母亲被烟熏得不停地咳嗽，我又一次次责怪自己。但每次回去，母亲都说马上要搬迁了，凑合着能做饭就行了。匆匆地回去，匆匆地返城，我却把捅烟囱的事置于脑后了。

风匣还在，两根拉杆中间细得像一根筷子。所以，母亲经常用柴草烧锅，却是很少用着风匣了。

[原载《福建文学》2014年第10期]

马晓忠（1981—），笔名北塬，宁夏隆德人，国企员工。作品发表于《福建文学》《延河》《脊梁》等，被《散文选刊》转载。出版散文集《乡路》。中国电力作家协会会员，宁夏作家协会会员。第六期文艺（综合）研修班学员。

卷三　　文艺评论

宁夏中短篇小说的叙事学考察和
"知识者"形象略论

倪万军

一、叙述者:"我"的存在与出场

从小说叙事的人称机制来讲,第一人称叙述是现代小说主要的叙事模式之一。陈平原在其《中国小说叙事模式的转变》中认为第一人称叙述是最适合于"五四"新文学作家采用的叙事角度,因为"相对于传统小说的全知叙事,第一人称叙事最容易辨识,其优势也最明显",而且"第一人称叙事在限制视野的处理上,显然比第三人称限制叙事容易掌握",尤其重要的是五四作家的创作"或多或少带有作家个人生活的影子","作家从自身选取创作素材的实在太多了,以至于读者很容易把小说中的人物直接等同于现实生活中的作家。若从表现作家自身生活经验与情感需求的角度考虑,第一人称叙事无疑是最适宜的"(陈平原:《中国小说叙事模式的转变》,北京大学出版社,2003 年 7 月第 1 版,第 86-87 页)。而实际上,陈平原此论不止于五四作家,第一人称作为小说叙事的人称机制在整个 20 世纪以来中国小说的叙事模式中都发挥着非常重要的作用,在一个多世纪的小说创作中,很多作家把第一人称叙述作为一种非常重要的叙事选择,甚至当做一种小说创作的技巧,使作品呈现出真实感,让读者产生一种"在场"的错觉。而对于研究者来说,第一人称叙述给作品带来更为丰富的意义,使作品具有更为广阔的阐释空间。

但在很多宁夏文学研究者那里,几乎很难看到对采用第一人称叙述小说的关注。或者说,即使有人会关注这些作品,但是也往往忽略了其作为"第一人称叙述"的意义和价值。因为很多宁夏文学研究者更愿意关注宁夏作家"写什么"(写苦难诗意的土地、坚韧顽强的生命。这几乎是长久以来研究者和读者关注宁夏文学的一个"卖点",这使得宁夏文学和宁夏作家承担着一种"悲壮"的精神价值),而很少去关注宁夏作家"怎么写"(作家的知识结构、语言功底、叙事策略等。这一方面放松了对作家最基本的要求,当然也容易忽视一些内容和形式俱佳的优秀作品),但是如果从"怎么写"入手来解读宁夏文学，或许会有一些较为有趣的发现。

在宁夏作家作品中采用第一人称叙事模式创作的小说如果以叙述者"我"和故事之间的关系区分的话，大致可以分为两类：一是"我"的故事，主要以"我"的经历和感受为主，比如石舒清的《黄土魂》和《出行》、郭文斌的《陪木子李到平凉》、了一容的《沙沟行》等；二是"我"的见闻或者和"我"有一定关系的人的故事，比如张学东的《跟瓶子一起唱歌》、漠月的《青草如玉》、陈继明的《微澜的水》、火会亮的《民间表演》等。而无一例外的是，这些作品中的"我"都是以"知识者"的身份出现，不管是教师、作家还是记者。这一角色定位既是对"五四"新文学传统的继承，又有作为宁夏文学的特殊选择。"五四"时期的小说一方面从传统文学脱胎而来，但更重要的一方面是学习和借鉴了西方小说的创作实践和先进的叙事理论，非常注重叙述者的内心感受和作家的审美体验，甚至放弃了"故事"而以叙述者的"情绪"来组织小说，正如鲁迅在谈到安德列夫（鲁迅译作安特来夫）小说时所说"消融了内面世界与外面表现之差，而现出灵肉一致的境地"（鲁迅：《〈黯澹的烟霭里〉译者附记》，《鲁迅全集》（第十卷），人民文学出版社，1981年，第185页），尤其1921年出版的郁达夫的小说集《沉沦》中的诸篇作品更是以"自叙传"的抒情体式祖露了"我"作为一个青年知识者的灵与肉的冲突。当然，鲁迅的《狂人日记》《祝福》等篇也是第一人称叙述的杰作。而事实上，从宁夏二十世纪六七十年代出生的作家所经历的教育背景和阅读范围来看，他们更多的是从五四新文学那里获得了必要的养分，从而形成自己最初的基本的文学积淀，包括思想、技巧等。而作为宁夏作家，他们在选择小说中人物角色身份的时候往往不自觉地以边缘化飘零不定的"知识者"为主，这些"知识者"大多数出身于农村，他们的祖辈父辈都是农民，而他们自己通过上学读书这种唯一的途径改变了自身的命运，成为一名有别于农民的"知识者"。这些作品中的"知识者"则又映照出作家的影子并和作家的人生经历几乎相近，出身于农村，由农民而作家，因此宁夏作家最为熟悉并且最容易驾驭的除了成长过程中所经历的农村生活之外，就是自己的人生体验了。因此，以"知识者"作为"我"的角色定位，除了五四文学传统的因素之外就是宁夏作家特殊的当然也几乎是唯一的选择。

因此，从小说的叙述视角这一方法论的角度开始，考察宁夏的小说创作，尤其是中短篇小说的创作，更容易进入写作者的内心，更容易发现作为叙事者的"我"和作家之间千丝万缕的精神关联。

二、地之子："知识者"的底层意识和乡土情怀

丹纳认为文学的生产决定于时代、种族、环境三要素，而对于宁夏文学来说这种影响文学生产的因素则显得更加重要。宁夏地处西北边地，经济、文化相对落后，社会生活的内容和东南沿海等发达地区相比自有其特殊之处，尤其是乡村社会。另外，工业文明对宁夏经济、文化的冲击显得更加迟缓。这在很大程度上影响和限制了作家的视野和写作题材，使他们将更多的目光集中于乡村、土地、农民，因此"苦难"的生存和"诗意"的栖居仍然是大多数小说的重要主题。

1993年石舒清发表于《六盘山》的中篇小说《黄土魂》曾被改编为电影《请你留下来》，在当时产生过一定的影响。这篇小说以一个"知识者"（乡村教师）的见闻与感受揭示了西海固乡村教育的不幸现实。作品中的"我"（刘小燕）刚从大学毕业便被分配到西海固一个偏远的山村小学当教师，半年时间经历了诸多甘苦，等到"我"终于融入到那个环境的时候却不得不舍弃那里，这对于"我"来说，面临的是一种情感与道德的双重拷问。这其中夹杂着"我"的忏悔、告白和灵魂的剖析："我配吗？我不配！……回到宿舍，把自己锁在里面，觉得心里弥漫着撕不开、化不了的难以言说的感受。我爬在炕上糊里糊涂地咕哝着，糊里糊涂地流泪，一直流到天亮……"（石舒清：《黄土魂》，《苦土》，百花文艺出版社，1994年，第217页）

然而作者在最后并没有就"我"的去留和选择给出一个明确的结局，但是正如后来改编的电影片名一样，"请你留下来"是一个带有强烈诉求的第二人称祈使语句，由"我"而"你"，叙述的角度发生了根本的转变，叙述者变成了被叙述者，表现了西海固山村教育及西海固农民对"知识者"和其所代表的"知识"所做的最后的呼唤和挽留，然而却注定充满了悲剧的意味，直至二十多年之后的今天，这类问题在西海固的山村或许并没有得到较好的解决。

在这篇小说中，作者通过"我"的主观感受、心灵体验直面西海固山村的教育现状，表达出"知识者"的忧虑和悲悯。在这里，作为"知识者"的小说人物和作家达成了认识上的高度统一，带有作家生活的影子，甚至可以说"我"眼中的世界就是作家石舒清眼中的世界。当然，从叙事结构和行文来看，《黄土魂》作为石舒清早期的作品依然带有鲜明的写实风格，依然没有能够摆脱传统小说以情节来推动故事发展的模式，但作为"知识者"的"我"的自叙传色彩却非常浓厚，并且以此作为小说表现的中心。

而在张学东的短篇小说《跟瓶子一起唱歌》中，作者意在通过"我"的内心体验和旁观者的身份讲述拾荒女孩草叶儿无法回避的悲剧命运。年幼的

草叶儿原本应该享受一个孩子应有的家庭温暖和学校教育，然而现实是她为了上学不得不积攒三千只啤酒瓶，更何况那个"上学"的承诺可能就是成人世界的一个谎言，而且她还不得不为了一只破旧的铝锅遭受毒打……这些才是草叶儿命运的真相。然而却有论者认为"在那个朴素、贫穷，甚至有些粗砺的家庭生活中，看到了另外一种民间的生活温暖和力量"（陈思和：《精致结构中再现历史的沉重——张学东的短篇小说艺术》，《上海文学》，2004年第12期。），不知道这样的"一种民间的生活温暖和力量"来自于哪里？难道是那些会在风中唱歌的啤酒瓶子？但是如果设身处地地站在叙述者"我"的立场上则不难看出，即使那来自纯净心灵的天籁之音也无法阻挡草叶儿悲剧的命运。草叶儿最终被啤酒瓶砸伤，这虽然有一些偶然，但也是一种宿命般的必然。

在这篇作品中，叙述者"我""听到的声音太多太杂了，耳朵生了厚厚的锈，早已变得迟钝不堪，就离内心的感受也越来越浅薄了，不会轻易为什么流下一滴泪，所以我是听不出什么名堂来"（张学东：《跟瓶子一起唱歌》，《上海文学》，2004年第12期），然而最终因为受了小女孩的感染而"依稀分辨出草叶儿此刻哼唱的竟是我小时候就会唱的一支儿歌"（张学东：《跟瓶子一起唱歌》，《上海文学》，2004年第12期）。这里的"知识者"和《黄土魂》中的"我"一样，最终受了乡村社会和美好人性的感召、安抚、净化和拯救，从而实现了精神的回归。

就这两篇作品来看，作者通过第一人称叙述模式，分别塑造了两位"知识者"的形象，虽然他们并不一定拥有完美闪光的人性，但是他们能够脚踏实地深切关注着西北中国的底层社会，表现出一种"哀民生之多艰"的悲悯情怀。

而在漠月的中篇小说《青草如玉》中"'我'是一个倾听者、见证者、叙述者，目睹了土地家园沦落的整个过程。这也是20世纪中国知识者乡土小说叙述的基本方法。"（倪万军：《乡土小说的叙述空间及其可能——以漠月的三篇小说为例》，《宁夏师范学院学报》，2011年第2期。）这篇小说完整地呈现出土地在传统与现代的冲突中节节退败的过程，表达了作者深重的忧虑。火会亮的短篇小说《民间表演》则通过一名记者的所见所闻表达了乡村社会中人与人，贫与富之间的争斗和角逐。

在整个宁夏文学的创作中，像这样的作品不胜枚举，作者给我们呈现出作为"知识者"的"我"与乡土家园之间密切的精神联系。而且在很多作品中，叙述者均自认为是知识者、地之子、故乡家园的弃儿，这实际上隐含着一种来自于土地而又最终超越土地的骄傲和自豪，这样的内心体验在五四以来新文学的叙述中随处可见。比如很多人都以"乡下人""地之子""农民"自比，然而从职业的选择来说，他们并没有一个人愿意做土地的儿子或者农民，这种亲近土地的身份只不过是一种道德倾向、价值选择，尤其在后现代工业文明的背景之下，传统价值受到冲击，于是人与自然和谐相处，人与故乡家园紧密关联成了一种新时代的理想和追求。

三、"谁能告诉我，我是谁"

李尔王曾经在极度愤怒和痛苦时大喊："谁能告诉我，我是谁?"这表达了一种认识自我和找寻自我的困惑，人作为思维的主体，对周围人和事的认识是比较容易的，尤其在小说的创作中大多数情况下小说的根本目的就是对客观世界的把握。然而对于思维主体来说，自身也是客观世界的组成部分，这就无法避免人对自身的认识和把握。第一人称小说在很大程度上是叙述者对自我的认识和找寻。在前面所讨论的几篇小说中，叙述策略的选择正是基于这样一个基本的前提，即作家（叙述者）通过对自我的寻找和认识，最终回答"我是谁"的问题。

所以从五四新文学以来，更多的作家不约而同地选择了第一人称叙述的叙事模式，而且取得了巨大的收获。对于宁夏文学来说亦是如此。很多作家热衷于第一人称叙述，而且叙述者的角色选择都是以知识者为主，表达了他们对土地家园及宗教精神的迷恋和热爱。

第一人称小说"叙述话语的魅力主要系于叙述者的独白，因此，它要求叙述者必须具有很高的文化修养和突出的个性气质，否则就难免会使文本陷入沉闷与枯燥之中失去光彩"（徐岱：《小说叙事学》，商务印书馆，2010年6月出版，第313页），在宁夏作家的作品中，基本上所有的叙述者都是知识者的身份，这一方面保证了叙述话语的魅力，一方面表达了知识者的心理、情绪、理想、愿望等。

宁夏作家大都出身于宁夏南部西海固地区（比如石舒清、郭文斌、了一容、火会亮、马金莲等），即使出身于其他地区的作家也大都与西海固地区的精神血脉有着千丝万缕的联系（比如陈继明、漠月等）。而他们最初都来自于农村，对农村社会有非常深刻的体认，后来由于读书和工作的原因而从农村"出走"，成了离别故乡家园的知识者，但是对于他们来讲，生命之血脉却永远维系于乡土，因此回归土地家园只是个时间和形式问题。正如鲁迅在谈论许钦文的短篇小说时所说的那样："在还未开手来写乡土文学之前，他却已被故乡所放逐，生活驱逐他到异地去了，他只好回忆'父亲的花园'，而且是已不存在的花园"（鲁迅：《〈中国新文学大系〉小说二集序》，《鲁迅全集》（第六卷），人民文学出版社，1981年第1版，第247页），而所谓"回忆父亲的花园"也正是一个情感与精神"回归"的过程，这个过程正好回答了"我是谁"的问题，离开土地的漂泊者也只有回到土地才能更好地认识自我。而对于宁夏作家来讲，又何尝不是如此呢？

［原载《小说评论》2014 年第 2 期］

倪万军（1976—），宁夏固原人，就职于宁夏师范学院文学院。作品发表于《朔方》《宁夏师范学院学报》《扬子江评论》《中国文艺评论》等。出版评论集《叙述的困境：宁夏文学观察》。宁夏作家协会会员。第一期文艺高研班学员。

到灯塔去：高鹏程"海洋"系列诗歌阅读笔记

马晓雁

除却关于故乡地理风物的书写与"把一生的辛凉还给薄暮下的清水河"的祈愿，单看高鹏程笔下常见的鱼、渔民、海岛、波浪等意象以及其诗歌更内在的诗体色彩、语言风貌和话语特征等，很难相信高鹏程是一位从祖国的大西北走出的诗人。少有飞扬、粗犷、凌厉，杨献平对其诗作品评的那种"绵柔与细碎"更符合人们对江南性情的印象。自"黄土高原"至"海岛之滨"，生活环境的变迁带给高鹏程诗歌境域巨大的变化，同时，也让诗人完成了精神上"异乡人"的身份认领。正如其在诗集《退潮》的序诗中所言："真正的艰难，在于如何辨认丢失的身份，"这艰难的辨认过程也是这位于异乡的洋面上漂泊的诗人尝试寻找和建构其诗歌语言家园的过程。

到海滨小镇去

除了一些没有写作时间标记的诗作，在收录"海洋"系列诗歌相对集中的诗集《风暴眼》和《退潮》中能够找到的最早时间线索是 1997 年，这一年的某一时刻，高鹏程写下了诗作《兰家湾的夜晚》。在这个时间标识之后，诗人谨慎地做了该诗于 2005 年 9 月修改的记录。遗憾的是，没有诗文内容的对照。但如果诗人对该诗的修改只是结构上的调整或者诗语上的凝练，或者幅度更细小，那么，我们完全有理由相信，1997 年，这位时年 23 岁的诗人已经触及了他之后几乎全部诗歌精神版图的核心词汇。在兰家湾一个"黑黢黢的山坳里"，诗人被"一盏油灯传出的微光"照亮，"西部冬天夜晚的严寒"被"黑夜的灯火"慰藉。此后至今，无论写故乡、写海滨、写博物馆、写县城，高鹏程的诗歌言说都在浚染那团"火光"与"寒冷"。

2006 年，高鹏程这样写下生他养他的故土之上的生存："在西海固/一棵树长得过于艰难/一只蚂蚁也要经受比其他地方/更多的苦寒"。

在那片苦寒之地，一代代西海固人"沉默""隐忍"。当这位大学毕业出门求职的青年带着对未来的憧憬乘一列火车南下；当这位生长于西部干旱腹地的年轻人带着对大海的幻想来到海滨小镇——石浦港，经过十年低处的生活再次仰望星群，那"年轻时仰望的事物""正混迹于水面的灯光"。此时，除却"逝去的年华，并不/丰富的经历"，他"依然一无所有"。诗人甚至自嘲，在石浦港这个古称酒吸港、形体也像极了一只酒瓶的海港，只适合醉生梦死。

然而，从诗人十年低处的生活浸泡的诗歌洋面上去打捞，正是石浦港这座海滨小镇上看似"寒凉"的生存保存了一盏诗性的"渔火"，他才歌唱至今并葆有继续吟咏下去的后劲。一路南下，来到世代"山民"（此处指韩东诗歌《山民》中的"山民"）喻指梦想和未来的海滨，诗人看清了"大海"（此处指韩东诗歌《你见过大海》中的"大海"。）不过是另一个严酷的场域。渔港马路留给他的不过"是一个残句"。在这里，他体察着人世浸入骨髓的"寒凉"：看海塘下小茅屋里的养蟹人，并用十年时间，等待他"从我的身体里走出"；迷恋"海边卑微的事物，这些生珍、淡菜、牡蛎、沙蛤，""在沙滩和大海自身遗忘的时候""它们每一幅脱离肉身的硬壳里，各自记录了/一副完整的大海"；对一个补鞋摊给予不同角度的观察与叙述，鞋匠"坚信每一次敲击，/都可能帮助一双疲惫不堪的鞋子/继续叩响不可知的旅途"，在对人生人世的体察中，诗人也像补鞋匠一样为卑微者找到了存在的意义；他也去海滨观察"父与子"代际相替中如何传递生存的符码；听异地来此谋生的黄包车夫如何将他的辛酸经历在腹内反复熬炼成为一个个"辛辣、呛人"的笑话，直到"坐车人笑出眼泪为止"；他甚至将笔触伸向一支颓败腺上的"恶之花"，生存过早地榨取了她的青春，但她即使只剩下皮肉，也得"谋生"……"他耐心地收集着来自生活的撞击/那么多的暗伤。那么多/无处倾诉的悲苦/在他的内部/回旋、奔突，但它/不会腐烂，时间久了，它会变成固体的光/沉淀下来"。最终，高鹏程将这些生活的沉积物转化成为他的诗歌言说。

纵观高鹏程与海洋有关的诗歌并没有像田一坡在《新诗创作中的海洋意象与海洋元素》所分析的那样刻意去区分陆地经验与海洋经验，对于诗人而言，两个不同的场域之间并没有激烈的矛盾冲突，不是在拥抱此处之时必然舍弃彼地的关系。对于高鹏程而言，两个不同的场域都可以成为"诗意栖居"的"故乡"。虽然"在海边的生活/和海水交换体液，和一粒盐交换咸涩/和潮汐，交换呼吸/和遥远的海平面，交换道德底线"，虽然海洋意象带给其诗歌陌生化与异质性的体验，但低处的生活始终没有改变其低处的立场，"在我居住的海边小镇/浪涛终年拍打着疲倦的堤岸/人们在山岩的罅隙里默不做声地生活"依旧是他诗歌在书写海滨境域时所要抵达的一个道说归宿。正是这低处的厚重给了其诗歌充分的生活的面气，而不致使其沦为纯粹"筑词为乡"的造句练习。因此，作为芸芸众生中的高鹏程也许可以抱怨十年低处生活的"寒凉"，但正是那"寒凉"中对一点"火光"的渴望成就了作为执有诗歌这种纯粹之说的诗人高鹏程。

到灯塔去

诗人没有完全淹没于海滨的沙尘，他内心始终怀抱着一盏油灯、一盏渔火、一片星群。在 2006 年《致商略》一诗中，诗人表露心迹：他所寄居其中的海滨小镇"海水腥咸，人民劳苦"，"但长长的渔港马路，足以让人/走完剩下的流年"。十年异地低处的寒凉浸泡，使得这位漂泊异乡的游子极度渴望一星光亮。于是，在众多关于海边生活的诗歌中，他歌唱了灯塔。"说着说着，我们又说到了灯塔"，他一再说到灯塔：《再次说起灯塔》《当我们谈起灯塔我们在谈论什么》《灯塔博物馆》，即使不以灯塔命名，这一物象与意象也频频出现在高鹏程的诗歌中。

"有时候，我同样/只需要一小块安静的黑/然后是，一粒小小的渔火/慢慢打开的光"，对于高鹏程而言，灯塔是温暖，是光明，是航向。但显然，面对灯塔，高鹏程思考地更多。在大佛头山，他看见了废弃已久的一座灯塔，随着气象学、电子信息的进步，大佛头山顶的灯塔早已生锈，它只"作为一道风景存在"，而这样一座灯塔用它的废弃提醒他"守住身体内部的光芒"，一座久已废弃的灯塔甚至成为他"一个人的宗教"。它可以不再用来指示物理的航向，但"相对于世事/和人心的变动"，诗人在海岛之心体悟到一座灯塔蕴蓄着"恒久和稳定的意味"。在灯塔博物馆，他疑虑："需要积聚多少光芒，才不致迷失于/自身的雾霾"，"需要吞吃多少暗夜里的黑，才会成为遥远海面上/一个人眼中/一星光亮？"也是这清醒的疑问，让他认识到一个人在向往一座能够带来光明、温暖与慰藉的灯塔之时，也可以将自身修炼成为一座积聚着光芒、恒久而稳定的灯塔。当然，他理智而节制，并没有像尼采、像海子在无限趋近光源继而在成为它的过程中燃烧成灰。2006 年，这位出生于 1974 年的诗人已过而立之年，在停顿了将近十年再次提笔书写时，也许是性情、也许是经历、也许是年岁让他的诗歌携带了浓重的克制与理性色彩。

当然，"灯塔"这一语词在对异乡洋面上浮萍般生存的高鹏程发生生存和存在的精神指引这一意义之时，也带给诗人高鹏程以诗语的启示和发现这一重要意义。

在内陆，更具体一些，在西海固，诗人的出生地——那片常年苦寒、干旱的"不适宜于人类居住"的西部边地，灯塔这一事物几乎不出现在现实生活中，当人们提到"灯塔"时，并不意指它的实用意义，它早已因地域环境因素而褪尽原色，几乎只剩下了象征和引申意义。但海边生活为诗人唤醒了这个语词。当人们热衷于这个词汇的隐喻意义时，人们"似乎并未提及，那盏真正的灯塔/那盏深夜的海上，渔民所担心的/灯塔"。当"我的老丈人，一个出海很久的渔民"劳作一天回家时，"一边恶狠狠地咒骂：该死的风浪"，一边感激还有灯塔引航时，生活的细节为诗人擦亮了"灯塔"这一语词。这对诗人来说是一个重大发现：探寻语词的原生意义，从而携带出寄生其中但今天已几乎失传的神秘符码。虽然这一发现听上去并不像新大陆的发现那样令人亢奋，但这种发现的过程却往往更为艰难与漫长。正如"麦子"的发现之于海子、之于中国诗歌一样。

在中国的文化传统中，海洋元素相对匮乏，即使使用，也大多如田一坡所言，是非境域化的书写，使用者也往往着意于其抽象意义、表现其想象意涵。而高鹏程在生活的土壤中发现了"灯塔"作为灯塔本身的意义。在诗歌作为创造语言的道说这一意义上，诗语也在发现语词，淘洗它们的原型并激活其原生意义是途径之一。正如卡西尔在《语言与神话》中所言：词语经历着往返不已的灵魂轮回。也是从诗语道说这一意义上，我们还可以回头去看高鹏程"博物馆"系列诗歌的秘密：一座茶叶博物馆馆藏的原不过是"煎熬"这一语词；熨斗博物馆馆藏着"熨帖"这一语词；秤砣博物馆馆藏的也不过是"权衡"这一语词……而这些幽暗的显现都始于诗人对"灯塔"的发现。秉持这一经验，这位克制而理性的诗人面对他的诗写对象时往往能够层层剥析，几乎是压榨式地缕析出蕴含在客观物象上的全部意义信息，直到吐出事物原生的果核。也因此，我觉得高鹏程就是诗歌写作中的"晒盐人"："纳潮。制卤。测卤。结晶。归坨。终于/多余的水分消失了，晒盐人/交出了皮肤里的黑/而大海/析出了它白色的骨头。"

到汉语诗歌的土壤中去

分行并非成诗的唯一因素，甚至都构不成首要的因素。诗歌在行与行之间可以有叙述上的黏连，但诗歌的行与行之间必有意涵层次上的跳跃与变化，不然，只能是分行的散文。好的诗歌语言并不给出十分确定的能指与所指，更多的时候诗意发生在"无词的地带"。尤其在思考的层面上，它最好不带来确定的答案。但当诗人摩挲诗歌言说的方式、歌唱"火光"与"寒冷"给人精神的慰藉之时，他为当代汉诗带来了什么，才是一位可以嵌入诗歌历史的诗人的意义所在。

在这个层面上，我认为高鹏程的贡献在于他的诗歌在开掘海洋境域的同时在生活、文字、文化传统、诗歌传统等方面对汉语性的继承、发掘与建构。

回到生活中去，回到事物本身去，发现汉语语词本身独一无二的意象群。比如"灯塔"，比如"煎熬"、比如"熨帖"、比如"权衡"……同时，诗人也善于向汉字本身去要诗歌。汉字具有具象、可观的象形根性，其音形义的结合具有天然的审美表现力。高鹏程完全自觉于此，在灵感的闪现与"窑火一样的炙烤和煅烧"中，诗人捕捉和追索着汉语诗歌优雅、蕴藉与空灵的美学特性。同时，这种审美特质又恰切地表达出"事物本身的密语"，呈现出汉语本身的超强表现功能。例如《覆盖在屋顶的渔网》，除了对事物在生活中特性的摄取，诗人也捕获"网"这一汉字本身在造字之时的涵义以及这一汉字在长久的文化生活中已经积聚的更丰富饱满的文化意义，从而激发出诗写对象所蕴含的多层意涵。"它曾经在波峰浪谷间穿行。为鱼群和汉字/布下罗网"，"终于，一段漏洞百出的生活/结束了"。从生活中提取这一事物的特性，记录下它并不寻常却又平常的一生，在沉船、暗礁、鱼群、珊瑚间网罗，也偷生。"现在，它搭在了草房的/屋顶上，与那些曾经在深海里/缠斗了半生的水草，达成了最后的和解"。它像一个年迈的英雄，一生功绩，最终摊晒、萎弃在屋顶，与纠缠半生的水草混淆。它"日渐松弛的纤维里，漏掉的是风。是雨……"而这张网在此打捞的有与它接触最亲密的鱼群；其次，有自然界的风、雨；第三，对诗写者而言，也有来自生存的风雨，有来自生命自身的风暴雷雨；第四，这张网要打捞的还有散布在文字海洋中的特定的汉字，它们等待诗人去捕获，从而浮出海面，发挥它镶嵌在诗行中的召唤力。而这些都基于"网"这一事物本身的属性，基于汉字符号"网"所呈现出的文化密码。正如前文曾提及，高鹏程正是从卑微本真的生活中发现语言文字所携带的文化秘密，他无需转码，他只需擦亮它们。"现在/它在空中张望。捕获那些/被光线过滤过的东西：/星辰。梦呓。最后一段波澜不惊的日子"。诗人在虚与实的对立统一中赋予一张网多重意义，搜寻它在生活中、在汉字原初的涵义与诗意。

他也将诗写的兴趣拓展到更宽广的时空与场域中去，到托付汉字的更深广的文化传统中去开掘。"博物馆"系列诗歌是这方面的代表作，当然，除此之外，在诗人所到的古代遗迹总能阐发蕴蓄于其中的无尽意兴，只要顺着他诗集的目录细数下去，便会发现这方面的诗歌俯拾皆是：《晚香岭寻访王右军祠不遇》《丁酉秋访张煌言兵营遗址》《下王渡遗志：井》《三星堆遗址》《莫干山访剑池》《萧关古道：鏨刻在城墙上的铜版画》……

百年过去，人们还在讨论中国现代新诗的文体、特质、评价标准等问题。但不管怎样，我们所书写的新诗依旧是汉语诗歌，呈现汉语特性与魅力是汉语诗歌在语言上要承担的重任。我认为，高鹏程的诗歌在对汉语诗性的呈现上对古体诗与现代新诗做出了弥合，相对而言，他的诗歌是在汉语诗歌传统基础上的良性生长。比如《寒山寺》："一千年之后。我在另一个霜天里赶到/乌啼消失。客船远去/一盏失眠的渔火/已经被替换为满城闪烁的汽车尾灯"，但唐诗的光明落照在这首《寒山寺》上："在一个交通堵塞的年代，我们/依旧需要在体内，空出一小片旷野。一座寺庙和一口钟/以便让迷途的灵魂，找到回返的道路。"他也善于让诗中风物蘸取古诗的光泽："十一月了，它们都熬到了属于自己的季节/伸出长长的芒穗/在初冬的阳光里发出诗经的光芒"。

当然，纵观高鹏程诗歌，其诗歌的汉语诗性光芒更深植于古老的东方哲思基础与"逝者如斯"的东方抒情结构中。早在其《途径》一诗中，诗人就已写下了这一切的归宿，尘终归于尘。

"最热烈的要最缓慢地言说"，慢，是高鹏程诗歌深谙的雕刻术，甚至可以慢于时间，与其说是在道说，不如说诗人在凝神谛听：时间的呼啸与其裂帛之声。读高鹏程的诗歌，有种煮茶品茗般的"煎熬"，缓慢的节奏、滞重的风格。从进入诗歌的精神状态看，高鹏程更像一位精雕师，手持一把语言的刻刀，"一刀、一刀、一刀……直到它/变得光滑，看不见一丝/雕凿的痕迹"，以虔诚执著如修行者的姿态雕凿、书写。慢，是他深谙的精雕师的技艺，"更慢的，是雕刻它们的刻刀，是刀尖上/安静的光线/因为缓慢而变得柔软，因为缓慢而逐渐黏稠、滞重"。因为精雕，因为慢，高鹏程诗歌带给人异样的沉寂与宁静，静到似乎可以听见时光在空气中剥落的声响。在昏黑的灯火之下，"已是深夜。一些中断的说话声还在继续/灯还在烧/灰尘，还在持续掉落/这没什么。不久之后，说过的话都会消失/黑暗会收走所有的记忆/连同我们陈旧的自身"。

[原载《星星·诗歌理论》2018年第5期]

马晓雁（1980—），女，宁夏隆德人，就职于宁夏师范学院。诗歌、散文、作品发表于《朔方》《诗探索》《飞天》《时代文学》等。出版有文集《深寒》。曾获宁夏第十一届社科优秀成果奖三等奖。中国文艺评论家协会会员，宁夏文艺评论家协会理事，宁夏诗歌学会理事。第一期文艺高研班学员。

芭蕾艺术的坚守者孟广城：
生命不息，艺术不止

余媛媛

一、懵懂中与芭蕾结缘

孟广城 1944 年出生于军人家庭，从小受父亲的影响至深，雷厉风行的父亲对他始终是严格教育又宠爱有加，这些在他日后为人处世、舞台表演、课堂教学以及院系管理工作中都起到至关重要的作用。上小学时的他虽然经常参加学校组织的演出活动，但是对于舞蹈艺术却处于懵懂状态，当时他只是想"不用学习而能够整天跳舞很好玩"，可是没成想这一"玩"就是一辈子。1955 年在父亲的陪伴下，以较好的成绩考入北京舞蹈学院，从此便与芭蕾艺术结下不解之缘。1961 年毕业后，进入中央芭蕾舞团，戴爱莲先生的前夫丁宁先生是中央芭蕾舞团教员，那时由于他动作比较规范，在课堂上总会被老师点名进行动作示范，凡是团里有外宾观摩，他就是参观课的展示者。在芭团当演员的 17 年间曾参加《天鹅湖》《海侠》《吉赛尔》《无益的谨慎》《泪泉》《巴黎圣母院》《红色娘子军》《白毛女》《沂蒙颂》《杜鹃山》《杨开慧》等舞剧的演出，1978 年跟随日本松山芭蕾舞团联合演出古典剧目《葛蓓莉亚》和《雷蒙达》，从此便结束了舞台生涯，这些国内外大型芭蕾舞剧演出的心得和经验为他日后的教学工作奠定了坚实的基础。

二、坚定执著的教学生涯

34 岁是孟广城先生人生的转折时期，恩师曲皓将他招回母校任教，这一教就是 40 年，由于他有过长期的舞台实践，有丰厚的经验积累，因此，芭蕾艺术中"开、绷、直、立"的审美原则早已悄无声息的渗透进他的骨髓，像血液般流淌于他的身体之中。一招一式、一站一立、举手投足间都散发着芭蕾那种高贵挺拔的精气神，他认为"芭蕾人"时时刻刻都应沉浸在芭蕾的艺术感觉之中，永远保持着王子和公主般的风度和气质，他在教学中尤其强调芭蕾舞的审美要贯穿始终，学生们犹如芭蕾小泥人一般被他精雕细琢。

作为老一辈芭蕾教育家的他至今仍保留着对芭蕾艺术的那份执著、热爱与坚守，无人能够窥见这位老人9年前因为癌症做过手术，乐观积极的生活态度，奉献于教育事业的满腔热情感动着身边的每一个人。每天早晨8点钟的芭蕾基训课程，提前20分钟准能看见精神百倍的他出现在北京舞蹈学院303教室，学生们课下亲切地称他为"孟爷"，铃声一响芭蕾舞系2016级的7位小王爷便在王子爷爷的引领和指导下开始在芭蕾王国的海洋中无限畅游，原本循规蹈矩、严谨而略有拘束的基训课堂，在他风趣、幽默却不失严厉的"孟氏教学"中变得生机盎然，活力四射，学生不禁由衷感叹！能够跟着孟老师畅游芭蕾世界是一件多么幸福的事啊！课上课下他都不厌其烦的反复强调："作为大学生不能再像中专生那样把注意力全部放在动作组合的顺序上，应该注重整体性，从艺术的层面理解芭蕾，深层剖析及思考芭蕾舞的审美。"他认为学生只有真正理解舞蹈动作后，才有可能通过身体将其准确传达，发自内心的喜欢和爱，才能真正体现芭蕾艺术之美。

（一）表现力与乐感的培养

"准备好了，大幕拉开，演出即将开始。"这是孟老师每天上课必将重复并强调的话语，随着一声："音乐——起"，孟老师和学生们的"演出"便在激昂悦耳的音乐中拉开帷幕。在基训类课程的教学中，大部分教师都会着重强调动作的规格和要求，而对于动作表现力如此这般强调的，孟老师可谓是首屈一指，这与他本人在中央芭蕾舞团17年的演员经历关系密切。因此我们在他的课堂中总能看到每一位学生都是精气神十足，虽然是清晨的第一节课，也未曾看到哪一个学生处于不积极的状态，大家时刻被孟老师的那种上课的热情和激情以及芭蕾气质和精神影响并感染着，丝毫不能在70多岁还那么敬业的孟爷爷面前败下阵来。既然学生以后要上台演出，必定要有艺术表现力，因此在孟老师任教的芭蕾基训课堂中，表现力则是重中之重的教学任务。教学中他着重强调极致发挥身体各部位的内在感情，通过全身肌肉和骨骼的运动，伴随着性质相匹配的音乐，运用适当的呼吸方式，使学生对芭蕾艺术审美的认识和理解，以曼妙多姿或雄壮霸气的芭蕾舞动作来准确诠释出芭蕾艺术的美。

在芭蕾艺术当中，人体的每个部位都可作为表现美的工具，它们各自都具有一定的作用及表现特点，在相互协调运动中形成完整统一的芭蕾舞表现力，其中孟老师讲授脚的表现力就体现在很多方面，例如，动力脚向外旋转打开以及主力脚和胯同时向上直立的控制能力，用脚发力的运动方法，连接动作中对脚柔韧性的控制和要求，起跳和落地的控制能力等。他强调训练过程中，首先让学生学会用脚去感受音乐，例如在Battement tendu、Battement tendu Jete 等动作中，擦地或小踢腿出去后，动力腿一定要最大限度的外旋，同时绷脚到极限，此时肌肉内在延伸的力量至脚趾头，脚趾头的力量延伸感必须靠自己的意识去掌控，无论是擦出或是收回的动作都要在音乐中完成，经过无数次反复练习之后，脚趾才会产生正确的力量，它可以为后面的训练打下坚实的基础。而对于大学生芭蕾教学中头和手的流动路线也应给予再指导，让学生在熟练动作之后使头和手在准确的位置上随着音乐自由流动，虽然流动路线还是在原有规范的轨道上运行，但由于学生随着年龄的增长，音乐素质有所提高，此时强调表演意识，就会使得头和手的运动有血有肉，有情感，有气质，有活力。在表现情绪和精神气质中，看不到动作的死板和拘谨，只感受到芭蕾舞的舒展和优美。在芭蕾舞的表演中主要是靠头和手的协调流动，那种表演并不是挤眉弄眼，是很大气的感觉，尤其是芭蕾舞男演员的身体，越正越直越大气就会越有气魄。在芭蕾训练中手和头都是非常重要的表演媒介，没有二者的协调配合，很多舞姿无法完美呈现。在训练中"头的方向感"，也是孟老师非常重视的一个方面，例如，芭蕾中最典型的舞姿之一 Arabesque 中头手就必须协调配合，头始终应该向前，随着手延伸的方向看出去，同时强调锁骨以上部位一定要舒展开，只有这样做，舞姿才完美大气。而在所有旋转动作中，孟老师的要求都是头必须在前面带动，他反对留头甩头的传统教法，认为头先甩过来，随后身体被带过来，如果留头就会减少动力、加大阻力，当然手必须配合，确定一个点快速甩头，这样就会使身体一直处于运动当中，按照传统教学中的留头做训练，学生就会一味地留在原来的位置上，甩头就会被动，这无疑会使运动间断，以至于学生转不了圈或者降低转圈的速度和圈数。

在孟老师的课堂中，还有一点不得不谈的就是动作和音乐的关系以及组合中对节奏的处理。无论是芭蕾基训课还是剧目排练课，经过孟老师把关排练的组合和剧目中，动作和音乐总会卡得"一板一眼"。他认为音乐的节奏就是动作的表现力，是什么性质的动作就应该配合什么性质的音乐，有过演员背景的他更知道如何处理动作和音乐的关系，在孟老师的芭蕾基训课堂中，每一个组合，节奏都清晰明了，某个动作是第 8 拍就是第 8 拍，第 1 拍就是第 1 拍，从不含糊。同时他还强调第 1、3、5、7 拍是重拍，编排组合时将带有表现力的动作都应该安排在重拍上，转在重拍，立在重拍，有了这些才会使动作更具表现力。在组合里，脚在五位还是一位？动力腿在外面停留还是在里面停留？节奏的处理该是怎样的，不能有一点含糊，他说完成芭蕾训练的组合就跟人说话一样，含糊的话别人是听不懂的。在弹跳动作的训练中，孟老师始终强调让学生学会在空中合音乐，有的小跳训练虽然是"da"拍起跳，重拍落地，但要求在落地后像皮球一样立即反弹至空中，千万不能在重拍落地时停死，可以理解为这个重拍即是落地又是形成空中舞姿的节奏，决不能将它们断然分开。例如 pas assemble，一拍一个连续做两个，那么第一个动作的落地也就是第二个动作的起法儿，而且应该立即跳至空中，这样合音乐的方法会使观者感到轻快灵活。合作近 20 年的钢琴伴奏王毅老师非常了解孟老师的组合编排方式，因此每次孟老师给学生教授新课的时候，他总会给出最合适的音乐，其中很多音乐都选自古典芭蕾剧目中的片段，它们不但可以从性质上满足芭蕾动作的需要，从另一方面还可以激发学生在动作处理时的激情和表现力。

（二）力量与速度的有效训练

孟老师不停地反复强调芭蕾基训的课堂上就是要有效训练学生的肌肉力量和速度，每当学生做 Battement tendu 和 Battement tendu jete 这两个动作时，他会强调将脚绷到头，收回五位多停留之类的提示语言，这时学生会随着孟老师的提示语言尽可能地将每一个动作做到极致，其实就是脚在不同位置上力量延伸的感觉。动作脚在外面始终绷脚延伸，收回五位则是收紧缝匠肌的同时将胯根向上提起，只有如此点滴训练，才会使学生的肌肉有记忆，与此同时可以随着训练产生相应的肌肉能力以备后期中间训练和跳跃、旋转动作之需。除了及时有效的提示语言之外，孟老师在组合编排中非常注重快慢结合，刚柔并济，学生通过这些训练后，产生对肌肉控制、支配的主体意识，也就是将老师要求的规格变成自己做动作时的范本。笔者在听课过程中发现，孟老师对于学生主体意识的调动在整个课堂中显得尤为重要，每个同学都呈现出"我要学、我要跳、我想表现"的积极状态，他们在自我设定的形象当中努力靠意识支配肌肉完成组合。

这样的引导式教学在课堂上效果显著，例如，在扶把动作 Battement fondu 训练中，强调舞姿在短暂停顿中的完美展现，舞姿一定要"停清楚""停干净"。主力腿的力量向上，动力腿则是向远延伸，同时还特别强调动力腿小腿要在大腿前面出和收，以达到外开的目的，组合结束时，脚即使收回五位了，舞姿的展现状态也不能结束，要将前一个舞姿的力量感继续贯穿始终。如此这般强调之后，再在中间训练 Battement fondu 时，明显感觉到学生通过意识支配肌肉的记忆可以很好的掌控半脚尖上的重心，他无数次的反复强调组合中各类动作的用力方法，动作细节都是为了更加有针对性的训练某部位的肌肉，待形成一定的力量和能力之后，学生就会产生对肌肉的控制意识，而此时的肌肉在学生的调配下便可任意动作，尤其是离开把杆之后，可以更加有效自如的完成训练组合。肌肉的能力就是这样经过把杆训练的铺垫，中间训练的衔接，以至于到旋转及跳跃组合中全面爆发。

孟老师的教学，不但能够从宏观角度深刻体会到其组合训练的有效性及系统性、科学性始终贯穿，同时针对具体问题也给出较好的训练方法和手段。1997年孟老师在其学术论文《臀大肌在舞蹈运动中的作用》中明确提出："比如在所有的旋转和弹跳中都会有一个往上推起的力量，在这里便是合理运用臀大肌的力量，而不是一味的用背肌或腹肌的力量往上挺，这时最容易导致的结果就是将身体重心挺到后面或错误的方面，重心错误之后也就不可能将旋转和弹跳动作做得轻松自如，当然更谈不上美。只有运用臀大肌的力量才能使上下身紧密地协调运动，只有协调运动了才能显得舞蹈者轻松自如，只有轻松自如了才能显示出芭蕾艺术的美。"

（三）生命力与美感的完美体现

无生命力的动作就是不完美的，这在孟老师的课堂上体现的尤为突显，古稀之年的他在课堂上时刻保持激情与活力，每天在周而复始、循规蹈矩的训练中，他那始终挺拔的后背、舒展自如的手臂动作、近乎苛刻的动作规格要求和音乐中节奏节拍的契合程度，无不彰显出老一辈教育家那份坚守和执著。在课前课后的行礼中向钢琴老师和学生示意时眼神的交流，绝对强烈真挚的感情流露，而70岁的"爷爷"在课堂上的一招一式，对于十七八岁的学生来讲，正是一种生命力的完美展现。

在孟老师的基训课中，整个课堂的气氛都是积极向上的，他非常强调芭蕾的那种情绪，同时需要有一种挺拔向上的精气神，此时的肌肉也要向上提起，学生越有这样的精气神就越能更好地完成各种技术技巧。孟老师指出，芭蕾舞老师在授课的过程中就应该有这样的要求，老师要以身作则，用自己的精气神带动和影响学生的精气神，这样的话整个人的精神面貌是积极向上的，这样跳出来的舞蹈才会有生命力，有生命力的舞蹈才会美。

具有生命力的动作应该是用心合音乐，例如在 Adagio 动作的训练中，孟老师最不能接受的就是原本是2拍或者4拍完成的动作，却做成1拍到位，停住不动，这样做首先会失去该动作训练的目的，再者如果在舞姿造型上静止时间过长，就会导致肌肉和动作死板，而教会学生用心合音乐，学生一定要学会在动作中听音乐，表现音乐，在音乐的流动中让舞蹈动作流畅，动作和音乐必须完美的融合，再用意识和情感把舞姿无限舒展，就会使动作如注入生命一般，此时主力腿如大树的根茎般随着音乐的感觉将力量深入地下，胯根则是在对抗的力量中寻求挺拔和稳定。静止中寻求这种心与神的节奏感，体现在身体的每一个细胞当中，只有达到如此功夫和境界，才能使表现出来的舞蹈动作具有生命力。

三、精益求精，力求完美

孟老师认为："讲不出要求的老师不是好老师，能讲出要求学生却没有很好体现出来的也不是好老师。"年过七旬的他由于脚踝受伤做过手术，走路非常费劲，但是这对于他在大学课堂继续教授芭蕾基训丝毫不受任何影响，因为芭蕾中的每一个动作都有相应的术语，在孟老师的课堂中完全是用芭蕾术语教学，用术语说完组合之后学生就能够做出相应的训练组合，这时孟老师再着重强调某个地方的音乐不对，应该是第几拍动作，除此以外还会用恰当形象的语言启发学生，告诉他们如何继续延伸动作，如何将身体舒展开，如何呼吸，如何用身体将音乐"唱出来"。孟老师开玩笑说："我自己走路瘸了，但是教你们跳舞是顺畅，舒展的。"孟老师在课堂上对于学生的表现和完成的动作永远没有满意的时候，他说："芭蕾艺术太细腻，太完美，所有的位置，所有的方向，手指脚尖等末梢，整个空间方位的把控，没有一个地方可以忽略。"

总之，孟老师一生都坚守着芭蕾舞艺术，将自己全部的精力和热情奉献于芭蕾课堂教学，他说："教芭蕾的过程就是再学习再认识芭蕾的过程，每个教师对芭蕾舞的理解和认识需体现在自己的教学课堂上，让每个学生都要符合芭蕾舞的审美要求。"40年他始终专注于以系统、科学、合理、有效并近乎苛刻的训练为国家培养了一批又一批杰出的芭蕾舞人才，他们在国际国内的各类大赛中屡获殊荣，为中国芭蕾在国际交流中取得骄人的成就，他培养的学生遍布世界各地，有的学生在国内外芭蕾舞台上是主要演员，有的则是耕耘在教育领域的教学骨干，在当今中国芭蕾事业的前进中发挥着中流砥柱的作用。而这些学生的优异表现恰恰彰显出"孟氏芭蕾"教学理念的科学性，无论从课堂的整体部署还是组合编排均已形成相对稳定的个性与特点，在他的课堂上音乐就是"法律"，学生需要听着音乐发自内心的表演，其身体的韵律如同奏响美妙的旋律，动作如音乐般从身体里流淌出来，在音乐中手和头协调配合中彰显着芭蕾轻盈柔和之美，除此之外在完成动作的过程中针对力量和速度进行有效训练，最终在刚柔并济中得到完美表现。

近40年的教学工作，使他积累了相当丰富的教学经验，形成一整套关于芭蕾教学的独到见解，他对中国芭蕾教育所做的大量开拓性的教学实践工作，对中国芭蕾教育及舞台表演的发展产生了极其深远的影响，在这里仅仅只谈到感受颇深的三个方面，他还有很多教学理念需要我们认真地思考分析并深入研究，只有这样才可以将"孟氏芭蕾"教学理念很好的传承和发展下去。

[原载《舞蹈》2017年第8期]

余媛媛（1983—），女，宁夏人，就职于北方民族大学音乐舞蹈学院。2007 年开始在《舞蹈》等期刊发表学术论文 20 余篇，主持参与完成各级各类科研项目 18 项，其中主持教育部人文社科项目一项，参与国家社科基金艺术学项目一项。编创及表演的舞蹈作品在全国及全区舞蹈比赛中获一、二、三等奖 14 项，主要作品有《沙之源》《金沙梦》《凤黄情》《我家就在岸边住》《馨月牙》等。中央民族大学舞蹈学院青年骨干教师访问学者，中国舞蹈家协会会员，中国文艺评论家协会会员，宁夏文艺评论家协会理事。第一期文艺高研班学员。

肖川诗歌创作论

瓦楞草

理解和评价肖川诗歌，必须从他创作的时代背景出发，诗人出生于21世纪40年代，70年代中期直至退休工作于宁夏，对塞上之城有着深厚的感情。80年代初期，他以豪迈的诗风，激情澎湃地抒发着塞上大地，逐渐成为宁夏较为有影响力的诗人，对早期的宁夏诗坛产生了重要影响。他的诗歌韵味浓郁，融入了独特的形式美学、浪漫主义以及对于现实饱满的抒情，下面，我们以《肖川诗选》（阳光出版社，2014年）中的诗歌为例，就如上三点进行简要评析。

一、不断探究诗歌形式美学

在中国，新诗始于"五四"时期，那时随着社会矛盾加深，激起先进知识分子的觉醒，很多诗人不满足于旧体诗的束缚，在西方浪漫主义诗歌中寻找新的启示和力量。这时候的诗歌，虽然作为旧秩序的"叛逆者"焕发新的生机，使读者眼前一亮，但还未能完全脱离旧体诗的一些影响，因此，老一辈诗人如戴望舒、艾青、郭沫若等的诗歌追求形式美和音律美。新中国成立后，很长一个时期，这种形式美学在国内诗人的作品中普遍存在，宁夏诗人肖川便是其中之一。在《肖川诗选》中，我们也可以看到他早期一些诗歌作品注重音律和固定的形式，讲究押韵，令人或多或少想到旧体诗的结尾处理。例如《我与荒原结下不解之缘》中的诗句："我与荒原结下不解之缘/瀚海长风扬我生命的航帆/没有荒原，我的光荣便失去支点/没有我，荒原会永久沉寂在天边/瀚海长风扬我生命的航帆/我自豪，我是垦荒新军的一员/路，宽阔且崎岖，坎坷又平坦/有我的儿女情长，更有风云壮观。"

从这首诗中可见，诗歌每句结尾押韵，这样的风格使诗歌固定着一种形式，成为像旧体诗一样可以抑扬顿挫行吟的语言载体。句子押韵，不仅便于吟诵和记忆，更使作品具有节奏、声调和谐之美。使我们感兴趣的是，这种结尾押韵的诗歌有独特的语音及重音与格律形式，比较限制诗歌的自由发挥，可诗人为什么要使用这种形式呢？

最初，我们认为这种诗歌形式的出现是旧体诗到新诗过渡中的产物，源于古人对于自然界声音的模仿，诗行里的节奏或语音刻意模仿所描述事物的声音时，就产生了拟声，这是"为了在诗行中产生强调或对比的效果。使用某些格律模式如缓慢的'扬扬格'，或者在一系列规则的模式中突然加入变化，都会引起读者的特别注意"。因为新诗自进入中国之来，受古体诗音律影响，并未对西方的诗歌艺术技巧进行全面的移植，而是不断借鉴中国传统诗歌的精华之处，使新诗成为具有中国特色的新诗。再如《直到满头飞雪》中的诗句："人以为垦荒者的生活定然轰轰烈烈/不然为什么使大野生金荒原退却/人以为垦荒者的后代定然巍如山岳/不然哪会有那样的情怀那样的胆略/其实垦荒者周围并非鲜花世界/我们日做夜息暮暮朝朝年年月月/其实垦荒条件并不那么赫然优越/我们默默耕耘如同原头无声的草芥。"

这首例诗通过歌颂"垦荒"人，真实反映建国之初，国家积极开展西部建设的特殊时代，人的精神风貌。从国内诗歌作品来看，这一时期诗歌的形式之美有着惊人的雷同，都是摒弃象征派的语言表达，通过简单明了的诗句去抒情。肖川诗歌这种结尾押韵的形式美学不仅是受我国古代诗歌的影响，也受到了国外诗歌的影响。能够肯定，国外很多诗人在诗歌创作中也追求过韵律之美，也着迷于体现诗歌的形式美感。可见，"为了遵循某种规约、文体、诗歌形式。像服装和建筑一样，诗歌也有其流行式样，而且不同的时代流行不同的语音形式。因此诗人写作的时代极大地影响着其所写诗歌的形式"。（刘世生：《文学文体学：理论与方法》，《外语教学与研究》2002年第3期）这种诗歌形式是我国诗歌发展中不可逾越的一个环节，我们认为，肖川早期诗歌处在诗人热衷于结尾押韵形式的表达热潮里，这种热潮后来遭到众多诗歌写作者的质疑，被认定凡属较为广阔、较为新鲜活泼的内容，结尾押韵的形式往往不易容纳，被证实是对诗歌良性发展的禁锢，后来逐渐退出了诗歌的舞台，这种形式美是诗歌发展过程中的一个里程碑，伴随我国诗歌一路走来的足印，也伴随着诗人的成长。

自然，我们细细品读肖川凸显形式美的诗歌作品时，会发现这样的表现形式存在很多弱点。比如，因为受到押韵的限制，诗歌显得呆板、机械，总是妄图表露出一些写作者的动机，仿佛没有这些动机完全不能展开诗歌的主题。另外，诗歌在美感上的求全性也存在一定的限度，显得十分狭窄。我们认为，是诗歌整齐的韵律妨碍了诗情的驰骋，令诗歌被约束。从我国新诗发展的脉络上看，随着时间推移，中国诗歌界绝大多数诗人渐渐认识到新诗适度的规范化面临很多问题，结尾押韵的形式因定句、定行、音顿大致整齐有规律，带有起承转合的结构，与诗人追求的灵活、自然的节奏不吻合，因此，大部分诗人的创作慢慢倾向于形式的不拘泥和自由化，而不再写押韵的诗，这种行进的方向是正确的。

从《肖川诗选》另一部分诗歌作品中可以看出，肖川的诗歌创作后来也顺应了中国诗歌的发展需要，逐渐减少或者摒弃了诗歌结尾押韵的形式，积极探索另一种全新的表现手法。这类诗歌放弃了先前的韵律模式的写法，将重点放在诗人自身体验和想象上，更多体现了现实抒情的形式美感，例如，诗歌《感觉》："秋阳下/他看见另一个他飘来飘去/落叶无奈斑斓的云/华彩随风而逝/羯羊觅不到三月春英/便噬他的影子/直到啖尽最后一缕残情/只有他自己可以听到/无弦之弦无乐之乐/辉煌如海潮。"

　　诗歌的意义就是要由可感知的有缺陷的现实世界，向不可感知的完美的理念世界进行超越，引领阅读者到达广阔的精神领地，它是美的向导，因为只有美的理念是可感的。从这首例诗中可见，肖川诗歌由传统的单纯抒情模式转向美感更深的多义化抒情模式，开始借助情感传达思想，追求感性和智慧之美。对比阅读，这一转折非常大，从《肖川诗选》整体来看，这是诗人对诗歌形式美学更深的介入，也是开辟的全新出路，如同黑暗之中看到睿智的灯火一般光芒四射，予以其混沌的潜意识以明晰性的方向和秩序。诗人精神的成长在诗歌物象中表现出来，诗中"只有他自己可以听到/无弦之弦无乐之乐/辉煌如海潮"一句，体现了一种智者清醒而自觉的生命意识。再如，诗歌《计程碑》："恍如隔世/你游的很远机翼之云游的很远/你走过黄河以外的路/旋即又归落炎黄古岸如鹰翎/我听到那羽毛溅起的雷声/四野却悄然无衷/你才用孤独拨响无弦琴/弹出黑马白马并非非马之别调/许多世人无窍知解/以为玄奥若梵语/其实你单纯的如三叶虫。"

　　我们从诗歌中可以看到，较之肖川早期作品，这首诗因为表现形式变化令人感觉到一种新颖的美感，诗人力求排除传统的陈词滥调，强调以诗性语言表现较深的思想和浪漫情怀，这与诗人的自觉精神使他对事物常常作深沉的思考与超越性的观照有关，这种关照浓缩在诗行间形成一种十分含蓄，几近于抽象的隐喻似的抒情。《肖川诗选》中很多作品都是体验与思想、情绪与意象的浑然天成，富于感性气息和形象色泽，其抒发的模式大体上都是由外在物象触发内心的情感，肖川在写一种经验时不仅写其形，而且使它的神，也就是本质的精神隐约泛透。

　　从以上诗歌变化上分析，肖川在创作中不断探索，试验或革新。通过革新，诗人一方面不断探究诗歌的形式美学，另一方面也对以往的诗歌语言形式进行挑战。当我们对其诗歌文本进行分析，从诗歌的相关信息与诗歌本身的结构形式两大方面着手介入诗歌的审美时，我们能体会到他在诗歌中呈现与众不同的感受，及对西方诗歌艺术借鉴、融合和消化中形成的创造力和爆发力。这些因素令其诗歌颇具感染力和表现力，情感体系的构造与艺术表现体系的构造也越来越完善，语言的形式与意义达到了珠联璧合，从而更加符合诗歌作品出现时代的读者的审美情趣和口味。

二、肖川诗歌具有浪漫主义特征

肖川诗歌中的浪漫主义是什么？

其一，我们认为，它标示着诗人从想象和情感的角度去看待事物的一种心理变化。诗歌因其远离模仿并接近情感的自然表露而位于语言艺术的顶峰，可以说，能够在诗中自然流露情感的诗人才是真正的诗人。在《肖川诗选》中，一些作品强调情感从内到外的流溢，注重个人感情的表达，形式较少拘束且奔放，诗歌从心灵中更为炽热的情感中获得生命，使我们感受到诗所反映的不仅仅是外界事物，更是诗人自身的冲动、烦扰和隐秘的情感，这种自我的揭示正是浪漫主义诗歌的一个显著特征。我们以诗歌《塞上的土地》中的句子为例："这是一片有幸的血和不幸的血浸泡的土地啊/这是一片哀丝怨绪与壮歌豪唱交织的土地/她有情而又无情/我想起贺兰山下迷魂阵似的皇家墓冢/我想起承天寺和海宝塔/想起须弥山石佛，想起唐王流离之都/想起北周壁画墓和出土的金钗凤冠……这些都是早已被风干的煌煌霸业之残骸。"

从此例诗歌中看，浪漫主义手法的体现是通过幻想或复古等手段超越现实，诗歌弥漫着多愁善感的旋律，诗人力图将世俗的物质意象隐退，代之而出现的是表现感慨情绪的意象，如土地、墓冢、塔寺、石佛等都激发我们产生一种关于历史的追溯和反思。诗歌的主题表现了一种人生悲苍之感。其中，象征岁月、历史的"壮歌豪唱交织的土地""迷魂阵似的皇家墓冢"等细节烘托出怀古的氛围，这些意象引发的诗意和想象潜藏在诗人的情感之流当中。从表面看，诗人似乎处在颓废、消极的感叹中，其实暗藏的则是它的反面，即对生命和生活的强烈的欲求和留恋。诗人选择自己熟悉的物象作为诗歌的填充材料，在此找到情感基础的土壤，以便有利于成功的表达，我们从上述诗句的情感模式和表现手法中可以看到强烈的主体意识，既诗人在意象和意念连接的冥思中表达自己的声音、情怀和心境以及对于生命价值的认识。在诗歌中，想象在参与的过程中整合了主体与客体、情感与具象、流动与固定等多种要素完成了诗意，由此看诗人的想象与情感是相统一的。诗歌拓展的空间也是相对自由的精神领地，令感叹之余的情感冲动得到升华，使个体价值获得高扬，从而构成了浪漫主义诗歌的特征。

其二，肖川诗歌中的浪漫主义特征，是表现手法上实在范畴与超验领域之间存在的一种巨大张力，正是这一特征赋予其诗歌特有的魅力。毋庸置疑，作为阅读者，我们很想知道诗人如何使理念成为真实可感的东西。这一答案其实不难找到，在《肖川诗选》中很容易就能发现，诗人借助象征或形象表现的幻象，主观想象的随意驰骋与个人情感的自由表现令其诗歌浪漫主义特色十分鲜明，这一点在其作品中可见。比如，诗歌《将进酒》中的句子："那声原始啼歌及努动的双唇有无意识/使时空永不衰竭的大气/与母乳同样浓郁/垂髫之风也如这般甘饴这般醇和/褓褓的眼睛漾出银湖虹影/清洌澄澈且斑斓/世界亮着向阳一面/让烂漫贞童吮噆饱和的阳光与花露/即便夜，也幻出许多星的遐想以及神话宝石/而他，过早翻到另一页/没有碧波没有蝶舞没有鸟啭的荒原啊/无那甘甜无那郁香无那清醇的漠风啊。"

从语法修辞的角度看，上面的诗句的张力除了明显地在句子的关系中施展魔方式的排列外，还表现在中心词与限定词之间——对具体属性差异甚大的关系进行跳级性强行嵌合，以争取令人炫目的效果。诸如"褓褓的眼睛漾出银湖虹影""让烂漫贞童吮噆饱和的阳光与花露""即便夜，也幻出许多星的遐想以及神话宝石"等，如果按传统搭配关系，中心词与限制调理应该是门当户对。而在此则一扫惯常逻辑秩序，不顾差异大胆结合，由此让人感觉新鲜和与众不同，有吸附力，其表现容量比惯常的描写更加丰富、有层次感。

我们认为，张力对于肖川诗歌中的浪漫主义起到推波助澜的作用。众所周知，诗歌语言的张力是否丰富与生动，对于诗歌的创作非常重要。语言艺术性的高低归根到底就取决于激发和驾驭这种张力水平的高低。某种程度上说，诗歌语言艺术就是驾驭语言张力的艺术，因此，我们阅读肖川诗歌也必须从张力的角度加以探求。从上面这个例诗中可见，肖川诗歌语言组织的内部充满张力，诗句之间互相作用并留有想象的余地。诗歌寓动于静蕴藏随时可以爆发的能量和力度，反映事物内在的本质，体现矛盾性，能够扩展诗歌的容量，增加或延伸审美过程，从而体现诗歌的意味无穷，凸显其浪漫的特征。肖川的诗歌，因其张力十足修辞方法得当，更能使阅读者易于接受，由此，他在诗歌中强调足够的张力有利于浪漫主义诗歌情感自然的表达。

其三，肖川诗歌呈现浪漫主义抒情。如果细究肖川诗歌语意上的变化，以解释一种浪漫主义的冲破是如何发生的？我们会发现，抒情无疑是其诗歌中浪漫主义最可夸耀的成果。通读《肖川诗选》看到，诗人不同时期诗歌作品中的抒情十分相似，其作品在抒情的现实依据上和抒情方式、话语上具有一些共同之处。因此，我们需要通过分析诗人的内心去了解他在诗歌里的抒情。我们分析，诗人把想象看成是一种创造，这种观念促进了诗歌的抒情。可以说，肖川从事诗歌创作的时候不再是用肉眼去观察世界，而是凭借着幻想放纵情感，因而培养了诗歌中的浪漫主义抒情。《肖川诗选》内容非常丰富，他描写塞上的雄奇景象，表达自己的理想与抱负，抒发西北建设和宁夏地域风貌及生活题材的作品占有较大的比重，诗人将自己的生活经历以诗歌体裁表现得淋漓尽致。可以假设，在诗人创作这一类型诗歌的年代，人们的情感共存于一种更加饱满而单纯的状态中，而诗人在诗歌中表达的情感正是那种朴实的情感，所以更容易理解，在这种情况下，阅读者的情感总能和诗歌表达的情感自然而然地结合在一起。以诗歌《情结》中的句子为例："为大夏拓疆之肉躯早已是失效的底肥/元昊的太阳沉下去再未升起/泪与汗凝成琥珀/希望的化石不知藏了多久/这土地足够深重/你还用生命的黄金/铺下一层又一层沉甸甸的/尽管丑石混同美玉，虫卵充作玑珠/金箔不如风蚀的夏岩/你仍用蘸血的錾刀雕凿岁月。"

从例诗看，在抒发中，诗人的抒情是间接式的借物抒怀。这样可以分析，诗人心理结构的状态取决于其历史观念的积淀，在导致这种积淀进入直觉观照过程中，语言和记忆是不可缺少的中介。语言将个体的感性经验离析为理性认识，塑造了人的文化心理，规定了人感知和解释世界的模式。在诗中，肖川把诗歌看成是感情抒发的集中地，而现实世界仅仅是个人表情的反射，通过他的诗歌铺叙可以感受到一种自我的抒怀和宣泄。

我们知道，"中国浪漫主义继承了西方浪漫主义的文学理论。二者同样推崇神秘的创造力，推崇天才，以自我为文学的中心，蔑视规则，强调情感的宣泄，提倡想象力的作用"。（邓程：《自我大我整体精神——中国现代浪漫主义诗歌理论三阶段》，《云南民族大学学报》，2003年第4期）

浪漫主义作为诗歌重要的组成部分出现在肖川作品中，是因为他拥有在事物中提炼形式，并将其赋形于物象的技巧，他在作品中安置的情感不断通过反映、再现、复制等概念，在我们脑海形成一种演化意义的秩序。抒发并反映社会生活，表达自我感情和创造审美价值，这部分作品多以社会时代为宏观背景，将抒情交给诗性，构造极为丰富，有较强的语言特征。可以说，肖川诗歌利用语言的特性营造不同的意境和气氛，将所要表达的情感传递给我们，并引领我们走入其内心世界。

综上来说，肖川诗歌中的浪漫主义是唯心的，突出了他对往昔的迷恋，对自然淳朴的崇尚，对超自然领域的探索，对于社会强烈的关照和对于生命真诚的热爱。他以诗歌创作的音乐感和自发性，唤醒读者心中的共鸣，这对我们认知其作品起着举足轻重的作用。

三、现实抒情：反映生活本质的某些方面

从《肖川诗选》来看，其作品更为突出的亮点是以温和的叙述和抒情再现生活，强调现实和日常，从而达到一种鲜明的对于现实的抒情。我国最早的现实主义诗歌经典之作当属《诗经》，该作品按照生活的实际样式再现生活，真实反映出劳动人民的痛苦和欢乐，并通过对生活真实的、具体的、

形象的描写，表达作者的思想情感，反映社会生活的本质或本质的某些方面。

我们可以看到肖川一部分诗歌作品在内容上的主要特征也是正视现实。描写现实，艺术上的主要特征是文风朴素、语言简洁、比兴巧妙、形象真实自然而生动，生活画面亲切感人等。这些艺术上的主要特征，与我国现实主义诗歌传统的主要特征十分相近，换而言之是对《诗经》中的现实主义的一种继承。肖川在诗歌中对于现实的抒情具有外倾性，既外部的社会形态。以及内倾性，既内部心灵世界的真实性描写和抒发。

其一，外倾性。诗人依据自身经历，结合塞上高原宁夏特有的地貌风貌，抒发生活，强调生存的现实意义，其作品表现积极的思想，这一点符合诗人所处时代的精神风貌。我们在肖川作品中可以看到其注重追求艺术的真实模拟，强调客观真实地反映生活。他的诗集《肖川诗选》注重现实与艺术水乳交融，共冶一炉，以唯美点饰朴实，将现实融于艺术，不仅再现了一个时代的历史画卷，更赠予我们赏心悦目的美学享受。其诗歌的侧重点放在反映某个时期宁夏社会现实面貌上，具有精神的能动性，在语言勾勒的社会蓝图面前，一切都显得十分有意义，从而试图达到启示人们改良社会的目的。例如，诗人在《雄血》一诗中的表达："砍土馒同样辉煌/奋击这万古疆野/该是怎样地桀骜/生命之盐铁无羁挥洒/二肱肌发出金属的铿锵/胴体精魂与铧犁/同时闪耀宝铗之锋焰/屯垦古题被第一批戍边者/被一群归田而未解甲的壮士/被壮士的胆识才情与抱负/发挥得淋漓尽致/你却全然无意那凝血凝汗之丰碑/是否留下代表你的符号。"

我们对肖川这种具有外倾性的诗歌进行研究发现，诗人在阐释社会生活的主题时，摒弃了庸俗的现实抒情，而是对社会的现实进行了美化和提升，他将想象、神化还有情感同居一处，建立一个理想的城邦的艺术。在这一类型的诗歌中，我们可以感受到诗人极力对现实社会背景下一代人奋斗的激情、痛苦和幸福进行表达。这种表达显得格外抒情，似乎现实和理想的乌邦托并不矛盾，因而，我们可以认为，诗人自我的现实概念变成文字，就是诗歌中对于现实的抒情。在客观的程度上说，肖川诗歌中的现实抒情具有某种个人认知和主观因素。他要表现自己认识中的现实，便依靠诗歌语言这个客体，这个客体能使他在无限的空间展示有限的生活。再如《早逝的骊歌》："骄阳欲熔/芨芨草因焦渴而烧燃/蜥族与遮体的戈壁石奄奄一息/沙龙挣揣殆尽无奈临头之大限/万物之灵/难道坐待这酷情的葬火吗/她走了，向流火大漠之莽腹/向连她自己也难揣测的方位与深度/烟一般悄悄地走了/她要为被困战友携回生命之醴泉/连同令人瞠目属于她的殊荣与壮举。"

从这个例诗中可以看出，尽管肖川这部分诗歌属现实主义诗风，但语言形式并不缺乏灵动活跃，艺术情调也很唯美，如山间奔涌的小溪，闪烁着睿智灵性，融合于浓淡有致的情感，使诗歌弥漫着一种芬芳唯美的艺术情调，颇具匠心。并且，诗人在对现实生活进行重构的同时，也在努力抵抗纯粹消极的东西，他的诗讴歌着正能量，对于诗中人物的之死，给予了全新的认识和升华，这种认识反映出诗人的信念以及对于社会的责任感。诗人创作时十分清楚那个时代人们想要什么，渴望什么，因此在诗歌中为目标的实现下注，换而言之，他的诗歌迎合宁夏建设时期人们的精神需求。很久以来，我们认为诗歌应该是人类共享的精神天堂，而肖川在诗歌中试图竖起的正是通向天堂的梯子，并将以作为诗人的己任。

肖川诗歌对于现实的抒情，还体现在重视人与社会环境的关系描写上，例如在《塞上，我无法为你画像》一诗中他通过拟人化描述，赋予环境特殊的性格魅力，认真拜读其诗，恰如跟随他思想旅行的脚步，不仅领略到高原的雄姿，还领略到人的思想的激进，他的诗歌通过独特的认识，形象地将一代人的情怀付诸笔端。他在此诗里这样写道："塞上，我无法为你画像/姑娘眼里，你是憨厚的小伙儿/你有高原的豁达，大漠的粗犷/你有黄河的气魄，六盘的雄姿/即使三月春风/也带有几分倔强/小伙子眼里，你是秀丽的姑娘/你有渠柳的风采，夏桂的芬芳。"

这首诗将诗人对于宁夏大地的热爱融于诗性语言中，在形式美感中，在诗行的音韵中，体现一种独有意境的铺陈，并且，将一方水土拟人化处理，呈现写虚化取向。我们可以看到，诗歌的语言并不深奥和复杂，但是表现出意境却是充满性情和性灵的，诗人在这样的叙述氛围里不自觉加入自身的情绪，既热情洋溢地摹写生活，又以创造的表现手法突出了思想向着积极一面的倾向性，并且，使这种倾向性恰到好处地融合进诗歌的语言里。当我们读到"塞上，我无法为你画像/姑娘眼里，你是憨厚的小伙儿"这句时，便想到一块土地具有自然的人性的美感，这些表现手法离不开诗人对社会现实生活和人文环境具有的深入观察。可见，在艺术手法上，诗人善于通过描写来烘托，突出地域文化，体现地域的外在美。

其二，内倾性。我们认为，在某个特殊的年代，西北建设大潮影响了诗人肖川的思想和创作，使他积极探求新的观察和表现现实的方法。尤其作为西北建设的参与者，当诗人满腔热忱地投入其中必然视野大开，受到一种鼓舞。因此，诗歌中诗人以参与者的姿态出现，并细致入微表现出一种积极的心理状态。也许，内倾性这个标签只是切中了肖川一部分诗歌的表面现象，并没有触及作品的核心，但是，这并不意味着要完全抛弃这个标签，我们要做的是找出这个标签的意义，从而切中肖川作品的深层特征。按照勾勒的框架，走向生活的真实，是诗人对现实抒情决定性的一步，摆脱假大空的情感令他更注重内心的观察和诠释，肖川将自己看作是社会的讴歌者或记录员，其真实的感受强化了内倾性的写实因素。如这首《中年的船，没有港湾》的句子："我眼里的世界是微笑的/家乡的路很长很长/从燕赵故地伸向遥远的边疆/我去了，带着慷慨带着豪壮/带着母亲深情的嘱托/带着乡亲殷切的期望/从绿油油的青纱帐边去了/从辘轳声声叫的井台旁去了/从芦花初放的湖畔去了/我去了，向陌生而神秘的朔方。"

诗歌中，诗人大胆地抒发对理想世界的热烈追求，无论写景还是抒情，无不烘托一种向往的心理。我们认为，凡能在内心唤起崇高情感的抒情都值得关注，肖川这首诗歌更像是一个人的娓娓叙述，没有运用瑰丽的语言和夸张的塑造手法却能够唤引我们关于某个时期的社会生活的无边想象。再如，《读家乡来信》这首诗歌的句子："我不隐瞒，是的/我的心房有两扇小窗/一扇向着塞上，一扇向着家乡/只是后一扇关得太紧太久了/梦中，才偶尔挤进几丝月光/谢谢你，秀丽多彩的文字/为我打开了一扇明窗/哦，我看到家乡三种颜色/——昨天的冰雪/——今天的新绿/——明天的金黄。"

我们可以将肖川这首诗歌中人物"我"的情感称之为本我情感，这是一种接地气的真实感受。由于我们习惯于文字伪装的自我情感和僵化的超我情感，因此，看到诗人这种没有多少渲染的描述会觉得平淡。可是，认真体会它时，又有一种感动，因为诗人这种本我情感，正是我们情感中最真实的存在形式。肖川诗歌对于现实生活的叙述抒是下意识的，是一切真挚的情感的自由表达。这一点，与超现实主义诗歌看重的无意识中的深层意象，由此打开通向想象的通道，用以展示出细致入微的情感世界的表现手法完全不同，诗中表现的意象较为简单，缺少多义性，更多是在抒情中彰显现实主义精神，以及较为丰厚的思想内容和艺术造诣。

瓦楞草（1970—），本名于洪琴，女，吉林柳河人，90 年代迁居银川市。作品发表于《朔方》《宁夏文艺评论》《六盘山》等。出版诗集《词语的碎片》。宁夏文艺评论家协会理事，宁夏诗歌学会理事。第二期文艺高研班学员。

杨美宇诗集《用一首诗打开世界》

马君成

在哈尔滨冰天雪地里写诗的美宇，似乎有两支彩笔，一支画下童真童趣，一支绘出生活的沧桑与沉重。她宣称"我醒来，世界就明亮。"她的"爱如春风/可以吹摇万千柳枝，可以吹遍花红草绿"。深夜，美宇站在三十九楼高度，触摸人间冷暖，觉得夜行车像黑暗中的孤儿。以诗歌的视野俯瞰芸芸众生，听火车鸣叫，看"灯河里的车影""一列火车/像慢行的箭矢/射向虚空的箭靶"（《夜行车》）。美宇的诗一方面有"心向远方，寻找爱情"的浪漫，另一方面又有"立秋时节想到雪"的彻悟，兼有童话的优美和寓言的哲理，把叙事、抒情和议论熔于一炉，调和得恰到好处。

童真童趣。读她的诗，觉得美宇的体内藏着一个永远也长不大的小女孩，生活在童话的世界里，她冰雪聪明，用天真稚气的语态，柔缓地讲述童话。"清晨，太阳向我的房子吹喇叭/用明亮的大嗓门/喊话/漫天金星四射/烟囱想拉上帷幕/冰雪被吵醒"（《看火车》），她的笔下，太阳、烟囱、冰雪都人格化了，诗人深知它们各自的性格特点，熟知它们的心事，它们的调皮、淘气都附着了诗人的气质。"点亮灯盏的人/正在田里耕作，他们和流水相遇/并试图捞出水里的星星"（《灯火》，这里有一个诗人的追求，也有儿童的天真无邪，烂漫童趣。《冒着烟儿的老榆树》连题目都采用了儿化音，只有在童年清澈无比的视角里，猫、狗、小朋友、跳皮筋、小鸟、枝叶、烟雾、彩虹、微笑、蚂蚁、白胡子爷爷都蒙着神奇的色彩和魅力，是那么好玩，那么有趣。"春风先我抵达/与枯草和败柳眉目传情/鸟儿这快嘴的媒婆/叽叽喳喳一番/就满园红花"（《虚妄的花园》）似乎看透自然的荣枯，而又憨态可掬，温言软语，言简意丰，令人回味无穷。

世事沧桑。这是一部编年体诗集，从 2006 年到 2017 年。翻阅中，我们仿佛翻过了诗人这十年来（2008 年空缺）的诗路历程和心路历程。敏感的美宇早就对人生况味了然于心。《梦》只有四句，句句走心，"年年是梦/梦是今夜/是暗红的渔火/是静静泊下的航船"。这首诗道出了时光的虚无感、人生的苍茫感、岁月的无情感、生命的荒凉感，这种情愫始终隐于她的整本诗集中。人生如梦，过去、现在、未来都难以把握，一切都像当年那场渔火，像一段远去的歌谣，像半夜钟声里的航船，停泊在岁月之岸，谁能抗争过命运的拨弄。这种透骨的寒意在《声音》里再次响起"你的声音拉开距离/很近的地方其实最远/无法抵达的不是彼岸，而是海洋"，因此，心之向往，是"童话，是缀在云里的梦/是雾霭，是霓虹，是泡影"，美好温馨值得怀恋，却无法永恒，回到现实中来，仍然只能面对"明天，灰色的阳光/还会照满我们的生活"。"谁能把海宁息成一条清缓的小溪/谁能把旷野呼啸的风变成花朵/在早晨的露珠里甜甜地微笑/谁能让一双躁动的足睡去/把梦的芳草围拢，开一片炊烟袅袅的田园/谁能把心事洗了又洗，挂在秋日的天空上，晾出一片碧蓝"，在《秋日诗章》里，她发出了一连串的诘问，语气越来越强烈、情感越来越深沉，这排山之气仿佛要燃烧这个秋天，然而诗的结尾依然是"渔舟唱晚，倦鸟知还"，人到中年，抑制激情与昂扬初心，始终相克相生。她在《女人与红酒》中表示向往"更多真实——朴素的爱，踏实的日子，家庭与工作"，向往淡淡的相守，向往执手相看两不厌的烟火人生，向往择一人白首择一城终老的安然。"我们向往共同的落日/向往一把摇椅陷在老榆树的深影里/向往一两句偶尔的交谈/像粗糙的石擦过古旧的树皮/仿佛相见就是为了老去/为了白发苍苍的时候/身边能有一双浑浊但温暖的眼"（《我们》），读这样的诗，需要静下心来的夜晚，把目光从各种欲望和诱惑中收回，才能发现其心灵秘密花园中的美景，才能获得心灵的最妥帖的抚慰和共鸣。

美宇献给阿曼的诗《看得见风景的房间》，开篇"为山嵌一个画框/把我们装进去"就极具魔力，她又回到小女孩的纯真、梦幻和童话世界里去了，"把这些小花插在门旁/插在河谷的轰鸣上/我们坐在床边/被山风吹动/像两颗飞跃的露珠/在草尖上奔跑/阿曼，闭上眼睛/我们就要坠入河流/退回高高的雪峰/或者像云雀飞抵云杉的针顶"，是最传神的洛尔迦风格，充满了奇妙的想象，一句把小花"插在河谷的轰鸣上"令人叫绝；《吉木萨尔的晨光》里，融进了以小喻大，联想和对比等表现手法，显示了诗人圆熟的驾驭语言的能力。她的才情，在这里得到了核能量般地释放。

在这本诗集里，处处透露着诗人的生活，她写爱情写友情写亲情。日常是她诗的主要内容，但又不止于日常，她似乎总要通过寻常事物表达对生活哲学上的思考。"和林林看花的早晨/我们不叹尘世，不谈荣枯"（《和林林看花的早晨》）。

超然达观。美宇对生命悄然流逝的感慨，最终自觉走向了洞彻达观。她的笔下，直接以节气做诗题的有《春风》《惊蛰》《立夏》《夏至》《秋风》《立秋》《霜降》七首，似乎写尽了人生的炎凉。《秋日读萧红》《把一杯咖啡由热喝到凉》，都是这种相聚复又离开，重新燃起希望复又幻灭的彰显。"生于歧路，没于歧路/一生，也不过是/一夜风雪，一蓑烟雨" "即使火焰之后是一片片灰烬/如同饱餐之后是最潦草的结局/我们都笑着说/好，就这样吧，就这样"（《走在早春的荒凉里》）。这是诗人洞若观火的达观，是诗人经风历雨后的平和。

美宇致敬生命原始的力的作品在诗集中处处可见。如"像玉米像麦子像野草像地里的小黄瓜大倭瓜/她相信生长的力量" "为了逃离冰雪她走进了更深的冰雪/在每一次求生的投奔与突围中/只有她的才情　那天赋的力量让她—活"（《秋日读萧红》），"不要说敬意。太轻。生命有千万种可能，它只是最坚定的一种/活着，蓬勃地！" 《不朽的胡杨》。而整本诗集以一首166行的长诗《写给父亲》作结，在这首长诗里，诗人以亲情入笔，却又不局限于亲情，她通过回忆父亲，探讨了青春、生存、生命各种大命题。极具才情的父亲也曾如"奔驰的马"也曾有过"无人能够摧毁的青春堤坝"，生命的荣枯正如草木，人天生就是孤儿，一生都在寻找归属，人们在这寻找中用尽蛮力，纠缠不清。而面对生命的盛衰与轮转，诗人学会了放下与和解。"在很多很多波折的时日里，在很多很多忧伤的故事里/我们已经学会把这外面的日子铺平/我们不急于赶路，也不会轻易地就把花朵捻碎/匆匆忙忙，或细嚼慢咽，各自的滋味，我们正在品尝"。活着，怀着善意，将生命与爱传承下去，"总有一天，我们会在另一片田地里相遇/我们是不是会有更浓的绿意把彼此点亮"，"父亲，除夕夜我要像你一样为我的儿子点起那盏童年的玻璃灯"。

美宇对自己的诗歌创作，有着极为准确的认知。她说："从懵懂少年稚嫩的涂鸦到知命半百安静地表达，近四十年沧海桑田，不敢言化蛹成蝶，却在漫漫长途中，渐渐蜕去惶惑与浮躁、狭隘与不安，抵达生命的豁达与宁和。" "知生活重量却不言辛苦；深晓时世喧嚣却能平静安身……能发现平凡生活中的诗意，更能体察一花一世界的神妙，更能感悟人情的温暖与激荡，而那生命中的疼痛，让人欲说还休，欲说还休，此时，只有诗歌，才可最恰切地表达"。诗人面对人生的荆棘"我还你以血，以珠泪/并伴以微笑/不再用强力对抗强力/只相信流水的力量/相信风霜能带走该带走的/给我留下路径"。多少无奈，多少惆怅，难得有通达的心态才能海阔天空，才能找到生的希望，这是释然之后的旷达和洒脱。

在诗里，美宇时而化身露珠，在草尖上欢快地奔跑，时而化身苹果，兀自芬芳，时而化身为云雀，在云杉的针顶跳舞，时而化身为云，依恋着另一片云彩，时而化身为星子，对另一颗星眨着眼睛。美宇试图用童真消解现实的冷酷，用她的诗打开世界，与时空对话，与人间谈判，每每与共，以达宇宙，她且歌且舞，又不得不"在风里迎着风，在雪里迎着雪"，在漆黑的夜里深深地长叹。在阴沉的现实表情下，美宇用她的诗歌抒写时代的童话，人生的寓言，稚嫩柔软而又语惊四座，憨态可掬而又沧桑无比，清澈透亮而又深不见底。

美宇的诗，无论是她的童话王国还是寓言世界，都是充满诗情画意的真情流露。

[原载《诗林》2018年第4期]

马君成（1978—），回族，宁夏固原人，就职于固原市第三中学。作品发表于《诗林》《重庆文学》《散文百家》《朔方》等，入选《中国百年诗人新诗精选》《中国拾佳诗歌精选》《中国当代爱情诗典》《世纪诗典·中国优秀诗歌精品集》等。宁夏作家协会会员。第二期文艺高研班学员。

公益类舞蹈艺术受众拓展实践个案研究

姜郑嘉梓

在舞蹈艺术的推广活动中，受众接触舞蹈艺术常常是以一种被教育的角色介入。本文以舞蹈普及教育为核心，以英国大使馆文化教育处在中国期三年的艺术拓展实践活动为例，通过对活动的分析以及调查问卷的量化，思考公益类舞蹈艺术受众拓展的有效性和深远意义：受众应作为参与者和体验者与舞蹈艺术拓展的实践者们共同分享舞蹈艺术，分享在舞蹈过程中的成长。

一、英国皇家芭蕾舞团创意舞蹈工作坊

英国皇家芭蕾舞团、伯明翰芭蕾舞团、北方芭蕾舞团的青年协作者工作坊项目，针对舞蹈艺术进行的分享体验活动，面向中国的艺术教育工作者、国家大剧院的会员家庭、残疾人协会的残疾人群体以及地震灾区的青少年、北京农民工子弟。英国皇家芭蕾舞团创意舞蹈工作坊主要有家庭工作坊、青年行动者工作坊（残疾人群体）、青少年工作坊（地震后灾区儿童）三部分组成。

（一）创意舞蹈体验的活动内容

主要包括热身、身体感知和舞蹈创作三个方面。活动前热身是通过热身让受众迅速熟悉所处的环境和氛围，熟悉共同参与活动的同伴。热身需要一个既定的环境场景，例如，家庭工作坊的预设场是阳光明媚的早晨在郊外散步，艺术协作者需要根据事先的计划和安排不断变换指令，走、跑、跳或停下来跟对面的人交流，微笑、点头，任何生活中的动作均可运用，遵从自我感知的第一选择。热身时间适宜，不仅仅是活动身体，更重要的是为消除陌生感、建立和谐感开启一个有效的通道。身体感知这一环节的活动设定性较强，要涉及身体的每一个部位的感知，头、面部五官、身体、四肢甚至要顾及受众的触觉、嗅觉、听觉等内在知觉的感知，在身体感知的环节，感知的对象不仅仅是实际存在的身体的形，更需要有意识地体会虚幻存在的意，特别设定一些训练人体协调性的动律。在热身和身体感知之后，进入舞蹈创作环节或舞蹈游戏环节，根据受众的情况、活动目标安排具体的活动内容。

家庭工作坊中，根据英国皇家芭蕾舞团的舞剧作品为创作元素，选取舞剧中双人舞部分的两个造型图片，将参与者以家庭为单位分组，每组对比图片摆出造型 A、造型 B，然后根据运动的过程将两个造型连接，这样各组家庭分别完成三个短小的舞蹈创作，完成后再相互交流展示。青年行动者工作坊中，则是让分组的残疾人朋友分别模拟天空、大地、流水的造型和动态，通过水的流动状态将静止的天空和大地的造型连结，完成一个小的舞蹈创作。其中穿插一些简单而富有意味的舞蹈小游戏，例如能够提升团队的合作意识、团结意识，感受团队成员的支持等，充分调动参与者的兴趣，依据不同活动目标的设定，有针对性地进行。

（二）创意舞蹈体验的积极意义

首先，尊重人性，平等的人文关怀。舞蹈艺术终究是人的艺术，与每一个真实的人的生活息息相关，尊重身体最本能的律动和意识导向，是营造活动环境最核心的目标，无论孩子还是成年人，都有在自我意识下主动选择的权利，他们的任何一个表达都是值得肯定的，每一个观念每一种态度都值得倾听，都值得交流，这些理念都是通过舞蹈参与的过程体现。而在长期固有的中国传统观念中，真正做到"尊重"，其实是一个较为困难的问题。其次，社会整合功能的体现：通过舞蹈活动的参与，分享人与人之间建立关系、维系关系、处理关系的体验，包括人与人之间的沟通、交流与合作，参与活动的受众从中体会到团队整体协作的重要性，任何一个活动目标的呈现，都需要每一个人的努力来共同完成，他们必须互相信任、互相帮助、互相关爱，站在对方的角度考虑如何共同完成一项任务，并且更好地发挥各人的特点来进行舞蹈创作，使得他们的创作更加具有新意，没有教条化规约的整合，而是平等、自由、和谐的自主整合。第三，舞蹈艺术的时代敏感度与社会责任感，通过舞蹈参与活动充分体现：在这些活动中，每一个受众都能展示自我的生命魅力和人性价值，并且能够深切感受到他人的真实与关爱，这种对生命的尊重是一个互相感染和分享的过程。更多时候艺术对社会产生效力不一定仅在政治的终端，合适的艺术参与方式甚至具有同政治、经济一样的社会效力，舞蹈艺术的社会效力亦然，舞蹈艺术应当从高高的艺术象牙塔走出，走向生活、贴近民生，以舞蹈艺术的方式观照世界、观照社会、观照人类、观照自我，从这个意义上讲，舞蹈艺术也在某种程度上做到了真正的独立。

（三）创意舞蹈体验的项目评估

1. 受众问卷调查 受众问卷调查主要从三个方面进行评估：参与者通过活动是否达到预期（预期），参与者认为工作坊的质量如何（质量），是否认为英国艺术协会在艺术拓展方面走在世界前列（口碑）。活动最终得分为 92 分，证明此次工作坊活动成功。

表 1 英国皇家芭蕾舞团创意舞蹈工作坊效果评分表

活动	指标	100 分	75 分	50 分	25 分	0 分	分数
2008 年 6 月 22 日–26 日舞动创意工作坊	预期	69 人	25 人	–	1 人	–	93 分
	质量	78 人	17 人	1 人	1 人	–	94 分
	口碑	64 人	27 人	6 人	1 人	–	89 分
	总计	211 人	69 人	7 人	3 人	0	92 分

计算方法：预期项目中，有 69 人选择非常同意，计 100 分；25 人选择同意，计 75 分；选择既不同意也不反对，一人选择不同意，计 25 分；选择非常不同意，计根据加权平均得分 93 分，以此类推，三项分数分别为：93 分、94 分、89 分，最后算三个分数的平均分为 92 分。

69+25+1=95 人；预期=69/95×100+25/95×75+1/95×25≈93 分（依次计算方法相同）

总分=（93+94+89）/3=92 分。

另外，有 84% 的参与者表明愿意将这种舞蹈参与活动推广，介绍给更多的人。

2. 开放式问卷主要涉及的问题。问题包括："A 您希望通过这次活动／项目获得怎样的收益；B 请评价在这次活动中您最喜欢的是哪一部分；C 这次活动中您觉得哪一部分最具有挑战性；D 工作坊的哪一部分给您带来了惊喜；E 您认为工作坊的哪一部分改变了您对芭蕾或舞蹈的认识"（摘自英国大使馆文化教育处艺术组《创意舞蹈工作坊》问卷）。开放式问题反馈大致有如下内容：

表 2 英国皇家芭蕾舞团创意舞蹈工作坊开放式问卷统计

	A	B	C	D	E
家庭工作坊	（家长的反馈）了解舞蹈很开心培养孩子创造力感受多元文化亲子的乐趣开发孩子想象力	舞蹈片段动作连接创意造型舞蹈元素练习大家共同参与配合家庭创作舞蹈造型热身环节	高举小孩本不认识的家庭相互配合体会舞蹈语言两个造型之间过渡	英国老师的教学方法没有舞蹈基础的人也可以跳舞全家参与人生态度	每个人都可以成为舞者每个造型联结，就像人生每一天生活和艺术舞蹈重要的是表达
	希望知道什么是芭蕾舞，见到	打结游戏舞蹈动作	舞蹈表演走几步转圈	热身相互信任游戏	芭蕾以前对我来说很遥远，

续表

	A	B	C	D	E
青少年工作坊	了芭蕾演员 团结协作相互信任 舞蹈并不无聊 了解艺术找到自我	两个人合作的舞蹈 舞蹈游戏 解结、转圈 跑跳、互动舞步	两个人合作舞步 旋转舞	国际优秀的老师来指导 工作坊的设计环境让我们惊喜	遥不可及 现在不这么认为，任何人都可以跳舞 舞蹈或是芭蕾融入了生活
青年行动者工作坊	体验舞蹈的优美 享受快乐 增加创新思维 树立自信 认识朋友 分享快乐	表现"大地"的舞蹈创作 集体舞蹈 平衡动作 组成团队 飞翔、群体移动	平衡动作 老师给我们一个指令，让我们自己创意 自己跳出舞蹈 爬岩浆	气氛 可以成为舞者 站在舞台上编出舞蹈 可以很随意 很轻松地跳舞	自然元素是舞蹈的起源 好的舞蹈必须融入舞者的情感 更加自信 舞蹈很美 人人可以舞蹈

二、伯明翰皇家芭蕾舞团的舞蹈艺术参与活动

伯明翰皇家芭蕾舞团的艺术协作者、伯明翰大学专业研究艺术拓展的教授、花旦工作室的艺术协作者们，共同和中国的艺术工作者、农民工小学的小学生们，分享了舞蹈艺术体验活动。

（一）舞蹈艺术参与活动的内容

伯明翰皇家芭蕾舞团的舞蹈工作坊相对于英国皇家芭蕾舞团的创意芭蕾工作坊，更为系统、专业，且目的性强，分为三个阶段：

1. 前期讨论。讨论部分主要针对即将分享的活动目标、活动内容、活动方式进行探讨，同时分析将和他们共同完成创作的受众——北京农民工的孩子们，年龄在7—10岁的小学生，如何跟他们更好地在一起游戏，在一起舞蹈，并且共同创作出一个舞蹈，以什么样的方式更好地吸引孩子的参与，整整一天的前期讨论围绕着这些问题展开。最终确定舞蹈内容，从舞团演出剧目《美女与野兽》中确定四场场景——猎人与猎物、丛林中的旅行、城堡与宫殿、转变的结尾。

2. 四个目标场景进行有目的的舞蹈。首先分组，每组确定2—3名艺术协作者共同参与，协助孩子们于四个目标场景中共同舞蹈，在过程中围绕创作内容进行游戏设计。例如一个孩子小心翼翼地走在前，另一个孩子跟随，每个孩子都找到自己要跟随的人，浅浅地这种运行从开始的杂乱无章到整齐划一，启发联系猎人与猎物跟随的感觉。城堡与宫殿是一个造型组合，让每一个参与的孩子在同一时间选择一个静止的动作，按照随机的顺序组成一排，形成城堡与宫殿的场景。在四天活动中，艺术协作者和孩子们共同完成

一项集体目标任务，因为有明确的任务目标，更具有一种训练、排练的性质。

3. 阶段性活动结束的反馈与交流。每天活动后，必须进行反馈交流。首先是协作者与孩子的交流，围绕孩子的所为、所想展开。例如今天的舞蹈中哪些地方最有趣？哪些地方最没有意思？尊重孩子的意见，倾听他们对场景的理解。继而是协作者们的反馈与交流，主要内容围绕着当天的活动过程，出现的问题或困难，下一步该如何推进，如何更好地吸引孩子们的参与等。因此，培养团队整体合作的过程，"分享"是非常重要的。

（二）舞蹈艺术参与活动的效果

通过四天的舞蹈参与，在孩子们和艺术协作者的共同努力下，围绕着舞剧《美女与野兽》中选取的四个场景做主题表达，创作出长达十几分钟的情节性舞蹈，并邀请孩子们的父母，到中国国家大剧院欣赏演出。在活动中，有以下两个深切的感受：

1. 这是一种真正的贴近和关爱，充满了尊重感的分享：工作坊的主要受众群体是农民工的孩子，在我们倡导艺术要走进现实生活、贴近民生、服务大众的时候，怎样走进？如何贴近？用什么服务？都不是"殿堂"里创作几个作品能够做到的。必须用实实在在的行动走进、贴近，才是真正的服务，真正的关爱。一个孩子的父亲在欣赏完孩子的演出之后说："没想到我的孩子能在这么好的舞台上表演，还能到这么好的地方来。"舞蹈的方式，最能够拉近人与人之间的距离，我们希望通过舞蹈的方式建立互相尊重的基础，这个基础是完全人性化的，舞蹈艺术具有这样的功能。

2. 参与受众与艺术协作者之间的互相影响和互相改变：舞蹈工作坊并不是一个单项的传授、教授舞蹈的过程，而是双向的作用过程，一方面艺术协作者们能够带领受众、引导受众一起分享参与舞蹈的体验，另一方面受众在参与过程中的任何表达都是对艺术协作者的启示，从事这项工作的艺术家必须具备最重要的条件——分享的技能和真实的内心，我们在希望改变别人的时候，别人也在改变着我们。

（三）舞蹈艺术参与活动的评估

此次活动的平均得分为82分，问卷的评分方式同皇家芭蕾舞团的问卷评分方式相同。

表3 伯明翰皇家芭蕾舞团受众分析

活动	指标	100分	75分	50分	25分	0分	分数
2009年1月舞蹈创意工作坊	预期	12人	27人	3人	—	—	80分
	质量	17人	25人	—	—	—	85分
	口碑	17人	19人	6人	—	—	82分
	总计	46人	71人	9人	0	0	82分

需要强调的是，英国皇家芭蕾舞团的创意芭蕾工作坊和伯明翰皇家芭蕾舞团的舞蹈工作坊，分别得分为 92 分、82 分，二者 10 分的差距，并不是偶然，从某个侧面也说明一些问题：比较而言，伯明翰皇家芭蕾舞团的工作坊，舞蹈参与的目的性更强，所以参与行为有了一定的规约和限定，受众参与的自由度相对而言降低了。适度的自由引导，适度的自由氛围对具体实践提出了更高的要求。

综上所述，舞蹈艺术受众拓展活动具有社会整合的功能，在活动理念上，我们如何看待参与舞蹈的受众，如何认识受众参与的属性，直接决定了活动性质和活动成效，同时决定了舞蹈艺术以最简单的方式，用最普世的价值，与更广泛的受众群体沟通与交流，成为其生活中的一部分，在某种程度上，舞蹈艺术成为真正的"人"的艺术。

[原载《北京舞蹈学院学报》2014 年第 5 期]

姜郑嘉梓（1984—），女，就职于宁夏大学音乐学院，主要从事文艺理论、舞蹈基础理论研究。第二期高研班学员。

《批评的现代性维度》：
文学批评价值观的真诚判断

薛青峰

今年春节最大的愉悦是目遇赵炳鑫先生的新著《批评的现代性维度》。在阅读之前，我从书架上抽出六年前读过的《哲学深处的漫步》一书，扉页上豁然留下我随手记下的感受。

这部哲思穿越、深邃浩渺、灵性闪烁、性情丰盈的书，不得不让我中途停下来掩卷闭目。我正为不知道"自己是谁"而迷茫的时候，这本书到来，真如沐浴晨风，一些懵懂、模糊、悬疑的问题映现眼前，虽说不能顿然醍醐灌顶，但比先前明澈了。生活被物欲缠绕，被物质异化，为什么是这样？

赵炳鑫奉献给读者西方哲学史上有关人生境界和生命价值的形而上认识，为我解开了这个拌扣，这种解开，对我是一种启蒙。在经济社会转型中西文化对接的关口，这是一个有良知的中国知识分子与读者签约的一份责任书，是一本很好的哲学启蒙普及读物。我缺少的就是哲学素养。几天来，带着虔诚之心，耐着性子读下去，有补课的感觉。我在慢读，受益很多。西方哲学史的发展谱系在作者这里是思考延伸的媒介，作者真正关注的是借先哲的大脑，对当下物欲包裹的浮躁的普遍性产生深深之忧郁。可见作者的生命感悟之高远。书写必须真诚，如果仅仅以文字堆砌为职业操作，行文必然失去可读性。当年随手记下来的这段话，激发了我用心读赵炳鑫的新著。因为，我对理论向来有敬畏之心。收到他托朋友转来的书，我打电话给他说恐怕"读不懂"。他在电话那头哈哈大笑。这一笑，我就不得不认真读了。近些年，赵炳鑫坚持以哲学、社会学、经济学、法学、人类学、文化学、心理学等学科跨界文化研究审视宁夏本土乃至全国文学批评，展开并建构现代性文学批评话语体系。不同的是前者是哲学随笔，新著是文学批评专集。

为什么是批评的现代性

《批评的现代性维度》这个题目沉淀了赵炳鑫近些年的思索，有读书笔记、文化演讲、文学讲座和文学批评文论等。他称自己从事文学批评时间并不长。我以为，一个人爱文学事业，不能以时间长短来论，要看笔底是否有风云，能否照射未来，批评文字是否真诚，哪怕只有一篇文心并致的评论，引领阅读，提炼创作，让人难忘，就是佳构。赵炳鑫把目光投向"人的现代性"，以文化现代性视野，寻找文学批评的方法论。有了这样一部煌煌大作，值得可贺可庆。

著名小说家陈继明称赵炳鑫的《批评的现代性维度》为"不一样的文学批评"。是的，赵炳鑫的文学批评的确不一样。作为一个立志以文学批评为事业生涯的学者，赵炳鑫的文学批评讲得明白、讲得清澈，并且讲了真话，不吓唬读者，也不教训作者，更不吹捧，与读者真诚相见，探讨阅读与创作的走向，这就与学院的学术贩卖、杂志平台、媒体广告效益、江湖油滑以及职业批评家的霸道区别开来。

阅读是一个人的精神史。潜心阅读，甘愿坐十年冷板凳，抵达厚积薄发，是赵炳鑫多年文学批评的学养追求。身为哲学专业的研究生，深度阅读为文学批评的可持续性做了奠基，他讲究读书的宽度和厚度，不为文学而文学，而是从哲学向社会学、美学、历史学、经济学以及人类学、文化学延伸。他深知，要把文学批评做地道，腹中必须"有一个强大的理论体系作支撑"，他从刘勰、费孝通、鲁迅、王国维到叔本华、尼采；从陀思妥耶夫斯基、海德格尔、萨义德到鲍德里亚、福柯、雅斯贝尔斯、罗兰·巴特、伊格尔顿；再从尼尔·波兹曼到汉娜·阿伦特、阿诺德·汤因比等，一路读下去，在学理上走向跨文化研究，以文化现代性的理论自觉洞照文学发展走向。厚重的 324 页书分为三个部分和附录，不管是第一部分"书与人"里对当前文学语境的探索和解析，第二部分"说文谈艺"里对宁夏本土作家创作个案展开的研究；还是第三部分"途中镜像"里对影视文化的批评和附录部分的文化对话，都可以看出赵炳鑫的阅读与研究视野，片片纸页透射出关注人的发展的现代性气息。

阅读、写作、批评，在赵炳鑫的生命深处绝不是碎片化的跟风，而是一个懂得生命来源的人的精神救赎。强烈的问题意识一直辐射他的大脑，知识分子、启蒙思想、欲望时代、消费社会、文学本质，这样几个关键词是整部书的灵魂。这些关键词突显了赵炳鑫文学批评跨界研究的问题意识。问题意识来源于对社会生活的深刻思考，明晰洞察，也来源于深度阅读和精准判断。知识分子的身份地位、社会使命、民众认同、独立人格、精神质地、人格分裂以及良知责任都是问题。有人说，当代中国没有真正意义上的知识分子。赵炳鑫在阅读中寻找知识分子的灵魂，他在高尔泰、萨义德、史铁生、张贤亮、阿列克谢耶维奇等作家的作品中探寻。在物质消费大行其道，大众文化催生下，人们回避崇高，放弃责任，"五四"时期开辟的启蒙思想、文学启蒙、人的启蒙之路行走得十分艰辛，公开而勇敢地使用理性批评成为难事，漠视时代变革，沉浸在欢乐消费的庸常生活中，这些都是问题。赵炳鑫告诉我，如何面对自己所处的现实问题，如何理解时代风云与个人的关系，始终是对知识分子、作家和艺术家精神高度的考验，因为他们不同于一般的饮食男女。赵炳鑫不厌其烦地强调现代语境、反复强调现代性，因为许多作家对此没有足够的认知，还停留在"乡村叙事"的诗意中，无视城市化带来的乡村阵痛。他不厌其烦地在每篇文章中说"认清这个时代"，反复阐释"被资本逻辑和消费意识形态收编"的时代变迁的根源。

　　一般情况下，我依照自己的习惯去读文学批评。即从社会批判、批评价值观判断、理论建树及创作手法四个层面去领悟去把握去考量批评的价值是依附、是吹捧、还是职业性的学术卖弄。赵炳鑫扎实的理论修养改变了我的习惯，这个改变就是他的批评真诚而勇敢。这部著作的开篇《江陵焚书及其他》一文就尖锐地提到战乱、权力、人性、封建、私欲、病态及病态社会心理等一系列牵制着中国人思想的历史文化。开篇从皇权对文化的载体图书的毁灭写起。对于皇权来讲，国家都是他们的私有财产，一张张纸页算得了什么，文化遗产也是私有的，所以，皇权对社会生产力、文化传承的破坏性是中华民族的痛苦记忆，读这样的文章，就有了不一样的感觉。这就是面对历史文化，如何思考人的现代性。现代性是正在进行尚未完成的社会发展过程。这个过程中人们的感观、体验与反思值得我们探究，赵炳鑫为自己找了一个只问来路，不见未来的活儿，沉浸其中，乐此不疲。

宁夏本土文学与现代性

　　赵炳鑫从"苦甲天下"的宁夏西海固大山里走出来，放眼文化现代性，审视中国文学发展走势，坚守宁夏本土文学批评话语。

　　张贤亮走了，他这样评价张贤亮的文学价值，"如果说时代在选择作家，还不如说是作家们在选择时代，选择时代的'人'，发现'人'，发现人的精神性处境，这应该是作家的职责和使命。"他在评牛学智的《文化现代性批评视野》一书说："他把宁夏本土文学放进现代性这个大的话语背景中来审视，让我们明晰地看到宁夏文学的普遍性问题和差距。从大的方面来说，宁夏文艺创作在整体上没有摆脱二十世纪三四十年代左翼文艺图解政策的思维定式，特别是没有摆脱赵树理路子的影响。"其实，这也是赵炳鑫的看法。他和牛学智都在运用现代性方法论展开文学批评，不过赵炳鑫更清晰，更明亮。他在批评丁朝君的文学评论时针对文学研究与评论的本质得出这样的判断，"真正的文学研究与评论，就是将作家创作的艺术整体分解开来，进行宏观的把握和微观的探察，依照评论家的主观认识和客观分析进行概括综合。形成体现评论家审美意识的新的艺术架构。其间最为重要的是评论家要能在作品与时代的坐标系中寻找出自己的审美意识轨迹，为作家提供可资借鉴的经验和满足读者的审美期待"。他依照这个微观与宏观对视的研究架构跟踪批评陈继明的小说创作取得不菲的成绩。他指出"陈继明的多数作品都表现他对现实和人性本身的关注"。陈继明的创作"在尝试超越表面的意识形态批判，向隐秘的人性深处靠近"，陈继明"对当代人精神世界的幽暗存在进行不懈地探索让我感动"。这是赵炳鑫对陈继明的《每一个下午》《灰汉》《北京和尚》《留诗路》《芳邻》《圣地》《八人良夜》等小说进行分解式批评时不断透析得出的判断。这样的批评真正起到了引领创作的借鉴作用，因为持久性地关注一个题材领域肯定能取得成果，因为赵炳鑫在深入跟踪陈继明的小说创作中得出陈继明的小说创作是"文学之外"的写作规律。这一点许多写作者看不明白。他指出，"对于一个作家来说，如果没有文学之外的哲学修养、人文情怀、发现的目光等，那将是难以实现的。陈继明的创作让我们看到了作为一位真正作家的问题意识和思想锋芒，看到了他执著于探索现代人生存困境、人性真相、内在根源的不懈努力"。"陈继明是一位能够深入现实结构内部和人的精神世界的作家，他有自己的独特观察和独立思考"。陈继明的小说创作的独特性在于有一个宏观创作路径的统一观照，但每篇小说的视角都不一样。赵炳鑫进一步指出，"我们不可能把心安在古代农耕文明里，尽管那些典章金句在市场经济大潮的冲刷下仍然很亮眼，但却与现代社会难以水乳交融，更无力重整在社会骤然转型的失序状态中失魂落魄的心灵。在这样的时代，文学的现实主义理想是什么？我想应该是两个维度。一个是文学的精神和价值维度要有形而上的意义建构，要体现文学的终极命题：爱、悲悯、宽恕、拯救等；另一个是文学话语的维度：要变写什么为怎么写！要把心灵与现实的映射，对现实的独特发现构筑在今天与现实互动的文学话语里"。

我从这段话中获得启示

　　成熟的作家都有自己创作的精神关注点和题材敏感区。在宁夏作家里，漠月以草原文化为土壤，关注生态环境；李进祥以家乡清水河为"文学地理"，关注底层；火会亮始终如一地以民间视角，展示乡土人的生存困境；我写散文，长期关注亲情题材，都进入了赵炳鑫的批评的现代性视野。赵炳鑫在评论漠月小说的生态意义是大自然的尊严，进而提出"生态尊严"这个严峻的话题。他立足宁夏本土作家，关注名家，也关注初学者，还关注网络文学作家，批评视角比较开阔。文学是社会公器。他的文学批评受到作家的欢迎，文学批评话语承载着改造社会的责任，承载着改造国民性的自觉。《思之行吟》是一篇很有分量的思想随笔，他谈到消费时代的人怀疑自己生存的"确定性"问题。对盲目"活着"的人很有启发。他说："消费时代的人往往游离于主体之外，不认识真正的自己是谁！吃着、喝着、想着、贪着、念着……人往往在原始与现代之间游走，在自我和非我之间模糊。正因为不确定，往往会迷失，正因为不安分，往往会堕落，正因为无信仰，便往往会走向虚无。这无信仰的根源，也是痛苦的悖论！"

文学批评诟病与"读不懂"

因为对散文的偏爱，我特别喜欢赵炳鑫关于散文创作的批评，他在《灵魂的高度——我读史铁生》一文中说"假如散文衰亡了，思想也将同样衰亡。人类相互沟通的所有最好的道路都将因此而切断。"这样的话非常贴心，寻觅多年，一下子找到了笔端的力量，有"众里寻他千百度，蓦然回首，那人却在灯火阑珊处"之感。他借用阎纲先生的话说出自己的看法，"真正的文学评论是散文与批评的杂交。"这正合我意，特别好。我认为将文学批评写成美文，即见作者洞悉生活的领悟能力，看出作者阅读作品的感受力，亦可以领略作者的理论修养，给读者联想启迪。

这本书读下来，我基本摸清了赵炳鑫文学批评的路径。他走的是吸收借鉴西方现代理论的文学批评之路。他认为"文学批评作为一门学科在西方的历史已经很久了，而在我国一直把它作为文学的附庸产品，没有给予足够的重视"。"现代社会就需要用现代理论来解决现实问题"。这些年，他与志同道合者，努力铺设中国的现代批评理论高铁，跳出"附庸产品"的旧轨道。这种目标确定令人敬佩。既然是读后感，我想说说"读不懂"文学批评的问题。其实，让我真正不懂的是作家们出了书，希望批评家写文章推介，可又不服气批评家的批评话语，对批评产生诟病。真的是"读不懂"，还是不愿意去读。从批评家来说，多为转述西方现代理论，少化解，或是食而不化，做"夹生饭"，当然"读不懂"。这是一个问题。批评主体有没有问题？有。批评文章远离文本，以概念解释概念，写得太"难"，不是读者真不懂，而是把读者关在门外，故意让读者"读不懂"，营造文学批评语境阐释自己泊来的价值观，以"读不懂"来抱怨读者。这个最严重"诟病"问题。我认为，所有的批评文章，都是读后感。创作与批评是水与鱼的关系。虽然文学批评是独立性的创造，但再怎样"独立性创造"，也离不开作品文本这潭活水。先有对文学作品的阅读触动感悟，才有执笔批评，理论不过是对感悟的权威性的支撑。任何理论都是从社会实践和阅读感悟中提炼出来的，不是用现成的别人的理论研究成果去套即时的创作体验和阅读感悟。我一直在问自己，对社会生活认知洞察的敏锐力和穿透力到底是作家强，还是批评家强。实际上，大家都懂，批评家给作家提供创作自由，不是捆绑。善于驾驭理论去写批评文章，只是术业有专攻罢了。术业有专攻者往往高高在上，守住自己那方"象牙塔"，以真理在握的口吻说话，把批评分成三六九等，把自己的理论建构说成是世界第一。说是诟病批评，实际上是批评家自己在那里诟病自己。在这个世界上一心要掌握真理的人，往往被真理所抛弃。真理属于未来，任何时代的任何人只能暂时说说所处时代的社会问题。所以，文学批评界有一种怪论就是认为读后感不算文学批评。读后感算不算文学批评？如果宽容一点说，算，在职业批评家眼里只能算浅层的文学评论。可是，高深的文学评论读者"读不懂"，还算吗？所以，读后感算不算文学批评，不是一些故弄玄虚的职业操手说了算，而是读者说算最为真切。我以为，文学批评应该允许别人说不，批评可以尖锐、可以犀利，甚至可以尖刻，但不能抬高自己的理论，贬低别人的感受。在这个喧哗晾晒自己观点的自媒体时代，批评家的精英身份逐渐丧失，就抱怨，在批评文字中"发牢骚"，这种风气有损文学批评多元化发展。我之所以说自己的感受，是赵炳鑫在自己的批评文章里没有"闹情绪"。他认为"现代性"是解决这些问题的最畅通的渠道。他的文学批评沉潜于生命深处的体验、深度阅读的感悟、对社会问题的批判思考以及哲学基础之上的各类学科的理论准备。他站得高了，悲悯情怀却不断往下沉，沉在民间、沉在底层，这是文学批评的正轨。

最后，再回到为什么是"现代性维度"？就是要解决现代社会文学创作的叙述语境问题。赵炳鑫说："虽然我知道面对笔下的一些作家，有时对话本身就不太对称，但我还是愿意去发现他们作品中的'现代性'因子，我以为批评家的功能和作用就在于此。作家们没有意识到的，或者说没有自觉到的，就是要通过批评功能让他们意识到、自觉到。这也是我这么多年一直秉承和践行的批评观。"

赵炳鑫说了实话。

总之，读完赵炳鑫的这部评论集，给我的总体感受是文学批评不是用理论绑架创作思维，是真诚的交流，耐读的文学批评是读者自愿与批评家签订的交流契约。所以，批评家与读者、作家是知音，褒奖要适度，批评更需真诚。将文学批评写成美文，给人以思考、愉悦和启发，那是多么涤荡的阅读啊。

[原载《中共银川市委党校学报》2018年第6期]

薛青峰（1960—），青海玉树人，祖籍陕西大荔。就职于宁夏理工学院。出版散文集《被雨淋湿的眼泪》《回家的门》《沙湖奇景》《艺文舟楫》《移动的故乡》。宁夏作家协会会员。第二期文艺（评论）研修班学员。

张铎诗集《三地书》：诗意如水骨如山

王武军

二十多年前，我就知道张铎在写诗。二十多年后，人们才读到他的第一本诗集。不看诗集，单从这么长的时间跨度上，就能够感知，在宁夏乃至西部诗坛，他是一个多么持重而厚实的诗人。

《三地书》的取名，来源于作者的人生经历。诗人张铎出生在原州区须弥山下黄铎堡镇的一个小山村，从小在那里读书、生活，师范毕业后又在原州区工作了十几年；后来，又到六盘山下的泾源县工作，现在又落户宁夏的首府银川市。从他的出生地原州、到泾源、到银川，历经三地，横贯宁夏南北，正如他自己在诗集的《跋》中所说："从清水河，到泾河，又从泾河到黄河，这三条河与我水乳交融。从须弥山到六盘山，又从六盘山到贺兰山，这三座山与我生命相依。这三条河，三座山养育了我，我把自己的第一本诗集命名为《三地书》，以示感恩。"

读张铎的诗，你不会感觉到眼睛会疲劳。原因有三：一是他的诗短小、凝练，或三言两语，或五行六行，每句不超过十个字，超过十几行的诗也很少。如《在瓦亭》《山溪》《林中凤》《同城的人》等诗，只有三五行，在轻松阅读的同时，却让人心里"咯噔了一下子"。"在异乡/很亲切/回来了/却很陌生（《同城的人》）"，是什么让"同城的人"变得陌生呢？短短的只有四句话，读来却让人眼前一亮，诗人把一个"对门相住不相识，老死不相往来"的人们熟知的城市生活话题，用一种反差对比的方式表达出来，语言简洁明快，却令人深思。二是他的诗小巧中蕴含着丰富的内涵，读来让人回味无穷。比如《溪流》一诗："溪水在流/一旦堵住/便急得团团转/实在走不了/就蓄积力量/寻找时间的出口"。全诗只有短短的六行文字，读来却让人深省，有一种绵长的韵味溢出诗行。诗人在这里是写"溪流"吗？表面看是的，实则表述的是一种人生的大境界，当我们在工作和生活中遇到挫折的时候，不要着急，实在走不动了，就默默地积聚力量，寻找灵魂的出口。三是他的诗瓷实，瓷实的就像他本人一样，给人一种厚重的温暖感。"把思念/捻成丝/拧成绳子/把你捆起来/看你再跑（《思念》）"，读这首《思念》，让人心里感到瓷实的同时，却有一种情感在挣扎，内心深处的思念是捆绑不住的，捆得越紧，思念就会越深。正如诗人在自序中所说："我喜欢写瓷实而有质感的诗，不喜欢故弄玄虚的东西。这里的瓷实，即有生活，有感悟，有真情实感；质感，即有形象，有诗感，有艺术境界。诗是语言的艺术，写诗就应当锤炼语言，用平常的字，写出不平常的诗，努力做到'言有尽而意无穷'。"

诗人说："从清水河，到泾河，又从泾河到黄河，这三条河与我水乳交融。"是的，诗人在清水河边长大，清水河给了他太多的记忆；在清水河边的小山村，看着"邻居家的孩子/拿着一块白面馍馍/他看着我咬了一口/越嚼馍馍越白/我咽着唾液/想象着那馍馍的滋味/瓦蓝瓦蓝的天/是那么高远"。读这首《忆童年》，饥饿仿佛就在昨天，而贫困还未远去，一个赤脚的孩子，"坐在自己家的门台上/抱着冻裂的一双小脚/祈求太阳/像夏天那样晒一阵（《一个赤脚的孩子》）"；在乡村，多少乡亲，"望着蓝天/没有云朵/也没有雨/泪却下来了/比雨还多（《盼雨》）"。诗人用满含泪水的目光，抚摸着故乡的土地，怀念着小小的村庄，记忆着妈妈抱紧他的温暖。泾河水给了他自然的安静，这里有香水河、胭脂河、二龙河、泾水河等众多的溪水和河流，在绿林峡谷中"笑声淙淙/不见倩影/束一条银链/款款而行（《山溪》）"；林海深处，鸟声翠鸣，"树弯下腰/亲我/我忘情地/跳了起来/树和人/终于达成一致（《林海深处》）"。而黄河水却给了他澎湃的诗情，诗人沿着泾河、清水河，一路向北，涓涓细流终于与黄河汇合；登上黄河楼远眺，"黄河在流动/白云在流动/银川——/也在运动/跑步向前"。在诗人的眼里，凤凰之城是"黄土高原/一点绿/黄河岸边/一颗珠/游人眼里/一幅画/游子心中/一首诗（《凤凰之城》）"。"我从山里来/念过小溪/读过泾河/现在开始阅海……/渐渐地/心静如水/不在躁动（《阅海》）"。三条河，就像三滴晶莹的水珠，在诗人的灵魂深处，相聚，离散，又交融在一起，使他的诗透亮而明快，像河水一样流淌，像自然一样自然。正如他自己所言："诗是人与自然达成一致的标志，我写诗，诗也在写我。我的诗是对'我'的真实发掘。'我'即存在，即表现，即'这一个'。每一首诗都有自己的面目，自己的生命，是一个独特的存在。"

诗人还说："从须弥山到六盘山，又从六盘山到贺兰山，这三座山与我生命相依。"大家都知道，须弥山石窟是中国十大石窟之一，是一座瑰丽的艺术宝库，古丝绸之路又从水门关经过，从小生于斯长于斯的诗人张铎，看须弥大佛，听晨钟暮鼓，闻寺庙香火，走丝绸古道，受须弥文化的耳濡目染和熏陶，他的诗有一种博大的普世情怀。"心里老惦着乡下人/他们还很'土'呀/我怎么能'洋'起来"，一首《土地的儿子》，用"洋"和"土"作为暗喻，表达出诗人关注农村、关注底层百姓生活的悲悯之心。而"固原/

绿得有点慢/也有些困难/似乎很无奈/又很执著（《固原》）"。六盘山，是宁南山区的"绿色明珠"，动植物资源极其丰富，又是一座红色的山，红军长征纪念馆矗立在海拔2492米的高峰上，毛泽东的《清贫乐·六盘山》闻名遐迩；加之这里又是北方游牧文化与中原农耕文化的结合部，民风淳朴，花儿悠扬；处在这样的自然环境和文化环境中，诗人的思想情感和历史情怀不断受到撞击和陶冶，自然而然地就写出了《野荷谷一瞥》《沙南峡口》《秋千架》《凉殿峡之秋》等借景抒情之作，"泼烦的时候吼花儿/高兴的时候哼花儿/六盘山花儿啊/回荡在山道上/盘旋在心窝窝上……/想哭不如喊花儿/想笑不如唱花儿/六盘山花儿啊/是大山的声音/是黄土的声音……（《花儿》）"。而矗立在银川平原西北的贺兰山，是中国西北地区的重要地理分界线，山体巍峨壮观，峰峦重叠，崖谷险峻。这里有苏峪口国家森林公园、明长城遗址、贺兰山岩画、西夏王陵、镇北堡影视城等自然景观、历史遗存和文化景观，在如此丰沛厚重的自然和历史文化中，诗人不断汲取精神的养分，用清秀的诗性语言，吟唱出"塞上江南"的独特韵味。"黄河是一竖/唐徕渠是一竖/爱伊河是一竖/如果没有最后/这一竖/那还是银川吗（《银川》）"，"我的父亲贺兰山/母亲黄河/他们在中卫牵手/在石嘴山联姻/把大半个宁夏/揽在怀里/孕育了/一个北国新天府/塞上江南（《塞上江南》）"。

诗人从西海固大地出发，沿着六盘山、须弥山、贺兰山，一路向北，足迹遍及宁夏的每一个角落，把河流的柔软和大山的苍劲融入自己的诗行中，形成了清秀俊朗的如水如山的诗歌风骨。刘勰在《文心雕龙·风骨》里是这样描述"风骨"的："是以怊怅述情，必始乎风；沉吟铺辞，莫先於骨。故辞之待骨，如体之树骸；情之含风，犹形之包气。结言端直，则文骨成焉；意气骏爽，则文风清焉。"从这段话中我们不难看出，"风骨"作为一个"结言端直"而又"意气骏爽"的统一体，不仅引深了"风"与"骨"原来的各自含义，而且相互交融，互相激发，是一种个体审美的综合表述。诗人张铎正好做到了这一点，在为诗为文为人的过程中，诗人把自己的思想情感和传统精神、时代精神巧妙地结合起来，把"骨"的坚硬刚强和"风"的意气骏爽融合在自己的诗歌创作中，赋予其更加丰富的文化内涵。"像一群粗犷的男子汉/他们从来不事修饰/或皱眉沉思/或扬眉大笑/对于沙漠/对于萧杀/对于贫瘠/对于寂寞/他们不屑一顾/傲然挺立在黄土高原上/啊，塞上的榆树/我赞美你们（《塞上榆》）"。从这首《塞上榆》不难看出，诗人像一棵榆树一样，挺立在宁夏大地上，努力向上，执著地追求，诗意地栖居。

优美的诗歌意境和审美情趣，需要借助语言来表达。而张铎诗歌语言的简洁和明快、质朴和刚健，犹如六盘山、须弥山和贺兰山俊俏的骨骼，直立在他的文字中，短促而有力、厚实而感人，具有顽强的气度和质感。当然，在他的诗歌创作中，还有一些过于直白的地方，也有一些修饰语，这一点在他诗集的第二辑"青春季"的部分诗歌中有所表现。我想，这些与他早期诗歌创作有关，诗人已经自觉地意识到了这一点，在第三辑"山水记"中已经全然看不见这些瑕疵。从《三地书》中我们不难看出，他的诗歌创作正在日益走向山水情结、时代生活、人情韵味和人生哲思的完美境界，诗人的灵魂，在三条河里洗涤；诗人的风骨，在三座山上长高。

[原载《固原日报》2014年6月6日]

王武军（1964—），宁夏泾源人，就职于宁夏政协文史和学习委员会。作品发表于《朔方》《扬子江》《诗歌月刊》等，入选《宁夏诗歌选》《二十一世纪青年诗选》等。出版诗集《经年的时光》、评论集《疼痛与唤醒》。宁夏文艺评论家协会理事，宁夏诗歌学会副秘书长，宁夏诗词学会副秘书长。第二期文艺（评论）研修班学员。

危机与机遇并存的当下中国曲艺艺术

李国强

曲艺艺术数千年的繁衍与发展并不是一帆风顺的，有过高潮繁荣期，也有过低谷危机期。具体到当下，曲艺艺术正面临着一些危机，经受着严峻考验，但危机往往是与机遇并存的。当下曲艺艺术发展过程中要认识到这些危机存在是客观性规律。但是我们还应看到当下曲艺艺术在危机之下新的机遇。

曲艺艺术是和戏剧、音乐、舞蹈、杂技等并列的表演艺术门类。它是以口头语言为主要载体，通过"说唱"方式进行叙述的舞台表演艺术。世界各国的几乎所有民族，都有属于自己的曲艺表演形式。我国的曲艺艺术历史悠久，从先秦的神话传说、叙事歌曲到今天的相声、评书、鼓曲，历时数千年。它的文化积淀相当深厚，品种繁多，分布极广，至今存活着的至少也在500种以上。曲艺艺术在我国文化发展史上具有重要作用，它对我国文学艺术中的诗词、小说、戏剧产生、发展有着重要影响，为诗歌、小说、戏剧、舞蹈的创作提供了大量的素材甚至样式。从这一点上说，曲艺艺术是可以称之为"母艺术"的。曲艺艺术在传承过程中，对统一中华民族的意识形态，传播我国优秀的传统文化和伦理道德，弘扬先进的民族精神同样起着重要作用。特别值得一提的是曲艺艺术在中华民族历来遭受外敌入侵时所表现出的战斗性，尤为突出。大批下层民众舍身忘死地投入到抵御外敌的斗争中去很多是受到曲艺艺术的鼓舞。中华人民共和国成立后，曲艺艺术在宣传我国社会主义建设成果和改革开放的伟大成就同样起到了巨大作用。

曲艺艺术数千年的繁衍与发展并不是一帆风顺的，有过高潮繁荣期，也有过低谷危机期，这方面内容在《中国曲艺通史》中有详尽记载，不再赘述。具体到当下，曲艺艺术正面临着一些危机，经受着严峻考验，但危机往往是与机遇并存的。笔者认为，当下中国曲艺艺术发展至今进入了一个危机与机遇并存的时代。

当下曲艺艺术发展过程中要认识到这些危机存在是客观性规律。主要表现在以下几个方面。

一是事业危机。曲艺团是保留曲艺曲种，发展曲艺事业的重要阵地，是推动曲艺事业不断创新前进的重要载体。中华人民共和国成立后，许多地方成立了国有曲艺团，推动了大批新的曲艺曲种产生，造就了像侯宝林、高元钧、马季等一代又一代家喻户晓的曲艺名家。这些曲艺团体活跃在各地，新曲种在舞台上的异彩纷呈，彰显着曲艺事业的繁荣。当前，随着我国文艺体制改革的不断深入，各省市文艺表演团体"事转企"的基本完成，大批的文艺表演团体被撤销或被合并，曲艺团也在此列。笔者限于条件没有做过专门调查，仅从 2008 年姜昆同志在两会上关于不能再砍曲艺团的提案就可见一斑。由于大量地方曲艺团体的撤并，大批曲艺曲种因失去了自己的保留地而日渐式微，有的曲种已濒临灭绝，曲艺界内也是人人心惶惶，曲艺事业出现了空前危机。

二是人才危机。中华人民共和国成立前便已成名的老一辈曲艺名家如张寿臣、马三立、侯宝林等大多离我们而去了。这些老一辈曲艺名家的后代及他们中华人民共和国成立后培养起来的学生，大都成为曲艺表演艺术家了。他们为新中国曲艺事业的发展奋斗了一辈子，大多退休离开了曲艺团，离开了舞台，有的甚至已经去世。由于文化体制改革，剧团将"事转企"，剧团人员身份也将置换为企业工人，考虑到退休养老问题，一些中年骨干曲艺演员提前离开了曲艺舞台，退休了。一些青年演员放弃曲艺表演改行去演电影电视剧了。曲艺创作人才也不例外，因待遇比较低，创作难度大，改行去写电影电视剧了。不景气的曲艺事业使保留现有曲艺人才、培养后备新人遇到困难，出现了曲艺创演人才断代现象，人才危机日显突出。

三是精品危机。当下曲艺创作演出虽不乏有好的作品，但我们缺少像相声《关公战秦琼》、评书《岳飞传》、山东快书《武松打虎》、长篇弹词《三笑》那样的既情节曲折、表演细腻，又具有人文关怀精神的传世佳作。这与创演者创演态度浮躁、曲艺艺术本体观念模糊、以服务某一专题为主、"快餐式"和"口号化"创演方式不无关系，精品危机困扰着创作者、演员和观众。

四是市场危机。进入 21 世纪以来，文化多元化影响日趋明显。国人受教育程度普遍得到提高，欣赏水品随之提高，对曲艺节目质量、内容、观赏性提出更高要求。文艺演出市场发生急剧变化，那些观赏性强、艺术水平高、文化内涵深刻的艺术作品才会受到观众的青睐。而多年来我们曲艺以文艺轻骑兵自诩，大多的曲艺节目创作手法较为单一，演出形式不够活泼，表演上不够细腻，在观赏性、艺术性上是个弱项，自然比起戏剧、歌舞等其他舞台姊妹艺术在占有演出市场上存在着很大差距，这意味着存在市场不选择曲艺的危机。

五是理论危机。研究曲艺艺术理论的自古不乏其人，但多为点式的零散研究，一直未有成套理论体系。中华人民共和国成立后至今，更多的文人学者开始关注曲艺理论，出现了一大批曲艺理论家，如罗杨、王波云、刘梓钰、戴宏森、倪钟之、蔡源丽、吴文科等，他们在曲艺史论方面都有专门著述，为曲艺理论作出重要贡献。但相对于戏剧、音乐、舞蹈、杂技等其他姊妹艺术在各自领域艺术理论研究来说，还是相对滞后。目前，曲艺理论较为通行的是姜昆、戴宏森主编，人民文学出版社出版的"一史一论"，而在曲艺表演学、曲艺文学批评、曲艺美学、曲艺欣赏心理学、曲艺教育学等方面还是空白，理论危机可见一斑。

危机是不容忽视的，是要直接面对的。上述危机早已引起有关人士对曲艺艺术今后发展的担忧，他们纷纷撰写文章为曲艺艺术今后发展支招，甚至有些人干脆提出让曲艺艺术进入博物馆，封存展示。但是我们还应看到当下曲艺艺术在危机之下新的机遇。

首先是不断深化的文艺体制改革，赋予曲艺演出团体和个人更多的创作演出自主权。随着文艺体制改革的不断深化，文化人的文化自觉性将进一步得到提高，创作者、演员、曲艺表演团体将迎来更大的自主权。转企之后，创作人员劳动成果会转化为知识产权，他们的待遇将得到提高。他们会自觉面向市场，面向观众，根据合作对象的不同，在创作中融入不同的艺术形式，创作出更多更好的曲艺作品。演员个人将拥有一个更大的自主表演空间，充分发挥自己的艺术潜能，创新表演形式，排演拥有更多观众，带来更好社会效益和经济效益的曲艺节目。曲艺团可以与其他艺术团体自由合作，增强市场竞争力，增加演出收入。而合作的方式是多样的，可以是剧团与剧团间的，可以是剧团和个人的，也可以是个人和个人的。这些自主合作形式对推动曲艺艺术的发展将是新的机遇，将会弥补事业危机。

其次是融资渠道的多元化。深化的文艺体制改革，将使支持曲艺事业发展的融资渠道更多，更灵活。大企业可以投资参股曲艺团的创作、演出和经营，也可以出资收购剧团，自主经营。剧团可以实行股份制，甚至个人也可以购买剧团所有股份，独立经营。总之一句话，广开融资渠道，八方吸取资金，增加了艺术生产投入，提高了创演人员收入，将改变曲艺艺术发展缺钱的现状。

三是非物质文化遗产保护工程，为曲艺艺术保护传承开辟了新的局面。曲艺是非遗保护的大家族中的重要成员，是非遗保护工程的重要内容。国家第一批公布非遗保护名录中曲艺占15项，第二批占50项，第三批已有19项被推荐。通过非遗保护工程，吸引着政府、不同社会组织甚至个人参与曲种的保护行动中，一些濒危曲种，得到了及时抢救，得以传承下去。这项工程为曲艺曲种的保护、传承、曲艺人才的培养开辟了新的途径，为当下曲艺艺术的发展提供了新的机遇。

四是越来越多的专家学者关注曲艺。近年来，随着非物质文化遗产保护工程的大力开展，越来越多的专家学者开始关注曲艺了，这些专家学者不乏各领域知名者。他们从文学、民俗、民族、艺术史学等不同角度著述，阐释曲艺艺术的文化内涵，为曲艺艺术理论研究开辟了许多新的领域。应当相信，还会有更多领域的专家学者关注这门艺术，并深入研究它。曲艺艺术理论方兴未艾，当然要形成完整体系还有待时日。

　　最后是曲艺艺术拥有雄厚的群众基础，是其得以生存和发展的强大基础。曲艺艺术来源于民众，服务于群众，只要有好的作品，群众是喜欢看曲艺的。当今，曲艺小剧场演出甚是火爆，足以看出曲艺艺术雄厚的群众基础。当然，小剧场演出的内容和形式、经营方式、分配机制还有待研究。在广大的农村，曲艺艺术更是深受欢迎。一些地方还把农民自发的曲艺演出融入到当地的旅游开发中去，成为旅游重要的一项内容，既是吸引更多游客的重要手段，又推动当地曲艺艺术发展与保护，还增加当地农民经济收入。正是拥有了这种雄厚的群众基础，曲艺这种艺术形式才得以世代相传，才会不灭不亡。

　　面对危机，我们不能气馁，要善于在危机中寻找机遇。但是赢得机遇也是需要一定准备和手段的。简单地说当下可以从以下四方面入手。

　　首先，要抓人才培养。人才是曲艺艺术发展的前提，离开人才，一切都是空的。应把曲艺人才培养战略放在把握机遇的首位，大力培养曲艺理论、创作、演出专业人才，为他们成名成家提供条件。同时还要注重培养曲艺艺术教育人才和营销管理人才，以使曲艺事业得以全面发展和持续发展。

　　其次，要抓精品剧目创演。曲艺艺术生产过程好比一个工厂生产产品，好的产品才能占有更多的市场份额。一个曲种要想占有更大的演出市场份额，就必须有好的剧目。好的剧目是抓住机遇，发展事业的基础。我们应从抓精品剧目创演入手，集中物力、人力、财力，努力创演更多具有良好社会效益又有一定经济效益的曲艺精品节目，奉献给广大观众，以赢得更多的观众和更大的演出市场份额。

　　再次，要抓演出市场。抓演出市场这个环节，最终目的不是为了一味追求经济效益，而是把演出市场这个环节作为检验我们曲艺艺术发挥文化自觉性把握机遇能力的尺度，作为检验曲艺艺术自身竞争能力的尺度。各类曲艺才和精品曲艺节目最终是要拿到演出市场去检验的，我们要紧紧抓住演出市场，把演出市场作为我们检验曲艺艺术成果的落脚点，从而是让曲艺这门艺术适应市场经济，形成文化产业，长久传承发展下去。

　　最后，要抓政府。作为非物质文化遗产大家族中的一员，曲艺艺术已然成了中国特色社会主义文化建设的重要基石，成为进行艺术创新无法忽视的丰富矿藏与精神审美的主要生长点。应紧紧依靠政府，促使其出台相关政策，大力宣传、保护、利用曲艺的历史文化价值和现实经济价值，努力使曲艺艺术成为打造当地文化名片的重要内容。

当然，通过以上的"四抓"，短时间内并不一定能够扭转曲艺艺术当下的危机。但是，发展曲艺艺术应以这"四抓"入手，做好把握机遇的准备。曲艺人也应展望未来，树立坚定信心，时刻准备迎接曲艺事业的发展繁荣局面再一次到来。

［原载《朔方》2014 年增刊］

李国强（1969—），宁夏银川人，就职于银川市艺术研究室。曾任《中国曲艺志·宁夏卷》主要编辑，撰写曲种、曲书目选例、谚语行话、舞台美术等部分内容。作品荣获宁夏第六次文艺评奖二等奖、第一届宁夏文化艺术节三等奖，个人荣获全国文艺集成志书编纂成果个人二等奖等。中国曲艺家协会会员，中国杂技家协会会员，中国民间艺术家协会会员，宁夏曲艺杂技艺术家协会副主席，宁夏民间艺术家协会理事，宁夏文艺评论家协会理事。第二期文艺（评论）研修班学员。

当代书法艺术审美思潮的确立

祝 军

敦煌写经小楷、魏碑小楷单字放大的艺术效果是朴茂、雄浑、强烈的，比之经典名作的小楷更耐看，以敦煌写经、魏碑来修正经典小楷的纤弱，悟证经典与民间的审美差异是确立当代书法艺术审美的一个重要问题。书法是可以表达情感的，这种情感是不可名状的，充满神秘性。当代书法技法中心主义的偏颇将导致把中国书法引向呈技炫能的末流。确立当代书法艺术审美的学术性、专业性，提倡加强对文学的修养。

一、缘起

前几天在兰州与甘肃书法篆刻家陶毅先生关于书法的一次谈话引发了我一些思考。核心问题之一是书法单字的放大问题。最初说这个问题是从他治的印说起，他用苹果手机拍了些他治印的拓片然后放大了让我看，他说，翰邦说了，这些印不怕放大，放得越大越有气势，越大越好。这一次说的是他用敦煌写经体写的《心经》，单字豆粒大小，看上去很稚拙，在手机上一放大，感觉就出来了，朴茂，稚拙，大气，天真烂漫。他写的敦煌写经体的小楷，不是很整齐划一的那种，虽然我也看了些敦煌写经的卷子，但他取法的那种写经体，还真是很少见。开始的时候，我只是觉得他的小楷写得好，稚拙，朴茂，不油滑，没想过他这种写法是从哪里来的，或者说，还以为是他自己发挥，可是，有一天，我在他家看到几页敦煌写经残卷的复印件，不知从哪本书上复印来的，我一见就惊讶了，这么熟悉啊，原来是在这几页残卷上来的，我立马在心里纠正了自己的孤陋寡闻，感到深深的汗颜，原来人家不是没有来处啊，只是我自己没有见识。

敦煌写经书法，我这些年很关注，买了很多版本的影印本，但大多是唐人写经很规整，很整齐划一的那种，说不好听的就是有状如算子、千篇一律的感觉，与我对敦煌书法的期望和想象还有些距离，可是，陶毅取法的敦煌写经体小楷，就那么几页，恰恰是我没见过的，它能从我过眼的记忆库中一下子跳出来，很精彩啊，想起一句诗句："过尽千帆皆不是。"过着过着，啪，这片帆来了，很独特，很不寻常。原来精彩就在审美疲倦以后，就在不经意间。这小楷有些金农小楷的影子，或者应该说金农小楷有这小楷的影子，但这敦煌写经的小楷更朴茂，更稚拙，更本真自然地展示着汉字本来就有的自然天真之美。汉字之所以成为汉字，书法之所以成为书法，与它们天生的点划和空间之美，是神秘而密不可分的。古人造字，近取诸身，远取诸物，取法自然，师法万象，实在是吸收和隐藏了天地间的秘密，或者说是抽象和聚合了完美的天机。一句话，自然。老子在《道德经》中讲"道"，道是什么？诗人顾城解释，道就是自然而然，本来就是这样。

二、比较和对话

敦煌写经体小楷单字放大，不怕放大，它的潜台词是什么呢？就是民间书风相对于庙堂之气的经典书风的当代审美学意义上的对话。陶毅先生举了个例子——王献之小楷《洛神赋十三行》，他说，如果把《洛神赋十三行》的单字放大，放大以后，就感觉《十三行》的单字结体的松散和气弱。稚拙、朴茂和松散、气弱的对话。自然、天真烂漫地展示汉字之美，和造作、修饰、故作姿态的书写汉字之间，审美的取向就有了根本的区别。民间之所以成为民间，就是因为它的朴茂、天真，自然而然，依汉字结体本来就有的"神性"去展示它，不做作、不规整、不整齐划一状如算子，不馆阁体。

石涛说笔墨当随时代。那么，书法审美也要当随时代。在陶毅家出来，置身繁华都市广场，电子屏绚丽的广告影像，时装，汽车，建筑，从谈话的语境上讲，我感觉仿佛从古代来到当下的世界。我问陶毅，我说，书法能从当代其他艺术门类中吸取什么吗？他说，有悟性当然能吸收当代艺术门类的一些元素，比如当代音乐对书法的影响。

单字放大，不怕放大的另一个体验是我在焦作一个书友那里看到的一本字帖——《汝南王修治古塔铭》，古吴轩出版社的，魏碑，沈鹏先生特别关注过此碑，古吴轩版是一个放大版，焦作的书友特别给我推荐此帖，在他家临习一过，果然好，朴茂，古拙，雄奇，自然耐看。随后我在网上搜索，有两个版本的《汝南王》在卖，一个山东美术版，一个河南美术版，我都买了下来，山东美术版是返墨版的，就是通过电脑技术变成墨迹本，这两个版都是小字版，比起古吴轩放大版来视觉效果弱了些，就是说在这两个版本里，似乎找不到古吴轩放大版的那种感觉了，虽然字还是那些字，而且这两个版比起古吴轩版来说更清晰了些，可是给我的感觉似乎总像丢失了一些什么似的。我仔细琢磨，放大版，一些细节放大了，魏碑本来就雄奇恣肆，艺术感强烈，放大了就更凸显了艺术特色。想起陕西收藏家李饶和作家贾平凹合出的一本石头画册——《小石头记》，李饶的图，贾平凹配的文字，书里说到一块李白肖像图案石，很小的一块石头，贾平凹说如果把李白肖像图案放大，比照石头上的样子，做成一件大的雕塑，那简直就可以成为西安的城市标志，那雄奇瑰丽的画面构成，完全可以展现大唐雄风。这是一块自然形成图案的石头，它不经意的图案为什么具备这么强烈的艺术震撼力呢？李白有句诗："清水出芙蓉，天然去雕饰。"这说的也是一个艺术的奥秘——自然而然。本来就是这个样子，没有后天人为的修饰。

敦煌写经体的小楷，魏碑体的小楷，还有一块大自然的黄河图案奇石，前两者书法的书写者应该是当时的民间写手，后一块石头图案，大自然的鬼斧神工。它们有一个艺术的共同性，那就是自然率真，而自然率真应该是一切艺术里的"最可宝贵者"。自然形成，没有人为修饰的东西怕什么放大呢？我常想，汉字的造字和结构是有神性的，而所有的艺术的魅力就在那一点神性上。书法最可迷人的是什么？辜鸿铭说唐诗是中国人的"宗教信仰"，文化学者麦天枢先生说中国人的宗教信仰是"祖宗，儿孙，爹娘"。那，书法呢？那么多的当代书法人孜孜以求，痴迷于斯，乐此不疲，这行为的精神内核是什么呢？关于书法的精神有很多的论断，归到熊秉明先生那里，就是"书法是中国文化核心的核心"。

三、书法的情感表达

我和陶毅先生探讨的第二个问题是，书法能不能表达情感。我们的见解是一致的，书法可以表达情感，但是这情感是"不可名状"的，我们不能指着一幅作品说，这表达了一种什么样的情感。只是透过字里行间的气息，我们用心捕捉、感受、判断。这情感是抽象的，关于书法表达情感的问题，陈振濂先生用过一个词"过滤"，这个词的感觉很好，书法情感表达的"不可名状"，即是这种过滤和抽象了的情感，这情感的解读和破译需要观赏者本身的书法艺术修养的沉淀，还有就是艺术根器的灵敏与否。释迦拈花，迦叶微笑，很简单的情绪和情感，就这么刹那间传递和完成了。所以我说书法是中国文化的宗教，这种感悟的培养要靠自己挑水劈柴、打坐参禅般的脚踏实地的修炼得来。也所以，我用"皈依"二字，皈依书法，精神的所向要分明。

四、当代书法艺术思潮的批判

而当下，中国书法审美思潮的现状堪忧。技法中心主义大行其道，国展五颜六色，拼接补缀之风不止。书法的修炼仅仅是技法和形式拼接的修炼吗？更有在政界混官场的一些政客，以为官职代表学问，什么外行话都敢说，什么外行字都敢写，以为拿起毛笔写字就是书法，致使书法团体学术混乱、乌烟瘴气。从这个意义上讲，我们要中国书法去政治化，不要叫一些官场政客混在书法队伍，再说，政客们也代替和代表不了中国政治。去政治化的意思是不要以在政界的官位高低对书法说三道四。中国书法是艺术的、学术的，不能叫一些政客混在艺术和学术的队伍，指指点点，不懂装懂，滥竽充数。中国书法去政治化的意思是心无旁骛，专心致志的钻研书法艺术，使自己的内心纯粹、简单一些，不要想着靠书法去谋取什么，包括官位和金钱。其实，书法就是一门手艺，书法人要像手艺人一样专心致志做好自己的活儿。

当下书法的纯技法中心主义是一种偏颇，王羲之，苏东坡，米芾，黄庭坚，哪一个不是学文修养第一？综合文化的修养，尤其是文学修养应该成为书法修养的灵魂。文学是一切艺术的母体。技法中心主义的字失去了那分率真，那分自然，也就走向造作和修饰，所以，在这种意识指引下写的字是怕被放大的，一放大就现了原形。

五、结语

当代书法艺术审美思潮应该确立这么几个观念，学术的、专业的观念，以敦煌写经和魏碑体书法不怕被放大的艺术理念，来参悟、对比和修正官方系统之上一脉流传的千年如斯的经典书风，树立朴茂、大气、率真、元气淋漓、天真烂漫不怕被放大的书法审美观念。书法之美不仅仅在官方流传的庙堂经典，更在朴素率真、粗头乱服的草莽民间，而且因为印刷术的发达和考古发现的丰富，当代书法审美的参照系更宽更大，这与全民 DV 运动，歌手海选等全民文化活动，或者说草根文化风尚的审美趋向是相融合相渗透的。自然、天真从来都是中华民族艺术审美情趣的本真境界，培养和提高想象力，恢复汉字和汉字书法本身的"神性"，向汉字书法最原始，最本初的源头逆流而上。书法要走入经典又要走出经典，因为创造力是一个民族有活力的象征。书法经典与民间的融合是时代和谐的融合，是包括所有书法人在内的中华民族书法视野的大开通。书法是可以表达情感的，那么多书法人全身心的投入，试问，没有情感会投入吗？书法情感表达的"不可名状"性，正是书法艺术本身的魅力所在，正因为如此，才吸引书法人追逐的脚步和目光。

参考文献

[1] 老子：中国历代名著全译丛书——道德经，贵州人民出版社。

[2] 顾城、谢烨：墓床，作家出版社。

[3] 王献之：洛神赋十三行，文物出版社。

[4] 汝南王修治古塔铭，古吴轩出版社，山东美术出版社，河南美术出版社。

[5] 李饶　贾平凹：小石头记，广州出版社。

[6] 江湖夜雨：华美的大唐碎片，京华出版社

[7] 麦天枢：天国猜想，三联出版社。

[8] 熊秉明：中国书法理论体系，人民美术出版社。

[9] 毛万宝：书法美学论稿，中国文联出版社。

[原载《朔方》2014年增刊]

祝军（1972—），山东禹城人，就职于中国铁路兰州局集团公司甘肃金轮文化传媒公司。作品发表于《书法导报》《朔方》等，书法作品入选第六届中国书坛新人作品展。中国铁路作家协会会员，宁夏书法家协会会员。第二期文艺（评论）研修班。

张旭东摄影作品：美是一种选择

余海堂

　　生活在宁夏同心县的张旭东，凭着摄影人特有的辛勤和敏锐，捕捉了一组组宁夏中南部山区人民真实的生活瞬间，记录了即将消失的农耕文化影像，展现了独特的生活状态，丰富和发展了宁夏的纪实摄影。

　　张旭东，1968年生于同心县，中国摄影家协会会员。2007年，作品《雕刻人生》获第三届全国残疾人职业技能大赛封面摄影第八名；2012年，《会礼》获宁夏首届伊斯兰风情国际摄影大赛银质收藏奖；2013年，《留守的西海固妇女》获全国六盘山旅游杯二等奖；2014年，《最后的留守》获"大河上下·家国情怀"第九届黄河流域九省（区）艺术摄影大联展三等奖。

　　张旭东生活的宁夏中南部山区，地处偏远，经济条件落后，祖祖辈辈在行路难、吃水难、上学难的境遇中顽强地与命运抗争，谱写了黄土旱塬上农耕文明的千年绝唱。生于斯长于斯的张旭东，更多的是对被摄者的关注，忠实记录了这里的生活，展示他们在艰难环境中的坚守和喜怒哀乐。张旭东的作品，初看似有距离，再看其实是真正进入到百姓的生活之中，尊重和融入到拍摄对象中。对于纪实摄影的理解，张旭东更多的是尊重所见到的自然状态，跟踪被记录者的生活，企盼着他们的生活得以改善。

　　组照《大山深处的交通》，有骑在骡子上尽显古朴风情的深山村民，有开着手扶拖拉机艰难上坡的影像，有一家四口喜悦地骑在一辆125型摩托车上的记忆……山区的交通从畜力、畜力拉拉车、两个轮子的自行车、三个轮子的奔奔车，到如今四个轮子的小轿车和汽车，作品记录了山区人民一步步艰难地走出大山、寻找幸福的过程，从中可以看到中国社会底层生活的巨变，有着极强的社会学价值。

　　组图《留守妇女》，拍摄的是辛勤劳作中的各种状态的妇女，如用筛子拾掇小麦的妇女、开着三轮车精神饱满的妇女、心情愉悦的妇女、背书包的小女孩、背着柴草艰难上坡的村妇、行进的奔奔车厢里神情呆滞的妇女以及她的三个孩子，有结束耕田劳作轻松返回和传统的二牛抬杠原始耕耘的场景。一幅幅图片，讲述了一个个农村普通家庭故事，男人出外谋生，女人们艰辛地劳作，展示了作者所要表达的思考，显得厚重和意味深长。

近年来，宁夏中南部山区实施规模宏大的生态移民，人们兴高采烈地搬入新家园，对于祖祖辈辈居住的老家，人们怀着极其复杂的情感。《最后的留守》镜头以黑白两色瞬间定格，复杂的情感和对未来莫名的惆怅构成了这一组图片的主题，表现出人们在社会变迁和生活发生重大变化时，对未来生活的向往和对家园难以割舍的情结。

获奖照片《雕刻人生》，引起了摄影界的关注，这张图片中雕刻者的眼神、劳作的双手和刻刀填满了整个画面，简洁而充满张力的构图，神情专注的雕刻匠人传递给读者的是信心、耐心和精益求精，积极向上的情绪。这幅照片的主人，张旭东在一次采风中认识的。主人公双腿残疾，对雕琢精益求精，全身心投入创作的情景深深地打动了他，于是他按下快门拍下了这幅至今令他骄傲的作品。

《莲花山》系列组照，展现了一个云绕雾罩的梦幻大山，这是他家乡的一座青山，是一处宗教圣地，也是一个正在开发的旅游景区，拍到这样的一组雄浑而梦幻般的场景需要在特定季节、特定时间，这对拍摄者无疑是一种考验。

《萧条的黄土地上民族瑰宝——皮影戏》组照，对于非物质文化遗产在记录的同时，传达着自己的视角解读，让读者思考这些民间艺术最终的出路在哪里。他拍摄的旱塬缺水的系列作品，是从一盘井绳、一个水桶……挖掘出一组图片，将山里人生活的艰辛表现得淋漓尽致。

张旭东的纪实摄影作品以组照的形式表现主题，不强求，不做作；他的作品大多以抓拍为主，并在条件允许的情况下，注意到光影的调和，从图片的构图和瞬间的选择上截取到了艺术之美，拍出了山里人的生活之美。黑格尔说："美是理念的感性显现。"对于摄影这种艺术，美是一种选择或是一种过滤，是摄影人对自己所长期坚持理念的坚守和选择，这种选择来源于平时的积累和所练就的功力。张旭东始终将自己融入到被记录者中间，忠实纪实，这种摄影风格朴素中见功力，对纪实摄影的传承和发展有着积极的意义。

[原载《朔方》2014年增刊]

余海堂（1973—），宁夏同心人，就职于同心县农电服务中心。发表评论、散文多篇。宁夏作家协会会员，宁夏文艺评论家协会会员。第二期文艺（评论）研修班学员。

新时期"花儿剧"的审美形态与价值取向研究

马晓红

"花儿剧"是以西北地区广为流传的原生态"花儿"为基调而创作演出的一个新的剧种,它是一个全新的地方性的少数民族剧种,是新型的、尚待成熟和完善的舞台艺术。本文将从新时期花儿剧的审美形态谈起,结合戏剧理论,从而对回族"花儿剧"的价值取向进行探讨,以求教于大方。

"花儿剧"是以西北地区广为流传的原生态"花儿"为基调而创作演出的一个新的剧种,它的诞生,为我国的戏剧百花苑增添了一朵别样动人的艺术奇葩,是新型的、尚待成熟和完善的舞台艺术。"花儿剧"采用传统戏曲与民间舞蹈相结合的表演程式,剧本的唱词以"花儿"的格律为基调,以回族舞蹈为舞蹈语汇基础,并以"花儿"为基本唱腔,以"花儿"流行地的方言为道白,以"花儿"流行地的历史传说或人物事迹为题材,具有唱、念、做、舞的特性,是一种全新的地方性的少数民族剧种,具有独特的少数民族风情。

我国地方戏曲都是在当地民间音乐的基础上逐步形成和发展起来的。要将民间音乐成功运用到戏剧中,要经过不断的探索和实践。花儿剧的形成,就是在传统花儿音乐的基础上继承、改编、发展的,从而形成了特有的旋律和演唱风格。而花儿剧的剧本题材、唱词和道白,无一不体现其特殊文化气质和民族风格。花儿剧中的舞蹈,更是兼容并蓄,广泛吸收回族民间舞蹈元素,借以渲染气氛,创设情境,推动剧情发展,塑造人物形象。笔者认为,花儿剧中原生态花儿音乐的成功运用的实践,为花儿音乐和戏剧结合奠定了坚实基础,从花儿歌舞、花儿小戏的初步摸索,再到花儿歌舞剧的实践、探索与创新,逐步形成了花儿剧。

一、"花儿剧"的审美形态

"花儿剧"之美,在于超脱。肯定人性,并为实现美好理想而不断奋斗,则是社会理想与自然之美的统一与升华。花儿剧的审美形态从真、善、美的角度全面塑造人类本体。培养欣赏者丰富的、积极的情感结构与真理的探索,把握事物的思维能力,使人获得趋向美的事物、排斥丑恶事物的心理定势与积极的思想意识、良好的性格品质,使人自觉地运用美的规律去创造主客体，充分实现人的价值。人，若无一定的超脱，其精神则难以升华，就会成为被现实矛盾驱使之奴隶。故，笔者以为，"花儿"的根基是真，功能是善，结构是美，本质是涵超真善美之乐（le）。无论是对爱情的赞美，还是对社会生活其他内容的揭示，都表现着对人生情境的真实意象。在"花儿剧"中也充分体现了真、善、美的结合。

（一）真

"花儿"是西海固山区劳动人民的精神食粮，是劳动人民所创造的。她的语言是劳动人民的口头语言，乡音俗语，真实、朴实是她的最大特点，展现出了地域文化的生活气息。例："羊肉臊子生氽上，凉黄瓜要拌个蒜哩；光阴穷了心宽畅，云彩里把太阳盼哩。""大妈妈要吃个浆水呢，二妈妈要吃个醋呢；一个锅里两样饭，难心者阿么做呢？"（屈文焜采集）

方言土语最能表现说话人的神情语气，是自然流露的真性情。"花儿剧"中不但采用本土方言演唱，而且有一些固定的程式，即在每一幕的幕前、幕间或尾声由民间花儿歌手独唱和领唱，所唱的曲令都是原汁原味的花儿，这些"花儿"不但反映了她所表现的心直口快，有啥说啥，毫不遮掩，毫不忸怩作态的特色，同时也表达出了山区人民的真挚情感。

（二）善

"花儿"的"善"，体现在她胸襟开阔，兼收并蓄，有海纳百川的气度。她所表现的风格是"哀而不伤""怨而不怒"，以及"发乎情，至乎礼"的"善"的和谐价值观的表现。如：婚姻对象的标准是要注重对方的"善"，而物质财富是次要的。例："兰州城有个五泉山，五泉山有一个宝泉；尕妹子维的是老实汉，不维那骗人的歹汉。""挣不下银钱回不了家，回来了旁人骂哩；挣不下银钱你回来，银钱得多少够呢？"

"花儿"的显著特点是：骨子里的传统性与表现形式上的自由性的相结合。这个传统性是对传统文化虔诚的尊重，就是人们常说的"大小"。在"花儿剧"中，有时单一的曲令很难表达剧中人物的真实感情，将风格相近的传统花儿曲令连缀在花儿剧中，借鉴歌剧、戏曲音乐表现手法所形成的连缀式唱段和单曲变化唱段。在这种情况下，剧情进行中常常把风格接近的花儿令调连接起来，使曲调富于变化，以达到在花儿剧中人的真实情感，达到深化剧情的效果。

（三）美

美的本质存在于各种具体的审美对象中，具有丰富的、生动的形态。在现实生活中，人与人之间存在着善与恶，真与假，美与丑的表现。西海固山区的人民把忠厚、朴实，以及他们对善良、美德的追求，当做衡量人品的标准。例："养骡子没在肥和瘦，要养个力气好的；维花儿没在穷和富，要维个心肠好的。""黑白二蛇长寿山，要盗个灵芝草哩；爱人不管穷富汉，

要图个心肠儿好哩。"（宁夏固原县文化馆，中国民协宁夏分会：《六盘山花儿两千首》，宁夏人民出版社，1989 年）

在这"花儿"简单的词句中，乡音俗语的表现，常常蕴含着哲理性，它反映了朴实的劳动人民的人生哲理和美学观点。从词句中我们可以看出，"美"对于劳动人民来说是实实在在的。"要维个心肠好的""要图个心肠儿好哩"，心灵之美才值得爱，才是真正的美。这正是山区人民的纯朴、真实的美学观，也是花儿剧内在之美的表现。

"爱美之心，人皆有之"，山花儿之"美"的另一面反映在她的外在之美。例："葱白的袜子葱白的鞋，葱白布缝下的腰带；身材不大脸又乖，庄子里你就是盖盖。（盖盖：指人尖子）""我听见尕妹的口唤了，（口唤：意为准许）苦命的人，阿哥是洋蜡（者）累了；阳世上再没有人疼肠了，一辈子，活人的心思（哈）毁了。""荞麦三棱豆儿圆，胡麻开花是瓦蓝；尕妹妹模样儿真好看，脸蛋儿好像朵牡丹。"（宁夏固原县文化馆，中国民协宁夏分会：《六盘山花儿两千首》，宁夏人民出版社，1989 年）

"花儿剧"中的简短的唱词，通过惯用的修辞手法，明确表明了美与丑的标准。歌者用浅显的、朴素的歌词来抒发自己的真情，表达得含蓄优美，意境悠远，给人以美的享受，同时也追求着美、创造着美。

可见，"花儿剧"音乐作品的审美形态，与其再创作、风格美是融为一体的，难以分割。在欣赏时我们应该将其融合于一体，将欣赏直觉的把握能力直至提高到音乐的创作能力和表演中的再创造能力上。"花儿剧"的形态之美，不仅可以给人听觉审美的愉快，还能使人在幻想力、逻辑力的发挥上得到满足，在情意的张弛、焦虑与解脱上得以激活，并在把握结构的生命形态上得到充分的审美体验。

二、"花儿剧"的审美价值

"花儿"的美是永恒的美，"花儿剧"的美也是永恒的美。如果"花儿剧"之美失去了审美价值就不称其为美，同时，"花儿剧"的其他价值只有与审美价值交融，成为有机的整体，才是属于"花儿剧"的价值。"花儿剧"之美的价值就在于它展现了它所在的时代、区域、民族的审美理想、审美需求、审美趣味，反映了人们的价值目标和追求。"花儿剧"是以"花儿"的基调及其民俗文化作为创作素材，它与"花儿"的存在价值、艺术价值和社会价值是相连的，也正是利用其"花儿"价值的所在，才得以更好地发展。"花儿剧"的审美价值中还包括道德价值、娱乐价值和应用价值等。而在这些价值系统中，审美价值才是核心价值、本质价值。

花儿剧之所以能够深受广大群众喜爱，是因为它具有多重实用功能的审美价值。归纳起来，主要体现在抒情性、自娱性、教化性以及文化交流等方面。

（一）抒情性

唱比说话更能表达和抒发情感。"花儿剧"的唱词，以歌者的生活感受来不加掩饰地直接表达人民群众内心的真实情感。赞美、悲愁、思念、离别、抗争，将所要表达的意思更加生动、形象、艺术地表现出来，无不创造出美妙的抒情境界。无论怎样的抒情，她都会表现出大胆、直接、真实的山区人民的精神面貌和性格特点。例："八仙的桌子上写文章，清眼泪淌在纸上；你没有老子我没有娘，命苦者活到世上。""松木滚子量着锯，当中里扯了一锯；尕命儿一条拿着去，要口供没有一句。"（宁夏固原县文化馆，中国民协宁夏分会：《六盘山花儿两千首》，宁夏人民出版社，1989年）

（二）自娱性

"花儿剧"中的故事情节是当地人民群众忠实记录政治、经济、文化、生活的真实写照，它的真实性很强，演唱方式很灵活。人民群众通过演唱来消愁、解闷、宽心、助兴，缓解劳动带来的疲乏，抒发生活中喜、怒、哀、乐的情绪，追求心灵的快乐，满足自己的精神需要。例："又背沙子又背土，还背些尕石头哩；又受孽障又受苦，还要漫个花儿哩。"

（三）教化性

"花儿剧"通俗的语言文化具有较高的文化价值，其中的优秀作品对人民群众的人生观、价值观都会产生正面的影响。她的题材内容丰富，唱词包罗万象，其教化功能隐藏在丰富的唱词内容中，通过对词句的演唱，实现其教化作用，唱的过程就是一个教化的过程。一些学者称之为隐含性教化。例："高高山上的老爷庙，一台儿一台儿上了；穷阿哥进了大学堂，不要把共产党忘了。""走路不朝小路走，小路上有飞贼哩；维人要维真君子，真君子常常在哩。"（宁夏固原县文化馆，中国民协宁夏分会：《六盘山花儿两千首》，宁夏人民出版社，1989年）

（四）文化交流

近年来，随着科学技术的进步与发展，"花儿剧"的商业化色彩越来越浓厚。不可否认，商业性活动的参与，在一定程度上扩大了"花儿剧"的影响，推动了群众传唱的积极性，同时也使花儿剧文化在较大范围内得到传播。"花儿剧"相关的文化交流，人们在参与的同时，其目的不但要欣赏"花儿剧"，而且要了解当地的民俗风情，在良好的文化交融氛围中有效地将区域性、民族性和艺术性三者结合，展现了"花儿剧"的文化交流价值。

总之，"花儿剧"作为一种音乐、舞蹈、戏剧相结合的新剧种，她将"花儿"这种民间山歌，用美的手法经过再创作、再编配、再表演，形成了它独有的艺术审美形态。从审美价值方面讲，在于它展现了它所在的时代、区域、民族的审美理想、审美需求、审美趣味，反映了人们的价值目标和追求，使之显示出它较高的美学内涵，体现出独特的艺术思想性。

马晓红（1976—），女，回族，就职于宁夏师范学院。主要研究民族音乐学。第二期文艺（评论）研修班学员。

马金莲小说：地理文化书写与生命价值体悟

周清叶

　　从文化地理学的视阈看，马金莲为我们提供了独特的西海固地理景观，描写了诸如风俗、礼俗、节日等意蕴丰厚的地理文化事象。朴素的现实主义手法和重复叙事在真实再现生活世界的同时，表达了对生命价值和生活真理的思考。具有鲜明的地理文化特征是马金莲作品的优长，但更应该成为她今后努力超越的界限。

　　文学创作作为人类精神文化活动的重要组成部分，其产生和发展必然会受到所处空间的影响与限制。我们甚至可以大胆地说，地理环境的多样性一定程度上决定了地域文化的多样性，地域文化的多样性又一定程度上决定了文学的多样性。马金莲所在的宁夏南部山区，其自然地理环境和人文地理环境对她的气质、心理、知识结构、文化底蕴、价值观念、审美倾向、艺术感知等都势必构成一定的影响。我们可以在作品中看到独特的地理文化景观、发现西海固的风俗、民情的演变，以及诸多劳作场景和农民日常生活的真实描摹。当然，也有作者对未来生活的努力探求和哲学思考。

西海固：独特的地理文化景观

　　从文化地理学角度研究文学，实际上是借用地理空间的形式展现文学发展的风貌。"空间是文化地理学的一个关键词，从文学空间的视境下重新阐释与领悟文学的内在意义，对于超越当前的文学研究，构建一种时空并置的新型文学范式有着重要的意义。"（汪娟：《文化地理学与中国文学研究概观》，《吉首大学学报》，2013 年第 2 期，第 101 页）。不论是"扇子湾"还是"卧牛川"，马金莲作品一以贯之地描写西海固，为我们提供了独特的西北地理景观，干旱、贫穷和饥饿是作品中的关键词。为了解决吃水问题，伊哈自己挖井，被装满土的桶砸死，却连裹尸体的一条毡都没有（《长河》）。卖了一年的收成，才勉强给孩子凑足学费上大学（《发芽》）。贫病恶性循环，为救治身患绝症的儿子，父亲只好去卖血（《风筝鱼》）。队长老婆公然把尿拌在种子里，饥饿的人们还是会在播种时偷吃。甚至在饥寒的人眼里，白杨树也打出一个个无声的寒战（《坚硬的月光》）。人与自然的矛盾还很突出，与自然作斗争、把谋求生存当作生活重心的环境毫无疑问会影响到人们的思想意识和情感体验。西海固真正的主人，那些贴近大地、与土地血肉相连的人大多目不识丁，却以朴实、执着，迎接着一个接一个的苦日子。与90年代以来都市文学里昏昏欲睡、但宴席不散的"饕餮"主题不同，马金莲将都市社会"小时代"中许多人早已生疏或遗忘的"饥饿"主题给以细致的描写，将记忆中身边世界的贫困现实摹写出来。她所记录下来的苦焦风景是一段真实的生活和历史，也是西海固人基因般的记忆。

同时，马金莲很注重对地域文化的阐释。在《汉书·地理志》中，有对自然环境影响人种的精辟分析："凡民函五常之性，而其刚柔缓急，音声不同，系水土之风气……好恶取舍，动静之长，随君上之情欲。"不同的地域自然环境条件一定程度上可以作为区别人种性格的依据。因为，"一方水土养一方人"，自然环境就会一定程度上制约或影响该地域人们的普遍文化心理和一般行为准则，而从人的身上，也可以看出他所处时代环境及其文化来。

恶劣的生存环境会一定程度剥夺人的主体性，人们更多选择坚韧地承受。"生长在这深山沟里，我们的命生来就是下苦的，就是背着太阳顶着风，一身汗水一身泥土，从土地里刨食才能活得下去。我们没有抱怨命运，而是认真地应对着。"人的生命过程包含"生存状态"，人生活在一定的时空中，生活在一定的社会和自然环境中，"人的生命过程的展示，必然同时伴随对人的生存环境的展示，其社会批判性和思想倾向性在对人的生命过程的艺术解释中自然而然地流露出来。"（程金城：《中国20世纪文学思潮论》，甘肃人民美术出版社，2008年，第62页）在这里，劳动既是养家糊口的方式，也是评估一个人价值的重要尺度。人们所悟到的生活哲理也往往从劳动中得来："认真锄过的糜子，都能结出饱满的籽粒。经过汗水浇灌津润的糜子，瓷实耐吃；那些随意种出的糜子，相对空虚得多。这和做人是一样的道理。有些人老诚，实在，一辈子不坑人不害人，不行亏心事；有的人就不一样了。"（《坚硬的月光》）作者自然、巧妙地用动物、植物或农事活动来描述心情、记录时间，显得生动活泼通俗易懂，充满了土气息和泥滋味。"没有谁家因为庄稼长得薄而放弃了收割"，老两口像收获不成功的庄稼那样，用宽厚和坚韧包容一切令人不满意的现实、接受不孝顺的子女（《老两口》）。不是用理性的、启蒙主义的思想来批判和呐喊，而完全采用农人得自日常生活世界里的价值观来看待现实中的人和事，使得人物血肉饱满，事件符合生活逻辑，很容易与读者的生活体验和阅读经验相吻合。

正如美国小说家赫姆林·加兰在《破碎的偶像》中阐释的那样，"艺术的地方色彩是文学的生命力的源泉，是文学一向独具的特点。地方色彩可以比作一个人无穷地、不断地涌现出来的魅力。我们首先对差别发生兴趣；雷同从来不能吸引我们，不能像差别那样有刺激性，那样令人鼓舞。如果文学只是或主要是雷同，文学就要毁灭了。"（赫姆林·加兰：《破碎的偶像》，刘保端等译，生活·读书·新知三联书店，1984年，第84页）他非常强调生长环境给作家的深刻而不可替代的艺术影响。马金莲笔下西海固人的情感表达也值得我们格外关注，比如作品中有许多残疾人形象，这一方面反映了特定时期特定区域的医疗和卫生状况，另外一方面，人们习惯了热衷于给残疾人起绰号，而根本不顾忌给对方造成的伤害。在《金花大姐》以及另外的散文、小说中，作者多次写到了我叫"大姐"的绰号"烂眼子"。分别多年再见，姐姐称妹妹为"碎婊子"。这让人想起鲁迅先生关于"国骂"的思考和批评，它后来简直要演变成"亲爱的"。如同张贤亮初来乍到对宁夏人一句"婊子儿"表示的亲昵所感到的惊诧，这个听着粗俗的"碎婊子"是扇子湾人用来骂比自己小的女性。风沙扑面，灵魂难免粗糙？这粗糙的称呼是宁夏、甚至西北人朴素亲情的粗爽表达，显示了不同的文化习俗和人际交往模式。"我们这里的人，总不善于表达。尤其在情感方面，这与我们世代生活的环境有关，与粗粝的生活现状有关。我们的外貌和内心，一同被艰辛磨砺得粗糙无比，柔软的滴血的部分，被痂层严严包裹，所以轻易看不到一个人内心褶皱深处掩藏的伤痕，和埋于其中的往事。不管活着有多么艰难，人总得往下活，所以得淡漠忧伤，淡忘伤害，杜绝矫情与做作。对待生活的态度变得沉默、稳重，甚至淡漠。"（《坚硬的月光》）当然，这并不说明西海固人的内心是苍白的，这有流传甚广的"花儿"为证，有西海固的"文学之乡"为证，有马金莲等众多热爱文学、坚持书写脚下土地与身边人民的人为证。可见，马金莲作品所彰显的这些地理文化特色，无疑都证明了自然地理的因素是通过与人的实践活动结合而作用于文学生产、透过对人的生活方式和气质、性情影响了文学的内容和表达。

重复叙事：近乎无事的悲喜

环境塑造人，地域环境会影响人们的情感体验方式和生活方式，也影响着马金莲的讲述方式。在创作谈里，她说："生命根底流淌的血液与劳作有关，与旱渴有关，与贫寒有关"，"是村庄赋予我灵感，让我有了提笔写写的冲动，是村庄让我的文字质朴而不华丽，本真而不夸张"（《左手心女儿右手心小说》）。在她的笔下，有些故事重复发生，有些主题被反复表达，做不完的农事是农民生活生产的方式，马金莲将这一切娓娓道来。

在"别现代"（王建疆：《别现代：主义的诉求与建构》，《探索与争鸣》2014年第12期，第72页）的大背景下，宁夏南部山区实际上依然处于传统的农业文明状态。"农业文明时期，占主导地位的是由经验、常识、习俗、天然情感等构成的自然主义、经验主义的文化模式"（衣俊卿：《文化哲学十五讲》，北京大学出版社，2015年，第58页）。一方面，作品中的人们完全依靠常识、经验来生活，重视习俗的沿袭，重视家庭情感。另一方面，她的现实主义创作手法某种程度上体现了左拉的自然主义主张，写小人物，写平常而普通的故事，写平凡的、偶然的、琐碎的事件和细节，倾诉近乎无事的悲喜。重复是马金莲小说故事情节的主要构成，比如《长河》由四个死亡故事组成。作为贫困的一个恶果，因意外灾害、病痛而致的死亡是马金莲作品屡见不鲜的一个题材。这表明作者对生活和生命提出根本追问的意愿和能力。作品写了那么多艰苦的生产、生活情景，读者看到的还是对贫苦生活的执著热爱，写了那么多死亡，我们看到的没有血腥和暴力，而是对生命的珍视，对亡人和生者的同情，对死生的思考与敬畏。活着的人要坦然面对死亡，人在生时就得及早预备后世的事（《坚硬的月光》）。孕妇在生产前将自己清洗干净，竟是怕难产死了被别人看到不洁净的"埋体"，这强大到让人震惊也令人深感可悲可怜的自尊体现了面对死生的超然，仿佛生得太辛苦也就抵消了对死的大恐惧（《碎媳妇》）。

重复叙事既构成了马金莲小说的故事情节，也是她讲述故事的一种方法。在作品里，时间的流逝是匀速的，叙述的节奏非常缓慢，造成了一种宁静的氛围，如同四季的更迭，悄无声息却也一刻不停。尤其在《马兰花开》里，作者不厌其烦地写了马兰嫁到李家四个年头的春种、夏长、秋收、冬藏、填炕、做饭、割韭菜、割苜蓿、切洋芋种子、麦收、铲蜂、养鸡等一系列农事活动，讲述的耐心如同农民的一生——生活就等同于循环往复的生产劳动。西海固农人所能接触到的日常事务被大量描写，除此之外的其他生活现象，比如外出打工者的生活细节则较少涉及，对哈儿两次婚姻的描写与分析似乎也保持了非礼勿言、非礼勿视的德性，使人从这种对他人隐私有所回避和节制而不是穷追到底或臆想非非的写作方式中，依稀看出作者的淳朴与敦厚来。

客观地看，《马兰花开》连续四年的农事活动的重复描写，真实再现了农民的生产劳作和基本生活方式，体现了人物生存的地理环境之恶劣和生活条件之艰苦。正是在这些反复出现的、琐碎、繁重而收获微薄的劳作中，显现出了卑微的北方农民辛苦、沉重、精神生活单一的一生。黄河流域四季分明、季相明显，不同的季节有不同的物候，这就会给作者以时令的启示，也自然而然地唤起人物的时间意识和生命意识，使得他们由此展开关于生命状态、价值和意义的深层次思考。当然，面对四季更迭、光阴荏苒，马兰们不会产生"今我不乐，日月其除"及时行乐的思想，但会使他们产生不满现状的情绪，在潜意识中希望丰富生命的内容、提高生命的质量。马兰逐渐觉醒，要努力改变自身的处境。这时读者会发现，那些重复性的劳动场面和主人公内心里对改变自我生存境遇的理想产生了强烈的对比和冲突，理想美好，但实践很难：处于相对封闭、隔绝的地理环境，人们向外拓展的条件非常有限，而历史上形成的安土重迁的北方文化性格又限制了人们的视野，扼杀了他们向外拓展的冲动。那些出走者（比如"卧牛川"的打工者们）的失败悲剧也使人望而却步。马兰"鸡生蛋，蛋生鸡"的创业很难经得起风险。至此，作品真正显示了人物塑造的意义：揭示西海固人生存的艰辛，彰显其坚韧奋斗的可贵精神和对生活永不放弃的美好心灵。结尾，马兰挽留家人一起坚守而不是逃离土地，则显示了她对现有生活的一种有限改造。在她眼里，这样拮据的物质条件需要改变，但不希望以亲人失散为代价，她选择更保守和稳健的方式。

从哲学上讲，每一个平凡的生命个体对于整个人类生命群体来说是一种重复，而对生命过程的记录，对价值和意义的思考和追寻也是对生存本真的不断重复。马金莲本真地在重复中用农人受苦耕作一样的扎实，将西海固人的苦乐反复书写，也曾不断试图超越和升华，去写他们对生存意义和自我价值的觉醒和思考。但总体上看，她用相濡以沫的温情来面对艰苦清贫的现实，用生命的执著撑起生活的希望，这都体现了北方尤其是西海固民间务实、朴素而坚韧的生存观。

价值目标：再现生活与置入真理

众所周知，对作家来说历来有一个问题：为艺术而写作抑或为道德而写作？马金莲为何？张贤亮曾声明自己写小说是为了倾诉，余华也认为写作是过去生活的一种记忆和经验，莫言说"我同意没有苦难就没有文学的观点"（莫言：莫言散文，浙江文艺出版社，2000：190）。对于任何人而言，苦难本身是障碍，超越苦难才会是财富。

诚然，马金莲也是为了记录、为了倾诉而写作，毕竟在新世纪的今天，文学更多的不再是集体行为，而是个人的经历体验或内心生活的表现，是个人对局部生活和现实的片面表达。马金莲用现实主义的创作手法不加矫饰地记录了另一幅人生图景。她的真实的西海固言说方式和内容对西北之外的人来说，也许本身就是一种别致的文学语言和独异的文学世界，使他们感到"陌生化"的审美效果。但"文学的世界在根本上是创造精神价值的世界，而不是展示客观事实的世界"（程金城，冯欣：论20世纪文学价值与真理的冲突，《文学评论》2004年第3期，第15页）。当现代工业文明显示出弊端时，人们发现一味追求"科学""进步""经济"也会矫枉过正，工业文明需要继承农业文明中的优良传统。在长篇《马兰花开》中，马兰是一种可用来治沙固沙的地被植物。其因顽强的生命力和极大的适应能力与繁殖能力、惊人的更新能力和极快的生长速度、耐践踏性而被称为"千年不死草"。当作者自然而巧妙地将主人公命名为马兰后，花的特性就与人的性格互为表里、交相辉映。马兰花花语之一是宿世的情人，比之勇敢逃离故土与丈夫的哈儿媳妇和二嫂子，马兰选择坚守婚姻和家乡。也许在启蒙主义者的眼光里，前二者具有奔向"诗和远方"的女性主义色彩，但在马兰以及包括作者在内的乡民眼中，她们无异于飞蛾扑火。外面的世界被男人们描述得有些魔性，女人出去就变坏，这是卧牛川人自卑心理和没有安全感的表现，更是他们长久以来相对安稳闭塞的地域文化心理惯性使然。马兰花还有一个花语是"爱的使者"，马兰决定踏着婆婆的脚印坚定地走自己的生活之路，她的内心充满了对婆婆的敬爱，对家人团聚故土的眷恋，更有她不屈奋斗的自尊自爱。这些对于纠正今天城市文明所带来的人性变异、改善人与人的畸形关系、反思传统文明、重铸民族精神，都有重要的启示。如同张贤亮笔下的马缨花一样，马兰也将成为宁夏文学中一个典型的女性形象。侧重关注价值世界是中国文化特质的一个表现，强调伦理价值而轻视真理追求是中国文学发展中的一个顽症。"五四"时期到八十年代所流行的"反映现实真实即具有真理性"的观点尚有影响。这是当代作家和读者依然要面临的一个现实。尽管古今中外的文学史证明文学与真理的关系错综复杂，但确定无疑的是：有价值的文学必然是蕴涵真理的，并且这真理应该是文学作品自行植入的。

　　总体来看，秉持现实主义的手法、用心观察和体验生活、细心耐心地再现西海固人日常生活的各种细节、追求现实真实感是马金莲一以贯之的风格。比之乡土文学创作史上鲁迅等人的俯视眼光、沈从文的梦幻遥想、贾平凹近期作品对农村的"隔膜"，马金莲有自己的优长——她始终站在西海固，"零距离"地观察、体验、书写脚下的土与民。她的写作是"对人的生命过程的解释，对付困境的努力"（程金城：《中国 20 世纪文学价值论》，甘肃人民美术出版社，2008 年，第 6 页）。但读到一定程度，我们会发现对她的作品有了一定的欣赏心理定型，如同我们从鲁迅的乡土中自审国民的劣根性，从沈从文那里寻找远离世俗的牧歌情调和美好心灵，从马金莲作品可以看到西部人在底层和清贫中的挣扎与固守。毫无疑问，她坚信文学是为着表现人生的，但如何改良这人生？如何在作品里指导人生？茅盾曾提出文学不仅应是一面镜子，更应该是一把斧子。如何在叙事中超越"现实"事象、更好地运用虚构和想象？马金莲也曾努力去探索浅表的复杂人性，试图表现人的非理性，但更多时候流露出的是淡淡的哀伤和血缘关系带来的温暖力量，以至作品整体显示出温柔敦厚、哀而不伤、怨而不怒的情感取向和持续的

"乡土情怀"。同时，作品中也少有冥想的展开、浪漫意绪的飞扬、或者对于来世和长生等问题的深入思考。这不能不让人觉得有些遗憾。作品所表征的鲜明地理文化特色在后期创作中得到有意识的加强。特别有意凸显地方习俗的详细介绍，这表明作者清晰地知道自己的特色所在，因此"有着明显的自我确认、自我赋形色彩"（牛学智：《如何看待"读不懂"的文学批评》，《光明日报》2014 年 8 月 18 日）。作为土生土长的西海固人，本籍文化构成马金莲创作的生活经验、文化积累和创作背景，在一定程度上影响、制约着她的观照视角、审美追求和创作取向。然而，地域特色是双刃剑，可以视作创作优势，也会成为创作局限。如何借重地域性而又加以突破和超越？（程金城：《地域性的借重、突破与超越——读长篇小说〈雪葬〉》，《飞天》2003 年第 8 期）如何在实现文学价值的同时追求文学真理？现在看来，马金莲作品是真实真诚的，这是传达善与美的基础，也让我们对她抱有希望和信心。

［原载《北方民族大学学报》2017 年第 3 期］

周清叶（1979—），女，宁夏盐池人，就职于北方民族大学，兰州大学文学院在读博士研究生，主要从事中国现当代文学的教学与研究工作。第二期文艺（评论）研修班学员。

单永珍诗歌：那些超验的、悲苦的抒情

火东霞

　　抒情本来和叙事是并行不悖的，只是诗歌的形式更擅长与优美的抒情与冷峻的逻辑，正是因为20世纪80年代的激情抒写，放弃了日常生活、放弃了对个人经验的关注，才有了20世纪90年代的口语化、个人化的极端鼓吹。不过一个真正的诗人在忠实于其内心、关注自我的同时，必须关注历史、关注理性、关注人类或某个族群的现在与未来。现代汉语诗歌无论经历了喧嚣的20世纪90年代，还是新世纪的自我调整，在西海固诗人的笔下都没有掀起多少波澜。但是上世纪90年代的诗歌日常化、口语化、叙事化的潮流或浅或深的影响到整个诗歌界，包括以神秘、超验化抒情见长的西川、王家新等诗人。因此宁夏的大多数诗人在执拗的坚持自我的同时也在尝试着调整自己，单永珍亦如此，只是坚持与调整并存，坚持的是他一贯的超验与悲苦的抒情，调整的是对意义的态度。但无论其调整还是坚持，单永珍诗歌整体上有一种高远、苍茫、悲壮、辽阔的意境。他的诗歌立足西海固地域又超越了西海固地域，足迹遍及西部大地。单永珍在漫游西部的过程中，寻找民族、地域文化的碎片，寻找遗失于民间的历史印记，他的目光所及伤痕遍野。他用悲情和忧伤抒写着西部的历史和伤痛，他无论巡游西部，还是神游大野，都带着异乎寻常的痛苦。又由于他善于运用天马行空的超验想象来写意，使其诗歌超越了一般乡土诗人的风景画、风俗画式的抒情，在抒写自我内心失意与伤怀上为其诗歌披上了普遍的悲情意识。

一、辽阔、苍凉、神秘的超验意象

　　生活在西海固的人们常常被粗砺的朔风吹着，被寒冷的大雪覆盖着，被毒辣辣的太阳烘烤着，生长于斯的百姓每天感受着，但说不出来。一旦进入单永珍的诗中显得如此大开大合。王国维在《人间辞话》中这样来评价李白的诗歌："李白诗纯以气象胜。"这个经典评价用来评价单永珍的一部分诗歌也甚为妥当。大地、太苍、九天、大野、万物、千山万水、大风、大音、旷野、一场大雪、一万只影子、一万只雪豹、万物哀号、十万雁阵、十万只羊群、十万只灯盏、大雪纷飞、众神埋伏、众生归眠等，或夸张、或想象的大景象的捕捉，就形成了单永珍诗歌的辽阔、苍茫的神奇感。单永珍坦言："这几年，我不停地奔波于戈壁、大漠、草原、雪山之间，大西北的雄浑与苍凉、壮美与神奇、高迥与超拔深深地烙在我的血脉里"（单永珍《相信自己，相信未来——创作谈》，选自《朔方》2012，1）。如《秋天的葬礼》："秋深了。一台野戏吟完最后的台词/飞鸟已经远逝，落叶已经归根，冰凉的雨水潇潇而来/大水漫过一生的辉煌归于无言……在我们的身边，有一些真正的死亡陆续发生/没有人高举经幡，来不及准备洗礼/甚至说不出意味深长的悲凉。"

这首诗从大处着笔，"落叶归根"，"雨水潇潇而来"，在阔大的景象之下，作者又用夸张的词语"大水""漫过""一生辉煌""血潮""泛滥成灾""万人的泪水"等，形成了一中渺远、广阔的气象和铺天盖地的悲情。

喜欢大处着笔，大书特书的单永珍，又偏偏谈论一些天上、地下、万物、降生、先知、母族的事情，这就使他的诗在地域性的抒写上再加上一些神秘、玄而又玄的色彩。如《太苍》："白虎漂游，目击四野/一万只影子把天空覆盖/一万只雪豹望断天涯/以水为伍的雪豹，被我用诗歌喂养大的/雪豹，舔着滴血的伤口……今夜，神谕开启了我的睡眠/在苦苦守候和诗意怅望后/我们上路。"

这首诗最能体现单永珍那种天马行空的想象和无边无际的夸张。单永珍作为回族，他诗歌地域性和民族性也就体会在这里，两种文化互相交融，不分彼此，和谐生长。正如耿占春指出的，单永珍的诗歌作品中地方色彩较浓，看似简单的对西北地区的物事和植物等意象的描写，其实也大有深意，涉及到复杂的空间，让一个多种元素的本质性联系得以再现，而修辞方式表达了他深厚的文化底蕴，个人游历式的话语，又增强了其诗歌的生活性。（田鑫：《奔跑于大地——回族诗人单永珍、马占祥、泾河作品研讨会侧记》，引自：http://blog.sina.com.cn/ndtianxin）单永珍的诗歌中那些苍茫而辽阔的意象是超验的，但又是经验的。超验来之于其不可具象，经验则来之诗人经年累月对西海固乃至西部自然地域与历史经验的感知。

二、痛苦与矛盾中的悲苦呼喊

如果是宁夏诗人中杨梓选择了壮美化抒情的话，那么单永珍则选择了悲苦化抒情。正是因为现实的无奈和寻找的无意义，正是因为荒凉的人世，正是因为寂寞的忍耐，在诗歌的精神境界中，单永珍如一个迷途的羔羊，痛苦的呐喊着。用心灵歌唱的诗人，常常在黑夜，抵达光明的圣地，独自孤独的聆听内心的歌唱。那些内心深处的悲伤与孤独，无望与疼痛，无助与探寻，诗人总是禁不住呼喊几声。黑夜，黑暗常常是诗人抒情的背景。在单永珍的笔下，黑夜有两重含义，一是他失意时心灵的慰藉场，同时，也是诗人诗性展示的所在，悲伤并留恋的所在。杨梓说"此刻，我感到单单（单永珍）一个人时的情形——他在自己的斗室里来回徘徊，踏得地板咯咯作响，攥紧的拳头在胸前颤抖，他伏在桌前望着越来越深的夜色，眼里透出的是无助、悲悯乃至愤怒，他把头颅砸向印满诗行的书桌。"（杨梓：《序：风行与豹吼》，《词语奔跑》，宁夏人民出版社，2007年）。同时，也如王松龄所言"尤其在大地被黑色浸漫着的暗夜抑或是在鸡叫三遍东方微微发亮之时，你就可以和他的诗歌一起上路"（王松龄：《风声吹响信仰的铜铃》，来自单永珍《大地行走》，宁夏人民出版社，2011）。如《恐惧》中的"黑夜已经更黑，一只小鸟从前方滑过/它无助的双唇鸣叫着/黯然消失于夜空"。黑夜是诗人独自抚慰灵魂，包扎伤口的寓所。如《最后的孤独》："黑夜最终到来/被太阳刺穿眼睛的歌手/茫然回到黑暗的内心//爱情如逝水远离而去/他想把内心的琴音传递给别人/但回来的路上人迹罕至/巨大的黑暗将他紧紧包围……"

　　失恋而受伤的歌手，被黑夜的孤独包围，一种无人诉说，无处诉说的伤痛，笼盖四野。黑夜，诗人选择用一声仰天的狂吼来消弭内心的无奈。黑暗常常将诗人紧紧包围，"没有人来倾听他的诉说/只有风从天空刮过"，孤独、寂寥的空莫感紧紧包围着诗人，"仰天一吐/便有悲怆的啸叫响彻大地"，"黄昏把最后的光聚拢又把黑夜的贫穷呈现"。这类的作品还有《失眠》《古堡》《大风歌》《夜晚的虚构》《曦　东方顶礼》《暮　旷野之原》《唐朝》等。

　　孤独的诗人经常独自感悟黑夜来临带给他的悲怆、无奈、孤独与伤感。而这些悲情与孤独有来自诗人自身的原因：无助的漂泊感、情感的失意、爱情的无望、难耐的寂寞，除了因个人的人生失意与苦痛发出的呼喊外，单永珍诗歌更来自对乡土的背离，对我族或如类我族群痛楚的超验感知。在单永珍的乡土世界中不再把乡土作为讴歌生活，赞颂生命的所在，而是在精神上背离乡土，这种背离，也正是他的苦痛所在，在精神上单永珍是个流浪者。这也就是在单永珍的诗中我们较少看到明快的节奏，轻松的脚步，欢笑的神态，如果说有，也是别人的与诗人无关。如《秋天的品质》："雨中的妹子/双手捧着青青的果子颤抖//漂泊在秋天的大地上，我满目凄怆/黄昏不期而至，洁白的羽毛挂在树梢……"

　　我们看到一个代表着收获和成熟的秋季，在单永珍的眼中却是"血迹""虫蚀""萧瑟无语""荒凉"的所在，在这样的秋色背景下，因大雨被驱赶的人们以及手捧果子的妹妹，在"我"看来是陌生的，由于这无法逾越的隔阂，也造就了诗人被孤独的摞在山冈上无路可走。相比西海固诗人大多对乡土的紧贴式、黏着式的抒写，单永珍显然找到了自我表达的方式。故乡时时提醒着诗人那种饥渴难耐、那些把野菜当饭食的年月。诗人还乡的感觉是苦涩的、孤独的、寂寞的。这类的作品在单永珍诗歌中占大多数如《西海固》《今年旱了》《2006年：立秋》《拷问周祖》等。

乡村生活对单永珍来说是陌生的，他不如周彦虎、红旗、虎西山、王怀凌等对乡村熟悉而依恋，他对乡土的态度是矛盾的。那个物质贫乏的乡村，那个忍饥挨饿的乡村。走出乡村的诗人每每提及乡村，是一种精神的伤痛，但是面对城市的喧嚣、物欲横流和虚伪浮躁，粮食、菜园某种意义上依然是诗人的精神的家园，让诗人时时获得心灵的安宁，同时也喂养着诗人的思想。如《菜园遗址》："在今天唯有菜园才能让我走出深渊和堕落/让我在滚滚红尘中找到回家的路/坐在母亲身旁就是坐在慈祥身旁。"

单永珍对乡土的感情是矛盾的，背离感和怀乡意识并存，这也是他的灵魂总处于流浪中，放逐中的重要原因。

[原载《朔方》2014 年第 6 期]

火东霞（1979—）女，宁夏西吉人。就职于银川能源学院。主要从事中国现当代文学教学和研究工作。承担90年代以来的宁夏诗歌研究、90年代以来的中国文学的图像化研究等课题。文学评论、论文发表在《朔方》《黄河文学》《六盘山》等。第二期文艺（评论）研修班学员。

20 世纪 80 年代宁夏小说特征考察

许　峰

　　80 年代的中国文学，可谓是"喧哗与骚动"，"各种文学潮流、文学运动此起彼伏，文学的'热点'不断更换。"（洪子诚：《中国当代文学概说》，北京大学出版社 2010 年版，第 91 页）从伤痕、反思、改革到寻根、现代派、先锋、新写实，小说的潮流是"你唱罢来我登场"，"从此前固化的政治意识形态话语中跳脱出来的各类思潮纷纷争夺自己的话语场地"（刘大先：《千灯互照》，暨南大学出版社，2017 年，第 2 页）。对于西部偏远省份的宁夏小说创作而言，一方面呼应并积极参与到中国当代文学发展的主潮中，成为其不可或缺的重要组成部分。另一方面，宁夏小说所构筑的叙事世界由于地缘环境的因素呈现出自身存在的独特性。

　　80 年代的宁夏小说创作起点可谓很高，在思想解放的大环境下，迅速与时代同步，创作了充满"伤痕""反思""改革"意味的小说。"伤痕""反思""改革"小说实际上仍然是"革命现实主义"在新时期的延续，小说的思想和叙事方式无法摆脱政治意识形态的规约，而 80 年代的宁夏小说"自觉地使自己成为时代和人民的代言人乃至时政的传声筒，以便能够被接纳或参与到新的民族国家叙事中去。"（李兴阳：《中国西部当代小说史论》，安徽大学出版社 2006 年，第 15 页）这样的叙事话语在 80 年代初期"文学一体化"的模式中可以得益，但到了文学开始摆脱政治意识形态的规约走向个体化的表达时，宁夏小说显然没能跟不上发展的步伐，尤其是在小说叙事形式的文体探索上，80 年代的宁夏小说没有出现带有实验性质的"先锋小说"和充满原生态意味的"新写实小说"，在创作方法上，仍然恪守着现实主义的创作之路。整合 80 年代的宁夏小说，呈现出以下几个特征。

一、个体表达与时代诉求相吻合，历史创伤与现实改革并驾齐驱

　　"文革"之后，宁夏文学也像其他地方的文学一样，笼罩在对于历史记忆的巨大阴影中，个人的，也是关乎民族的。"无论是从个人经受的创伤需要倾诉的角度，还是站在对民族、国家命运关切的立场上，作家把表现的注意力放在这一焦点上，都是十分自然的事情"。这段历史，在许多作家的生

活经历和情感体验中，留下了难以抚平的创伤，这种创伤既是个人的，也是关乎整个民族。正如洪子诚先生所言："无论是从个人经受的创伤需要倾诉的角度，还是站在对民族、国家命运关切的立场上，作家把表现的注意力放在这一焦点上，都是十分自然的事情。"（洪子诚：《中国当代文学概说》，北京大学出版社 2010 年版，第 104 页）这一历史阶段，作家个体化的表达与时代的主体性诉求步履一致，面对政治上的保守势力，改革派亟须文学创作对"文革"及五六十年代进行历史的清算与反思，同时对落后的现状表达强烈的不满，从而激起大刀阔斧改革的浪潮。响应政治上的号召，80 年代的宁夏小说积极参与到当代文学主潮中，在"伤痕""反思""改革"小说思潮中，宁夏的小说在对"历史创伤的反思"和"社会改革的迫切需求"这两个维度上都出现了许多有影响的作品。

书写政治运动中所经历的肉体和精神上的遭遇，表达强烈的感伤情怀是 80 年代宁夏小说一个重要的主题。这样的作品如张贤亮的《邢老汉与狗的故事》《灵与肉》《绿化树》《男人的一半是女人》，戈悟觉的《夏天的经历》《雨夜钟声》《记者和她的故事》《邻居》《故乡月明》，南台的《曹家凹的"总统"》，马中骥的《"卡里尔学说"在中国》，马治中的《信念》，王洲贵的《水与火的交融》等作品。张贤亮小说中的许灵均、章永璘凝聚了张贤亮对那段极左时代知识分子的深度思考，他笔下的知识分子由于出身问题遭受了精神和肉体上的双重打击，在痛苦的折磨中，许灵均想到自杀，章永璘失去了性功能，通过小说中人物形象的深刻塑造，揭示出苦难岁月里当代知识分子最真实的生活图景。张贤亮与小说中的人物有着极为相似的人生经历，在拨乱反正之后，张贤亮在面对那段苦难岁月的书写中充满着历史记忆的感伤。戈悟觉的《邻居》把右派夫妇孙立平、张玉之的心灵创伤揭示得令人震撼，两个人喜欢孩子却不要孩子，其中的原因则是害怕孩子将来被贴上右派子女的标签后与他们一样成为"贱民"而受到伤害。他们要求恢复人的尊严和正常人的生活欲望，即便如此依然无法得到满足，给他们的生活造成了难以弥合的心灵创伤。整体看来，这些关于历史记忆的小说，多停留在感情控诉的层面，缺乏对历史的深入思考。只不过这种感伤的情怀由于时代的因素而成为一种国家情绪，进而加深对那段非理性的历史的批判。

热烈地呼唤改革，对改革进程和改革中的时代、社会、人的整体面貌作出及时持续的反映和描写。这类作品相对较多，包括张贤亮的《河的子孙》《男人的风格》，郑正的《家庭琐事里的哲学问题》，蒋振邦的《在沿河村里》《谁在敲门》，马中骥的《飞转的弧旋球》《土地啊，土地》，张武的《瓜王轶事》《红豆草》。80 年代，人们在对那段非理性的历史进行批判和感伤同时，也对因为政治运动导致的社会发展滞后表达强烈的不满，这种不满的心态促使了人们对于改革的呼唤和对新的社会生活面貌的热切期望。郑正的小说《家庭琐事里的哲学问题》以小见大，见微知著，对改革的思考超越了同类题材。通过描写家庭问题和社会问题，反映出封建意识在社会和家庭中的渗透是多么深远，以此来说明深化改革首先要从人们的思想意识深处改革开始。蒋振邦的《在沿河村里》塑造了农村改革中的新人形象，秋菊和友山有文化、有知识，目光长远，关键是他们深知，农村要实现四个现代化，必须要对村子里残存着封建的落后思想和传统的道德观念进行清除。显然，秋菊和友山是80年代启蒙话语的持有者。改革事业的推进，迫切需要启蒙精神的注入。另外，马中冀的《飞转的弧旋球》是宁夏80年代反映改革的小说力作。这篇小说值得称赞的地方在于它触及到改革事业的敏感神经——干部的人选问题。既写出了经济改革的壮阔波澜，又展现了改革的艰难复杂。小说通过塑造改革者熊达矛和保守者沈依故两个截然相反的人物形象，揭示出改革事业对人的日常生活和精神世界产生的重要影响。当然，宁夏反映改革的小说不免落入新时期"改革小说"的通病。对改革的复杂性认识不足，小说充满着浪漫主义色彩；为改革设置简单化的乐观主义的尾巴；情节上存在着雷同化、模式化的现象。

二、对苦难的赞美和对精神的沉溺

许多作家在建国后的政治运动中不同程度上遭受了精神和肉体上的苦难，他们在反思这段历史的过程中，往往呈现出一种感伤的姿态。尤其是"伤痕文学"阶段，小说的创作还普遍还停留在感情控诉的层面。张贤亮的"异军突起"就在于他能超越简单的感情控诉，进而走向理性的思索。面对苦难式的"伤痕"，张贤亮从独眼的库图佐夫和断臂的纳尔逊得到灵感，从"伤痕"中发现了美。张贤亮这样谈到"在长达十年，甚全二十余年的'左'的路线统治下，人们肉体上和心灵上留下了这样或那样的伤痕，这是无可讳言的。现在有许许多多文艺作品写的就是这些。但是怎样有意识地把这种种伤痕中能使人振奋、使人前进的那一面表现出来，不仅引起人哲理性的思考，而且给人以美的享受，还并不为相当多的作者所重视。《灵与肉》不过想在这个方面做个尝试而已"。"美和欢乐，必须来自伤痕和痛苦本身，来自对于这种生活的深刻的体验"。"党的十一届三中全会之后，痛定思痛，我们是可以从那些痛的经历中提炼出美的元素的。三中全会后的路线，是画面上的伤痕能表现出的美的光辉的底色。"（张贤亮：《写小说的辩证法》，上海文艺出版社1987年10，第3-4页）。张贤亮为什么会有如此的文本处理姿态？洪子城先生有过精辟的阐释："对于这一代知识者的苦难，张贤亮等作家在处理的态度上是复杂的。有时会感到难以回首的惊心，有时则因自己青春、宝贵生命被虚掷而产生惆怅悔恨。在更多时候，在苦难已成为过去之后，又会转化为一种值得骄傲的'资本'。这种苦难的事实和体验，一方面是当事人脱离苦境之后欣赏、回味的'材料；另一方面，也成为他们社会地位、价值的证明，而使他们在 80 年代前期，再一次扮演蒙难的启蒙英雄的角色。"（洪子诚：《中国当代文学概说》，北京大学出版社 2010 年，第114 页）基于这样的目的，再加上渴望"走上红地毯"的政治诉求，曾经遭受的苦难在张贤亮的笔下没有被书写成美学意义上的悲剧，反而呈现出赞美的姿态。

自张贤亮的《灵与肉》取得成功后，80 年代宁夏小说展现出的风貌似乎都或多或少受到"《灵与肉》模式"的影响，不同的是个体所面临的环境有所差异。从赞美苦难的叙事中进而强化了对于精神价值的追求，当然这也是一个必然的逻辑。尽管物质生活极其匮乏，但粉碎"四人帮"后，知识分子的尊严重新得到了维护，受到了全社会的尊重，这让经历过十年浩劫的知识分子开始了形而上的思索，通过反思历史，歌颂现实，来重述历史的主体。苦难不是终极，战胜苦难的精神才是终极。由于过度沉溺于精神世界的营造，致使小说的现实主义的批判性大打折扣，这种叙事模式影响深远，逐渐成为宁夏小说的叙事传统。

诸如此类的作品除了张贤亮的《灵与肉》《绿化树》《土牢情话》，还有张武的《红豆草》，戈悟觉的《蔚蓝的池水》《春夜》，郑柯的《大大谷》《河套人》等。张武的《红豆草》中的许琴作为北京农业大学的毕业生主动扎根艰苦的大西北，张武将既抗旱又耐寒的红豆草喻指许琴，意在揭示许琴精神的可贵。郑柯的《大大谷》《河套人》也是这样的艺术处理模式。环境与人物之间构成了一种微妙的关系，作家越是极力描写环境的艰难则越能彰显人物身上所具有的高贵的精神品质。所以，对苦难的赞美和对精神的沉溺成为一对孪生姐妹。当然，80 年代的社会语境决定了小说这种表达方式的积极性，废墟重建，百废待兴的事业需要整个华夏儿女们要用一种超越苦难的精神作为动力来实现。只不过，这种表达方式一旦脱离了时代语境之后就变得不再那样充满生机和活力，后期所表现出来的那种人为化和符号化现象过于严重。

三、乡土叙事传统的奠定与"民族文学"的兴起

学者李兴阳指出："中国西部，虽然也有属于自己的城市文明，但在文化发展的总体状态上，依旧还是乡土的，是前现代的'乡土西部'。"（李兴阳：《中国西部当代小说史论》，安徽大学出版社 2006 年版，第 165 页）宁夏作为西部最小的省份，政治、经济、文化与西部各省份相比都明显落

后，传统文化积习深重，从 50 年代到 80 年代，宁夏的大部分地区还处在生产力低下，现代意识落后的带有"文化守成"痕迹的传统农业社会之中。从人类天然亲近自己所熟悉的环境这个习性而言，宁夏作家生活在这片土地上，自然而然要书写他们最熟悉的乡土生活，进而形成了所谓乡土叙事的传统。但需要指出的是，80 年代的乡土叙事由于地域差异性并不明显，所以并没有流露出对城市文明批判的立场，换言之，80 年代的乡土在宁夏作家眼中，还算不上是精神家园和诗意的栖息地。从叙事的调子上，80 年代的宁夏作家在书写乡土时既有积极拥抱新时代，赞颂农村中社会主义新人新事，体现出一种积极、乐观、向上的理想情怀。也有对封建主义进行深刻批判，尤其是在"国民性"的批判上，承继了鲁迅批判的传统。前者如张武的《三叔》《瓜王轶事》《渡口人家》，蒋振邦的《在沿河村里》，后者如南台的《还乡》《阴庄》，马治中的《在那荒僻的小山沟》《杨树沟的故事》，郑柯的《塬上的日头》，张冀雪的《回家的路》等。在"两张一戈"中，张武的创作是最具宁夏乡土特色的，他以一种"老农民骑毛驴"的质朴描绘着新时代宁夏的乡土世界。他擅长写农村生活的新气象，在小人物的塑造上颇为用力。《瓜王轶事》中的"瓜王"王保生便是一个有个性的农民形象，用福斯特的话来说，王保生应属于"圆形人物"，这其中的原因在于王保生的多面。他勤劳厚道，正直精明，但又有些生意人的狡黠和浓厚的小农个体意识。"他并不是'高''大''全'式的光彩照人的英雄，但他却是生活在今天，生息在中国乡土之上的，一个真实的，活生生的'人'，一个普普通通的农民。正是这样众多的普通人，组成了农村建设的基层力量。勤劳乐观，不断求索，带有时代的精神特征。"（谢保国，赵慧：《张武乡土小说创作初探》，《宁夏大学学报》，1986 年 1 期）。另外，张武多年农村生活、工作的经历，使他的作品在题材、人物和语言上都带有典型的宁夏地方色彩和浓郁的乡土生活气息，通过刻画和颂扬社会主义的新人形象来歌颂新的时代。诚然，我们能够体会张武当时赞扬新时代的创作心情，但，无论是现在读这些作品的印象，还是当时评论者对张武小说的研究，都可以感觉到张武小说缺乏一种描绘现实生活的深度和力量，究其原因，或许只能用时代局限性来为其辩解了。

20 世纪的乡土小说本身就有两个传统，一是以鲁迅为代表的批判的传统。一是以沈从文、废名为代表的诗意的传统。可以说，对于"国民性"的改造和批判一直贯穿在整个乡土小说发展之中。南台的《还乡》《阴庄》表面上描写了纷繁复杂而又琐碎的生活样貌，其实背后南台直指国民劣根性之一的"权力拜物教"的思想。这一糟粕思想所产生的以权谋私、拉关系、走后门、行贿受贿等腐败行为成为中国现代化发展过程中最为严重的羁绊，最可怕的是这样的思想俨然成为百姓的一种集体无意识，根深蒂固，无法撼动。从这个意义上，南台对于国民性问题的勘察不可谓不深。马治中的《在那荒僻的小山沟》《杨树沟的故事》《山林之子》等作品体现出的是文明与愚昧的冲突。在闭塞的山村中，女性无法舒展自己正常的人性去追求自己的真爱，而是在传统积习的影响下，被迫嫁给自己不喜欢的人。"我是我自己的，他们谁也没有干涉我的权利"，鲁迅借小说中人物子君传达出强烈的启蒙之音——追求个性解放和恋爱自由。然而，半个世纪之后，人们依然无法感受到文明的进步，冲突的失败造成的悲剧的结局更加深了人们对愚昧落后的仇恨。张冀雪的《回家的路》中的那个深受封建主义旧观念、旧意识束缚的女人，穷困劳累得了腿病，为去治病还得低声下气，忍受婆婆的辱骂。文化荒蛮与愚昧落后铸就了妇女不幸的命运。妇女解放成为80年代启蒙运动乐章上最为耀眼的音符。80年代的宁夏乡土小说，在文明与愚昧的冲突的书写上，表现出一种罕见的深度。宁夏的许多作家已经深刻意识到"乡村的陈规陋习及其相应的传统文化心理，已然脱去乡民眼中的那层神圣，显示出它的落后、野蛮、残酷，对生命的戕害，对道德的践踏，对人性的扭曲。"（李兴阳：《中国西部当代小说史论》，安徽大学出版社2006年版，第167页）。究其本质，这样的乡土小说才是有深度、有力量的创作。只不过批判的传统在宁夏随着时间的推移逐步被诗意的传统所遮蔽。

　　严格意义上讲，"回族文学"的兴起就在80年代，而且关于"回族文学"这个概念的最终生成也是在宁夏经过讨论最终界定的。当然这个概念的生成充满着知识建构和文化反思的意味（许峰：《回族文学：知识建构与文化反思》，《回族研究》2017年3期）。宁夏作为回族聚集区，回族作家与汉族作家一起构成了80年代宁夏小说创作的主体。在整个80年代，宁夏的回族作家创作了许多优秀的具有民族文化特色的作品，比如查舜的《月照梨花湾》《穆斯林的儿女们》，马知遥的《开斋节》《搭伙》《四月的河滩》，高深的《清真寺落成的时候》。查舜的《穆斯林的儿女们》是当代回族文学史上最早反映回族生活的长篇小说之一，也是80年代宁夏长篇小说的杰出代表。《穆斯林的儿女们》没有停留在对回族的民风民俗的浅层描摹上，而是走向了对民族精神的深度阐释。果戈理曾说"真正的民族性不在于描写农妇穿的无袖长衫，而在表现民族精神本身。"（转引自岑光《回族文学刍议》，《宁夏大学学报》，1981年1期）。小说中的回族青年海文在不断遭受磨难压抑的情境中没有自甘堕落，而是励精图治。海文形象地表现了回族青年在传统重负和愚昧保守势力的压迫之下所呈现出的积极进取、艰苦不挠的斗争精神。80年代宁夏的回族文学创作刚刚起步，回族作家的小说创作探索还不够深入，集中表现在对民族风俗和情感意识方面的书写上，因而在彰显独特性的同时忽略了文学普遍性意义的追求。这种改变在后来回族作家石舒清那里才得到实现，新世纪前后的石舒清的小说创作是关于人的生命，人的意义、价值这种具有人类普遍性意义理念的勘察上。尽管 80 年代的宁夏回族小说有其时代的局限性，但它所形成的叙事模式、情感结构和价值诉求仍有它的积极意义，对后来回族小说创作产生了深远的影响。

　　总之，考察 80 年代宁夏小说的意义与价值，实际饱含了一种文学史重述的动机。在评论者的眼中，新时期以来的宁夏小说家被简化成"张贤亮"和"宁夏青年作家群"。这种判断背后所产生的原因值得深思。我们不禁追问，为什么三十多年过去了，那些与张贤亮同一时期的小说家几乎被人所遗忘？备受好评的新世纪以来的宁夏小说与 80 年代宁夏小说是否有存在一种小说遗产的继承关系呢？从目前的研究来看，这种追问似乎并没有引起足够的重视。80 年代的宁夏小说或许只有摆脱现有的观念体制和制度体制，回到自身的历史语境和知识前提之下才能认识到自己真正的价值。通过对 80 年代宁夏小说和关于宁夏小说的文学批评的解读，我们将会认识到 80 年代的宁夏小说作为新时期宁夏小说的"原点"所包含的"复杂的排斥和认同机制的运作过程"（贺桂梅：《打开六十年代的原点：重返八十年代文学》，《文艺研究》，2010 年 2 期），进而才能被主动地发现自身的价值和意义，重新获得被表述的话语能力和方式。那么，80 年代的宁夏小说就不仅具有了文学史的价值，同时也让我们看到更多审美意义上的文学价值和新的阐释及想象的空间。这或许是 80 年代宁夏小说叙事的意义所在。

[原载《宁夏社会科学》2018 年第 6 期]

　　许峰（1983—），山东东营人，就职于宁夏社会科学院。主要研究方向为西部文学与回族文学。作品发表于《小说评论》《中国作家》《宁夏社会科学》《名作欣赏》等。出版著作《新时期宁夏小说评论史》（合著）《新世纪宁夏小说现代化研究》。论文荣获宁夏第十三届社科成果三等奖、第二届银川市贺兰山文艺评奖三等奖。中国文艺评论家协会会员，中国少数民族文学学会会员，宁夏作家协会会员，宁夏文艺评论家协会会员。第二期文艺（评论）研修班学员。

曾杏绯绘画：师古人之精魄，写时代之豪情

王 艳

"夫丹青妙极，未易言尽，虽质沿古意，而文变今情。立万象于胸怀，传千祀于毫翰。"姚最在《续画品》序中道，他指出虽然绘画本质精神需延续古意，但形式与内容却要随时代而变化，抒写胸怀之万象，这是绘画为真之根本。曾杏绯的绘画微妙地体现了这种"沿古意、变今情"的艺术表达。

曾先生出生于 1911 年，又名曾瑜，回族，江苏常州人。早年居于常州，后移居南京、重庆、平凉，20 世纪 40 年代定居宁夏银川。生命跨越了两个世纪的女性艺术家，她对艺术的执著，对祖国和人民的热爱，造就了先生在艺术领域的高度。先生少年师从没骨花卉大师恽南田画派画家蒋志明先生，为其绘画风格的形成奠定了基础。一生从画 70 余年，创作千余幅，写意、工笔兼攻，以没骨工笔花卉见长，尤其擅画牡丹。艳丽而不失高雅的花卉表达，极富女性意识的画面感，韵味无穷。长安画派创始人赵望云及当代国画大家黄胄都对其有较高的评价，称她为"天赋很高的女画家""欣赏她的画，颇能体验画中的灵动与才气"。

一、师古却不泥古：被创新的传统

中国传统绘画是一种有别于"西洋画"的独具中国意味的绘画语言体系。严谨勾勒、深入刻划、色彩厚重的工笔画和逸笔草草、不求形似、色彩淡雅的写意画各为奇葩。而"没骨法"折中二者之技艺，以笔法秀逸，设色明净，格调清雅的风格丰富了传统。"没骨"一词最初见于宋代。北宋沈括《梦溪笔谈》曾记载五代画家徐熙的后代作花卉"不用墨笔，直以彩色图之，谓'没骨图'"。苏辙也说："徐熙画花落笔纵横，其子崇嗣变格，以五色染就，不见笔迹，谓之'没骨'。"清代恽南田承徐氏没骨花法，以"点染粉笔带脂，点后复以染笔足之"而创造了"恽体"画风，即是不同于勾线染色的工笔"勾染法"，不用墨勾线而以色彩点、染而成，这种技法丰富了工笔花卉画的表现形式和表现力，既可以谨严工致，也可以如意笔花卉那样点染自如，能工能写，亦写亦工。

曾先生师从没骨花卉大师恽南田画派画家蒋志明先生，她的绘画得益

于传统，却又显示出独具个性的创造，是一"被创新的传统"。

中国传统绘画有明显的"程式化"倾向，这一趋向很容易导致因循守旧的流弊。曾杏绯的绘画，出于"没骨"之技，却又脱胎于传统，创造出另外一种清新高雅，极具个人意韵的艺术形式。而这一与她所处生存环境和独立人生感觉密切相关的表达，即是一种与众不同的创造性所在。没骨大师恽南田曾说："作画须先入古人法度之中，纵横恣肆，方能脱落时径，洗发新趣也"，又写道："当师造化，故称天闲万马，出入风雨，卷舒苍翠，走造化于毫端……"，"以古人为师犹未能臻妙，必进而师抚造化，庶几极妍尽态而为大雅之宗。"以古为师，而后深谙自然，以情写景"师自然"，对艺术家的创造极为重要。曾杏绯从小对大自然有深厚的感情，尤其酷爱花卉，还自己栽树种花。常常沉浸于大自然美的享受中，用自己的眼睛观察，用真诚的心灵去体味，去娴熟的笔墨去表达，她笔下的自然，并非书卷气浓厚的程式化图式，而是现实自然与真实内心的再现。"何为花真好，只缘劫后生"，"万紫千红花争艳，祖国大地又春天"，这种企盼社会蓬勃的心声无疑是艺术家发乎于情的最好实证。

曾杏绯的绘画用笔沉稳、温和、灵透、练达，格调高雅，师古却不泥古，她的创造性还表现在运用传统技法的基础上，汲取了西方古典绘画的立体表现，讲究明暗变化，一花一叶较之古画的平面性而更显立体感。雍容典雅的牡丹在渲染细密，层次分明的描绘中，更显高贵。

二、明艳不失润泽：赋予灵魂的牡丹

当同一题材与相近语言的作品达到一定的程度，会很自然地形成艺术家独有的风格，或者说这一图式成为了艺术家的"符号"，曾杏绯先生擅画几十种各具特色的花卉，素雅高洁的玉兰，晶莹剔透的石榴，风骨傲然的秋菊，暗香疏影的红梅，婀娜多姿的紫藤、低调娇美的牵牛……而唯有牡丹最具个人情怀。

南北朝刘赛客《嘉记录》说："北齐杨子华有画牡丹。"牡丹即已入画，后代描绘牡丹图为者众多，意韵也有别。唐人边鸾画华"花色红深，若浥露疏风，光色艳发，披哆而洁燥不失润泽凝之"，被推为绝笔；宋代徐熙作花则"与常工具异矣，其谓可乱本失真者非也。"，其画既处处符合花草自然生长之理，又符合天地自然运化之道，满溢宋画之"雅趣"；明徐渭题画牡丹"以泼墨为之，虽有生意，终不是此花真面目"，一干枯枝，墨则雨润，彩则露鲜，借墨牡丹表达自己不与俗世合流和怀才不遇；今人俞致贞、吴玉阳的牡丹花，以工细之笔，表达出一种冷艳之感。而曾杏绯的牡丹，用亦工亦写的"没骨"法，赋予其卓尔不群的繁荣与昌盛之意。

曾杏绯说过："我从小爱画花卉，而只有解放后，才真正拿起笔来为人民作画！"极为质朴的语言透露出她从事艺术的初衷和目的，也反映出她高尚的人格魅力。先生出生于上个世纪初期，她的人生经历了整个20世纪的社会变迁，沉重的世纪情怀贯穿了她的一生。"近世之画衰败极矣"（康有为），究其原因在于宋以降"自写逸气以鸣高"，出世隐逸的文人追求所致。面对社会的苦难，作为一个艺术家，她和其他的知识分子一样，没有遁世逃避，而是把满腔的热情付诸于行动，积极投入到社会革命与改革的浪潮中，救亡图存或奋力改革。先生一生至爱是牡丹，她的牡丹，无羸弱的书卷气，笔法洗练，设色明快，浓淡相宜，精致而不失灵动，华丽而不失典雅，整个画面充满振奋人心的力量与喜庆之感。《欣欣向荣》所绘春意盎然，二十朵姿色各异的牡丹和栩栩如生的蝴蝶相应成趣，蝶恋花，花爱蝶，画面充满昂扬向上的蓬勃之气。这是时代精神面貌的写照，也是艺术家的企盼。

先生常说："画家的责任就是美化人民的生活，艺术创作应该服务于人民群众！"即使生活艰辛，她依然能够热情奔放，以一个纯粹知识分子应有的修养，诠释着它的身份，肩负起引领一个民族的重任，这是真正"为人生的艺术"，极富高雅的艺术表达，不会因这一意义的生成而变得媚俗，而只会使其相得益彰，内涵更加丰厚。话语至此，不禁对先辈肃然起敬！高尚、伟大、崇高、伟岸……一切赞美之词都无以言表敬意。

三、柔与坚：独特的女性表达

曾杏绯先生的艺术继承了传统的精华，作为一位德艺双馨的女性艺术家，也见证了女性作为独立个体的自我意识的觉醒，和女性不同于男性的一种艺术表达。

二十世纪伴随着"女性解放"运动的呼声，女性的社会地位逐渐提高，各个领域中不断涌现杰出的女性。二十世纪二三十年代，以江浙地区为中心，崛起了许多女书画艺术家，有以何香凝、夏朋等为代表的"革命派"，以潘玉良、蔡威廉等为代表的"西画派"，和以吴青霞、曾杏绯等为代表的"闺阁派"，各派用不同的方式对传统绘画进行改革，而又以自己不同的风格彰显着女性成为"主体"后对"男权主义"和"他者"的挑战。

曾先生被誉为"杰出回族女画家"，她的绘画在继承传统绘画笔墨的基础上，又显示出独特的个性，即一位女性艺术家因女性特有的生理心理敏感视角，对现实社会的物品与图像去构筑艺术图式，表达感受的一种独特方式，和其与众不同的个人表达。优美的《荷》，墨色相溶，逸笔生辉，阔笔亦与勾点并置，整个画面中流露着女性天生的那种温润和雅。《仙客来》落笔肯定，墨色层次分明，画出了它的厚重与秀美，妩媚多姿的花朵，带着丝丝的娇柔，这种阴柔的美，是女性艺术家无意识中的流露，是一种具有女性气质的艺术表达。而曾先生的这一表达，隐隐之中又带着向上的力量，因为她是人民的艺术家，她的艺术是为人民的艺术。

生活在现代化的都市，穿梭于繁华的街道，游离在思维的碎片中，总觉得难以抑制心中的焦虑。然一种美，一种艺术，却能给人一种心灵的抚慰。世纪老人曾杏绯先生的艺术，让人感动，她的人格，让人钦佩，阅读她的艺术，对于浮世的浅薄和人生的迷茫，有着极大的启迪。

[原载《朔方》2014 年增刊]

王艳（1983—），女，甘肃会宁人。就职于宁夏大学美术学院，兰州大学 2016 级博士研究生。主要从事佛教美术、艺术学研究。第二期文艺（评论）研修班学员。

编后：时光相册

杨 梓

新年将至，往事在目。2013 年 4 月，宁夏文联组织三个调研小组分赴全区各地，围绕文艺事业发展和文联工作的重点问题开展调研。根据调研，文艺队伍出现了青黄不接的严峻现象。7 月，我被任职到文学艺术院，便把培训人才列入工作中的当务之急，但没有经费。经过多方联系，得到泾源县文旅广电局的支持，于 9 月在泾源"冶家农家乐"举办了第一期文艺研修班。

目前，在宁夏文联的重视、关怀和支持下，已成功举办基层培训班 8 期，参加学员 1200 多人；会员培训班 5 期，参加学员 880 多人；研修班 6 期，参加学员 162 人次；高研班 2 期，参加学员 26 人。形成并完善了培训班、研修班和高研班三个层次的文艺人才培养机制，部分学员已从地方走向全国。

第八次文代会以来，宁夏文联对全区文艺人才培养工作高度重视，将文艺人才培训视为文联人才队伍建设的战略性、基础性、先导性工程，于 2018 年 11 月 5 日制定并下发了《宁夏文联人才培训工作实施办法》，文艺人才培训工作在宁夏文联领导下，由宁夏文学艺术院组织实施，大力建设"三多一推"（多层次、多门类、多形式，推人才）文艺人才培训工程。

新的梦想，新的征程。依据《2019 年宁夏文联人才培训计划》，将举办"培训班、改稿班、提升班、研修班、专研班、高研班"六个培训分级 21 个班，将有 400 多名基层文艺工作者、400 多名专业创作人员参加学习。

为展示研修班学员五年来的创作成绩，装订一部时光相册，经宁夏文联同意，编辑出版《稻花香里——宁夏文学艺术院学员作品选》。原计划选编 50 万字，但学员优秀作品较多，只好将学员的诗作并入《宁夏诗歌选》(2013—2018)。

感谢宁夏文联大力支持，感谢学员砥砺前行，感谢出版社和印刷厂认真校对和细心排版。希望学员们勤奋创作，再创佳绩，为文艺事业繁荣作出新的贡献。

2018 年 12 月 5 日于夏都闻月阁